KB263381

학문과 예술의 이론적 탐구

학문과 예술의 이론적 탐구

학문과 예술의 이론적 탐구

김채수

도서출판 박이정

경건한 마음이 결여된 사람은
진실로 현명해질 수 없다

-지암바스타 비코-
『새로운 학문』(1774)의 결론

마음이 순수하고 희망찬 사람들에게 가장 매력적인 문화 장르는 아마도 분명 학문과 예술임에 틀림없을 것이다.

학문과 예술은 우리 인간들의 삶과 이떻게 관련되어 왔는가? 또한 그것들은 사회 속에서는 어떤 역할들을 해가고 있는가? 그것들을 주도해 온 인간들의 삶의 자세는 어떠했으며, 또 그들의 학문관과 예술관은 과연 어떠했는가? 본서의 집필은 이러한 문제의식에 사로 잡혀 있는 사람들이 학문과 예술을 체계적으로 이해해서, 결국은 학문이 인류를 구제하고 예술이 개인을 구원해간다고 하는 신념을 굳혀 자신들의 소중한 삶 한마디 한마디를 알차게 실현시켜나가기를 기원하는 마음에서 행해진 것이다.

학문이란 한마디로 말해 인간이 처해 있는 세계 속에 존재해 있는 어떤 보편적 질서들을 추구해 가는 지적 활동이다. 이에 대해 예술은 인간이 자신의 현실 세계에 대한 체험들을 통해 취한 형상들을 자료로 해서 인간 자신으로부터 어떤 미적 의식을 불러일으킬 수 있는 것들을 창작해내서 그것들을 감상해감으로써 자신들의 존재의미를 향유해 가는 활동을 말한다. 다시 말해 학문이란 논리나 이성을 일차적 도구로 해서 인간 자신들의 현실 세계 속에 존재하는 진리를 찾아내는 작업인 반면 예술은 인간들이 자신들의 상상이나 환상을 통해 자신들의 삶의 의미를 향유해 가는 행위라 말할 수 있는 것이다. 자연과 사회와 의식이 일으키는 여러 차원의 현상들에 대한 고찰을 통해 그것들 속에 내재된 질서들을 탐구해가는 것이고, 또 죽음이 전제된 인간의 삶이 일각일각 실현되어나가는 과정에서 느껴지는 환희와 비애를 드러내서 그것들을 통해 인간의 새로운 존재의미를 발견해간다고 하는 행위들이 다름 아닌 바로 학문과 예술이라는 것이다.

필자가 본서를 통해서 학문과 예술에 대해 이론적 측면에서의 접근을 시도한 일차적 목적은 다름 아닌 바로 여기에 있다. 현재 우리사회에서는 우선 무엇보다도 우리사회를 이끌어가는 지식층과 교양층에 뿐만 아니라 학문과 예술 분야에 종사해 가는 사람들에게까지도 새로운 글로벌시대에 걸 맞는, 학문과 예술에 대한 한층 더 포괄적이고 체계적 이해가 절실히 요청되고 있다. 그런데 현재 우리는 그것들에 대한 본질적 이해가 결코 쉽지 않은 시대적 상황에 처해 있는 것이다. 그러한 이유로 인해, 과연 우리는 누구를 위해서 또 무엇을 위해서 논문을 써가고 작품을 창작해가는 것인가에 대한 물음들이 끊임없이 제기되고 있다. 그럼에도 불구하고, 그러한 물음들에 대한 그렇다할 만한 적합한 대답들은 누구로부터도 어디로부터도 좀처럼 제시되고 있지 않는 것이다.

최근까지 우리는 내셔널리즘 시대를 살아왔다. 그러나 어느새 우리는 글로벌리즘시대에 접어들어 있다. 이렇게 현재 우리는 내셔널리즘시대로부터 글로벌리즘시대로라고 하는 일대의 시대적 전환점에 처해 있는 것이다. 설혹 시대적 이념들이 달라졌다 하더라도 그것들의 본질까지는 대폭 달라질 수 없겠지만, 시대적 이념들이 달라진 사회들 속에서의 학문과 예술의 사회적 역할이란 당연 달라지지 않을 수 없는 것이다. 그렇기 때문에 과거의 내셔널리즘시대에서나 현재의 글로벌리즘시대에서 접하는 학문과 예술만으로는 그것들에 대한 본질적 이해란 결코 불가능한 것이다. 다시 말해 한 시대의 것만으로는 그것들의 본질이 제대로 파악될 수 없고, 또 공존하는 두시대의 것들로는 그것들에 대한 몰이해가 초래되기 십상인 것이다. 그러한 이유로 인해 현재 우리에게는 학문과 예술에 대한 본질적 이해를 위해서는 다른 어느 때 보다도 시대적 문화적 경계를 넘어 그것들에 대한 체계적 접근에 대한 필요성이 절실히 요구되고 있는 것이다.

우리가 학문과 예술에 대한 기존의 연구물들을 고찰해 보면, 그것들의 존재형태와 사회적 역할이 시대와 문화권에 따라 서로 다르다는 사실들이 감지된다. 이

러한 점을 감안하여 필자는 우리시대의 최상의 보편적 시각이라 생각하지 않을
수 없는 글로벌적 시각을 취해 학문과 예술에 대한 체계적 접근을 행하게 되었다.
글로벌적 시각이란 인간이 인공위성을 타고 우주로 나가 우주의 한 지점으로부터
우주공간을 회전 이동해 가는 우리의 지구 세계를 바라다보는 시각이라 할 수 있
다. 우리는 바로 이 글로벌 시각을 취해 이 지구상에서 일어나는 여러 현상들,
예컨대 지구 표면의 물리적·생물학적 세계에서 일어나는 현상들, 그러한 세계에
처해있는 인간들의 행위레벨에서 일어나는 사회적 현상들, 또 그러한 세계들 속
에 처해 있는 그들의 의식세계에서 일어나는 여러 차원의 제현상들을 파악해 가
야할 시대적 상황에 처해 있는 것이다.

　이러한 시대적 상황 하에서의 우리들은 한국이나 일본과 같은 나라, 동아시아
나 유럽과 같은 동일문화권 등과 같은 지역적 구분이나 혹은 선고대·고대·중
세·근세·근대 등과 같은 기존의 시대적 구분 등과 같은 것들이 더 이상 필요치
않다는 것을 실감하게 된다. 따리시 필자는 본서의 집필에 낭변해 우수론적 시각
이라 할 수 있는 이 시대의 글로벌적 시각을 취함으로써 우리가 최근까지 사용해
오던 기존의 개념들, 예컨대, 한국·영국 등과 같은 국가라든가 혹은 기독교문화
권·이슬람문화권 등과 같은 동일문화권 등과 같은 지역적 개념이나 현대·근
대·근세·중세·고대 등과 같은 시대개념들을 철저히 폐기했다. 그 대신 필자는
시대와 각 지역을 일관할 수 있는 글로벌적 시각을 취함에 있어, 우선 시간과 공
간에 대한 독자들의 일반적 체험양식을 고려하여, 인간의 대대적 관심대상들인
신·인간·우주를 지표(指標)로 하여서 시대적 변천을 '신 중심의 시대'·'인간 중
심의 시대'·'우주 중심의 시대'로 삼등분하고, 또 각 시대의 문화권을 동과 서로
이등분해 그것들에 의해 구분된 그것들의 특성들을 기술해낸다는입장을 취했다.

　신 중심의 시대란 인간이 신이라고 하는 존재를 설정해서 그것을 통해서 자신
과 자신이 처해 있는 세계를 인식해 갔던 시대라 할 수 있다. 이 시대는 구석기시
대에서부터 르네상스시대 이전까지로 규정될 수 있다. 다음의 인간 중심의 시대
란 인간이 신의 존재를 설정해 그것을 통해서 자신과 자신의 세계를 파악하려했
던 그러한 신 중심의 사고를 폐기하고, 인간 자신의 시각에서 자신과 자신의 세계

를 파악해 갔던 시대를 가리킨다. 이 시대는 중국의 몽고족이 동남아시아를 거쳐 인도양으로 진출해 나가고 서구의 기독교인들이 지중해에서 대서양으로 나가기 시작했던 시점으로부터 1950년대까지로 규정될 수 있다. 그 다음의 우주 중심의 시대란 1950년대 말 인간들의 지구 밖으로의 인공위성 발사를 계기로 인간이 우주로 진출해 나가 인공위성이 처해 있는 우주로부터 인간과 인간이 처해 있는 지구를 인식하게 되었던 시대를 가리킨다.

신 중심 시대에서의 학문과 예술은 초창기는 무인(巫人),점술가 등으로부터 출발해 중반기에 와서는 왕을 중심으로 한 치정자들 내지 그 수하의 신관(神官)과 같은 존재 등을 통해 성립되어 나왔다. 그래서 그것들은 고대 그리스의 소피스트들이나 고대 중국의 제자백과 등과 같은 궤변가들의 토론과 그들에게 노동력을 제공했던 노예들의 연기를 통해 확립되어 나왔고, 후반기의 중세에 와서는 수도원의 수도사나 사원의 승려에 의해 주도 되었다. 신중심시대에서의 그들에 의해 주도되었던 그러한 학문과 예술은 신과 인간과의 관계 규명 작업으로부터 성립되어 나와 문자문화의 성립을 계기로 '철학'이라고 하는 형태로 확립되어 나왔다. 이 시대 전반기의 대표적 예술 장르는 음악이었다. '음악'은 인간으로부터 가장 손쉽게 영적 의식을 불러일으킬 수 있는 소리라고 하는 것을 표현 대상으로 하는 청각예술이다. 문자문화의 성립이후에는 음악으로부터 문학이 출현하게 되었다.

르네상스 시대 이후의 인간 중심 시대의 학문과 예술은 전반기에는 대학이나 왕조국가의 관료를 배출해내는 서원에 의해 후반기에는 근대국가의 관료나 인문주의자들에 의해 주도 되었다. 학문은 인간의 물리적, 생물학적 존재의 토대를 이루는 자연에 대한 체계적 지식을 의미하는 자연과학으로 출발하여 결국 '과학'의형태로 확립되어 나왔다. 한편 이 시대의 대표적 예술 장르는 시청각을 기초로 해서 성립된 '문학', 특히 시각(視覺)을 기초로 해서 성립된 '회화' 등의 형태로 확립되어 나왔던 것이다. 우주 중심 시대에서의 학문과 예술은 네이버·야후·구글 등과 같은 정보산업기업들에 의해 주도되어 나가는 추세이다. 모든 것들이 전 지구적 차원에서 행해지는 글로벌 시대의 대표적 학문은 문화연구(Curtual Studies)로 출발해서 '연구'라고 하는 형태를 취해 정착되어 나왔고, 대표적 예술 장르는 시청각을 기초로 한 '영화'로 출발해 다양한 영상예술의 형태로 정착되어 나왔다.

　본서는 3부로 구성된다. 제1부는 학문과 예술의 일반적 특성을 고찰하였고 그 것에 의거해 우리의 학문과 예술활동의 현실을 고찰하였다. 제2~4부는 각시대와 문화권에서 행해졌던 학문과 예술활동들을 심층 고찰하였다. 마지막 제5부에서는 제2~4부에서의 그것들에 대한 심층고찰을 통해 파악한 그것들의 본질적 성격에 의거해 우리의 학문과 예술 바로세우기의 방안을 제시하였다.

　보다 구체적으로 말하자면 제1부에서는 학문과 예술에 대한 일반적 고찰이 행해졌다. 우선 일차적으로 학문과 예술의 일반적 개념이 고찰되었고 그 다음으로 본서의 집필 필요성과 관련시켜 현재 우리 사회에서 학문과 예술 활동이 어떻게 행해지고 있는지에 관한 문제가 고찰되었다. 즉 우리시대에 그것들이 어떻게 인식되어 있고, 또 현재 그것이 우리 사회에서 어떤 역할을 행해가고 있는 지가 고찰되었던 것이다. 제1부의 마지막에서는 다음의 제2~4부에서 다루게 될 학문과 예술의 성립과 그 전개양상의 고찰과 관련시켜, '학문사와 예술사의 시대구분'의 문제가 다루어졌다.

　제2~4부에서는 제1부에서 행한 '학문사와 예술사의 시대 구분'에 입각해 문화 장르들로서의 학문과 예술의 성립과 전개 양상이 '동' 과 '서' 라고 하는 문화권들을 하나로 묶을 수 있는 시각에 의해 고찰 되었다. 우선 제2부에서는 신중심시대의 학문과 예술 이론에 대한 고찰이 행해졌다. 그것은 학문과 예술이라고 하는 문화장르가 인간사회에 어떻게 형성되어 나왔는지를 파악하여 그것들에 대한 본질적 이해를 기피기 위해서였다. 제3부와 제4부에서는 인간중심시대와 우주중심시대의 학문과 예술에 대한 고찰이 각각 행해졌다. 이것은 신중심시대에 성립된 학문과 예술이 그 후 어떻게 전개되어 나갔으며, 또 그것들이 글로벌 시대로 들어와 어떠한 형태로 전환해 나가게 될 것인가에 대한 이해를 넓힌다는 목적 하에서 행해졌다.

　마지막으로 본서는 이상의 고찰들을 토대로 하여 새로운 차원에서 학문과 예술의 본질적 특성에 대한 규명이 시도되었고, 결론으로 '우리의 학문과 예술 바로세우기'가 다루어졌다.

차 례

제2부_신중심 시대의 학문과 예술

제5장 고대동서양에서의 문학의 성립경위 · 279

제3부_인간중심시대의 학문과 예술

제1장 인간중심 시대의 학문_과학 · 337

제4부_우주중심시대의 학문과 예술

제1장 학문의 본성 · 587

제2장 예술의 본질적 특성 · 601

제3장 방안제시-우리의 학문과 예술 바로 세우기 · 607

제 **1** 부

학문과 예술의 일반적 특성

제 1 장
학문의 일반적 개념

1. '학문이란 무엇인가'의 의미

"학문이란 무엇인가", "역사란 무엇인가", "철학이란 무엇인가" 등과 같은 물음들이 있다. 이 경우의 물음들이란 문제의 대상이 되는 것들에 대한 본질적 물음이라 할 수 있다. 그런데, 20세기 후반으로 들어와서 '본질' 그 자체를 연구대상으로 삼은 철학자들은 "사물들의 본질이란 존재하지 않는다. 그러한 것들이 존재한다고 한다면, 아마도 그것들은 그 본질을 추구해 보려는 인간들의 노력이나 의지 혹은 그 방향만이 존재할 따름이다."라는 식의 입장들을 취하고 있다.[1]

그렇다면, 우리는 이와 같은 물음들에 대한 답들을 어떤 식으로 파악해야 할 것인가? 영어에 "who are you?"와 "what are you?"라는 문장들이 있다. 전자는 "당신의 이름은 무엇입니까?"의 의미로 번역되고, 후자는 "당신의 직업은 무엇입니까?"의 의미로 번역된다. "who"가 "이름"으로 번역된데 반해, "what"이 "직업"으로 번역된 것이다. 이와 같이 현재 우리에게 문제시되는 「무엇」, 즉 "what"이 "직업"으로 번역된 경우를 감안해 본다면, 우리가 그 본질적 물음들에 대해 어떠한 식으로 현실적 답들을 끌러내야 할지에 대한 하나의 입장이 취해진다.

인간들에게서의 "직업"이란 자신들의 사회적 역할들의 수행을 통해 지속적으로

---

1) 그 대표적 학자들 중의 한 사람이 20세기 미국의 대표적 철학자, W. V. O. 콰인(Williard Van Orman Quine, 1908~2000)이다. 그는 *Ontological Relativity and Other Essays* (Columbia Univ. Press, 1969)에 수록된 그의 논문 「자연화 된 인식론」(naturalized epistemology, 1969)을 통해 상기와 같은 입장을 취하고 있는데, 그의 그러한 주장은 「자연과학에 우선하는 철학이란 있을 수 없」고, 「과학과 철학의 경계선은 존재하지 않는다」는 견해를 논거로 하고 있다.

자신들의 삶을 실현시켜가는 수단이라 말해 볼 수 있다. 이렇게 볼 때, "what are you?"의 의미는 "당신은 당신이 처해 있는 사회 속에서 어떤 역할을 행하여 당신의 삶을 실현시켜 가고 있습니까?"라는 뜻으로 파악해 볼 수가 있다. 이와 같이, "~이란 무엇인가?"라는 물음의 의미를 고찰해 볼 때, "학문이란 무엇인가?"라는 물음은 "학문의 사회적 역할은 무엇인가"의 의미로 파악될 수 있다는 것이다. 보다 구체적으로 말해서, "학문은 당신이 당신의 삶을 영위해 나가는데 있어서 어떠한 역할을 해 가는 존재인가", 다시 말해 "학문은 우리가 사회생활을 행해 가는데 있어서 어떠한 수단으로 쓰이고 있는 것인가"라는 의미로 파악해 볼 수 있다는 것이다.

이 경우에의 '사회'란 그것을 구성하는 개개인들에 대립된 개념으로서 개개인들로 구성된 전체를 의미한다. 사회가 개개인들이 모인 전체로서 존재하게 된 이유는 그 구성원 개개인들의 이익을 극대화시키기 위한 것이라 할 수 있다. 전체로서의 사회가 그 존재목적을 충실히 이행할 경우 그것을 구성하는 개개인들은 개개인들로 존재하는 것 보다는 그 사회 전체의 일부로서 존재하는 것이 개개인들에게는 더 유리한 존재방식이라 할 수 있다. 개개인들이 사회전체의 일원으로서 존재할 경우 그 개개인들은 당연히 그 사회의 구성원들로서 자신들이 맡은 각자의 역할들이 있는 것이다. 사회를 구성하는 어떠한 개인이 학자였을 경우 그는 학자로서의 역할을 다해갈 때만이 그 사회의 일원으로서 존재가치를 지니게 되는 것이다. 이렇게 봤을 때 '학문이란 무엇인가'라고 하는 물음은 사회전체 속에서 학문을 행해 가는 자의 사회적 역할이 어떤 것인가에 대한 고찰을 통해 그 답이 얻어질 수 있다고 하는 것이다.

2. 교육과 연구로서의 학문

"학문을 한다는 사람이...."라는 말이 있다. 이 경우의 '학문'에는 분명히 '무언가를 배워가고 또 연구해 간다'는 의미가 내포되어 있다. 또 이러한 의미는 우선 무엇보다도 '학문'(學問)의 한자어의 의미가 그러한 의미를 확증해 주고 있다. '學問'의 '學'은 '모르는 것을 배운다', 즉 '모르는 것을 교육받는다'고 하는 뜻이고, '問'

은 '모르는 것을 배워가는 과정에서 의심스러운 것이 있으면 그것을 묻는다'든가, '배운 것을 가지고 모르는 것을 탐구해 간다'고 하는 의미, 간단히 말해 '연구해 간다'고 하는 뜻으로 풀이된다.[2]

그렇다면 인간이 무엇인가를 '배운다'는 것은 무엇이고, 무언가를 '묻는다'는 것은 무엇인가? '배운다'는 말은 영어로는 'learn'로 번역될 수 있는 것으로서 '학습한다'는 의미에 가까운 말이다. 인간이 무엇인가를 '학습한다'는 의미는 이 세상에 이미 알려졌지만 자기 자신이 잘 모르고 있는 어떤 지식을 습득해 간다는 의미이다. 보다 구체적으로 말해, 어떤 다른 사람들은 그 지식을 받아들여 알고 그것에 관해 이미 알고 있지만, 자신은 그것을 아직 받아들이지 않아 그것에 관해 모르고 있었기 때문에, 자신도 그것을 받아들여 그것에 관해 알아간다는 의미라 할 수 있다. 그렇다면, '그것'이란 어떤 지식인가? 기존의 모든 사람들에 의해 일반적으로 받아들여져 온 지식, 다른 말로 표현하자면, 정설(定設)로 받아들여지고 있는 어떤 확실한 지식을 의미한다.

이와 같이 '학문'의 의미에는 학습자가 그러한 지식들을 받아들여 어떤 것들에 관해 알아가는 과정에서 어떤 의문이 제기되었을 때, 자신이 알고 있는 지식을 가지고 제기된 의문에 대한 해답을 추구해 가는 행위까지가 포함되어 있다. 그렇다면, 학습자의 그러한 의문은 어떠한 상황에서 행해지는 행위인가? 우선 학습자의 입장에서 봤을 때, 자신이 받아들이려는 정보자체에 문제성이 있다고 생각될 때 행해지는 경우이다. 다음으로 자신이 받아들인 정보들만으로는 자신이 알아보려는 어떤 대상에 관해 더 이상 알아볼 방법이 없다고 생각될 때의 경우이다. 학습자의 그러한 의문의 제기는 학습자가 받아들인 기존 정보의 오류성의 여부에 대한 검토와 그 정보에 대한 지식 보충이 행해짐으로써 해소될 수 있다.

학습자가 기존의 정보를 받아들여 자신이 알고자 하는 어떤 것을 알아가는 과정에서 그 정보의 오류성을 검토해보고 또 정보들을 보충해 가는 행위를 우리가 '학문'이라 말해 볼 수 있다면, 그 학문이라고 하는 행위의 본질은 교육과 연구의 의미로 파악될 수 있다. 이와 같이 '학문'이란 학습자의 어떤 관심대상에 관한 기존의

---

2) 諸橋轍次(1984), 『大漢和辞典-巻三』大修館書店、「学問」項

정보들에 대한 습득과 그 습득한 정보를 통한 새로운 정보들의 탐구 행위를 기초로 하고 있다고 말할 수 있다.

3. 사회적 행위로서의 학문

그렇다면 사람들은 왜 자신이 모르는 것들을 배우려 하는 것인가? 또 그들은 어째서 어떤 것들을 연구해가려하는 것인가? 우리가 무언가를 「배우」려는 목적은 남들이 그것을 알고 있지만 자기가 그것을 모르고 있기 때문에 남들과의 원활한 관계를 유지해 가기 위해서라 할 수 있다.

인간들의 경우도 이 지구상에서 다른 동·식물들의 경우와 마찬가지로 크고 작은 집단들을 형성해서 그것들을 통해 자신들의 존재를 실현시켜 나왔다. 부모와 자식을 주축으로 한 가족집단, 같은 혈연관계를 주축으로 형성된 씨족집단, 같은 지역을 기반으로 해서 형성된 부족집단, 강한 권력을 행사하는 어떠한 인간이나 어떤 한 가문 등을 중심으로 형성된 왕조국가 등이 바로 그러한 집단들이다. 근대 이전 지구상의 인간들은 바로 그러한 집단들을 통해서 인간으로서의 자신들의 존재를 실현시켜 나왔다. 근대 이후에 와서도 인간들은 자신들이 만든 국민국가라고 하는 하나의 인간집단을 통해 자신들의 삶을 실현시켜 가고 있으며, 또 그들은 자신들이 다각적으로 관련되어 있는 인간집단들, 예컨대, 학교·회사·학회 등과 같은 사회단체들을 통해 자신들의 삶을 영위해 가고 있는 것이다.

그러한 의미에서 우리는 인간을 사회적 동물이라 한다. 한자문화권에서의 사회(社會)라고 하는 것은 원래는 '사(社)의 회합(會合)'을 의미했다. 이경우의 '사'란 천신(天神)에 대응되는 토지 신(土地神), 또는 그것을 모신 사당을 의미했다. 그러니까 사회란 자신들이 살고 있는 지역을 지켜주는 신을 다함께 경배하기를 원하는 사람들의 모임을 의미했다. 그렇다면 그들이 그 지역 신을 경배하려는 목적은 무엇인가? 그것은 두 말할 나위 없이 그 지역 주민들 모두가 보다 편안하고 복된 삶을 살아가기 위해서이다. '사회'로 번역되는 영어의 'society'는 '어떤 일을 함께 해가는 상대'인 'partner'를 의미하는 라틴어 societās로부터 나온 말이다. 이처럼

'사회'는 뜻을 같이하는 사람들의 모임을 의미하는 말이다. 그것은 공통된 문제에 직면해 있는 인간들이 그 문제를 해결해보려는 뜻을 가지고 만든 모임을 의미한다는 것이다.

이와 같이 인간들은 그러한 다양한 사회적 집단들을 통해 자신들의 삶을 실현시켜 나왔다. 따라서 인간들이 자신들의 삶을 실현시켜 나가기 위해서는 우선 무엇보다도 어떤 구체적인 사회집단들의 구성원들이 되어야 한다. 그런데, 인간들이 어떤 사회집단의 구성원이 되기 위해서는 우선 그 사회집단의 구성원들과의 원활한 관계를 유지해 가야 한다. 한 인간이 자신이 소속해 있는 인간집단의 구성원들과 원활한 관계를 유지해 가기 위해서는 우선 무엇보다도 그 집단과 그 집단을 구성하는 개개인들과 관련된 다양한 정보들을 입수해 그것들을 통해서 그것과 그 구성원들 등에 대해 많은 것들을 알고 있어야 한다. 이렇게 생각해 볼 때, 우리가 어떤 것을 배워가는 목적은 우선 일차적으로 우리가 소속해 있는 다양한 인간 사회들과 그것들을 구성하는 다양한 구성원들 등과의 원활한 관계 형성을 통해 우리 자신들이 직면하고 있는 공통된 문제를 해결해가기 위해서라 할 수 있다. 단적으로 말해, 일본인이나 중국인이 한국사회에서 살아가려면 우선 한국어를 배워가야 하고, 한국의 역사·지리·풍습·고전 등을 알아가야 한다. 또 김치 담그는 법이라든가, 어른을 모시는 법 등도 알아가야 할 것이다. 그와 마찬가지로 한국 사회에서 태어난 한 아이가 한국 사회에서 살아가려면, 그가 성장해 가면서 전세대의 인간들의 사고방식, 가치관 등은 말할 것도 없고, 국외로부터 밀려들어오는 갖가지 외래문화들에 대한 지식들도 흡수해 가야할 것이다.

인간들이 안정된 삶을 살아가려면, 우선 무엇보다도 자신들이 속해 있는 가족·직장·국가 등과 같은 사회집단이 안정되어 있어야 한다. 자신들의 가족들의 파괴나 직장들의 파산, 국가들의 패망, 인류의 멸망 등은 우선 일차적으로 내부적 요인들로부터 일어난다고 볼 수 있다. 내부적 요인이란 자신들이 속해 있는 가족이나 직장이나 국가 등과 같은 각 집단들의 내부 구성원들 간의 충돌로부터 찾아질 수 있다. 그런데, 그러한 충돌들은 결국은 각 구성원들이 다른 구성원들에 대해 충분한 정보를 가지고 있지 못한데서 기인된다.

한편, 외부적 요인이란 역시 각 집단들이 자신들 외의 어떤 다른 집단들에 대해 충분한 지식을 갖고 있지 못한 데서부터 기인되는 것으로 볼 수 있다. 따라서 어떤 한 집단의 구성원들이 안정된 삶을 영위해 가려면, 우선 무엇보다도 소속집단의 구성원들과 자신들의 집단 밖의 타 집단들에 대한 확실하고 충분한 정보들을 확보해 가야 한다. 그러한 의미에서 그것들에 대한 연구의 필요성이 제기 되는 것이다.

그들에서의 그러한 정보들은 어떻게 확보될 수 있는 것인가? 그것은 결국 그것들에 대한 연구를 통해서만이 가능한 것이다. 우선 자신들이 알고자하는 것들에 대한 정보가 묻어 있는 자료들을 수집해서 토론 등을 통해 그것들을 분석하고 종합해 아직까지 잡히지 않았던 그것들의 특성을 파악해 내는 것이다. 이렇게 봤을 때, 인간의 학문적 행위란 공동의 인간들이 직면해 있는 공통된 문제를 해결해 나가려는 행위로서 그야말로 가장 기본적인 사회적 행위라 할 수 있는 것이다. 사회의 성립기반과 그 사회가 나가야 할 방향 등을 제시하고, 또 그것이 지닌 병폐를 끊임없이 치유해 가는 인간들의 행위가 다름 아닌 바로 인간에게서의 학문적 행위라 할 수 있는 것이다.

4. 합리적 사고의 계발로서의 학문

우리가 학문을 합리적 사고의 계발행위라 말해본다면, 그러면 합리적 사고란 과연 무엇인가? 또, 그것을 계발한다는 것은 어떤 행위인가? 여기에서 말하는 합리적 사고란 일회적 접촉을 통해 취해진 어떤 감각적이고 본능적 충동에 의한 사고가 아니고 반복된 접촉들을 통해 취해진 어떤 관념화된 사고를 가리킨다. 근대 서구철학에서의 합리적 사고라는 말은 경험주의와 대립하는 합리주의에 입각해 행해진 사고를 가리키는 말이다. 합리주의(rationalism)란 이성(理性)에 입각해 어떤 설득력 있는 이유나 근거에 기초해서 어떤 상태에 대처해 가려는 행동 내지 사고양식을 가리킨다.

그렇다면, 이성(reason)이란 무엇인가? 아리스토텔레스는『정치학』의「가족론」에서 인간을「이성적 동물」로 정의하였다. 그가 인간을 그렇게 정의한 것은 인간이 「정치적, 국가적, 사회적 동물」이기 때문이라는 것이다. 그에 의하면 국가가 존립하게 된 것은 인간의 본성에 의한 것으로서, 인간은 본성상 동류(同類)와의 협동생활에 대한 충동을 자기 속에 지니고 있다는 것이다. 인간의 「정치적, 국가적, 사회적」행위란 인간들의 동류(同類)와의 협동생활에 대한 충동을 통해 행해지는 행위로서 아리스토텔레스는 인간에서의 그러한 충동을 「이성」으로 파악했던 것이다. 이와 같이 아리스토텔레스는 「이성」의 본질을 동류를 추구해 가는 성질로 파악했었던 것이다.

르네상스 이후 근대철학자들은 감각적 인식에 대립되는 인식으로서, 사유만을 통한 인식을 인간의 「이성적 인식」으로 파악해, 그 규범을 수학적 인식으로부터 찾으려 했다. 수학적 인식이란 수학의 세계를 구성하는 수(數), 도형, 그것들을 추상화시킨 구조 등을 매체로 한 인식을 가리킨다. 「수학」이란 그리스어가 로마어화된 「마테마티카」 'mathematika'의 역어인데, 그 원어는 「배우다」를 의미하는 동사를 어산으로 하는 「배워야 할 일들」을 의미하는 말이다. 이와 같이 「수학」이란 원래 「학문」과 동일한 의미를 지닌 말이었다.

그렇다면 인간에게서의 「배운다」는 것은 어떻게 이루어지는 것인가? 우리가 어떤 것을 「배운다」는 것은 우리가 알고 있는 것을 가지고 모르는 것을 알아가는 행위이다. 이 경우 우리가 알고 있는 것을 가지고 모르는 것을 알아가는 행위란 우리가 알고 있는 것들을 도구로 해서 모르고 있는 것들로부터 알고 있는 것을 도출해가는 행위라 할 수 있다. 예컨대, 우리가 어떤 밧줄의 길이를 알려면, 우리가 알고 있는 20cm 자의 길이를 가지고 그 밧줄을 재서 그 밧줄의 길이를 알게 된다. 우리가 사과 한 개의 무게를 알 수 있다면 우리는 그것으로 사과 열 개의 무게를 알아낼 수 있다. 이처럼 인간이 모르는 것을 알아간다거나 배운다고 하는 행위란 결국은 「동류추구」라고 하는 인식작용을 통해서 이루어진다고 하는 것이고 그러한 인식작용의 규범이 바로 수학적 인식이라 할 수 있는 것이다.

보다 근본적 차원에서 논해본다면, 인간의 인식작용이란 우리가 자로 어떤 것의 길이를 재고 저울로 어떤 것의 무게를 다는 행위와 같은 것으로서 인식된 것을 가지고 아직 인식되지 않은 것들을 인식해 가는 작용이라 할 수 있다. 근대 철학자들은 보기도 하고 듣기도 하는 인간의 감각적 능력에 대해,「개념」을 통해 행하는 인간의 사유능력을「이성적 인식」이라 파악하였다. 이 경우,「개념」이란 모든 인간들의 공통된 경험을 통해 형성된 관념의 일종으로서 모든 인간들의 인식작용을 위한 공적 도구라 할 수 있는 것인데, 이러한「개념」을 통해 행해지는 사유도 결국은 기존에 모든 인간들이 알고 있는 것을 가지고 모든 인간들이 알려고 하는 어떤 대상을 재단해 내는 인식행위라 말할 수 있다. 이렇게 봤을 때, 이성적 사유란 결국은 기존에 알고 있는 것과 알려고 하는 대상을 통합시켜나가는 인식작업이라 할 수 있다. 그러한 의미에서 칸트의 경우는 이성을 인식대상들을 통일시켜보려는 능력으로 파악하였던 것이다. 이상과 같이 생각해 봤을 때, 인간의 합리적 사고란 자신이 알고 있는 것으로 알려고 하는 것을 재단해 가려는 사고를 가리킨다고 볼 수 있다. 그러한 의미에서 우리는 인간의 학문적 행위를 인간의 합리적 사고의 계발행위로 파악할 수 있다는 것이다. 이렇게 봤을 때, 학문이란 인간들이 자신들의 인식대상들을 자신이 처해있는 사회나 세계 등과 같은「전체」로 인식되는 존재들과 통합시켜보려는 사유를 통해 행해진다고 말할 수 있으며, 또 그것은 끊임없이 그러한 사유를 계발해가고 실천해가는 행위라 할 수 있는 것이다.

그렇다면, 우리는 그러한 사유를 어떻게 계발해가고, 또 그것을 어떻게 실천해 갈 수 있을 것인가? 인간에게서의 어떤 사물에 대한 관념이나 개념은 인간이 자신들의 의식대상들과의 반복된 접촉이나 그것들에 대한 반복된 경험을 통해서 형성되어 나온다. 그런데, 여기에서의 인간의 인식대상들이란 인간의 신체를 둘러싸고 있는 자연물들과 자연의 법칙들과 같은 자연현상들이다. 인간과 그것들과의 반복적 접촉이나 인간의 그것들과의 반복된 경험은 인간과 자연물들을 일관하는 자연의 어떤 법칙들의 반복을 통해서 행해지는 것이다.

르네상스운동 이후 인간들은 자연물들과 그것들을 일관하는 자연의 법칙들을 학문연구의 주된 대상으로 받아들여 왔다. 그 동안 우리는 자연물들과 그것들을 일관하는 자연의 법칙들에 대해 알고 있는 지식들을 가지고 그것들에 대해 그 때까지 밝혀지지 않은 것을 밝혀내왔다. 다시 말해서 인간들은 합리적 사고를 통해 끊임없이 대자연의 세계, 그것들의 구성요소들, 그것들을 일관하는 어떤 법칙들을 끌어내왔던 것이다. 구체적으로 말해, 인간들은 생물학적 세계와 그 기초를 이루는 물리적 세계, 그것들의 구성요소들, 그것들을 일관하는 법칙들 등을 발견해왔던 것이다. 근대 이후 인간들은 끊임없이 그러한 작업들을 행해오는 과정에서 합리적 사고를 계발해 왔던 것이다. 이렇게 봤을 때, 인간에게서의 학문적 행위란 인간에서의 합리적 사고의 계발 행위라고도 말할 수 있다는 것이다.

제 2 장

예술의 일반적 의미

1. 미적 의식의 환기 수단으로서의 예술

현재 우리는 노래를 작곡하거나, 그림을 그리거나, 혹은 어떤 형상들을 조각해 내는 사람들을 예술가라 말하고 있다. 그들의 그러한 예술적 행위들의 결과는 노래, 그림, 조각품 등과 같은 작품들로 구체화되어 나타난다. 그래서 그 예술작품들은 그것들을 감상하는 사람들로부터 미적 의식을 불러일으켜 그들로 하여금 그것을 음미케 하는 역할을 행해간다. 19세기로 들어와 시와 소설 같은 문학작품들을 창작하는 사람들도 예술가로 취급되고 있다. 그 이유는 19세기 이전까지는 그것들의 역할이 독자들에게 그들의 세계나 삶에 대한 어떤 지식을 전달하는 것이었는데 그 이후로 들어와서는 그것이 독자들로부터 어떤 미적 의식을 불러일으켜 그들로 하여금 그것을 음미케 하는 역할을 행해가는 존재로 파악되어지고 있기 때문이다. 어떤 독자들은 자신이 읽는 역사책으로부터 역사적 지식을 취해 기쁨을 느낄 수도 있다. 그러나 문제는 그 역사책의 일차적 역할이 독자들에게 역사적 지식을 전달하는 것에 있는 것이지 독자로부터 어떤 미적 의식을 창출해 내는 것이 아니라는 것이다. 어떤 독자는 역사책이 제시하는 지식을 취하게 됨으로 인해 오히려 불쾌감을 느끼거나 불안한 상태에 처하게 될지도 모른다. 설혹 독자가 그러한 느낌을 갖게 되고 그러한 상태에 처하게 된다고 하더라도 그 책임이 역사책에 있다고는 말할 수 없다. 그 이유는 역사책의 일차적 소임이 역사적 지식전달에 있기 때문이다. 그러나 그 책이 소설책이라면 문제는 좀 달라진다. 왜냐하면 소설책의 일차적 소임은 그것을 읽는 독자를 기쁘게 하는 데 있기 때문이다. 만약 그것이 독자로 하여금 어떤 불쾌한 감정을 갖게만 했다면 그것은 소설작품이라고 말할 수 없다. 그 이유는 그것이 독자로 하여금 미적 의식을 느끼게 하는 그 일차적 소임을 다 하지 못했기 때문이다. 예술작품들이 상징성을 지녀야 하는 이유가 바로 여기에 있는 것이다. 감상자들은 어떠한 형태로든지 간에 예술작품들이 지닌 상징성을 이용해 불쾌나 불안한 상태로부터 탈출해 나온다. 이렇게 봤을 때 예술이란 인간에게서의 미적 의식의 향유수단이라 할 수 있는 것이다.

2. 창작으로서의 예술

예술작품은 인간의 예술적 행위의 결과물로서 인간에 의해서 만들어진 물건이다. 그러한 의미에서 예술작품은 인간에 의해서 만들어지지 않은 자연물과 대립되는 존재이다. 그렇다면 인간에게서의 예술적 행위란 무엇인가? 보다 구체적으로 말해서, 인간의 예술적 행위란 인간이 생물들에 관해 이야기를 나누고 자신들이 살아 갈 집들을 짓고 음식을 먹는 등과 같은 여타 행위들과 어떻게 다른가? 인간에 의해 만들어진 예술작품은 그들에 의해 만들어진 생물학 서적이나 기와집이나 빵 등과는 어떻게 다른 것인가?

인간에게서의 예술적 행위란 이 세상에 아직 존재하지 않은 어떤 독자적 가치를 지닌 것을 창조해 내는 행위를 가리킨다. 우리는 인간이 어떤 목적을 가지고 어떤 것을 처음으로 만들어 내는 행위를 창조 또는 창작행위라 말한다. 인간에게서의 이러한 창작행위는 어떤 것을 흉내 내는 행위, 즉 모방행위와 대립된 행위이다. 우리는 인간의 모방행위를 사회적 행위라 말하고 있다. 사회적 행위란 자신들의 사회를 구성하는 기존의 인간들이나 주위의 인간들의 행위들을 모델로 해서 그것들을 그대로 모방해 가는 행위이다. 인간에게서의 이러한 모방행위는 인간이나 사회에 대해 몰랐던 것을 알게 됨으로써 알게 된 것을 실천해 가는 행위이다. 이렇게 봤을 때, 인간에게서의 창작행위는 인간과 세계에 대한 지식을 기반으로 해서 성립되어 나와 또 다른 지식을 창출해 가는 사회적 행위와 대립적 위치에 있는 행위이다. 이처럼 인간에게서의 창작행위는 기존의 인간들이나 주위의 인간들에 의해 아직 제작된 적이 없는 어떤 것을 제작해 내는 행위이다. 이는 그 창작물이 지닌 독자적 가치란 다름 아닌 바로 '새로움'이라는 것에 있음을 알 수 있다. 그렇다면 그것이 미적 가치를 지닐 수 있는 것은 그것이 새로운 것이기 때문이라는 의미가 된다. 미적 본질이란 '새로움'이라고 하는 것에 있다는 의미도 된다. 그렇다면 아름다움이라 어떤 것이며 또, 새로움이란 어떤 것인가?

어떤 한 인간에게 어떤 것이 아름답게 느껴지는 것은 생명현상의 측면에서 말할 것 같으면 그 사람에게 그것이 필요한 존재이기 때문이며, 또 그것이 그가 필요로 하는 어떤 것을 지니고 있기 때문이라 할 수 있다. 이렇게 봤을 때, 어떤 것을 필요로 하는 인간의 욕망 바로 그것이 어떤 것을 새롭게 만든다는 말이기도 하다. 일반적으로 우리는 처음 보게 되는 것을 새로운 것이라 말해왔다. 우리가 어떤 것을 처음 보게 되는 현상은 우리가 어떤 장소를 방문하게 될 때라든가 혹은 우리가 본적이 없는 어떤 것이 우리가 있는 곳으로 이동해 왔을 때 나타나는 현상으로 이해하고 있다. 이러한 이해는 물리적 차원의 이해이다. '새로움'에 대한 심리적 차원에서의 이해는 의식의 주체나 의식의 대상의 이동 등과는 관계없이 인간이 어떤 인식의 대상을 처음 발견하게 됐을 때 행해지는 경우이다.

인간은 어떤 경우에 어떤 대상을 처음 발견하게 되는 것인가? 인간에게의 어떤 대상에 대한 발견은 인간의 의식을 통해서 행해진다. 그렇다면 인간에게서의 의식이란 무엇인가? 모든 생명체는 자신들이 필요로 하는 것에만 관심을 갖게 되고, 필요한 것에 대한 인간의 반복된 관심이 그것에 대한 의식을 형성시킨다. 이렇게 봤을 때, 인간에게서의 어떤 것에 대한 발견이란 그것에 대한 필요성으로부터 출발된 것이라는 입장이 취해진다. 우리가 그러한 입장을 취해 인간에게서의 창작행위, 즉 어떤 새로운 것을 만들어 내는 행위라고 하는 것이 과연 어떠한 행위인가를 본질적 차원에서 고찰해볼 때 그것이야말로 어떤 미적 가치의 실현을 위한 발명이나 발견 행위라 할 수 있다.

3. 삶의 표상으로서의 예술

예술이란 말의 의미는 인간의 예술적 표현행위와 그 결과로서의 예술작품의 의미들을 통해 형성된 것이다. 그러한 의미에서 우리는 예술의 의미가 함축적으로 표현된 "삶의 표상"이란 말에서의 '표상'이란 말은 예술적 표현행위와 예술작품이라고 하는 두 가지 차원에서 그 의미가 파악될 수 있다. 우선 전자의 측면에서부터 파악해본다. 현재 '표상'이란 말은 두 가지 의미로 쓰이고 있다. 하나는 상징(symbol)내지 상징적 표현이고, 다른 하나는 재현(representation)이다. 상징내지 상징적 표현으로서의 표상은 19세기 리얼리즘을 배경으로 해서 형성된 말이다. 리얼리즘은 인간이 존재해 있는 지상의 물리적 세계가 신이 존재한다고 하는 천국보다 더 진실된(리얼한) 세계라고 믿는 입장이 형성되어 나오는 과정에서 출현된 관념이다. 그러나 인간이 설혹 그러한 입장을 취하고 있었기는 했지만, 그렇다고 인간이 자신을 완진한 존재로는 인식하지 않았다. 그 리얼리즘 시대의 인간들도 중세의 경우에서와 마찬가지로 신은 완전한 존재이고 인간은 불완전한 존재라고 하는 사상을 갖고 있었다. 그래서 그들에게는 자신들의 의식에 잡힌 물리적 세계의 실체가 그들의 불완전한 지적 능력에 의해서는 결코 온전히 파악될 수 없다는 입장이 취해졌다. 그 결과 그들은 자신들의 의식에 잡힌 세계란 사실상 표면에 드러난 것들에 지나지 않다는 생각을 하게 되었고, 그러한 생각에 입각해 표면에 드러나 있는 것들이 표면에 드러나 있지 않은 것들의 상징적 존재에 불과하다는 생각을 갖게 되었다. 이렇게 해서 표면에 드러난 형상이라는 의미를 갖은 표상이라는 말이 상징의 의미로 쓰이게 되었던 것이다.

20세기로 들어와 베르그송, 프로이드 등에 의해 의식, 무의식 등이 연구되어 나오면서, 인간들은 자신들의 눈앞에 드러나 있는 물리적 세계가 사실은 인간의 의식에 의해 드러난 존재이기 때문에 인간의 의식들에 의해 만들어진 의식세계가 자신들의 눈앞의 현실세계보다 더 리얼한 세계라는 입장을 갖게 되었다. 재현이라는 말은 그러한 입장을 취하게 된 인간들이 그들의 그러한 사상을 나타내는 과정에서 형성되어 나온 용어였다. 즉 참된 것이란 인간의 눈앞에 펼쳐져 있는 세계의 것들이 아니고 인간의 의식세계를 구성하는 것들이기 때문에 인간의 삶을 표현대상으로 하는 예술가들은 자신들의 현실세계의 것들 보다는 인간 자신들의 의식세계의 것들을 표현해야 한다는 입장을 취하게 되었다. 비평가들은 20세기 이후의 예술가들의 그러한 표현행위를 '재현'이라 명명했던 것이다. 이렇게 봤을 때, 예술적 행위란 삶의 상징적 표현행위이자 의식세계를 구성하는 형상들의 표현행위라 할 수 있다. 그러한 의미에서, 인간에게서의 예술적 표현이란 삶의 상징적 표현이자 삶의 재현 행위로 규정된다.

제 3 장

한국대학에서의 학문 활동의 현황

1. 인간에서의 학문적 활동이란 무엇인가?

일반적으로 학문이란 인간이 어떤 대상에 대한 체계적 지식을 추구해 가는 작업을 가리키고, 예술이란 인간이 색깔이나 소리 등과 같은 것들을 이용해서 어떤 가치 있는 것들을 표현해 내는 행위, 혹은 그러한 행위들의 결과물들을 가리킨다. 이처럼 학문은 물질적, 정신적 법칙들의 탐구행위이고 예술이란 어떤 가치 있는 것들의 표현행위라고 말해 볼 수 있는 것이다.

르네상스 시대 전까지만 하더라도 어떤 대상들에 대한 체계적 지식탐구란 절대적 대상들, 보다 구체적으로 말하자면 신이나 자연 등과 같은 존재들에 대한 지적 탐구를 행해갔던 사람들을 통해 행해져 왔었다. 중세까지의 학문은 성서를 통해 신과 인간과 우주를 연구하는 스콜라철학자, 불경을 통해 인간의 마음을 연구하는 승려, 유교경전을 통해 인간고 사회를 연구하는 유학자 등과 같은 자들에 의해 행해졌었던 까닭에 그 때까지만 하더라도 신이라든가 인간이라든가 자연 등에 대한 체계적 지식들을 탐구해 오던 철학이 학문을 대표했었던 것이다.

그러나 르네상스 시대로 들어와서 인간의 관점에서 인간과 자연에 대한 체계적 지식이 추구되기 시작됨에 따라 인문학과 자연과학 등과 같은 새로운 학문이 성립되어 나오게 되었다. 그 후 19세기 후반으로 들어와서 인간이 자연의 일부를 구성하는 동물의 일종으로 인식되어 나옴으로써 인문학도 과학의 한 장르로 귀속되어 인문과학으로 구체화되어 나오게 되어 결국 과학이 학문을 대표하는 장르로 정착하게 되었던 것이다. 그러다가, 20세기 후반으로 들어와서 학문은 자연계, 인간사회, 인간의 정신세계 등을 하나의 관찰대상으로 파악해 그것들의 유기적 관련성을 고찰하려는 문화연구라고 하는 형태로 전환해 나가고 있는 것이다.

이와 같이 학문은 사실상 중세까지는 신의 관점에서 신과 자연에 대한 체계적 탐구를 행해오던 철학을 주축으로 해서 발전해 나왔고, 근세에서부터는 인간의 관점에서 자연과 인간에 대한 체계적 탐구를 행해가는 과학을 통해서 발전되어 나왔다. 20세기 후반으로 들어와서는 그것이 문화연구 혹은 「연구」라고 하는 형태로 정착되어 나가고 있는 것이다. 따라서 학자란 중세까지는 철학자를, 근세이후 부터는 과학자를, 20세기 후반부터는 연구자를 가리키는 말로 받아들여질 수 있었다. 현재 우리가 쓰고 있는 철학(philosophy)이란 말의 의미는 「지식의 탐구」라고 하는 의미를 핵심으로 해서 형성되어 나왔고, 과학(science)의 의미 역시 「체계화된 지식」이라고 하는 의미를 중핵으로 해서 형성되어 나왔다. 「문화연구」에서의 「연구」도 체계적 지식 탐구 바로 그것을 의미한다.

이렇게 학문의 대표적 장르의 역할을 담당해왔던 「철학」, 「과학」, 「연구」등의 의미에는 「지식」이라는 의미가 공통적으로 함유되어 있다. 이러한 사실을 감안해 볼 때, 학문이란 한마디로 인간이 어떤 대상들에 대한 지식을 체계적으로 추구해 가는 행위라 정의될 수 있는 것이다.

인간들에서의 이러한 학문적 행위는 다음과 같은 세계관을 기초로 해서 성립되어 나왔다. 인간들의 철학적 사고와 행위는 신이 자연과 인간으로 이루어진 세계를 창조했다는 세계관에 기초해서 세계 속에 내재된 신의 세계창조의 원리를 파악해내기 위한 것들이었다. 또 그들의 과학적 사고와 행위의 목적은 인간의 사유가 자신들의 세계를 드러냈고 또 그 세계가 인간의 사유를 만들어냈다는 세계관에 입각해서 그 세계 속에 내재된 다양한 질서들을 도출해 내서, 그것들을 통해 세계와 인간을 이해해 가고, 또 그것들을 바탕으로 해서 문화를 창조해가는 것이라 말할 수 있다.

이와 같이 르네상스이후의 인간들에게서의 학문은 인간이 처해있는 세계에 어떤 질서들이 이미 존재해 있다는 확신을 기초로 해서 그 세계로부터 질서들을 찾아내려는 부단한 노력과정에서 확립해 나왔던 것이다. 이처럼 학문이란 인간들이 자신들의 세계를 구성하고 있는 다양한 구체적 대상들로부터 어떤 공통점을 끌어내는 작업이다. 그렇기 때문에 우리는 귀납적 사고를 통해서 학문을 행해갈 수밖에 없는 입장이 취해지는 것이다.

그런데 인간의 사고와 행위에는 이성(理性)에 기초한 그러한 과학적 사고나 행위들과 정반 되는 것들도 존재한다. 직관(直觀)에 기초한 예술적 사고나 행위가 바로 그것들이다. 인간의 예술적 사고나 행위는 귀납적 사고를 통한 새로운 발견이나 발명을 목표로 하고 있는 그러한 학문과는 대립적 관계의 것으로서 어떤 새로운 세계의 창출을 그 목표로 하고 있다. 인간들에 의해 행해지는 어떤 발견(discovery)나 발명(invention)은 인간 자신들에게는 그간 알려지지 않은 채 대자연이나 인간의 어떤 현실세계 속의 어딘가에 존재해 있던 것들이 인간 자신들에 의해 알려지게 되는 경우라든가, 혹은 인간의 과학적 사고에 기초해 행해지는 행위들을 통해 실재로 인간의 현실 세계 속에서 새로운 것을 존재케 하는 경우를 의미한다. 그러나 인산에서의 예술적 사고나 행위의 경우는 우선 일차적으로 그간 인간의 상상 세계나 현실세계에 존재하지 않았던 것들을 인간의 상상력이나 창작행위 등을 통해 인간의 상상세계나 현실세계 속에 존재케 하는 것을 의미한다. 보다 구체적으로 말해, 인간에게서의 예술적 행위는 작가들의 작품세계들의 구상과정이나 감상자들의 작품 감상의 과정에서 상상된 것들을 그들의 상상 세계 속이나 현실세계 속에 존재케 한다든가 혹은 상상된 것들을 그들의 현실세계 속에 구체화시켜 존재케 하는 행위라 할 수 있다. 인간의 그러한 예술적 행위는 제2의 예술적 행위라 할 수 있는 또 다른 차원의 행위들을 창출해 낸다. 즉 제2의 예술적 행위들이란 작가들의 창작행위와 감상자들의 감상행위를 통해 산출된 창작물이나 형상들의 모방행위들로서의 인간의 일상적 삶의 실현 행위들을 의미한다. 다시 말해, 과학자는 이미 대자연이나 인간의 의식세계 속에 존재하는 것들을 인간의 공적 현실세계로 끌어내서 그것들을 그 세계 속에 존재케 하는 인간이다. 이에 대해 예술가는 대자연의 세계나 인간의 현실세계에도 존재하지 않은 것들을 인간의 현실세계나 혹은 의식세계 속에 존재케 하는 자라 할 수 있는 것이다. 과학자가 이성이나 합리적 사고를 통해 어떤 이론을 정립시키고 그것을 바탕으로 해서 어떤 것을 제작해 가는 목적은 인간에게 어떤 육체적 레벨의 안락을 가져다 줄 수 있는 제도나 혹은 수단 내지 도구를 인간의 현실세계 속에 존재케 하는 데 있다. 이에 반해 예술가가 상상력을 통해서 어떤 것을 상상해 내서 그것을 모델로 하여 어떤 것을 창작해 내는 목적은 감상자들에게 어떤 정신적 쾌감이나 위안을 가져다 줄 수 있는 대상을 그들의 현실세계나 의식세계에 존재케 하기 위해서인 것이다.

이상과 같이 학문은 신이 인간과 세계를 창조했다고 하는 사상이 인간의 정신세계를 지배해갔던 중세까지만 해도 서로 상반된 속성을 지닌 과학과 예술을 둘 다 포괄하는 철학이라고 하는 형태로 존재해 있었다. 그러나 르네상스 운동 이후 인간 중심주의적 사고가 일반화되어 나옴에 따라 세계란 인간의 의식을 통해 드러난 존재라고 하는 사상이 인간의 정신세계를 지배하게 되어 결국 철학은 학문과 비학문으로 양분되어 나왔고, 또 학문으로서의 철학은 문학과 과학으로, 비학문으로서의 철학은 예술과 종교로 각각 분류되어 나왔던 것이다. 그 후 학문으로서의 문학은 인간을, 학문으로서의 과학은 자연을 각각 연구해 갔었는데, 19세기로 들어와서부터는 문학이 학문으로서의 문학과 예술로서의 문학으로 양분되어 나오게 되었던 것이다. 그 시점을 전후해서 과학은 대표적 학문 장르로서의 역할을 수행해 나갔고, 예술의 경우는 인간이 자신들의 행복을 추구해 가는 과정에서 과학이 행해 갈 수 없는 역할을 담당해가게 됐던 것이다. 학문의 대표적 장르인 과학은 그것과 상반되는 역할을 행해가는 예술과 바로 이러한 점에서 그 차이를 보여 왔다고 말할 수 있을 것이다.

이와 같이 학문은 왕조국가가 설립되고 문자가 발명되어 인간들에게 합리적 사고가 구축되어 나오는 과정에서 철학의 형태를 취해 문화장르의 하나로서 성립되어 나왔다. 그래서 그것은 고대와 중세를 통해 더욱 발전되어 나와, 근세 이후 철학으로서의 학문은 과학과 예술과 종교로 삼분되어 나오게 됨에 따라 결코 과학이 학문이라고 하는 문화 장르를 대표해가게 됐던 것이다. 그러나 20 세기 후반으로 들어와 과학으로서의 학문은 우주중심 시대라고 하는 새로운 시대를 맞이하여 연구의 대상을 문화로 하는 「문화연구」혹은 「연구」라고 하는 형태로 전환해 나왔던 반면, 예술과 종교는 쇠퇴기로 접어들게 되었던 것이다.

2. 한국의 대학에서의 연구 활동

현재 우리사회에서의 「학문」이란 주로 대학이나 연구소 등에 적을 두고 있는 사람들, 즉 대학생, 대학원생, 연구원, 강사, 교수 등이 자신들의 직업적 차원에서 행해가는 연구의 의미로 받아들여지고 있다. 이처럼 우리사회에서의 「학문」과 「대학」과는 불가분의 관계로 인식되고 있어, "학문이 행해지는 장소는 대학이다", "대학은 학문이 행해지는 장소다"라는 말들이 자연스럽게 받아들여지고 있다.

예술의 경우도 마찬가지이다. 「학문과 예술 활동」에서의 「예술 활동」이란 연구, 창작, 발표 등을 망라한 종합적 방면에서의 접근된 예술을 의미한다. 예술 활동에서의 연구란 예술적 기법, 예술교육, 예술론, 예술사 등에 대한 연구를 의미하고, 예술 활동에서의 창작이란 예술작품세계의 창작 행위들을 의미한다. 이 경우의 예술작품이란 음악, 회화, 조각, 연극, 영화 등과 같은 것들뿐만 아니라 시, 소설 등과 같은 문학작품들까지를 의미한다. 여기에서 말하는 예술 활동에서의 발표란 연구자가 연구를 통해서 만든 이론을 가지고 창작해 낸 작품들을 출판, 공연, 전시회 등을 통해 일반인들에게 제시하는 행위를 가리킨다. 대학에서 적을 두고 있는 예술가들의 창작 행위는 주로 교내에서 행해지지만 작품발표는 주로 학교 밖에서 행해진다.

이와 같은 점들을 고려해 봤을 때 대학에서의 예술 활동이란 여러 차원의 예술 활동을 위한 이론들을 추구하는 예술 연구 활동이 주축이 되어 있음을 알 수 있다. 따라서 대학에서의 예술 활동이란 예술 연구 활동에 관한 담론이 되지 않을 수 없다.

우선, 대학에서의 대학생들의 연구 활동과 창작 활동에 관해 말해 본다. 현재 대학에서 그들의 학문적 연구와 창작 활동은 다음과 같은 두 가지 측면에서 행해지고 있다. 우선, 하나는 교수들이 그들의 강의, 토론, 저서, 논문, 실습 등을 통해서 학생들에게 제시하는 지식들이나 테크닉을 학생들이 교실안팎에서 습득해 가는 행위이다. 이 경우 교수들이 학생들에게 제시하는 지식들은 두 종류의 것들이다. 하나는 학생들이 보편적 사고를 행할 수 있는 교양인으로서의 성장에 소용되는 지식들이나 테크닉이다. 다른 하나는 특수 분야를 담당할 전문인으로서의 성장에 소용되는 지식들이나 테크닉이다. 대학에서의 대학생들의 또 다른 측면의 연구 활동과 창작 활동은 학생들이 교수들의 강의나 논문들이나 그들과의 토론 등을 통해 그러한 지식들이나 표현상의 테크닉을 취해가는 과정에서 자신들의 차원에서 어떤 문제의식들을 만들어내고 또 질문이나 리포트를 통해 그것들을 교수들에게 제시해가는 행위이다.

이 경우에의 문제의식이란 어떤 전문분야의 지식이나 혹은 표현상의 테크닉과 관련된 문제의식을 비롯하여 역사나 사회에 대한 문제의식, 민족이나 인간에 대한 문제의식, 자신들의 삶에 대한 문제의식, 자신들의 관심을 사로잡는 어떤 대상들에 대한 문제의식 등일 수 있다. 학생들의 교수들을 향한 자신들의 문제의식의 제시방법은 수업에서의 질문, 리포트의 제출뿐만 아니라, 개인면담, 서클 활동, 답사나 연구여행 등을 통해서일 수도 있다.

대학원생들의 연구와 창작 활동은 어떠한 것인가? 대학원생들은 자신이 연구해 보고자 하는 구체적인 연구테마를 가지고 대학원에 들어온 자들이다. 그들은 자신이 소속된 연구그룹이나 창작그룹의 멤버 등과의 충분한 토론 등을 통해 자신들이 연구해 보고 표현해 보고자 하는 대상에 대한 일반적 특징을 파악하고, 또 그 대상에 대한 전문적 지식들이나 표현기교들과 그 연구나 표현을 위한 방법론 등을 습득해 가면서 자신의 관심대상을 연구해 가고 표현해 가는 행위라 할 수 있다. 그러면 강사들의 연구와 창작 활동은 어떠한가? 현재 한국의 대학에서의 강사는 국내외에서 박사학위를 취득한 후 대학의 연구소 등에 적을 두고 학회나 발표회 등을 통해서 연구나 창작 활동을 해가면서 자신들이 취해 가는 전문적 지식들이나 테크닉을 논문이나 강의나 발표회 등을 통해 학회 회원들이나 학생들이나 일반인들에게 열심히 전달해 가는 눈물겨운 삶을 살아가는 자들이다. 이와 같이 그들에게서의 연구 활동과 창작 활동이란 대학의 연구소나 학회나 발표회 등을 통해 이루어지고 있다.

끝으로 교수들의 연구 활동과 창작 활동에 대해서 언급하기로 한다. 현재 한국의 대학에서의 교수는 대학의 어느 특정학과에 적을 두고 그 학과를 통해 자신의 연구 활동과 창작 활동을 행해가는 것으로 특징 지워진다. 현재 한국에서의 교수들의 연구와 창작 활동은 다음과 같은 몇 가지 측면에서 행해지고 있다. 우선 하나는 강의를 통한 활동이다. 교수는 강의를 통해 자신이 여러 연구나 창작 활동을 통해 취해낸 전문적 지식들과 새로운 정보들을 학생들에게 전달한다. 둘째, 교수는 그 전달과정에서 학생들로부터의 질문, 리포트, 과제물, 개인 면담 등을 통해서 학생들의 문제의식을 파악해 내서 그것들을 자료로 해서 자신의 새로운 연구테마를 구상해 가고, 새로운 표현대상을 포착해 간다. 셋째는 학부 학생들의 서클 지도 활동의 지도와 대학원생들의 논문지도나 창작 활동 지도를 행해 간다. 넷째는 국내외의 학회활동과 발표 활동을 통해 자신의 연구와 창작 활동을 행해간다. 다섯째는 저술활동이고, 여섯째는 사회단체나 국가기관 등으로부터 요구받아 행해가는 강연, 평론발표, 공연이나 작품전 등의 활동들이다.

그러면 우리 대학인이 우리의 삶을 실현시켜 나가는데 있어서, 이와 같은 연구 활동과 창작 활동은 과연 어떠한 의미를 갖는 것인가? 다시 말해서, 우리의 삶 속에서 학문과 예술이란 어떤 수단으로 쓰이고 있는가? 현재 우리가 처해 있는 사회 속에서 학문과 예술은 어떠한 역할을 행해가고 있는가? 한마디로 말해, 학문이란 무엇이며 예술이란 무엇인가? 우선 우리 대학인이 이러한 물음을 제기하게 된 이유에 관해서부터 논해 보기로 한다.

현재 우선 한국의 대학에서 이상과 같은 대학인들의 학문적 행위가 어떻게 행해지고 있는지에 대해서 논해 보기로 한다. 최근까지 한국의 대학생들은 대학에 들어와서부터는 공부를 열심히 하지 않는다는 말들이 있다. 사실상 그들은 우선 수업참가에 적극적 입장을 취하려들지 않는다는 인상을 주며, 설혹 그들이 수업에 참가한다 하더라도 마지못해 한다는 인상을 주는 경우가 적잖다. 또 그들은 수업에서의 토론 참가에 있어서도 지극히 수동적이다. 리포트 제출의 경우에도 자신들의 입장을 명확히 제시하는데 있어서 지극히 소극적이며, 교수와의 면담이나 서클 활동 참가에 있어서도 결코 적극적이지 않다. 그 주된 이유는 한마디로 교수들의 강의내용이나 그들의 어드바이스가 학생들의 욕구를 충족시켜주지 못하기 때문이라고 말하는 학생들이 많다. 그것이 사실이라면, 그 교수들의 강의가 학생들의 욕구를 충족시켜 주지 못하는 이유는 무엇일까? 필자의 생각으로는 교수들의 강의가 충실치 못하다든가, 그들의 어드바이스가 형식적이기 때문만은 결코 아닐 것이다.

아마도 그 주된 이유는 첫째로 한국의 대학생들이 교수들을 통해서 얻으려고 하는 것과 교수들이 그들에게 주려고 하는 것이 서로 다르기 때문일 것이다. 한국의 대학생들이 우선 교수들로부터 얻으려고 하는 것은 그들이 처해 있는 사회가 요구하는 실용적 지식이다. 그러나 교수들이 학생들에게 제시하려고 하는 것은 그들이 외국학자들의 논문·서적들로부터 취한 지식인 것이다. 둘째로 그들이 대학에 들어왔어도 자신들이 원하는 학과에 들어가지 못했다든가, 혹은 전공분야의 지나친 세분화로 인해 자신들이 선택할 수 있는 강의나 접촉할 수 있는 교수들이 지극히 한정되어 있기 때문이기도 할 것이다. 한국의 대학생들은 자신들의 부모들의 바람들이나 꿈들을 고려해서 자신들이 들어가고자 하는 학과를 지망하는 경향이 적잖다. 따라서 한국의 대학생들은 자신들의 부모들의 욕망이 어떠한 것이든지간에 그것을 실현시켜 불 목적으로 대학 진학을 한다고 말해도 과언이 아닐지 모른다. 물론 대학 진학 시 학과선택을 놓고 학부모와의 의견차이가 크다는 이야기도 많이 있다. 이렇게 봤을 때, 우선 우리 사회를 구성하는 학생들의 꿈과 학부모의 바람과의 상치, 학생이 바라는 것과 교수가 연구해 가르쳐 가는 것과의 상치 등으로 인해, 결국은 학생들과 교수들의 학문과 예술 활동이 대학에서 활발히 행해질 수 없다고 하는 것이다.

한국의 대학인들이 이러한 연구 활동과 예술 활동 실태로부터 벗어나려면 우선 무엇보다도 자신들의 현실과의 진지한 접촉을 통해 얻어낸 생각들과 느낌들을 자산으로 해서 자신들의 확고한 역사지식과 사회의식을 가져야 될 것이다. 학생들은 그러한 지식들을 발판으로 해서 수업, 서클, 연구회 등에서 교수들로부터 보편적 지식과 전문적 지식들 등을 취해 자신들의 차원의 문제의식을 만들어가야 할 것으로 판단된다. 그래서 학생들은 적극적인 질문과 열띤 토론 등을 통해 교수들에게 자신들의 문제의식을 끊임없이 제기하고, 또 교수들은 그들의 그러한 문제의식을 적극적으로 수렴하여 새로운 연구테마를 설정해서 그것을 연구해 간다고 하는 것이다. 학생과 교수의 이러한 맞물림이 대학에서의 학문과 예술 활동의 주축이 되어야 한다는 것은 두말 할 나위가 없다. 장래를 짊어질 젊은 세대, 특히 젊은 지성인들의 문제의식이 기성세대인 교수들에 의해 적극적으로 받아들여져 이론화되고 정책화되고 제도화될 때만이 대학의 역할이 완수된다고 하는 것이다. 그러나 현재 한국의 대학에서는 이상과 같은 이유들 등으로 인해 학생들이 교수들로부터의 전문적 지식들은 그 나름대로 열심히 취해가고 있기는 하지만, 그것들을 취해가는 과정에서 그들 차원의 문제의식을 만들어내고 또 그것을 교수들에게 제시해 감에 있어서 결코 적극적이지 않다는 것이다. 또 교수들도 학생들이 자신들의 문제의식을 해결해 가는데 필요로 하는 지식들을 제공해 주지 못하고 있고, 또 그들의 문제의식을 적극적으로 수용해 가려는 입장도 취해 가지 못하고 있는 실정이다.

현재 특히 한국의 대학원생들은 여러 측면에서 열악하기 그지없는 연구 환경에 처해있다. 그들은 한국문학이나 한국사 등과 같은 특수한 학문분야를 제외하고는 설혹 한국에서 박사학위를 취득한다하더라도 대학의 전임교수로 나가기가 대단히 어렵다. 그 이유는 한국의 대학들이 전임교원을 채용할 때 외국에 가서 박사학위를 취득해 귀국한 자들을 선호하고 있기 때문이다. 한국의 대부분의 교수들은 자기 밑에서 박사학위를 취득한 학생을 전임으로 뽑지 않고, 외국에 가서 공부하고 돌아온 자들을 뽑는다. 현실이 그렇기 때문에 국내 대학원에 들어온 학생들이 장차 대학교수가 되려면 국내대학원을 그만두고 외국에 나가서 석·박사학위를 다시 해야 한다는 것이 일반화되어 있는 실정이다. 그렇기 때문에 국내의 대학원생들은 자신의 연구테마를 정하는 데 있어서도 한국의 현실은 전혀 고려하지 않고 장차 자신이 외국에 나가 그 곳 대학의 어떤 교수의 연구테마에 맞추어서 자신의 연구테마를 정한다고 하는 것이다. 또, 설혹 국내의 대학원생들이 국내에서 박사학위를 취득할 경우에 있어서도 외국학자들의 이론을 받아들여 그것을 적당히 이용해서 박사논문을 쓰지 않으면 박사학위 취득이 대단히 어렵다고 하는 사실도 지적해 둘 필요가 있다.

한국의 대학생들은 우선 자신들의 삶이나 존재 또는 사회, 국가, 인류 등에 대한 문제의식이 약하다. 어떻게 생각해보면 그럴 수밖에 없다는 생각이 든다. 그들이 그것들에 대한 어떤 강한 문제의식들을 갖는다고 해도 그들은 그것을 실현시켜나가기가 어렵다고 생각되었기 때문에 그 정도의 문제의식밖에는 갖고 있지 않을지도 모른다. 사실상 설혹 그들이 어떤 이상을 가지고 있다고 하더라도 그것들을 실현시켜나가기란 대단히 어렵다. 그 이유는 우선 무엇보다도 기성세대들이 어떤 변화를 원치 않기 때문이다. 인간의 존재기반인 지구는 중력과 온도가 다른 우주공간을 이동해가면서 끊임없이 변화해 가고 있다. 우리 인간도 그러한 변화에 맞물려 끊임없이 변화해가지 않을 수 없는 존재이다. 인간의 육체와 생각, 그것들이 만든 모든 물건들과 제도들도 변화되어 가지 않을 수 없는 존재들인 것이다. 그런데도 불구하고 현재 한국인들은 기존에 만든 제도와 조직 등을 개혁해 가려하지 않는 것이다. 그 이유는 단 한가지이다. 그것은 자신들이 거머쥐고 있는 기득권을 유지해가기 위해서인 것이다. 한국의 기득권 세력들은 일제강점기와 산업화시기 등과 같은 독특한 역사적 상황을 배경으로 해서 출현한 세력들이다. 그들은 알고 있다. 그러한 독특한 역사적 상황이 다시는 그들에게 부여되지 않는다는 것을 너무도 잘 알고 있는 것이다. 그래서 그들은 자신들이 거머쥐고 있는 기득권을 쉽게 포기하려려들지 않는다고 하는 것이다.

2000년대로 들어와 한국의 대학들은 교과부의 압력으로 어쩔 수 없이 학과제를 학부제로 전환시켜보려는 움직임을 보였다. 그러나 끝내는 학과 소속교수들과 학생들의 반대로 다시 학과제로 주저앉고 말았다. 학부제가 되면 교수들은 학점으로 학생들을 컨트롤 해 갈 수 없다. 교수들은 자신들의 실력과 학생들에 대한 교육적 관심으로 그들을 컨트롤 해 갈 수밖에 없는 것이다. 만일 교수들이 그런 것들을 발휘하지 못하면 자신들이 가르칠 수 있는 학생들이 없어져 버리기 때문에 당연 자신들의 자리가 위태로울 수 있다는 생각에 떨어지게 되는 것이다. 학생들이 학부제를 반대하는 이유는 단 한가지이다. 그들은 자신들의 선배와 후배가 없어져 버리기 때문이라는 것이다.

근대학문의 산실 격인 유럽의 대학에서 현재 한국의 학과가 취하고 있는 학과제를 실시하기 시작한 것은 19세기후반에서 20세기 초로 고찰된다. 일본의 경우는 서구의 대학제도를 받아들여 1870년대에 도교대학의 성립을 계기로 실시되기 시작되었다. 현재 한국의 대학에는 예컨대 문과대학 등과 같은 각 대학은 국문학과 영문학과 등과 같은 학과들로 이루어져 있다. 이렇게 각 대학들이 몇 개의 학과들로 이루어져 그 학과들이 각 대학의 주체들로 군림하게 된 학과제가 성립된 것은 1886년 제국대학 령의 발포를 기점으로 해서부터였다. 일본은 그 후 그 학과제가 20년을 주기로 해서 끊임없이 바뀌어 나왔다. 그러나 한국의 경우는 어떠한가? 해방과 함께 4년제 대학이 설립되어 이후 한 번도 바뀐 적이 없다. 바뀐 것이 있다면, 1960년대 후반에 예컨대 「국문과」에서 「국어국문과」로 바뀐 것 이 외에는 아무것도 없다. 그 이유는 과연 무엇일까? 필자가 근무하고 있는 대학도 교과부의 강압으로 학과제를 학부제로 전환시킨다는 입장을 취한 적이 있었다. 그러나 결국은 그 뜻을 이루지 못했다. 그 주된 이유는 주요 국립대학이 학부제로 나가다가 다시 학과제로 후퇴해 버렸기 때문이다. 그렇다면 왜 주요 국립대학은 학부제로의 전환을 포기했던 것인가? 그것은 앞에서도 언급한 바와 같이, 아마도 일제를 백그라운드로 해서 형성되어 나온 학과제 출신의 기득권세력들이 그러한 전환을 원치 않기 때문이었을 것이다.

그 이유는 두가시로 신난된다. 첫째 일제가 조선인들을 자신들 중심의 정치적 체제 속에 가두어놓고 자신들의 유리한 쪽으로 이용해 갔듯이 학과의 교수들도 일제가 조선인들을 다루어 갔던 바로 그러한 식으로 학생들을 다루어간다는 입장을 취했던 것은 아닐까 한다. 일제가 조선인들에게 가졌던 그 못된 권위의식이 경성제국대학의 후신 교를 통해 전승되어 현재까지도 바로 그러한 형태로 잔존해 남아있는 것은 결코 아닐 것이다. 일제의 학문을 백그라운드로 해 온 한국의 교수들은 자기들이 알고 있는 것들을 학생들에게 주입시켜주는 것이 참된 교육이지 학생들이 알고자하는 것을 가르쳐주는 것이 참된 교육이라고는 생각하지 않는다는 입장이었던 것 같다. 일제의 교수들에게는 조선인들의 문제의식을 들어주고 또 그것을 학생들과 함께 해결해보려는 입장이란 결코 존재하지 않았다. 그랬으니 학과의 기득권세력들이 일찍이 존재하지 않았던 새로운 시각을 창출해낼 수 있을 리 만무한 것이다. 다른 하나는 그 기득권 세력들이 학문의 창조성보다는 기능성을 더 평가하려는 입장을 취하고 있기 때문이라 할 수 있다. 그러한 입장 또한 일제에 의해 만들어진 학문관이다. 그것이야말로 종합적 지식만이 새로운 지식과 새로운 세계를 창출해간다는 사실을 무시한 처사였던 것이다. 학부 때 접한 다양한 지식들과 시각들이 대학원에 가서 새로운 지식들과 시각들을 창출해 낼 수 있다는 사실을 결코 고려하지 않은 처사였던 것이다. 그렇다면 필자가 소속에 있는 대학을 비롯한 여타의 대학은 어떠한가?

한국의 근대화는 한국을 자신들의 식민지국으로 만들었던 일제를 통해 행해졌다. 또 그 근대화를 기초로 해서 추진되어 나왔던 한국의 현대화는 해방이후 일제와 동반자 관계를 맺어 동아시아의 공산화를 저지해왔던 미국의 주도 하에 행해져 나왔다. 이러한 이유들로 인해 현재까지도 한국인들은 한국에서의 어떤 제도 설립이나 그 개혁의 모델을 일본이나 미국으로부터 찾아오고 있는 것이다. 이러한 현상은 무엇을 의미하는가? 그것은 한국인 자신들이 한국을 지배했던 일본이나 현재 한국에 절대적 영향력을 행사해 가고 있는 미국의 시각에서 자신들의 사회나 삶을 관찰해 그것들을 개혁해나가려는 입장이 일으키는 현상이라고는 결코 볼 수 없다. 오히려 그것은 한국인들이 일본인들이나 미국인들이 원하는 쪽으로 자기 자신들을 유지시켜나가려는 입장, 보다 구체적으로 말하자면 피지배근성 내지 사대주의 근성의 입장이 일으킨 현상이라 할 수 있다. 이러한 측면에서 행각해 볼, 일제치하에서 설립된 경성제대의 학과제가 학부제로 전환되어 나오지 못하는 것은 결국은 한국 국민들이 지닌 노예 근성적 태도 때문이 라는 것이다.

3. 한국의 대학에서의 학생과 교수와의 관련양상

학생들이 교수들에게 적극적으로 자신들의 문제의식을 제시하지 않는 것이 학생들만의 탓은 결코 아니다. 기성세대인 교수들에게도 적잖은 책임이 있다. 우선 무엇보다도 교수들은 학생들의 입장에 서서 수업, 서클, 연구회, 개인면담 등을 통해서 학생들이 자신들의 문제의식을 적극적으로 제시할 수 있도록 학생들을 유도해 가야한다. 또 교수들은 학생들이 그러한 입장들을 취할 수 있는 어떤 제도적 장치들을 적극적으로 만들어 가야한다. 그런데 한국의 교수들은 그러한 입장을 취하지 않다는 것이다. 그렇다면 한국의 교수들은 어째서 그러한 면에 소극적인 것인가? 예컨대, 한국의 교수들은 수업에서 학생들로 하여금 어떤 질문을 할 수 있는 기회를 만들어 보려는 생각을 하지 않는다. 그 뿐만 아니라, 교수 자신들도 학생들에게 어떤 질문을 해 보려고 하지도 않는다. 외국 유학생들의 지적에 의하면, 교수들의 서클의 지도교수로 있으면서도 서클에는 좀처럼 참가하려 하지 않는가 하면, 설혹 그들이 서클의 토론회에 참석했다 하더라도 학생들에게 어떤 보편적 사고를 가능케 하는 교양교육이나 합리적 사고를 가능케 하는 질문이나 문제제기보다는 전문적 지식만을 주입시켜 가려 한다는 것이다.

그러면, 그 이유는 무엇인가? 그것은 대개 다음과 같은 것들로 때문이라 할 수 있다. 우선 첫째, 대부분의 교수들은 교육과 학문이 사회를 개혁해 간다고 하는 확고한 신념을 갖고 있지 못하고 있기 때문이다. 둘째, 적잖은 교수들이 학생들에 대한 교육이나 자신들의 연구보다는 학교의 행정이나 학외의 정치 등에 대해 더 많은 관심을 가지고 있기 때문이다. 물론 거기에는 그만한 이유가 있다. 셋째, 대부분의 교수들이 주체적으로 학내의 행정개혁을 통해서 학생과 교수와의 보다 바람직한 관계를 조성해 보려들기보다는 학교 행정을 장악해 가고 있는 학외의 정치적 변화에만 관심을 집중시켜가고 있기 때문이다. 다시 말해서, 그들은 학교에서의 교육이나 연구보다는 학교 밖의 정치에 대해 더 관심을 가져가고 있기 때문이라고 하는 것이다. 물론 거기에도 그럴만한 이유가 있다. 넷째, 태반의 한국 교수들은 해외에 나가서 연구를 해 가지고 돌아온 우수한 학자들이다. 그들은 외국에서 외국학자들의 이론을 받아들여 그것들을 응용해서 박사학위를 취해 돌아온 자들이다. 국내에서 박사학위를 취득한 자들이라 하더라도 그들의 대부분은 외국학자들의 이론들을 도입해서 그것들을 응용해서 박사학위를 취득한 자들이다. 따라서 한국의 교수들의 대부분은 외국으로부터 자신들의 전공분야의 이론들을 도입하는 일에만 관심이 쏠려 있다. 또 그들은 그것들을 학생들에게 소개하고 주입시켜 나가는 것이 그들의 주된 업무로 인식하고 있기도 하다. 이와 같이 학생들의 문제의식이 교수들에게 제대로 전달되지 않고, 또 교수들이 학생들로부터 제기된 문제들을 자료들로 해서 자신들의 연구테마를 설정해 가려들지 않음으로 인해, 결국 학생과 교수간의 관계는 비학문적 차원에서 맺어지지 않을 수 없다. 이처럼 대학에서의 학생들과 교수들과의 관계가 비학문적으로 맺어져 있는 것과 마찬가지로 교수들과 대학 밖의 사회인들과의 관계도 비학문적으로 맺어져 있다. 교수들은 학생들의 소리에 귀를 기울이려 하지 않으며, 또 대학 밖의 사회인들의 소리에도 귀를 기울이려 하지 않는다. 그들은 오직 외국 학자들의 이론들을 도입해 들어오는 것에만 관심이 쏠려있는 것이다.

그들이 그렇게 된 것은 여러 가지 이유가 있다. 우선은 설혹 교수들이 학생들의 문제의식이나 대학 밖의 사회인들의 요구들을 바탕으로 해서 자신들의 연구테마를 설정해 연구의 결과를 발표해 간다하더라도 그들의 연구결과에 귀를 기울이는 사람들이 거의 없기 때문이다. 정부정책의 입안자들이라든가 언론인들이라든가 정치가들은 말할 것도 없고 같은 전공분야의 교수들까지도 그들의 연구결과들에 대해 관심을 갖지 않으려 하기 때문인 것이다. 일반 독자들의 경우도 국내연구자들이 하는 말들보다는 외국의 학자들이 하는 말들에 더 귀를 기울이고 있다. 따라서 교수들의 연구결과는 우리 사회에서 쓸모가 없는 것으로 인식되어 있는 것이다. 그들의 논문들은 그들의 지도학생들에까지도 외면되고 있는 실정이다. 자신들의 논문이 우리 사회에서 어떠한 쓸모도 없다는 것을 알고 있기 때문에 교수들은 논문들을 힘들게 쓸 필요가 없다고 생각한 나머지, 별 어려움 없이 외국교수들의 이론들을 받아들여 그것을 자신들의 차원에서 소화해서 그것을 발표해 가는 식으로 나가게 된 것이다.

이렇게 봤을 때 학생과 교수간의 관계가 비교육적 내지 비학문적으로 맺어져 있게 된 근본적 원인은 한 마디로 그 동안 「정치」가 한국사회를 완전히 지배해 왔기 때문이라 할 수 있다. 다시 말해서, 그 동안 한국사회는 교육과 학문이 정치를 지배해 온 것이 아니라 정치가 교육과 학문을 지배해 온 사회였기 때문이라 할 수 있다. 해방이후 정치적으로 한국의 사회는 공시적 차원에서는 처음의 20년간은 남과 북으로 그 후 30년간은 동과 서로 양분되어 있었고, 통시적 차원에서는 친일과 반일로 양분되어 나왔다. 그러한 차원에서 움직여갔던 국내정치는 국제사회에서의 자본진영과 공산진영의 대립적 관계를 주축으로 해서 행해져왔었던 것이다.

근대사회에서의 교육은 인본주의 정신을 기초로 해서 성립된 것이고 학문은 합리주의 정신을 통해서 확립된 것이다. 이렇게 봤을 때, 한국에서 정치가 교육과 학문을 지배해 왔다는 것은 지역정서, 친·반일 정서, 반공 정서 등이 인본주의 정신과 합리주의 정신을 지배해 왔다는 말이다. 한국에서의 학생과 교수 간의 관계가 인본주의 정신과 합리주의 정신에 입각해 맺어지려면, 우선 무엇보다도 우리 사회가 지역정서, 친·반일 정서, 반공정서 등으로부터 벗어나야 한다. 학생들이 교실에서 자신들의 의견이나 입장들을 자유롭게 표현하지 않는 것은 첫째 그들이 지역정서, 친·반일 정서, 반공정서 등에 깊숙이 싸여 있기 때문이라 할 수 있다. 다시 말해서, 학생들이 그러한 정서들의 벽들을 깨고 대중 앞에 튀어 나올 용기를 가지고 있지 못하기 때문이라는 것이다. 둘째는 설혹 학생들이 자신들의 의견을 교수와 다른 학생들에게 제시했다하더라도, 그것이 자신들과 입장들이 다를 수 있는 교수와 학생들에게 제시되었기 때문에 제대로 토론될 수 없다고 하는 생각들로 학생들의 사고가 감싸여 있기 때문이라 말할 수 있다. 교수들이 학생들을 토론의 장으로 끌어내서 그들과 자유로운 토론을 하려 들지 않으려는 것도 학생들의 경우와 별 차이 없다. 첫째 그들은 학생들에게 자신들의 그러한 정서들을 분명하게 드러내 보이려 하지 않으려 한다는 것이다. 둘째는 자신들이 학생들과 활발한 토론을 통해 어떤 훌륭한 결론을 도출해냈다 하더라도 그 결론이 어떤 개인적 차원의 실천이나 어떤 행정가들의 정책들로 결코 연결되어지지 않는다고 생각하고 있기 때문이다.

이와 같이 현재 대학인들의 사고가 합리주의에 입각해 행해지고 있는 것이 아니라 혈연, 지연, 학연 등을 주축들로 하는 각종 당파적 사고에 매몰되어 정치적, 경제적, 사회적 이해관계들에 입각해 행해져가고 있기 때문에 대학에서 교육과 연구가 제대로 행해지지 못하고 있는 실정이라고 생각하지 않을 수 없는 것이다. 그렇다면 현재 한국의 대학인들의 사고가 그러한 역학적 관계 속에 움직이고 있는 근본적 원인은 어디에 있는 것인가? 그것은 두 가지 측면에서 논해질 수 있다. 우선 하나는 한국의 학문이 그 동안 일본과 미국의 학문에 종속되어 왔고, 현재까지도 그 상태로부터 완전히 벗어나지 못했기 때문이라 할 수 있다.

현재 한국의 대학원에서의 교수와 학생과의 관계는 국어국문학과나 한국사학과 등과 같은 특수한 분야의 학과들의 경우를 제외하고는 정상적 차원의 학문이나 교육적 관계로 맺어진 관계라고는 결코 말할 수 없다. 한국의 대학원생들이 대학원에 들어온 주된 목적은 외국의 대학으로 유학을 떠나기 위한 발판을 마련하기 위해 또는 외국대학에서 박사학위를 취득한 후에 귀국해서 자리를 잡기 위한 토대를 마련하기 위해서이다. 어쩐 일인지 요즘 한국의 학자들은 박사과정 때의 자기 지도 교수만을 자기의 선생으로 생각할 뿐이다. 그들은 그 이외의 선생들에 대해서는 자기의 선생으로 생각하지 않는다. 그들이 그렇게 생각하기 때문에 한국에서의 석사과정 때의 지도교수도 자기선생으로 생각하지 않는다고 하는 것이다. 이렇게 한국의 대학원에서의 교수와 학생과의 관계는 처음서부터 구조적으로 이렇게 비학문적이고 비교육적 관계로 맺어지기 때문에 교수들의 학생들에 대한 애정이나 학생들의 교수에 대한 존경이 왜곡되기 일 수 인 것이다.

　필자는 1990년대 초에 중국 북경대에서 얼마간 연구생활을 한 적이 있었다. 그때 필자는 북경대 대학원생에게 "학생들이 생각하는 가장 훌륭한 교수란 어떤 교수냐"고 물어본 적이 있다. 그들 왈 "첫째는 사상이 진보적이어야 하고, 둘째는 학생들에게 애정을 가지고 있어야하고, 셋째는 실력이 있어야 한다는 것이었다. 그러한 대답을 들은 미국의 펜실베니아로부터 온 한 유학생은 "우리들이 생각하는 베스트 프로페서란 학생들이 취하고자하는 전문적 지식을 명확히 잘 전달해주는 교수"라는 것이다. 당시 필자는 한국으로 돌아와 필자가 소속해있는 K대학의 대학원생들에게도 같은 질문을 해보았다. 그들은 우선 "모든 학생들에게 공평하게 대해 주고, 학생들에게 비전을 제시해주는 교수가 훌륭한 교수"라고 대답하는 것이었다. 학생들은 교수들로부터 공평한 대접을 받고 싶은데 그렇지 못하다는 말이다. 일제시대의 조선인 학생들로부터나 나올 법한 말이다. 대학원생들은 어찌하여 교수들이 자신들에게 비전을 제시해주기를 바라는가? 학부학생도 아닌데. 또 교수들은 어째서 학생들에게 비전을 제시해주지 못하는 것인가? 대학원에서의 교수와 학생과의 관계는 학문, 보다 구체적으로 말하면 '연구'로 맺어진 관계이다. 필자가 보기에는 한국의 대학원생들의 교수들에 대한 질적 평가 기준이 고등학생들의 교사 평가 기준의 수준에 머물러 있다는 것이다. 필자는 그들로부터 그러한 대답을 듣고 한국의 대학원에서의 학생과 교수와의 관계는 교육이나 연구로 맺어진 관계라고는 결코 볼 수 없다는 생각이 들었던 것이다. 그 이유는 간단하다. 요는 한국의 대학, 특히 대학원이 학문 식민지시대로부터 완전히 탈피해 나오지 못한 상태에 처해 있기 때문이라는 것이다.

4. 한국에서의 대학과 정치

현재 여기에서 우리가 논하고 있는 학문이란 서구에서 르네상스 운동을 통해서 성립되어 근대 이후 일본을 통해서 한국에 소개된 학문을 가리킨다. 근세 서구의 르네상스 운동을 통해 성립되어 나온 서구의 학문이 일본에 소개된 것은 16세기 후반이었다. 그 후 일본은 19세기 전반까지 근 3세기 동안 르네상스 이후의 서구의 학문을 받아들여, 난학(蘭学), 양학(洋学) 등을 성립시켜 나왔다. 그러다가 일본은 19세기 후반 메이지 유신을 계기로 양학을 기초로 해서 근대서구의 학문을 온 힘을 다해 받아들여, 자신들의 차원에서 그것을 소화해 갔다. 바로 그 근대서구식 학문이 한국에 들어와 뿌리내리기 시작 된 것은 1905년 일본이 러일전쟁에서 승리한 이후부터였다.

한국의 민간 지식인들은 1905년 을사보호조약이 체결되어 한국이 일본의 손아귀 속으로 들어가자, 보성전문학교(법·경제과 2년제) 등의 사립학교들을 세워 교육입국의 입장을 취해 나갔다. 그로부터 5년 만에 한국은 일본으로부터 국권을 빼앗기게 되었다. 당시 일제의 교육제도는 초·중·고등학교를 국민교육기관으로, 그 다음의 전문학교를 직업인 양성기관으로, 4년제 대학을 일본국민을 대표하는 국제인 양성기관으로 취해가고 있었다.

일제는 1920년대 초까지 한국에 4년제 대학을 설립하지 않았다. 그 주된 이유는 한국인들이 일본국민을 대표해서 국제무대에서 활동할 수 없다는 생각이 일제에 있었기 때문이었다. 그래서 한국의 지식인들은 1919년 3·1 운동 이후 민간차원에서 4년제 대학을 설립하려는 계획을 세워나갔다. 그러자 일제는 경성에 1924년 일제의 조선식민지 통치 양성소의 성격을 지닌 4년제의 경성제국대학을 설립해

1929년에 유진오를 비롯한 제1회 졸업생 68명(한국인 22명)을 배출하게 되었던 것이다. 그 후 한국에 4년제 대학이 설립된 것은 해방 이후의 일이었다. 해방 후 설립된 4년제 대학들이란 예컨대 보성전문대학을 전신으로 해서 종합대학으로 전환해 나왔던 고려대학교 등과 같은 것들이었다.

해방 후 20여 년간 한국의 대학의 교수진들은 대부분이 일제 때 한국에서 전문학교를 나온 사람들이었다. 그들 중에는 간혹 경성제국대학 출신자들이라든가 일본에서 4년제 대학을 나온 사람도 끼어 있었다. 60년대 중반까지만 해도 미국에서 공부하고 박사학위를 취득해 국내에 들어와 대학교수가 된 자들은 한 대학에 한두 명에 불과했다. 그러다가 1970년대 전반으로 들어와서 유럽 유학생들의 귀국 이후 해외 박사학위 소지자들의 수가 10%선에 달하게 되었고, 그들이 주축이 되어 한국의 대학에 박사과정이 설치되어 70년대 후반에 와서 비로서 국내박사학위 소지자가 대학교수로 들어서기에 이르렀다. 한편, 80년대 중반부터는 한일국교재개(1965년) 이후 일본에 건너가 석·박사 과정을 마치고 귀국해 대학에서 자리를 잡게 된 자들도 나오게 되었다.

이렇게 봤을 때, 첫째, 한국의 대학에서 행해지는 학문은 직업인 양성을 목적으로 했던 전문대를 통해 그 기초가 40 여 년 간에 걸쳐 형성되었다. 둘째, 일제 치하에서의 조선 식민지 통치자 양성을 목적으로 해서 설립됐던 경성제국대학을 통해서 그 기초가 형성되었다. 셋째, 한국의 대학에서의 근대학문이 성립되어 나온 것은 해방 후 한국에 4년제 종합대학교들이 설립된 시점부터 그 역사란 사실상 반세기에 지나지 않는 것이다. 서구의 경우는 8세기, 일본은 1세기 등에 비하면, 한국에서의 근대학문의 역사는 그 정도 밖에 되지 않는다고 하는 것이다. 대학에서의 근대학문의 역사가 반세기라 하더라도, 6·25 사변, 대학의 군부 독재와의 투쟁 등을 감안해 보면 사실상 한국의 대학에서 수업이 제대로 이루어지기 시작된 것은 김 영삼 정부 출범 이후의 일로서 겨우 15여년 밖에 되지 않는다. 넷째, 현재 한국의 대학의 교수들은 주로 미국, 유럽, 일본 등의 대학에서 박사학위를 취득해 돌아온 자들이고, 그들 중에는 국내대학에서 박사학위를 취득한 자들도 끼어 있다. 이들 교수들은 외국에서 배운 것들을 그대로 한국 대학생들에게 가르쳐 가고 있는 실정으로서 한 마디로 현재 한국의 학문은 구미·일본의 학문의 식민지 상태로부터 완전히 벗어나지 못한 실정에 처해 있는 것이다.

현재 한국의 대학행정이 정치적, 경제적, 사회적 역학관계를 주축으로 해서 행해져가고 있는 또 하나의 근본적인 원인은 한국을 지탱시켜 가는 주축이 한국 내에 있는 것이 아니고 국외에 있기 때문이라고 하는 것이다. 한국의 정치·경제·사회가 미국·일본·중국·러시아 등의 역학적 관계 속에서 움직여가고 있듯이, 한국의 대학의 학문도 강대국의 그러한 것들에 맞물려 있고, 또 그 강대국들의 학문에 종속되어 있기 때문이라 할 수 있다.

학문의 궁극적 목표는 어떤 것들에 대한 개개인의 주관적 생각들을 보편화시키고 이론화시켜 그것들을 정책화, 제도화, 도구화 시켜 나가는 것이라 할 수 있다. 그런데 현재 한국 학문은 정책화, 제도화, 도구화시켜 나갈 수 있는 어떤 이론들을 형성시켜 나가지 못하고 있다고 하는 것이다. 그 이유는 한국의 대학 교수들의 주된 직업이 외국학자들의 이론을 받아들여 그것들을 그대로 학생들에게 가르쳐가면서 그것들을 한국사회에 적용시켜 가고 있기 때문이라 할 수 있다. 그런데, 문제는 외국의 학자들에 의해 제시된 어떤 학문적 이론이란 그 외국의 학자들이 자신들의 당면문제들을 해결해 나가는 과정에서 만들어낸 것들이라고 하는 것이다. 따라서 한국인들의 당면문제들이 어떤 외국인들의 당면문제들과 완전 일치하지 않을 경우, 밖으로부터 들어온 이론이란 한국인들의 당면문제들을 풀어나가는데 있어서 적합한 것이 결코 될 수가 없는 것이다.

어떤 학설이 성립되고 어떤 학문적 이론이 창출되려면, 우선 무엇보다도 그러한 것들을 창출해내려는 연구자의 문제의식과 의지가 요구된다. 그 다음으로 연구의 대상을 장시간에 걸쳐 인내성 있게 관찰해, 그 관찰한 자료들에 대한 종합적 분석이 요구된다. 한국의 대학에서 어떤 학설이나 학문적 이론이 좀처럼 나오지 않는 것은 우선 연구자들이 어떤 연구대상을 설정해 그것을 일관성 있게 고찰하고 분석해 갈 심적 여유가 주어지지 않는다고 하는 것이다. 그 이유는 우선 무엇보다도 연구자가 어떤 연구대상을 관찰하고 분석해 어떤 학설이나 이론을 도출해냈다 하더라도 그것들이 어떤 누구에 의해서도 쓰이지 않는다고 생각하고 있기 때문이다.

그래서 그는 어떤 연구 분야에서 어디에도 쓰이지 않는 어떤 학설이나 이론을 끌어내기 위해 수많은 시간들이나 에너지를 낭비하기보다는 차라리 외국학자들의 의해서 만들어진 것들을 학생들에게 소개하고 그것들을 가지고 자신의 현실세계에 적용시켜 보는 것이 훨씬 더 의미 있는 일이라 생각하기 때문인 것이다. 이렇게 봤을 때 한국의 대학인들의 이러한 비학문적 사고는 우선 한국의 대학이 전문학교로부터 출발해 장기간의 전문학교 시대를 겪었던 탓으로 현재까지도 직업인 양성 기관이라고 하는 학풍으로부터 완전히 벗어나지 못한 상태에 처해 있기 때문이다. 또 한국의 학문이 경성제국대학을 통한 일제의 식민지 통치의 두뇌양성에 그 목적이 주어졌던 것으로부터 출발했던 탓으로 아직까지도 학문의 식민지 상태로부터 완전히 벗어나지 못한 상태에 처해 있기 때문이라고 할 수 있을 것이다.

사실 그것뿐만이 아니다. 한국의 학문이 외국으로부터 수입된 학문이고, 또 정치에 종속된 학문으로 특징지어질 수 있다고 한다면, 그 특징이란 한국의 근대화 과정에서 형성된 것으로만 파악되지 않는다. 그 특징은 한국이 근대 이전 이천년 이상 중국으로부터 유교, 불교, 신유교 등으로부터 영향을 받아왔고, 또 일천년 이상 과거제도를 통해 국가의 관리들이 뽑히고 그들에 의해 교육과 학문이 행해져 갔던 과정에서 형성되어 있었다고 말할 수 있을 것이다.

이와 같이, 현재 한국의 대학에서의 교육과 학문으로 단단히 맺어져야할 학생과 교수 간의 관계가 결코 그렇지 못한 차원에서 맺어져있는 현실 속에서 대학인들은 자신들의 학문적 행위의 의미를 어디로부터 찾아야 할지에 대한 의문이 강하게 제기된다. 이상에서와 같이 한국의 정치는 대학이 연구와 교육이라고 하는 대학의 본연의 임무가 제대로 행해질 수 없는 현실을 대학인들에게 줄곧 제공해 왔다. 그러한 현실 속에서 이제 대학인들은 자신들이 행해가고 있는 학문의 본질이 무엇인지에 대한 근본적 물음을 제기해 보지 않을 수 없는 것이다.

우리는 2005년 가을 MBC 피디수첩에 의한 황 우석 논문조작에 관한 보도를 아직도 생생히 기억하고 있다. 필자는 당시 피디수첩의 문제제기, 황우석박사의 서울대 교수 해임, 횡령죄과 논문조작으로의 최종판결 등에 관한 일련의 보도를 접해갈 때마다 항상 필자의 머릿속으로부터 떠올랐던 장면이 하나 있었다. 그것은 당시 피디수첩의 문제제기가 있기 훨씬 이전 황 박사의 학문적 업적이 노벨상을 받게 될 것이라는 보도가 대대적으로 행해졌던 시점에서 어떤 한 뉴스로부터 필자에게 취해진 것이었다. 당시 여당 대표와 야당 대표 등이 황 박사와 함께 카메라 앞에서 포즈를 취하고 있는 장면이었다. 그 장면은 필자로 하여금 여러 가지를 생각게 했다. 우선 황이 먼저 원했던 것이었을까, 아니면 그들이 먼저 원했던 것일까? '노벨상 수상자가 내 서울대 동기이다.' '나는 노벨상수상자와도 이렇게 각별한 사이이다.' 그가 대권도전자들에게는 함께 찍어둘 가치가 충분히 있는 사람이었던 것이다. 황 박사도 이런 정치적 거물들과 같이 해둘 가치가 있을 것이라는 생각을 했을 것이라는 생각이 들었다. 그러나 그 후 황 박사의 논문이 조작되었고 또 연구비도 횡령했다는 보도를 접하고, 필자는 황의 의도적 접근도 있었을 것이라는 생각도 해보게 되었다. 황 우석 박사의 논문조작 사건이야말로 한국사회에서의 사이비학자와 사이비정치가와의 결탁이 빚어낸 하나의 상징적 사건이었고, 또 그것이야말로 한국사회에서의 학문과 정치와의 관계를 단적으로 잘 밀해주었던 사건이었다고 말해 볼 수 있다.

그런데 문제는 황우석사건에 대해서 대다수의 교수들이 이렇다 할 입장들을 보이지 않다고 하는 것이다. 그 이유는 어디에 있는 것일까? 우리는 황우석사건에 대한 한국의 대학교수들의 반응들을 통해서 우리 사회의 학문과 관련해 많은 것들을 생각해 낼 수 있다. 우선 한국의 학계에서는 해방 이래 단 한 번도 마이클 샌던 교수가 내한해 한 신문기자와의 인터뷰(2010.8.21 「중앙일보」)에서 던진 어떤 "근본적인 도덕적 논쟁이나 토론" 같은 것이 행해져 본적이 없다. 현재의 이 거대한 시대적 전환기에 우리가 직면한 "거대한 도적적인 도전들에 대한 질문들"이 여기 저기에서 불쑥불쑥 제시되어져야함에도 불구하고 우리학계에서는 그러한 질문들이 제기되지 않았다. 그 이유는 아주 간단하다. 한국의 학자들에게서의 "정의나 도덕 같은 것은 그야 말로 사치에 불과 하다"라는 생각들이 만연해 있기 때문이다.

제 4 장

한국사회에서의 예술 활동의 현황

1. 현황의 고찰

현재 한국사회에서의 예술 활동은 문학, 음악, 미술, 공예, 무용, 연극, 영화, 스포츠 등과 같은 예술분야에 종사하는 사람들에 의해 행해지는 활동들을 말한다. 그것은 각 분야에서 종사하는 사람들이 작품들을 창작하고, 그것들의 질적 가치를 비평하고, 그것들을 공연해 가고, 그것들을 감상해 가는 활동들 등으로 이루어진다. 그런데 필자가 지적하고자하는 것은 한국사회에서의 이러한 예술 활동들의 양상이 2천 년 대로 들어와 현격히 달라졌다 하는 것이다. 그 달라진 양상들을 열거해보면 대략 다음과 같다. 첫째는 전반적으로 각 분야에서의 예술 활동이 침체되었다고 하는 것이다. 둘째는 각 분야에서 그렇다 할 명작들이 나오고 있지 않는다고 하는 것이다. 그 이유는 걸출한 작가들이 별로 없기 때문이라는 말이기도 하다. 또 대다수의 작가들도 감상자를 감동시킬 수 있는 작품들을 창작해가고 있지 못하다고 하는 것이다. 셋째 작품의 질적 가치를 평가해 가는 비평가들도 그렇다할 어떤 객관적 평가 기준을 제시해가지 못한다고 하는 것이다. 넷째 감상 자들이 창작된 작품들로부터 그렇다할 감동을 느껴가지 못하고 있다고 하는 것이 다. 다섯째 예술작품들의 수요가 현격히 줄어들었다는 것이다. 그 결과 작품의 창작자들이 창작교실이나 대학으로 들어가 교육자로 전환해 나가고 있다는 것이 다. 여섯째 예술작품들의 질적 가치나 미적 가치가 높이 평가되어 거래되고 있는 것이 아니라 작가의 명성에 의해 거래되고 있다고 하는 것이다. 또 작품의 가치가 매스컴에 의해 주도되어 가고 있다고 한 것이다. 일곱째 예술단체나 예술기관이 국가기관에 의해 주도되어 가고 있다는 것이다. 여덟째 예술이 경제의 시녀노릇을 해가고 있다는 것이다. 현재 한국의 예술계에서 행해지는 포상들이란 작품의 예술적 가치의 평가의 결과에 의한 것이 결코 아니라고 하는 것이다. 아홉째 문학, 음악, 미술, 공예, 무용, 연극 등과 같은 예술장르들의 작품들을 감상해오던 사람들이 영화와 스포츠의 관람 쪽으로 관심을 돌려가고 있다고 하는 것이다. 열째 일본, 중국, 동남아지역 등에서 한류(韓流) 붐이 일고 있다고 하는 것이다.

그렇다면 예술계에서 일어나는 이러한 현상들의 원인은 어떻게 규명될 수 있은 것인가? 그것은 다음과 같이 세 가지 측면에서 논해질 수 있다는 입장이 취해진다. 우선 하나는 예술의 대중화 현상과 관련해서 논해질 수 있다. 두 번째는 내셔널리즘시대에서 글로벌리즘시대로의 시대적 전환과 관련된 문제라는 입장이 취해진다. 세 번째 한국의 특수한 사회적 특성과 관련해 논해질 수 있다는 입장이 취해진다고 하는 것이다.

2. 예술의 대중화와 새로운 예술적 현상

현재 우리가 사용하고 있는 '예술'이라고 하는 말은 인간으로부터 미적 의식을 불러일으키는 수단의 의미로 사용되고 있다. '예술'의 이러한 의미는 근대 산업자본주의 사회가 만들어낸 개념이다. 근대 산업자본주의 사회에서의 예술작품은 경제적 혹은 시간적 여유가 있는 자들의 미적 감상의 대상으로 취급되어 왔다. 산업자본주의 사회에서의 경제적, 시간적 여유가 있는 사람들이란 우선 절대빈곤 상태로부터 벗어난 사람들을 가리킨다. 절대빈곤상태란 신체적으로 건강한 사람이 아무리 열심히 일을 해도 의식주의 해결이 어려운 상태를 말한다. 절대빈곤 상태의 인간들에게는 예술작품들이 사치품일 수밖에 없다. 따라서 작품을 창작하고 그것을 감상하거나 비평하는 행위 등은 경제적 여유가 있는 상류사회의 인간들이나 할 수 있는 일로 생각되어 왔던 것이다. 그러나 인간들이 절대빈곤상태로부터 벗어나게 되자, 상류층의 인간들의 경우처럼, 예술 작품의 감상, 비평, 창작 등과 같은 예술적 행위를 통해 자신들의 삶을 실현시켜 가게 되었다. 한국인들이 절대빈곤 상태로부터 벗어난 시점은 1980년대 이후였고, 한국사회에 예술작품을 감상해가면서 생활해 갈 수 있게 된 중상층이 형성되어 나온 것은 1990년대 이후이다. 2000년대로 들어와서는 어느 정도의 경제적 여유가 있는 중상층이 우리사회의 중심축을 이루게 되었다. 그것은 완전한 대중사회의 도래를 의미하는 것이었다. 대중사회 속에서의 예술은 대중사회를 구성하는 모든 구성원들에게는 자신들의 일상적 삶을 실현시켜나가는데 있어서의 필수품들 중의 하나라 할 수 있는 것이다. 상류층의 소유물이었던 예술이 대중사회에서는 그렇다 할 특별한 의미를 지니지 못하게 되었다. 그 이유는 예술품들이 누구나 다 즐길 수 있고 누구나 다 소유할 수 있는 것이었기 때문이다. 대중들은 그것들을 생활필수품처럼 이용해가는 과정에서 자기들 차원에서 그것들을 만들어볼 수도 있고 평해도 볼 수 있게 되었다. 그래서 대중들의 모두가 예술작품들의 감상자들일뿐만 아니라 창작자들이기도 하다. 그들 모두가 다 예술에 대한 상식을 지닌 자들로서, 그들은 그들 자신들이 그들 나름의 창작, 감상, 비평 등과 같은 예술적 행위들을 할 수 있다는 생각을 하고 있는 자들이다. 사실상 그들은 그러한 것들을 어느 정도 할 수 있는 자들이고, 또 그들 자신들이 그렇게 생각하고 있기 때문에 어떤 의미에서 그들은 모두가 소설가들이고, 시인들이고, 화가들이고, 평론가들이고, 가수들이고, 연기자들이라 할 수 있는 인간들이다. 아마추어 수준이기는 하지만 말이다. 그들은 그들 나름의 작품들에 대한 질적 비평기준을 가지고 있기 때문에, 전업 작가들의 창작행위를 깡그리 무시해버릴 수가 있다. 이렇게 대중사회의 모든 인간들은 다들 작가들이고 평론가들이기 때문에 작품들의 거래가 이루어지지 않는다는 것이다.

이 경우 작품들의 질적 수준은 감상자들의 요구수준에 의해 결정되었다. 즉 감상자들의 예술에 대한 이해수준이 예술가들의 예술 활동의 방향과 그 질적 수준을 결정해 갔던 것이다. 그런데 대중사회에서의 예술작품의 감상자들이란 예술에 대한 이해가 교양이나 상식 차원 정도밖에는 미치지 못한다. 그렇지만 그들에 의해 예술계가 주도되어 나가게 되었기 때문에 작가들의 창작상의 기교는 당연 떨어질 수밖에 없었고 그들의 주제는 상식적인 수준일 수밖에 없었다. 그렇게 되자, 아마추어 수준의 예술가들에 의해 창작된 작품들은 예술에 대한 일가견이 있는 감상자들을 더 이상 감동시켜갈 수 없게 되었던 것이다. 그러한 이유들로 인해 예술작품들의 거래가 전처럼 활발히 이루어지지 않게 되었고, 시와 소설을 읽고, 미술작품을 감상하고, 연극이나 무용을 관람하는 사람들이 현격히 줄어들게 되었던 것이다.

예컨대, 90년대까지만 해도 시집을 사비로 출판해 친구에게 주면, 잘 하면 밥 한 그릇을 얻어먹을 수 있었다. 대학생들은 자신들이 만든 동인 시 잡지를 담배 한 갑과 바꾸어 팔아먹을 수 있었다. 그러나 2000년대로 들어와서는 자신이 자비 출판한 시집을 친구에게 주려면 시인 자신이 먼저 술을 사주어야 한다. 시인 이쪽에서 그에게 그것을 읽어야 할 부담을 주기 때문이다.

이러한 현상은 구미에서는 이미 1980년대 초부터 일기 시작했다. 구미지역에서 중상층이 형성되어 나온 것은 1960년대 이후였고, 그 중상층의 부상을 계기로 해서 상류층의 전유물이었던 예술이 중상층에 의해 점유됨으로써 예술적 가치가 저하되기 되기 시작되었다. 1980년대에 와서는 생산중심의 산업사회가 소비중심의 후기산업사회로 전환해 나옴에 따라, 예술계는 창작자 중심에서 감상자중심으로 전환해 나왔다. 문학계의 경우 작가중심에서 독자중심으로 전환해 나왔던 것이다. 그러한 상황 속에서 한 예술가는 "이제 예술은 어떠한 일도 아니라고 말할 수 있으리라. 예술은 추잡한 것일 뿐 그 밖의 어떠한 것도 아니다. …… 예술은 버스를 타는 것, 꽃을 꺾는 것, 사랑하는 것, 방바닥을 청소하는 것, 원숭이한테 물리는 것 같은 일이며 그밖에도 무한히 비교될 수 있으리라."라고 말하고 있다.[1] 1990년대로 들어와서는 '예술의 위기'에 대한 논쟁들까지 여기저기에서 일어나기 시작했던 것으로 고찰된다.[2]

3. 시대적 상황의 변화가 몰고 온 예술적 현상

전 세계는 1990년대로 들어와서 1990년 10월의 독일통일, 그 이듬해 1월 걸프전에서의 다국적군의 승리, 그해 12월 소련해체 등을 계기로 내셔널리즘시대에서

---

1) 우도 쿨터만 저·김문환 옮김(1977), 『예술이론의 역사』, 문예출판사, p.318
2) 이브 미쇼 저·하태환 옮김(1999), 『예술의 위기』, 동문선, p.17

글로벌리즘시대로 전환해 나왔다. 한국의 경우도 그러한 시대적 조류를 타고 1990년 10월 소련과의 국교수립 1992년 8월 중국과의 국교수립 등으로 인한 한반도에서의 냉전체제의 해체라고 하는 분위기를 타고 내셔널리즘시대에서 글로벌리즘시대로의 전환이라는 방향이 형성되어 나왔다. 그러나 한국에서는 분단이라고 하는 특수한 상황으로 인해 전 지구적 차원의 추세였던 그러한 전환은 매끄럽게 이루어질 수 없었다. 그러한 상황이었기는 했지만, 1998년 김대중 정부의 출범이후 글로벌 스케일의 차원에서 국내외 정치가 행해지는 과정에서 내셔널리즘에 기초해 있던 한국사회가 서서히 글로벌리즘의 입장을 취해 가게 되었다.

내셔널리즘이란 개개인들이 자신들의 국가와 민족을 자신들의 가장 확실한 삶의 실현 수단이라 생각한 나머지 그것들을 주축으로 해서 자신들의 삶을 실현시켜 나가려는 사상을 말한다. 이에 대해 글로벌리즘이란 내셔널리즘의 문제성을 극복해나가기 위한 방안으로 취해진 사상으로서 자신의 국가적 차원이 아니라 전 지구적 차원에서 자신들의 삶을 실현시켜보려는 입장을 가리킨다. 이와 같이 내셔널리즘이란 국가적 차원에서 자신들의 문제를 해결하려는 입장인 반면 글로벌리즘이란 전 지구적 차원에서 자신들의 문제들을 해결한다는 입장이다. 이렇게 봤을 때, 내셔널리즘 시대에서의 예술은 내셔널리즘의 실현수단이었다 할 수 있고, 글로벌 시대에서의 그것은 글로벌리즘의 그것이라 할 수 있다. 그렇다면 분명 내셔널리즘시대의 예술이 지향했던 것과 글로벌리즘시대의 그것이 지향했던 것이 정반대의 것들일 수 있는 것이다. 이러한 사실들을 감안해볼 때, 우리는 글로벌리즘시대에 진입해 들어온 이후의 예술적 가치는 그 이전시대의 예술적 가치와 다르다는 것을 알 수 있다. 그럼에도 불구하고 글로벌시대에 처해있는 창작자들이 내셔널시대의 예술적 가치를 구체화시킨 작품을 창작했다고 한다면, 과연 그 작품들이 글로벌시대의 인간들을 감동시킬 수 있겠는가의 문제가 제기된다. 글로벌시대로 들어와 한국의 예술계가 그렇게 침체 일로의 길을 걷게 된 것은 바로 이상과 같은 시대적 착오의 문제로 인한 것이라 할 수 있다.

이렇게 봤을 때, 어떻게 현재의 예술계의 침체를 극복해갈 수 있을까라는 문제에 대한 답은 명확해진다. 우선 우리는 예술이란 내셔널리즘의 실현도구가 아니라 글로벌리즘의 실현도구라는 입장을 취해야한다. 다음으로 우리는 우선 무엇보다도 예술이 글로벌리즘에 입각한 새로운 미적 가치의 추구수단이라는 개념을 확립시켜야한다. 현대인들의 미적 인식대상들은 문학, 음악, 미술 등과 같은 기존의 예술장르들로부터 영화, 스포츠 등으로 전환해 나왔다. 우리는 그러한 예술장르들의 특성을 기반으로 글로벌시대의 새로운 예술장르들을 개발해나갈 수 있을 것이다. 1990년대로 들어와 동아시아의 젊은 층으로부터 일기 시작한 한류는 예술계에서의 글로벌리즘 현상의 하나라 할 수 있다. 우리는 이러한 현상들에 대한 체계적 접근을 통해 금후 한국사회에서의 글로벌시대의 예술 활동을 활성화시켜 나갈 수 있다.

4. 한국의 특수한 사회적 특성이 일으키는 예술적 현상

현재 한국사회에서 한국인들에 의해 창작된 작품들이 외국인들에 의해 창작된 것들 보다 덜 감상되는 이유는 무엇인가? 보다 구체적으로 말해, 한국소설이 외국소설보다 덜 팔리는 이유는 무엇인가? 그것은 한 마디로 외국소설이 한국 소설보다 한국독자들에게 더 큰 감동을 주기 때문이라 할 수 있다. 그러면 외국소설이 한국소설 보다 한국독자들에게 더 큰 감동을 주는 이유는 무엇인가? 그 주된 이유는 아마도 한국 소설보다 외국소설 속에 독자를 감동시킬 수 있는 인간적 진실성이 어떻게 해서 더 많이 내재되어 있기 때문이라 할 수 있다. 그렇다면 인간적 진실성이 한국소설 보다 외국소설에 더 많이 내재되어 있는 것인가?

소설 속에 내재되어 있는 인간적 진실성이란 무엇인가? 그것은 과연 어디로부터 나온 것인가? 그것은 두말 할 나위 없이 작가 자신의 내면세계로부터 나온 것임에 틀림없다. 그렇다면 작가는 그것을 어떻게 만들어 냈으며, 또 그는 그것을 작품 속에 어떻게 투입시켜 넣은 것인가? 그러면 우선 인간에게서의 진실성이란 무엇이며, 또 그것은 어떻게 만들어지는가에 대해서부터 고찰해보기로 하자. 인간에게서의 진실성의 문제는 한 인간과 그 인간이 처해 있는 세계와 깊게 관련되어 있다. 인간은 자신의 내면세계와 자신의 현실세계라고 하는 두 개의 세계 속에서 살아가고 있다. 인간에게서의 진실성이라고 하는 문제는 한 인간이 자신이 처해 있는 자신의 내면세계와 자신의 현실세계에 대해 어떠한 태도를 취하느냐의 문제와 깊게 관련되어 있다. 그것은 한 인간이 자기 자신의 그러한 두 세계에 대해 어느 정도 진지한 태도를 취하느냐의 문제와 깊게 관련되어 있는 것이다. 그렇다면 작가가 자기 자신이나 자기 자신의 현실세계에 대한 진실하고 또 진지한 태도는 과연 어떠한 것인가? 그것은 한마디로 작가 자신이 자신의 내면세계와 현실세계를 일치시켜보려는 태도를 말한다. 어떤 작품은 독자의 관심을 사로잡는다. 그것은 작가자신이 자신의 내면세계와 자신의 현실세계를 일치시켜보려는 과정에 발생한 긴장감이 그 작품에 내재되어 있기 때문이다. 이렇게 볼 때, 한국인들에 의해서 창작된 예술작품이 외국인에 의해 창작된 것 보다 한국인들을 덜 감동시키는 이유는 바로 여기에 있다고 볼 수 있을 것이다. 즉, 한국의 예술작품에 내재해 있는 인간적 진실성이 시중에서 잘 팔리는 외국예술작품들에 내재해 있는 것보다 더 빈약하기 때문이다. 보다 구체적으로 말하자면, 한국의 작가가 외국의 작가에 비해 자신의 내면세계와 현실세계에 대해 덜 진지했었기 때문이라는 해석이 가능하다.

그렇다면 왜 한국 작가는 자신의 내면이나 자신의 현실세계에 대해 외국작가들보다 더 진지하지 못한가? 아니 왜 한국인은 외국인보다 자신과 자신의 현실에 대해 더 진지한 태도를 취할 수 없는 것인가? 문제의 본질은 바로 여기에 있다고 볼 수 있다. 한국사회에서 양심을 가지고 살아가는 인간들은 비극적으로 살아갈 수밖에 없다. 이 말은 이미 일제시대부터 한국사회에서 인구에 널리 화자 되어 온 말이다. 이것은 한국사회에서 한 인간이 자신의 생각이나 감정이나 자기 나름의 색깔을 가지고 살아가기란 대단히 어렵다는 말이다. 그렇다면 그 이유는 무엇인가? 그것은 한 마디로 한국사회에서 자신의 생각이나 의지를 실현시켜 나가기가 그만큼 어렵기 때문인 것이다. 한국인들에게서의 그들의 생각과 현실 사이는 좀처럼 좁혀지기 힘든 거리가 놓여 있다. 한국사회는 자신들이 하고자 하는 일들이 생각처럼 쉽게 풀리는 세상이 아니다. 한국인들에게는 자신들의 현실세계와의 투쟁에서 수없이 좌절해 온 나머지 이제는 완전 무기력해진 나머지 자신의 현실과의 직면 그 자체를 회피해버리는 성향이 있다.

　현재 한국사회는 친일세력과 친미세력에 의해 주도되어 가고 있다. 또 한국인들은 인간관계가 행해지는 과정에서 암암리에 작용하는 지역감정, 색깔론,남북 간의 정치적 대립 등과 같은 장벽들로 인해 자신들의 뜻과 실력을 제대로 펼쳐나가기 힘들다. 그러한 장벽들은 근대화 과정에서 형성된 동과 서라고 하는 문화권 간의 대립, 자본주의와 공산주의라고 하는 이념상의 대립, 침략국인 일본의 국민과 식민지국이었던 한국의 국민과의 민족적 대립 등이 기초가 되어 형성되어 나온 것이다. 따라서 특히 우리가 남북 간의 통일을 달성해내지 못하는 한, 또 현재의 미일 안보체제를 주축으로 한 세계체제로부터 완전히 벗어나지 못하는 한 한국인들이 자신들의 이상과 현실사이의 괴리를 허물어가기란 결코 쉬운 일이 아닐 것임에 틀림없다.

　이렇게 생각해볼 때, 한국의 작가들이 자신들의 현실에 대해 진지한 태도를 취하지 못하는 것은, 취해 봤댔자 자기 자신이나 자기 자신의 현실만 파괴될 뿐이지 자기 자신의 생긱을 자기 자신의 현실과 결코 일치시킬 수 없기 때문인 것이다. 요는 한국의 작가들이 자기 자신의 현실과의 긴장관계를 갖으려 하지 않기 때문에 그들의 작품 속에 인간적 진실성이 내재되지 않는다고 하는 것이다. 그렇다면 어떤 식으로 한국작가들은 자신들의 작품들에 인간적 진실성을 주입시켜갈 수 있을 것인가? 그것은 한국 작가들이 자기 자신의 현실세계에 대해 진지한 태도를 취할 수 없다면 우선 자기 자신, 즉 자기자신의 내면세계에 대해서라도 진지한 태도를 취해가야 할 것이다. 보다 구체적으로 말해, 우선 무엇보다도 한국인들은 자기 자신들에 대해 진실한 삶의 태도를 취해 가는 것에서부터 출발한다고 하는 것이다.

제 5 장

학문사와 예술사의 시대구분

서 론

1990년대 이후 글로벌 시대로 들어와 기존의 각 학문분야들과 예술분야들의 경계들이 와해되는 현상이 일어나고 있다. 문학의 경우만 하더라도 그 연구가 문화론적 시각에서 접근되어가고 있으며, 예술분야의 경우에서도 다양한 장르들의 결합이 시도되고 있다. 이러한 현상은 한마디로 글로벌 시대로 접어들어 대상이 이전보다 한 층 더 포괄성을 지니게 되었다는 것을 의미한다. 이와 같이 학문과 예술 활동은 시대적 이념과 밀접히 관련되어 있다.

학자들과 예술가들의 주된 관심 대상들은 새로운 시대의 도래와 함께 끊임없이 변천해 나왔다. 미지의 것들을 끊임없이 추구해 나가는 학자들과 새로운 것들을 항상 표현해 가려는 예술가들의 관심이 새로운 지적 공간들을 열어가고 그것들로부터 받은 새로운 감명들을 표현해왔다. 이러한 점을 감안해 볼 때, 새로운 시대의 도래가 학자와 예술가의 관심을 변화시킨다는 입장도 취해질 수 있지만, 그들의 그러한 탐구행위와 표현행위가 새로운 시대를 도래시켜왔다고도 말할 수 있는 것이다.

본 연구는 학자의 미지에 대한 끊임없는 탐구행위와 예술가의 새로운 것들에 대한 끝없는 표현행위가 새로운 시대를 열어 왔다는 입장을 취해, 이 시대의 시대적 이념인 글로벌리즘에 입각해 학문사와 예술사의 시대구분의 기준을 제시하는 것을 목적으로 한다.

글로벌 시대로 들어와 각 학문들의 영역과 예술 장르들의 경계가 와해되어 나가고 있다. 그렇다면 금후 각 학문들의 영역과 예술장르들은 어떠한 식으로 재구성되어 나오게 될 것인가? 그것들의 연구는 어떤 식으로 행해질 것인가? 글로벌시대의 초입에 처해 있는 우리들로서는 이러한 문제의식에 사로잡히지 않을 수 없다. 여기에서 우리에게는 이러한 문제해결방안의 일환으로 지금까지 인류의 역사 속에서 학문과 예술이 어떤 식으로 성립 전개되어 나왔는지에 대한 고찰을 통해 금후 그것들이 어떠한 식으로 변모되어 나갈 것인지를 예상해볼 필요성이 제기되는 것이다.

그런데 우리나 인류의 역사 속에서 학문과 예술의 성립과 그 전개양상에 대한 효과적 고찰 방법은 그것들의 시대구분을 통해 행하는 것이고 또 시대구분을 행하려면 그 시대구분의 기술을 설정하는 것이라 할 수 있다. 현재까지 전 지구적 레벨에서의 인류 역사의 시대구분은 고대 · 중세 · 근대(the old ages · the middle ages · the modern ages)를 기초로 해서 행해져 나왔는데[1] 이 경우에서의 시대구분의 기준은 인간의 이성적 활동의 변천과정이었다. 서구에서 이 삼분법이 성립되어 나온 것은 17세기 중반 계몽주의시대였는데 이 삼분법을 제시한 역사가들에게 있어서의 고대는 근대가 마땅히 본받아야 할 시대이고, 중세는 인간이성이 말살되었던 암흑기, 근대는 인간이성의 재생기로 파악했다.[2]

필자는 17세기 이후 지금까지 역사가들이 시대구분의 기준으로 사용되어 온 "인간의 이성적 활동의 변천과정"이 금세기의 합리주의적 정신에 걸맞게 보다 구체화될 필요성이 있다고 판단해, 그것을 "인간의 이성적 관심 대상의 변천과정"으로 구체화시켜 생각한다는 입장을 취했다. 인간에게서의 가장 기본적인 이성적 관심 대상은 시간과 공간이기 때문이다. 한 인간의 이성적 사고는 자신이 처해 있는 시간과 공간상의 위치 파악을 기초로 해서 행해지게 된다. 따라서 우리가 시간을

---

1) 이 삼분법을 최초로 사용한 자는 네덜란드의 할레대학 교수 크리스토퍼 켈러 셀라리우스(C. K. Cellarius, 1639~1707)이었다. 그는 그의 저서 『고대사』를 통해 그 삼분법을 시도했는데, 로마의 콘스탄틴 대제 시대(306~337)까지를 고대, 그 다음부터 오스만 터키의 콘스탄티노플 함락(1453)까지를 중세, 그 이후를 근대로 구분하였다. 그 후 이러한 삼분법이 일반화되어 나와 19세기에 와서는 서로마제국의 몰락(476)과 아메리카대륙(1492) 혹은 루터의 종교개혁시도(1517)를 기점으로 해서 행해지고 있다. [이상신(1979) 「서양사의 시대구분」 『역사란 무엇인가』, 고려대학교출판부 참고]
2) 김채수, 『영향과 내발』, 태진출판타, 1994, p.24

축으로 해서 우리의 관심대상들의 변천 과정을 고찰해 보면 다음과 같다. 구석기 시대에서의 인류의 이성적 관심 대상은 인간이 처해 있는 세상에 비나 눈을 내리고 햇살을 뿌려주고 밤과 낮을 오게 하는 태양이 존재해 있는 하늘에 모아져 있었다. 그러나 신석기 시대로 들어와 인간의 이성적 관심은 하늘 아래 있는 산과 그것으로부터 흘러내리는 강으로 옮겨지게 되었다. 그 후 금속기 시대로 들어와서는 그것이 바다와 대지 쪽으로 전개되어 나왔다. 그 다음 빛을 도구로 사용하게 된 광기(光器)시대로 들어와서는 빛을 도구로 사용하게 되고 그것이 우주로 확대되어 나갔던 것이다. 이렇게 봤을 때 우리는 인간의 공간에 대한 관심이 어떤 공간에서 시작해 어떤 공간으로 전개되어 나갔는지를 고찰해서 그 고찰을 파악해낸 인류의 관심 대상이었던 공간의 변천과정을 주축으로 해서 시대구분을 단행한다는 입장을 취할 수 있다.

현재 우리가 처해있는 시대는 글로벌 시대이다. 이 시대는 산업자본주의 사회의 인간들이 도래시킨 시대이다. 그런데 산업자본주의 사회란 크리스트교 문화의 인간들의 창출해 낸 사회이다. 이러한 점을 감안해서 크리스트교 문화의 인간을 주축으로 해서 인류의 주된 관심대상이었던 공간의 변천 과정을 파악한다는 입장을 취한다.

크리스트교문화가 주축이 되어 행해진 연구 성과들을 종합해보면, 인류의 역사는 신중심시대로 시작해서, 인간중심시대로 발전되어 나와 우주중심시대로 전개해 나가고 있는 것으로 고찰된다.[3]

인류는 이 지구상에 출현해 자신들의 생각이나 감정을 행동이나 말을 사용해 표현해 오면서 생존해 나왔다. 그러다가 그들은 금석병용기 시대로 들어와 그것들을 그림의 형태나 혹은 문자를 만들어 이 지구상에 표현해 놓게 되었다. 인류의

---

3) 이탈리아의 철학자 잠바티스타 비코(Giambattista Vico, 1664-1744)는 이집트인들의 과거사 구분법, 즉 「신들의 시대 · 영웅들의 시대 · 인간들의 시대」를 받아들여 그것에 기초해 『새로운 학문』(Principi di Scienza Nuova, 1774)를 저술했다. [잠바티스타 비코『새로운 학문』(이원두 역, 동문선, 1997), 39면] 필자는 그의 시대구분법의 연장선상에서 그의 「신들의 시대와 영웅의 시대」를 「신중심 시대」로 그의 「인간들의 시대」를 「인간중심의 시대」로 파악한 다음, 그 다음의 시대로 「우주중심의 시대」를 설정하였다.[졸고 (1994)『21세기의 문화론 : 영향과 내발』, 태진출판사, p.60, (1996)『21세기 문화이론 : 과정학』, 교보문고, p.59 등 참조]

역사는 그렇게 해서 시작되었던 것이다. 인간들에게서의 어떤 기록은 그림문자의 발명을 계기로 출발되었고, 그 후 그것은 상형문자(象形文字), 표음문자 등의 단계를 거쳐 발전되어 나왔다. 우리는 그러한 문자들로 기록되어 현존하는 기록물들을 자료로 해서 인류가 이 지구위에서 어떻게 생존해 왔는지를 파악해낼 수 있다. 인류가 그림문자 등을 창안 해 그것을 통해 기록방법을 성립시켰던 시점에서는 인류가 자신들과 자신들이 처해 있는 세계를 창조했다고 하는 절대적 존재, 설혹 그것이 자연과 같은 외적 존재든 신과 같은 관념적 존재든 간에 어째든 그러한 존재를 상정해 그것을 통해 자신들의 삶을 영위해간다는 입장을 취했었다. 그 후 그러한 시대는 선고대, 고대, 중세 등으로 전개되어 나갔다.

그러나 어느 시점에 와서 인간은 인간과 인간이 처해 있는 세계를 창조해냈다고 하는 절대적 존재가 인간을 지배해간다고 하는 사상을 버리고 인간 자신이 인간과 인간의 세계를 지배해간다는 사상을 창출해낸다. 그러나 인간들의 그러한 사상도 어느 시점에 가서 해체되기 시작되고 지구를 감싸고 있는 우주기 지구상의 인간의 존재를 지배해간다고 하는 사상이 성립되어 나왔다.

이와 같이 인간들은 어느 시대를 막론하고 자신들의 운명을 지배해가고 있다는 어떤 절대적 존재를 상정해 왔고, 또 그들은 자신들에게 그러한 존재가 있다는 생각을 해왔었고, 그것이 신, 인간, 우주 등으로 변형해 나왔다는 입장을 취해 나왔다. 인간에게서의 '신'이라고 하는 관념은 대자연이 인간에게 베푸는 혜택이나 그것이 인간에게 부리는 횡포 등을 근거로 해서 창출해낸 것이다. 따라서 이 경우에서의 '신'은 '자연'으로 대치될 수 있다. 또 '사회'란 인간들로 구성된 집단이라는 의미에서 '신'에 대응되는 '인간'은 '사회'로 대치될 수 있는 존재라 할 수 있다.

우리는 '신' 또는 '자연'이 인간을 지배해간다고 생각했던 시대를 신중심 시대, '인간'자신들 또는 그들로 이루어진 '사회'가 인간자신들을 지배해간다고 생각했던 시대를 인간중심시대, '우주'가 인간을 지배해간다고 생각하는 시대를 우주중심시대로 명명해볼 수 있다. 우리는 본 연구를 통해 인간들의 이상과 같은 생각들에 의거해서 학문의 탐구대상과 그 탐구 방법, 예술의 표현대상과 그 표현방법, 인간들의 학문과 예술적 행위와 그것들에 대한 사상 등이 어떻게 성립되어 어떤 식으로 전개되어 나왔는지를 체계적으로 연구해보고자 하는 것이다.

1. 신중심시대의 도래와 학문과 예술의 성립

1) 자연신 시대

신중심시대란 씨족이나 부족들이 자연의 위력을 계시해주는 특정한 자연물들을 신격화시켜 그것들을 자신들의 신앙의 대상으로 삼아왔던 부족 종교 단계, 자신들의 민족과 국가를 건설한 인물들을 자신들의 신앙의 대상으로 삼았던 민족종교의 단계, 이 지구상의 모든 인간들의 세계를 창조했다고 하는 창조자를 신앙의 대상으로 삼았던 보편종교의 단계 등으로 전개되어 나왔다. 그러면 이 첫 번째의 자연신 중심시대는 어떻게 성립되어 나왔던 것인가?

첫 번째의 부족단계의 신앙은 부족국가시대에 형성되었던 토테미즘사상이 말해주고 있듯이 어떤 특정한 자연물들을 신앙적 대상으로 삼았다. 토템(totem)이란 말은 북미의 인디언들의 경우처럼 자신들의 씨족을 상징하는 어떤 자연물, 특히 새나 짐승 등을 가리키는 말이다. 씨족이나 가족을 상징하는 어떤 토템의 대상으로서의 어떤 자연물들이 현재는 다른 씨족이나 가족과를 구별해주는 대상의 의미 이상을 갖지 못하지만, 그러나 청동과 같은 금속으로 무기가 제작되기 이전의 경우에는 인간이 맹수들과 싸울 때 사용된 무기란 기껏 해봐야 나무나 돌로 만들어진 것들에 지나지 않았다. 그렇다면 여기에서 우리 한번 생각해 보자. 호랑이, 사자, 곰 코끼리 등과 같은 맹수들이 인간을 엄습해 올 때 인간이 살아남을 수 있는 방법이란 기껏 해 봐야 나무나 돌을 가지고 대적해 갈 수밖에 없었을 텐데, 인간이 그러한 무기들을 가지고 그것들과 싸워서 과연 살아남을 수 있었겠는가를. 이러한 경우를 보더라도 알 수 있듯이 금속기 무기가 만들어지기 이전까지는 인간의 생사를 지배해가고 있었던 것들은 다름 아닌 바로 그러한 맹수들이나 비를 내리는 하늘, 가뭄·더위·추위 등을 조절해가는 태양, 홍수를 일으키는 물 등과 같은 자연물들이었던 것이다. 그래서 청동기시대 이전의 인간들은 인간자신들에게 어떤 공

포나 혹은 위안을 주는 자연 현상들이나 자연물들 혹은 인간의 생명을 위협하는
동물들을 신적 존재들로 인식했던 것이다. 금속으로 만든 무기가 존재하지 않았던
시대에는 자연속의 맹수들이나 자연현상들이 인간의 존재를 지배해 갔었기 때문
에 자연 바로 그것들이 연약한 인간들에게는 신적 존재로 받아들여졌던 것이다.
다시 말해서 인간은 대자연이 인간에게 베푸는 은혜와 또 그것이 인간에게 부리는
횡포 등을 근거로 해서 대자연을 신적 존재로 행각했던 것이다. 우리는 청동기시
대 이전의 바로 그러한 시대, 보다 구체적으로 말하자면 석기시대를 자연신 시대
혹은 신들의 시대로 이름 붙여 왔던 것이다.

사실상 현재 우리는 크리스트교문화가 창출해낸 자본주의 세계에 처해 있다.
이 자본주의 세계를 창출해낸 인간 집단의 역사를 주축으로 해서 신중심 시대 역
사의 성립과 그전개 과정을 파악해보면, 그것은 다음과 같이 두 단계로 파악된다.
첫째는 메소포타미아지역의 유프라테스 · 티그리스 강 유역과 이집트의 나일강 유
역 시대의 역사이고, 둘째는 지중해연안시대의 역사이다. 첫 번째 강유역 시대의
역사는 인류가 한 곳에 정착해 마제석기, 청동기 등과 같은 도구들을 사용하여
농경과 목축생활을 해가던 시대의 역사를 말한다. 그렇다면 인류에게서 이 강유역
시대가 어떤 시대였으며, 특히 이 시대에 인류가 어떠한 신관을 갖고 있었는지를
보다 구체적으로 고찰해볼 필요가 있다.

최고(最古)의 문자로 파악된 수메르로 쓰인 것들 중에 기원전 2000년대 초반
(2900~2700, BC)에 쓰인 것으로 추정되는 『길가메시 서사시』가 있다. 작품의 내용
은 현재 이라크의 유프라테스 강 중하류에 위치해 있었던 고대의 우룩왕국 (현재
와르키라고 하는 지역)에서 대홍수가 일어난지 1, 2세기가 지난 후에 있었던 사건에
관한 것이다. 역사적으로 말하자면 수메르인이 메소포타미아 지역을 침입해들어
갔던 것은 기원전 4000년경의 일이고 구약성서에서 말하는 노아의 대홍수라 일컬
어지는 그러한 대홍수가 일어났던 것은 기원전 3000년대로 파악되고 있다. 대홍수
전에는 다섯 개의 도시가 존재했었고, 대홍수 이후 다시 도시들이 형성되어 나와
그중에서 세력이 가장 강했던 키사가 주도권을 장악해 가다가 후에 우룩이 지배권
을 탈취했던 것으로 『수메르의 열왕기』(기원전 2000년경에 성립)에 기록되어 있

다.4) 『길가메시 서사시』는 청동기시대의 초기였던 기원전 3000년대 후반에 대홍수 이후의 도시국가 우룩을 다섯 번째로 다스렸던 왕 길가메시의 이야기를 다룬 작품이다. 이 작품의 주인공 길가메시는 닌순이란 한 여신과 제사장과의 사이에서 태어난 삼분의 일은 신이고 삼분의 이는 인간으로 태어난 자로 기술되어 있으며, 그가 자신의 동생으로 받아들인 괴력을 지닌 엔키두는 반수반인(半獸半人)이었다. 길가메시와 엔키두가 합심해 퇴치한 존재는 모든 동물들에게 공포의 대상이었던 훔바바라고 하는 괴물, 콧김으로 단번에 200명을 죽이는 사람의 얼굴을 한 하늘황소 등과 같은 것들이었다. 이처럼 이 작중 세계에는 창조신, 사랑신 등과 같은 인간의 특성을 구현해가는 신들도 존재하지만 태양 신, 달 신, 폭풍 신, 대지 신 등과 같은 자연신, 반신반인과 반수반인 등과 같은 존재들이 중심적 역할을 행해 가고 있다. 이것은 그 당시의 세계가 자연물들이나 자연 세계의 짐승들이 인간의 생사를 지배해갔었기 때문에 인간들이 그러한 자연물들이나 인간 보다 힘이 더 센 짐승들을 신들로 인식했던 시대였다는 것을 여실히 잘 말해주고 있다. 메소포타미아 지역뿐만이 아니라, 다른 어떤 지역들에서도 청동기가 무기로 사용되기 이전 이 지구상에 존재했던 모든 인간들은 거대한 자연물들과 맹수들을 자신들의 생명을 지배해가는 신들로 인식했고 자연 현상들을 신들의 작위로 파악해갔었던 것이다. 그 확실한 증거가 다름 아닌 바로 고대의 그리스, 이집트, 인도, 중국, 한국, 일본 등에서 쓰이어 나온 신화들이다.

청동기 시대란 석기시대가 금속기시대로 전환해 나오게 된 첫 번째 단계라 할 수 있는데, 그것은 메소포타미아지역의 유프라테스·티그리스 강 유역, 이집트의 나일강, 인도의 인더스강 유역, 중국의 황하강 유역 등과 같은 큰 강(大江) 유역을 중심으로 해서 형성되어 나왔다. 이 강 유역 시대에 형성된 정치적 형태는 부족 내지 부족연맹 국가의 형태였고 종교적 형태는 어떤 특정의 자연물들을 신(神)들로 인식했던 토테미즘 형태의 것이었다. 메소포타미아지역과 이집트지역에 청동기문화가 형성되어 나온 것은 기원전 3500년경으로 파악되고 있다.

이 시대 인간들의 최초의 생활공간은 산과 강이 흐르는 들과의 사이에 펼쳐진

---

4) N.K. 샌다즈 저·이현주 역(2002), 『길가메시 서사시』, 범우사, p.128.

공간이나 혹은 산과 바다와의 사이에 펼쳐진 해변 등과 같은 곳들로 파악된다. 처음에 그들은 그런 공간을 통해 이동생활을 해갔다. 그러다가 그들은 산과 강 사이의 어느 한곳에 정착해 살아가게 된다. 이 시대 그들에게서의 최대의 관심은 햇볕을 비추는 태양, 비와 눈을 내리 하늘, 짐승들이 살고 또 인간이 생명을 유지 시켜 가는데 필요한 물을 토해내는 산, 물고기가 있는 강이나 바다 등과 같은 자연 물들, 그리고 그들이 일으키는 홍수, 폭풍 등과 같은 자연현상들이었다. 이것들은 인간들의 자기 생명 유지와 직접적으로 관련되어 있는 것들이다. 따라서 이시대의 인간들의 최대의 관심 대상과 연구대상은 바로 그러한 자연물들과 자연현상이었 다. 인간들은 그러한 것들이 자신들의 운명을 지배해간다고 생각한 나머지 그러한 것들을 신들의 구현상 내지 구현체라 생각했다. 그래서 그들의 관심은 자연물과 자연현상, 그것들에 내재되어 있다고 생각되었던 자연신 등과 같은 존재였다. 그 들은 그러한 것들과 투쟁해가고 또 그것들을 이용해가기 위해서는 서로 힘을 합치 고 지혜를 모이기야 했다. 인긴들이 그러한 깃들과의 투쟁과정에서 창출된 도구가 다름 아닌 바로 동작과 말이라고 하는 것이었다.

그들은 그들의 생명을 지배해간다고 생각했던 자연물과 자연현상 혹은 자연신 들을 말로 표현해 갔다. 보다 구체적으로 말하자면, 리듬이 내재된 된 말, 즉 노래 로 표현해갔던 것이다. 이 시대 인간들의 자연물, 자연현상 자연신 등에 대한 생각 과 감정의 주된 표현 수단은 말과 동작이었고, 그러한 노래들과 동작들로 이루어 진 주된 표현양식은 노래 등으로 이루어진 음악이었던 것이다.

2) 민족신 시대의 학문과 예술

신중심 시대의 두 번째 단계는 동물들보다도 더 연약했던 인류가 금속기 무기를 사용하게 됨으로써 민족이라고 하는 인간집단이 형성되어 나오는 과정에서 인간이 신으로 인식되어 결국 민족종교가 형성 되어 나왔던 단계였다. 그렇다면 인간은 어떻게 신으로 인식되어 나왔고 민족종교 단계는 어떻게 형성되어 나왔던 것인가?

이 지구상에서 민족이라고 하는 인간집단이 형성되어 나온 것은 청동기문화를 배경으로 출현한 고대국가의 성립을 계기로 해서라 할 수 있다. 고대의 왕조국가란 어떤 강력한 부족의 장이 새로운 청동기무기를 사용해 다른 부족들을 멸망시키고 그들을 자신들의 노예들로 끌어들여 건립해낸 초혈연적 율령집단을 말한다. 이와 같이 국가라고 하는 조직체를 주축으로 해서 형성 되어 나온 민족이라고 하는 인간 집단은 서로 다른 혈연내지 지연 집단들 간의 투쟁, 그러한 투쟁에서의 승자와·패자 간의 지배·피지배 관계의 형성, 승자 측의 기득권 유지의 지속적 노력 등과 같은 일련의 사태들이 행해져 나가는 과정에서 형성되어 나왔던 것이다.

그런데 민족이라고 하는 하나의 인간집단이 형성되어 그것이 발전되어 나가는 데는 반드시 몇몇의 지도자들이 있었다. 그런데 필자가 여기에서 말하고자 하는 것은 인간들이 자기의 민족을 유지 발전시켜나가기 위한 하나의 방법으로 그러한 지도자들을 신격화시켜 나갔다고 하는 것이다. 특히 민족 집단을 통치해나가는 정치가들은 백성들을 보다 효과적으로 통치해 나가기 위한 방법으로 자신들의 통치력에 신적 권위를 부여해갔고, 그러한 권위 부여 방법의 일환으로 자신들의 민족 집단의 통치권이 신으로부터 부여받은 것이라는 입장을 취해나갔다. 민족 집단의 구성원들은 통치자들의 그러한 입장들을 받아들여 가게 되었고, 그러한 과정에서 그 민족 집단의 구성원들은 그들이 자신들의 민족을 유지 발전시켜나가는데 필요한 어떤 신을 창출해내서 그것을 통해 자신들의 삶의 문제를 해결해나가려 했던 것이다. 그 결과 모든 민족들은 자신들 차원의 어떤 종교를 갖게 되었던 것이다.

이와 같이 어떤 인간집단이 민족 집단으로 형성되어 나오게 된 청동기 시대의 사회적 분위기는 그 이전의 시대인 신석기 시대와는 현격히 달랐다. 신석기시대에서의 인간에게서의 최대의 적은 자연이었다. 그러나 청동기시대로 들어와서 인간들은 새로운 적을 맞게 되었다. 그것은 다름 아닌 바로 인간 자신들이었다. 이제 인간들에게서의 최대의 적은 자신들과 다른 집단의 인간들이었던 것이다. 그 이유는 자기들의 적은 자기들보다 더 강한 무기를 갖은 인간 집단들일 수밖에 없기 때문이다. 한마디로 말해 인간의 적은 인간일 수밖에 없다는 입장이 취해지게 된 셈인 것이다. 그러한 입장을 취한 인간들은 거대한 기품을 보이는 자연물들이나 혹은 자연계속의 어떤 맹수들을 더 이상 신적 존재들로 인식해 가지 않게 된 대신, 어떤 특출한 능력을 지닌 인간들을 신적 존재로 인식해가게 되었던 것이다.

민족종교는 인간들이 자신들보다 능력이 출중한 인간들을 신적 존재로 인식하려는 입장이 보편화되어 나가는 과정에서 형성되어 나왔다고 말할 수 있다. 그래서 모든 민족종교들이 취했던 신앙적 대상은 반신반인의 형태를 취한 존재들이었다. 예컨대, 구약성서의 모세, 중국의 천제(天帝) 단군, 한국의 단군, 일본의 진무천황 등과 같은 존재였다. 모든 가족들이나 가문들의 구성원들은 그것들을 성립시킨 인간들을 신적 존재로 인식한다. 조상신이 그 구체적 일례이다. 그러한 조상신을 갖는 가족이나 가문이 그들 자신들의 세력을 확대시켜 다른 가족들이나 가문들을 무너트리고 그들을 피지배층으로 끌어 들여 어떤 국가를 세워 그것을 지속시켜는 과정에서 민족이라는 집단을 형성시켜 나가는데, 그 경우 그 국가를 세운 가문의 조상신이 그 민족의 신앙적 대상이 되는 것이다.

자본주의사회를 형성시킨 크리스트교의 발전과정을 주축으로 파악해 본다면, 크리스트교의 민족종교 단계의 시대는 지중해시대의 초기에 해당된다. 크리스트교는 메소포타미아지역에서 철기시대가 시작된 기원전 15, 14세기경에 시중해의 동안인 현재의 레바논, 시리아, 이스라엘 지역 등에서 이스라엘 민족의 종교로서 성립되어 나와 그것이 391년 로마제국의 국교로 받아들여짐으로써 이스라엘 의 민족종교단계로부터 탈피해 나와 보편종교로 전환해 나왔다. 기원전 63년 이스라엘 등을 정복해 지중해 세계를 통일시켰던 로마제정(BC27~AD180)은 그리스 민족의 자연신사상을 받아들여 성립시킨 다신교적 세계관에 입각해 유일신관의 입장을 취해 가는 이스라엘민족을 종교적으로 탄압해 갔다. 그러나 이스라엘의 민족종교는 그러한 박해를 극복해낸 결과, 313년 로마제정이 크리스트교를 공인했다. 330년 콘스탄티노폴리스(콘스탄티누스의 도시의 의미, 현재의 이스탄불)로의 천도가 행해진 후에는 이스라엘의 민족종교가 로마제국의 국교로 제정되어, 그것이 민족종교에서 세계종교로 전환되어 나오게 되었던 것이다. 크리스트교가 국교로 제정된 지 5년만인 395년에는 로마제국이 동서로 분열되었고, 476년에는 서로마제국이 멸망하게 됨으로써 그 후 지중해 세계는 동로마 제국의 콘스타티노폴리스를 중심으로 재편되어 나갔다. 그렇게 해서 지중해세계는 전기에서 후기로 전환해 나왔던 것이다.

지중해시대는 크리스트교가 이스라엘의 민족종교에서 로마제국의 크리스트교 국교제정을 계기로 세계종교로 전환해 나옴으로써 그 후기를 맞게 되었다. 지중해시대의 후기는 4세기말 5세기 초를 전후해 시작되는데, 622년경 아라비아반도에서 일어난 이슬람교의 세력이 637년에는 에루살렘을 함락시킨 이후 그로부터 1세기후인 711년경에는 지중해의 남쪽 해안을 통해 지중해의 서쪽 끝 지부랄타 해협을 건너 이베리아반도까지 침입해 들어가 지중해 동쪽지역까지를 점령해가게 된다. 그러나 크리스트교 세력이 지중해 세계로부터 벋어나 대서양 세계로 나가게 되는 시점에까지 이슬람세력은 지중해의 남반부와 동쪽을 지배해가게 됨으로써 지중해시대의 후기는 보편종교들인 크리스트교와 이슬람교에 의해 지배되었던 시기였다 할 수 있다.

이러한 인간신 시대는 인류가 유프라테스·티그리스 강, 나일강, 인더스·갠지스강, 황하 등과 같은 대하(大河)나 지중해 등과 같은 연해(沿海) 등을 활동공간으로 하여 생활해 나가게 됨으로써 시작되었다. 또 그 시기는 인류가 신석기시대에서 순금속기 시대라 할 수 있는 금석병용기시대로 전환해 나오는 과정에서 이루어졌다. 이 초기 단계에서는 그림문자 가 형성되어 나왔고, 중기이후의 청동기 시대로 들어와서는 이집트의 상형문자, 수메르 설형문자, 인도의 원시인도문자, 크레타 섬의 선상(線狀)문자A, 중국의 갑골문자 등과 같은 표의문자 내지 표어문자가 형성되어 나왔다. 당시 그들의 주된 관심은 자신들의 민족과 자신들의 조상들의 활동들에 관한 것이었다. 또 이 시대는 전쟁에서 진 민족이 승리한 민족의 노예가 되어 사회구조가 지배층과 피지배층으로 형성되어 노예 계층이 음악, 춤 등과 같은 예술 분야를 담당해가게 되었다.

3) 유일신중심 시대

그렇다면 그 다음의 신중심 시대에서의 보편종교 단계는 어떻게 도래한 것인가? 우리가 앞에서 고찰한 바와 같이 모든 민족국가들의 인간들은 기본적으로 자신들의 조상을 자신들의 신앙적 대상으로 삼아나갔다. 그러한 과정에서 서로 다른 신을 신봉해 가는 민족들 간에 투쟁이 벌어졌다. 투쟁은 끊임없이 반복되어 나갔다.

그래서 인간들은 끊임없이 반복되어 나가는 투쟁을 종식시켜나가기 위한 방안으로 다자들의 신앙적 대상들의 전부 다 포용해낼 수 있는 어떤 보편적 신을 창출해가게 되었다.

예컨대 석가(563경~483, BC)는 기원전 1500년경 인더스·갠지스 강 유역지역에 침입해 들어가 일천년간 그곳을 지배해갔던 인도 아리안민족 출신의 브라만계급의 한 사람이었다. 그는 그곳의 토착민족 출신의 노예계급인 수드라가 자신이 소속해 있는 브라만 계급에 의해 대를 거듭해 지배되어 나가는 것을 보고 수드라의 삶을 측은히 생각한 나머지 노예계급인 수드라의 입장에서 카스트신분 제도에 묶여 있는 모든 인간들의 삶의 문제를 깊게 을 생각하게 된다. 그는 수드라 피지배계급의 노예들이 겪는 육체적 고통이 브라만 지배계급인 자신에게 주는 심적 고통과 결코 다를 바 없다는 사실을 깨달은 나머지 지배민족과 피지배민족간의 대립이 두 민족들에게 가져다주는 고통을 어떻게 치유해 갈 수 있을 것인가를 궁리해 갔다. 그 결과 그는 브라만민족이니 수드리민족 등 과 같은 이느 힌 특정한 민족의 손익을 넘어서 모든 민족들이 다 같이 받아들일 수 있는 불교라고 하는 보편종교를 창안해 내게 되었던 것이다. 크리스트교도 1~4세기 사이에 지중해의 동쪽 해안에서의 지배민족인 로마인과 피지배민족인 이스라엘 인 간의 민족적 갈등의 극복형태로 창출되어 나온 보편종교이다. 크리스트교 사상은 당시 지배층인 로마민족이 피지배층인 이스라엘인민족을 억압해가는 과정에서 이스라엘 의 민족종교가 보편종교사상으로 전환해 나온 것이다.

불교가 제시하는 두 집단들 간의 민족적 갈등의 해결방법은 두 집단들이 가지고 있는 각자의 욕망들을 서로 버려해야 한다는 것이었다. 크리스트교의 문제해결방법은 두 민족이 서로 사랑해야 한다는 것이었다. 그 이유는 그들이 똑같은 땅위에서 존재해 있는 똑 같은 인간들이기 때문이라는 것이다. 또 그들이 그때 제시한 문제해결의 방법은 모든 민족집단들이 다 받아들일 수 있는 보편성을 지닌 것이었다. 그 결과 불교는 인도지역의 대부분의 민족들에 의해 받아들여졌고, 1~6세기 사이에는 육로를 통해 중앙아시아, 동아시아의 중국과 한국뿐만 아니라 일본까지 전파되어 나갔다.

크리스트교의 경우는 불교가 중앙아시아, 동아시아 지역 등으로 전파되어 나갈 때 지중해의 동쪽 해안 지역에서 해로를 통해 지중해의 연안 지역으로 전파되어 나갔던 것이다.

그런데 이 자본주의 세계는 지중해 세계의 밖의 대서양 연안에 있는 화란, 영국, 미국 등의 신교도(프로테스탄트)국가의 인간들이 17세기 중반이후의 청교도혁명과 18세기중반이후의 산업혁명 등을 기반으로 해서 성립되어 나온 세계이다. 프로테스탄티즘(신교도 정신)은 지중해의 북안(北岸)을 중심으로 형성된 로마 카톨릭, 그리스 정교 등과 같은 구교(舊敎)을 배경으로 해서 성립되었던 지중해 세계의 국가들의 종교정책에 반대해 성립되어 나왔다. 그러한 정신은 14세기 중반 영국의 옥스퍼드대학의 위클리프(1320~1484)가 라틴어 성서를 영어로·번역한 것이 계기가 되어 지중해 연안국들의 종교였던 구교의 교리에 대한 비판이 일게 됨으로써 싹트기 시작되었다. 위클리프의 구교에 대한 비판적 태도는 체코의 서부 보헤미안 지방으로 전파되어나가 양심의 자유를 희구하던 프라그 대학의 존 후스가 그러한 태도를 받아들였다. 그들은 인류의 자유로운 지성과 자유로운 양심에 입각해 의식(儀式)만을 중시하는 구교의 교리에 대항해 성서중시의 입장을 역설해 갔던 것이다. 그러자 로마교회는 위클리프의 유해(遺骸)를 파내 화형에 처했고, 또1415년 후스를 종교회의에 끌어들여 산채로 화형에 처했다. 로마교회의 그러한 태도는 결국 후스당의 반란 등과 같은 종교전쟁을 일으켜갔다. 또 그것은 대서양에 연안국인 독일인의 마르틴 루터(1483~1546)과 프랑스인 장 칼벵(1509~64) 그리고 지중해 연안 밖의 알프스산맥 이북에 위치한 스위스인 쯔빙글리(1484~1531) 등과 같은 인사들이 주도했던 종교개혁운동을 야기시켜 나갔다. 이러한 종교개혁운동은 바로 지중해연안국들의 구교로부터 탈피해 나와 프로테스탄티즘에 입각해 대서양연안국 중심의 새로운 세계를 구축해나가는 과정에서 일어났던 것이다. 그렇다면 지중해연안국중심의 세계는 어떻게 성립되어 나왔는가? 그것은 다음과 같이 두 단계로 나누어 고찰된다. 하나는 로마군정 하에서 박해를 받아가던 이스라엘의 민족 종교가 기원전 1세기이후 예수의 수난 등을 통해 세계종교로 전환해 나와 지중해 연안의 각 민족들의 단일종교로서의 역할을 행해갔던 단계이다. 이렇게 생각해 봤을 때 지중해 시대는 기원전 15세기경부터 콜럼부스가 대서양을 건너 아메리카대륙에 도착한 15세기말까지의 3000년 경 간을 가리킨다. 그러한 지중해 시대의 제일 단계인 이스라엘의 민족종교시대의 단계는 어떤 역사적 단계를 배경으로 해서 성립되어 나왔던 것인가?

이상과 같이 자본주의사회를 구축해 나온 서구의 크리스트교 문화를 주축으로 해서 파악되는 신중심 시대는 우선 일차적으로 기원전 3500년경부터 기원전 1500년경까지의 20세기 간의 강 유역 시대와 기원전 1500년경부터 기원후 1500년경까지의 30세기 간의 지중해시대로 양분되고, 후자의 지중해시대는 기원전 1500년경부터 400년경까지의 20세기 간의 민족종교시대와 400년경부터 1400년대까지의 10세기 간의 글로벌종교 시대로 양분된다.

신중심시대란 인간이 전지전능(全知全能)한 「신」이라고 하는 관념을 통해서 인간과 인간이 처해 있는 자연계와의 관계를 파악해 보려는 입장을 취했던 시대를 의미한다. 앞에서 이미 언급한 바와 같이 역사가들은 문자들에 의한 기록물들이 발견되는 시점을 인간역사의 출발점으로 파악하고 있다. 따라서 역사가들은 인간들에 의해 금속기가 도구로 사용되기 시작되고, 왕조국가가 성립되어 나오고, 문자사용이 제도화되어 나오는 시기를 고대(古代)라 이름 붙여 고대를 인간역사의 출발점으로 설정하고 있는 것이다.

인류가 문자를 발명했거나 그 발명된 문자를 제도화시킨 시점에서의 최초의 기록 대상은 그들이 그동안 머리로 암기해 왔던 노래들의 가사나 구술해 왔던 이야기들이었다. 오리엔트의 『구약성서』(BC1100~AD100), 중국의 『시경』(1000~600, BC), 인도의 『리그·베다』(1000, BC), 고대 그리스의 『일리아드』(850, BC)와 『오딧세이』(1000, BC), 일본의 『고지키』(古事記, 712)와 『만요슈』(万葉集, 759경) 한국의 『삼국사기』(三國史記, 1145)와 『삼국유사』(三國遺史, 1285) 등이 바로 그러한 것들이다. 이것들은 인간들이 자신들의 사상들이나 생각, 느낌들을 문자들로 기록해낸 가장 오래된 것들이다. 그 내용들의 대부분은 『성서』, 『리그·베다』, 『고지키』 등의 경우들이 분명히 보여주고 있듯이, 천지창조 등의 신화(神話)들과 같이 소위 「신」들과 내통해 고대국가 등을 설립했다든가 그 설립에 공헌했던 영웅들의 이야기들이다.

이들 신화들 속에서 인간들은 신들이나 영웅들에 의해 지배되어 가는 존재들로 그려져 있다. 인간이 그것들 속에 그렇게 그려져 있다는 것은 그것들이 쓰이거나 편찬되기 이전, 인간들은 자신들을 신들이나 영웅들의 부속물들로 인식하고 있었다는 것이다. 그러한 점들을 자료들로 해서 그러한 최고(最古)의 기록물들이 쓰이거나 편찬되기 이전의 시대를 논해 볼 때, 우리는 그 역사이전의 시대, 즉 선고대를 확실히 신 중심(神中心)의 시대의 초기로 규정해 볼 수 있는 것이다. 그러나 인간들은 언제까지나 「신」이나 「영웅」을 통해서 자신들의 존재를 의식하려고만은 하지 않았다. 그들은 청동이나 철 등의 야금술을 발명해서 청동제나 철제 등과 같은 금속기들을 생활도구로 사용하기 시작함으로써 「신」이 라고 하는 관념으로부터 한층 더 벗어나게 된다. 그렇게 해서 인간은 그러한 신 중심 시대에서 인간 중심시대로 전환해 나오게 되는데, 인간의 그러한 신 중심 시대에서 인간 중심시대로의 전환은 J.피아제(Jean Piaget, 1896~1980)의 발생적 인식론(genetic epistemology) 등을 통해서 설명될 수 있다. 피아제는 「개체발생은 계통발생의 단서를 제공한다는 생물학의 원칙 위에서, 인간의 지식 일반의 본질과 발달과정을 밝힐 빛을 던져 줄 수 있다고 생각한 아이들의 사고를 탐구했다고 말하고 있다.[5]

J. 사르트르의 용어를 빌어 말해본다면, 피아제의 아동사고에 대한 고찰은 인류의 사고가 「대자」(對自, pour soi) 중심적 사고에서 「즉자」(卽自, en soi) 중심적 사고로 전환해 나왔다는 것을 말해주고 있는 것이다. 선고대인들에 있어서의 「대자」란 그들을 둘러싸고 있는 자연물들이나 그것들을 일관하는 원리들로서, 선고대인들은 프리애니미즘이나 애니미즘을 믿는 원시인들의 경우처럼 자연이나 자연물들 속에 정령 같은 신들이 내재되어 있다고 믿고 있었기 때문에 신들이 내재되어 있다고 여겼던 자연물들을 통해서 자신들의 존재를 의식해 갔다고 하는 것이다.

이 시대에 와서 표의문자가 표음문자로 전환해 나와 말이 음의 차원에서 글로 표현되어 나왔다. 인간들의 주된 관심은 자기민족으로부터 모든 민족들이 공존해 있는 인간세계 쪽으로 전환해 나왔다. 그 결과 인간들은 타민족들이 처해 있는 세계는 물론 그들의 신들과 문화들까지도 관심을 갖게 되었고, 또 그들은 자기만

---

5) 마거릿 보든 저·서창렬 역(1999), 『피아제』, 시공사, p.46, E. G. Boring, ed.(1952) A *History of Psychology in Autobiography Vol. 4*, New York : Russell & Russell, pp.237-256 등

족과 타민족들을 하나로 묶어낼 수 있는 어떤 보편적 존재에 대해 관심을 갖게 되었다. 그뿐만 아니라 그들은 유일신과 인간과 자연과의 관계를 탐구해 갔다.

2. 인간중심시대와 학문과 예술

현재 우리가 처해 있는 자본주의세계는 크리스트교문화권으로부터 창출되어 나왔다. 그런데 그 문화권에서의 신중심시대가 인간중심시대로 전환해 나온 것은 지중해시대의 후기의 문화적 배경으로 해서라 할 수 있다. 지중해시대 후기의 문화적 상황의 특징은 7세기 초반에 아라비아반도로부터 출현한 이슬람교가 지중해 동안으로 침입해 들어와 크리스트교 발상지인 지중해 동해안 점령을 발판으로 해서 그 후 1세기에 걸쳐 지중해 남안(南岸)의 전지역과 서안의 이베리아 반도까지를 점령해가게 된다. 그 결과 크리스트교문화권에서의 지중해시대 후반은 이슬람교와의 대립기였다고 할 수 있다. 그러한 대립적 양상은 크리스트 교도들로 하여금 자신들의 삶을 지배해간다고 생각해왔던 신이라고 하는 존재와 인간이라고 하는 존재에 대해 새로운 만목을 갖게끔 했던 것이다. 그 결과 그들은 신의 시각에서 자신들이 처해 있는 세계를 인식하여는 입장을 버리고 인간자신들의 시각에서 세계를 인식하려는 자세를 정립시켜나가게 되었다. 그러한 과정에서 인간들의 주된 관심은 인간과 인간존재의 기초로 인식되어 나온 자연에 집중되어 나오게 되었다. 그 결과 인간중심주의적 입장이 성립되어 나왔던 것이다. 그렇다면 이 인간중심시대에서의 인간과 인간존재의 기초로서의 자연은 어떻게 연구되어 나왔고 또 그것들은 어떻게 예술적 표현대상으로 부상해 나왔던 것인가?

1) 크리스트 교도들의 십자군원정과 인간성에 대한 새로운 자각

지구상의 인간이 인간 중심주의(humanism)의 입장을 취하게 된 것은 서구 역사의 측면에서 볼 것 같으면, 유럽에서 십자군전쟁(1096~1291)이 끝나고 몽고군의 유럽원정 시작(1236)이 행해진 이후의 시기, 즉 르네상스기(14~16세기)로 접어들어서부터였다. 그런데 필자가 여기에서 강조하고자 하는 것은 바로 이것이다. 크리스트교문화권의 인간들이 인간중심주의로의 전환해 나오게 된 배경에는 그들이 7세기 초에 아라비아반도에서 출현한 이슬람교와 십자군전쟁 등을 통해 접촉해가는 과정에서였다고 하는 것이다. 그렇다면 십자군전쟁이 일어나게 된 배경은 무엇인가? 크리스트교 도들이 십자군전쟁을 일으킨 주된 목적은 그들이 이슬람교도들로부터 빼앗긴 성지를 탈환해 내기 위해서였다. 로마시대의 크리스트교 지도자들은 313년 크리스트교가 공인되기 1세기전경인 250년에 크리스트교의 본산(本山)제도가 창설될 때 예루살렘이 로마·콘스탄티노플·안티오카·알렉산드리아와 함께 5본산지의 한곳으로 선정되었다. 그때 이래 그곳이 크리스트교의 성지로 받아들여져 서방의 크리스트교 인들의 순례지의 하나가 되었던 것이다. 그런데 이슬람교도들이 그곳을 점령해버리자, 서방의 크리스트교 도들의 성지순례가 불가능하게 되었다. 그것뿐만이 아니었다. 그들이 십자군전쟁을 일으킨 것은 이슬람교로 무장한 터키족의 서진정책이 강화되어 나갔었기 때문이었다. 그럼 여기에서 이러한 역사적 과정을 좀 더 간단히 고찰해보기로 한다.

이슬람교의 교주 마호메트(570경~632)가 하라산이라는 곳에서 "그대가 알라(Allāh)의 사자(使者)이니라"라는 계시를 받은 것은 610년경이라 한다. 그 후 그는 헤지라 (메카에서 메디나로의 도주) 등을 통해 이슬람교를 일으켰다. 그 사라센군은 지중해 동안으로 북상해, 635년에는 현재의 시리아의 수도 다마스쿠스를 점령하고 637년에는 크리스트교의 5본산의 하나인 예루살렘 대교구를 함락시켰다. 641년에는 사라센 군이 이집트의 알렉산드리아에 침입해 도서관을 태워 없앴다. 642년에는 사산조 페르시아를 멸망시켰다. 653년에는『코란』이 성립되고, 661년에는 우마이야조가 예루살렘에서 성립되어 칼리프가 세속화되었고, 그 후 우마이야조의 사라센 군이 지중해 남안 전 지역을 점령해 711년에는 지브랄타를 건너 이베리아반도까지 침입해 들어갔다. 수도를 다마스쿠스로 옮긴 우마이야조가 750년경에는 이슬람교도들의 반란군들에 의해 멸망되자, 바그다드를 수도로 하여 압바스 조(마호메트의 백부에 의해 설립: 동 칼리프 조)가 성립된다. 756년에는 이베리아반도에서 후우마이야조가 성립되어 나옴에 따라 이슬람제국이 동서로 양분되었다. 그 후 압바스 조(750~1258)하의 사라센문화는 우마이야조(661~750)때에 이슬람 화된 이란민족이 주축이 되어 780년경부터 메소포타미아의 중심지에 위치해 있는 바그다드에서 황금시대를 맞게 된다. 이렇게 이라크지역에서 아라비아인과 이란인이 이슬람문화를 꽃피우기 시작했을 때 중앙아시아지역에서의 이란만족에 의한 최초의 이슬람왕국이라 할 수 있는 사만조(874~999)가 건설되어 사만조의 수도였던 보하라(Bokhara)와 사마르칸트에서 바그다드에 못지않을 정도로 학문과 예술이 성행하였던 것이다. 그러나 카스피 해의 동남지역인 지금의 아프카니스탄 지역을 근거지로 해서 출현한 터어키 족이 이슬람교로 무장한 후, 신권은 물론 군사권까지를 장악한 형태의 술탄 칼리프의 형태를 취한 셀쥬크 터키왕조(1037~1157)를 건립했다. 그 왕조는 인더스강 유역을 차지하고 있었던 가즈니조(926~1186)와의 단다나칸 전쟁(1040)을 통해 호라산 지역을 점령한 후, 그곳을 발판으로 1071년에는 비잔티움을 격파하고, 그 후 소아시아지역으로 진출한 한편, 1076년에는 지중해 동안의 예루살렘을 함락시켰다. 이렇게 해서 셀쥬크 터키는 이란, 메소포타미아, 시리아, 소아시아에 이르는 서남아시아의 이슬람문화 권을 재통일하게 되었다. 이러한 과정에서 이슬람교의 주도권은 아라비아민족으로부터 이란민족을 거쳐 터키 족으로 넘어갔다.

　그러한 정벌이후 술탄 칼리프 제국의 병사들이 서방으로부터의 크리스트교 성지 순례자들에 대하는 태도는 난폭하기 그지없었고, 또 술탄 칼리프제도의 서진(西進) 정책은 더욱 더 적극적으로 추진되어 나갔다. 그러한 상황에서 지중해의 북안 지역에서는 1095년에 교황 우르바누스 2세가 성지회복을 주장해 1096년 제1회 십자군 원정이 이루어졌다. 1099년에는 원정군들이 예루살렘을 함락하였다. 원정군들에 의해 주민들의 대학살이 자행되었다. 1187년에는 다시 예루살렘이 이슬람 군에 의해 탈환되었다. 그러한 정치적 상황이 전개되어 나가는 과정에서 압바스 조는 메소포타미아지역으로 침입해 들어온 몽고족에 의해 1258년에 멸망하고, 십자군 원정은 1270년까지 8회에 걸쳐 이루어졌던 것이다.

　지중해 북안의 크리스트교 국가의 신도들은 200여 년 간에 걸친 이슬람교도국으로의 십자군 원정을 통해 그들과는 다른 종교를 갖은 인간들과 부딪히게 된다. 그들은 그 과정에서 자신들의 신이 결코 절대적 존재가 아니라는 사실을 깨닫게 된다. 그 결과 그들은 그 때까지 자신들이 믿어왔던 신이 인간 자신들에 의해서 만들어진 허상에 지나지 않은 존재였다는 입장을 취하게 된다. 그렇다면 인간들은 어떤 존재를 믿어야 하는가? 다시 말해 인간의 문제를 해결해갈 수 있는 자는 어떤 존재인가? 이러한 물음들이 그들에게 제기 되었던 것이다. 여기에서 그들이 찾은 해답은 인간의 문제를 해결해 줄 수 있는 존재는 인간자신들밖에 없다고 하는 것이었다. 그들의 그러한 입장은 14세기 초부터 로마를 중심으로 해서 르네상스운동을 통해 확립되어 나갔다.

그뿐만 아니라 크리스트 교도들이 접촉한 이슬람교는 그들의 종교보다 한층 더 우상타파의 입장이 강한 종교였다고 하는 것이다. 그들이 접했던 이슬람교는 동물들의 그림, 인간의 초상 들을 비롯한 일체의 우상(偶像)을 인정하지 않았다. 아랍인들이 아라비아사막에서 일으킨 이슬람교는 신자와 신과의 관계라는 측면에서 크리스트교와는 사뭇 달랐다. 크리스트교에서의 신자와 신과의 관계는 신부, 수녀 등과 같은 성직자를 매개로 해서 이루어진다. 그러나 이슬람교의 경우는 신자와 신과의 관계가 그러한 매개자를 통해서 이루어지지 않고, 신자와 신이 직접적으로 맺어진다고 하는 것이다. 그들이 접한 이슬람교는 그들이 믿는 크리스트교 보다 헐 씬 덜 의식(儀式)적인 대신에, 신자의 신에 대한 믿음이 크리스트교신자의 경우보다 헐 씬 더 강하다는 사실을 깨닫게 된다. '이슬람'이란 말은 '신자가 시의 절대의지에 심신을 맡기다', 즉 '헌신 한다'는 뜻이고, '무슬림'이란 말은 '헌신하는 자'라는 뜻이다. 이슬람교는 신의 유일성을 근본교의로 하는 종교이고, 그 종교에서의 신(알라)은 오직 하나이며 또 그것은 만물의 창조주이고 그것들의 지배자로 인식된다. 또 크리스트교에서 신으로부터 계시를 받았다고 하는 예수는 자신을 신의 아들이라 했지만 신으로부터 계시를 받았다고 하는 마호메트는 자신을 신의 아들이라고 하지 않았다. 크리스트교에서는 신자가 신의 아들이라고 하는 예수를 통해서 신을 만나지만 이슬람교에서는 신자와 신고의 만남이 직접적으로 이루어진다고 하는 것이다.

크리스트 교도들은 그들의 학문보다도 더 발달된 이슬람교도의 학문과의 접촉
과 그들의 종교보다 더 합리화된 이러한 이슬람교와의 접촉 등을 통해 새로운 인
간성이 자각되어 그것을 게기로 새로운 연구기관 설립 운동을 전개시켜 나가면서
자신들의 종교를 헐 씬 더 근대적 형태로 개혁해 나가게 된다. 그것이 다름 아닌
바로 앞에서 언급한 대학설립과 종교개혁 운동이었던 것이다.

2) 대학의 출현과 르네상스운동

서구에서의 현재 유니버시티라 불리는 학문기관이 성립되어 나온 것은 십자군
원정 기간(1096~1270)이었다. 이탈리아에서의 볼로냐 대학의 창설(1119), 파리대
학 창설(1120), 옥스퍼드 대학 창설(1130) 등이 그 일례라 할 수 있다. 그 이전까지
의 학문기관은 카를 대제 즉위(768)이후 세워진 주교학교·수도원학교가 그 중심
적 역할을 하였다. 또 이들 학교들의 주된 연구 대상은 신학이었다. 그러나 십자군
원정이 행해지는 과정에서 12세기 초부터 상업이 번성해 나와 대도시를 중심으로
법률, 의학, 인문학 등에 대한 연구가 행해지게 되어 그러한 분위기를 타고 대학들
이 세워지게 되었던 것이다. 이러한 대학들의 주된 연구 대상은 그 이전의 주교학
교·수도원학교가 행해왔던 '신'에 대한 연구와는 달리 '인간'의 현실생활과 관련된
것들에 대한 연구였다. 인간의 사회적 활동과 관련된 법률, 인간의 육체적 활동과
관련된 의학, 인간의 언어활동과 관련된 문학 등이 그 구체적 연구대상들이었던
것이다.

대학들의 인간연구의 방법은 크리스트교의 관념화된 세계가 형성되어 나오기
이전 고대그리스·로마인의 인간중심 사상을 탐구해서 그것을 기초로 해서 하늘
의 신에 대응되어 나왔던 지상 (자연계)의 인간을 탐구해 가는 방법이었던 것이다.
그런데 십자군 전쟁 중에 출현한 대학들이 고대 그리스·로마인의 인간중심사상
을 받아들여 인간을 연구해간다는 입장이 중세 유럽의 대학들에 의해 취해지게
된 배경에는 이슬람 문화 권에서 행해졌던 학문으로부터의 영향이 컸던 것으로
고찰된다. 앞에서 언급한 바와 같이 크리스트 교도들이 그들의 원정지에서 접한
이슬람문화권의 학문은 크리스트문화권의 것보다 헐 신 더 보편성이 확보되어진

것이었다. 그 이유는 이슬람교도들이 이슬람교를 전파시키고 이슬람교를 확립시켜나가는 과정에서, 마호메트가 사망하기 얼마 전에 메카 대제(大祭)에 참석해 "모든 이슬람교도들은 한 형제이다"라고 하는 소위 사해동포(四海同胞) 사상 설파에 의거해 그리스, 메소포타미아, 이스라엘, 인도 등으로부터 그곳들의 문물들을 대폭 받아들여 갔었기 때문이었다. 그렇다면 원정군들은 이슬람문화와의 접촉을 통해 어떤 것들을 얻을 수 있었던 것인가?

우리는 여기에서 이점을 보다 명확히 해보기 위한 수순으로 우선 이슬람문화의 성립과정과 이슬람교의 특성에 관한 고찰이 요구된다. 이슬람교도들은 다마스쿠스를 수도로 하던 우마이야조(661~750)부터 그리스 · 이란 · 인도 등으로부터 외래문화를 전폭적으로 받아들여갔다. 그래서 이슬람문화는 바그다드를 수도로 하던 압바스 조(750~1258)에 와서 전성기를 맞는다. 이슬람문화는 특히 그리스로부터 우마이야조에서부터 철학 · 정치학 · 의학 · 자연과학 등의 분야에서 절대적 영향을 받았다. 칼리프의 궁정이나 학문 연구소는 그리스, 이란, 인도 등으로부터 이교도들의 과학자나 사상가들을 초빙해 그들로부터 과학적 지식과 사상들을 취해 나갔다. 이러한 과정에서 현재 이락에 위치해 있는 바스라, 쿠파 등의 지역에서 아라비아 어의 문법, 아라비아의 역사와 지리, 천문학, 의학, 문학 등에 대한 연구가 행해지게 되었던 것이다. 예컨대 바스라학파의 대표자로 알려진 할릴 빈 아흐마드(Khalīl bin Ahmad, 717경~719)는 아라바아 사전을 최초로 편찬한 자였고, 그의 제자 시바와이흐 (Sībawayh, 792사망)는 최초로 아라비아어의 문법서를 저술한 자였다. 8~9세기경에 와서는 프톨레마이오스, 히포크라테스 플라톤, 아리스토텔레스 등의 외국고전들이 바빌론 태생의 후나인 이븐 이스하크(Hunayn ibn Ishāq, 809~873) 등과 같은 교도문화인들에 의해 아라비아어로 대거 번역되어 나왔다. "번역자의 왕"으로 알려진 타비트 빈 쿠라(Thābit bin Qurra, 825~901)은 아르키메데스, 유클리드 등의 저서들을 번역해냈고, 또 그의 자손들로부터 많은 번역가들과 학자들이 출현했다. 이러한 사람들의 활발한 번역활동으로 인해 과학, 철학 등의 다방면의 학문분야에서 100여종 이상의 고전 번역서들이 번역 소개되어 나왔던 것이다.

그러한 과정을 통해 그들은 특히 그리스의 합리주의적 사고를 받아들였다. 그들은 그러한 합리주의적 사고에 의거해『코란』과『하디스』(마호메트와 그의 교우들의 언행을 기록한 것)에 기초로 해서 '샤리아'(알라의 의지에 따라서 걸어야 할 길)라고 하는 이슬람법을 성립시켰다. 그것이 성립되어 나올 수 있는 배경에는 마호메트를 매개로 해서 전해진『코란』과『하디스』만이 절대적인 것으로서 받아들여질 수 있다는 사상이 이슬람사회에 깔려 있었기 때문이었다. 이것은 마호메트만이 이 지상의 인간들에게 전할 수 있는 특권이 인정되어 있다는 의미이기도 한 사상인 것이다.

필자가 여기에서 말하고자 하는 것은 바로 다음과 같은 것이다. 지중해 북안의 크리스트교 사회가 십자군전쟁을 계기로 대학설립운동이 일어나고 르네상스운동이 일어나게 되었던 것은 그들이 원정지에 가서 접촉한 사회가 자신들의 사회보다 훨 신 선진화되어 있고 훨 신 더 합리화된 사회였었기 때문이었다는 것이다.[6] 크리스트교인들은 이 십사군선생을 통해 섭했던 이슬람사회의 인간들이 자신들보다 인간이 처해 있는 세계와 신에 대해 더 합리적 사고를 해가고 있는 이유가 그리스의 인간중심사상과 합리적 사상에 입각해 쓰인 문헌들을 을 입수하여 그것들을 번역해 연구해갔었기 때문이었다는 입장을 취했던 것이다. 크리스트문화권에서의 대학설립운동은 그들의 바로 그러한 입장에서부터 출발했던 것이다.

그러한 대학설립운동은 십자군전쟁(1096~1270)이 시작 된지 20여년이 지난 시점에서 이탈리아의 볼로냐 대학의 창설을 시발점으로 해서 파리, 런던 등에서 일어나기 시작해 1582년 독일의 뷔르츠부르크 대학, 영국의 에딘버러 대학 등의 창설된 르네상스의 말기 에 이르기까지 근 5세기에 걸쳐 전개되어 나왔다. 앞에서도 언급한 바와 같이 그 이전의 중세 학교의 연구 대상이 신이었음에 반해 중세 말기에 출현한 대학의 연구대상은 인간과 그의 존재기반인 자연 바로 그것들이었던 것이다. 그런데 크리스트 교도들이 취했던 그것들에 대한 일차적 연구는 이슬람교도들이 8세기 중엽부터 9세기 중엽에 이르는 1세기 간 아라비아어로 번역해 연구해갔었던 그리스의 철학과 과학 등의 것들을 입수해 그것들을 라틴어로 번역해 내는 것이

---

6) 민석홍(1989),『서양사개론』, 삼영사, p.275

었다. 예컨대 12세기 후반 스페인의 톨레도 대주교의 후원 하에서 도미니쿠스교단 소속의 군디사비(Gundisabi) 와 크레모나의 제라르(Gerard of Cremona)가 아라비아어로 번역된 아리스토텔레스의 저작물과 신플라톤학파의 저작물을 라틴어로 번역해 유럽에 소개했던 것이 그 한 예가 될 수 있다.[7] 그들의 그러한 연구는 토마스 아퀴나스 (1225~1274)의 저작물들이 나오게 된 13세기 중엽까지 행해졌었다.

시리아가 이슬람세력에 점거되기 이전에 시리아어(아람어의 동방방언의 하나)로 번역되었던 그리스철학과 과학 등의 저작들이 시리아의 다마스커스를 수도로 했던 우마이야조(661~750)의 말기부터 바그다드를 수도로 하던 압바스 조(750~1258)의 초기까지의 사이에 대거 아라비아어로 중역되어 나왔던 것이다.[8] "또 당시의 칼리프제국에서는 그리스어서적의 수입에 힘써 동호마제국에 사신을 보내든가, 또는 전쟁의 배상으로서 그리스어 서적을 요구하기도 했다."[9] 그 결과 "이슬람세계에서는 9세기말까지는 아리스토텔레스의 모든 저작이 아라비아어로 번역되고 이와 병행하여 신플라톤학파의 일부저작도 번역되었다."[10]

유럽에서 대학설립이 행해진 것은 아라비아어로 번역된 아리스토텔레스의 저작물들이 라틴어로 번역되어 유럽에 소개됨에 따라 아리스토텔레스시대의 진리탐구의 문화가 재생됨으로써 라 할 수 있다. 아리스토텔레스의 관심대상은 인간, 자연, 천체 등이 일으켜가는 여러 현상들이었다. 중세후기에 출현한 대학들의 연구 대상은 아리스토텔레스의 지적 탐구대상들 바로 그것들이었던 것이다. 당시 대학으로 모여든 인간들의 주된 관심은 주로 파라대학을 중심으로 행해졌던 신학과 철학, 이탈리아의 볼로냐 대학을 중심으로 행해졌던 로마법률, 역시 이탈리아의 살레르노 대학 등에서 행해졌던 의학 등이 말해주고 있듯이 이전의 수도원학교나 주교구(主敎區)학교가 행해갔던 교육과 연구 대상들에 비해 헐 신 더 현실적인 것들이었다. 신학의 경우도 스콜라철학의 경우에서와 같이 크리스트교에서 말하는 신이 인간과 자연 등과 어떻게 관련되어 있는가를 규명해 나간다는 시각에서

---

7) 상동서, p.276
8) 日本オリエント学会編(2004), 『古代オリエント事典』、岩波書店、p.536
9) 김성근 외 책임감수(1964), 『세계문화사Ⅲ : 유럽중세와 아시아의 발전』, 학원사, p.288
10) 민석홍, 전게서, p.276.

행해진 것이다. 철학의 경우도 아라비아인들로부터 받아들인 그리스의 아리스토텔레스의 논리학이 주된 연구대상으로 다루어졌던 것이다.

그런데 당시 대학에 모여든 인간들의 그러한 관심들이 유럽 전 지역에 급속도로 전파되어 나갔던 것은 제지술(製紙術)의 발달 때문이라 할 수 있다.

이상과 같이 유럽에서는 12세기부터 항구도시들을 중심으로 대학들이 설립되어 나와 아리스토텔레스가 추구해갔던 지적 세계를 추구해갔다. 당시 대학인들의 인간, 자연, 천체 등에 대한 그러한 지적 탐구 운동은 13세기로 들어와서는 사회 각 분야로 일반화되어 나오게 되었는데, 후세 사람들은 인간, 자연, 천체 등에 대한 새로운 자각운동을 르네상스운동이라 말하고 있는 것이다. 그러한 운동이 전개되어 나가는 과정에서 인간을 지배해간다고 생각해온 신의 존재를 부정하고 인간을 절대적 존재로 파악하게 되었고, 자연의 법칙을 탐구하는 과학이라는 학문이 성립하게 되었고, 천동설이 부정되고 지동설이 주창되어 나왔던 것이다.

그러한 지적 탐구 운동은 우선 무엇보다도 이슬람 문화권으로부디 제지술(製紙術)이 유럽에 알려짐으로써 발화되어 나왔다.11) 이슬람세계로부터 유럽에 제지술이 전파되어나간 것은 스페인의 그라나다 왕국으로부터 1189년에 프랑스로, 1276년에 이탈리아로, 1390년에 독일로 등의 일이었다. 그 때까지만 해도 유럽에서는 종이 대신에 파피루스와 양피지(洋皮紙)를 사용해 왔다. 그러나 이슬람세계로부터의 제지술이 유럽에 전파되어나감에 따라, 값이 싸고 편리한 종이라고 하는 새로운 서사(書寫) 재료가 전 유럽에 퍼져나가게 되었던 것이다. 14세기에 와서 종이가 풍부하게 공급되자, 유럽인들에게 전파된 그러한 제지술 1146년에 가서는 독일의 구텐베르크(J. Gutenberg, 1400경~1468)의 활판인쇄를 가능케 했다. 그래서 15세기 전반에 가서는 유럽각지에서 인쇄가 시작되어 드디어 유럽인들에게 새로

---

11) 제지술이 당나라로부터 이슬람세계에 전파된 것은 고구려 유민출신 고선지장군(高仙芝 755년 사망)의 타라스강(Taras 江, 카자흐스탄) 전투(751년, 이슬람군과 당군과의 싸움)에서의 패배를 계기로 해서였다. 고선지 장군은 파미르고원을 횡단하여 힌두쿠스 산맥을 넘어 파키스탄북부까지 나갔던 자였다. 탈라스전투에서 패배한 2만의 당나라 포로들 중에는 제지술 기술자들도 들어 있었다. 당의 제지술은 그들에 의해 우즈베키스탄의 사마르칸트에 전해졌다. 그래서 그것은 바그다드(이라크), 다마스커스(시리아)를 비롯하여 이슬람세계에 전파되어 나갔던 것이다. [김성근 외 책임감수, 전게서, p.238]

운 차원에서의 지적 생활이 일반화되어 나왔던 것이다. 14세기부터 이탈리아를 시작으로 촉발된 그러한 지적 운동은 고대 로마·그리스의 인간중심 문예를 부흥시키자는 소위 르네상스운동이라는 것으로 전개되어 나갔던 것이다.

3) 대양진출

서구의 크리스트교 세력들은 15세기로 들어와 지중해로부터 벋어나 대서양으로 진출해나갔다. 그 첫출발은 1492년 이탈리아의 제노바출신의 상인 콜럼버스의 대서양을 통한 아메리카 도착, 1498년 포르투갈의 탐험가 바스코다 가마의 인도양을 통한 인도의 캘리컷 도착, 1519-1521년 스페인의 마젤란의 신대륙의 남쪽해협인 마젤란해협으로부터 태평양을 통한 필리핀 도착으로 시작되었다. 당시 그들 대양항해자들은 그 이상 더 나가서는 안 된다고 한 '헤라클레스의 기둥(지브랄타르)'를 넘어 저쪽에 펼쳐진 미지의 세계로 나갔던 것이다.

그들이 지중해에서 대양으로 나갈 수 있었던 것은 우선 지리상의 지식과 원양항법에 대한 지식이 축적되어 있었기 때문이었고 다음으로는 대항해를 감행할 수 있는 도구들이 갖추어졌었기 때문이었다. 우선 콜럼버스의 경우 13세기에 심자군전쟁의 분위기를 타고 몽고의 원나라까지 들어가 그곳에서 17년간 머물다가 귀국한 베네치아의 마르코 폴로 (Marco Polo, 1254~1325)의 『동방견문록』을 읽었고, 지구가 공과 같이 둥글다는 사실도 알고 있었다. 그들은 십자군원정을 통해 이슬람세계로부터 유럽에 전해진 화포(火砲)와 나침반을 지닐 수 있었기 때문이었다. 당시로서는 그들이 적재시켰던 소총이나 화포 등과 같은 무기들이 그동안의 봉건적 할거주의를 지탱해 가던 칼을 찬 기사들을 제압해 갈 수 있는 신무기였다. 그래서 그들은 그것들만 지니고 있다면 낯선 타지에서 어떤 누구를 만나도 능히 제압할 수 있다는 생각을 했던 것이다. 유럽에서 철포가 만들어 진 것은 15세기에 들어와서 였는데, 포탄이 1천 미터 이상을 날 수 있었고, 16세기로 들어와서는 포병도 생겨났다고 한다. 나침반이나 원양항법에 대한 지식이 대항해 때 없어서는 절대 안 되는 것들이었다. 전자도 맨 처음에는 중국들로부터 쓰였고 후자도 그들에 의해 발명되어 그것들이 이슬람세계로 전파되어 나간 것들이다. 항해에서의 나침반은 근해항해 시 북극성을 축으로 해서 방향을 잡는데 사용되었다. 그러나 대양항해 시는 포르투갈 항해자들에 의해 1433년경부터 위도항해법(항해자가 천체를 하나 설정해 그것에 대한 각도 측정을 통해 그가 처해 있는 지리적 위치의 위도(緯度)를 파악해감으로써 항해해 가는 방법)이 쓰였다. 크리스트 교도들의 그러한 대양진출은 십자군원정이후 압바스조시대(750~1258)이후 이슬람인들의 인도양을 통한 중국과의 국제무역, 마르코 폴로와 이븐 바투타 등의 인도양을 통한 중국방문, 6차에 걸친 정화(鄭和)의 원정(1405~1430) 등 을 발판으로 해서 이루어졌던 것이다. 사실은 우마이야조시대(661~750)까지만 해도 이슬람인들은 상업은 천한 것으로 인식한 나머지 노예 층에게 맡겼다. 그러다가 9세기로 들어와 그들은 적극적으로 폭넓은 상업 활동을 펼쳐나가 결국 중국과의 국제무역에까지 이르게 되었다. 베네치아의 상인의 아들 마르코 폴로는 1295년 원으로부터 바다로 수마트라·실론·인도의 서해안을 거쳐 페르샤에 상륙해 일칸을 만나 세조 일족의 딸을 넘기고 다시 흑해 안에서 바다로 베네치아로 돌아갔다. 로마교황은 선교사들을 피견해 달라는 원의 세조의 부탁을 받아 원으로 선교사들을 파견했다. 그들은 중의 한사람 프란체스코파 승려 몬테 코르비노는 1289년 페르샤만의 홀름즈에서 배를 타고 인도양을 경유해 1294년대에 북경에 도착했다. 이븐 바투타(Ibn Batutah, 1304~1378)는 열렬한 이슬람교도로서 세계적 여행가였다. 그는 아프리카에서 인도, 수마트라, 항주, 대운하를 거쳐 1346년 대도에 도착했다. 명의 제2대 황제 성조 영락제(재위:1402~1424)는 수도를 남경에서 북경으로 옮길 계획 하에 우선1411년부터 그 후 3년간 남경에서 북경에 이르는 대운하를 정비한 다음, 1420년 천도를 실현시켰다. 그의 그러한 구상은 즉위 초부터 인도양을 향한 해외진출에 대해서 적극적 입장을 갖고 있었던 것으로서 결국 그의 그러한 입장은 1405년부터 6차에 걸쳐 정화의 원정의 추진으로 구체화되어 나왔다. 그의 그러한 남방원정은 그의 사망 후까지도 행해져 갔다.

이상과 같이 16세기 초 크리스트 교도들의 대서양 진출은 이슬람세력들의 압바스 조(750~1258)이후의 인도양을 경유한 중국과의 국제무역, 그것을 기초로 한 십자군 원정 이후의 로마교황청의 인도양을 경유한 중국으로의 선교사 파견, 명의 성조의 인도양과 아프리카 동안까지의 남방원정 등을 통한 인도양진출에 대한 경험을 통해 이루어졌던 것이다.

지중해와 대서양 사이에 위치한 이베리아반도에 위치한 스페인·포르투갈의 대양진출은 지중해의 중심에 위치해 있는 가톨릭교(구교)의 총본부인 로마교황청(구교) 의 원조 하에 이루어졌다고 말할 수 있다. 그들의 대양진출의 목적은 선교와 무역이었던 것이다. 그런데 그들의 그러한 선교와 무역 활동은 유럽 내에서의 대학설립, 르네상스운동, 종교개혁운동 등을 야기시켜 나갔다. 그러한 지적 분위기는 17세기로 들어가 지중해의 로마교황세력으로부터 지정학적으로 멀리 떨어진 서북유럽에 위치한 화란·영국 등의 신교도국들을 시발로 해서 청교도 혁명을 야기했고, 18세기 중반에 가서는 산업혁명을 일으켜나갔다. 그 결과 17세기 이후 유럽의 신교도들이 대서양을 건너 아메리카대륙으로 이주해 나가 그곳이서 신교도들의 세계를 건설하게 됨으로써 서유럽과 아메리카대륙 사이의 대서양을 중심으로 이전의 지중해 중심시대와는 차원이 다른 대서양중심시대라고 하는 새로운 시대가 도래 되었던 것이다. 대서양 양안에 위치한 서유럽과 미국으로부터 출현한 시민혁명·산업혁명 등과 같은 프로테스탄트 문화는 18, 19세기에 걸쳐 바다로는 대서양·인도양을 통해 육지로는 아프리카, 아시아, 아메리카 대륙 등으로 전파되어 나갔다. 20세기로 들어와서는 미국의 태평양 진출을 계기로 신교도세력의 중심이 서유럽에서 북미로 이동함에 따라 태평양중심시대가 열리게 되었던 것이다. 미국의 태평양 진출은 미국의 하와이 합병조약(1897), 미서(美西)전쟁(1898)의 결과로 인한 미국의 필리핀 획득을 통해 이루어졌던 것이다. 태평양의 동안(東岸)에 위치한 미국의 태평양으로의 진출은 그 서안(西岸)에 위치해 있는 일본과 충돌하지 않을 수 없었다. 그 결과 미국과 일본과의 태평양전쟁(1941, 12~1945, 8)은 불가피한 것이었고, 그 승리는 이미 결정되어 있었다. 미국은 그 전쟁에서의 승리를 계기로 태평양연안국들을 주도해 나가는 입장에 서게 되고, 1950년대 말에 와서는 소련과 함께 우주로의 진출을 시도하게 되는 것이다.

3. 우주중심시대의 연구대상과 예술적 표현대상

프로테스탄티즘에 기초해 이루어진 산업자본주의 세력들은 태평양 진출의 완성을 끝으로 한 지구상의 대양들의 정복만으로 끝나지 않았다. 그들은 그러한 정복사업을 발판으로 해서 우주정복 사업으로 전환해 나갔다. 우주란 지구를 둘러싸고 있는 공간이다. 따라서 인간들에게의 우주공간이란 지구상의 모든 인간들의 존재와 직접적으로 관련되어 있는 공간으로서 한마디로 공적 공간이라 할 수 있는 것이다.

1) 우주진출

인간이 지구를 둘러싸고 있는 우주공간으로 진출해나가는 일차적 목적은 그 공간을 자신들의 생활공간으로 이용해가기 위해서이다. 산업자본주의 세력들의 우주 진출의 첫 발판은 1957년 10월 4일 소련의 인공위성 제1호(스푸트니크)발사를 통해 이루어졌다. 그것에 이어 미국이 그 다음해 2월 인공위성 발사에 성공함에 따라 전후 냉전체제의 양축을 형성해 나오던 양국 간의 우주 진출은 경쟁형태를 취해 추진되어 나갔다. 그 첫 출발은 소련이 빨랐다. 1959년 9월에 가서는 소련의 우주로켓 제2호가 달 착륙에 성공했고, 그 다음해 8월에는 개(犬) 두 마리를 태운 소련의 우주선 제2호가 성공적으로 발사되었다.

1961년 4월 12일에 가서는 소련이 세계 최초의 유인(有人)우주선 보스토크1호 발사에 성공한다. 그 결과 그 우주선에 탑승한 유리 가가린 소령이 인간으로서는 최초로 우주로부터 지구의 모습을 바라다보게 되었다. 그와 같은 날 미국은 유인 로케트의 탄도(彈道)비행을 성공시키고, 그 해 6월에 가서 유인 로케트 발사를 성공시켰다.1962년 7월에는 미국이 통신위성 텔스타 발사를 성공시켜, 영·미, 불·미간의 TV 중계가 이루어졌다. 그러한 과정에서 1965년 11월 프랑스가 단독으로 개발한 인공위성 A1를 발사해 냄으로써 그간의 미·소간만의 경쟁적 우주개발은 끝나게 되었다. 1969년 7월 20일에 와서는 미국의 유인우주선 아폴로 11호가 달에 도착한다. 1970년 4월 중국이 최초의 인공위성 동방홍 1호를 발사하자, 1972년

5월에 가서 미국과 소련은 우주개발에 상호 협조해간다는 협정문에 서명해, 1975년 7월 15일 양국은 우주개발 경쟁을 마감한다. 양국은 그 기념으로 우주에서의 양국 인공위성의 랑데부를 성공시켰다. 먼저 소련이 발사한 소유스(soyuz) 19호가 궤도에 오른 뒤 미국의 아폴로 18호가 지상을 출발해 궤도상에서 도킹해 공동실험을 한 뒤 각자 귀환시켰던 것이다.

1970년대로 들어와 소련과 미국은 각각 우주정거장들을 만들어 발사해나갔다. 그 결과 중반이후 전 지구는 인공위성 전성시대로 접어든다. 1990년대 중반까지의 20년간 우주에 발사된 인공위성 수는 약 6000개에 달했다. 그러나 그것들이 다 우주공간에 존재해 있는 것은 아니다. 삼분의 이가 폐기되거나 대기에서 타 없어지고 삼분의 일정도가 우주공간에 존재해 있다.

1981년 4월에는 미국의 우주왕복선 컬럼비아호가 54시간의 우주비행을 끝내고 무사히 지상으로 귀환함으로써 우주왕복선에 의한 우주여행의 시대가 열리게 되었다 1998년 11월에는 러시아가 최초의 국제우주정거장 시설을 발사했다. 2001년 4월에는 최초의 우주관광객인 미국인 사업가 데니스 티토가 러시아 우주선 소유즈 TM32에 탑승했다. 한국의 경우는 1992년 8월 소형실험 위성 우리별1호를 발사하였고, 이어서 통신·방송위성 무궁화1호(1995)와 무궁화2호(1996)를 발사해 위성관련 첨단기술개발과 우주개발의 경쟁에 뛰어들었다. 2009년 8월에는 전남 고흥의 나로우주센터에서 나로1호를 발사했으나 실패했고 2010년 6월에 나로2호를 발사한다.

미국은 1958년 1월 첫 위성, 익스플로러(Explorer) 1호를 발사한 시점으로부터 11년 6개월 만에 인류를 달에 착륙시켰다. 그 후 미국은 달 착륙을 계기로 지구로부터 제일 가까운 행성 정복을 위한 제 1단계로 1976년 7월에 미국이 발사한 바이킹 1호를 화성에 착륙시켜 지구에 사진을 전송토록 했다. 1997.9월에는 그 전전년 11월에 발사시킨 화성탐사선 서베이어호로 하여금 화성표면을 2년간 정밀 조사케 해서 지구로 귀환시켰다. 2010년 4월15일 버락 오바마 미 대통령은 플로리다주 케네디 우주센터를 방문해, "2030년대까지 인간을 화성 궤도에 진입시켜 지구와 화성을 왕복할 수 있도록 하겠다"는 입장을 밝혔다. 또 그는 2025년까지 장기 우주

여행을 위한 신형우주선을 만들겠다는 입장도 표명했다.

2) 우주중심시대의 도래

이렇게 인간의 우주 진출이 추진되어나감에 따라, 우선 학계에서는 파리에 사무국을 둔 국제학술연합회의(ICSU:1931년)가 1958년 소속 특별위원회의 하나로 우주공간 이용에 관한 과학적 연구를 목표로 한 우주공간연구위원회(COSPAR)를 설립하였다. 한편 미국은 1958년 NASA(미항공우주국)를 설립해 모든 우주관련 사업을 담당해 갔다.

이상과 같이 미국과 소련은 1950년대 말부터 우주개발에 착수했고 1960년대로 들어와는 프랑스를 비롯한 여타의 선진 강대국들도 우주개발 경쟁에 뛰어들게 됨에 따라 그때 이후 지구상의 지식인, 정치가, 경제인, 예술가 등을 비롯한 대부분의 인간들이 우주에 관심을 갖게 됨으로써 우주를 통해 이간의 삶의 문제를 생각해가게 되었다. 그러한 과정에서 인류에게 우주로부터 지구상의 자신을 바라다볼 수 있는 시각이 성립되어 나왔던 것이다. 그 후 그러한 시각은 결국 지구상의 인간들로 하여금 지구 반대편 국가들 간의 TV 위성중계 방송을 가능토록 했다. 1990년 4월에는 미 항공우주국과 유럽우주국(ESA)이 협력해 우주왕복선 디스커버리에 허블우주망원경을 실어 발사해 새로운 우주연구시대를 열었다.

현재 우리는 우주공간의 무수한 인공위성들에 감싸여 지구상에서 존재해가고 있다. 우리는 한 순간도 빠짐없이 우주로부터 그것들의 감시를 받아가면서 존재해가고 있는 것이다. 그 결과 이제 현대인들은 지구상에서 인간들이 우주를 우러러 보면서 생존해가는 것이 아니라 우주로부터 관찰 당하는 존재로 생존해가는 존재가 되어있다는 것이다. 현재 도시인들은 그들이 드나들고 지나가는 건물들과 거리에서 CCTV의 감시를 받아가며 생활해가고 있다. 그뿐만이 아니다. 우리는 지구를 감싸고 있는 우주공간속의 인공위성들의 감시를 받아가며 지구상에서 생존해가고 있다. TV의 위성중계와 일기예보, 컴퓨터의 인터넷, 자동차의 내비게이션 등은 현대인들이 자신들의 삶을 살아가는데 반드시 필요한 것들이다. 그런데 현대인들의 이러한 생활도구들은 인공위성이라고 하는 것이 존재하게 됨으로써 존재하게 된 것들이다. 이렇게 봤을 때, 이제 우리는 우리 개개인이 지신들의 능력으로 자신들의 삶을 컨트롤해갈 수 있는 부분까지도 인공위성에 의해 컨트롤당해가고 있는 그러한 시대에 처해 있는 것이다. 인간의 육체를 구성해가고 있는 물질들은 우주로부터 온 것들이다. 지구의 탄생은 45억년전경이고 지구와 같은 행성들로 이루어진 태양계의 탄생은 46년 전 경의 일이다. 또 태양계 등으로 이루어진 우리은하계의 탄생은 137억 년 경으로 관찰되었다. 이렇게 봤을 때 인간을 포함한 지구의 모든 것들을 조절해가고 있는 것은 태양계이고 또 태양계를 조절해가고 있는 것은 은하계를 말할 수 있다. 그렇다면 우리은하계는 어떠한 존재들에 의해 조절되어나기고 있는 것인가? 현재 관측되는 우주 안에는 우리은하와 같은 은하가 약 천억 개정도 존재해 있는 것으로 알려져 있다. 그런데 우주를 이루는 그러한 은하들은 빅뱅(대폭발)에 의해 150억 년 전에 탄생된 것으로 주장되고 있다. 이렇게 봤을 때 지구상의 인간을 지배해가는 것들은 지구를 감싸고 있는 우주 속의 것들이라는 입장을 취하지 않을 수 없다. 따라서 이제 우리는 우리 인류의 운명을 지배해왔고 또 앞으로도 지배해갈 것을 생각되는 우주를 통해서 우리 자신들의 존재를 인식해가지 않을 수 없는 시대에 처하게 된 것이다 그러한 의미에서 우리는 이 시대를 우주중심시대라 말할 수 있다는 것이다. 물론 우주를 구성하는 것들은 우리 인간들이 인식해오지 못해온 사이에 우리 인간들에게 절대적 영향을 끼쳐왔다. 그러나 우리인간은 그러한 사실들에 대해 무지했었기 때문에, 신, 인간자신, 사회, 의식등과 같은 것들이 인간의 운명을 지배하는 것들로 생각해 왔었던 것이다.

지금까지의 인간들이 그러했었듯이, 이제 우리는 우리자신들의 삶을 지배해간다고 생각되는 우주, 보다 구체적으로 말하자면 우주를 구성하는 것들이 인간들의 지적 관심 대상이 된 시대에 처해 있게 되었다고 하는 것이다. 우리는 지구상에서 일어나는 어떤 현상이나 지구를 구성하는 어떠한 것들의 문제들을 우주와 연결시켜 파악하지 않고서는 어떠한 만족할 만한 이해도 불가능하다는 입장이 취해지는 시대에 처해 있게 된 것이다.

3) 연구대상과 예술적 표현대상

우주중심시대의 인간들의 주된 관심대상은 무엇인가? 우선 우주중심시대의 인간들의 주된 관심은 우주적 존재로서의 지구에 대한 관심과 우주 자체에 대한 관심이다. 우주적 존재로서의 지구에 대한 관심이란 지구상에서 일어나는 모든 물리적, 생물학적 현상들을 우주와 관련시켜 이해한다는 목적 하에서 취하게 되는 지구에 대한 관심을 가리킨다. 사실상 지구는 완전한 우주적 존재이다. 지구는 우주 속에서 생성되어 나와, 그 속에서 존재해 왔다. 지구상에서 일어나는 모든 현상들은 우주와의 관련 속에서 일어난다. 지구상에서 존재해 있는 인간들이 일으켜가는 사회적 현상들과 그들의 의식세계의 현상들 모두가 우주를 구성하는 것들과의 관련 속에서 일어나고 있는 것이다. 따라서 우리가 우주론적 시각에서 지구상에서 일어나는 현상들을 파악한다는 것은 기존의 어떤 한 민족적 차원이나 문화론적 차원의 시각에서라든가 지구내적 차원의 시각에서 파악하는 것보다 한층 더 본질적이고 보편적 파악이 될 수 있다는 입장이 취해진다. 예컨대, 수소 H, 탄소 C 등과 같은 원소들이 자구의 물질들을 구성하는 요소들이기는 하지만 그것들이 지구 내에서 생성된 것들은 결코 아니다. 그것들은 우주로부터 생성된 것들이다. 따라서 그것들이 어떻게 생성되어 나왔는지에 대해서는 그야말로 우주론적 차원에서 접근해가지 않으면 안 되는 것이다. 그러나 그것들이 서로 결합해서 물 분자 H_2O라든가 산소 O_2등과 같은 존재가 생성되어 나온 것은 지구적 환경 속에서나 가능한 것이다. 따라서 우리는 H_2O나 O_2 등과 같은 성질 파악을 통해 이 우주 속에서의 지구적 특성을 파악할 수가 있는 것이다.

우주중심시대의 인간들의 또 하나의 주된 관심은 우주와 그것을 구성하는 것들에 대한 관심이다. 그것은 우주의 생성과정과 진화과정, 그것을 이루는 것들과 그것들의 구성 원리, 그것의 이동원리, 그것의 이동을 가능케 하는 빛 등과 같은 것들이 될 수 있다. 우리가 유기물로부터 생명의 본질을 찾는다고 한다면 생명의 본질은 우주적 특성으로부터 찾아질 수 있다. 왜냐하면 유기물이 우주에서 생성되어 지구에 떨어진 것으로 보고 있기 때문이다. 따라서 우주시대에는 우주적 시각이라고 하는 시각에서 생명의 기원과 생명체계의 문제를 파악해볼 수 있는 것이다.

인간이 우주를 구성하는 것들에 대한 일차적 관심은 그것이 우주 속에서 어떻게 생성되어 나왔는가에 대한 것이다. 왜냐하면 어떤 대상의 본질적 규명이란 우주 속에서의 그것의 생성과정의 규명을 통해 행해질 수 있기 때문인 것이다. 따라서 우주시대의 지적 인간들의 주된 관심은 어떤 것들의 생성과정이나 성립과정으로 모이게 된다고 말할 수 있다. 우주 속에서의 어떤 존재의 생성과정은 시간과 공간의 합성물로서 아인슈타인의 물리학 용어로 말할 것 같으면 시간과 공간이 결합된 4차원 세계의 것이라 할 수 있다. 따라서 우주시대의 인간들은 4차원의 존재, 보다 구체적으로 말해 이동하는 어떤 존재이나 어떤 존재의 이동과정이나 어떤 존재의 생성과정 등을 연구대상으로 한다. 그렇다면 그러한 것들을 연구대상으로 하는 그들은 그러한 동(動)적 상태 속에서의 정(靜)적 상태나 그러한 정적 상태의 추구과정을 예술적 표현의 대상으로 취해가지 않을 수 없게 되는 것이다.

결 론

인류 역사의 성립과 그 전개과정을 통해 인간의 학문과 예술 활동을 고찰해 보면 그것은 다음과 같이 3단계의 형태를 취해 전개되어 나왔음을 알 수 있다. 첫 번째 단계는 미지의 것들을 끊임없이 탐구하려는 학자들과 새로운 것들을 끊임 없이 표현해내는 예술가들의 주된 관심 대상이 신이라고 하는 전지전능한 절대적 존재가 내재해있다고 생각했었던 하늘, 산, 강 등으로 이루어진 세계였던 단계이다. 이 단계에서의 학자들의 주된 탐구대상과 예술가들의 주된 표현대상은 하늘, 산 등과 같은 존재들 속에 내재해 있다고 생각되었던 신이라고 하는 절대적 존재였었다. 그들은 절대적 존재를 탐구하고 표현해 내기 위해 하늘, 산, 산을 이루는 숲, 그것들로부터 흘러내리는 물, 물로 이루어진 강 등에 관심을 갖게 되었던 것이다. 이 단계의 인간들은 이러한 자연물들로 구성된 세계를 "the world"라 불렀다. 우리는 이 시대를 신중심의 시대로 말할 수 있다.

두 번째 단계는 학자들의 주된 탐구대상과 예술가들의 주된 표현대상이 인간이었던 단계이다. 그들은 인간이 어떠한 존재인가를 탐구하기 위한 방안으로 인간들로 구성된 사회를 연구해 갔고, 인간이 처해 있는 물리적 세계와 생물들의 세계를 연구해 갔고, 또 그러한 것들로 이루어진 인간의 현실세계와 내면세계를 표현해 갔던 것이다. 우리는 인간의 삶이 실현되는 그러한 세계를 "the earth"라 불렀다. 우리는 이 시대를 인간중심의 시대라고 말할 수 있다. 이 시대는 서구 크리스트교도들의 경우 지중해와 같은 연해(沿海)에서의 활동을 끝내고, 영국과 미국 사이의 대서양으로 나갔고, 그 다음에는 미국과 일본 사이의 태평양으로 나갔던 시대였다.

세 번째 단계는 학자들과 예술가들의 관심이 대양(大洋)으로부터 우주로 향해 가는 단계이다. 이 단계에 와서 그들은 자신들이 탐구해내려는 궁극적인 것이 우주를 구성하는 것들이고, 또 그들이 표현해내려는 궁극적인 것도 그것들이 추구해 가는 것, 즉 절대적 정지(靜止)상태라 할 수 있다 인간과 인간의 존재의 기초를 이루는 지구는 우주로부터 탄생되어 나온 것이며, 그것을 생성시킨 우주 속에서 존재해 있다는 입장이 취해지는 시대이다. 우리는 인간의 이러한 존재가 처해 있는 세계를 "the globe"라 하고, 이 시대를 우주중심 시대라 말할 수 있는 것이다.

이상과 같이 학문사와 예술사의 시대구분은 인간의 관심이 신이 내재한다고 생각되었던 하늘, 산, 강 등과 같은 자연물들로 이루어진 세계(the world)에 머물러 있던 시대, 그 다음 인간의 관심이 인간이 존재해 있는 지구(the earth)로 전환해 나온 시대, 끝으로 인간의 관심이 우주 속의 지구(the globe)로 전개되어 나간 시대로 3등분 될 수 있다. 이러한 시대구분의 기준은 인간의 주된 관심 대상인, 자신들의 활동 공간의 변천과정으로 설정될 수 있다는 입장이 취해진다.

인간에게 있어서 지식 탐구행위의 본질은 인간의 관심 대상과 그것에 의거한 자기 자신의 시간과 공간에 대한 위치 파악이라 할 수 있다. 지금도 인간은 자기 자신이 어느 시점 어느 지점에 위치해 있는지 알지 못한다. 그 이유는 인간이 우주시대로 접어들어 은하계에서의 태양계의 위치까지는 알아냈지만 은하계가 우주 속의 어느 지점에 위치해 있는지 까지는 알아내지 못했고, 설혹 그것이 밝혀진다 하더라도 우리 우주가 우주공간의 어디에 위치해 있는지 까지는 밝혀지지 않았기 때문이다. 또 현재 우리 우주가 언제 생성되어 나왔는지까지는 알게 됐지만 우리

우주가 처해 있는 우주 자체가 언제 생성되었는지는 밝혀지지 않았기 때문이다.

지난 3세기 동안 지식인들은 망원경과 현미경을 만들어 자신들이 처해 있는 지점과 자신들의 관심 대상과의 공간적 거리를 단축시키고, 또 그 관심대상 그 자체의 크기를 확대시켜 그것의 공간적 위치를 파악하여 그것을 통해 인간 자신들이 처해 있는 공간적 위치를 이해해 왔다. 인간 자신들의 관심 대상에 대한 시·공간적 위치가 파악되면 그것에 대한 새로운 지식이 산출된다. 예술가들은 그 새로운 지식에 의거해 새롭게 드러난 관심대상들의 특징들에 대한 새로운 느낌을 표현해내게 되는 것이다.

이렇게 봤을 때, 우리는 물리적 시간의 추이에 따른 인간들의 공간체험 단위들의 확대 과정을 학문사와 예술사의 시대구분의 지표로 설정할 수 있는 것이다.

제 **2** 부

신중심 시대의 학문과 예술

제 1 장

동서양에서의 학문의 성립경위

서 론

현재 우리는 '학문이란 무엇인가?'라는 물음을 진지하게 제기해보지 않을 수 없는 시대적 상황에 처해 있다.

고대그리스에서의 '학문'(學問) 이란 말은 'philosophia'(愛智)로 쓰였다. 그런데 우리는 근대화 과정에서 그 말을 '철학'(哲學)으로 번역하여 써오게 됨으로써 '학문'의 의미와는 사뭇 다른 의미를 지닌 말로 사용해가고 있다.[1]

고대그리스에서 그 말을 최초로 썼던 사람은 피타고라스(pythagoras, 569경~468경, BC)이었다. 그는 우리에게 수학자의 한 사람으로 알려져 왔다. 그러나 우리가 그의 삶을 역사적 차원에서 깊숙이 조명해보면 그야말로 인류최초의 지식인이자 인류최초의 학자였다고 말할 수 있는 인물이었다. 그는 최초로 음에 대한 과학적 접근을 통해 현재 우리가 음악에서 사용하고 있는 도-레-미-파-솔-라-시-의 7 음계를 만든 사람이기도 했다.

현대로 들어와서 우리는 '학문'이라는 말 대신에 '연구'(studies)라는 말을 쓰고 있다. 그런데 전자에는 '인격'이나 '도덕' 등과 같은 의미가 내포되어 있으나, 후자에는 그러한 의미가 일체 내재되어 있지 않다. 그래서 우리는 "그는 어디까지나 연구자이지 학자는 결코 아니다."라는 말을 써볼 수도 있고, 또 "우리 주위에 연구자는 많지만 학자는 별로 없다"라는 말을 해볼 수도 있다.

---

1) 니시 아마네(西周, 1870~1945)가 "동방유학과 구분하기 위해서 서구유학을 철학이라는 말을 만들었다." [樺島忠夫他編(1984) 『明治大正新語俗語辞典』、東京堂出版、p.215]

　연구자는 어디까지나 연구자로 끝나는 것이 좋은가? 꼭 학자라고 하는 단계에
까지 나갈 필요가 있는가?라는 생각도 든다. 그렇지 않다면, 그러면 연구자는 어떠
한 수순을 밟아야, 아니면 어떻게 해야 학자로 나가는 것인가? 학자란 과연 어떠한
인간이며, 그가 행하는 학문이란 과연 무엇인가? 현재 우리는 바로 이러한 물음들
이 자연스럽게 제기되는 그러한 시대에 처해 있다.

　금후의 인간세계의 문제를 해결해 갈수 있는 방도란 사실상 연구이고 학문일
수밖에 없다. 그러한 의미에 인간에게서의 학문적 행위나 연구행위는 아주 중요한
의미를 지니게 되는 것이다. 그럼에도 불구하고 현재 우리사회에서 그러한 행위들
이 과소평가되어지는 이유는 무엇인가? 그것은 여러 측면에서 파악 될 수 있는데,
그중에서 가장 주된 이유는 아마도 연구자들이 그야말로 쓸모없는 연구들을 해가
고 있기 때문일 것이다. 그렇다면 연구자들이 쓸모없는 연구를 행해가는 이유는
과연 무엇인가? 설혹 어떤 연구자가 "쓸모 있는" 연구를 행했다 하더라도 그 연구
의 결과가 쓰여 지지 않는다면 결국 그것은 쓸모없는 연구가 되어버리고 마는 것
이다. 그렇다면 문제의 본질은 어디에 있는 것인가?

　인류의 우주진출 이후 지구상의 인간들은 이전과는 다른 새로운 차원의 삶을
살지 않으면 안 되게 되었다. 인간들의 그러한 삶은 이전의 내셔널리즘의 시대와
는 차원이 다른 글로벌리즘이라고 하는 새로운 시대를 도래케 했다. 연구자들이
행해가는 연구가 무의미하게 느껴지는 것은 바로 이러한 새로운 시대의 도래와
깊게 관련되어 있기 때문이라고 말할 수 있다. 따라서 학자들이나 연구자들이 자
신들의 연구행위가 무의미하다고 하는 허무의식으로부터 벗어나오기 위해서는 우
선 무엇보다도 새로운 시대에 걸 맞는 학문과 연구에 대한 새로운 개념 규정이
요구된다.

　그 뿐만 아니라 우리는 그것들의 새로운 개념 규정에 입각한 새로운 연구윤리의
확립이 절실히 요구되는 시대에 처했다. 글로벌시대에 걸 맞는 새로운 연구윤리가
확립되어 그것에 입각한 연구가 행해질 때에 연구자가 비로소 학자로서의 품격을
갖추어가게 될 것이다. 그렇다면 현시점에서 우리는 어떻게 새로운 연구윤리를
확립시켜나갈 수 있을 것인가?

우리는 이 문제에 대한 확고한 입장정립의 한 방안으로 이 시점에서 인간이 이 지구상에서 어떻게 학문을 시작하게 되었는지를 재조명해볼 필요성이 요구되는 것이다. 따라서 우리는 본 연구에서 고대 동서양에서의 최초의 지식인이자 학자로 평가되는 피타고라스와 관중의 삶과 학문, 그것들을 지탱해갔던 그들의 세계관 등에 대한 고찰을 통해 고대동서양에서 학문이 어떻게 성립되어 나왔으며, 그것들의 공통성과 차이점들이 무엇인지에 대한 고찰이 요청된다.

필자는 그러한 문제를 규명해 나가기 위한 수순으로 우선 피타고라스를 고찰하고 그 다음으로 관중을 고찰한 다음, 끝으로 그것들을 통해 동서양의 학문의 성립과 그것들의 특성을 고찰하기로 한다. 그 경우 우선 우리는 그들의 문화사적 위치를 분명히 해보고, 둘째로 그의 삶과 그의 학문 역정을 고찰한 다음, 끝으로 그들의 세계관과 그들에게서의 학문의 의미를 파악하기로 한다. 결론에 가서는 그들의 학문 관과 세계관이 무엇을 바탕으로 해서 형성되어 나왔는지에 대한 이해를 통해 인간에게서의 학문의 본질이 무엇인지를 규명하기로 한다.

1. 고대 서구에서의 학문의 성립경위

1) 고대 서구에서의 피타고라스의 문화사적 위치

우리는 여기에서 우선 고대서구에서 학문의 의미로 쓰였던 철학이란 말을 최초로 썼던 피타고라스라고 하는 사람이 살았던 시대가 어떠한 시대였으며 또 그가 어떠한 사람이었는지, 그리고 그의 학문관이 어떠한 것이었으며 또 그 학문관이 어떠한 세계관에 입각해 성립되어 나온 것이었는지 등에 관한 문제들로부터 고찰하기로 한다.

피타고라스는 기원전 569경에 그리스의 식민도시 소아시아지방의 사모스 섬에서 태어나 기원전 468경에 그리스의 식민도시 이탈리아의 메타폰툼에서 100살에 사망한 사람이다. 그러면 당시 그가 생존했던 시대는 어떠한 시대였었는지에 관해서부터 고찰해본다.

고대오리엔트 문명이 기원전 5천~4천년 경 메소포타미아와 이집트 지역에서 청동기가 사용됨으로써 금속기 시대로 들어갔다고 한다면, 고대서구문명은 기원전 3천 년 대 중엽, 에게 해의 크레타 섬에서의 청동기 사용을 통해 미노아문명이 형성되어 나옴으로써 시작되었다. 그래서 그것은 기원전 2천년 경부터는 흑해로 흘러들어가는 도나우 강의 하류지역과 흑해 동변에 인접해 있는 트라키아 지역에서 인도유럽어를 사용한 동방 방언군(東方方言群)에 속하는 아카이아인과 이오니아인 등과 같은 그리스인이 그리스본토로 남하하여 펠로포네소스 반도의 미케네 지역까지 내려가서 그곳에서 미케네문명을 일으킴으로써 그 기초가 확립되어 나왔던 것으로 고찰되고 있다. 한편 트라키아 지역의 이오니아인의 일부는 비잔티움을 통해 소아시아지역으로 남하했었던 것으로 되어 있다. 그 후 기원 전 1200년경에는 서방방언군의 도리아인이 철기문명을 가지고 그리스 본토에 침입해 들어가 기울어가던 미케네문명을 파괴해가면서 폴리스국가의 기초를 형성시켜 나갔던 것으로 이해되고 있다.

기재문화의 측면에서 말할 것 같으면, 크레타 섬의 미노아문명은 기원전 2천년이 지나서는 선상(線狀, Linear) A문자를 갖게 되었고, 미케네 문명은 기원전 1450여년 경에 선상 A문자 대신에 선상 B문자를 갖게 되었다. 그런데 도리아인의 침입 이후의 미케네문명은 기원전 1천년 경부터 소아시아지역에서의 페니키아 자음문자와 접촉해 기원전 9세기에 그리스알파벳을 산출해냈다. 기원전 750여년 전후 사람으로 파악되고 있는 이오니아지방의 유랑시인 호메로스의 서사시『일리아드』와『오디세이아』는 현존하는 고대그리스어로 기록된 가장 오래된 것으로 알려져 있는데,사실상 고대그리스 알파벳 문자가 최종적으로 확정 되어 일반화되어 나온 것은 기원전 8세기의 중엽인 바로 그 당시였던 것으로 이야기되고 있다.[2]

기원전 1200여년을 전후해 도리아인의 그리스본토와 크레타 섬의 침입이 행해짐에 따라 이미 그전에 그리스 본토에 들어가 있던 이오니아계의 그리스인의 일부는 본토의 아티카지방의 아테네지역으로 모여들었고, 또 그 일부는 에게 해를 건너 소아시아지역으로 이주해 살게 되었다. 예의 호메로스의 서사시들의 소재가

---

2) ルイ・ジャン・カルヴェ著・矢島文夫監訳(1998),『文字の世界史』、河出書房新社、p.124.

되었던 트로이전쟁(1240~1230경, BC)이란 도리아인의 그러한 그리스본토 침입 직전에 있었던 일로 당시 그리스본토의 소왕국들이 미케네를 맹주로 결합해서 소아시아의 트로이로 진출한 대원정의 과정에서 일어났던 전쟁으로 파악되고 있다.3) 역사가들은 이 트로이전쟁을 "인류최초의 세계대전"으로 이야기하고 있다.4)

그런데, 당시 그리스본토에서 살고 있었던 이오니아계 그리스인이 이주해 갔던 소아시아 지역은 오리엔트 문화와의 접촉이 용이해 그리스본토 보다도 문화적 발전이 빨랐고, 또 폴리스 형성도 사실상 본토 보다 더 빨리 이루어졌던 것이다. 그랬었던 탓인지 그리스인들에게 번개 불의 신임과 동시에 정의의 신으로 인식되었던 제우스를 최고의 신으로 하는 올림포스의 신들을 그리스인 공통의 신으로 지시한 사람이 있었는데, 그가 바로 소아시아의 이오니아출신이었던 호메로스였던 것이다.5)

고대그리스에서의 시민공동체의 성격을 취한 주권국가인 폴리스가 형성되어 나온 것이 언제라고는 단정하기 어렵다. 그러나 그것이 기원전 1200년을 전후한 도리아인의 남하를 계기로 본토와 소아시아지역의 여러 촌락들이 외부세력의 침입으로부터 스스로를 방위하기 위한 한 방안으로 지리적으로 중심이 되는 한 지역을 중심으로 하여 도시국가를 형성해 가게 되었다는 것은 틀림없는 사실이다. 그런데 그것들이 도시국가적 형태를 갖추게 되었던 시기는 기원전 800년대 전후로 파악되고 있다. 그 당시부터 그리스인들은 헬렌(Hellen)을 자신들의 선조라 부르고 자신들을 헬렌의 후손들인 헬레네스(Hellenes) 라 불렀으며, 또 그들 헬레네스가 점령해 살고 있는 지역을 헬라스(Hellas)라 불렀다. 또 그들은 헬렌의 후손들이 아닌 이민족들을 바르바로이(Barbaroi), 즉 야만인이라 불렀다. 펠로포네스 반도 서부의 올림피아에다가는 제우스신전을 지어 기원전 776년부터 4년마다 모든 폴리스가 참가 하는 체전을 열어 상호간의 전쟁을 금지해갔다. 기원전 6세기에 와서는 폴리스들이 델피에 아폴로 신전을 지어 인보동맹(隣保同盟)을 맺어 나갔다.

호메로스와 『신통기』(神統記)의 저자로 알려진 헤시오도스(Hesiodos, 740~670

---

3) 민석홍(1989), 『서양사개론』, 삼영사, p.56.
4) 호메로스 저·김원익 편역(2007), 『일리아스』, 서해문집, p.17.
5) 상동서, p.89

년경 BC)는 거의 동시대의 사람으로 고대그리스 2대 서사 시인으로 알려져 있다. 헤시오도스의 출생지는 본토 중부 보이오티스이지만, 그의 부친은 소아시아 출신 이었다. 헤로도투스(480~420, BC)는 그의 『역사』 제2권 53장에서 그들이 그리스 인들에게 신들을 만들어 주었다고 말하고 있다. 그의 그 말은 그동안 음유 시인들 이었던 그들에 의해 그리스의 신들의 이야기가 암송 되어 왔던 것들이 고대그리스 의 알파벳에 의해 최초로 기록되는 과정에서 신들의 관계들이 정리되어 나와 그것 들이 그리스인들에 의해 읽혀지게 됨에 따라 행해졌던 것으로 받아들여 질 수 있 다. 또 그것은 바로 호메로스와 헤시오도스의 시대를 기점으로 해서 신들의 시대 에서 인간들의 시대로 전환해 나왔다고 하는 증거가 되는 말일 수도 있다. 그 뿐만 아니라, 또 그 말은 그들 이전 시대의 유명했던 인간들은 그들에 의해 신들이나 영웅들로 기록되어졌고, 그들 이후의 명인들은 어디까지나 인간으로서 이야기되 어 나오게 되었다고 하는 말일 수도 있다.

예컨대, 고대그리스 신화에 오르페우스(Orpheus)라는 악사(樂士)이자 음유시인 이 나온다. 그는 어디까지나 그리스신화에 나오는 인물이기 때문에 실존했던 인물 로는 받아들여지기 힘들다. 그렇지만 그는 호메로스이전의 최고의 시인이자 음악 가로 알려져 있고, 또 악기 하프의 발명자로도 알려져 있다. 또 그는 기원전 6세기 무렵에 그리스에서 번성했던 오르페우스교의 창시자로 알려져 있다. 이러한 점을 고려해 봤을 때 우리는 그가 실존인물일 가능성도 크다고 할 수 있는 것이다. 그리 스 신화에서는 그가 올림포스 산 북동쪽의 트라키아에서 태어났다고 되어 있다. 트라키아지방의 사람들이 그러했듯이 그도 디오니소스 신을 숭배했었는데, 당시 그 지방의 사람들에게는 그 신이 자연의 생산력의 표상으로서 풍요의 신으로서 받아들여졌었고, 또 그의 축제일에는 합창과 무용으로 이루어진 연극들이 상연되 었다. 그러나 헤시오도스 이후의 신화에서는 디오니소스가 아폴로와 함께 제우스 의 아들로 등장하게 되었고. 또 기원전 6세기에 가서 델포이에 아폴로 신전이 세워 져 그 신전의 숭배의 대상들의 하나로 디오니소스도 받아들여지게 되었던 것이다.

이와 같이 기원전 8세기 중반 이오니아지방 출신들의 음유시인들이었던 호메로 스와 헤시오도스는 그리스 알파벳을 사용하여 역사적 인물들을 신격화시키고 영웅화시켜 그들의 업적들을 신화화시켜 나갔던 것이다. 그러다가 6세기가 되어 당시 그리스인들에게는 이오니아지방의 밀레투스를 중심으로 해서 자연을 형성하는 사물들의 근원(archē)을 추구하는 자연철학자들이 출현했다. 만물의 근원을 물로 보려는 탈레스(Thalēs, 624~546, BC)가 바로 그러한 자들 중의 하나였다.

이와 같이 기원전 8세기중반 경의 인간들은 만물들의 현상들을 신화적으로 설명해 냈었는데, 6세기로 내려와서는 그것들을 논리(logos)적으로 설명하려는 입장을 취하게 되었던 것이다. 필자가 여기에서 말하고자 하는 것은 피타고라스 (pythagoras, 569~468경, BC)도 그러한 사람들 중의 한사람이었다는 것이다. 밀레투스의 학파들이 만물의 근원을 물질적인 것으로 보았었는데, 그는 그것을 수(數)로 보았다. 그런데 그의 그러한 입장이 다른 사람들의 입장보다 더 학문적이었던 것은 수(數)라고 하는 것이 만물에 대한 과학적 접근의 일차적 수단이었기 때문이었다고 하는 것이다. 이렇게 봤을 때, 고대서양에서 사물에 대한 과학적 접근을 최초로 행했던 자가 다름 아닌 바로 피타고라스였있던 것이다. 그는 만물에 내한 인간의 경험을 수치화해서 그것을 통해 인간의 경험이 행해질 수 없고 인간의 능력이 미칠 수 없는 우주나 형이상학의 영역까지를 이해해보려는 입장을 취했다. 그는 디오니소스 신을 숭배했던 오르페우스가 창시했다고 하는 오르페우스교가 기원전 6세기경에 번성해 나왔던 사회적 분위기 속에서 '피타고라스교단'을 창설해 39년간 그 교단을 이끌어갔었다. 그 교단도 오르페우스교의 사상과 운영형태를 모방해 출현한 것이기는 했었지만, 그 기본적 입장은 디오니소스 보다는 아폴론을 숭배해 계율적 생활을 실천해 가는 것이었고, 음악과 수학을 통한 영혼의 구제라고 하는 것이었다. 피타고라스학파로 말할 것 같으면, 그러한 우주와 자연에 대한 지적 탐구 생활이야 말로 다름 아닌 종교적 신앙생활이었던 것이었다. 이와 같이 피타고라스 파가 추구했던 것은 우주와 자연에 대한 지식 그 자체였다 기보다는 그것들에 대한 지식을 통해 축적해낸 삶의 지혜와 그것들의 실천방안이었다고 볼 수 있다. 인간에게서의 철학적·논리적 삶이란 바로 그러한 지혜를 추구해가는 삶이라 할 수 있는데, 서구인들에게서의 그러한 삶의 태도가 다름 아닌 바로 피타고라스 교단을 통해서 최초로 성립되어 나왔다고 하는 것이다. 그들에 의하면 어떤 순수한 지적 탐구란 모든 것을 다 아는 신이라든가 또는 완전히 무지한 동물에게는 필요 없는 것이라 말할 수 있지만, 앎과 무지와의 중간에 있는 인간에게는 필요한 행위로서 본질적으로 말할 것 같으면, 신과 떨어져 있는 인간이 가능한 한 신과 닮아보려는 노력의 일종이라는 것이다.[6] 피타고라스가 자신의 교단을 설립해 40여 년 간 운영해 나갔던 시기는 기원전 510여 년경에서 470여년 경으로 고찰된다. 대외적으로 말할 것 같으면, 그 시기가 바로 페르시아 전쟁(492~480, BC)이 일어나기 전후의 10년의 기간이었다.

피타고라스와 그의 추종자들이 이룩해낸 수학과 음악에 대한 학문적 성과는 현재 우리에게 알려진 홀수와 짝수라고 하는 개념이라든가 한 옥타브와 7음계라는 말 등과 같은 학술적 용어들로 정리되어 우리에게 남겨졌다. 그래서 그는 우리에게 수학의 아버지라든가 음악체계의 창시자로 알려지게 되었고, 근래에 와서는 "인류최초의 지식인"이란 명칭까지 취하게 되었다.[7]

고대 서구에서의 형이상학의 세계란 사실은 피타고라스와 그의 추종자들이 수학을 통해 성립시킨 세계였다. 그 후 그것은 그들의 우주관을 받아들인 플라톤이 그의 우주관에 입각해 성립시킨 이데아의 세계라고 하는 형태로 전개되어 나왔던 것이다. 서구의 그리스도교의 세계관은 바로 그러한 세계관들에 입각해 구축된 것이라 할 수 있다. 이와 같이 수학을 통해 자연과 우주의 실체를 규명해 내려했던 피타고라스학파에게서의 학문행위란 기존의 종교적 행위와 미분화된 상태의 것이었다. 그렇다면 그 피타고라스학파의 창시자였던 인간 피타고라스는 과연 어떤 인물이었던 것인가?

2) 피타고라스의 삶과 그의 학문 역정

피타고라스는 소아시아지역의 서쪽 에게 해의 동단에 위치한 사모스 섬의 지배계급 출신이었다. 당시 대상인이었던 피타고라스의 아버지는 여행 중에 델피의

---

6) 服部英次郎(1990), 『西洋古代中世哲学史』、ミネルヴァ書店、p.12.
7) 존 스트로마이어 외 저·류영훈 역(2005, 원서 1999), 『인류 최초의 지식인간 피타고라스를 말한다』, 통크, 「표지」

아폴로 신전에 들렸었는데, 그때 아폴로 신으로부터 신탁을 들었다고 한 여 사제는 그에게 그가 여행에서 돌아가면 아내가 임신을 하게 될 것이라는 이야기를 해 주었었다고 한다. 아버지는 여사제의 말대로 여행에서 돌아가 아들을 얻게 되었다. 그러자 그는 신전을 지어 아폴로에게 헌납하고 자신의 아들이 최상의 교육을 받도록 노력해 갔다.

피타고라스는 소년시절에 리라 연주를 배웠고, 또 그의 아버지는 장삿길에 그를 이집트, 그리스, 이탈리아 등으로 데리고 다니며 여러 지방의 부유한 상류층의 관습과 예절을 익힐 수 있도록 했다. 피타고라스는 어렸음에도 불구하고 인간 됨됨이가 올바르고 목적이 확고했었고, 사람들에게 화를 내거나 경솔한 행동을 하거나 난폭한 언행을 보여주는 일이 없었다. 당시 그리스의 정치적 상황은 귀족정치에서 평민정치로 전환해 나가는 과도기였다. 아테네와 인접한 메가라와의 전쟁을 계기로 기원전 561년에 정권을 장악한 군인출신 페이시스트라토스 (Peisistratos)가 참주 (tyrant)가 되어 그에게 반기를 든 귀족들을 추방하고 그들의 땅을 농민들에게 나누어 줌으로써 평민중심의 정치를 펼쳐나갔다. 그러나 그러한 참주정치도 폭력이 수반되어, 결국 그 정권을 물려받은 그의 아들이 기원전 510년에 추방됨에 따라 끝나게 됨으로써 그 후의 정치는 참주에 의해 추방되었던 귀족출신 클레이스테네스 (Kleisthenes)가 평민들의 지지를 받아 정치를 해가게 된다. 그의 정치적 개혁은 종전의 혈연과 지연 그리고 경제적 이해관계를 배제하고 아테네의 모든 시민들에게 참정권을 부여함으로써 민주정치의 길로 들어서게 된다.

당시의 정치적 상황이 그러했었기 때문에 사모스 섬에도 그러한 정치적 분위기가 형성되어 나왔다. 그가 18세가 되던 해 그의 부친이 사망했고, 또 그 직후 사모스의 정치적 상황이 급변해 무력통치가 행해졌다. 그래서 그는 학문의 길을 걷기로 마음먹고 사모스를 떠나 이집트로 향했다.

그가 이집트로 떠나기 전 그의 첫 스승은 페레키데스(Pherecydes, 활동기 BC 550년경)였다. 그는 우주신화에 관한 사상들을 종합하여 과학적 입장에서 우주에 대한 자신의 입장을 확립시킨 사상가였다. 그는 고대 그리스 세계에서 처음으로 자신들의 생각을 글로 남긴 사상가들 중의 한 사람이었다. 그는 피타고라스에게 아테네와 사모스 섬의 중간에 위치한 델로스(Delos)섬의 신비로운 교의를 전수해 주었다. 당시 델로스 섬은 티탄족의 여신 레토(Leto)가 아폴로와 대지(大地)의 여신 아르테미스를 낳은 신성한 섬으로 알려져 있었다. 델로스에 있는 아폴로의 신전은 아테네 위쪽의 델포이에 있는 것에 이어 그리스에서 두 번째로 높은 것이다. 페레키데스가 아폴로 신에 의해 관장되는 학문들, 즉 음악, 예언, 약학, 철학을 공부한 곳도 델로스였다. 그는 사람들에게 영혼의 불멸을 가르쳤다. 그는 그리스어의 첫 산문작가로서 그리스어 산문집『다섯 개의 동굴』(*The Five Caves*)이라는 우화를 쓴 작가로 지중해 전역에서 명성을 얻었다.[8] 피타고라스의 사상적 기초는 그의 그러한 사상을 통해 성립되어 나왔던 것이다.

그는 이집트로 가기 전 과학과 종교의 중심지였던 지중해의 동부지역을 둘러보기에 앞서 우선 그의 첫 스승인 시로스 섬(델로스 섬의 서쪽 옆에 위치)의 페레키데스를 찾아뵈었다. 그리고 나서 그는 소아시아의 밀레투스로 가서 탈레스와 그 아낙시만드로스를 찾아갔다. 탈레스는 그리스 최초의 자연 철학자였고, 그의 제자 아낙시만드로스는 관찰과 엄밀한 이성적 사고로 인간과 자연의 기원을 최초로 설명한 자였다. 탈레스는 이미 바빌로니아와 이집트에 가서 점성술과 기하학 등과 같은 학문을 공부한 바 있었던 자였다.

피타고라스는 탈레스로부터 많은 것들을 배워 이집트로 떠났다. 그가 소아시아를 떠난 것은 기원전 550년경 키루스 2세에 의해 페르시아제국이 설립된 시점전후로 계산된다. 그가 그곳을 떠난 후 얼마 있다가 페르시아제국은 소아시아를 점령했다(540, BC). 그는 그곳에서 점성술, 기하학 등과 같은 학문을 배우는 과정에서 시간에 대한 가치를 느껴가게 되었고, 또 그는 그러한 것들을 배우고 연구해가는 과정에서 식사 조절 법까지를 배워 평생 동안 포도주와 고기를 일절 입에 대지 않았고, 소화가 잘되는 음식들만을 소식(小食)해가면서 스스로를 절제해 갔다. 그 결과 그는 잠을 조금만 자도 충분했고, 머리는 예리했고 정신은 순수했었다.[9]

피타고라스가 이집트에서 머 문지 23년 째 되던 해 페르시아 군대가 이집트를 정복했는데, 그 때가 기원전 529~522년 사이로 파악되고 있다. 그를 포함한 이집

---

8) 민석홍, 전게서, pp.24-25.
9) 존 스트로마이어 외 저 · 류영훈 역, 전게서, p 33.

트의 성직자들은 포로로 잡혀 바빌론으로 이송되었다. 그곳에서도 그의 배움에 대한 열정이 종교와 과학을 관장하는 한 사제의 눈에 띄었다. 그는 그와의 지적 교류를 통해 그들이 지닌 우주에 관한 새로운 지식을 배웠다. 그러한 과정에서 그는 숫자, 조화, 운율, 수학, 과학 등에 대한 지식을 최고의 수준으로 끌어올렸고, 천문학과 점성학도 완벽할 정도로 터득하였다. 그는 12년을 바빌론에서 보낸 후 56세에 고향인 사모스 섬으로 되돌아갔다.

한 피타고라스 연구자는 그가 고향을 떠나 40여 년 동안 수년간은 인도에도 있었고 티베트를 넘어 중국에까지도 갔었다는 입장을 제시하고 있다.[10] 그의 그러한 입장이 허무맹랑한 것 같지만 사실은 충분히 가능성이 있는 주장일 수 있다. 그가 사모아 섬을 떠난 시점은 인도유럽어를 쓰는 페르시아의 큐로스 2세(Kyros II)가 기원전 550 년 아케메네스조의 페르시아제국을 설립해 소아시아의 리디아 (546, BC), 소아시아의 전지역(540, BC), 메소포타미아의 바빌론(538, BC), 이집트 (525, BC) 등을 차례로 점령해 갔다. 그 결과 페르시아제국의 영향 하에 당시이 소아시아, 메소포타미아, 이란, 이집트, 인도의 인더스 강 유역, 티베트 지역 등은 지리적으로 통일되어 있었다. 중국의 『관자』에 처음 출현한 오성(五聲)과 피타고 라스의 7음계가 삼분손익법의 원리에 입각해 성립된 것임에 틀림없는데 이것은 결코 우연의 일치일리 없는 것으로서, 바로 이 시기의 페르시아제국을 통한 그리 스와 중국과의 문화적 교류의 결과로 파악될 수 있다는 입장이 성립된다.

사모스의 주민들은 40여년만의 그의 그러한 귀향을 반겼다. 또 그들은 그로부 터 많은 재미있는 모험담을 듣기 원했다. 그는 그가 이집트와 바빌론 등에서 터득 한 사상, 기하학의 공식들을 그들에게 이야기해 가자 사모스의 주민들은 당혹한 나머지 하나 둘 다 그의 곁을 떠나 버렸다. 그로부터 무언가를 배우고 싶어 하는 학생은 단 한 명도 없었다. 어느 날 그는 운동장에서 운동을 하고 있는 한 학생을 발견했다. 피타고라스는 그가 예사롭지 않은 재능을 지녔지만 가난하다는 것을 알았다. 그는 그 청년에게 숙소와 음식을 제공할 테니 함께 공부하지 않겠느냐고 제안했다. 그는 나이가 들면 자기가 동쪽에서 배워온 것을 다 잊어버리게 되니까

---

10) 요쇼 라즈니쉬 저·손민규 역(1997), 『파타고라스 강론(1)』, 계몽사, p19.

그것들을 잊어버리기 전에 누군가에게 전해주어야 한다고 생각했기 때문이라고 말했던 것이다. 그 청년은 그 제안을 받아들였다. 그는 그 청년이 방정식 하나를 배울 때마다 돈을 지불했다. 그 청년이 숫자의 힘과 정교함에 사로잡히게 된 시점에서, 피타고라스는 그에게 자신의 고민을 털어 놓아야 했다. 가르쳐야 할 것은 아직 많이 남았지만 돈이 떨어졌으니 이 정도에서 수업을 끝내자고 했다. 그러나 그 청년은 더 배우기를 원했다. 피타고라스는 이제는 자기도 생활비를 벌어야 하기 때문에 가르쳐줄 시간이 없다고 했다. 그러자, 그는 그렇다면 이제부터 방정식 하나를 배울 때마다 자기가 스승께 돈을 지불하겠다고 말했다.

그 청년은 전보다 더 열심히 공부했다. 그는 결국 많은 사모스 젊은이들의 모범이 되었다. 그러자 다른 젊은이들도 피타고라스를 찾아와 그의 밑에서 수업을 받게 해달라고 청해왔다. 훗날 피타고라스가 사모스 섬을 떠날 때 그 청년은 그와 동행하기로 결정한 유일한 학생이었는데, 그가 바로 피타고라스의 사상을 다룬 책을 저술한 에라토클레스였다. 피타고라스는 그동안 쌓아올린 자신의 사상을 종합해 사람들에게 전달할 계획을 가지고 도시 밖의 외딴 동굴에 세미키르클레(semicircle)란 학교를 세웠다. 그와 학생들은 매일 밤낮의 대부분을 과학적 연구와 철학적 토론과 고독한 묵상에 몰두했다. 그리스에서 가장 뛰어난 청년들이 그곳에 찾아와 배우기를 간청했다. 사모스 주민들도 그를 인정해 다른 도시국가로 정치적 외교사절을 파견할 때 동행해 줄 것을 적극 요청해 왔다. 처음에는 한두 번 응해갔다. 그러나 그는 그러한 행정에 사사건건 불려 다니면 학문 탐구와 제자교육이 불가능하다는 것을 깨달은 나머지 해외로 나가 살아야겠다는 결심을 했다. 그는 남부 이탈리아 무역도시 크로톤(kroton)을 선택했다. 크로톤은 그리스인들에 의해 건설된 식민도시였다.

그가 크로톤으로 옮긴 것은 60세 전후였다. 그가 그곳에 도착하자 수많은 군중들이 몰려들었다. 그는 그곳에서 영혼은 불멸하며 인간이 죽게 되면 영혼은 다른 생명체에게로 옮겨간다고 말했고, 지구상의 모든 생명체는 다 같은 혈족(血族)이나 다름없기 때문에 하나의 거대한 가족으로 생각해야 한다고 전했다. 그 연설의 결과는 2천 여 명 이상의 남녀가 몰려들어 그의 학생이 되기를 원했고, 또 그들의 일부는 철학적 공동체를 형성하기 위해 뭉쳤다.

피타고라스는 공동체의 학생들을 대해 갈 때 그들의 영혼이 욕망과 열정에 얼마나 휘둘리는지, 또 불화와 실망에 어느 정도 영향을 받는지를 파악해 갔다. 그뿐만 아니라 그는 그들의 욕심, 자만심, 관대함, 과묵함, 겸손함, 기억력, 배움에 대한 열정도 관찰해갔다. 또 그는 학생들이 어느 정도나 학문에 대한 사랑이라고 하는 순수한 동기로 배움에 임하고 있는가를 살폈다. 그는 편견이 없고 도량이 넓은 열린 마음의 중요성을 강조해 갔고, 그러한 마음을 갖는 데는 수양의 과정이 필요하다고 말했다. 피타고라스는 서로에 대한 존중의 필요성을 강조했다. 피타고라스학파들이 서로를 아껴준다고 하는 이야기는 당시 세상에 다 알려져 있었다. 그는 경쟁심과 분노야말로 우정을 금가게 만드는 주범이라 가르쳤고, 또 오직 연장자만이 젊은 사람을 비판할 수 있는데, 그 경우에도 항상 주의해야 할 것은 반드시 순수한 의도여야 한다고 말했다. 또한 설혹 농담일지라도 친구의 비밀과 신뢰를 유린해서는 안 된다고 했다.

그는 자신의 지나친 욕망을 억제하는 것이 건강한 삶의 열쇠라고 생각했다. 그는 학생들에게 항상 스스로 차분한 즐거움을 유지할 수 있게 했다. 그는 자신이 흥분해 있는 동안에는 결코 누군가를 꾸짖거나 혼내는 일이 없었다. 조용히 침묵을 지키는 것이었다. 그는 육체적 욕망은 자연스런 것이라 믿었지만 그것에 대한 끊임없는 감시와 평가가 필요하다고 생각했고 항상 간소한 생활을 추구했다. 그는 성행위는 겨울에는 자주 해야 하고 봄과 가을에는 가끔씩 여름에는 하지 말아야 한다고 했다. 또 그는 인간이 무엇을 먹든 간에 음식은 인간의 몸과 마음에 지대한 영향을 끼치기 마련이라고 말했다. 그는 인간이 아이들을 갖고 그들을 양육하는 것은 신성한 책임이라 생각했다. 그것이야말로 신들에 대한 남자와 여자의 임무라 생각했다. 그는 아이를 부모로부터 떼어놓는 일은 커다란 죄악이라 가르쳤다

그는 3년간의 면밀한 관찰 끝에 부적절하다고 판단되는 학생들에게는 공동체를 떠날 것을 요구했다. 그 관찰과정이 끝나면 다시 5년간의 완벽한 침묵기간을 요구했다. 왜냐하면 그는 자신의 혀를 통제할 수 있는 능력을 가장 어려운 도전으로 여겼기 때문이다. 그 단계에서 그들의 모든 소유물과 재산은 공동체에 귀속되어

공동재산관리인들에게 맡겨졌다. 단 한마디의 말도 하지 않고 5년을 지내고 나서야, 비로소 피타고라스의 제자가 될 수 있었다. 이러한 많은 정화와 공부의 과정을 거쳐 그의 제자가 되었음에도 불구하고, 배움이 더딘 자들은 공동체를 떠나야 했다. 이때 공동체는 그가 처음에 맡긴 금액의 두 배를 주어 떠나보냈다. 그런 뒤 그가 다시 학생들을 만났을 경우 그는 그들을 완전 모르는 사람으로 대했다. 그 이유는 그가 그들과 함께 공부하고 기도했던 일들이 다 없어져 버렸다고 생각했기 때문이었다. 그가 그처럼 제자들에게 엄격한 공부와 수행을 요구하는 이유는 인간이 영혼에 내재된 이성적 능력을 가리는 탐욕을 제거하는 데는 그러한 노력이 필요하다고 생각했었기 때문이었다.

그는 가장 가까운 제자들 중의 한 명의 딸이자 그의 가장 뛰어난 수제자 중의 한명인 테아노(Theano)와 결혼해 세 명의 자녀를 두었다. 그는 가족의 중요성을 강조했다. 그는 재물의 부족이 인간을 범죄로 몰아넣는 일이 있기 때문에 인간은 검소하게 살아야 한다는 입장을 견지해갔다. 사치는 인간을 탐욕으로 이끌고 궁극적으로는 폭력과 전쟁을 유발한다고 했다. 그는 세 가지 방법을 통해 신들과 합일(合一)할 수 있다고 제자들에게 가르쳤다. 하나는 대화를 통해서이고, 다른 하나는 올바른 행위를 통해서이고, 나머지 하나는 죽음을 통해서라고 했다. 또 그는 신과의 합일을 완벽하게 이루기 위한 방법이 있다면 그것은 진실만을 말하는 것이라고 했다. 그는 그것 하나만으로도 남자와 여자는 신성해 질 수 있다고 했다.

피타고라스는 이탈리아의 크로톤에 도착해 정착해가는 과정에서 대부분의 통치자들이 자신들의 이익을 취하기 위해 정치를 행해가고 있다는 것을 발견했다. 그래서 그는 도시의 평화와 번영을 위해 아홉 뮤즈여신들의 사원을 세우도록 유력한 시민들로 구성된 천인회에 제안했다. 그는 뮤즈여신들이 각기 구별된 역할들을 행해가면서 하나의 통일된 전체성 아래 통합된 자들로서 그들이야말로 조화와 화합과 완전무결함을 상징하는 존재들이기 때문에 도시의 통치자들이 뮤즈여신들을 본받고 그들의 인도에 따른다면 크로톤은 아마도 번영할 것이라 말했다. 그의 말을 귀담아들은 크로톤의 원로들은 그의 제안대로 뮤즈여신들을 위한 사원을 건설했다. 피타고라스의 추종자들은 도시의 법률들을 제정하고 이행해가는 것을 도와

갔다.

　그는 크로톤에서 공동체를 설립해 그곳의 정치인들과 유대관계를 가져갔고, 그의 공동체의 멤버들도 크로톤의 통치기관인 천인회에 가담해 정의와 자유의 사상을 입법화시켜 가는데 커다란 역할을 행해갔다. 그런데, 크로톤에 새로운 변화가 일어났다. 크로톤이 남부 이탈리아에 새로운 식민지를 개척함에 따라 사회적 분위기가 엘리트 주도의 정치체제보다는 대중주도의 정치체제가 요구되는 방향으로 전환되어 나갔다. 그러한 시점에서 크로톤의 부유한 세습귀족이었던 킬론(Kylon)이란 자가 피타고라스를 찾아와 그 공동체의 일원이 되어야 한다는 입장을 피력했다. 피타고라스는 그의 육체적 특징을 통해 그의 인격을 파악하고 그를 공동체 일원으로 받아들일 수 없다고 했다. 그러자 그는 그것을 모욕으로 받아들여, 당시 크로톤의 사회적 분위기를 이용해 피타고라스와 그의 제자들을 궁지로 몰아넣을 음모를 꾸몄다. 당시 도시의 분위기는 모든 시민들에게 공직의 기회를 개방하고 일반시민들로부터도 '천인회의'에 참여할 수 있는 대표사를 뽑아야 한다는 여론이 형성되어 나왔다. 그러나 피타고라스학파는 선대로부터 내려온 정치체제를 바꾸는 것에 동의하지 않았다. 그러자 킬론은 그 공동체를 파멸시킬 절호의 찬스라 생각해 그 공동체를 타도할 군중선동에 나섰다. 그 무렵 피타고라스는 죽음이 임박한 그의 첫 스승인 페레키데스를 만나기 위해 크로톤을 잠시 떠나 델로스로 여행을 떠났다. 그는 그곳에서 스승을 돌보며 그의 마지막 나날을 함께 하고 있었다. 그러는 동안 킬론은 '천인회의'를 장악해 피타고라스를 공격했다. 그는 "피타고라스파가 시민들을 상대로 음모를 꾸미고 있다. 구체적 증거를 모아왔다."면서 천인회의에 참여한 시민대표들과 대중들을 선동해 갔다. 그러자 분노한 시민들이 공동체의 모임을 습격해 집에 불을 질러 태반이 분사당하는 사태가 일어났다. 피타고라스가 크로톤에 돌아오자 상황은 더욱 악화되어 한 집에 모여 있던 40여 명의 학도들이 성난 군중들에 의해 몰살당해갔다. 또 피타고라스파에 동조한다는 의심을 받는 사람들은 어떤 장소로 나오도록 꾀어져 살해당했다. 피타고라스는 크로톤에 더 이상 머물러 있다가는 위험하다는 것을 알고 배를 타고 그곳을 떠나 남쪽으로 내려갔다. 그러나 그는 어떤 도시에서도 그를 받아들이지 않았다. 이미 피타고라스학파에 반대하는 저항이 남부 이탈리아 전 지역에 퍼져 있었던 것이다. 마지막으로 그는 크로톤 위쪽에 위치해 있는 메타폰툼을 찾았다. 그가 그곳에 도착한지 얼마가 되자 그곳에서도 소동이 일어났다. 그때 그는 치외법권의 성역으로 지정되어 있었던 뮤즈여신들의 사원으로 피신했다. 그는 밖으로 나가지 않고 사원내부에서 머물다, 40일 째에 아사했다. 당시 나이는 100살에 가까웠고, 40여 년 간 공동체를 이끌었다.

3) 피타고라스의 세계관과 그에게서의 학문의 의미

피타고라스는 인간의 영혼은 우주로부터 온 것이며, 또 그것은 불멸하는 것으로 파악하였다. 그는 인간을 우주의 축소판이라 생각했다. 우리가 우주의 원리를 신성(神性)이라 한다면 인간에게 내재된 신성이란 이성(理性)이라고 하는 입장을 취했다. 그런데 그는 인간이 어찌하여 죄를 짓게 됨에 따라 인간의 영혼이 육체에 갇히게 되어 그것이 혼탁한 상태에 처해 있게 되었다는 것이다. 따라서 인간의 삶의 목적이란 자신들의 혼탁해진 영혼을 정화시키는 것이라 생각했다. 그는 만물의 원리를 바탕으로 해서 형성된 인간의 이성적 사고가 자신들의 혼탁한 영혼을 정화시켜 갈 수 있다는 입장을 취했다.

그의 경문(經文)들은 준비(preparation), 정화(purification), 완성(perfection)의 세 부분으로 나뉘어 있다.[11] 준비, 즉 마음의 준비란 세상에 대해 마음의 문을 여는 것을 의미하며, 또 그것은 우주, 진리, 신, 니르바나(열반), 천국이나 극락 등에 대한 자각과 열망을 의미한다. 정화란 모든 세뇌작용, 이데올로기, 편견, 모든 관념과 철학 등, 남들로부터 배운 모든 것들을 버린다는 것을 의미한다. 그러한 정화는 자신의 모든 가면들을 벗어버리는 것을 의미하며 거짓을 말하지 않는 것을 의미한다. 그러나 그것은 고통스러운 작업이지 않을 수 없다. 완성이란 혼탁한 영혼이 정화되어 순수한 영혼이 우주의 법칙, 예컨대 중국의 도나 인도의 달마에 합일된 상태를 의미한다. 그런데 필자가 여기에서 말하고자 하는 것은 피타고라스에게서의 철학, 즉 학문이란 상기의 피타고라스의 3P라 불리는 것들의 실행행위라

---

11) 요쇼 라즈니쉬 저 · 손민규 역, 전게서, p.31.

고 하는 것이다. 인도의 자발푸르 대학의 철학교수이자 사상가였던 오쇼 라즈니쉬 (Osho Rajneesh, 1932~1990)는 『피타고라스 강론』에서 이런 말을 하고 있다.[12]

> 그는 깨달은 사람이었다. 그럼에도 불구하고 언제나 다른 스승들 앞에 무릎을 꿀을 준비가 되어 있었다. 이것은 매우 드문 일이다. 일단 깨달음을 얻은 후에는 탐구가 중단된다. 구도 행각이 더 이상 이어지지 않는다. 그럴 필요가 없기 때문이다. 붓다는 깨달음을 얻은 후 결코 다른 스승을 찾아가지 않았다. 예수도 깨달은 후에는 다른 스승을 찾아가지 않았다. 노자도, 짜라투스트라도, 모세도 그랬다. 그러므로 피타고라스는 매우 특이한 경우다. 이에 비교될 만한 다른 예를 찾아볼 수 없다. 그야말로 전무후무한 경우이다. 깨달음을 얻은 후에도 피타고라스는 진리의 일면을 밝혀 줄 수 있는 사람이라면 어느 누구의 제자라도 될 준비가 되어 있었다.

우선 우리는 라즈니쉬에게 다음과 같은 질문을 하고 싶다. 과연 피타고라스가 깨달은 자였던가 라고. 민일 그가 붓다 등과 같이 깨달은 자였다고 한다면, 그는 언제 무엇을 어떻게 깨달았던 것인가? 우리는 우선 이 문제를 명확히 짚어야 할 필요가 있다. 그가 인간의 삶과 세계와 관련해서 깨달은 것이 있다면 바로 이것일 것이다. 즉 논리적으로 더 자세하게 규정할 수 없고 시간적 공간적으로 끝이 없는 궁극적인 요소이자 만물의 원리라고 하는 것이 이 세상에 존재한다면 그것이야 말로 수(數)라고 말하지 않을 수 없다 하는 사상일 것이다. 그가 이러한 사상을 갖게 된 것은 이집트에서 수학을 연구할 때였다고 고찰된다. 라즈니쉬의 말에 의하면, 그가 그곳에서 만물의 원리를 깨달았는데도 불구하고 그 후 바빌론, 인도, 티벳, 중국 등으로 동일문화권을 넘어 타 문화권들로 탐구의 여행을 지속해 갔다고 하는 것은 그 당시의 붓다 등과 같은 성자들에게는 존재하지 않은 세계적 차원의 지적 호기심이 그에게 있었다고 하는 것이다. 그는 진리의 전면을 규명해내 봄으로써 인간의 삶과 세계와의 이상적 관계를 추구하려는 입장을 취하고 있었던 것이다. 필자가 여기에서 말하고 자하는 것은 그가 바로 그러한 태도를 취했었기 때문에 후세 사람들이 그를 깨달은 자이기 이전에 지식인이자 학자로 인식해 가게

---

12) 상동서, pp.20-21.

되었다고 하는 것이다.

우리는 그를 인류 최초의 지식인이라 말하고 있다. 이유는 최초로 그가 사물들에 대한 인간들의 구체적 경험의 결과로 취해진 수(數)에 근거해 인간의 삶과 세계를 이성적 사고를 통해 설명해보려는 입장을 취했기 때문이라 할 수 있다. 그는 수(數)를 체계적으로 연구한 최초의 사람이었기 때문에 인류최초의 수학자로 불리고 있다. 그와 그의 추종자들의 수에 대한 연구는 네 방향으로 전개되어 나왔다. 첫째 수 그 자체로서의 정수론, 둘째 수의 응용으로서의 음악, 셋째 정지하고 있는 도형으로서의 기하학, 넷째 움직이는 도형으로서의 천문학이 바로 그것들이다.13)

철학이란 고대 그리스어로 지혜를 사랑한다는 뜻이다. 그런데 동아시아의 유교문화권의 입장에서 말할 것 같으면, 이 '철학'이란 말은 '학문'이란 말로 번역될 수 있는 말인데 서구에서 이 '철학'이란 말을 제일 먼저 사용한 자가 바로 피타고라스였다. 피타고라스는 철학, 즉 학문의 목적 보다 구체적으로 말해 인간이 지혜를 사랑하는 목적이란 자기 자신이 스스로에게 강요한 경계(警戒)로부터 마음을 해방시키기 위함이라고 가르쳤다.14) 인간이 어떤 강요된 상태 속에서는 인간으로 하여금 쉽사리 오류를 범하게 만드는 감각으로부터 결코 벗어날 수 없다. 즉 그는 그러한 강요된 상태 속에서는 진정한 지식을 얻는 것이 불가능하다고 생각했었기 때문이다. 피타고라스가 생각하는 지식이라는 개념의 핵심은 현생(appearance)과 실제(reality)사이를 구분해가는 행위였다고 할 수 있다. 피타고라스는 운동선수들보다도 그들이 펼치는 경기를 구경하러 모여든 관람객들을 한 차원 더 높은 사람들로 보았다. 그 이유는 그들이야말로 물건의 모양, 선수들의 움직임, 자연의 아름다움을 이해하고자 하는 사람들이기 때문이라는 것이다.

피타고라스는 추종자들에게 사람들이 그러한 태도를 일상생활 속에서도 자기 자신들에게 항상 가르쳐야 한다고 말했다. 그는 어떤 사람들은 부(富)를 추구하고 어떤 사람들은 권력이나 명성을 추구한다. 그렇지만, 그들 중에서 가장 현명한 사람은 지식을 추구하는 자로서 그러한 자들을 가리켜 철학자라고 한다는 것이다.

그는 모든 수업내용보다도 더 중요한 것은 배움 그 자체라 말하고 있다. 또 그는

---

13) 김춘미(1995), 『원전연구를 통해서 본 음악학의 시원』, 음악춘추사, p.34
14) 존 스트로마이어 외 저·류영훈 역, 전게서, p.62

사람들이 이성을 발전시키려는 어떤 치열하고 부단한 노력 없이 쉽게 취해진 지식을 자신들의 중요한 자산으로 여기는 것 또한 잘 못된 것이라고 말했다. 그는 지식이 다른 어떠한 것들보다도 더 가치 있는 것이라 생각한 이유를 6가지 제시했다.15) 첫째, 지식은 개인뿐만 아니라 사회 전체에 이익을 가져다준다. 학자들이 찾아낸 진리는 모든 인류의 공동자산이 되기 때문이다. 둘째, 어떤 것에 대한 지식 없이는 선(善)이 주는 혜택을 결코 누릴 수 없다. 셋째, 지식이란 사용하거나 남에게 준다고 없어지는 것이 결코 아니다. 넷째, 많은 사람들은 자신들이 타고난 환경이나 자질 때문에 부와 권력을 얻는 길이 제한되어 있지만, 그러나 그들이 지식을 얻는 길은 제한되어 있지 않다. 다섯째, 아무리 정성껏 가꾸어도, 늙으면 주름지고 죽으면 썩어 버리는 몸과는 달리 지식은 삶 자체를 통해 그대로 소유해 갈 수 있으며 어떤 경우에는 불멸의 명성을 얻게 하기도 한다. 여섯째, 지식은 항상 다른 사람들을 배려하고 이해하도록 만든다. 피타고라스는 지식이란 압축되고 암호화된 형태로 전달될 수밖에 없다는 입장을 취했다. 또 그는 지식의 획득이란 가르침의 의미를 찾아내려는 노력의 과정에서 실현된다고 했고, 지식의 탐구란 대화와 명상을 통해 행해져야 된다는 입장을 취했다.

피타고라스는 침묵의 가치를 높이 평가했고 주의력과 기억력을 발전시키는 것이 공부하기 위한 필수불가결한 조건이라는 것을 강조했다. 피타고라스는 학생들에게 신들과의 일치를 지속적으로 자각하며 살라고 가르쳤다. 그러한 상태란 분노, 고통, 욕망, 무지 등이 인간을 지배할 수 없는 상태이기 때문이라는 것이다. 그러기 위해서는 영혼을 일깨워 세파로 오염된 인간의 정신을 정화하려는 노력이 필요하다고 그는 말했다. 그는 학생들에게 영혼은 보이지 않으며 불멸한다고 가르쳤다. 그는 인간이 죽게 되면 육체로부터 영혼이 빠져나가는데 발에 날개가 달렸다고 하는 헤르메스(Hermes)라고 하는 신의 인도를 받아 멀리 떠나가게 되는데, 그때 순수한 영혼은 가장 높은 하늘의 왕국으로 인도되지만, 썩고 부패한 영혼은 지하에 사는 복수의 여신들에게 데려가 그곳에서 빠져나오지 못하게 된다는 것이다. 그는 인간의 영혼이 지성(intelligence), 이성(reason), 열정(passion)이라고 하

---

15) 상동서, p.64

는 3개의 부분으로 되어 있다는 입장을 취했다. 그는 열정은 심장에, 지성과 이성은 두뇌에 싸여 있다고 했다.

피타고라스는 자신의 이러한 지식이나 사상을 글로 남기기를 원치 않았다. 그뿐만 아니라, 그는 자기의 학생들에게까지도 자신의 가르침을 글로 적어놓지 못하게 했고, 또 대중에게도 자신의 가르침을 말하지 말도록 했다. 그래서 피타고라스학파는 그들이 스승으로부터 배운 것들을 글로 적어놓지도 않았고 피타고라스학파의 이외의 사람들에게 말하지도 않았다. 피타고라스가 그러한 입장을 취했던 것은 다음과 같은 이유 때문이었던 것으로 고찰된다. 첫째로 인간의 문화는 암기문화시대에서 기재문화시대로 전개되어 나왔다. 그는 기재문화시대의 표기양식보다는 암기문화시대의 표기양식을 더 선호했던 사람이었던 것으로 고찰된다. 암기문화시대의 표기양식은 모든 것들을 다 기록해내는 것이 아니라, 중요한 것만을 상징적 내지 기호적으로 표기해 내는 표기방식이다. 예컨대, 하나의 단순한 그림을 통해 우주나 어떤 사건의 전체를 표현해낸다는 표현방식이다. 문자표기 양식이 성립되기 이전에 존재했던 표기 방식이라 할 수 있다. 둘째 그는 암기문화시대의 기호 표기의 한계성을 충분히 자각하지 못하고, 또 기재문화시대의 문자표기의 장점을 충분히 자각하지 못했었기 때문이었던 것으로 파악된다. 셋째로 그는 암기문화시대의 표기양식을 이어받아 '필로소피'(철학), '코스모스'(우주), '하르모니아'(조화), '모나드'(일), '테트라크티스'(십) 등과 같은 학술적 용어들을 만들어 냈다. 그는 모든 사물들이란 우주의 본질을 나타내는 상징적 표상들이라 생각했고, 또 그러한 학술적 용어들도 그러한 사물들의 경우처럼 추상 세계의 상징적 표상들의 일종이라 생각했다. 그가 그렇게 생각했었기 때문에 우주와 그 학술용어들에 대한 기본적 지식이나 그것들에 대한 충분한 설명이 없으면 그것들에 대한 의미가 제대로 파악될 수 없다는 생각이 그에게 있었기 때문이었던 것으로 고찰 된다. 넷째 그는 진리는 말로 표현될 수 없다는 입장을 취하고 있었기 때문이었다 할 수 있다.

이와 같은 피타고라스의 학문사상을 기반으로 형성된 공동체는 결국 앞에서 언급한 바와 같이 당시의 그리스의 민주정치가 정착되어 나가는 과정에서 피타고라스와 대립관계에 처하게 된 한 정치가에 의해 엘리트집단으로 내몰려 결국 파괴되고 말았다. 또 그 구성원들의 대부분은 살해되고 극히 소수만 살아남게 되었다. 그들 중 한사람인 리시스 라고 하는 자에 의해 그의 사상이 글로 모호하게 기록되어 나왔고, 아르키포스에 의해서는 타렌툼에 학교가 세워졌다. 한 세기가 지난 후 플라톤(427~347, BC)은 그 학교를 방문해 피타고라스의 8대 후계자인 아르키타스를 스승으로 받들게 된다. 기원전 3세기 후반이 되면 결국은 그 피타고라스학파의 학교도 없어지게 되지만, 피타고라스의 사상은 예컨대 플라톤의 저작들『티마이오스』와『파이돈』을 통해 기록되었고, 기원후 3세기에 와서는 신 플라톤주의자들에 의해 계승되었다. 그의 사상적 핵심은 우주적 차원의 '조화'(harmony)이라 할 수 있다. 그의 그러한 사상은 중세 초의 기독교사상, 근세 초의 토마스 아퀴나스, 근대 초의 케플러와 뉴턴, 현대 초의 아인슈타인 등에게 영향을 끼쳐왔다.

4) 피타고라스의 학문관

그렇다면 피타고라스에게서의 학문이란 과연 무엇이었던가? 피타고라스는 인류최초의 지식인이자 학자로 받아들여지고 있다. 그럼, 그에게서의 지식이란 무엇이었으며 또 학문이란 무엇이었던가? 그는 인류문명의 기초를 이룬 철기문화가 그리스에서 일반화되어 나오던 시기의 사람이었다. 그는 인간의 감각에 잡힌 자연에 대한 경험을 통해 형성되어 나온 이성(理性)적 사고를 가지고 인간의 삶, 신, 자연현상, 우주, 진리 등 을 규명해보고자 했던 인류최초의 인간이었다.

그의 인간의 삶과 진리에 대한 기본적 구도(構圖)는 다음과 같이 설명될 수 있다. 즉, 진리로 이루어진 하늘이나 우주 어딘가에서 존재해 가던 인간이 자신의 영혼을 더럽힌 탓으로 그곳에서 불모의 이 세계로 떨어져내려 이곳에서 고통을 느끼며 생존해 가고 있다. 인간이 삶의 고통으로부터 벗어나기 위해서는 자신의 더럽혀진 영혼을 정화시켜 그것을 진리와 일체 화시켜 나간다는 것이다. 피타고라스 이전의 인간들, 예컨대 그의 첫 스승 페레키데스에게서의 지식이란 신화를 통해 잡혀지는 우주에 대한 지식들이었다. 그보다 전세대의 인간들, 예컨대 그보다 2세기전의 헤시오도스나 호메로스 등과 같은 음유시인들에게서의 지식이란 인간들 보다 한 단계 위 세상에 존재하는 것들로 인식되어졌던 존재들과 그들의 세계에 대한 지식이었다. 그들의 경우와 같이 다신교를 믿었던 피타고라스 이전 시대의 그리스인들은 인간들의 세계가 자연계 속에 존재해 있듯이 신들의 세계도 자연계 속에 존재한다고 믿었다. 피타고라스의 경우도 자연계속에 많은 신들이 존재한다는 것을 믿었고, 또 실제로 그들 중의 하나로 생각되었던 아폴로 신 등과 같은 신들을 믿은 자이기도 했지만, 그러나 그는 자연계 밖에서 자연계를 지배해가는 어떤 유일신과 같은 존재는 믿고 있지 않았다. 그 대신 그는 자연계 밖에서 자연계를 지배해가는 우주나 그 우주적 법치 같은 것이 존재한다는 것을 믿고 있었던 것이다.

이렇게 봤을 때 피타고라스에게서의 지식이란 인간의 감각에 잡히는 현상계, 보다 구체적으로 말하자면 인간의 현실세계를 포함한 자연계 전반에 대한 지식이었다. 그는 특히 자연현상들을 통해 파악되는 수(數)들과 그들 간의 법칙들에 대한 지식을 축적하여 그것들을 가지고 자연현상들을 지배해가는 우주에 대한 본질을 파악하여 진리를 규명해 내려했던 것이다. 따라서 그에게서의 학문이란 일차적으로는 인간과 자연에 대한 지식 축적의 작업이었고, 이차적으로는 그러한 작업과정에서 행해지는 이성적 정신 활동을 통해 자신의 삶의 실현과정에서 혼탁해진 영혼을 정화시켜 자신을 우주적 존재로 전환시켜나가는 종교적 의미가 함유된 작업이었다고 말 할 수 있다.

그렇다면 그는 그의 그러한 구도를 과연 어디로부터 취해낸 것인가? 만약 우리가 페르시아제국이 구축한 행정조직과 교통망을 이용해 그가 이집트와 바빌론뿐만 아니라 이란, 인도, 티베트, 중국에까지 갔었다는 것을 인정해본다고 한다면, 그의 그러한 구도는 이란에서 취해 졌을 것으로 추정된다. 당시 이란에는 아리아인들이 중앙아시아의 고원지대를 원주지로 하여 공동체생활을 해오다가 기원전 2천년 경에 그 지역으로 내려와 그들의 태양숭배사상 등과 같은 원시종교를 토대로 기원전 7세기경에 조로아스터교를 성립시켰는데 그것이 페르시아 제국에 의해 국교로 받다 들여져 번성해 나오던 시기였었다.

조로아스터교는 영혼의 불멸을 믿는다. 이 종교는 태양신격의 빛의 신인 아후라 마즈다(Ahura는 주님, Mazda는 빛)를 유일신으로 한다. 이 종교는 아후라 마즈다

를 선신(善神)으로 하고 암흑의 신 앙라 마이뉴(Angra mainyu)를 악신(惡神)으로
하여 그들의 투쟁으로 일체를 설명하는데, 결국 악신이 패해 암흑으로 추방된다는
것을 골자로 한다. 아리아인의 토속신화에 의하면 땅은 하늘로부터 용암과 같은
것이 넘쳐 흘러내려 그것이 식어서 된 것으로 되어 있다. 하늘로부터 넘쳐 흘러내
린 용암과 같은 것은 처음에는 빛을 발했던 것이었다. 그러나 그것은 나중에 가서
는 더 이상 빛을 발하지 못하고 검은 것으로 변한다. 이 종교에서는 인간의 영혼이
하늘에서 넘쳐 흘러내리는 용암과도 같이 빛나는 것으로 되어 있고, 또 육체는
더 이상 빛을 발하지 못하는 흙과 같은 것으로 되어 있다. 빛을 발하는 밝은 것은
선한 것이고, 그렇지 못한 검은 것은 악한 것이다. 그 결과 하늘로부터 온 것은
선한 것이고 땅에서 태어난 것은 악한 것이다. 인간의 영혼은 원래 선했던 것이다.
이와 같이 이 종교는 하늘과 땅, 명(明)과 암(暗), 영혼과 육체, 선과 악 등의 경우
에서와 같이 이원론(二元論)적 세계관을 기초로 해서 성립되었다고 말할 수 있
다.16) 이러한 점들을 고찰해 볼 때, 우리는 피타고라스가 동방유학중에 섭한 페르
시아제국의 국교였던 바로 이 조로아스터교로부터 그의 그러한 인간의 삶과 진리
의 구도를 구축해냈던 것이 아닌가 한다.

그렇다면 우리는 피타고라스의 그러한 삶과 학문을 통해 무엇을 이야기할 수
있을 것인가? 고대중국의 관중을 고찰한 후 이 문제를 한층 더 심도 있게 고찰해보
도록 하자.

2. 고대 중국에서의 학문의 성립과 관중

1) 관중의 출현과 춘추시대의 성립

고대 중국에서의 학문은 어떻게 성립되어 나왔는가? 우선 고대 중국에서의 학
문의 성립에 직간접적으로 가장 큰 영향을 끼친 사람은 관중(管仲)이라 할 수 있
다. 그러면 우선 그가 어떠한 인물이었는지에 관해 고찰해 보기로 한다.

---

16) 김채수(2001), 『동아시아의 文化와 文學』, 보고사, p.42

관중이란 인물은 고대 중국학문의 성립과정에서 어떻게 관여되어 있는가? 이 문제가 구체적으로 파악되려면, 관중의 시대가 어떠했는지에 대한 고찰이 요구된다. 관중의 생몰연대는 기원전 725~643년으로 파악되고 있다. 그는 공자(孔子, 551~479, BC)보다 무려 166년이나, 피타고라스(569경~468경, BC) 보다는 156년 더 빨리 태어났다. 그는 주의 동천(東遷)을 기점으로 시작된 춘추시대(春秋時代, 770~453, BC)의 사회적 · 정치적 특성이 형성되어 나가던 시기에 태어났다. 고대 중국에서의 서주의 성립(1122, BC)이나 주의 동천은 서방의 메소포타미아지역의 정치적 상황과 결코 무관치 않았다. 그 이유는 주의 성립도 그러했고, 주의 동천도 그랬었듯이 그러한 것들이 서북이나 북방으로부터의 외세의 침략내지 서방 문화의 동진 등으로부터의 영향 하에서 행해졌었기 때문이었다.

앞에서도 언급한 바와 같이 서방에서 철의 야금술이 발명되어 실용화되기 시작된 것은 소아시아지역으로부터 출현했던 인도유럽어계의 히타이트 왕국(1680~1190, BC)을 통해서였다. 그 왕국은 철기의 야금술을 개발해 약 2세기 간 그것을 독점하고 있었다. 그러다가 그 왕국이 쇠퇴해 가는 시점에서, 그것이 기원전 1200년을 전후해 샘족계의 앗시리아에 의해 유라시아 대륙의 사방으로 전파되어 나갔다. 그러한 전파는 철의 제련기술을 재빨리 받아들인 앗시리아가 기원전 8세기말경에 가서 전 오리엔트지역을 통일해 나가는 과정에서 이루어졌다. 앗시리아제국은 약 1세기 간 전 오리엔트지역을 지배해가다가, 기원전 7세기말에 이란지역의 메디아에 의해 붕괴된다. 그 후 기원전 550년 페르시아지방에서 일어난 페르시아제국이 기원전 538년에는 신 바빌론을, 기원전 525년에는 이집트 등을 각각 점령해감에 따라 결국 전 오리엔트지역이 재차 통일되었다.

그런데 필자가 여기에서 말하고자 하는 것은 앗시리아제국이 기원전 10세기경부터 철제무기를 실생활에 사용해 신왕국 시대(909~612, BC)를 열어 전 오리엔트지역을 통일해 가는 과정에서 오리엔트지역으로부터 철기문화가 북방의 스텝로, 중부의 오아시스로, 남부의 고원로(高原路)를 통해 중국으로 전파해 나감에 따라 중국에 주의 동천 등과 같은 정치적 상황이 야기되었고, 주의 동천으로 인해 춘추시대가 도래하게 되었다 하는 것이다.

보다 구체적으로 말하자면, 메소포타미아지역의 청동기문화가 북방의 스텝로를 통해 기원전 20~13세기에 초원지대 동부의 남시베리아, 몽고고원지역 등으로 전파되어 나가 몽고서북지역을 통해 중원지역으로 들어갔다. 그러한 과정에서 중국에서는 은(銀, 1766~1122, BC), 서주(西周, 1122~770, BC) 등이 설립되어 나왔다고 볼 수 있는데 바로 그 청동기문화가 중국에 도래한 길을 통해 기원전 9~8세기에 스키타이문화 등과 같은 철기문화가 중국으로 유입해 들어가 서주를 동주(東周, 770~453, BC) 전환시켰다고 하는 것이다.

남부의 고원로란 이란고원, 파미르고원, 티베트고원, 청장고원 등을 통한 길이다. 이 길은 페르시아제국이 전 메소포타미아지역과 이란지역, 북인도지역, 티베트지역 등을 통일시켜냄으로써 페르시아제국의 철기문화가 중국의 춘추시대 중기에 중국의 남방으로도 밀려들었다. 그 결과 그 지역에 위치해 있는 초(楚)와 월(越) 등과 같은 나라들이 강해져, 초의 경우이며 기원전 8세기말부터 북진해 주(周)의 세력권을 위협해 갔었고, 기원선 7세기 중반 세(齊)의 환공(桓公, 685~643, BC)때에는 중원지역의 정(鄭)을 침략하게 된다. 『목천자전』(穆天子傳)의 「권 2」(卷二)에는 주의 목왕이 음악을 좋아해 기원전 964년을 전후해 대규모의 악대를 거느리고, 현재의 아프가니스탄 내지 인도 부근에까지 나가 성대한 연구회를 가졌다는 기록이 있다.[17] 그것이 어느 정도 사실이라면 그들은 기실 고원로를 통해 그곳까지 나갔을 것이다.[18] 그런데, 고대 중서문화교류가 과학적으로 파악될 수 있는 시기는 기원전 6세기 중반 페르시아제국의 성립 이후부터로 고찰된다.[19] 당시 페르시아제국은 소아시아지역, 메소포타미아의 전 지역, 인더스강지역, 티베트지역에 이르는 광대한 지역을 점령해 교통로를 정비시켰다. 서역에서의 문화적 중심이 메소포타미아으로부터 그 보다 남동쪽에 위치한 이란쪽으로 이동함에 따라, 동서의 문화교류는 북방의 스텝로보다는 남부의 고원로를 통해 더 왕성이 진행되었던

---

17) 양인리우 저·이창숙 역(1999), 『중국고대음악사』, 솔출판사, p.75.
18) 필자가 일컫는 고원로란 서역으로부터 이라크의 바그다드(Baghdad), 이란의 아흐바즈(Ahvaz)·쉬라즈(Shiraz)·케르만(Kerman)·자하단(Zahadan), 아프카니스탄의 칸다하르(Kandahar)·카불(Kabul), 파키스탄북부의 라왈핀디(Rawalpindi)·카시미르(Kashmir), 중국 티베트의 시가체(Shigache)·라사(Lhasa)·파탕(Patang)·청투(Chengtu)으로 이어지는 길을 의미한다.
19) 何芳川萬明(1993), 『古代中西文化交流』, 臺北: 商務印書館, pp.4-5

것이다. 현재 그 고원로(高原路)는 티베트고원 서쪽으로는 소금길, 그 동쪽으로는 차마고도(茶馬古道)로 알려져 있다.

중앙의 오아시스로를 통한 서방의 철기문화의 중국 전래는 페르시아제국으로부터 진(秦)으로의 유입을 통해 행해졌다. 철기문화의 그러한 전래는 북방의 대국 진(晉)이 한(韓)·위(魏)·조(趙)로 삼분화 되었던 기원전 453년에 성립된 전국시대(戰國時代, 453~221, BC)를 거쳐 진(秦)의 전국통일(BC221)이라는 결과를 가져왔다고 말할 수 있다.

이상과 같이 고찰해 볼 때, 관자가 생존했던 시대는 유라시아대륙 서방쪽의 메소포타미아지역이 앗시리아제국에 의해 통일되는 과정에서 그곳의 철기문화가 북방의 스텝로와 남방의 고원로를 통해 중국의 북방과 남방으로 유입해 들어가, 결국 새로운 차원의 정치적·사회적·문화적 혼란이 야기되어 나오던 시대였었다고 말할 수 있다. 특히 관중이 활동했던 제(齊)나라는 중국의 중원(中原)지역에 위치해 있었는데, 그 지역은 북방의 스텝로를 통해 중국의 서북지역으로 유입해 들어간 철기문화가 남진하고, 남방의 고원로를 통해 중국 남방으로 들어간 서방의 철기문화가 북진해 쌍방이 서로 충돌을 일으킨 바로 그 지역이었던 것이다.

2) 관중시대의 문화적 특징과 이례이문(以禮以文)

그렇다면 관중의 생존시대의 문화사적 특징은 어떠했던가? 관중이 생존했던 춘추시대 중기는 서방으로부터 들어온 철기문화가 정착되어 나가던 시기였다. 그 시기에 이르러 쟁기 등과 같은 철제농기구가 사용되기 시작되었다. 봉건사회제도가 부정되기 시작되어, 제후국(諸侯國)은 사실상의 독립 국가들로 전환해 나왔고, 씨족공동체(氏族共同體)는 해체되었다. 그러한 과정에서 사인(士人)계층이 형성되어 나왔다. 이처럼 고대 중국에서의 춘추시대는 정치·사회·경제·교육제도 등의 근본적 변혁이 행해지기 시작되었던 시기였다.

서주시대에는 주(周)의 왕실이 교육과 학술을 독점하고 있었다. 그러나 주의 동천을 계기로 주 왕실이 더 이상 제후국들의 맹주국 역할을 행해 갈 수 없게 됨에 따라 주의 왕실이 경시되면서 소위 '천자실관'(天子失官: 천자가 관리를 잃는다)과 '학재사이'(學在四夷: 학문이사방의 오랑케에 의해 주관된다)라고 하는 현상들이 일어났다.

서주시대의 기본적 문교정책은 '이예조사'(以禮造士: 예를 가르쳐 사인을 양성한다)였다. 그러나 춘추시대에 와서는 '이례이문'(以禮以文: 예와 문을 가르쳐 사인을 양성한다)으로 전환해 나왔다. 고대 중국에서는 춘추전국시대를 통해 사(士)·농(農)·공(工)·상(商)이라고 하는 이른바 '사민'(四民)의 개념이 형성되어 나왔다. 이 경우 사인(士人)은 지식의 관료내지 관료예비군을 말한다. 춘추시대의 첫 패왕(覇王)이던 제환공(齊桓公)이 관중의 건의를 받아들여 양사(養士)정책을 취해 감에 따라 양사제도(養士制度)가 각국에 만연해 나가 사문(私門)과 공실(公室)에서 '사'(士)를 다투어 양성해갔다.

그렇다면 관중 생존시대의 문자문화의 특징은 어떠했었는가? 서주시대에는 한자가 갑골 등에 새겨지거나 청동기에 주조되었던 것에 반해, 이 시대에 와서는 그것이 그러한 것들에 뿐만 아니라 옥(玉)과 같은 돌이나 죽간(竹簡)과 같은 나무 등과 같은 물건들에도 써 넣게 되었다.[20] 서주시대까지는 한자가 주로 신(神)에게 묻는 부호로만 사용되었다. 서주시대까지만 해도 한자가 인간과 영적 존재와의 커뮤니케이션수단으로만 사용되었었다. 그러나 춘추시대로 들어와서는 한자가 인간과 인간과의 의사전달수단으로 재빨리 보급되기 시작됨으로써 그것을 쓰고 읽는 사람들의 층이 넓어졌던 것이다. 서주시대에는 회맹(會盟)이라고 하는 제후들의 모임을 주 왕실이 주도해 왔었다. 그러나 동주시대에 와서 쇠퇴해진 주 왕실을 대신해 최초로 등장한 패자(覇者)가 바로 관중이 모신 제의 환공(桓公, 685~643, BC)이었다. 이와 같이 고대 중국에서는 관중시대에 와서 지식인층이 형성되어 그들에 의해 한자가 회맹 등과 같은 공무(公務)에 이용되기 시작되었다.

관중은 제나라를 중국 제일의 국가로 만들어 군주 환공에게 그 패권을 확보시켜 주었던 자였다. 그는 서주시대에서와 같이 예와 음악을 장려해 그것들로 정치를 해간다는 입장을 버리고, 사인(士人)들을 육성해 그들의 지식과 부병(富兵)으로 정치를 해간다는 입장을 취했다. 그래서 그는 제 환공에게 건의해 유사(遊士) 80여명

---

20) 아쓰지 데쓰지(阿辻哲次) 저·김언종 외 역(2001), 『漢字의 역사』, 학민사, p.90.

을 육성시켰다. 그는 차마, 의복, 제복 등을 제공해 천하를 돌아다니게 했다. 또 그는 환공으로 하여금 천하로부터 현사(賢士)들을 초빙케 했다.[21] 그 당시까지만 해도 중국인들에게는 농업이 유일한 산업이었다. 그러나 그는 농업 이외에 소금과 철 등과 관련된 상업과 공업을 장려했고 군대와 행정을 재정비해 당대 제일의 패권국으로 만들 갔던 것이었다. 그는 신분의 귀천, 지연, 혈연을 따지지 않고 유능한 자를 등용해 요직에 앉혔다. 그 보다 174년이나 늦게 태어난 공자는 만일 그가 없었더라면 중국인들은 야만족이 되었을 것이라고 말하고 있다. 그는 관중이 모든 제후들을 투쟁으로 몰지 않고 서로 화합시켜냄으로써 나라를 북방민족의 침입으로부터 방어했다고 생각했었기 때문이었다.[22]

그런데 필자가 여기에서 말하고자 하는 것은 관중이 제후들을 규합해 낼 수 있었던 정신은 어짐(仁)으로부터 나온 것이라고 공자가 말했다는 것이다.[23] 사실상 유가(儒家)사상의 기초를 세운 공자(551~479, BC)의 사상적 핵심이란 다름 아닌 바로 인(仁)이라 할 수 있다. 이렇게 봤을 때, 우리가 여기에서 추론해낼 수 있는 것은 공자의 인(仁) 사상이란 입장들이 서로 다른 제후들을 하나로 규합해 낼 수 있었던 관중의 화합정신으로부터의 영향 하에서 형성되어 나왔다고 하는 것이다.

앞에서 언급한 바와 같이, 고대 중국에서는 춘추시대로 접어들어 사학(私學)기관이 형성되어 나와 소위 제자백가(諸子百家)의 출현 현상이 일어남에 따라 그것을 통해 학술활동과 사상들이 형성되어 나왔다. 그런데 우리가 여기에서 주목해야 할 것은 그러한 학문 활동이 형성될 수 있는 제도적 개혁을 단행했던 최초의 정치가가 바로 관중이었다고 하는 것이다. 관중이 바로 그러한 사람이었던 것에 배해 공자는 관중이 성립시킨 그러한 지적 분위기가 확립 되어 나가는 시대에 태어나 본격적으로 학술활동을 행해가기 시작했던 최초의 학자로 평가될 수 있는 자였다.

공자의 사후 그의 제자들은 제노학파(齊魯學派)와 삼진학파(三晋學派)로 양분

---

21) 김경식(2006), 『중국교육전개사』, 문음사, p.106.

22) 알프레드 포르케 저·양재혁 역(2004), 『중국고대 철학사』, 소명출판, p.129

23) 子路曰一桓公殺公子糾, 召忽死之, 管仲不死, 曰未仁乎. 子曰一桓公九合諸侯, 不以兵車, 管仲之力也, 如其仁, 如其仁. [『論語』14篇17]

되어 그의 사상을 계승해 갔다. 전자는 제(齊)와 노(魯)나라를 중심으로 해서 부모에 대한 효(孝)를 통해 인(仁)을 실천해 한다는 입장을 취했고, 후자는 후에 한(韓)·위(魏)·조(趙)로 분리된 진(晉)나라를 중심으로 남들에 대한 예(禮)를 통해 그것을 실천한다는 입장을 취해 갔다[24] 그런데 제노학파의 그러한 입장은 전국시대(453~221, BC)로 들어가 제나라에 세워진 「직하학궁」(稷下學宮)이라고 하는 대학성격의 학교를 통해 계승되어 나갔다.[25]

이상과 같이 고찰해 봤을 때 고대 중국에서의 학문의 성립은 다음과 같이 언급될 수 있다. 고대 중국은 주나라가 서주에서 동주로 전환해 나가는 시점에서 서주의 봉건주의를 확립시킨 천(天) 중심적 사고체계로부터 벗어나서 인간의 물리적 자연과 인간사회에 대한 경험에 기초해 인간중심적 사고를 성립시켜가기 시작했다. 고대 중국은 서주시대에는 이예조사(以禮造士)의 정책을 취했었으나 동주시대로 들어와서는 이문조사(以文造士)의 정책을 취해가게 됨에 따라 학문 활동의 기반이 형성되어 나갔던 것이다. 동주의 전기인 춘추시대(770~453, BC)에서의 인간들의 그러한 합리주의적 사고 정책들은 정치적 주도권을 상실한 주 왕실을 대신해 「존왕양이」(尊王攘夷)를 주장하며 주왕(周王)을 대신하여 제후(諸侯)들을 규합하여 그들 사이에서의 패권(覇權)을 장악해 갔던 소위 춘추오패(春秋五覇)를 통해 형성되어 나갔다. 첫 패자로 출현한 것이 제환공(齊桓公, 685~643, BC)이었고, 그 다음에 진문공(晋文公), 초장왕(楚莊王), 오왕합려(吳王闔閭), 월왕구천(越王句踐)의 순으로 이어졌다.[26]

그런데, 춘추시대로 들어와 제환공이 그러한 패왕(覇王)으로 출현할 수 있었던 것은 두 말할 나위 없이 관중의 도움을 통해서였었다고 하는 것이다. 제환공은 재상(宰相) 관중의 의견을 받아들여 패권정치를 행해갔었는데, 그가 사망하자 그에 이어 중국의 패권은 제환공의 개혁정책을 받아 들였던 진으로 넘어갔었다. 그러자 노(盧)와 정(鄭)도 패자주도권 쟁탈전에 끼어들어 제와 진의 경우처럼 새로운 사회건설 정책을 취해 나갔다. 그 과정에서 출현한 자가 유가(儒家)의 시조

---

24) 이춘식(1987), 『中国古代史의 展開』, 문예출판사, pp.166~167
25) 김경식, 전게서, p.105
26) 荀子의 王制篇에 의함.

공자(公子, 551~479, BC)였던 것이다.

공자는 제하세계(諸夏世界: 여러 하민족, 즉 중국민족으로 이루어진 세계)를 바로 세워 서주의 예교문화(禮敎文化)를 끌어내서 그것을 기반으로 한 도덕정치를 행해가야 한다는 입장을 펼쳐 나갔다. 전국시대(453~221, BC)로 가서는 남부의 초장왕, 오왕합려, 월왕구천 등이 무력과 권력을 통해 패권을 장악해 가는 과정에서 중원지역의 제, 진, 정, 노 등의 나라에서는 도덕, 교육, 학문 등을 통해 혼란한 사회를 구제해 보려는 입장을 취해갔다. 그러한 과정에서 사학(私學)이 발달하여 직하학궁 등과 같은 학술기관이 설립되어 왕성한 학술활동이 행해지게 되었던 것이다.

이렇게 봤을 때, 중국고대에서의 최초의 지식인이라 명명해 볼 수 있는 관중이 출현하지 않았더라면 중국 고대에서의 최초의 학자라 할 수 있는 공자와 같은 인물이 결코 출현되지 못했을 것이라는 입장이 취해진다.

우리가 중국에서 학문이 어떻게 성립되어 나왔는가에 대한 문제를 논함에 있어 우리의 관심이 관중에 맞추어진 첫 번째 이유는 그가 중국고대에서 학문이 확립되어 나왔던 전국시대(453~221, BC)의 연구자들에 의해 주목되었던 인물들 중에서 최고(最古)의 인물이었다고 하는 것이다. 그가 현재 우리에게 알려져 있는 것은 후세인들에 의해 그의 사상에 대해 논해진 『관자』란 책을 통해서였다.

현재 우리가 접할 수 있는 『관자』는 전한(前漢)의 학자, 류향(劉向, 79~8, BC)이 그에 관해 유포되어 오던 564편에 이르는 글들을 모아 그 중에서 86편을 추려 편한 것이라 한다. 그런데, 그 86편 중에서도 그 후 10편이 사라져 현재는 76편만 전해지고 있다. 그런데 전국시대 말의 법철학자 한비(韓非, BC233사망)의 저작 『한비자』(韓非子)에는「지금 나라 안의 백성 모두가 정치를 말하고 있고, 상앙(商鞅)과 관중(管仲)의 법을 적은 책을 집집마다 가지고 있지만 나라는 갈수록 가난해지고 있다」[27]라는 문장이 있다. 이것은 기원전 3세기 후반의 한비자시대에 관중의 법을 적은 책자가 존재했었다는 증거가 될 수 있다. 그러나 그것이 당시의 대학기관의 성격을 지녔던 직하학궁의 학자들에 의해 편찬되어 나온, 관중의 법 등에

---

27) 『韓非子』의 「49 五蠹篇」「今境內之民皆言治, 藏商, 管之法者家有之, 而國愈貧」

관한 책자였는지 불분명하다. 그렇다면『관자』의 초본이 어떻게 직하학궁의 당시
의 학자들에 의해 편찬되어질 수 있었던 것인가? 필자가 여기에서 지적하고자 하
는 것은 전국시대(453~221, BC) 전 중국의 학문 활동은 바로 이 직하학궁을 중심
으로 해서 이루어졌다고 하는 것이다. 직하학궁은 사학의 성격을 띠고 있었으며
백가(百家)를 수용해 사상적으로나 정치적으로도 자유로웠다고 하는 것이다. 직
하의 학자들은 "선생"(先生)이라 호칭되었다. 그 결과 유가의 분야에서만 보더라도
맹자(孟子, 372~289 BC), 순자(荀子, 286~238, BC)등과 같은 대학자들이 배출되
었다.

　『관자』(管子)는 관중의 저술이 아니고 관중에 대한 저술로 보고 있다. 필자의
입장은 정치 등에 관한 관중 자신의 간단한 언급들과 그 이후 그것들에 대한 견해
들이 전국시대로 들어와 직하학궁의 학자들에 의해 논해져 그것들이 편해진 것으
로 추정된다.

　이성과 같이 고찰해 봤을 때 관중이야말로 동아시아시 고대 시구에시의 최초의
지식인으로 취급되는 피타고라스에 대응될 수 있는 인물이라 말해 볼 수 있다는
것이다.

3) 관중의 삶과 사상

　관중은 어떠한 사람이었던가? 그는 고대 중국의 가장 유명한 정치인으로 우리
에게 알려져 있다. 그러나 우리는 그가 재상(宰相)이 된 42세 이전까지에 대해서는
『사기』(史記)에 기재된「관포지교」(管鮑之交)의 이야기 외에는 그에 관한 정보를
별로 가지고 있지 않다.

　그는 안휘성(安徽省) 서부의 영상(潁上)에서 태어났다. 연구자들은 그의 생 연
대를 확실치는 않지만 대략 기원전 725년경으로 잡고 있다. 그는 어린 시절을 가
난하게 보냈다. 마부(馬夫)노릇도 했고 장사도 했다. 그 무렵 그는 포숙아(鮑叔牙)
를 알게 되어 그와 여러 나라를 돌아다니며 장사를 했다. 그는 처음에는 포숙아에
게 자주 속임수를 썼다. 그러나 포숙아는 그의 처지를 생각해 그것을 나쁘게 생각
하지 않았다. 29세 때의 일이었다. 제(齊)의 희공(僖公)이 관중과 포숙아를 불러

관중에게는 둘째 공자(公子) 규(糾)의 교육을, 포숙아에게는 셋째 공자 소백(小白)의 교육을 각각 맡겼었다. 그로부터 3년이 지나자 양공(襄公)이 제나라의 군주가 되었다. 그는 공 세우기를 즐겨, 자주 이웃나라를 정벌하는가 하면 백성들로부터 과다한 세금을 징수해 그에 대한 백성들의 원성이 컸다. 그럴 무렵 노(魯)의 환공(桓公)이 부인과 함께 제나라를 방문했다. 부인 문강(文姜)은 양공의 누이였는데, 이 때 양공이 문강과 정을 통하고 환공을 살해했다. 그러한 일들이 있어 나라가 어지러워져 관중이 소홀(召忽)과 함께 공자 규를 데리고 노나라로 도망갔고, 포숙아는 소백을 데리고 거(莒)로 도망갔다. 그로부터 6년 후 제나라에서는 공자(公子) 무지(無知) 등이 작당해 양공을 살해하고 또 그도 제3자에 의해 살해당하는 일이 벌어져 제나라에 큰 난리가 일어났다. 그러자 국자(國子) 등이 공자 소백을 옹립하여 그가 군주의 자리에 오르게 되었다. 그 사람이 바로 제나라의 환공이었다.

한편 노나라에서는 장공(莊公)이 공자 규를 제나라의 군주로 만들기 위해 제나라와 전투까지 벌였으나 노의 군대가 대패했다. 그 과정에서 제나라의 환공은 관중이 활을 쏘아 자기를 죽이려 했던 관중에 대한 보복을 결심하고 노나라에 사람을 보냈다. 그는 노 장공에게 공자 규를 죽이게 했다. 소홀은 공자 규를 따라 순절하고 관중은 제나라로 소환되었다. 환공이 관중을 죽이려 하자 포숙아가 그것을 저지했다. 그러자 환공은 그를 죽이려 했던 관중을 용서하고 오히려 그에게 대부란 벼슬자리를 내렸다.

제환공은 관중의 반대에도 불구하고 군대를 거느리고 노나라를 공격했다. 그는 대패했다. 그러자 그는 그 일을 계기로 관중을 재상으로 임명했다. 관중은 그의 나이 42세 때 재상의 자리에 올랐다. 그는 대내적으로는 대담한 개혁을 단행해갔고, 대외적으로는 존왕(尊王)의 기치를 높이 흔들며, 군사를 쓰지 않고도 제나라가 최강국이 될 수 있는 전략을 실시했다. 그 결과 제 환공은 그로부터 기원전 680~679년의 2년 사이에 인접해 있던 여러 나라들과의 회맹(會盟)을 통해 춘추시대의 가장 강력한 패권국(覇權國)으로 등장했다. 그 후 10년간 관중은 제 환공으로 하여금 제의 정치목표를 '존왕칭패'(尊王稱覇)에 두도록 했다. 그는 10년이 지난 기원전 667년부터는 그로 하여금 제의 정치목표를 '존왕칭패'에서 '존왕양이'(尊王攘夷)로 전환시켜 나가게 했다. 그 때부터 그러한 정치목표의 실현을 위해 관중은 제 환공으로 하여금 주의 혜왕의 명을 받들어 위나라를 정벌케 하였고, 또 그로부터 2년 뒤에는 연(燕)을 침범한 산융(山戎)을 괴멸시켜 연을 구했다. 기원전 661년에 가서는 적인(狄人)이 형(邢)나라를 침범하자 제 환공은 적인의 군대를 공격해 형나라를 구했고, 또 그 다음해 적적(赤狄)이 위나라를 침범하자, 위나라를 위해 군사를 일으켰다. 기원전 656년에는 초(楚)나라가 주의 천자를 존중하지 않자, 제환공은 관중의 전략에 따라 초를 토벌했는데, 초가 강화(講和)를 요청해 초와 회맹하였다. 관중은 645년 80세로 사망했다. 그로부터 2년 후 제 환공도 사망했다. 그러자 제나라의 공자(公子)들이 군주자리를 놓고 쟁탈전을 일으켜 가는 과정에서 제나라의 패권은 진(晋)나라로 넘어갔다.

이상과 같이 관중의 삶과 사상을 고찰해 봤을 때, 우리는 그것에 대해 다음과 같은 이야기가 가능하다. 우선 그가 재상이 되어 자신의 사상을 펼치기 이전까지의 그에 관해서는 『사기』(史記)의 관안열진(官案列傳)에 기술되어 있는 이른바 '관포지교'(管鮑之交)란 말로 표현될 수 있다. 사마천은 '관포지교'와 관련해 관중의 심경을 다음과 같이 기술하고 있다.

관중은 그가 미천하고 가난해 포숙아와 같이 장사를 해 이득을 취했을 때 그를 속여 그 보다 더 많은 이득을 취했다. 그럼에도 불구하고 포숙아는 관중의 욕심을 말하지 않고 그가 가난하기 때문에 그렇다고 생각한 나머지 그것을 묵인해 주었다. 또 그는 관중이 어떤 일을 잘못 처리했을 때도 그가 어리석어서 그런 것이 아니라 때를 못 만났기 때문에 실패한 것이라 생각해주었다. 관중은 세 번 출사(出士)했으나 세 번 다 쫓겨났었고, 또 그는 세 번 전쟁에 나가 싸웠으나 세 번 다 패해 도망쳐 왔었다. 그는 관중이 비겁해서 그런 것이 아니라 노모를 모신 탓이라고 관대하게 생각해 주었고, 또 관중이 섬기던 공자 규(糾)가 패해 죽었고, 또 그가 잡혀 욕을 보면서도 순사하지 않고 살아남았는데도 포숙아는 그를 무치(無恥)하다고 욕하지 않고 오히려 관중이 사소한 절조나 의리에 억매이지 않고 천하에 공명을 세우고자 했다고 이해해 주었다. 이에 대해 관중은 나를 낳아준 분은 부모님이시지만 나를 알아준 사람은 포숙아이다라 하였다.[28]

---

28) 「吾始困時, 嘗與鮑叔賈, 分財, 利多自與, 鮑叔不以我爲貪. 知我貧也. 吾嘗爲鮑叔謨事, 而更窮困,

우리는 이상과 같은 그의 고백을 통해 자신이 매사에서 자신에게 관대함을 베풀어 준 포숙아로부터 인간에 대한 관대한 태도, 즉 인(仁)을 배웠다는 것을 토로하고 있음을 파악해 낼 수 있다. 그 다음 그가 포숙아에 의해 제환공의 측근으로 천거됐을 때, 그는 제 환공을 통해 그의 사상을 구현해 나갔다. 그는 그의 친구 포숙아와의 관계를 통해 체득한 타자에 대한 관대한 태도, 즉 인을 바탕으로 해서 모든 제후국들을 화합시켜 제후국(諸侯國)간의 회맹(會盟)을 성취시킴으로써 결국 제나라를 당시 중국 최고의 강국으로 만들어 갔었던 것이다. 또 그는 사마천이 관중에 대해, "세상에는 관중과 같은 현명한 사람들도 많다"라고 말했듯이, 분명 현자(賢者)오서의 품격을 지닌 자였다.[29] 그 뿐만 아니라 그는 제나라의 환공으로 하여금 존왕양이(尊王攘夷)의 입장을 취하게 함으로써 주(周)의 제후국(諸侯國) 중심의 한민족 국가를 세워야 한다는 입장을 취했다. 존왕양이란 주(周)의 왕과 전통을 존중하고 외세를 물리쳐 가야한다는 사상이다. 관중의 그러한 사상은 그의 추종자들을 통해 계승되고 연구되어 『관자』와 같은 책자가 출현해 나오게 되었던 것이다.

필자가 여기에서 말하고자 하는 것은 다름 아닌 바로 이것이다. 고대 중국에서의 학문은 타자들에 대한 관대한 태도들로 설명될 수 있는 인(仁)이라고 하는 덕목을 세워 가고 자신들에게 주어진 불리한 환경을 슬기롭게 대처해 나갈 수 있는 현자적 기질을 계발해 가고, 또 전통적 가치체계를 계승해가며 외세로부터 국가를 지켜나가기 위한 수단들의 개발 행위로 성립되어 나오게 되었다고 하는 것이다. 그가 인간 사회에서의 인의 실천, 현자적 기질의 발휘, 전통적 가치의 존중, 부국 강병 등을 강조해 갔던 그러한 정신은 고대서구에서 피타고라스의 정신이 현제 서구에서 학문의 아버지로 일컬어지는 소크라테스를 낳게 됐듯이, 고대 중국에서의 학문의 아버지로 불리는 공자에 의해 계승되어 중국 학문의 기틀을 구성해 나가게 되었던 것이다.

鮑叔不以我爲愚. 知時有利不利也, 吾嘗三仕, 三見逐於君, 鮑叔不以我爲不肖, 知我不遭時也, 吾嘗
三戰三走, 鮑叔不以我爲怯, 知我有老母也. 公子糾敗, 召忽死之, 吾幽囚受辱, 鮑叔不以我爲無恥,
知我不羞小節, 而恥功名不顯於天下也, 生我者父母, 知我者鮑子也.」[金敬琢外編(1972)『中國思想
大系5 列子·管子』大洋書籍, p.65]
29) 『史記』62장, "天下不多管仲之賢"

3. 고대 동서양에서의 학문의 성립 양상

1) 피타고라스의 7음계와 관자의 오성(五聲)

고대그리스의 피타고라스와 고대중국의 관중 사이의 가장 대표적 공통점은 그들이 음악에 대해 지대한 관심을 갖고 있었다고 하는 것이다. 그들이 동서양에서 지적, 학문적 분위기를 조성한 최초의 인간들이였다고 한다면 그들의 음악에 대한 관심은 과연 무엇을 의미하는 것이었는가? 이 문제에 대한 고찰을 통해 학문의 본질이 무엇인가를 이해해보기로 하자.

피타고라스에게서의 수학이란 눈에 보이는 세계와 보이지 않는 세계 사이에 놓인 다리로 받아들여졌다. 그는 수학을 통해 자연의 법칙과 진리를 이해하려 했을 뿐만 아니라, 또 그는 수학을 물리적 세계에 집착해 있는 인간의 관심을 신과 진리의 세계로 돌리기 위한 수단이라 생각했다. 또 그는 수학이 코스모스(우주)의 최고의 원리에 접근해 갈 수 있는 최고의 수단으로 생각했다. 그는 기하학의 목적이 단지 지각 가능한 대상을 바탕으로 물리적 형태의 이득을 취하는 것에 있는 것이 아니라 인간의 영혼을 더 높은 대상으로 향하게 하는데 있다고 생각했다. 그는 1을 모나드(單子)라 하여 우주의 씨앗이라 생각했고, 1, 2, 3, 4라고 하는 4개의 숫자의 합이 만드는 10을 테트라크티스라 했다. 그는 특히 10이란 인간의 프시케(정신, psyche)의 상징이며 코스모스가 숫자적으로 형상화 된 것이라 생각했다.[30]

피타고라스가 숫자에 대해 그러한 사상을 갖게 된 것은 오르페우스(Orpheus)의 글들을 통해서였던 것으로 알려져 있다. 오르페우스는 앞에서도 지적했듯이 호머 이전의 최대의 시인이자 음악가로 알려져 있는 인물이다. 그는 서양의 지적 기초를 세운 역사적 인물로 이야기되어 가지만 실존인물이었는지에 대한 확실한 근거는 없다. 단지 전설적 인물로만 알려져 있다. 그의 아버지에 대해서는 올림포스 산의 북편 한 마을에서 태어나 아폴론으로부터 리라를 받았다는 이야기가 전해지기도 하고, 또 그것을 발명했다는 이야기도 있다. 오르페우스는 노래와 음악의 거장이 되었다고 전해지고 있으며, 들짐승들과 산천초목도 그의 노래에 반했다고 한다.[31]

---

30) 전게서, 『인류최초의 지식인간 피타고라스를 말한다』), p.90.
31) 그에 관한 전설에 의하면, 그는 나무의 정령들의 하나이고, 아폴론의 딸이기도 했던 처녀를

피타고라스는 오르페우스의 글들을 통해 수학과 음악에 대해 남다른 관심을 갖게 됐다고 하는데, 그의 그러한 관심은 그 후 음악의 조화로운 음정이 숫자의 완벽한 비율에 의해 표현될 수 있다는 사상으로 전개되어 나갔다. 피타고라스는 음악이란 우주의 조화(harmony)를 표현해 내는 것이라는 입장을 취했다. 그에게서의 조화란 혼돈과 불일치에 질서를 가져다주는 신적 원리였었다. 따라서 그에게서의 음악이란 수학과 마찬가지로 사람들로 하여금 자연과 우주의 질서구조를 감각적으로 느낄 수 있도록 하는 수단이었다. 그는 음악이 사람의 마음을 움직여 갈 수 있다고 생각했고, 또 그는 인간도 음악을 통해 우주의 조화를 구현해 낼 수 있다는 사상을 지니고 있는 존재라고 생각했다.

그가 그러한 사상에 빠져있던 시기의 어느 날이었다. 그는 산책 중 대장간 옆을 지나가다가 망치소리들을 듣게 되었다. 그는 그 소리들이 4종류인데 그것들이 모두 다르기는 했지만 서로 조화를 이루고 있다는 것을 알아차리게 되었다. 그는 대장간에 찾아가 망치들의 무게를 조사해봤다. 각각은 6, 8, 9, 12 파운드의 것들이었다. 그는 망치음정의 조화가 망치들의 무게의 정확한 비례관계 안에서 발생된다는 사실을 발견했다. 또 그는 듣기 좋은 음정들이 3가지가 있다는 것을 알게 됐다. 첫 번째가 1:2의 비율로 이루어진, 6과 12 파운드의 망치소리들이 내는 음정 소리였고, 두 번째가 2:3의 비율로 이루어진 8과 9 파운드의 것들이 내는 음정의 소리였으며, 세 번째가 3:4의 비율로 이루어진 9와 12 파운드의 것들이 내는 음정인 음정의 소리였었다. 그는 이러한 것을 알게 되어, 다음과 같은 결론을 내리게 되었다. 즉 "숫자들 사이의 관계성은 물리적 현상세계의 언어가 될 수 있다. 그렇다면

처로 받아들여 열애 중에 있었는데, 어느 날 그녀가 강가를 산책하던 중 밀봉을 치는 한 남자가 그녀를 범하려 하자 그녀가 도망을 가던 중 독사에 물려 죽고 말았다. 그는 그녀를 살리려 죽음의 세계로 내려가 음악으로 명계의 모든 것을 매료시켰다고 한다. 그때에 탄타로스는 갈증을 잊어버리고, 시지포스의 바위는 구르기를 멈추고, 다나오스의 딸들은 물푸기를 멈추었다. 그래서 하디스와 페르세포네는 그가 지상에 돌아갈 때까지 뒤를 돌아보지 말라는 조건으로 그의 처를 지상에 돌려보내기로 했다. 그는 그 조건을 받아들여 지상에 나와 태양빛을 보려할 때, 지옥의 여왕에 대한 불신 때문이었는지 혹은 처의 얼굴을 보고 싶었는지, 살짝 뒤를 돌아보고 처의 모습을 보려고 했다. 그러자 처가 즉시 명계로 끌려들어가고 말았다. 그러자 그는 다시 명계로 내려가려 했는데 강을 지키는 파수꾼이 그것을 허락하지 않아 그의 뜻은 좌절되고 말았다고 한다.[高津春繁(1979), 『ギリシャ・ローマ神話辞典』、岩波書店、Orpheus 項目]

우리는 그 언어로 천상의 조화를 정확하게 묘사해 낼 수 있다.”라고. 그는 망치들의 무게를 통해 발견한 숫자와 법칙들을 바탕으로 수학적 비율을 이루는 일련의 여덟 음정을 규정하였다. 앞에서 지적한 가장 듣기 좋은 음정이 8번째 음정이고 그 다음이 다섯 번째, 그다음이 네 번째의 음정이었다. 이것이 현재 ‘도-레-미-파-솔-라-시-도’라는 8음계(옥타브)의 원시적 형태로서 ‘피타고라스의 음계’라는 말로 알려지게 되었다. 이와 같이 피타고라스는 수학과 음악을 통해 우주의 근본원리를 읽어낼 수 있다는 입장을 취했고, 특히 음악을 통해 인간의 행동 안에 담겨진 신성(神性)을 인식할 수 있다고 생각했던 것이다.

피타고라스에게서의 그러한 대장간 체험이 언제 어디에서 행해졌는지는 결코 알 길이 없다. 우리는 그 체험의 시기와 장소를 다음과 같이 6가지 경우로 나누어 생각해볼 수 있다. 첫 번째는 그가 이집트로 떠나기 전 고향 사모스 섬에 있었을 때 행했을 경우이다. 두 번째는 그 가 이집트나 바빌론에 있었을 때를 상정해볼 수 있다. 세 번째는 오쇼 라즈니쉬가 말한 대로 그가 인도와 티베트를 거쳐 중국에까지 갔었다고 한다면 그곳들 중의 어느 한곳에서 행한 체험이었을 것으로 상정된다. 네 번째로 그가 고향 사모스 섬으로 돌아와 학생들을 가르칠 때 행한 것이라 생각해볼 수 있고, 다섯 번째는 그가 사모스 섬을 떠나 크로톤에서 공동체생활을 하고 있었을 때 행했을 가능성이 있었을 것이라 생각된다. 필자의 생각으로 이것들 중 가능성이 가장 높은 것은 세 번째의 경우가 아닐까 생각된다. 그 이유는 중국의 『관자』에 나오는 5성(五聲)과 피타고라스의 7음계가 삼분손익 법에 기초해 이루어졌다고 하는 것이다.[32]

삼분손익법이란 현(弦)이나 관(管)의 길이를 가지고 음계(音階)를 구성하는 음정(音程: 음악에서 동시에 또는 잇달아 울리는 두 음사이의 높낮이 차들을 만들어갈 때, 어떤 임의의 길이를 기초로 해서 그 길이에 1/3을 빼거나 혹은 더해 가는 것을 반복해 감으로써 얻어지는 그 길이들을 가지고 음정들을 만들어가는 방법이다. 피타고라스의 경우, 그는 현의 길이를 1 미터로 해서 소리를 내보고, 그 다음 그 현의 길이를 2/3로 해서 소리를 내보았다. 그랬더니, 그 전의 소리보다 5도가

---

32) 관자(管子) 저 · 김필수 외 역(2007), 『관자』, 소나무, pp.700-701.

높은 음이 나온다는 것을 알게 되었고, 또 그는 원래의 현의 길이를 1/2로 하여 소리를 내보니까 이번에는 원래의 음보다 8도, 즉 한 옥타브 높은 음이 난다는 것을 알게 되었다. 그런데 그는 바로 이 8도나 5도가 높거나 낮은 음들이 가장 조화로운 음운체계를 이룬다는 것을 깨닫게 되었던 것이다. 그래서 그는 8도를 내리거나 올리고, 또 5도를 올리거나 내리는 조작을 반복해서 그의 7음계의 기초를 세웠던 것이다.

그런데 피타고라스도가 음악에 대해 직접 쓴 글은 불행히도 존재하지 않는다. 또 그의 제자들의 경우는 자신들이 음악에 대해 알고 있던 모든 지식을 그의 스승의 것이라는 입장을 취해 왔다. 또 그들의 글은 후대의 작가들에 의해 인용된 단편들로만 존재한다. 우리가 고대그리스 시대에 접할 수 있는 최초의 이론적 업적은 피타고라스학파의 학교에서의 수확을 거쳐서 아리스토텔레스의 제자가 된 아리스토크세누스(Aristoxenus)에 의해 기원전 330년경에 쓰여진 『하르모니아의 요소들』과 『리듬의 요소들』인데, 바로 여기에서 그러한 삼분손익법에 근거해 이루어진 음계가 들어 있는 것이다.

고대 그리스에서의 피타고라스의 경우처럼 고대 중국에서 음악을 수학적 측면에서 접근한 최초의 인물은 관중(管仲)로 알려져 있다. 우리가 그를 그러한 인물로 말하고 있는 것은 위에서 지적한 바와 같이 그의 사상들이 수록된 『관자』(管子)의 「지원」(地員)편 속에 중국에서의 최초의 악률계산법으로 알려진 삼분손익법(三分損益法)이 들어있기 때문이다. 그렇다면, 우리는 이것을 어떻게 생각해야 할 것인가? 관중에 의해 만들어진 것이 중국에 소개되어 고대그리스에까지 퍼져나갔던 것인가? 아니면, 피타고라스가 만들어 낸 것이 중국에 전래되어 관중에게까지 알려지게 된 것인가? 관중의 출생년도는 정확하지는 않지만 대략 기원전 725년 정도에 태어나 기원전 645년에 사망한 것을 추정되며, 그가 제(齊)나라의 국정을 맡은 것은 기원전 685~645년 사이의 근 40년간으로 알려져 있다.[33] 당시 제나라는 현재의 산동성과 산서성 지역에 위치해 있던 나라였다. 우리가 앞에서 지적한 바와 같이 피타고라스의 출생연도를 기원전 569년이라 해볼 때, 피타고라스는 관자보다 156

---

33) 상동서, p10

년이나 늦게 태어난 인간이다. 이렇게 봤을 때는 삼분손익법이 관중에 의해 발명된 것으로 보아야한다. 한편 피타고라스가 메디아, 인도, 티베트, 중국 등의 동방 탐방 시 그 어디엔가에서 발명해 낸 것이 관자의 추종자들에게 알려졌을 가능성도 배제할 수 없다고 하는 입장도 세워진다. 『관자』(管子)의 연구자들에 의하면『관자』(管子)의 「지원」(地員)편이 관중 자신에 의해 쓰이지 않았다고 하는 것이다. 그들의 주장대로 후대에 그것이 그의 추종자들에 의해 쓰이어『관자』에 삽입되어진 것이라면 그것이 어느 시대에 삽입되어진 것인지가 문제인데, 우리는 그 시기에 대해서는 결코 알 길이 없다.

또 한편 다음과 같은 입장도 세워질 수 있다. 피타고라스의 7음계가 삼분손익법의 원리에 의해 만들어졌다고 하는 말은 다름이 아니고 바로 이 말일 수 있다는 입장이다. 피타고라스가 대장간에서 발견한 예의 쇠망치의 무게 '6, 8, 9, 12' 파운드라고 하는 숫자들의 경우, '6'은 '12'를 반으로 줄인 것이고 '12'는 '6'을 두 배로 늘린 것이다. '8'은 '12'를 1/3로 줄인 것이고 '9'는 '6'을 1/3 더 늘린 것이다. 이러한 식으로 피타고라스의 7음계의 기초가 되었던 '6, 8, 9, 12'의 숫자를 고찰해 볼 때, 삼분손익법의 원리에 의해 이루어졌다고 하는 그의 7음계는 어떤 임의 수에 그것의 반 또는 삼분의 일을 더하거나 빼서 만들어낸 것이라 할 수 있다. 이렇게 볼 때 사실상 우리는 이 삼분손익법이 누구에 의해 처음 만들어졌는지, 서양의 피타고라스에 의해 먼저 만들어졌는지, 아니면 중국의 관자에 의해 먼저 만들어졌는지 등의 문제는 별로 중요치 않다는 입장이 취해진다. 그 이유는 현이나 관의 길이와 그것이 내는 음들과의 관계에 대한 인간들의 일반적 체험이 자연스럽게 삼분손익법을 창안해 낼 수 있다는 생각도 들기 때문이다. 문제는 동서에서의 음에 대한 인간의 경험을 수치화해 수 있는 인간의 과학적 사고가 어느 시기에 형성되어 나오게 되었는지에 대한 문제일 것이다. 피타고라스의 예의 음정에 대한 실험은 음에 대한 인간의 경험을 수치화하여 그것을 가지고 인간과 자연, 그것들의 배후에 존재하는 우주의 질서를 이해해 보려 했다는 점에서 인류최초의 과학적 실험이었다고도 말해볼 수 있다.

끝으로 우리는 여기에서 고대그리스의 음악과 고대중국의 음악이 고대메소포

타미아의 음악으로부터의 영향 하에서 형성되어 나왔다는 사실도 고려해 볼 필요
가 있다. 테리안 드 라쿠페리(Terrien de Lacouperie)는 그의 저서 『초기중국문명
의 서방기원설』(1894)에서 고대메소포타미 음악의 중국전래의 입장을 제시하고
있다.[34] 피타고라스도 고대메소포타미아와 그의 문화적 영향권 내에 있었던 고대
이집트에서 장기간 그곳들의 물문들을 수학한 바 있었다는 점들을 감안 해본다면,
그의 삼분손익법이 고대메소포타미아의 음악이론으로부터 취해졌을 가능성이 결
코 배제될 수 없는 것이다. 이러한 사실들은 고대그리스와 고대중국의 학문들이
고대메소포타미아지역에서 형성되어나왔던 학문들을 기반으로 해서 성립되어나
왔다는 것을 방증해주고 있는 것이라 할 수 있다.

2) 고대 동서양에서의 학문의 성립시기와 그 사상적 기반

앞에서 지적한 바와 같이, 피타고라스(569경~468경, BC)는 고대서양에서 최초
로 기하학을 성립시켜 그것을 통해 수학이라고 하는 학문을 성립시켰고, 현재 과
학성립의 기초를 이루는 수들의 법칙을 통해 자연과 천체의 특성을 파악한다는
입장을 취한 자였다. 그의 그러한 입장은 고대그리스 그 당시로는 학문의 의미로
통했던 철학이라고 하는 학문을 성립시켰던 것이다.

이와 같이 피타고라스가 고대서양에서 최초로 학문을 성립시킨 자였다고 한다
면, 고대서양에서 바로 그러한 피타고라스의 합리적 사고를 창출해낸 시대는 과연
어떻게 도래 했던 것인가? 앞에서도 지적했듯이 그러한 시대는 철기문화가 일반화
되어가던 시기와 깊게 관련되어 있다. 기원전 13세기경에 소아시아지역을 중심으
로 해서 시작되었던 철기문화는 소아시아지방으로부터 출현해 나와 그리스, 메소
포타미아, 이집트, 이란, 인더스 강 지역으로 일반화되어 나갔다. 철기문화의 일반
화가 학문의 성립과 깊게 관련되어 있다는 구체적 증거는 철기문화가 시작된 소아
시아지역에서 그리스 최초의 철학파로 알려진 밀레투스학파(Milesian school)가
성립되어 나왔다고 하는 것이다. 그 학파는 소아시아의 이오니아지방 출신의 탈레

---

34) Terrien de Lacouperie, *Western Origin of the Eary Chinese Civilisation*, Osnabruck: Otto Zeller,
    1966, pp.9-10

스(Thalēs, 624~546, BC), 아낙시만드로스(Anaximandros, 610~546, BC), 아낙시메네스(Anaxsimenēs, 525 BC사망) 등과 같은 자연철학자들이었다. 사실은 피타고라스도 이오니아지방의 연안에 위치해 있는 사모스 섬 출신이었고, 그의 학문도 그들을 스승으로 해서 성립되어 나왔다. 피타고라스보다는 20여년 늦게 태어난 자로서 피파고라스의 경우처럼 그러한 밀레이투스 학파 와 관계가 깊은 또 한사람의 자연철학자가 있었다. 그가 바로 '만물은 유전한다'고 주장했던 헤라클리투스(Heraclitus, 549~475, BC)였다. 그러한 자연철학자 등의 자연의 물리적 현상들에 대한 연구는 소크라테스(Sokrates, 470~399, BC)와 동시대의 인간 데모크리투스(Demokritus)의 원자론(原子論)에까지 이르렀다.

이상과 같이 고찰해볼 때 고대 서구에서의 학문은 밀레투스학파의 학자들이 활동했던 기원전 600년대부터 500년대 사이에 성립되어 나왔다고 할 수 있다. 이와 같이 고대 그리스 학문은 자연의 물리적 질서에 대한 연구로부터 시작해 인간에 대한 연구로 전환해 나왔는데, 그것을 전환시킨 자들이 다름 아닌 바로 소피스트들이었다. 우리는 '인간은 만물의 척도이다'라고 말한 프로타고라스(Protagoras, 500~430, BC)를 가장 대표적인 소피스트로 보고 있다. 이란고원에서 인도유럽어를 쓰는 페르시아 인들이 기원전 550년에 페르시아제국을 창건해 기원전 548년에 소아시아지역에서 강대국으로 성장해 나가던 리디아(Lydia)를 격파하고, 기원전 538년에는 당시 메소포타미아를 점령하고 있던 신바빌로니아를 점령한 후 기원전 525년에 가서는 이집트까지를 점령해 갔다. 근 반세기간 페르시아의 지배하에 있었던 소아시아지역 인들은 그리스의 참주정권의 지도하에서 기원전 499~494년에 반란을 일으켜 갔다. 그러자 페르시아 제국은 밀레투스지방의 거의 전 지역을 파괴시켰다. 그러다가 기원전 480년에 가서는 페르시아제국이 그리스의 본토공격을 감행함에 따라 그리스본보에서의 대 페르시아 범 그리스 동맹을 결성케 하는 결과를 가져오게 되어 결국 전쟁은 기원전 479년 그리스의 승리로 끝나게 되었다. 그런데 필자가 여기에서 말하고자하는 요지는 동의 페르시아와 서의 그리스와의 그러한 대결이 세계사에서 동과 서와의 첫 대결이었고, 또 그것이 결국은 동서 문화의 첫 교류라고 하는 역사적 상황을 전개시켰다고 하는 것이다. 이질적 문화들의 접촉은 그것들을 하나로 엮어내려는 어떤 보편적 사고체계를 창출해낸다. 논지가 여기에서 강조하고자하는 것는 피타고라스의 시대는 바로 그러한 보편적 사고체계가 창출되어 그것을 주축으로 학문성립의 분위기가 형성되어 나왔던 시대였다고 하는 것이다.

고대 중국에서의 관중(725~645, BC)의 시대도 고대서구의 피타고라스의 시대에 대응되는 시대이다. 고대 중국에서의 철기문화의 일반화는 관중이 살았던 춘추시대(770~453, BC)를 통해서 이루어졌다. 고대 중국에서의 당시의 철기문화란 고대 서구로부터 전래된 문화이다. 당시의 고대 중국에는 서구로부터의 철기문화의 전래로 인해 그러한 타문화를 소화해갈 수 있는, 이전보다 한층 더 보편적인 사고체계가 요구되었던 것이다.

이상과 같이 고찰해볼 때 고대 동서양에서의 학문의 성립이나 혹은 그것의 조성환경은 고대 그리스는 동방문화, 고대 중국은 서방문화라고 하는 상대방문화들과의 접촉들을 계기로 하여 이루어졌다고 하는 것이다. 그러한 타문화와의 접촉이 계기가 되어 성립되어 나온 학문은 그러한 문화적 접촉들이 더 잦아져 감에 따라 그 학문적 활동들도 더 활발해져갔던 것이다. 그 결과 고대동서에서는 소피스트라든가 제자백가(諸子百家)가 출현했고, 또는 학문의 아버지라 불리는 소크라테스나 공자와 같은 인물들이 출현했는가 하면, 피타고라스와 관중의 사상들이 그들의 추종자들에 의해 연구된 서적들도 편찬되어 나오게 되었던 것이다.

피타고라스와 관중이 고대동서양에서의 학문 성립에 절대적 영향을 끼쳤다고 한다면, 그들은 과연 어떤 사상을 지녔던 인물들이었던가?

앞에서 거론한 바와 같이 피타고라스의 아버지는 대상인이었다. 그래서 그는 어려서부터 그의 부친을 따라 그리스본토, 시리아, 이집트 등 지중해연안의 각 지역을 여행하면서 견문을 넓혔다. 그는 문화들이 다른 여러 지역들을 자신이 직접 방문하면서 직접 보고 듣고 느낀 것들을 지식들로 해서 자신의 지적 세계를 구축해갔다. 오쇼 라즈니쉬는 그의 그러한 행각(行脚)에 대해 이렇게 말하고 있다. 우선 그는 "그가 수년간 인도에 있다 티베트로 넘어갔으며 더 멀리 중국까지 갔다. 그는 평생 진실한 구도자였으며 순례자였다." 그는 그의 그러한 여행의 목적을

"진리 탐구"로 보고 있다. 그런데 그의 그러한 진리 탐구의 태도가 석가, 노자, 짜라투스트라, 모세 등과 같은 깨달은 자들과 다르다고 말하고 있다. "석가와 같은 깨달은 자들"의 경우는 "깨달음이 이루어지면 구도행각은 더 이상 이어지지 않았다"고 말하고 있다. 그러나 피타고라스의 경우는 그렇지 않았다고 하는 것이다.[35]

그러면 피타고라스에게의 '진리'란 과연 무엇이었던가? 그가 방문하는 지역들은 자연환경, 인종, 종교, 풍습, 제도 등의 면에서 어느 정도 공통점을 지니고 있으면서도 또 어느 정도 다른 풍물들을 지닌 지역들이기도 했다. 그는 자신이 방문한 지역들마다 다른 자연의 모습들과 풍습들에 대한 지식들을 축적하여 그것들을 통합하여 자연물들의 표상들과 과 인간들의 삶의 모습들을 일관하는 어떤 법칙을 찾아내려했으며, 그는 그 법칙을 '진리'로 보았던 것이다. 그는 자연과 인간을 일관하는 어떤 보편적 진리 탐구란 그것들의 표상들에 대한 많은 지식들의 축적을 통해 이루어 질 수 있다는 입장을 갖고 있었다. 그래서 그는 그것들에 대한 많은 지식축직을 위해 그러한 장기간의 구도행각을 지속했던 것이다. 따라서 진리의 탐구는 자연과 인간에 대한 다양한 경험에 의한 지식축적을 통해서 이루어질 수 있기 때문에 진리를 탐구하려면 우선 무엇보다도 자연과 인간에 대한 다양한 경험들의 축적이 중요하다는 입장이었던 것이다. 그에게서의 기하학과 수학은 자연을 구성하는 존재들에 대한 수적 경험들로 취해진 수적 지식을 기반으로 해서 성립된 학문이다. 또 그에게서의 음악이론은 음와 수와의 관련성에 대한 경험들로부터 취해진 지식을 기초로 해서 성립된 것이라 할 수 있다. 고대 중국의 관자의 경우도 자연과 인간에 대해 피타고라스와 비슷한 입장을 취했다.

앞에서 논한 바와 같이 관자도 상인 출신이었다. 그는 집이 가난하여 마부 등과 같은 다양한 일들을 경험하였다. 18세경에는 포숙아를 알게 되어 그 후 십여 년간 여러 나라를 돌아다니며 장사를 했다. 30세경에야 정관계(政官界)에 들어가 다양한 정치적 사건들뿐만 아니라 많은 인간사들을 경험했다. 그가 제상(帝相)에 오르게 되자, 기존의 천자(天子)중심의 봉건적 정치체제로부터 벗어나 당시의 현실 사회에 대한 다양한 경험들로부터 취한 지식들을 활용해 국정을 운영해 나갔다. 관

---

35) 요쇼 라즈니쉬 저 · 손민규 역, 전게서, pp.19-20

중은 제 환공을 도와 정치를 할 때 "국(國)을 21개 향(鄕)으로 나누어 그 중 6개를 상공(商工) 향으로 했고, 나머지 16개를 사(士)향으로 제정하였다. 그는 이와 같이 사농공상(士農工商)의 거주지를 획분 하고 자의적인 이사를 금지하고 그들에게 상응하는 교육을 하도록 명했던 것이다".36). 이처럼 관중은 지식인계급의 육성과 상공업 장려정책을 취해나갔다. 원래 관중의 말과 사상이 현실정치나 실생활에 유용한 지식을 주는 것들로 특징 지워진 것들이었듯이, 그의 그러한 사상에 관해 쓰인『관자』도 우리에게 현실세계를 슬기롭게 살아갈 수 있는 실용적 지식들을 전달한다.

  이렇게 봤을 때, 피타고라스와 관중에게서의 지식이란 인간들의 감각에 잡히는, 자연을 구성하는 것들의 표상들과 인간의 사회적 현상들에 대한 구체적 경험들로부터 취해진 지식을 가리킨다. 피타고라스는 공동체를 결성해 집단생활을 해가면서 그러한 지식들을 추구해가는 인재들을 양성해갔고, 관중의 경우도 사인(士人) 계층을 적극 육성해 나갔던 자였다. 이상과 같이 그들은 자연과 사회적 현상에 대한 자신들과 인간의 경험들로부터 취해진 지식들을 바탕으로 해서 자연과 사회에 대한 새로운 질서를 파악해가려는 입장을 취했다. 고대 동서양에서의 학문은 그들의 그러한 입장들, 즉 자신들의 자연과 사회에 대한 경험주의적 입장을 기초로 해서 확립되어 나왔다. 그들이 개인적, 사회적, 국가적 문제들을 해결해나갈 때 경험주의적 입장을 취했다는 것은 그들이 그러한 문제를 해결해나갈 때 기존의 인습이나 습관이나 관행 등 보다는 자신들의 시각, 청각 등과 같은 감각들로 잡아 낸 자연과 인간세계의 어떤 법칙들을 우선시했다는 입장을 가리킨다. 그렇다면 그들을 그러한 경험주의자들로 만든 것은 과연 무엇이었던 것인가? 그들은 그전의 다른 어느 누구 보다도 자연과 인간에 대해 많은 다양한 경험을 한 자들이었다. 그들로 하여금 그것들에 대해 그 이전의 인간들보다 더 많은 경험을 하게 했던 것은 다름 아닌 바로 당시의 독특한 시대적 상황이었던 것으로 파악된다. 당시의 독특한 시대적 상황은 그들이 처해 있었던 문화권들이 인접문화권들과 접촉해감으로써 사회적 혼란이 야기되었던 시대였다. 물론 어느 시대에나 인접문화권들과

---

36) 김경식, 전게서, p.82.

의 문화적 접촉은 있어왔었다. 그러나 그들 시대에 있었던 문화적 접촉은 동서 문화의 접촉이라고 하는 일찍이 존재하지 않았던 가장 거대한 접촉이었던 것이다. 그 후의 동서간의 문화적 접촉은 그들 시대의 그러한 접촉을 출발점으로 해서 점점 더 증대되어 나갔다. 그 결과 고대 각 지역에서 야기되는 문제들을 전대의 인간들이 행해왔던 신앙적 측면에서가 아니라 이성적 측면애서 해결해 보려는 학문 성립의 분위기가 조성되어 나오게 되었던 것이다.

3) 고대 동서양에서의 학문 성립의 역사적 배경

"인류 최초의 지식인"으로서의 피타고라스의 탄생은 앞에서도 지적한 대로 소아시아 지역에서 출현한 자연철학자들로 구성된 밀레투스학파를 배경으로 해서 이루어졌다. 소아시아지역의 밀레투스는 고대 그리스민족의 일파인 이오니아인의 식민지도시였다. 그리스본토로 말할 것 같으면 소아시아지역은 메소포타미아와 이집트 등과 같은 지역들로부터의 동방 문물이 유입해 들어오는 관문지역이었다. 밀레투스학파의 최성기는 그 학파의 창시자 탈레스와 그의 제자 아낙시만드로스가 사망한 기원전 546년경 이라 할 수 있다. 앞에서 언급한 바와 같이 밀레투스학파의 학문적 업적과 그 특징은 연구의 대상을 자연으로 구체화시켰다는 것이고, 탈레스가 만물의 근원은 물이라는 입장을 제시했듯이, 자연물들을 구성하는 것들의 근원적 물질이라 할 수 있는 원질(原質)이 무엇인가를 규명해낸다고 하는 것이었다. 그런데 그들의 그러한 학문적 입장은 그 이전의 다음과 같은 지적 성과들을 통해 성립되어 나왔다. 우리가 '고대서양'이라 말할 경우, 엄격히 말하면 그것은 '고대 그리스 · 로마'를 가리킨다. 그런데 '고대그리스'의 문화는 '고대의 메소포타미아와 이집트'의 문화로부터의 영향 하에서 성립되어 나왔다고 말할 수 있다.

고대의 메소포타미아와 이집트에는 어떤 학문이 어떤 식으로 존재해 있었던 것인가? 고대메소포타미아와 이집트에는 수학, 천문학 등의 학문들이 성립되어 그것들이 고대그리스의 학문 성립에 지대한 영향을 끼쳤다. 그런데 그것들은 그곳의 인간들이 곡물을 계산하고 그것을 분배해가면서, 또 토지를 측량해가는 과정에서 터득한 기술적 경험들로부터 취한 지식들로부터 출발하였다. 그 결과, 그들에게서의 어떤 원리나 이론적 연구는 결여되어 있었다.[37] 그렇다면 고대그리스에서는 어떠했었는가? 고대그리스에서의 지적 활동은 우선 신화연구로부터 출발해 자연연구로, 인간사회연구로, 인간연구로 전개되어 나왔다고 할 수 있다. 신화연구란 우선 기원전 700여 년경 헤시오도스의『신통기』(神統記)로 출발하였다. 한마디로 그것은 자연현상에 대한 신화적 해석 작업이었다.

고대그리스에서의 그러한 신화연구는 우주신화에 대한 연구로 전개되어나갔다. 그러한 연구는 피타고라스의 첫 스승 페레키데스 (Pherecydes, BC 550년경 활동)에 의해 행해졌다. 그는 우주신화에 관한 사상들을 종합하여 과학적 입장에서 우주에 대한 자신의 입장을 확립시킨 자였다. 우리가 우주를 자연의 일부로 받아들여 볼 때 페레키데스의 우주신화를 통한 우주연구도 밀레투스학파가 행했던 자연연구들의 일종으로 파악해 볼 수 있다. 그런데 필자가 여기에서 논하고자 하는 것은 "만물은 수(數)이다"라고 말함으로써 우주와 자연의 근거를 수적인 것으로부터 찾으려했던 피타고라스의 학문이 고대메소포타미아와 이집트의 수학, 기하학, 천문학 등과 같은 학문과 이오니아지방의 밀레투스학파의 자연연구 등을 기초로해서 성립되어 나왔다는 것이고, 또 그것은 수적 질서를 통해 우주적 질서와 인간의 심적 세계를 통일시켜보려는 과정에서 학문적 차원에서의 음악 연구 등을 성립시킴으로써 '인간은 만물의 척도'라고 주장한 프로타고라스(Protagoras, 500~430, BC)를 비롯한 소피스트들이 출현할 수 있는 지적 분위기를 조성시켜 나갔다고 하는 것이다.

피타고라스의 그러한 자연과 인간과의 관련성에 대한 연구는 당시 그리스의 식민지로 남부이탈리아의 무역도시였던 크로톤에서 시작되었다. 피타고라스의 자연에 대한 관심은 밀레투스학파들이 가지고 있었던 자연물들의 질료에 대한 것이 아니라 그것들의 형상(形相)에 관한 것이었다. 피타고라스의 그러한 관심은 그곳에서 40여 년 간 이어져 갔었는데, 그의 그러한 관심이 구축해낸 학문적 업적은 페르시아전쟁을 통한 동서 문화의 충돌이 격심했던 그리스 본토로 전파되어 나갔다. 아테네의 소크라테스(470~399, BC)와 플라톤(429~347, BC)은 그리스 본토의

---

37) 服部英次郎, 前揭書, p.7

그러한 분위기 속에서 출현해 그곳에 전파된 피타고라스의 그러한 학문적 업적을 발판으로 해서 인간연구의 기초를 세우게 되었다. 이처럼 동서의 첫 충돌이라고 하는 페르시아전쟁(492~479, BC)이 종료된 이후 그 전쟁이 몰고 온 가치관의 혼란 속에서 고대그리스의 학문은 자연에 대한 관심에서 인간에 대한 관심으로 전환해 나왔다고 말할 수 있으며. 그 후 그것은 아리스토텔레스(384~322, BC) 의해 시도된 자연과 인간의 조화에 대한 연구로 전환해 나와 절정에 달했던 것으로 고찰된다.

이상과 같이 고대그리스에서의 학문 성립은 첫째로 개인이나 사적 단체를 통해 이루어 졌고, 둘째는 신과 자연에 대한 연구로부터 출발했던 것이다. 또 피타고라스의 경우도 그러했듯이, 그의 학문에 대한 관심은 현실정치와 국가 권력에 대한 대립으로부터 출발하였고, 또 신에 대한 관심으로부터 출발해 우주와 자연에 대한 관심으로 전개되어 나갔던 것이다 그렇다면 고대중국의 경우는 어떠한가? 고대 중국인들에게시도 자연에 대한 관심은 신에 대한 관심과 깊세 관련되어 있었나. 자연의 구성물들과 자연현상들을 상징적으로 나타내주고 있는『역경』(易經)의 부호(팔괘)들이 그 사실을 잘 말해주고 있다.『역경』(易經)이란 현재 우리가 가지고 있은『주역』(周易)을 포함해 하와 은 왕조의 두『역경』즉『귀장』(歸藏)과『연산』(連山)까지를 말하는데, 이 세『역경』들 모두 자연현상의 특징을 최소화시켜 표현해낸 음(--)과 양(—)이라고 하는 두 종류의 선분이 세 개로 묶여 자연물들을 표현해 내고 있다. 이와 같이 고대 중국인들의 자연에 대한 관찰은 이미 하대(夏代) 이전부터 있어 왔던 것이다. 하대 이전부터의 원시인들이 음양현상에 대한 관찰을 통해 인간들의 운세를 파악했다고 하는 것은 그들의 사고가 그야말로 과학적이었다고 밖에 말하지 않을 수 없다. 이와 같이 고대중국인들의 자연에 대한 관찰 흔적은 이미 하 왕조 대부터 파악된다. 그러나 고대 중국에서의 자연에 대한 관찰이 일찍부터 행해졌기는 했지만, 불행히도 그 후 그것이 점술 연구 이상을 넘어 서지 못했다고 하는 것이다. 그러해 오다가 자연에 대한 접근이 과학적으로 접근되기 시작됐던 것은 관자를 통해서라 할 수 있다. 그는 자연과 사물에 내재해 있는 고유한 법칙을 확신하였고 그 법칙을 통해 자연과 인간을 합리적으로 설명하려는 무신론적 태도를 취했다. 그는 산과 바다로 이루어진 자연을 더 이상 신성한 대상으로 인식하지 않고, 철과 소금을 생산해 낼 수 있는 자원의 대상으로 인식했던 것이다.38) 사물에 대한 그의 그러한 인식태도는 철기산업이 일어나 쟁기, 도끼, 톱, 망치, 끌, 칼, 등과 같은 철기도구들이 일반화되어 나가는 과정에서 형성되어 나왔던 것으로 고찰된다. 그뿐만 아니라 그는 일반 서민층으로부터 재능을 갖은 자들을 뽑아 관리로 채용해갔고, 또 예(禮) 보다는 문무(文武)에 대한 지식을 갖춘 사인(士人) 들을 양성해 갔다. 관자의 그러한 합리주의적 태도가 일반화되어 나옴으로써 결국 공자(孔子, 551~479, BC)와 같은 인물 출현의 분위기를 조성시켜나갔고, 그러한 지적 분위기가 조성되어 나와, 결국 고대 중국에서의 학문이 성립되어 나왔던 것이다. 공자는 두 가지 측면에서 고대 중국에서의 학문성립에 기여하였다. 하나는 자신의 사학 단(私學團)의 창설을 통한 사학(私學) 육성에 대한 기여였고, 두 번째는 육경(六經) 정리 작업이었다.

　주의 동천이 이루어지자, 낙읍(落邑)(낙양)에서는 '천자실관'(天子失官)과 '학재사이'(學在四夷) 등과 같은 현상들이 일어났다. 그 결과 '서주의 관학과 동주의 사학'이란 말이 성립되어 나왔다. 동주의 사학은 공자의 사학단 창설을 계기로 성립되어 나왔는데, 동주의 사학에서의 교육의 기본과정은 서주의 경우와는 달랐다. 서주의 관학은 육예(六藝)였다. 육예란 여섯 종류의 기술을 의미하는 것으로 서주 시대에서의 사대부계급의 기본교양이었던, 예(禮) · 악(樂) · 사(射) · 어(御:마차를 모는 일) · 서(書) · 수(數)를 가리킨다. 그러나 공자의 사학은 물론 육예를 중요시하지 않았던 것은 아니었지만 육경을 더 중요시했다. 그는 육예 중에서 특히 예와 악을 중요시했다. 육경이란 시(詩) · 서(書) · 예(藝) · 악(樂) · 역(易) · 춘추(春秋)로서 공자가 정리해낸 서적들이다. 서주와 춘추초기까지의 관학에서 전수된 일부의 서적들은 비교적 온전했었으나, 춘추중기에 와서 주 왕실이 이미 쇠미해져서 예와 악이 폐쇄되고 시와 서가 결여되었다. 그래서 공자는 기원전 515년 제나라에서 노나라로 돌이와 시 · 서 · 예 · 악을 편수하였고, 다시 한 번 기원전 484년 위에서 노로 돌아와서는 시 · 서 · 예 · 악 · 역 · 춘추를 정리하여 그것들을 가르칠 교재

---

38) 『관자』「해왕」(海王) 참고

를 만들었던 것이다. 그런데 현재 악경(樂經)이 독립적으로 존재하지 않기 때문에 오경(五經)이라 말하고 있다.

이상과 같이 중국에는 공자가 처음으로 사학 단을 창설해 그들과 함께 육경을 정리해가는 과정에서 학문이 성립되어 나왔던 것이다. 그가 자신의 학단 제자들과 육경의 정리 작업을 행했던 목적은 서주의 예교(禮敎)문화를 연구하여 그것을 계승해 가고, 또 그것을 통해 공자시대의 사회적 문제를 해결해 가려했었던 것이다. 즉 그는 춘추시대로 들어와 관중 등이 확립시켜 나왔던 패권(覇權)정치가 당시의 정치가들에 의해 행해지는 과정에서 야기된 사회적 혼란을 서주의 예교문화를 끌어내서 그것을 통해 해결해보려는 입장을 취했던 것이다. 그런데 필자가 여기에서 말하고자 하는 것은 그의 그러한 입장이 전국시대(453~221, BC)로 들어와 제자백가(諸子百家)가 출현해 중국의 고대학문이 확립되어 나오는 과정에서 유학(儒學)을 중심으로 정착되어 나왔다고 하는 것이다.

이상과 같이 고대서구에서의 학문은 신과 사언에 대한 본실석 탐구로부터 시작되어 자연과 인간과의 관련성에 대한 탐구, 인간에 대한 연구 등으로 전개되어 나갔다. 또 그것은 현실정치와는 대립적 관계의 것이었다. 고대서구의 그러한 학문과 비교해 봤을 때, 고대 동아시아의 학문은 현실사회에 대한 관심으로부터 시작하여 사회와 인간과의 이상적 관계탐구, 인간의 본성 등으로 전개되어 나왔다. 고대서구학문의 기초를 세운자로 명명될 수 있는 피타고라스가 부유한 상인귀족 출신이었고 또 그가 아폴론의 신을 경배했던 자였으며, 또 오르페우스(Orpheus) 교단 계열의 종교단체를 모방해 최초의 학문집단을 만들었듯이, 고대서구인들의 학문은 귀족출신과 종교인들을 통해 성립되어 나왔다. 이에 반해 고대동아시아의 경우는 관중과 공자의 경우가 그러했듯이 평민계급 출신으로부터 나왔고 종교와는 거리를 둔 현실 정치로부터 나왔다.[39] 그뿐만 아니라 고대서구의 학문은 자연과 인간에 대한 과학적 탐구를 통해 이루어졌었다면, 고대동아시아인의 경우는 사회와 인간에 대한 도덕적 탐구를 통해 성립되어 나왔다고도 말할 수 있다. 우리가 지금까지 논해온 피타고라스와 관중이 고대동서에서의 그러한 학문적 성립의

---

39) 胡秋原(1969), 『古代中國文化與中國知識份子』, 臺北市亞: 洲出版社, p.7

분위기의 조성에 기여한 제 일세대의 인간들이었던 것이다.

그렇다면 동서에서의 피타고라스와 관중의 출현을 가능케 했던 그러한 지적 분위기는 어떻게 형성되어 나왔던 것인가? 우리가 이 문제를 논하기 위한 일차적 단계는 우선 그의 학문을 출발시킨 밀레투스학파의 성립에 관해 고찰할 필요성이 제기 된다. 밀레투스는 피타고라스의 출행지인 사모스 섬의 인근 육지의 이오니아 지역에 있는 한 소도시이다. 이오니아지방에서 밀레투스학파를 일으킨 자는 물을 만물의 근원으로 파악한 탈레스 (Thalēs, 624~546, BC)였다. 탈레스가 활약했던 시기의 이오니아지방에서는 기원전 8세기 중렵부터 2세기간에 걸쳐 그리스의 식민지화가 진행되어 진행되어 갔었다. 한편 그 소아시아지역의 동쪽에서는 그곳의 그러한 정치적 상황과 맞물려 앗시라아의 에살하르돈 왕(재위 680~669, BC) 등이 오리엔트 전지역을 통일시켜 대제국을 건설해 갔었다. 에살하르돈 왕의 뒤를 이은 앗슈르 바니팔 왕(재위 668~627, BC)은 자신을 지식인이라 여긴 나머지 티그리스 강 중류의 니네베에 고대오리엔트에서 맨 처음 체계적으로 장서를 갖춘 도서관을 건립하였다. 이와 같이 당시 소아시아 지역은 서쪽의 그리스지역과 동쪽의 메소포타미아지역으로부터 침투해 들어오는 양쪽의 문화적 정치적 영향들을 동시적으로 소화해가고 있었던 지역이었다. 밀레투스학파는 바로 그러한 문화적 정치적 배경을 깔고 출현했던 것이다. 그런데 당시 그리스지역의 인간들이나 소아시아지역의 인간들은 이집트지역이나 메소포타미아 지역이 그리스지역 보다 훨씬 더 문화적으로 발달된 지역으로 생각하고 있었고 또 사실이 그러했었다. 그래서 피타고라스가 학문에 자신의 삶을 바칠 것을 결심하고 유학을 떠났던 곳도 그리스가 아니고 이집트였던 것이다. 그러면 여기에서 파타고라스가 유학을 떠나 접할 수 있었던 학문적 분위기들이 메소포타미아지역과 이집트 지역에서 어떻게 형성되어 나왔었 는지를 고찰해 보기로 한다.

19세기후반 영국의 고고학자들은 메소포타미아의 중앙에 위치한 앗시리제국의 수도 니네베의 앗슈르바르판 왕궁 유적터에서 20만장에 이르는 막대한 점토판들을 발견했다. 그 점토판들 속에는 『길가메시 서사시』을 비롯하여 현재 우리가 접할 수 있는 대부부의 유명한 메소포타미아문학작품들이 들어 있었다.[40] 점토판의 대부분은 독법에 필요한 설형문자 기호들, 각종 단어들과 사물들의 명칭목록, 수메르어를 아카드어로 번역하는데 필요한 사전들 등이다. 그렇다면 그는 그러한 점토판들을 어떻게 수집했던 것인가?

앗슈르바르판은 648년 앗시리아로부터 독립해 유프라테스강 중하류에 위치한 도시국가 바비론을 지배해가던 이복동생과의 전쟁에서의 승리를 통해 당시 세계 최대의 문화도시였던 바비론로부터 자신이 취하고 싶은 많은 것들을 취할 수 있었다. 우선 그는 그곳의 신전에 보관되어 있던 많은 점토판 장서들을 니네베로 옮겨와 자신이 세운 도서관에 넣어 쌓아 두었다. 또 그는 니네베 아래 쪽의 앗시리아 제국의 발상지인 앗시리아 최고의 성전 유적지인 앗슈르에 있는, 티글라스 필레세르 1세(재위, 1115~1077, BC) 치하 시에 세워진 점토도서관으로부터도 점토판들을 옮겨왔던 것으로 고찰된다. 고대메소포타지역에서의 학문은 앗슈르바르판의 경우처럼 설형문자로 기록된 것들을 수집해가고, 또 그 기록문들을 읽어내고, 그 것들을 다른 문자로 번역해 가는 과정에서 성립되어 왔던 것이다. 고대메소포타미아지역에서 이러한 작업이 최초로 이루어진 것은 메소포타미아지역의 중앙에 위치해 있는 수메르인의 도시 닛푸르(Nippur) 이었던 것으로 알려져 있다. 현재 닛푸르는 수메르인의 주신(主神) 엔린(En Lin)의 성도(聖都)로 알려져 있는데, 고고학자들은 그곳에서 기원전 3000년대 중반의 것들로 추정되는 점토판들을 발견했는데, 그것들에는 당시 사람들이 섬겼던 신들의 이름, 직업, 지명, 찬가 등의 목록들이 새겨져 있었다. 또 그곳에서 그들은 기원전 2000년대의 것들로 추정되는 것들도 발견했는데 그것들에는 신화, 찬가, 애가 등과 같은 다양한 문학작품들의 목록들이 새겨져 있었다. 또 따른 고고학자들은 시리아지역의 고대도시 에블라에서 기원전 2300년경의 것들로 추정되는 1000여점이상의 점토판장서들을 발견하였다. 그것들의 대부분은 왕궁의 관리들이 옷감과 금속 등과 같은 물품들의 분배를 다룬 행정관련 기록들이었는데 그것들 중에는 수메르어가 에블라어로 번역되어 있는 것들도 있었다. 어떤 고고학자들은 기원전 17세기에서 기원전 13세기 사이에 아나톨리아지역에서 출현했던 히타이트 왕국의 수도였던 하투사에서 방대한 양의

---

40) 라이오넬 카슨, 『고대도서관의 역사: 수메르에서 로마까지』르네상스, 2003, p.37

점토판을 발굴하였다. 그것들도 대부분이 행정과 관련된 문서들이었는데, 수메르인과 바빌로니아인들의 서사시를 히타이트어로 번역한 작품들도 상당수 들었었다.[41] 그런데 필자가 여기에서 말하고자 하는 요지는 기원전 7세기 중반에 시리아의 수도 니네베에서 형성된 앗슈르바르팔 왕을 통해 형성된 그러한 학문적 분위기는 어느날 갑자기 불쑥 출현된 것이 아니라 그 시점으로부터 이미 3000년경전부터 서서히 시작되어 그 시점에 이르러 그렇게 되었다고 하는 것이다. 그렇다면 시리아의 앗슈르바르팔 왕을 중심으로 형성되어 나왔던 그러한 학문적 분위기는 그 후 어떠한 형태로 전개되어나갔던 것인가?

시리아는 8세기 이전까지만 해도 일개의 소국에 지나지 않았다. 그러나 8세기로 들어와 티글라트 필레세르 3세(재위 745~727, BC)가 바빌론, 다마스커스, 유다 · 이스라엘 양왕국 등을 복속시켰고, 에살하돈 왕(재위 680~669,BC) 시대에는 이집트까지 복속시켰다. 앗시리아의 이러난 비약적 발전은 히타이트제국으로부터 배운 철제무기로 군대를 무장시켜 타지역들을 공격해 감으로써 이루어졌던 것이다. 그러나 앗시리아제국은 기원전 6세기말 이집트를 비롯한 각 속국들의 이반(離反)운동이 격화되어 가는 과정에서 결국 칼데아 · 메디아의 연합군에 의해 니네베가 함락되어 기원전 612년 결국 멸망하게 된다. 그런데 메디아는 이란계의 민족으로 앗시라아제국을 멸망시고 소아시아까지 진출했다. 한편 페르시아만 위쪽에 위치해 있는 페르시스 지방에서 일어난 이란계민족에 의해 세원진 아케메네스조 페르시아의 큐로스 2세(kyros II, 559~529, BC)는 기원전 550년에 같은 이란민족계열의 메디아를 멸망시키고 아케메네스조 페르시아제국(550~330, BC)을 설립했다. 그 후 그는 기원전 547~540년에 소아시아에서 강대국으로 부상한 리디아와 소아시아 전지역의 여러도시들을 복속시켰고, 이어서 기원전 538년에는 메소포타미아지역의 칼데아(바빌론=신바빌로니아왕국)도 멸망시켰다. 그의 아들 캄비세스 2세는 이집트원정을 떠나 기원전 525년에 그곳을 페르시아 령으로 만들었다. 앞에서 고찰한 바와 같이 당시 피타고라스는 이집트 유학중이었는데 이집트가 페르시아제국에 점령되자 그는 페르시아군의 포로가 되어 메소포타미아지역으로 그려가

---

41) 상동서, p.26

그곳에서 그곳의 물문을 접하게 되었다는 이야기를 언급한 바 있다.

그런데 피타고라스가 메소포타미아지역에 도착했었을 당시 페르시아제국에서는 캄비세스 2세의 뒤를 이은 다리우스 1세(Darius Ⅰ, 521~486, BC) 는 큐로스 2세의 대업을 이어받아 수도 페르세포리스 및 수세를 조영(造營)해서 징세(徵稅)와 군사의 목적으로 수세로부터 소아시아의 밀레투스지역에 이르는 길, 소위 '왕의 길'(2560km)이라고 하는 공로 (公路)를 건설해 갔다. 그는 동쪽는 인도의 인더스강 유역, 그 상류의 간다라지역, 중아아시아의 카라콜산맥·파미르고원·천산산맥 지역까지를 점령하고 서쪽으로는 소아시아지역 서쪽건너편의 트라키아지역까지를 점령하였다. 기원전 500년에 와서 소아시아의 밀레투스지역 등에서 그리스 본토의 지원 하에 페르시아제국의 폭정에 반항해 폭동이 일어났다. 그것이 계기가 되어 결국 그의 치하에서 오리엔트의 전제군주국 대 서유럽민주정 국가와의 대결이라고 하는 페르시아전쟁(492~479, BC)이 일어났다. 그 전쟁은 20여년간 지속되다가 결국 그리스의 승리로 끝났다.

4) 고대동서양에서의 피타고라스와 관자 학문의 전개양상

동서의 첫 충돌이라고 하는 페르시아전쟁이 행해지는 과정에서 메소포타미아지역에서는 니네베를 중심으로, 소아시아지역에서는 밀레투스 등을 중심으로 인간들의 학문적 관심이 형성되어 나왔다. 그래서 그것은 그리스 본토에서도 전파되어 나갔다. 그러한 상황에서 페르시아전쟁을 주제로『역사』라는 책을 쓰게 될 헤로도투스(484~420, BC)와 같은 학자도 그의 고향 소아시아에서 기원전 447년 경에 그리스 본토로 이주해 갔다. 그는 그의 고향 할리카르나소스에서 독재정치가 행해지자 그 독재자타도에 나섰다. 그러나 그것이 실패로 돌아감에 따라 사모스섬으로 망명해 그곳에서 BC 431년부터 BC 425년 사이에『역사』의 대부분을 집필하고 다시 아테네로 나간다. 파타고라스가 사모스섬을 떠나 그리스의 식민도시 크레톤으로 향한 것은 BC509경으로서 헤로도토스가 사모아섬에서 있었던 시점으로부터 80여년 전의 일이다.

헤로도토스가『역사』를 쓰기 시작한 시점은 28년간 지속되었던 펠로폰네소스

전쟁(431~404, BC)이 시작된 시점이기도 했다. 따라서 그가 그것을 쓰게 된 이유는 펠로폰네스 전쟁발생의 이유와 깊게 관련되어 있다. 서의 그리스인들은 힘을 모아서 동의 비그리스인들로 구성된 페르시아제국의 공격을 막아내는데 성공했다. 그리스의 폴리스국들의 연맹체가 페르시아제국의 공격을 성공적으로 막아냈다고 해서 페르시아제국이 멸망한 것은 결코 아니었다. 헤로도토스로 말할 것 같으면 적국이 언제라도 또 공격해올 가능성이 있었던 것이다. 그럼에도 불구하고 그리스의 폴리스국들이 그들의 공동의 적을 눈앞에 두고 그들 간의 주도권쟁탈전을 벌려가고 있는 것을 그는 목격했던 것이다. 그래서 우선 그는 페르시아전쟁이 어떻게 해서 일어나게 되었는가를 그리스인들에게 분명히 상기시킬 필요성이 있다고 생각했었고, 또 페르시아인들을 비롯해 많은 비그스리스인들이 자신들의 주위에 엄연히 존재해 있다는 것도 상쟁 중이던 그리스민족들에게 분명히 일깨워주고 싶었다. 그뿐만이 아니라 또 그는 타민족들이 과연 어떠한 문화를 지닌 민족들인가를 그리스인들에게 명확히 알릴 필요성이 있다고도 생각했었던 것이다.[42] 이러한 점들을 감안해 봤을 때 우리는 헤로도토스가 그리스인들로 하여금 타민족들과 그들의 문화들에 대한 이해와 지식을 습득케 해서 페르시아전쟁과 같은 동서 간의 전쟁이 더 이상 일어나지 않도록 막아보려는 의도 하에서 그것을 집필했던 것으로 보인다. 그러한 점에서 그는 인류 최초의 지식인으로 불리어 지고 있는 피타고라스의 후계자들 중의 한사람이라 말할 수 있는 것이다.

그의 『역사』는 이집트의 알렉산로스의 학자들에 의해 현재의 형태인 9장으로 편집되었다. 그것이 이집트의 알렉산드로스의 학자들에 의해 높이 평가되어졌던 것도 이민족들의 문화에 대한 이해를 통해 이민족의 침략을 사전에 차단하고 또 이민족과 함께 세계시민주의를 실현시켜 갈수 있다는 아이디어가 그의 『역사』속에 내재되어 있기 때문이었던 것으로 파악된다.

한편 아네네에서는 소크라테스(Sokrates, 470~399, BC)를 비롯한 많은 소피스트들이 출현해 나왔다. 그 결과 그리스의 아테네에서는 소크라테스의제자 플라톤(429~347,BC)이 피타고라스의 영향 하에서 아테네 교외에 '아카데미'(Academy)

---

42) 헤로도토스저 · 박현태 역, 『헤로도토스역사』, 동서문화사, 2010, p.787

라고 하는 학원을 열어 제자들을 가르쳤고, 플라톤의 제자 아리스토텔레스(384~322, BC)도 '루케이온'(Lukeion)이란 학원을 내서 학생들을 가르쳐갔다. 또 그는 개인 도서관을 세워 각 학문분야에 걸친 방대한 양의 서적들을 수집했다. 그러나 그리스 본토에서의 그러한 학문적 관심의 고조는 알렉산더대왕의 페르시아원정(334~324, BC)을 계기로 그리스의 아테네에서 이집트의 알렉산드리아로 이동했다. 알렉산더 대왕은 페르시아 원정에 오르기 전에 이집트를 정복해 나일강 하구에 알렉산드리아라고 하는 그리스 식 도시를 건설했다. 그는 기원전 331년 페르시아와의 결전에서 승리하게 됨으로써 페르시아는 멸망한다. 그러나 그는 원정을 끝낸 그 다음해인 기원전 323년 33세라는 젊은 나이로 바빌론에서 열병에 걸려 사망한다. 알렉산더대왕 사후 그가 정복한 지역이 그의 후계자들에 의해 지배되어 갔었는데, 오리엔트와 소아시아 일부를 지배해갔던 시리아의 셀레우크스(Seleucus)왕실, 이집트의 프톨레미(Ptolemy)왕실, 그리고 마케도니아의 안티고누스(Antogonus)왕실 등이 알렉산더대왕 사후의 대표적 왕실들로 꼽히고 있나. 이러한 왕실들을 주축으로 건설된 알렉산더 제국의 수도는 이집트의 알렉산드리아였다. 이제국의 설립자 알렉산더의 동방정벌의 일차적 목적은 그가 높이 평가했던 그리스인들의 문화를 널리 확산시키는 것이었다고 할 수 있다. 그의 그러한 목적 실현 방법은 그가 정복한 각 지역에 자기의 이름을 붙인 도시들을 세워 그 지역들을 거점으로 해서 그리스문화와 그리스어를 전파시켜나갔던 것이다. 그 거점도시들이 소아시아의 트로아데, 시리아의 이소스, 이집트의 나일강 하구, 메소포타미아의 카락스, 페르시아, 인더스강의 중류, 현재의 아프카니스탄, 투르크메니스탄, 천산산맥 입구지역 등에 세워졌던 것이다. 국가적 차원에서의 학문의 중요성이 인식되어 학문육성 정책이 취해지게 된 것은 이 헬레니즘제국시대(프톨레미왕조의 설립시점인 기원전 305년부터 이집트의 프톨레미왕조의 멸망시점인 기원전 30년 까지)부터였다고 할 수 있다. 알렉산더의 도시들 중에서 제국주의적 차원에서의 학문육성의 중추적 역할을 했던 도시는 프톨레미 왕실의 관리 하에 있었던 이집트의 알렉산드리아였다. 그렇다면 프톨레미왕조가 취한 그러한 학문육성정신은 과연 어디로부터 나온 것인가?

알렉산더대왕이 이집트의 나일강 하구에 알렉산드리아라는 그리스식도시를 건설한 것은 그가 동방원정길에 오른 지 3년만인 기원전 331년의 일이었다. 그러니까 프톨레미왕조가 설립되기 26년 전의 일이었다. 그 도시를 건설한 알렉산더대왕은 아리스토텔레스의 제자였다. 그들은 마케도니아에서 태어난 동향인들이었다. 당시 마케도니아의 왕이었던 알렉산더의 부친이 아테네에서 20여년간 플라톤의 아카데미에서 공부하고 당시 소아시아에 머물고 있던 아리스토텔레스를 데려와 10여년간 그를 자기 아들의 가정교사로 두었던 것이다. 그 주된 이유는 자신의 아들을 '교양 있는 그리스인'으로 육성시키기 위해서였던 것이다. 알렉산더대왕은 원정 중에도 스승과의 서신왕래를 행해갔다. 그가 정복지에서 신기한 동물들을 발견하게 되면 그것들을 포획해 스승에게 보내 그로 하여금 생물 연구의 자료로 사용케 하기도 했다. 그가 사망한 것은 기원전 323년이었고, 그의 스승이 사망한 것은 그 다음해의 일이었다. 알렉산더대왕이 사망하자 아테네에서는 반(反)알렉산더 정서가 고조되어 나왔다. 당시 아리스토텔레스는 아테네에서 자신이 설립한 루케이온이란 학원에서 학생들을 가르키고 있었다. 그런데 그러한 분위기가 형성되어 나오자 알렉산더의 스승이었던 아리스토텔레스가 불리한 입장에 처하게 되어 불경죄로 고발되었다. 그 결과 그는 아테네를 떠나 그 다음해에 고향에서 사망하게 되었다. 이상과 같은 점들을 고려해볼 때, 우리는 프톨레미왕조의 출현은 그로부터 20여년 전에 있었던 알렉산더대왕과 아리스토텔레스의 그러한 사망들과 결코 무관치 않다는 입장을 취할 수 있다. 프톨레미왕조의 출현은 그리스인의 교양을 야만인들의 세계에 확산시킨다고 하는 그들의 추구했던 정치적 이상과 학문적 이상이 구현되어 나온 것이라 할 수 있다.

초기의 네 프톨레미왕조의 왕들은 알렉산더대왕과 그의 스승 아리스토텔레스의 학문관과 그들의 정치적 이념을 충실히 실현시켜, 알렉산드리아의 문화적 명성을 높이는 데 주력해 갔던 지식인들이었다. "학문에는 왕도가 없다"라고 하는 말은 프톨레마이오스 1세(재위 305~282, BC)와 당시의 기하학자 유크리드와의 사이에서 행해진 말이다. 프톨레마이오스 1세는 아테네에 아리스토텔레스가 세웠던 '루케이온'이라고 하는 학원과 거대한 개인 도서관을 본 따서 알렉산드리아에 「무세이온」(학회 혹은 연구소의 의미)과 거대한 공공도서관을 세웠다. 그 도서관의 장서는 70여만 권에 이르렀다고 한다. 프톨레마이오스 1세는 그것들을 설립해 놓고 아테네로부터 알렉산드리아에 지식인 집단을 끌어들였다. 그 지식인 집단은「무세이온」의 회원들이 되었는데, 그들은 프톨레마이오스 왕조로부터 임명받은 저명한 작가, 시인, 과학자, 학자 등으로서 높은 봉급과 세금면제, 숙식제공 등과 같은 특권을 마음껏 누렸다.[43] 그들 중에는 지동설을 주장했던 아리스타르쿠스(Aristarchus, 310~230, BC)도 포함되어 있었다. 또 프톨레마이오스 1세의 뒤를 이은 왕들은 대대적으로 책들을 수집해갔고, 수집된 책들의 필사본을 만들어갔으며, 또 그것들을 그리스어로 번역해갔다. 「무세이온」의 회원들과 도서관장은 수집된 책들의 『목록』(pinnakes)을 만들어갔고, 그들 중의 한사람 아리스토파네스는 『어휘집』(Lexeis)을 저술했다. 그러한 과정에서 학문활동에 필수 분가분한 교재본, 주석본, 용어본 등과 같은 책들이 만들어졌고, 디오니시오스 트라트에 의해서는 그리스문법집이 만들이졌다. 그런데 이 책은 12세기까지 힉생들의 표준문법시로 쓰였으며, 로마인들은 그 책에 기초해 라틴어문법을 확립시켰고 근대서구문법은 그것을 확립시킨 로마인들에 의해 확립되어 나왔던 것이다.

한편 알렉산더대왕 시대의 아테네에서는 밀레투스학파의 영향하에서 '만물은 유전(流轉)헌다고 주장한 헤라크레이토스 (기원전 540년경 출생)의 세계관을 이어받아 큐프로스의 제논(336~264, BC)을 창시자로 하는 스토아학파(Stoicism)가 출현해 자연법에 기초한 세계시민주의(cosmopolitanism)라고 하는 그 시대의 시대적 이념을 창출해 갔다. 제논의 기본적 생각은 인생의 목적이란 행복이고 그것은 바로 자연에 따라 생활해 가는 것에 있다고 하는 것이었다. 로고스(理性)에 따른다고 하는 것은 자연의 본성에 따르는 것으로서 그것이야 말로 도덕적으로 사는 것이라는 입장을 취했다.

이상과 같이 고찰해볼 때 알렉산더제국 시대(305~30, BC)의 왕들은 학자들의 학문활동을 통해 자신들의 국가를 다스려가려는 입장을 취해갔었고, 그들의 그러한 생각은 아리스토텔레스의 학문관과 그것을 실천해 갔던 알렉산더대왕의 정치

---

43) 상계서, p.86

관에 입각했던 것이라 할 수 있다.

이러한 알렉산더 제국시대는 로마와의 3차례(215~168,BC) 에 걸친 전쟁에서의 마케도니아의 패배를 계기로 기울기 시작해 결국에는 줄리우스 케사르(Julius Caesar, 100~44, BC)의 이집트 지배와 그 후의 클레오파트라의 자결(기원전 30)로 인한 프톨레미우스왕조가 단절됨으로써 끝났던 것이다. 프톨레미우스왕조를 단절시킨 로마의 옥타비누스는 그 다음해인 기원전 29년에 로마를 제국의 형태로 전환시켜 로마황제로서 군림해간다. 그는 알렉산더제국이 추구해갔던 세계시민주의를 이론적 기반으로 해서 로마인 중심의 세계제국건설에 매진해갔던 것이다. 그러나 그 로마제국은 395년에 동서로 양분되고 또 476년에 서로마제국이 멸망함으로써 그 제국의 설립이념은 와해되고 말았던 것이다.

그러나 알렉산더제국이 추구해갔던 자연과 이성(로고스)에 기초한 세계시민주의는 중앙아시아를 통해 동아시아지역으로 전파되어 나가, 전국시대 (戰國時代, 403~221, BC)의 중국을 진(秦, 221~206, BC) · 한(漢, BC206~AD220)의 통일중국으로 전환시켜나 갔다.

전국시대로 들어가서의 고대중국에서의 학문의 확립은 제 환공(齊桓公: 집정시기 370~360, BC)이 제나라의 수도 임치(臨淄: 현재 산동성 임치시)에 설립했다고 하는 직하학궁(稷下學宮)을 통해서였다. 전국시대의 제환공은 전씨(田氏)에 의해 설립된 전제(田齊)의 환공이다. 그와 그다음의 두 왕, 위왕(威王, 356~319, BC)과 선왕(宣王, 319~300, BC)의 삼대에 걸쳐 전제의 왕들은 춘추시대의 관중을 통해 행해졌던 강씨제(姜氏齊) 환공(桓公) 시대의 위업을 재현한다는 목표 하에서 직하학궁과 같은 교육기관을 설립해 만천하로부터 우수한 학자들을 불러들여 학문을 육성해 갔던 것이다. 직하학궁은 국립대학의 성격을 띤 대학이었기는 했지만 사가(私家)들이 주관해갔던 기관이었다. 당시 중국에서의 제자백는 그 기관을 통해 출현했고 고대중국학문은 그들을 통해서 확립되어 나왔던 것이다. 앞에서도 언급한 바와 같이, 우리는 『관자』가 당시 그 기관과 관련되어 있던 학자들에 의해서 편찬된 것으로 파악하고 있다. 그 주된 이유는 그 학문 기관을 창설했던 자와 그의 후계자들의 정치적 지향이 춘추시대 초 관중의 정치사상을 기초로 해서 제(齊)나라를 패권국으로 만들었던 강씨제(姜氏齊)의 환공(桓公, 685~643, BC) 시대의 정치에 있었기 때문이다.

전국시대(戰國時代, 403~221, BC)의 말기에는 위(魏)의 신능군(信陵君)을 위시한 사군자(四君者)라 불리는 명성 높은 자들이 있었다. 그들은 천하의 유능한 인사들을 초치(招致)각각 수백에서 수천에 달하는 많은 빈객(賓客)들을 거느리고 있었다. 진(秦)의 재상인 여불위(呂不韋)도 강력한 국력을 배경으로, 많은 돈을 써서 천하의 유능한 인재들을 진나라로 끌어들였다. 그 결과 빈객이 3천에 이르게 되었다.[44] 그러자 여불위는 그들 중에서 학문과 재능이 뛰어난 자들을 가려 그들로 하여금 그 동안 듣고 본 것들 중에서 중요하다고 생각되는 것들을 기록해 보도록 했다. 그는 시황제 즉위 초년인 기원전 240년에 그것들을 모아『여씨춘추』라고 하는 책을 편찬해냈다. 그것은 백과전서(百科全書)와 같은 것으로서 그것이 편찬된지 20년만인 기원전 221년에 시황제는 천하를 통일하게 되었다. 진시황은 천하통일 후 8년째에 가서 분서갱유(焚書坑儒)를 단행했다. 그는 무력으로 학자들의 자유 분망한 정치적 견해를 통일시켜 하나로 통일시켜 정치를 행해가려 했던 것이다. 즉 학자들의 세계와 그들의 정치적 견해들을 하나로 통일시켜 통일천하를 유지시켜 가려했던 것이다. 그러나 학문에 대한 진의 그의 그러한 입장은 10년을 넘지 못하고 진의 멸망으로 귀결되었고, 그렇게 해서 멸망한 진나라를 기초로 해서 그 유방(劉邦)은 한(漢,BC206~AD220)을 설립했다. 한나라는 한무제(漢武帝, 재위 141~97, BC)에 와서 동중서(董仲舒)의 건의를 받아들여 공자가 세웠던 유학(儒學)을 국학(國學)으로 받아들여 한제국의 정치적 사회적 기초를 확립시켜 나갔던 것이다. 그렇게 해서 한은 유교의 천제(天帝)사상을 기초로 해서 중화(中華)사상을 확립시켰고 그것에 의거해서 중국중심의 동아시아세계를 구축했던 것이다.

---

44) 여불위(呂不韋)저 · 정영호(鄭英昊)해역, 『여씨춘추 12기』, 자유문고, 2006, p.4

결 론

우리가 어떤 대상들에 대한 체계적 지식들의 탐구활동을 학문이라고 일단 개념화시켜 말해볼 때, 고대동서에서의 그러한 활동은 자연에 대한 연구로 시작되어, 천(天)내지 천체, 신, 인간사회, 인간 등에 대한 연구로 전개되어 나왔다.

인간에게서의 그러한 활동은 고대메소포타미아지역에서 시작되어 남으로는 이집트, 서 로는 소아시아와 그리스, 동과 남으로는 중국과 인도 등으로 정파되어 나갔다. 그래서 그것이 전 지구적 차원의 보편성을 확보할 수 있었던 것은 기원전 12세기 중 반에 소아시아 지역을 중심으로 해서 출현한 철기문화가 동서로 서서히 전파되어 나가는 과정에서였던 것으로 파악된다. 특히 고대동서에서의 학문 활동은 철기문화가 일반화되어나가는 과정에서 새롭게 등장한 고대 동서 국가들의 첫 충돌로 기록된 페르시아 전쟁을 계기로 해서 확립되어 나온 것으로 고찰된다. 고대그리스에서의 소피스트들과 고대 중국에서의 제자백가(諸子百家)의 출현은 페르시아전쟁을 계기로 인한 동서 문화의 교류와 깊게 관련되어 있으며, 그들의 출현을 계기로 고대동서에서의 보편성이 확보된 철학, 문학 역사학 등과 같은 학문이 확립되어 나왔다.

그러한 문화적 충동이 야기 시킨 무질서가 극복되는 과정에서 확립되어 나온 고대서구 학문은 자연에 대한 체계적 연구를 기초해서 성립되어 나왔던 반면, 동아시아의 경우는 현실정치에 대한 연구를 기초로 하여 성립되어 나왔다. 그렇게 성립된 고대 서구의 학문은 현실정치와의 대립적 관계를 취해감으로써 발전되어 나갔고, 동아시아의 경우는 현실정치와의 상보적 관계 유지를 통해 발전되어 나갔던 것이다.

고대동서에서의 학문의 성립은 인간들이 선대의 인간들로부터 들은 신화나 전설에 입각해 행해가는 사고를 통해서가 아니라, 자신들의 현실세계를 구성하는 물리적 세계나 인간세계에 대한 경험들로부터 취한 지식들을 근거로 해서 행하는 사고를 통해 이루어져 나왔다. 우리는 그러한 사고를 이성적 사고 내지 합리적 사고라 말한다. 고대동서에서의 학문은 인간들이 그러한 신화적 사고를 버리고 이성적 사고를 받아들여 그것을 가지고 새로운 인간세계를 추구해가는 과정에서 성립되어 나왔다. 그래서 그것은 청동기시대를 통한 상형 문자의 출현과 철기시대

를 통한 표음문자의 출현을 계기로 해서 확립되어 나와서, 고대서구에서의 마케도
나아제국과 고대동아시아에서의 진(秦)의 중국통일이후부터는 국가적 차원에서
의 대대적인 학문육성 정책과 언어·문자 정책을 통해 국력신장의 수단으로 전환
해 나왔다. 로마는 마케도니아제국의 세계시민주의사상을 받아들여 그것을 기초
로 해서 로마제국을 건설해갔고, 한제국(漢帝國)은, 진에 의해 통일된 중국을 기초
로 해서 천제(天帝)사상을 중핵으로 하는 유교사상을 기반으로 해서 동아시아세계
를 성립시켰던 것이다.

그렇다면 고대동서의 인간들에게서의 학문적 행위를 가능케 했던 이성(理性)이
란 무엇이었던가? 현재 우리들에게는 경험 가능한 세계나 대상이 있고 또 경험
불가능한 세계나 대상이 있다. 우리는 세계나 대상들에 대한 자신들의 직접적인
경험들을 통해서 취한 지식들을 가지고 어떤 세계나 인식대상의 성격을 규명해낸
다는 태도를 취한다. 우리는 인간의 그러한 태도를 이성적 태도라 한다. 이 경우
인간이 자신의 경험을 통해서 취해낸 지식들이란 감각적, 혹은 물질적 경험대상의
특성과 그 대상들을 일관하는 질서의 특성에 대한 지식들이다.

현재 우리는 인간에게 알려진 지식을 가지고 인간 자신에게 아직 알려지지 않은
것을 탐구해가는 행위를 학문적 행위라 말하고 있다. 인간의 이러한 학문적 행위
는 감각적 세계에 대한 지식을 가지고 인간의 새로운 생명체계를 창출해가는 행위
이다. 학문적 정신이란 인간이 처해 있는 세계와 인간자신 등에 대한 지식이 세계
와 자신을 구제해갈 수 있다고 하는 사상에 근거한 정신이다. 인간이 자신의 세계
와 자신을 알아가는 행위는 그것들을 창조했다고 하는 '신'을 찾아가는 행위일 수
도 있고, 또 '신'의 세계로 들어가는 행위일 수도 있으며, 또 '신'과 일체가 되어가는
행위일 수도 있다.

이렇게 생각해볼 때, 현재 우리가 말하는 학문적 행위는 철기문화가 전 지구로
일반화되기 시작되고 동서 문화의 교류가 시작되어 전 지구적 차원의 보편성이
확보된 글로벌 문화가 형성되어 나왔던 시점에서 행해지기 시작되었던 것으로 파
악 된다. 필자가 말하고자 하는 것은 바로 피타고라스와 관중이 그러한 학문적
행위를 최초로 시도했던 자들이었다고 하는 것이다.

제 2 장

신 중심 시대의 학문_철학

1. 학문의 아버지-소크라테스

동양에서도 서양에서도 현재 우리가 말하고 있는 학문이라고 하는 것의 시작은 현재 「철학자」라고 불리워지는 사람들에 의해 시작된 것으로 이야기되고 있다. 그렇다면, 철학이란 무엇인가? 현재 우리가 쓰고 있는 「철학」(哲學)이란 말은 영어 'philosophy'의 역어이다.[1] 국어사전에서의 보통명사로서의 「철학」은 「인간과 세계에 대한 근본원리와 삶의 본질 따위를 연구하는 학문」의 의미로 되어있다.[2] 이에 대하여 대부분의 철학사전에서의 고유명사로서의 「철학」은 「지」(知)를 사랑하는 나머지 그것을 추구해 가는 행위의 의미로 사용되고 있다.

현재 우리는 철학자 소크라테스(Sokrates, 470~399, BC)를 「학문의 아버지」라 지칭하고 있다. 그는 페르시아 전쟁(492~479, BC)직후에 태어나서 27년간 지속되었던 펠로폰네소스(Peroponnesos)전쟁(431~404, BC) 속에서 그 생의 후반을 살았던 사람이다. 페르시아 전쟁은 앞에서도 언급했듯이 동쪽의 소아시아 지역으로부터 서쪽의 그리스 지역으로 철기의 야금술이 전래된 것이 계기가 되어 일어났던

---

1) 일본인 철학자, 니시 아마네(西周)가 그의 철학서 『백일신론』(百一新論, 1874)에서 「애지」(愛智)를 뜻하는 그리스어 'philosophia'로 부터 나온 'philosophy'를 「哲學」으로 번역했다.[『哲学事典』、平凡社、1975、「哲学」項目]

2) 『표준일본어대사전』(국립국어연구원, 1999), 「철학」항목. 『日本國語大辭典』(小學館, 1981)에는 「세계와 인생의 궁극의 근본원리를 객관적·이성적으로 탐구하는 학문」(世界や人生の究極の根本原理を客観的、理性的に追求する学問)으로 되어있고, 영어사전(*The Random House Dictionary of E.L, 1987*)에는 「진리와 존재, 지식, 행동 등의 원리에 대한 이성적 탐구」(The rational investigation of the truths and principles of being, Knowledge, or conduct) 등으로 풀이되어 있다.

전쟁이었다. 보다 구체적으로 말해 그것은 아테네, 스파르타 등의 폴리스 국가들로 구성되어 나왔던 그리스 민족과, BC 6세기 중엽 전 오리엔트 지역을 통일시킨 아케메네스 왕조의 페르시아 제국과의 대결전으로서 세계사에서의 소위 동서의 첫 충돌로 이야기되는 전쟁이었다. 사실상 일종의 식민지 쟁탈전이었던 그 전쟁은 그리스 민족의 승리로 끝났다. 그 결과 아테네가 그리스 제1의 강국으로 등장하게 되었고, 그 강국을 중심으로 정치, 경제권 등이 성립되었고, 또 상공업이 진전되어 노예제가 발달하게 되었던 것이다. 한편 펠로폰네소스전쟁은 아테네와 스파르타와의 폴리스 동맹에서의 일종의 주도권 쟁탈전으로서 동족간의 전쟁이었다. 전쟁은 결국 스파르타의 승리로 귀결됨으로써 소크라테스가 살고 있던 아테네의 황금시대는 서서히 지나가고 장기간의 폴리스 상호간의 전쟁으로 그리스 민족이 쇠퇴해 가던 시기였다.

이와 같이 소크라테스의 시대는 이민족간의 투쟁, 동족간의 투쟁 등으로 인한 사회적 모순이 심각했던 시기였있다. 이 시기에 나타났던 것이 바로 소피스트 (sophist)들의 철학이었다. 「철학」(哲學)은 'philiosophy'의 역어이고, 이 원어는 그리스어 'philosophia'로부터 나온 것으로 되어 있다. 그런데, 이 원어는 'philos'(사랑하고 있다)와 'sophia'(지혜)의 합성어로서 「애지」(愛智)를 의미하는 말이다. 그렇다면, 당시 인간들은 무엇에 대해 알기를 좋아했다는 것인가?

원래 그리스에서의 철학은 'physis'(自然)에 대한 고찰로부터 출발했던 것으로 알려져 있다. 이 경우 'physis'(自然)는 라틴어 'natura'로 번역되어 영어 'nature'로 전환해 나왔는데, 'physis'의 의미는 'phyomai'로부터 나온 말로서 「인공」이나 「습관」을 의미하는 'nomos'와 대립되는 개념이다. 이렇게 봤을 때, 당시 그리스에서의 철학은 「스스로 생긴 것 일반」, 즉 「자연」에 관한 것들에 대해 알기를 원하는 것으로부터 성립되어 나왔다고 할 수 있다. 여기에서 「스스로 생긴 것 일반」을 가리키는 「자연」이란 바로 「신성(神性)이 내재되어 있는 것」을 의미했다고 할 수 있다.

따라서 현대 그리스 철학자들은 고대 그리스 철학이 자연의 통일적, 근원적 원리를 탐구해 보려는 자연철학에서부터 출발했다고 파악하고 있다. 그러나 그리스의 자연 철학은 페르시아 전쟁을 계기로 인간 철학으로 전환해 나오게 됐다. 그것을 전환시킨 자들이 다름 아닌 아테네의 소피스트들이었다. 당시 소피스트의 사업들을 개척했다고 해서 소피스트의 제1인자로 알려졌던 프로타고라스(500~430, BC)는 「인간은 만물의 척도다」라는 명귀를 전하고 있다. 그런데 본인이 여기에서 논하고자 하는 핵심은 「하늘위의 별들이 문제가 아니라 가까운 인간이 문제」라고 생각했던 소피스트들의 그러한 입장을 받아들여 인간 철학을 확립시킨 자가 바로 소크라테스였다는 것이다.3) 우선 그는 당시의 소피스트들의 상대주의에 반대한다는 입장을 취한 나머지, 객관적 진리를 주장하고 나섰다.

그렇다면 소크라테스가 주장했던 인간 속에 실재하는 객관적 진리란 무엇인가? 소크라테스의 철학은 바로 그것을 알아가려는 인간의 노력, 바로 그것이었던 것으로 고찰된다. 그는 저서라고는 어느 것 하나 남기지 않았다. 그래서 그에 대한 연구는 주로 그의 제자 플라톤과 크세노폰의 저서를 통해 알 수밖에 없다. 그가 생각했던 인간 속에 실재하는 객관적 진리는 플라톤(platon, 427~347, BC)의『소크라테스의 변명』(*Aplolgia Sokrates*, 399~387, BC)에 잘 드러나 있다.

플라톤은 청년기에 두개의 커다란 사건, BC404년의 혁명과 BC399년의 소크라테스의 죽음을 경험하게 된다. 그는 전자를 통해 정치가로서의 희망을 좌절당하고 후자를 통해서는 정치에 대한 절망을 느낀 나머지 소크라테스의 생과 사의 수수께끼를 풀어볼 것을 그의 새로운 작업으로 받아들이게 된다.

그의『소크라테스의 변명』은 그 작업의 결과로서 나온 것이다. 이『변명』은 플라톤이 소크라테스의 재판현장에서 소크라테스로부터 들었던 것을 자료로 해서, 소크라테스가 법정에서 재판관들에게 고소내용에 대한 자신의 생각과 입장을 서술하고, 또 투표를 통해 결정된 사형에 대해 자신의 생각과 입장을 밝혀 가는 식의 형태를 취해 쓰여진 것이다.

소크라테스는 법정에서 우선 재판관들에게 고소장의 내용을 요약해 들려준다. 그것은 두 가지 내용이었다. 하나는 「소크라테스는 땅 밑과 하늘의 일을 탐구하여, 주장할 것도 못되는데 그것을 강하게 주장해 가면서 남들에게도 자신의 주장

---

3) 김성준 외 감수(1979),『세계문화사 대계 2 : 문명의 발생』, 대학사, p.329

을 가르쳐가기 때문에, 그가 죄를 범하고 있다」라는 것이었고,[4] 다른 하나는「그는 젊은이들을 타락시키고, 나라에서 인정하는 신들을 믿지 않고, 다른 새로운 신령 따위를 믿고 있다. 그래서 소크라테스는 죄인이다」라는 것이었다.[5]

그는 법정에서 자신이 여기저기를 찾아다니면서 주장했던 것은 다른 것이 아니고「오직 신만이 참으로 지혜로운 자이고 인간의 지혜는 거의 값어치가 없거나 전혀 보잘 것 없는 것」이라는 사실을 인간들이 깨달아야 한다는 것이었다고 하는 것이다.[6]

그는 재판관들에게 다음과 같은 것들을 말한다. 언젠가 자기의 친구가 델포이의 신전에서, 소크라테스보다 더 지혜 있는 사람이 이 세상에 있느냐고 신탁(神託)을 구한 적이 있었는데, 이 세상에서 소크라테스보다 더 지혜 있는 사람은 아무도 없다는 신탁이 내려졌다는 것이다. 소크라테스는 그 신탁을 친구로부터 들었을 때, 자신은 언제나 크고 작은 일들에서 지혜로운 사람이 결코 못된다고 깨닫고 있던 자기에게 그런 신탁을 내린 것은 신께서 자기 자신에게 무슨 수수께끼를 걸고 계시는 것이 아닐까 생각했었다는 것이다. 그는 그 후 그 신탁의 의미를 밝히기 위해서 지혜로운 사람들이라고 알려진 사람들을 다 찾아다녀봤는데, 그 결과 얻어 낸 것은 사실 자신은 아무것도 모르기 때문에 모른다고 생각하고 있는데, 지혜로운 사람이라고 알려진 사람들은 자신이 모르면서도 무엇인가 아는 것처럼 생각하고 있다고 하는 것을 발견했다는 것이다. 그래서 그는 신이 이 세상에서 자기를 제일 지혜롭다고 말했던 것은 자기가 모른다는 것을 깨닫고 있기 때문에 그것을 잘 깨닫고 있지 못하는 사람들 중에서 제일 지혜롭다고 생각했었기 때문이었다는 것으로 받아들였다는 것이다. 그래서 그는 신의 명령에 따라, 실로 지혜가 없는 사람이 지혜가 있는 사람이라고 생각하고 있는 사람들을 찾아다니면서 그가 지혜롭지 못하다는 것을 밝혀주기 위해 나랏일이건 집안 살림이건 돌볼 겨를도 없이 오직 신을 섬기기 위해 매우 가난하게 살아가고 있다는 것이다.

이렇게 봤을 때, 소크라테스가 가장 중요하게 생각했던 것은「나랏일」도「집안

---

4) 플라톤 저·조우현 역(1992),『국가·소크라테스의 변명』, 삼성출판사, p.435
5) 상동서, p.441
6) 상동서, p.440

일」도 아니었다. 그가 가장 소중하게 생각했던 것은 바로 신이 그에게 부여한 임무였던 것이다. 소크라테스에 있어서의 그러한 임무란 신탁을 실현시켜 가는 것으로서 자기들이 자기 자신들을 가장 잘 알고 있다고 생각하고 있는 그러한 인간들이야말로 자기 자신들에 대해 잘 모르고 있다는 사실을 깨닫게 해 주는 것이었다. 소크라테스는 신탁이라 생각해 온 자신의 그러한 임무를 실현시켜 가는데 있어서 어느 누구에게도 어떤 대가를 요구했거나 보수를 받지 않았다고 하면서 「나의 가난」이 바로 그 증거라고 재판관들에게 말했다.7) 또, 그는 자기가 인간 자신들의 무지를 일깨워 주는 일에 열중한 나머지 「흔히들 사람들이 마음을 쓰고 있는 돈벌이라든가, 살림이라든가, 군대의 지휘라든가, 정치활동이라든가, 그 밖의 모든 벼슬자리라든가, 나라에서 생기고 있는 파벌이나 당파에 무심했다고 해서」자기에게 유죄 투표를 던졌느냐고 법정에 모인 아테네 시민들에게 물어보기도 했다.8) 그런데, 그의 그러한 임무란 결국은 인간인 자기 자신을 신과 연결시켜보려는 일, 혹은 자기 자신을 신과 일치시켜 보려 했던 것이었다고 이해해 볼 수 있다. 법정에서의 그의 그러한 주장은 결국은 청중들과 재판관들에게 받아들여지지 않아, 사형 판결이 내려진다. 그는 사형 판결이 내려지기 전 자신의 그러한 주장을 피력해 가는 과정에서, 「나는 구속이나 죽음이 두려워서 그릇된 결정을 내리고 있는 여러분과 한 패가 되기보다는 오히려 법률과 정의의 편에 서서 모든 위험을 무릅써야 한다고 생각했다」9), 「나는 결코 어느 누구에게도 죽음이 두려워서 정의를 어기면서까지 굽히지는 않을 것이지만, 굽히지 않으면 죽게 되리라는 것을 여러분이 알아주었으면 좋겠다」라고 말하고 있다.10) 또 그는 사형 판결을 받고서, 「나는 위험에 처했다고 해서 어떤 천한 짓을 해도 좋다고 생각하진 않았고, 지금도 그렇게 변명한 것을 뉘우치지도 않으며 오히려 나를 달리 변명하고서 살기보다는, 이렇게 변명하고서 차라리 죽는 편이 훨씬 낫다고 생각합니다. 왜 그러냐 하면, 법정에서나 싸움터에서나 무슨 짓을 해서든지 죽음을 면하려고 꾀를 부리는 것은, 나긴 누구

---

7) 플라톤 저·조우현 역, 전게서, p.450
8) 상동서, p.455
9) 상동서, p.451
10) 상동서, 상동면.

건, 해서는 안 될 일이기 때문입니다」.¹¹⁾

또 그는 「죽음」에 대해서 다음과 같은 입장을 취해 갔다. 우선 그는 「죽음이란 다음의 둘 중 하나일 것」이라 말하고, 하나는 「죽음이 아무것도 아닌 것이라서 죽은 사람은 전혀 아무 감각도 없」는 것일 수도 있는 것이고, 다른 하나는 「전해내려 오는 말처럼 영혼이 여기서 다른 곳으로 마치 자리를 바꿔서 옮아 사는 일 같은 것」일 수 있다고 말하면서, 「만약 그것이 아무 감각도 없어서 꿈 한번 꾸지도 않은 잠 같은 것이라면 죽음은 놀랄 만한 이득인지도 모른다」고 말하고, 다른 한편으로 「죽음이라는 것이 이곳에서 다른 곳으로 옮아사는 것이고, 따라서 죽은 사람은 다 그곳으로 간다는 말이 사실이라면, 재판관 여러분, 이보다 더 좋은 일이 어디 있겠」느냐는 입장을 취했던 것이다. 이와 같이 그는 「죽음」에 대한 자신의 사상에 입각해 자신의 눈앞의 「삶」을 처리해 갔던 인간이었다. 그는 법정을 떠나기 직전 자기를 고발인들과 재판관들에게 이렇게 말한다. 「이제 나는 여러분들로부터 사형선고를 받고 이 자리에서 물러나려고 하지만, 여러분은 진리로부터 악과 부정의 선고를 받고 물러나는 것입니다. 나도 이 판결에 따르고 여러분도 그 판결에 따라야 합니다. 그것은 아마도 그럴 수밖에 없었겠고, 또 그래도 좋다고 나는 생각합니다」라고.¹²⁾ 그는 법정을 나서면서 그에게 사형을 언도한 자들에게 이런 부탁을 했다. 「내 자식들이 장성해서 만약 여러분들 생각에, 그들이 덕성보다도 재산이나 그 밖의 것에 마음을 쓰는 것 같거든, 내가 여러분을 괴롭힌 것과 똑같이 그들을 괴롭혀서 보복을 해주기 바라며, 또 만약 그들이 아무것도 아니면서도 이미 무엇이나 되는 것처럼 생각하는 것 같거든 내가 여러분을 나무랐듯이, 마음을 써야 할 데에 쓰지 않고 또 아무 값어치도 없으면서 마치 무엇이나 되는 것처럼 생각하고 있다고 그들을 꾸짖기 바랍니다. 여러분이 그렇게 해준다면, 나도 내 자식들도 여러분에게서 정당한 대접을 받은 셈이 될 것입니다」라고.¹³⁾

현재 「학문의 아버지」로 불리우는 「소크라테스」는 「정신적 인간의 자세」를 제자들에게 명확히 보여준 자로서 자신이 옳다고 생각한 것에 대해서는 자신의 삶

---

11) 상동서, p.458
12) 상동서, p.459
13) 상동서, p.462

전체를 바쳐서 지켜갔던 「실천적 윤리가」였다고 하는 것이다.[14] 이렇게 볼 때, 소크라테스에 있어서의 철학이란 한마디로 인간 자신의 무지함에 대한 깨달음을 통해 전지전능한 신의 능력이나 영역을 알아간다고 하는 작업이었다. 바꾸어 말해서 그것은 인간이 자기 자신의 무지로부터 벗어나서, 즉 자기 자신의 좁은 세계로부터 탈피해 나와서 자신과 자신을 둘러싸고 있는 자연을 일관하는 어떤 질서, 즉 진리를 추구해 내는 작업이었던 것이다.

그의 주된 노력은 인간과 신과의 새로운 관계를 정립시키려 했던 것이고, 인간을 중심으로 한 인간과 신과의 새로운 관계 정립을 위한 구체적 방안으로, 신에 대해 인간이 마땅히 취해야 할 태도와, 그것을 기초로 하는 새로운 인간 사회를 확립해 가려했던 것이다. 이렇게 봤을 때, 소크라테스의 철학적 의미는 인간 사회의 발견에 있었고, 그 역할은 인간 사회의 윤리적 기초를 제시했던 것이라고 말할 수 있다. 그의 그러한 작업은 그의 제자 플라톤에 의해 한층 더 구체화되어 나왔다.

플라톤은 소크라테스의 그러한 정신을 전달하기 위해 저작생활을 시작했고, 그의 탐구정신을 기리기 위해 아테네의 교외에 아카데메이아(Akademeia)를 창설한다. 그것은 학칙, 규율, 기숙사, 강의실, 박물관, 도서관 등을 갖춘 종합대학교로 발전해 나왔다. 아리스토텔레스(Arestoteles, 384~322, BC)도 플라톤이 사망할 때까지 20년간 그의 수제자로 나중에는 그의 탁월한 협력자로 그곳에서 머물렀었다. 유럽의 대학들의 전통은 바로 그의 아카데메이아로부터 비롯되었다고 말하고 있다. 서구에서의 학문이 인간과 신과의 관계를 정립시키려는 과정에서 철학의 형태를 취해 성립되어 나왔다고 한다면 동아시아의 경우는 어떠했는가?

2. 동아시아의 공자

오리엔트 지역으로부터 중국에 철기문화가 전래된 것은 주(周)의 동천(東遷, BC770)이 이루어진 시점으로서 그 동천 시작을 기점으로 중국에는 춘추전국시대

---

14) ロマーノ・グアルデイーニ著・山村直資訳(1981), 『ソクラテスの死』、法政大學学版局、pp.1-3.

(770~221, BC)가 도래한다. 중국으로의 철기문화의 전래를 계기로 성립된 이 춘추시대는 철제무기가 청동무기에 대체(代替)되는 과정에서 우선 외세의 정복이 횡행했고, 농업생산에 철제품이 사용되어 농업혁명이 일어났으며, 제도개혁이 행해졌는가하면 기존의 사회적 정치적 질서가 붕괴되고 윤리가 완전히 땅에 떨어지게 된다.[15] 이러한 상황에서 공자(孔子, 551~479, BC)를 비롯해 노자(老子), 묵자(墨子), 맹자(孟子), 순자(荀子) 등과 같은 소위 제자백가(諸子百家)가 나타났던 것이다.

중국문명의 발생지로 이야기되고 있는 황하지역에서 청동기문화가 발생했던 것은 BC18세기경으로 그것이 기초가 되어 중국 최초의 왕조라 할 수 있는 은(殷)왕조(1766~1122, BC)가 설립되어 나왔다. 그 후 황하 상류지방을 배경으로 해서 꾸준히 성장해 나왔던 주(周)가 BC1122년 동쪽의 대국 은(殷)왕조를 멸망시킨다. 주왕조를 설립한 주왕실은 은으로부터 빼앗은 넓은 영토를 장악해 가기 위한 방책으로 소위 봉건제도라고 하는 것을 실시한다. 봉건제도란 최고의 권력자가 자기를 추종하는 자들에게 자기가 취한 영토를 나누어 주고 그들로 하여금 그 영토를 관할케 해가는 제도이다.

그런데, 당시 주왕실은 주왕실과 혈연관계에 있는 자들에게 영토를 나누어 주고 그들로 하여금 주왕실을 종가(宗家)로 섬기도록 했고, 또 주왕실은 「조상의 종묘(宗廟)를 중심으로 형성된 동일혈족의 제사조직」라 할 수 있는 종족(宗族)제도를 기초로 해서 봉건제도를 실시했던 것이다.[16] 이러한 봉건제도는 서주(西周, 1122~770, BC)를 통해 확립되었는데, 앞에서 언급한 바와 같이 서주말경에 오리엔트지역으로부터의 철기문화의 도래를 계기로 붕괴되기 시작되어, 주왕(周王)과 제후(諸侯)간의 군신(君臣)관계가 붕괴되어 결국 동주(東周, 770~453, BC)에 이르러 사회적 혼란이 야기되기에 이르렀던 것이다.

공자는 주(周)왕실로부터 분봉(分封)된 중요 제후국(諸侯國)들 중의 하나인 노(魯, 현 산동성)에서 BC, 551년에 태어났다. 보다 구체적으로 말하자면, 당시의 노나라는 주공(周公)의 아들이 제후로 봉해진 국가였다. 주공은 주왕조의 설립의

---

15) 에드윈 O. 라이샤워 외 저·전해종 외 역(1984), 『東洋文化史 上』, 을유문화사, p.65
16) 李春植(1986), 『中國古代史의 展開』, 藝文出版社, p.67

기초를 세워 문왕(文王)으로 추앙되었던 창(昌)의 아들이었고, 또 주왕조를 세운 무왕(武王)의 동생으로서, 형과 함께 은(殷)을 멸망시킨 대가로, 최초로 주왕조로부터 토지를 받았던 인물이었다. 그러한 이유로 인해 노나라는 주공의 위업을 이어받은 나라였고 제후국들 중에서 서주시대의 문물들을 가장 많이 지니고 있던 나라였다. 따라서 공자는 노나라에 보존된 서주시대의 전통문화에 젖어 있었던 자였다. 또 그의 선조는 송국(宋國, 殷의 後裔)의 귀족으로 알려져 있고, 부친은 신흥무사계층 출신으로 이야기되고 있다. 공자는 일찍이 양친을 사별하고 가난 속에 성장, 그는 당시 귀족의 자제와 같이 정규교육을 받지 못했다. 그는 고향에서 노인들로부터 글, 제례(祭禮) 등을 배웠다. 그러다가 한때 그는 창고지기, 목장관리직을 맡기도 했는가 하면, 「30세에 가서는 당시 동주(東周)의 수도였던 낙읍(洛邑)으로 유학을 나가 서주의 찬란했던 예교문화를 섭렵」했다.17) 그러다가 그는 나이 50세에 노(魯)의 장관급의 관직에도 올라본다. 그러나 그는 자기에게 정부를 운영해보도록 정부를 맡기는 군주가 없어 자신의 정치적 이상을 펼 수 없음을 한탄한 나머지 54세에 노나라를 떠나 여러 나라를 떠돌면서 자신의 정치적 이상을 실현시킬 기회를 얻고자 노력해 봤다. 그러나 그는 결국 뜻을 이루지 못하고 68세에 고국으로 돌아와 교육과 고전정리에 전념하다 기원전 479년 73세에 사망한다.

그는 소크라테스의 경우처럼 어떠한 저서도 남기지 않았다. 그의 제자들이 그에 관해 기록한 『논어』이외에 그에 관한 기록이란 아무것도 없다. 그렇다면, 그는 어떻게 현재 동아시아에서의 학문의 아버지로, 중국 최고의 위대한 인물로 알려져 있는 것인가? 사실여부야 어떠하든 간에, 그는 유교(儒教)의 경전으로 알려진 5경(五經) 중의 『시경』(詩經), 『춘추』(春秋), 『예기』(禮記)를 편찬 또는 편찬계기를 만든 인물로 알려져 왔다.

근대 이전 동아시아에서의 학문은 사실상 유학(儒學)을 주축으로 해서 성립 발전해 나왔다. 동아시아에서 학문의 중심과 기준은 유교의 경전인 사서오경(四書五經)에 있었다. 사서오경에서의 「사서」란 주자 이후의 대표적 유교 경전으로서 『예기』(禮記)로부터 발췌해 만든 『대학』(大學)과 『중용』(中庸), 그리고 『논어』(論語)

---

17) 상동서, p.162

와 『맹자』(孟子)를 총칭하고, 「오경」은 당(唐)이전의 유교의 경전으로 취급되었던 『역경』(易經), 『서경』(書經), 『시경』(詩經), 『예기』(禮記), 『춘추』(春秋)를 칭한다.

공자는 이러한 서적들을 경전으로 하는 유교의 시조(始祖)로 받들어 져왔다. 그러면 그는 어떻게 유교의 시조가 되었던 것인가? 공자는 당대 최고의 지성인으로 알려져 있었다. 그러나 그가 어디에서 어떻게 학문을 쌓았는지는 알려져 있지 않다. 그렇지만, 우리가 여기에서 한 공자연구자의 다음과 같은 글귀를 떠올려 본다면 그의 학식이 어떻게 쌓여졌는지에 대한 이해가 어느 정도 가능하다.[18]

> 그 시대에는 명성을 얻는 길이나 실제적인 성과를 올리는 길은 모두 관직으로 연결되어 있었다. 학문연구와 교육은 대부분(전부는 아닐지라도) 관료들의 부차적인 업무의 일환으로 수행되는 존재에 불과하였고, 그 때문에 빈약한 수준을 면치 못하였다. 궁전의 의식을 감독해야할 관료는 의례(儀禮)를 연구하였고, 특정한 목적으로 역사기록을 참고하는 관료들도 있었지만, 일상적인 공무를 수행하기에 바쁜 사람들이 모든 분야를 배울 시간직인 여유도 없있거니와, 항상 번하는 우주현상 뒤에 깔려 있는 의미를 추구하는 철학자들에게 불가결한 지적 평정도 그들은 가질 수 없었다. 그러나 공자는 이것을 가질 수 있었다. 책임 있는 지휘를 열망하였으나 그것을 얻지 못한 사실은 오히려 그에게 학문을 연구하고 명상할 수 있는 시간적 여유를 주었던 것이다.

그는 그러한 한직(閑職)에 있으면서 일과가 끝나면 처음에는 자신의 동료들, 마을사람들 등과 어떤 한 사건이나 정치적 문제 등을 가지고 토론 등을 해 갔다. 그는 그러한 일들에 재미를 붙여, 소크라테스의 경우처럼 짬이 있을 때마다 친구들 마을아이들 등과 토론회를 가져갔다. 그러한 과정에서 그는 자신이 그러한 토론을 통해 무엇인가를 밝혀가고 연구해 가는 행위가 즐겁고, 또 자신의 적성에도 맞는다는 것을 발견한 나머지, 결국 그는 「유가학단」(儒家學團)이라는 것을 조직하게 된다. 그는 그 학단에 모여든 학생들과의 토론을 통해, 그들이 필요로 하는 것들을 그들에게 가르쳐가면서 자신이 모르는 것들을 꾸준히 연구해 갔다.

그는 「자신의 천직은 정치였으며, 자신의 사명은 세상을 구하는 것」이었다고

---

18) H.G. 크릴 저 · 李成珪 역(1983), 『孔子 : 인간과 신화』, 지식산업, p.42

생각했다.[19] 그에게 있어서의 그러한 사명의 실현방안이란 「구질서를 회복시키고 세습적인 귀족정치의 권위를 강화시키는 것」이었다.[20] 공자가 유가학단에서 제자들에게 가르쳤던 것은 역사(歷史), 시(詩), 예(禮)였다.

『춘추』는 그가 제자들에게 노(魯, 722~481, BC)의 역사를 가르치는 과정에서 그에 의해 편찬되어 나온 것이다. 『시경』도 당시 은대(殷代) 이래의 시 3천여 편이 전해져 왔는데, 공자가 그 중에서 필요한 것들을 뽑아서 제자들에게 가르쳐갔고, 또 공자의 제자 자하(子夏)의 학파에 의해 공자로부터 배운 시, 305편이 묶여 편찬되어 나온 것으로 고찰되고 있다. 『시경』의 시는 「풍」(風), 「아」(雅), 「송」(頌)으로 되어 있는데, 「풍은 각국의 민요, 아는 조정의 음악, 송은 종묘제사의 악사」라 할 수 있다.[21]

『예기』는 공자에 의해 최초로 「예」의 중요성이 강조되어 한대(漢代)에 와서 공자의 후예들에 의해 「예」에 관한 이론과 해설문들로 엮인 책으로 판단되고는 있지만, 어쨌든 전문가들은 공자를 「예」의 창시자로 파악하고 있다.

그가 사회적 윤리가 땅에 떨어져 있던 당시에 춘추시대의 역사, 전대(前代)의 민요, 궁정음악의 가사, 종묘제사 때 불린 음악의 가사 등을 자료들로 해서, 「예」(禮)를 연구해 제자들에게 가르쳤던 이유는 무엇이었던가? 여기에서 우리는 「예」란 무엇인가에 대한 고찰이 요구된다.

「예」(禮)란 문자에서의 「豊」은 「신 앞의 곡물」을 형상하는 문자와 그것을 신에게 「보인가」는 뜻을 갖는 문자「示」의 합성어로서 그 어원은 「신에게 곡물을 바친다」로 되어있다.[22] 공자의 한 전문가는 「귀족의 전통적인 기예 중 공자의 목적에 꼭 적합한 것이 하나 있었다. 그래서 공자는 그것을 계승하여 그 특유의 강조점을 덧붙여 유가의 표지가 될 정도로 크게 발전시켰는데, 그것이 바로 (禮)라고 하는 것이다.」라고 지적하고 있다.[23]

이와 같이 파악해 볼 때, 「예」는 귀족들의 종교적 관례로부터 취해진 것이 분명

---

19) 상동서, p.50
20) 상동서, p.11
21) 李家源 감수(1986), 『四書五経-詩経』, 교육출판사, p.14
22) 諸橋轍次(1985), 『大漢和辞典-卷 8』, 大修館書店, p.501, 「禮」字 參考.
23) H.G. 크릴 저·李成珪 역, 전게서, pp.99-100.

하고, 그 종교적 관례란 생자가 사자(死者)에 대한 예를 중핵으로 해서 형성된 것이라 할 수 있다. 따라서 공자가 생각했던 「예」는 철기문화가 도래하기 이전 종법제도(宗法制度)를 근간으로 봉건제도가 확립되어 갔던 서주(西周)시대의 봉건 제후들에 의해 행해졌던 「예」를 의미한다.[24] 공자는 당대 땅에 떨어진 사회적 윤리를 바로 세우는 길은 장차 정치를 행해 갈 인간들에게 서주시대의 봉건 제후들이 행해 갔던 예를 가르쳐야 한다는 생각을 가지고 있었던 것으로 고찰된다.

서주시대의 봉건 제후들이 행했던 「예」란 당시의 봉건제도가 종법제도를 기초로 해서 확립되었다는 것을 감안해 볼 때, 천명을 받은 군주가 천(天)에 행하는 의식으로부터 그 기원을 찾을 수 있을 것으로 판단된다. 이 경우 천명을 받은 군주가 천(天)에 행하는 의식이란 천명을 받은 군주가 인간들의 운명을 지배해 가고 있다고 생각했던 존재, 즉 주족(周族)의 최고의 신으로 받들어졌던 천(天)에 대한 의식(儀式)이었다 할 수 있다.[25]

이렇게 봤을 때, 「예」는 생자들이 자신들의 운명을 지배해 간다고 생각되는 조상신이나, 혹은 그들이 거처하고 있다고 생각되는 천에 대해 취하는 태도에 기인된 것이라 할 수 있다. 한마디로 말해, 예를 현대적으로 해석하면, 자신은 자신과 세상을 지배해 가는 「天」을 통해서 자기자신과 세상을 바라다본다고 하는, 상대방에 대한 신호가 바로 예라고 하는 것이다.

공자는 예에 따라 행동하면 「마술적」인 효험이 있다고 생각했다.[26] 또 공자는

---

24) 「종족내에서 장자(長子) 출신의 족(族)이 대종(大宗)이 되어 종가(宗家)를 형성하고, 이 종가의 가장(家長)이 종주가 되어 조상의 제사를 받드는 종묘(宗廟)를 모셨으며 또한 다른 족인(族人)들을 통괄하였다. 또 종주(宗主)는 종족을 대표하고, 족인 중에서 범법자, 종법의 명예를 훼손하는 자는 축출 또는 처형할 수 있었으며, 전쟁시에는 족인을 이끌고 전쟁에 참가하였다. 한편 대종(大宗)을 제외한 다른 족인(族人)은 소종(小宗)이되어 종주의 권위와 지시에 복종하였으며 조상제일(祖上祭日)에는 종주에게 물심(物心)양면으로 협조하고 전쟁시에는 종주의 통솔아래 출전했다.」 이와 같이 주대(周代) 제배 귀족들 간의 혈연에 입각한 신분제도와 법적 질서를 종법제도라 말한다.[李春植, 전게서, p.67 참고]
25) 주의 성립(BC 1122) 이전의 은대에는 조상의 신령이 인간의 운명을 지배한다고 믿었고, 그 신령들 중에서도 제일 유력한 신령을 제(帝)라 불렀다고 한다. 그러다가 최고의 신을 천(天)으로 믿고 있던 주족(周族)이 천하를 지배해 가게 되자, 하늘에 존재해 있는 것으로서 인간의 운명을 지배해 가는 것으로서 천제(天帝)란 개념이 형성되어 나왔고, 또 그것이 나중에 가서는 「天」과 동일한 의미로 쓰이게 되었다. [H.G. 크릴 저·李成珪 역, 전게서, p.132 참고]
26) 상동서, p.101

「공경도 예로 조절하지 않으면 단순한 수고로움이 될 뿐이며, 신중도 예로 조절되지 못하면 단순한 소심증에 불과하다. 또 용기도 예가 조절하지 않으면 단순한 난폭함이 되며 솔직함도 예로 조절하지 않으면 단지 몰염치에 지나지 않는다.」라고 말했다.[27] H.G.크릴은 「禮는 감정을 표현하는 형식이며 그 표현은 사회적으로 인정된 방식이 되지 않으며 안된다」면서, 「유가가 말하는 〈禮〉의 실천은 사회의 전통적인 관행에 대한 지식과 아울러, 구체적인 상황과 상식의 요구에 따라 그것을 조정할 수 있는 능력까지 의미한다」고 지적하고 있다.[28] 이와 같이 공자는 신령이나 그들이 거처해 있다고 생각되는 천을 통해서 세상을 바라다보는 태도, 즉 예를 재정립시켜야 만이 땅에 떨어진 사회적 윤리가 바로 설 수 있다는 사상을 가지고 있었던 것이다.

그는 자신들의 운명을 지배해 가고 있는 천(天)을 통해서 인간과 세상을 바라다볼 수 있는 인간을 군자(君子)라 했고, 그러한 입장을 취해 자신의 삶을 실현시켜 나가려는 군자들이 정치를 해야 만이 세상이 바로 설 수 있다고 생각했다. 그의 교육의 목적은 예를 실행해 가는 군자를 양성시켜가는 것이었다. 자신들의 운명을 좌우한다고 하는 사자의 신령이나 그것들이 거처하는 천을 통해 세상을 바라다보는 군자들의 인격적 바탕은 바로 의(義)이며, 그것을 예(禮)로써 행한다고 공자는 말하고 있었다. 그러한 의미에서 공자는 단순한 예절과 상반되는 진정한 禮란 훌륭한 인격을 표현하는 수단이지, 인격을 은폐하거나 대체하는 수단이 아니라는 점을 명백히 밝히고 있었다.[29] 그러한 의미에서 공자는 「단순한 예절과 상반되는 진정한 禮란 훌륭한 인격을 표현하는 수단이지, 인격을 은폐하거나 대체하는 수단이 아니라는 점을 명백히 밝히고」 있다.[30] 의(義)란 모든 사람들이 다 같이 받아들일 수 있는 부분을 추구해 나가려는 태도를 말한다. 군자의 관심은 바로 그러한 의(義)에 있었을 뿐이지만, 소인의 관심은 이익(利益)에 있다고 했다.[31] 다시 말해서, 군자는 의에 움직이고, 소인은 이익에 움직인다는 것이다. 예를 행하는 군자들

---

27) 『論語』泰伯篇2 「子曰恭而無禮則勞愼而無禮則葸勇而無禮則亂直而無禮則絞」
28) H.G. 크릴 저·李成珪 역, 전게서, p.103
29) 『論語』陽貨篇「子曰君子以義爲質禮以行之」
30) H.G. 크릴 저·李成珪 역, 전게서, p.105
31) 『論語』里仁篇 「子曰君子喻於義小人喻於利」

의 인격적 바탕이 의에 있다고 하는 말이란 다름이 아니라 천을 통해 세상을 바라다보는 인간들은 우선 무엇보다도 천하의 모든 인간들의 공통적 관심이 무엇인가를 파악해 행동해 간다고 하는 말이기도 한다. 천하의 모든 인간들의 공통된 관심사라 할 수 있는 의(義)에 움직이는 인간이 정치를 해야 세상이 바로 선다고 공자는 확신했다. 그는 자신이 처해 있는 세상이 그토록 어지럽게 된 것은 이익에 움직이는 소인들이 정치를 행해가고 있다고 생각했던 것이다.

공자는 학생들이 천을 통해 세상을 바라다 볼 수 있는 인격을 형성하려면 천을 통해 세상을 바라다보며 생활했던 전대(前代)의 인간들에 의해서 쓰여졌던 글들과 읊어졌던 시들을 접해야 한다는 생각에서 옛 선인들의 문장들과 시들을 모아서 그것들을 연구해 제자들에게 가르쳐 갔던 것이다.

「天」을 통해 세상을 의식해 가며 살아가는 「군자는 자신감 때문에 교만해 지지는 않는다고 공자는 말했고, 또 그는 군자는 본래 협동심이 많고 온화하며, 당파심이 없고 파벌을 조장하지 않으며 인격이 확고하기 때문에 위기에 처해도 태연자약하고 언제 고문을 당하여 죽을지 몰라도 두려워하지 않는다」라고 말했다.[32]

공자철학의 중심개념은 「도」(道)로 파악된다. 이 경우의 「도」는 「개인, 국가, 천하 모두가 이에 따라 행동하고, 또 인도되어야만 하는 방식이다. 만약 〈천하에 도가 있다〉든가, 〈어떤 국가에 도가 있다〉, 또는 〈어떤 개인에 도가 있다〉라고 한다면, 마땅히 그 방법으로 다스려지고, 그 방법으로 도덕적 원칙이 행해진다」는 것이다.[33] 이렇게 봤을 때, 공자가 말하는 「도」는 선인들에 의해 만들어진 당대인들의 「행동의 지침」이었고, 당대인들 자신들이 세상을 살아가야 할 「절대적 기준」이자 「원칙」을 의미했다. 이처럼, 공자에 있어서의 「도」란 「천」을 통해서 파악했을 때만이 형성될 수 있는 개념이다.

공자는 이러한 「도」의 실천방법으로 「인」(仁)을 강조하였다. 공자는 「仁者는 자기가 일어서려고 원하면 먼저 남을 일으켜 세우고, 자기가 성공하려고 생각하면 먼저 남이 성공하도록 돕는 것이다. 자기가 마음속으로 원하는 것에서부터 다른 사람을 대하는 행동의 원리를 찾는 것이 仁의 실천방법이다」라고 말했다.[34] 또

---

32) H.G. 크릴 저 · 李成珪 역, 전게서, p.113
33) (1). 상동서 p.142, (2).『論語』里仁篇「子曰參乎吾道一以貫之」

그는 모든 사람에게 애정을 갖고 대해야 하고, 인자와 친해야 한다」35)고 말했다.

공자에 있어서의 학문이란 「天」을 통해 세상을 의식해가며 살아갔던 전대(前代)의 인간들의 문장들을 읽고서 그들의 사상을 끌어내서 그것으로 자신의 인격을 도야해 가는 행위였다고 할 수 있다. 이렇게 봤을 때, 공자의 「유가학단」은 장차 예로써 정치를 행해갈 군자들의 양성소였다고 할 수 있다. 이상과 같이 춘추시대에 공자를 시조로 해서 시발되어 나왔던 유가집단(儒家集團)이 한대(漢代)에 와서 유학이 관학(官學)으로 받아들여짐에 따라 비로소 그것이 그 사회에서의 학문을 전담해가기에 이르게 됐던 것이다. 「유가」(儒家)의 「유」는 「성격이 유한 사람」의 뜻이다. 공자시대에 「유」는 「유가」를 뜻하는 말은 아니었다. 그것은 전국시대를 거치는 과정에서 「무」(武)로 문제를 해결하려는 사람들에 대해 「문」(文)으로 문제를 해결하려는 유가들을 지칭하는 말이 되었던 것이다.

공자가 최고의 신령이나 그것이 거처한다고 여겨지는 「천」을 통해 자신과 자신이 처해 있는 세상을 바라다보는 자세를 정립시켜가야 한다고 주장해 가는 과정에서 당시 학문이 성립되어 나왔다고 한다면, 이 경우에 있어서의 학문이란 인간과 인간의 운명을 지배해 가고 있다고 생각되는 존재들과의 관계를 확립시켜 보려는 수단의 일종이었다고 할 수 있다.

공자가 가장 칭송했던 인물은 주초 종법제도(宗法制度)를 만들어 주(周)의 봉건제도를 성립시켰던 주공(周公)이라고 하는 인물이었다. 또 그가 유독 추종했던 인물은 관중(管仲)이었던 것이다. 중국의 학문은 바로 그러한 인물들의 정치적 업적을 통해 성립되어 나왔던 것이다.36)

---

34) 『論語』雍也篇 「夫仁者己欲立而人 己欲達而達人 能近取譬 可謂仁之方也己」
35) 『論語』學而篇 「汎愛衆而親仁」
36) 钱穆(2009), 『中国学术思想史论从 1』, 北京: 生活·读书·新知三联书店, p.96

3. 학문으로서의 철학의 성립과 전개의 양상

1) 학문으로의 철학의 성립

이상과 같이 파악해 볼 때, 현재 서에서 학문의 아버지로 불리는 소크라테스의 탄생은 그보다 약 1세기 전에 나타났던 탈레스(Thales), 헤라클리투스(Heraclitus), 피타고라스, 등과 같은 자연철학자들, 소크라테스와의 동시대의 소피스트(Sophists) 등과 깊게 관련되어 있음을 알 수 있다. 소크라테스는 자연을 형성하고 있는 사물의 본질이 무엇인가를 알기를 원했던 자연철학자들과는 달리 인간에 대해 관심을 가졌다는 면에서 동시대의 소피스트들과 같은 입장이었다. 그러나 당시의 소피스트들이 인간을 프로타고라스의 경우처럼 「만물의 척도」와 같은 존재로 생각했던 것과는 달리, 그는 인간을 신(神)과 비교해서 신의 하수인과도 같은 존재에 지나지 않는 존재라고 생각했다는 것이다. 소크라테스가 한 「그대 자신을 알라」(Know Thyself) 리는 말은 델피에 있는 이폴로 신전에 세겨진 격언이다. 이 격언은, 그대를 신괴 비교해 봤을 때, 그대가 얼마나 무지한 존재인가를 알라라는 뜻의 말이다. 이렇게 봤을 때, 학문의 아버지, 소크라테스의 탄생은 신을 통해서 인간을 파악하고, 또 그렇게 파악된 인간을 통해서 세상이 파악되어져야 된다는 입장이 성립됨으로써 이루어졌다고 할 수 있다. 소크라테스의 그러한 입장은 1세기 전의 자연철학자들이 신을 통해서 인간을 인식할 것이 아니라 인간을 둘러싸고 있는 자연을 통해서 인간을 인식해야 한다고 주장했던 입장과 대립되는 입장이다. 또 그것은 1세기 전의 자연철학자들이 주장했던 그러한 입장과는 달리, 델피의 아폴론 신전이 건립된 몇 세기전의 인간들의 사고와 유사한 입장이었던 것이다.

동아시아에서의 학문의 아버지로 불리워지는 공자의 사상도 소크라테스의 경우와 같은 차원에서 파악된다. 공자보다 몇 십 년 먼저 태어난 사람으로 알려져 있는 노자(老子)는 공자가 인간세계 속의 도(道), 즉 「예」(禮)에 관심을 가졌던 것에 반해, 인간세계 밖의 도(道), 즉 「무」(無)에 대해 관심을 갖고 있던 사람이었다. 그의 사상은 그가 편찬했다고 전해지는 『도덕경』(BC 500년경)에 나타나 있는데, 그는 우주 끝의 절대적 본체를 도(道), 또는 무(無)라 이름 붙여, 무한정한 무로부터 유의 세계가 생긴다고 말하고 있다. 이와 같이 노자의 기본적 사상은 무위자연(無爲自然)에 있으며, 예와 같은 인위(人爲)보다는 자연의 법칙이라고도 할 수 있는 도를 중요시했던 사상이었다.

공자의 유가사상은 이와 같은 자연중심의 세상보다 인간중심의 세상을 강조하는 과정에서 형성되어 나왔고, 또 그것은 당시 인간들의 생각이나 행위보다는 선인(先人)들의 생각과 행위들을 중핵으로 했던 사상이었던 것이다.

이렇게 봤을 때, 소크라테스와 공자의 기본사상은 자연보다는 인간을 주축으로 해서 세상을 파악하되, 당시의 자신들의 생각을 통해서 인간 자신들과 그들의 세계를 파악할 것이 아니라 「신」이나 「신」적 위치에 있는 「천」(天)을 통해 인간 자신들의 생각과 세계를 고찰해 가야한다는 사상이었다고 할 수 있다. 다시 말해서, 자연과 인간과의 관계정립을 배격하고 신과 인간과의 관계정립을 추구해 나가기 위한 노력이 당시 그들에 있어서의 철학적 행위였고, 학문이었던 것이다.

그들의 그러한 노력은 서구의 경우 소크라테스의 제자 플라톤(429~347, BC)의 이데아론(Theory of Idea)과 플라톤의 제자 아리스토텔레스(384~322, BC)의 실제론(Realism)을 성립시킨다. 플라톤의 이데아론은 세계가 이데아의 세계와 현상의 세계로 되어있다는 입장이다. 이 경우 이데아의 세계는 소크라테스로 말할 것 같으면 신의 세계에 해당되고 현상의 세계는 인간의 세계, 즉 인간의 무지한 생각에 의해 만들어진 세계라 할 수 있다. 플라톤은 인간이 처해있는 현상의 세계는 인간의 무지한 생각에 의해 만들어진 세계이기 때문에 참이 존재하는 이데아의 세계를 통해서 이해되어야 한다는 입장을 취했다. 그의 그러한 세계관은 그의 제자였던 아리스토텔레스에 의해서는 비판적으로 받아들여졌다. 플라톤은 참의 이데아의 세계가 석양이 넘어가는 산 저쪽에 존재한다면 현상의 세계는 석양빛에 의해 드러난 산 이쪽에 존재해 있으며 인간도 바로 이 현상의 세계에 존재해 있다는 세계관을 취하고 있었다고 볼 수 있다. 이에 대해 아리스토텔레스의 경우는 석양이 넘어가는 산 저쪽에는 이데아의 세계와 같은 것은 존재하지 않는다. 만일 그러한 세계가 존재한다고 하면 그것은 석양이 넘어가는 산 이쪽에 존재해 있을 것이라고 하는 세계관을 취했던 것으로 고찰된다. 아리스토텔레스의 그러한 입장은 신이나 신성한 존재라 할 수 있는 이데아의 세계를 중심으로 하는 세계로부터 실제 인간이 처해 있는 세계나 인간을 중심으로 한 세계관으로의 전환을 의미한다.

아리스토텔레스의 그러한 세계관은 형이상학·논리학·윤리학(수사학·정치학 포함)·자연사(自然史) 등에 대한 연구, 실제 인간과 인간이 처해 있는 세계와 인간과의 관계를 추구해 나감으로써 확립되어나갔다. 즉, 그는 인간의 정신세계, 인간세계와 인간의 정신작용, 인간사회의 기초를 이루는 자연계 등에 대한 관찰을 통해 그의 인간중심의 세계관을 확립시켜 나갔던 것이다. 이렇게 봤을 때, 아리스토텔레스의 세계관은 소피스트들 이전의 자연철학자들로부터 자연을 취하고, 소피스트들로부터 인간을 취해 이루어진 자연과 인간중심의 세계관, 보다 구체적으로 말하자면 인간이 처해 있는 실제 세계중심의 세계관이었다고 할 수 있다.

이상과 같이 고찰해 볼 때, 소크라테스와 공자의 업적은 신 중심의 시대에 있어서의 자연계 속에서의 인간 세계에 대한 발견을 계기로 그것을 통해 인간 세계의 윤리적 기초를 확립시켜 나가는 과정에서 학문을 성립시킨 데에 있다고 할 수 있다.

2) 학문으로의 철학의 전개양상

(1) 크리스트교 문화권에서의 교부(Father of the Church) 철학과 스콜라(Scholasticism) 철학

「소크라테스의 변명」의 저자, 플라톤(Platon, 427~347, BC)은 그의 스승 소크라테스의 죽음(399, BC)을 계기로 정치에 절망을 느낀 나머지, 이집트, 남이탈리아 등으로 여행을 하면서 소크라테스의 입장을 변명하기 위한 방법으로 저작 활동을 해갔다. 그러다가 그는 다시 아테네로 돌아와 소크라테스의 정신을 전달하기 위해 에테네 서쪽 교외에 아카데메이아(Akademeia)라고 하는 학원(學園)을 세웠다. 그 아카데메이아에서 아리스토텔레스(Aristoteles, 384~322, BC)도 플라톤이 죽을 때까지 20여 년 간, 처음에는 그의 제자로 나중에는 그의 협력자로 활동했었다.

아리스토텔레스는 플라톤 사후 아테네를 떠나 소아시아로 옮긴다. 그 무렵 그는 당시 13세였던 알렉산더 대왕의 스승이 된다. BC335년 알렉산더 대왕이 왕위에 오르자, 그는 아테네로 다시 돌아와 그 시의 북동지역에 리케이온(Lykeion)이란 학원을 세워 운영하게 된다. 그 후 그 학원은 페리파토스(Peripatos)로 불리워지게 되어 페리파토스 학파의 명칭이 생기게 된다. 아리스토텔레스는 플라톤으로부터 받은 사상적 영향은 크지만 그러나 그의 학설은 그 스승 플라톤에 대한 비판으로부터 출발하였다. 그 결과, 그 후 서구의 철학은 다음과 같이 전개되어 나갔다.

아리스토텔레스가 아테네로 돌아와 리케이온을 건립한 그 다음해였던 BC334년의 일이었다. 그리스인들이 남하하기 이전 북방에서 그냥 남아 있다가 인접의 세력들을 서서히 규합해 갔던 마케도니아 왕국이 BC4세기 중엽에 와서 그리스의 아테네, 테베 등과 같은 폴리스국가들을 멸망시켜 나갔었다. 그 후 마케도니아의 알렉산더 대왕은 그들 자신들이 복속시킨 아테네 등을 규합해서 BC334년 페르시아 원정길에 올랐던 것이다. 그는 페르시아 정복에 이어 중앙아시아, 인도 등으로 진출해 나가 10여 년의 원정 끝에 지중해와 오리엔트 세계를 하나의 교역권으로 결합시켜 결국 헬레니즘 세계 건설의 기초를 만들었다. 그렇게 해서 서구의 역사는 그리스의 폴리스시대를 끝내고 BC334년 알렉산더 대왕의 페르시아 원정부터 이집트의 프톨레미 왕조의 종말(BC, 30)까지 약 300년간의 헬레니즘 시대로 넘어간다. 그런데, 이 시대를 대표했던 철학은 헬레니즘 시대의 초기에 아테네의 스토아라고 하는 한 학원에서 배운 큐프러스의 제논(Zenon ho Kyprios, 336~264, B.C)을 창시자로 하는 스토아 학파(Stoicism)이었다. 이 스토아학파의 철학자들은 「자연의 법칙과 인간의 보편적 정의에 의해 지배되는 세계국가를 구상했고, 그 국가의 구성원들은 이성을 가진 존재들이라는 점에서 모두가 평등하다」는 입장을 취했다.[37] 그 결과 헬레니즘 시대의 뒤를 이어 등장한 로마시대의 인간들은 그들의 그러한 입장 속에서 세계제국의 이론적 기반을 도출해 갔고, 또 로마제국 시대의 크리스트교는 그들의 그러한 입장들로부터 그 교리의 철학적 기반을 발견해 갔던 것이다.

헬레니즘 시대에 뒤이어 등장한 시대는 로마제국 시대였는데 그것은 로마가 BC31년에 옥타비아누스의 한 개인 재산이 되는 시점에서부터였다. 그 후 로마제국은 콘스탄티누스 황제에 의해 313년 크리스트교가 공인되고, 테오도시우스 황제에 의해 395년 동로마와 서로마로 양분되고, 476년에 가서는 게르만족의 침입으

---

37) 민석홍(1989), 『서양사개론』, 삼영사, p.106

로 인해 결국 서로마가 멸망한다. 동로마제국, 즉 비잔틴제국 시대는 1453년 오스만투르크족에 의해 동로마제국이 멸망할 때까지 이어진다.

로마시대를 대표했던 학문은 크리스트교 철학의 최초의 단계라 할 수 있는 교부철학(patristic philosophy)이었다. 「교부」(敎父)란 "Father of the Church"의 번역어로서, 4세기 말 경에서부터 교회에서 이교도나 이단설로부터 교회를 지키고 교리의 확립에 공이 큰 사람들을 칭했던 말이다. 현재 서양철학사가들은 그들이 그리스 철학, 특히 플라톤 철학과 스토아 철학을 원용하고, 또 3세기 말에서 6세기 전반에 걸쳐 존재했었던 그리스 철학의 최후 학파의 사상이었던 신플라톤주의를 받아들여 만든 신학적 철학을 교부철학이라고 부르고 있다. 2세기 말에서 3세기 초에 알렉산드리아에서 살았던 그리스 출신의 오리게네스(Origenes)는 그리스 철학과 크리스트교를 융합시키려 노력했던 최초의 신학자로서 우리는 그를 대표적 교부철학자라 말할 수 있다. 그런데 이 교부철학시대에는 종교로서의 크리스트교야말로 참된 철학이라 히여 철학은 종교와 동일시되었다.

프랑크 왕국과 로마교황과의 결속을 계기로 샤를마뉴(Charlemagne, 카알대제, 771~814)에 의해 일으켜진 소위 「카롤링거 르네상스」"Carolingian Renaissance"이 후, 교부철학은 스콜라 철학으로 전환해 나온다.

「스콜라」"schola"란 교회나 수도원 부속의 학교를 지칭했던 말이다. 스콜라철학은 연대적으로는 9세기에서부터 16세기까지로 볼 수 있는데, 그 기본적 개념은 크리스트교와의 대결에 있어서 자기를 전개시킨 그리스 철학으로 규정될 수 있다. 스콜라 철학의 초기 단계(800-1200)에는 그것이 신앙으로부터 분리되기 시작해 학문으로서의 의식이 차츰 고양되어 나갔고, 그 다음 그것은 그동안 이슬람세계와 아리스토텔레스의 철학 등이 연구되어짐으로써 전기라 할 수 있는 성기(1200-1300)를 맞게 된다. 그래서 철학은 그 성기를 통해 종교로부터 완전히 분리되어 나와 서로간의 고유성의 인정을 바탕으로 해, 그들 간의 조화가 추구되었다. 그 다음 그것은 말기(1300-1500)로 들어와서 종교는 철학을 배척하는 신앙주의로 나갔고, 철학은 종교를 배척하는 합리주의로 나가게 된 단계가 만들어졌다. 그런데, 스콜라 철학이 그러한 성기를 통해 확립되어 나왔던 것은 아리스토텔레스의 철학을 자기 것으로 받아들여 그것을 크리스트교적 계시철학과의 체계적 조화를 끌어냈던 토마스 아퀴나스(Thomas Aquinas, 1225~1274)의 노력에 의했던 것이라 할 수 있다. 그래서 토마스 철학을 스콜라 철학의 전형이라 말하고 있다.

토마스 아퀴나스는 이탈리아 출신으로 파리에 나가 공부를 해서 파리대학에서 신학을 강의 했던 자이다. 그는 스콜라 철학의 내용과 형식을 대성시킨 자로서 중세최대의 철학적 체계의 확립자라 할 수 있다. 그는 은총은 자연을 파괴하는 것이 아니고 오히려 자연을 완성시킨다는 입장을 취해 신의 은총과 자연, 신앙과 이성과의 조화와 통일을 추구해 갔던 자였다. 성서의 진리가 「은총의 빛」 위에 입각해 있고, 철학의 진리가 「자연(이성)의 빛」 위에 입각해 있듯이 그 두 영역은 엄밀히 구분되지만 그러나 양자는 대립하는 일 없이 상보적 관계에 놓여있다. 자연적 이성에 의해 인식되는 철학적 진리는 신앙의 선구이며, 초이성적인 것은 반이성적인 것이 아니라는 입장을 취했다.

그는 아리스토텔레스처럼 질료와 형상을 근본개념으로 해서 자연철학을 전개시켰다. 자연계의 일체의 사물은 질료와 형상과의 결합으로 이루어진 합성실체이고 자연물의 존재 및 생성변화는 모두 이 양자로 환원된다. 자연계는 여러 단계적 영역으로 나뉘어졌고, 양극에 있는 것으로서 제일 질료와 순수형상이 생각되어질 수 있다. 제일 질료는 무규정 상태인 동시에 어떠한 규정도 받아들여질 수 있는 존재로서, 일체의 생성소멸 속에 항존하는 기체(基體)이자, 일체의 자연물의 순수한 가능태이다. 즉, '질료는 형태와 결합해 어떤 존재를 얻는다.'라는 입장이었다. 또 그는 아리스토텔레스의 경우와 같이 비질료적인 순수형의 존재도 주장했는데, 그 최고의 것을 신으로 생각해, 신은 「존재」를 그 「본질」로 하는 순수현실태라 파악하였다.38)

그는 「존재자와 본질」에 대한 논의에 있어서 「우리가 논의를 보다 쉽게 시작하려면 존재자에 대한 의미에서부터 본질에 대한 의미로 진행하는 것이 더 좋을 것이다」라는 귀납법적 입장을 취하고 있듯이, 신의 존재의 증명에 있어서도 경험에 의해 주어진 사실로부터 출발했다.39) 그는 모든 도덕은 이성적 동물이 신으로 향

---

38) 토마스 아퀴나스 저·정의채 역(1995), 『有와 本質에 대하여』, 서광사, p.67
39) 토마스 아퀴나스 저·김진 외 역(1995), 『존재자와 본질에 대하여』, 서광사, p.9

하는 운동이고 이것에 의해 인간은 행복을 달성하려 하고, 또 이성에 의해 얻어질 수 있는 선의 인식이 그러한 의지 작용의 전제가 된다고 말하고 있다. 그는 인간은 천국이라고 하는 고향으로 서둘러 가고 있는 여행자라 말하고 있고, 신으로 향해 나가는 목적론적 존재로 파악했던 것이다.

그는 결국 아리스토텔레스의 철학을 끌어내서 『신학대전』(1265~74) 등과 같은 저술들을 통해 당대 중요한 문제들을 지적으로 과감히 검토해 가면서 이성과 신앙의 조화의 문제를 추구해 갔던 자로 정리될 수 있다.

(2) 유교 문화권에서의 도·불교 철학과 유교 철학

앞에서도 언급한 바와 같이 서구에서의 소크라테스 철학은 인간 사회를 주측으로 인간, 신, 자연현상 등의 문제를 파악하려는 입장이었으며, 이는 기존의 자연철학, 즉 자연계를 주축으로 인간, 신, 자연을 파악하려는 사고체계로부터 벗어난 것이었다. 이와 마찬가지로, 동아시아에서이 공자(孔子, 551~479, BC)의 유교 철학도 노자와 같은 자연철학자가 주장하는 자연계 중심, 특히 자연의 법칙 중심의 사상으로부터 벗어나서 인간 사회를 주축으로 해서 인간의 문제들을 고찰한다는 입장에서 성립된 것이라 할 수 있다.

인간 사회를 통해 인간의 문제를 파악해야 한다는 공자의 유교 철학은 공자의 사망(BC479) 후 제자들 간의 분열로 제노(齊魯) 학파와 삼진(三晋) 학파로 양분되었다. 전자는 증자(曾子)를 중심으로 노나라의 제자들이 주체가 되어 공자가 중히 여겼던 도덕적 덕목 가운데 효도(孝道)를 제일 중시하였고, 후자는 당시 서방에서 패권을 쥐고 있었던 진(晉)으로 이주해 나갔던 제자들에 의하여 자하(子夏)를 중심으로 형성된 학파로, 특히 예(禮)를 중시했던 것으로 고찰된다.

제노 학파가 개인의 도덕적 수양에 주력하여 효를 인간윤리의 근본으로 삼았다면, 삼진 학파는 현실정치에 관심이 많아 사회 잘서와 국가의 제도를 중시하였으며, 국가와 사회제도 개혁에 참여했던 자가 많았다.[40] 제노 학파는 정치나 사회의

---

[40] 근대화과정에서 한국인들에게 영향을 끼친 유교는 예(禮)나 충(忠)보다는 효(孝)를 우선시하는 유교이고, 일본인들에게 영향을 끼쳤던 유교는 효보다는 예나 충을 우선시하는 유교였다고 볼 수 있다.[필자 보주]

개혁보다는 유교사상의 전통을 계승 발전시켜 가는 쪽으로 관심을 쏟아갔다. 그 결과 증자의 제자 자사(子思)는『중용』(中庸)을 저술해, 공자의 극단을 배격하고 조화를 존중한 인도주의(人道主義)를 계발해 갔고, 자사의 제자 맹자(孟子, 372~289, BC)는 전국(戰國)시대(403~201, BC)에 유가 사상을 재흥시켜, 유가 사상의 정통(正統)과 전승을 확립시켰다.[41)

맹자는 공자와 마찬가지로 제자들을 이끌고 전국을 순방하며 자신의 정치적 사상을 실현시켜 보고자 노력했다. 그러나 그는 결국 실패하여 제자들과 더불어 학문을 논하다 생을 마쳤다. 당시의 각국의 정치형태는 무력으로 정치를 행하는 패도(覇道) 정치였다. 그러나 맹자는 도덕으로 정치를 행하는 왕도(王道) 정치를 주장했다. 그는 백성이 가장 귀하기 때문에 군주는 인(仁)으로 정치를 행해야 한다고 주장했다. 그는 왕도정치의 실현을 위한 기초 작업은 인간이 원래 선한 존재이기 때문에 도처에 학교를 세워 도덕교육을 실시해야 한다는 입장을 취하였다. 정치가는 학교의 도덕교육을 통해 인간에 내재된 도덕심을 계발해서 그것에 기초해 사회적 질서를 확립시켜 가야한다고 하였다. 맹자의 그러한 사상은 그의 제자들이 그의 가르침을 집약해 편집한『맹자(7편)』(孟子七篇)을 통해 전래되고 있다.

이와 같은 도덕정치의 구현을 위한 전제로서의 학교에서의 도덕교육의 필요성은 맹자보다 70여 년 뒤에 태어난 것으로 추정되고 있는 순자(荀子)에 의해서도 제기되었다. 맹자가 제창한 도덕교육의 필요성은 그의 성선설(性善說)에 입각한 것이지만 순자의 경우는 그의 성악설(性惡說)에 입각한 것이었다.

인간이란 사회적 존재이기 때문에 사회를 조직해 살 수 밖에 없는데 사회란 평등 공평한 인간들에 의해 구성된 것이 아니기 때문에 부득불 차등적 계급 사회가 형성될 수밖에 없고, 그러한 사회의 구성원으로 존재하는 인간일 수밖에 없다는 것이 순자의 기본적 입장이었다. 그래서 그는 건전한 사회의 질서유지와 운영을 위해서는 우선 무엇보다도 예(禮)가 지켜져야 하는데 그러기 위해서는 악한 인간의 본성을 교화하여야 하고 만인의 행위에 제한을 가해야 한다고 주장했다. 순자의 그러한 예사상은 전국시대 말기에 이르러 결국은 법가사상의 근원이 되었

---

41) 李春植, 전게서, p.167

다. 각 국은 법가(法家)들의 법치주의 사상을 받아들여 종래의 예치(禮治)를 버리고, 성문법(成文法)에 입각한 법치를 치국 수단으로 받아들여 시행해 갔다. 그 결과 진(秦, 221~202, BC)의 천하통일과 같은 일이 일어나게 되었던 것이다.

그 후 유교는 한대(漢代, BC202~AD222)로 들어와서 한무제(漢武帝, 141~87, BC)에 의해 국교로 정해짐으로써 경서(經書)의 수득(修得)이 사대부(士大夫) 계급의 필수조건이었으며, 관리가 되기 위해서는 유교적 교양이 필수적으로 요구되었다. 그 결과 경서의 권위는 절대적이었다. 당시 경서는 역(易), 서(書), 시(詩), 예(禮), 춘추(春秋)의 5개로 정리되어 나와, 그 후의 학문은 모두 이 5경으로부터 그 기준이 요구되었고, 학문의 중심이 바로 이 5경에 있었던 것이다.

무제는 BC135년경에 유가의 전통에 의한 저작들이라 생각된 5경에 대해 박사(博士)를 설치했다. BC124년에는 유가(儒家) 공손홍(公孫弘)과 동중서(董仲舒)의 건의에 의해 대학(大學)이 설립되어 관리로서 봉직하게 될 50명의 관설 학생들이 5경 박사 밑에서 수학하게 되었다. 중앙에 관립 교육기관이 설치된 것이다.[42]

『주역』(周易)은 음양, 즉 변화의 이치를 따져 인간들의 운세를 판단하는 점술가의 말을 기록해 놓은 책, 즉 점술가의 교본이라 할 수 있고, 『서경』(書經), 즉 『상서』(尙書)는 주(周)초 이후 성왕(聖王)들의 정치적 언행을 기록해 놓은 책이다. 『시경』(詩經)은 BC10~7세기까지의 305편의 옛 노래의 가사들을 집록(輯錄)해 놓은 것이고, 『예기』(禮記)는 선진(先秦)에서 한초(漢初)에 이르는 유가들의 논설들을 집록한 것이며, 『춘추』(춘추)는 BC722~BC481년 간의 노(魯)나라의 궁정에서 일어났던 일들을 기록해 놓은 연대기적 기록물이다. 이렇게 해서 전한(前漢)의 무제에 의해 성립된 유교정치는 후한의 광무제(光武帝, BC6~AD57)의 유학 장려책으로 인해 예교주의(禮敎主義)의 정치방침이 확립되어 나왔던 것이다.

이와 같이 유교가 국교로 받아들여져 유교의 경전이 5경으로 정리되어 나오고, 또 그것이 대학(大學)을 비롯한 관립교육기관의 교과서로 쓰여지는 과정에서 훈고학(訓詁學)이란 학문이 성립되어 나왔다. 「훈고」의 「고」(詁)란 「고」(故)의 뜻으로, 「훈고」란 고어(古語)의 설명 해석을 뜻한다. 그러한 학문은 후한의 정현(鄭玄, 127

---

42) 에드윈 O. 라이샤워 외 저, 전게서, p.131

~200)에 이르러 대부분의 경서의 훈고가 정리 대성되고, 그 후 당(唐, 618~907)의 5경정의(五經正義, 5경의 주석 및 해설서)가 성립되는 과정에서 전통적 훈고를 중심으로 한 학문, 즉 훈고학으로 성립 발전해 나왔던 것이다.

이와 같이 유교가 국교로 받아들여져 그 경전들이 정리되고 연구되며 훈고학이란 학문이 성립되어 나왔던 전한 말 후한 초에서부터 그 동안 유교에 눌려 있었던 도가(道家)사상이 민중에서 유행하기 시작하였으며, 위진시대(222~317)에 이르러 도교시대를 열었다. 그와 동시에 불교사상도 전한 말 후한 초부터 인도로부터 남방 해로와 북방 육로를 통해 중국에 전래된다. 그래서 그것은 도가사상을 통해 전국으로 전파되어 나갔다. 그 결과 한(漢)의 수도 장안(長安, 현재 西安)을 중심으로 통일되어 있었던 중국이 AD222년 3국으로 분열되기 시작하였다. 장강(長江)중하류의 남경(南京)을 그 수도로 했던 후속(後續)하는 여섯 왕조의 이름을 따라 지어진 남북조시대(南北朝時代, 317~589)를 열게 되었다. 우리는 중국 역사상 4세기 중엽에서 8세기 말엽에 이르는 시대를 불교시대라 말하고 있다. 이렇게 봤을 때, 6조 시대(222~589)와 당대(唐代, 618~907)는 유교사상보다도 도교와 불교사상이 중국인들의 사고를 지배해 갔던 시대라 할 수 있다.

도교사상이란 자연을 숭배하는 중국인들의 민간신앙으로부터 성립되어 나왔던 사상으로서, 인간을 자연 속에서 자연의 일부로 살아가는 존재로 이해해 보려는 사상이다. 당시 도교사상의 유행을 타고 전국으로 전파되어 나갔던 불교사상은 우주나 그 속의 인간사회 속에서 한 구성분자로서 살아가는 존재로서 인간을 이해해 보려는 사상이었다. 이 경우, 인간이 자연이나 우주의 질서 내존재라고 이해하려는 점에 있어서는 도교나 불교는 같은 입장이다. 그러나 도교는 자연과의 조화관계를 추구해 가기위한 한 방안으로 자연의 원리를 이해해 보려는 입장을 취해 갔고, 불교는 우주나 그 속의 인간사회 등과의 조화 관계를 추구해 가기 위한 한 방안으로 인간의 정신세계를 이해해 보려는 입장을 취해 왔다는 점에서 차이가 있는 것으로 고찰된다. 즉, 도교사상이 자연중심의 사상이라면 불교는 우주중심의 사상이다. 이렇듯 도교가 자연중심적 사상이고 불교가 내세(來世)중심적 사상이라면, 유교는 인간중심적이고 현세중심적 사상이라 할 수 있다.

한대(漢代, BC202~AD222)를 통해 그러한 유교가 국교로 받아들여져 유교의 경전들이 정리되었고, 그 과정에서 훈고학이 성립되었다. 반면, 인도로부터 들어와 6조와 당대를 통해 민간신앙을 기초로 하고 있었던 도교의 붐을 타고 불교가 중국사회에 정착해 나갔는데 그 과정에서 불경의 번역작업 등을 통해서 사찰을 중심으로 불교에 대한 연구가 왕성히 행해져 갔던 것이다.

그 결과 송대(북송 947~1127, 남송 1127~1279)에 이르러, 「5경」중심의 유교는 도교, 불교 등으로부터 영향을 받아, 주자(朱子, 1130~1200)의 『사서집주』등을 통해서, 「4서」(四書)중심의 유교, 즉 신유교로 전환해 나왔다. 4서란『대학』(大學), 『중용』(中庸),『논어』(論語),『맹자』(孟子)를 말하는데,『대학』과『중용』은 주자보다 1세기 먼저 하남성의 낙양(洛陽)에서 태어난 정이천(程伊川, 1033~1107)이『예기』(禮記)로부터 빼내서 편집한 것들이다. 이 4서를 조합한 것도 사실은 정이천으로서 그것들에 주(註)를 붙인 것이 바로 주자(朱子)였던 것이다. 그러한 뜻에시 징치친과 주자에 의해 획립된 신유교가 정주희(程朱學) 혹은 주자희(朱子學)이라고도 불리워진다. 정이천의 철학에 영향을 끼친 자는 두 사람이었다. 하나는 유, 소년기에 형 정명도와 함께 종학(從學)했던 주렴계(周濂溪, 1017~1073)와 그의 형 정명도(程明道, 1032~1085)이었다. 주렴계는 호남성(湖南省)사람으로 그는 『역』(易)과『중용』(中庸)을 기반으로 음양오행의 생성과 인간 도덕의 원리를 추구했던 학자였다. 그는 우주론과 윤리론을 일원적이고 통일적으로 설명하려는 입장을 취했었다.

정이천의 형, 정명도는 젊었을 때 관(官)에 들어가 일을 하다가, 노장이라든가 불교에 관심을 갖게 된다. 그러나 그는 결국에는 5경으로 다시 돌아와 그것들로부터 길을 구했다. 그의 철학은 전통적인 음양이기(陰陽二氣)를 새롭게 해석해, 우주의 만물은 음양이기의 교감에 의해 생성된다는 입장을 취해 기(氣)의 철학을 성립시켰다.

정의천도 진사시험에 급제했던 자로서 형의 그러한 직관적 학풍으로부터 영향을 받게 되는데, 기(氣)에 관한 관찰에 있어서는 그것을 질료(質料)로 봤던 것은 형과 같았지만, 기의 존재라든가 운동의 원인이 되는 것으로서, 즉 기의 형상(形相)으로서 이(理)의 존재를 인정했다. 그 결과 결국 그는 「기」철학을 「이기」(理氣)의 철학으로 발전시켜냈던 것이다.

특히 그는 만물이 기로 만들어지기 때문에 그것에는 반드시 그 물체가 만들어지는 이(理)가 존재하게 된다. 그 물체의 이는 우주의 근원을 이루는 이와 완전 동일하다는 입장을 취했다. 또 그는 그것을 기초로 해서 자신의 윤리관을 세워, 인간의 성(性)을 이(理)로 파악하였다. 그는『대학』의 「8조목」(八條目)의 첫 번째 「격물」(格物)을 「물질의 이를 추구한다」는 의미로 해석했다. 또 그는 인간이 물질 속에 숨겨져 있는 이를 추구해 가다가, 드디어 그 이를 추구해가던 인간의 마음이 우주의 근원에 달했을 때, 그것을 추구해갔던 인간의 심성(心性)도 본래의 모습을 찾게 된다고 생각했다. 바로 그의 이러한 사상이 주자에게 전승되었던 것이다.[43]

한대에 확립된 5경 중심의 유교는 공자 사상을 기초로 해서 확립되었던, 사회와 개인과의 조화관계를 추구해 갔던 사상이었다. 그러나 신유교의 경우는 복건성(福建省)출신의 주자(朱子, 1130~1200)의 이기이원론(理氣二元論), 강서성(江西省) 금계(金溪) 출신의 육상산(陸象山, 1139~1192)의 「심즉리설」(心卽理說) 등을 기초로 해서 우주, 인간사회, 인간을 일관하는 어떤 본질이나 원리, 그것들의 관련양상 내지 조화관계를 추구해 갔던 사상이었다. 이 경우, 자연의 물리적 법칙, 사회적 의리, 인간의 심성(心性) 등의 관련성을 추구해 가는 과정에서 인간의 정신 작용에 대한 관찰이 적극적으로 이루어졌고, 인간 속에 내재되어있다고 생각했던 천리(天理), 의리(義理), 정리(情理) 등의 관련성을 고찰해 가는 과정에서 신유학에 형이상학적 요소가 가미되어 결국 신유교가 성리학(性理學)으로 불리게 되었던 것이다. 그 후 그것은 원, 명대에 이르러 주자학, 양명학 등으로 발전되어 나왔다. 이와 같이 당대(唐代)까지의 유교에 대한 연구는 사회적 도덕이나 정치적 내지 교육적 측면에서 고어(古語)의 의미 파악의 차원에서 행해졌었다. 그러나 송대로 들어와 주자, 육상산 등에서부터의 유교에 대한 연구는 우주와 인간과의 관계를 규명한다고 하는 순수한 철학적 측면, 특히 형이상학적 측면에서 연구되기에 이르렀던 것이다.

---

43) 市川安司(1964),『程伊川哲学の研究』、東京出版会, pp.15-20 参考

관리등용시험(과거)에 주자에 의해 정리된 4서(四書)가 5경과 함께 시험과목으로 들어가게 되었고, 또 4서의 해석들은 그의 『4서집주』(四書集註)에 따라야 하는 것이 결정됨으로써 주자의 학문이 주자학으로 성립되어 나왔다. 이어서 명(明, 1368~1662)에 와서는 태조 홍무제(洪武帝)가 학교제도를 확립해서 서민 교육을 강화시켜 나갔는데 그 때의 교과서가 바로 4서5경이었다. 또 명의 제3대 황제 성조영락제(成祖永樂帝, 재위 1402~1424)는 수도를 남경에서 북경으로 옮기고 많은 학자들을 모집해 4서5경 대전을 만들어 주자학을 진흥시켜 나갔다.

영락제는 남경에서 1368년 명을 건설한 주원장(朱元璋, 洪武帝, 1328~1398)의 제4자(第4子)였다. 주원장의 손자 즉 영락제의 조카가 16세에 남경에서 황위를 계승하자, 북경에 근거지를 가지고 있었던 영락제는 북경에서 반란을 일으킨 후 결국 남경까지 함락시켜 1403년에 황위에 오른다. 그 후 그는 2천여 명 이상의 학자를 동원시켜 1407년에 역사, 정치, 윤리, 지리 등 전대(前代)로부터 전승한 주요 저작전체를 11,095권으로 집대성한 『영락대전』(永樂大典)을 완성시켰다. 그 다음 그는 1417년에 와서는 4서5경의 정본(正本)을 간행케 하고, 1421년에 가서는 수도를 남경에서 북경으로 옮겼다. 이와 같이 중국에서의 명의 성립과 더불어 특히 남경과 북경에서 문예부흥이 일어나고 있었던 당시 조선의 정치적 상황은 어떠했던가? 이씨 조선을 건설한 태조(1392~1398)에 의해 세자로 책봉된 동생과 그의 스승 정도전을 죽이고 스스로 왕위에 오른 태종(1400~1418)에 의해 집권되어 갔었고, 명의 영락대제가 수도를 남경에서 북경으로 옮기기 3년 전인 1418년 왕위에 오른 세종(1418~1450)에 의해 집권되어 가게 되었다. 세종은 1420년 궁중에 집현전(集賢殿)을 두어 중국의 고전과 각 방면의 학문을 연구케 하였고, 세조는 예문관(藝文館), 성종은 홍문관(弘文館)을 두어 중국의 고전과 각 방면의 학문을 연구케 했다. 그러한 과정에서 중국의 주자학이 조선의 학자들에게 널리 알려져 16세기로 들어와서는 이언적, 서경덕 등에 의해 적극적으로 연구되어 갔었다.

좀 더 구체적으로 말하자면, 그 신유교가 한국에 전래된 것은 고려후기 충렬왕(1274~1308)때부터였다. 안향(安珦, 1243~1306)이 1286년 충렬왕을 따라 원(元)의 연경(燕京)에 가서 『주자전서』(朱子全書)를 접하게 된다. 그 후, 백이정(白頤

正)이 원에 가서 주자학을 연구하고 돌아와, 한국에서 최초로 그것을 퍼트려 이제현(李齊賢, 1287~1367)등과 같은 유학자를 배출하였다. 그 후 고려 말에 가서는 이숭인, 이색, 정몽주(1337~1392), 정도전 등과 같은 주자학자들을 배출해 갔는데 이조시대의 숭유배불정책은 그들을 통해 이루어졌던 것이다. 그 후 신유학은 이기론(理氣論)이 주리(主理)적 입장을 취했던 이언적(李彦迪, 1491~1553)과 주기(主氣)적 입장을 취했던 서경덕(徐敬德, 1489~1546) 등을 통해 융성기를 맞게 되고, 또 그것은 주리파 계열의 이황(李滉, 1501~1571)과 주기파 계열의 이이(李珥,1536~1584)에 와서 완성되어 나갔던 것이다.

이황은 주자의 이기이원론(理氣二元論)을 계승해, 도덕적으로 이는 순선무악(純善無惡)해 절대적 가치를 지녔고 이는 가선가악(可善可惡)해 상대적 가치를 지닌 것이라는 입장을 취해 이기이원론을 발전시켜, 영남(嶺南)학파를 형성시켜 나갔다. 이에 대해 이이는 기본적으로 이황의 이기이원론을 받아들이지만 이와 기가 서로 독립되어 있다는 주장은 받아들이지 못한다는 입장을 취해 이기이원적 일원론(一元論)을 전개시켜 나갔다. 그의 그러한 입장은 그 후 기호(畿湖)학파를 형성시켜 나갔던 것이다

한편, 주자학과 대립적 입장을 취해 발전해 나왔던 또 한 계열의 성리학은 양명학(陽明學)이었다. 양명학은 명의 절강성(浙江省) 출신 왕양명(王陽明, 1472~1528)이 「이기이원론」(理氣二元論)을 기초로 해서 성립해 나온 주자학의 발전에 의문을 가진 나머지, 육상산의 「이일원론」(理一元論)과 「심즉리」(心卽理)설을 기초로 해서 「지행합일」(知行合一)을 제창해 그 이론적 기초를 정립시켰다. 특히 왕양명은 「격물」(格物)의 의미를 「이」(理)를 추구한다고 하는 주자학적 지적 해석으로부터 벗어나서 「심」(心)을 바로 세운다고 하는 실천적 의미로 전환시켜 받아들였다.

현재 유교철학자들은 이황을 신유교사상을 완성단계로 끌어올린 인물로 평가하고 있다.[44] 그렇다면 그의 학문적 사상과 태도는 어떠했었는가?

---

44) 이 황(李滉, 號 退溪, 1501~1570)은 경북 안동군 도산면 온혜동에서 진사(進士) 이치(李埴)의 8남매 중 막내아들로 출생했다. 7개월 만에 당시 40세였던 부친이 사망한다. 부친이 사망한 당시 맏형 외에는 다른 형제들이 다들 어려서 어머니가 농사와 누에치기로 가족의 생계를 유지

이황은 성현(聖賢)의 길을 배우는 학문을 「성학」(聖學) 내지 「위기지학」(爲己之學)
이라 칭하고, 과거(科擧)를 목적으로 하는 학문을 「속학」(俗學) 내지 「위인지학」(爲人
之學)이라 칭했다.[45)]

그는 학문의 목적을 성현이 되는 것을 배우는 데 두었다. 성현이란 바로 진리를
탐구하고 도덕적 수양을 쌓아서 훌륭한 인격을 구현해 내는 인간들이다. 이 황은
자신이 택한 「성학」이 인(仁)을 추구해 가는 학문이라 정의하고 그 인을 구해가려
는 자세가 마음속에서부터 출발해 실제로 일상생활 속에서 구현되어야 함을 역설
했다.[46)] 이 황에 있어서의 학문이란 자신이 마땅히 알아야 할 도리와 마땅히 행해
야 할 덕행을 가까운 곳에서부터 몸소 체득해 현실생활을 통해 그것들을 실행해
나가기 위한 수단이었다. 이러한 학문관의 성립은 「원래 사람의 본성은 선하다는
신념 하에서 출발하고 성현은 바로 이러한 본성을 최대한으로 그리고 항구적으로
실현해 가는 사람들」이라고 하는 유교적 인간관을 통해서 성립될 수 있었다. 유학,
특히 송대의 성리학은 선(善)에 기초해 있는 사람의 마음과 성품을 개발하고 음상

해 나가야 했다. 21세에 결혼, 1528년에 진사에 합격, 1533년에는 성균관에 들어가 문과에 급제
한다. 34세였던 1535년에는 대과에 급제해 벼슬길에 오른다. 37세에 어머니 상(喪)을 당한다.
38세였던 1539년에는 홍문관 수찬(修撰)을 거쳐 성균관 사성(司成)이 되지만, 그때부터 그는
벼슬을 그만두고 고향에 돌아가 학문을 연마할 뜻을 품는다. 그러나 조정으로부터 부름을 당해
홍문관 교리(敎理),전한(典翰)이 된다. 당파싸움이 일어난 을사사화(乙巳士禍, 1545) 때 그도
파직, 그러나 다시 복직되지만, 벼슬에 뜻이 없어 46세에 사직하고 고향으로 내려가 양진암(養
眞庵)을 짓고 학문에 몰두한다. 그 해에 둘째 부인이 사망한다. 그러나 조정은 그를 가만두지
않았다. 그는 47세에 서울을 떠나려는 뜻에서 스스로 외직(外職)을 구해 담양군수, 풍기군수를
지낸다. 그러나 결국 그는 그 군수직마저 벗어나고 싶어, 신병을 이유로 사직원을 내고 고향으
로 돌아가 버린다. 52세 때는 조정에서 그에게 홍문관 교리 등을 주어 다시 불러낸다. 이 황은
그 해 성균관 대사성에까지 오르나 역시 신병을 이유로 곧 사퇴하고 만다.
그 후 조정은 은퇴한 그에게 공조판서(66세), 예조판서(67세), 우정부 우찬성(68·69세), 이조판
서(69세), 판중추부사(判中樞府使, 68·69·70세) 등과 같은 고위직책을 내렸다. 그랬지만 그가
모두 다 사양하고 취임하지 않았었기 때문에 그러한 임명은 문서상에 불과한 격이 되었다. 고향
에 돌아온 이 황은 일찍 관직에서 물러나지 못한 것을 후회하면서 오직 학문연구와 교육에만
온갖 열성을 다해 학자와 교육자로서 노년생활을 엮어갔다. 그는 유언으로 예장(禮葬)을 사절
하고 비석을 세우지 말라 하였다.
그의 대표적 저술로는 『주자서절요』(朱子書節要), 『계몽전의』(啓蒙傳疑), 『송계원명이학통록』
(宋季元明理學通錄), 『자성록』(自省錄), 『성학십도』(聖學十圖)등이 있다.[신귀현(2001), 『퇴계
이황』, 예문서원 참고]
45) 상동서, p.20
46) 상동서, p.96

과 이기가 서로 조화를 이루며 작용하는 원리를 탐구해서 인간의 본성을 실현하는 데 목적을 두는 학문이다. 이 황이 이러한 성리학을 접하게 되는 것은 19세 때였다. 그 때 그는 그것을 접하고「학문의 본업이 바로 성학을 배우는 데 있다는 신념을 더욱 굳게 가지게 된다.」[47] 그는 그가 행하려는 성학의 방법론을『심경부주』[心經附註, 송대의 석학 진덕수(眞德秀)에 의해 편찬된『심경』이 명대의 정민정(程敏政)에 의해 附註되어 1492년에 편찬된 것] 로부터 취했다.「거경궁리」(居敬窮理)가 바로 그것이다. 장기근(張基槿)박사도 지적하고 있듯이, 박종홍(朴鍾鴻) 박사는『퇴계문집』해제에서「경」(敬)에 관해 이렇게 말하고 있다.「근본이 진실하고 망령됨이 없는 것을 참(誠)이라 한다. 참됨 자체는 하늘의 도(道)요, 참되려고 노력하는 것은 사람의 도이거니와, 스스로 힘써 참되려는 방법이 다름 아닌 경(敬)이라 한다. 치지(致知)하는데도 경이 주가 되는 것이요, 역행(力行)을 하는 데도 경이 주가 되는 것이다. 철두철미 진실로 경을 다하는 방법을 알 것 같으면 이치가 밝게 드러나고, 마음이 안정되어 물리를 따지면 내가 비치는 거울에 그대로 나타날 것이요」라고 말하며,「퇴계의 학문과 인생관의 밑바닥의 근거는 경에서 찾을 수 있다.」고 단정하고 있다.[48]

신귀현 박사는 유가의 수양방법이란「일상생활 속에서 즐거워야 할 경우에는 자연스럽게 즐거워야 하고 슬퍼해야 할 때는 자연스럽게 슬퍼하는 마음의 수양방법」이라 하면서,「그렇게 하기 위해서 마음은 항상 자기중심에 머물러 있어야 하며 멍하니 있거나 졸지 않고 항상 또렷또렷하게 깨어 있어야 한다. 이러한 마음의 상태를 유가에서는 공경(恭敬)이라고 한다.」라고 설명하고 있다.[49]

이황은 68세 때 마지막 봉공(奉公)으로 정성을 다해 임금께 올린『성학십도』(聖學十圖)에서「경(敬)이라는 한 글자는 성학(聖學)의 처음이자 마지막을 이루는 것입니다. 이『성학십도』가 모두 경(敬)을 위주로 한 것입니다.」라고 말하고 있다. 그렇다면, 천명(天命)앞에 경건하고 겸허한 태도를 취해「궁리」(窮理)해야 한다는 그의 논리적 근거는 과연 무엇이었던가? 이황의 학문은 이조왕실이 관학(官學)으로 받아

---

47) 상동서, p.21
48) 장기근 역저(2003),『퇴계집』, 명문당, p.24
49) 신귀현, 전게서, p.22

들인 정주(程朱)의 성리학(性理學)을 이어받아 「심성설」(心性說)을 위주로 그것을 연구해 갔던 결과 한국의 성리학으로 하여금 당시의 중국의 성리학을 능가했다는 점에서 높이 평가되고 있다.50) 이황은 「심」은 「성」과 「정」을 통합한다는 입장의 「심통성정설」(心通性情說)에 입각해 주리론(主理論)적 입장에서 주자의 「이기이원론」을 「이기이원적 일원론」으로 발전시켜 나갔다.51)

신유교의 성선설(性善說)이란 인간의 본성(本性)이 우주를 일관하는 이(理)에 기초해 있고 그 이(理)가 「순선무악」(純善無惡)한 것이라는 사상을 기초로 해서 성립된 것이다. 따라서 이황으로서는 맹자이래의 유학의 근본이념인 「성선관」을 정당화시키기 위해서는 우선 무엇보다도 이기를 분리시켜서 보지 않을 수 없었던 것이다. 그가 이기를 「혼륜해서 볼 경우 그로서는 인성에 내재된 악의 횡포가능성을 배제할 수 없다」고 생각했기 때문이었다. 이렇게 봤을 때 이황이 「궁리」해 갔던 방법은 자기를 낮추고 이(理)의 근원인 천(天)을 공경하는 마음을 가짐으로써 이(理)가 내재된 마음을 맑게 닦고 「이」(理)로 구성된 세계 속으로 침잠해 들어감으로써 자신과 세계 속의 이(理)들을 감지해간다고 하는 태도였다고 할 수 있다. 다시 말해 이황은 자기 마음속에 내재된 이치를 찾아내 그것들을 가지고 세계 속에 내재된 이치를 탐구해가기 위해 독서를 행해갔고, 자신의 인성을 순화시키고 함양해 가기 위해 시(詩)로 산수를 읊어갔고, 「산수가 상징하는 인(仁)과 지(智)를 추구」하기 위해 자연을 가까이 해갔던 것이다.52) 그는 『성학십도』를 통해 임금에게 「공자는 배우기만하고 생각하지 않으면 어두워지고, 생각만하면서 배우지 아니하면 위태로워진다」고 했고, 「맹자는 마음의 기능이란 생각하는 힘이고 생각하면 도리를 터득하게 되는 것」이라 했다. 또 그는 「기자(箕者)는 생각하는 것은 곧 지혜이며, 지혜는 성인(聖人)을 만든다」라 했다.53) 또 그는 「고마워하는 마음을 계속 간직해 간다는 것은 생각하고 배우는 것이 겸비되어가야 한다」는 것이라고 말하고 있다.54) 이와 같이 이황은 「궁리」의 방법으로서 「배움」(學)과 「생각」

---

50) 윤사순(1998), 『한국의 성리학과 실학』, 삼인, pp.18-19
51) 신귀현, 전게서, p.152
52) 상동서, p.103
53) 이황 저·조남국 역(1999), 『聖學十圖』, 교육과학사, pp.22-23.
54) 상동서, p.24

(思)을 강조했던 것이다.

그는 「궁리」를 행해가는 과정에서 무엇보다도 미신과 이익을 멀리했다. 「바른 길은 언제나 보편적이고 객관적이며 합리적인 반면 미신은 항상 요행과 기적적인 결과를 기대하게」한다. 「그러한 것을 기대하는 사람은 정직하게 살아가는 길을 택하지 않게 될 것이라면서 그는 미신을 멀리했던 것이다. 또 이황은 이익을 추구하다가 바른 길과 도의를 잊어버리게 됨을 우려」하였다. 이황은 『자성록』에서 학문을 행해감에 있어서의 「의」(義)와 배치되는 「이」(利)를 추구하지 않기 위해 깊이 성찰할 것을 당부한다. 그는 군자의 마음은 본래 「의」를 바르게 하려 할뿐이라면서, 「이」(利)란 「의」(義)들의 조화(調和)로부터 취해지는 것(利者義之和也)이라는 입장을 취해 「의」(義)와 배치된 「이」(利)를 추구해서는 안 된다고 역설했다.55) 또 그는 「천리를 따르면 이를 구하지 않아도 절로 이롭지 않는 것이 없다」고 말하고 있다.

이와 같이 이황에 있어서의 학문적 행위는 「초월적 존재」인 「이」(理)의 구현을 통해 모든 인간들에게 모범이 될 수 있는 공적(公的) 인간이 되어가는 행위였다 할 수 있다.56) 공적 인간이란 한마디로 공무(公務)를 수행하는 인간이다. 다들 사리(私利)에 밝은 인간들이 공무를 제대로 처리해 가려면, 우선 무엇보다도 인간들이 모든 사람들이 받아들일 수 있는 객관적 사고를 할 줄 알아야 한다. 이황에 있어서의 학문이란 바로 이(理)의 추구를 통해 객관적 사고의 틀을 구축해가는 행위였다고도 말할 수 있다. 우리는 다음과 같은 그의 교육관을 통해서도 그에게 있어서의 학문이 어떠한 것이었는지를 잘 이해할 수 있다.

이황은 학문하는 사람들이 성학을 배우기 위해 고요한 곳에서 혼자서만 공부해서는 결코 안 된다는 생각을 가지고 있었다. 왜냐하면 첫째로 「세속의 많은 일들이 성학을 배우는데 방해가 되는 것은 사실이지만 그 모든 일이 성학의 목적밖에 있는 것은 아니기 때문」이고, 또 친구, 제자, 동학들과 함께 공부하기를 원치 않고 혼자서만 공부한다면 「편견과 독단, 고루함, 병통에 빠져 공명정대한 학문의 길로 나아가지 못한다」고 생각했었기 때문이었다.57)

---

55) 이황 저·윤사순 외 역(1990), 『자성록』, 삼성출판사, pp.61-67
56) 유승국(1990), 「한국의 유교사상에 대하여」『한국의 유교사상』, 삼성출판사, p.30

우리는 그의 임종기에 있었던 일들을 통해 학문으로 닦아낸 그의 공적(公的) 인간의식이 얼마나 투철했는지를 명백히 알 수 있다. 임종 한 달 전인 70세 되던 11월에 병으로 더 이상 가르칠 수 없어 제자들을 돌려보냈다. 그런 후에도 그는 「14년간이나 변론(辯論)을 주고받았던 기고봉(奇高峯)에게 치지격물설(致知格物說)에 대한 자기의 견해를 수정해 편지를 보냈다.」 빌린 책도 돌려보냈다. 또 영면하기 수일 전에는 의관을 차리고 제자들을 불러 모아 "죽음을 앞에 둔 이 때 제자들을 아니 볼 수 있느냐?"라면서 말하고서는 "평소에 틀린 나의 식견으로 그대들에게 종일토록 강론을 했는데 그것이 그리 쉬운 일이 아니었다."라는 말을 했다.[58] 그는 12월 8일 오후 5시경에 영면했다. 그는 그날 아침 매화 화분에 물을 주게 한 다음 자기를 부축해 일으켜 앉게 하고 꽃을 바라보며 화평히 눈을 감았다 한다. 인(仁)의 추구를 목적으로 하는 성학의 길을 택한 한 성리학자로서의 그는 자신의 죽음까지도 그와 같이 사람들에게 연기해 보였던 것이다. 과연 공인(公人)다운 죽음이 아닐 수 없다는 생각을 갖게끔 하는 죽음이었던 것이다. 그의 생활 또한 검박했다. 「오지로 된 세수 그릇을 썼고, 포(浦)로 된 자리에 앉았고. 베옷과 실띠를 하고 짚신과 죽장을 썼다. 시냇가 조그마한 집에 영천군수 허시(許時)가 찾아와 "이렇게 누추한 곳에 어찌 계십니까?"라 묻자, 퇴계는 조용히, "오래 살아 익숙하여 아무렇지도 않다"라고 말했다.」고 한다.

유승국 박사는 이황이 성리학을 통해 「이(理) 우위설」의 윤리적 가치관을 정립하게 된 동기를 다음과 같이 설명하고 있다. 「그가 물론 송대(宋代)의 성리학의 전통을 이어받은 것이지만, 퇴계가 살고 있던 역사적 배경과 사회적 상황이 정쟁(政爭)과 사화(士禍)로 피비린내 나는 참혹한 현실을 몸소 체험하고 천리와 인욕이 뒤섞이고 정의와 권세가 분간할 수 없게 된 사회의 기풍을 어떤 식으로든 바로잡기 위해서였다. 그는 진리의 광명으로 어둡고 험한 사회를 밝혀 만민을 도탄으로부터 구해보려는 사명의식에 불타 진리의 탐구와 영재(穎才)의 교육에 정혼(精魂)을 받쳐 생애를 마쳤다고 할 것이다. 한국의 성리학은 이황의 이와 같은 사단칠정(四端七情)의 심성설(心性說) 위주의 연구를 통해 이기(理氣)의 문제를 다루었

---

57) 신귀현, 『퇴계이황』, 34면
58) 장기근 역저, 전게서, pp.26-27

던 중국의 성리학 보다 일보 전지할 수 있었다고 하는 것이다.」[59]

이황과 함께 한국의 성리학을 발전시킨 또 하나의 거목이 존재한다. 이이(李珥, 號 栗谷, 1536~1584)가 바로 그 사람이다.[60] 21세에는 한성시(漢城試)에 응시해 수석합격하고 그 다음해 결혼하다. 23세 때 그는 성주(星州)처가에 다녀오던 길에 안동 도산(陶山)에 들려 이황을 찾아뵌다. 이이는 3일간 그 곳에 머물면서 이황으로부터 성리학에 대한 강론을 청취했다. 이이는 그곳을 떠나며 이황에게 자신이 평생 지켜야할 훈계를 내려 달라는 요청을 했다. 그러자 이황은 다음과 같은 말을 전했다.[61]

마음가짐에 있어서는 자신을 속이지 않는 것을 귀하게 여기고 벼슬자리에 올라서는 함부로 일 만드는 것을 경계하라.(持心貴在不欺 人朝當戒喜事)

이이는 그 후에도 이황과 개인적인 서신교류를 여러 차례 계속했다. 그러나 그 후 심성론에서 이이와 이황의 관점이 점차 달라져 결국 이황은 주리파론으로, 이이는 주기파론으로 대별되어, 퇴계학파 내지 영남학파와 율곡학파 내지 기호학파가 형성되어 갔던 것이다.

이황은 사단은 이(理)의 발(發)이고, 칠정은 기(氣)의 발로 본다는 입장을 취했다.[62] 그러나 이이는 이황의 그러한 입장에 대해 「퇴계는 사단은 이가 발함에 기가 따르고 칠정은 기가 발함에 이가 따른다」고 했는데, 자기는 그렇게 생각하지 않는다

---

59) 유승국, 앞의 논문, p.37
60) 이이는 외가 강릉 오죽헌(烏竹軒)에서 출생한다. 이황보다 35년 후의 일이다. 그의 부친은 사헌감찰(司憲監察) 이원수(李元秀)였다. 그는 29세에 명경대과(明經大科)에 응시 장원급제하여 벼슬길에 오른다. 그 때부터 그의 벼슬은 호조좌랑(戶曹佐郎)으로부터 시작해 40대에 홍문관부제학(弘文館副提學, 40세), 대사간(大司諫, 43-45세), 대사헌(大司憲), 호조판서(戶曹判書), 대제학(大提學, 46세), 이조판서(吏曹判書), 형조판서(刑曹判書), 좌찬성(左贊成), 병조판서(兵曹判書), 이조판서(48세) 등을 지냈다. 그러나 그의 수명은 49세에서 끊긴다. 그는 16세에 어머니를 여의고 3년간 묘막(墓幕)생활을 했다. 그는 그 생활을 끝내고 생의 무상함을 달랠 길이 없어 금강산에 들어가 승방을 찾았고 그 이듬해 강릉 외가로 돌아와 학문으로 성인(聖人)을 추구하겠다는 의지를 다짐한다.[유승국(2008) 『한국유학사』, 유교문화연구소 참고]
61) 신귀현, 전게서, p.40
62) 사단(四端)이란 사람의 본성이서 우러나오는 네 가지 마음씨를 가리키는 말로서 『맹자』에서 유래된 것이다. 인(仁)에서 우러나오는 측은지심, 의(義)에서 우러나오는 수오지심(羞惡之心), 예(禮)에서 우러나오는 사양지심, 지(智)에서 우러나오는 시비지심이 그것들이다. 칠정(七情)이란 인간의 일곱 가지 감정으로, 기쁨(喜), 노여움(怒), 슬픔(哀), 즐거움(樂), 사랑(愛), 미움(惡), 욕심(欲)을 가리킨다.[윤사순(1998), 『한국의 성리학과 실학』, 삼인 참고]

고 하는 입장을 취했다. 그는 「기가 발함에 이가 따른다는 말은 옳지만 칠정만 그런 것이 아니고 사단도 기가 발함에 이가 따른다」는 것이라는 입장을 취했다.[63]

이렇게 이이는 기(氣)를 가지고 인간의 마음의 동향을 간파하려 했던 것이다. 이와 같이 이이가 기(氣)를 가지고 인간의 마음의 동향을 간파하려 했던 것은 인간의 마음이 악의 방향으로 움직여가는 것을 차단하고 의리의 방향으로 움직여 가도록 하기 위한 방책이 다름 아닌 바로 학문이라는 사고로부터 나온 것이라 할 수 있다.

우리는 이이가 「10만양병설(養兵說)을 들어 국방정책을, 노예해방을 들어 사회정책을, 국시론(國是論)이나 경제사(經濟司) 설치를 들어 여론정치와 의회제도」설치를 주장했었다는 것을 잘 알고 있다. 그와 같이 「율곡이 현실을 달관하고 이를 타개하는 방안이 항상 초출(抄出)했던 것은 그의 확실한 지식과 명석한 판단력에서 유래되었다.」

그렇다면 그의 그러한 지식과 판단력은 그의 어떠한 철학으로부터 나왔던 것인가. 「퇴계는 정쟁의 와중으로부터 후퇴하여 스스로 퇴도(退陶)라 하고 침잠했다.」 그러나 율곡은 퇴(退)만이 능사가 아니라는 입장을 취했다. 그는 「때를 아는 것을 귀하게 여기며, 현장(現場)에 최선을 다하는 것이 긴요하다」고 하였다. 「정암의 철학은 천심(天心)의 영묘(靈妙)함을 잃지 않기가 어렵고, 서화담의 철학은 태허(太虛)의 기가 알기 어려운 것이라 하였고, 퇴계의 철학은 천리(天理)가 알기 어려운 것이라 하였다. 그러나 율곡 철학에 있어서 알기 어려운 것은 이기지묘(理氣之妙)라고 하였으니, 이와 기가 묘융(妙融)한 것이야 말로 정말 알아보기가 어렵고, 또한 알았다 하더라도 남에게 설명하기가 어렵다하였다.」[64]

율곡은 「이기설에 있어서 발하는 것은 기운이요, 발하게 하는 것은 이니, 기가 아니면 능히 발하지 못하고 이가 아니면 발하게 할 바가 없다.」 이와 같이 이기의 관계는 시간적으로 선후가 없으며 공간적으로 이합이 없으며 「호발」(互發)이라 하는 것은 옳지 않다면서 퇴계의 호발설을 부인하였다.」 그는 성리학을 정밀하게 연구하는 목적은 자기의 몸과 마음가짐을 바르게 하려하기 위해서라 하였고, 「진

---

63) 상동서, p.112
64) 유승국, 앞의 논문, p.34

정한 학문은 내적으로 반드시 인륜에 바탕을 둔 덕성을 함양하고 외적으로 사물에 밝아 경세 부강을 겸비하는 것이라 하였다」 현재 우리는 그를 「학문과 경세(經世)를 아우르는 지성」의 모범으로 받아들이고 있다.

그는 「성리학을 체(體)로 해서 그의 정치·경제·교육·국방 등 모든 실학을 그 용(用)으로 삼았」고, 「그의 탁월한 학식과 고매한 인격으로 민심을 바로 잡고 국가의 안보를 자신의 책임으로 삼았」다. 또 우리는 「임종 시에서 나오는 몽중어(夢中語)까지도 국가를 걱정하였다는 것만을 보아도 그의 애국애족 정신이 어느 정도였다는 것을 알 수 있다.」

제 3 장

신 중심 시대의 예술_음악

서 론

　인류의 역사는 신중심 시대를 시작으로 해서 인간중심 시대를 거쳐 우주중심 시대로 전개되어 나가고 있다는 입장이 취해 질 수 있다.[1] 이렇게 볼 때, 현재 우리는 우주를 통해서 인간과 세계의 문제를 고찰해 가는 우주중심 시대를 살고 있다고 할 수 있다. 분명히 인간은 지구로부터 태어난 존재이고, 또 지구는 우주로부터 출현한 존재이다. 이렇게 봤을 때 우주가 인간과 인간이 처해 있는 세계를 창출해 냈다고 하는 생각이 결코 틀린 생각이 아니다. 그런데, 사실상 현재 우리는 우주라고 하는 존재가 어떠한 것인지를 결코 알 길이 없다. 그것이 언제 어떻게 태어났으며 어떻게 사멸 될 존재인지, 얼마큼이나 거대한 존재인지 그 끝이 어떻게 생겼는지를 결코 알 길이 없다. 이 시점에서 우리가 오직 말할 수 있는 것은 우리 인간과 인간이 처해 있는 지구가 바로 그것으로 출현된 존재라고 하는 것이다.

---

1) 이 경우 신중심시대란 신에 의해 인간과 세계가 창조되었다고 생각되었기 때문에 인간들이 창조주 신을 중심으로 해서 인간과 세계의 문제를 고찰해 갔었던 시대를 가리킨다. 그러나 그러한 신중심 시대는 근세로 접어들어 역으로 인간에 의해 신이 창조되었다는 입장이 성립되어 나옴에 따라 인간을 중심으로 해서 그것들을 고찰하게 된 인간중심시대로 전환해 나오게 되었다. 그러나 그것은 그 단계에서 끝나지 않고, 현대로 들어와 지구를 감싸고 있는 우주가 인간과 인간의 세계를 창출해 냈다고 하는 입장이 취해짐으로써 우주를 통해 그것들을 고찰하게 된 우주중심시대로 전환해 나왔던 것이다. 우리가 인간의 역사적 전개과정을 이상과 같이 3등분해 고찰해 볼 경우 신중심시대란 석기시대 이후부터 휴머니즘(humanism)이란 용어가 출현한 13～16세기까지의 시기라 할 수 있고, 인간중심시대는 그때 이후부터 인간이 우주로 인공위성을 쏘아 올려 우주를 통해 지구와 인간사회를 관찰해가게 된 1950년대 말까지의 시기라 할 수 있다.[본서 서문 참고]

그러면 우리가 그러한 존재를 통해 우리의 문제를 고찰해 간다는 입장을 취해 가는 바로 이 우주중심시대에서 신중심시대의 예술적 기능을 고찰하려는 이유는 무엇인가? 우주중심시대는 우선 일차적으로 인간이 우주로 진출해 나가는 과정에서 인간들의 관심이 지구 밖의 우주로 모아졌던 우주시대라고 하는 단계를 거쳐 지구 밖의 우주를 통해 인간들의 문제들을 고찰한다고 하는 소위 글로벌시대를 통해 본격적 도래가 이루어졌다. 현재 우리는 1990년대 이후를 글로벌시대로 보고 있다. 이렇게 볼 때, 본격적 측면에서의 우주중심시대의 도래는 1990년대 이후로 볼 수 있는 것이다.

그런데 우주중심시대가 본격적으로 도래한 1990년대로 들어와서 기존의 인간중심시대의 주된 예술장르인 문학, 특히 소설문학 장르가 해체되기 시작했다고 하는 것이다. 그런데 그러한 해체 현상은 예술에 대한 다음과 같은 두 가지 물음을 제기해 왔다. 첫째는 문학예술장르가 인간중심시대라고 하는 한 시대의 시대적 산물에 지나지 않은 존재였다고 한다면 우주중심시대는 어떠한 예술장르를 산출해 내 갈 것인가의 문제이다. 둘째는 인간에게의 예술의 본질은 무엇인가의 문제이다.

필자는 이러한 물음에 대한 명확한 입장을 취하기 위한 방안의 하나로 신중심시대의 대표적 예술장르라 할 수 있는 음악예술장르에 대한 고찰을 통해 첫째로 신중심시대의 시대적 특성과 예술장르와의 관련성을 이해해 보고, 둘째로 예술의 한 장르로서의 음악의 본질을 규명해 인간과 예술을 체계적으로 이해해 보고자 한다.

지금까지 음악의 예술적 기능과 관련된 연구는 대개 두 가지 차원에서 행해져 왔다. 하나는 주로 음악이론가들이 음악을 구성하는 요소들 간의 관련성에 대한 고찰을 통해 음악의 예술적 본질을 규명한다는 차원의 연구이다. 다른 하나는 음악사 연구자들이 각 시대의 이념·특징의 변화와 음악양식의 변화양상과의 관계 파악을 통해서 음악의 본질을 규명해 낸다는 입장이다. 그러나 본 연구는 음악을 문학, 미술, 영화 등의 예술장르와 대비시켜 음악예술을 창출해 낸 시대성과 관련시켜 음악의 예술적 기능을 규명해 낸다고 하는 입장에서 행해진다. 첫 번째의 시대적 특성과 음악예술장르와의 관련성에 대한 고찰은 우선 음악예술장르가 신중심시대의 대표적 예술장르가 되지 않을 수 없었던 요인에 대한 규명작업을 통해서 행해지지 않을 수 없다.

이 경우 첫째로 신중심시대란 어떤 시대인가? 다시 말해 그 시대는 어떻게 도래되어 어떻게 전개되어 나가다가 어떤 식으로 끝나게 되었는가? 그 시대를 통해 인간들이 추구해 갔던 것들은 과연 무엇이었는가? 등에 대한 고찰이 요망된다. 둘째로 그 시대의 시대적 이념과 음악예술과는 어떻게 관련되어 있었는가? 그러한 시대적 이념은 인간에게서 어떠한 의미를 갖는 것이며 그러한 이념과 깊게 관련되어 있는 음악예술장르는 예술장르들 속에서 어떠한 위치에 있는 것인가? 등에 대한 고찰들이 요구된다.

그 다음의 예술의 한 장르로서의 음악의 본질에 대한 규명은 음악이 인간을 기쁘게 하는 이유에 대한 고찰을 통해서 행해질 것이다. 그러한 고찰은 우선 음과 리듬, 음과 형상, 음과 신 등에 내한 고찰과 음악의 예술적 기능에 대한 고찰 등을 통해 행해질 것이다.

1. 신중심 시대와 음악예술

1) 신중심 시대의 개념

인류 역사에서의 신중심시대란, 신적인 존재를 주축으로 해서 인간의 문제를 해결해 가려 했던 시대를 가리킨다. 이 시대의 인간들은 서양의 경우 신이 인간과 우주를 창조했다고 여겼으며, 동양은 천이나 천자(天子) 등과 같은 신적 존재가 대자연이나 내세사상을 주관한다고 여겼다. 본 장에서는 신중심 시대의 개념을 설명하기에 앞서, 이와 대립적 개념인 "humanism"의 유래와 어원을 설명할 것이다. 그 다음 동서양의 주요 학문연구기관 및 사상가에 관해 역사 순으로 살펴보며 신중심 시대의 개념을 밝혀나갈 것이다.

영어에 "humanism"이라는 말이 있다. 이것은 20세기 초 년대에서 30년대 사이에 일본인들에 의해 「人道主義」, 「人本主義」, 「博愛主義」, 「人文主義」 등으로 번역되어 쓰이어 오다가, 현대로 들어와 그 정신의 실현방법이 강조되는 상황에서 「人文主義」로 정착되어 나왔다. 그러나 현재는 "humanism"가 「휴머니즘」으로 그냥 쓰이는 경향이 짙어지고 있다.

그런데 영어 "humanism"이란 말은 19세기 초에 만들어진 말로서 독일의 교육철학자 니타머(F. I. Niethammer, 1766~1848)가 그의 저서 속에서 쓴 독일어 "Humanismus"에 근거해 만들어진 것이다. F. I. 니타머는 당시의 자연과학 편중의 시류에 항의해 학문의 목표는 「인간성」의 회복과 「전(全)인격」형성에 두어져야 하고 그 실현방안은 고전을 매개로 한 교육이어야 한다는 입장을 주창했다. 당시 그의 그러한 주장은 유럽 각국으로부터 공명자들을 배출시켜 그들에 의해 그의 사상이 받아들여지는 과정에서 영어에는 "humanism"이, 프랑스어에는 "humanisme" 가 출현하게 되었던 것이다.

필자가 여기에서 말하고자 하는 것은 F. I. 니타머의 "humanismus"의 원천이 르네상스운동을 일으켰던 인간들, 즉 「인문주의자」(humanists)에 의해 이루어졌고, 그의 「인문주의」의 주창 정신이 르네상스운동 정신에 기초해 있었다고 하는 것이다. 「인문주의자」의 원어, 영어 "humanists" (humaniste)는 15세기 말에 출현한 이탈리아어 "umanista"를 모체로 해서 16세기 말에 출현했다. 그런데 당시 이탈리아에서 인문주의자(humanitas)가 교수(敎授)했던 학문적 대상은 고대의 저작물들의 강독과 주해(注解)를 비롯한 문법 · 수사학 · 역사학 · 시학 · 도덕철학 등과 같은 것이었다. 당시 인문주의자들의 그러한 학문은 「인문연구」(인문학) "Studia humanitas"라 불리웠다.

그런데 당시 유럽에서의 학문연구기관은 우선 4세기 말에 교회에서 플라톤철학과 스토아철학을 기반으로 형성된 교부(Father of the Church)철학을 연구해 갔던 주교성당이나 수도원부속의 스콜라(schola)가 존재해 있었다. 여기에서의 스콜라철학자들의 주된 연구는 첫째는 신의 존재를 증명해 내는 일이었고, 둘째는 이성(理性)과 신앙을 조화시키는 일이었고, 셋째는 실재(realism)를 확립시키는 것이었다. 당시 또 하나의 학문연구기관은 12세기 후반부터 출현한 대학기관(universitas)

이었다. 이곳에서의 기본적 교과과정은 아리스토텔레스의 철학체계에 입각해 확립된 신학(Theology)을 비롯하여 문법·수사·논리의 3교과와 산수·기하·천문·음악의 4교과의 이른바 7자유교과 (Seven liberal arts)였다. 이렇게 봤을 때 르네상스기(14~16세기) 이전의 학문연구는 신학을 주축으로 해서 행해졌는데 반해 르네상스기 이후의 학문연구는 고대 그리스·로마의 고전연구를 주축으로 해서 성립되어 나왔다고 말할 수 있는 것이다.

그렇다면, 당시 인문주의자들이 행했던 「인문연구」(Studia humanitas)의 목적은 무엇이었는가? 그것은 「휴머니타」(인문)의 의미로부터 찾아질 수 있는데, 그것이 처음 사용된 것은 로마시대로서 키케로(M.T.Cecero, 106~43, BC)라든가 겔리우스 (A.Gellius, 123~165) 등에 의해서였다. 당시 그들은 그것을 시민계급에 알맞은 교양이라고 하는 의미로 사용했는데, 그러한 교양이란 다름 아닌 고급의 그리스 학예를 습득하는 것으로서 그것을 습득하는 것이야 말로 인간완성의 길로 생각했던 것이다. 이렇게 봤을 때 르네상스기 인문주의자들이 「인문연구」는 키케로 등이 말했던 「휴머니타스」를 끌어내는 것에 목적이 있었다고 말할 수 있다.

이렇게 봤을 때 르네상스 운동의 기본정신이란 당시의 인문주의자들이 고대 그리스·로마시대의 「휴머니타스」를 재생시켜 그것을 일반화시켜 가는 것이었다 할 수 있다. 그런데, 키케로 시대의 「휴머니타스」(humanitas)란 말은 현대어로는 "humanity"(人間의 本性, 인간성)으로 번역될 수 있는 말이다. 그렇다면, 르네상스기의 인문주의자들이 고대 그리스·로마시대의 「휴머니타스」를 재생시키려 했던 이유는 어디에 있었던가?

키케로 시대에서의 "humanitas"의 대립적 개념은 "divinita"였다. 그것은 현대어로 "divinity"(神의 本性)으로 번역된다. 사실상 르네상스기의 인문주의자들은 휴머니타스(인간의 본성)을 연구했고 당시의 신학자들은 디비니타스(신의 본성)를 연구했다.

전자가 휴머니타스를 연구한 것은 휴머니타스의 연구를 통해서만 자신들의 문제가 해결될 수 있다는 사상이 있었기 때문이고 후자가 디비니타스를 연구해 갔었던 것은 그것에 대한 연구를 통해서만이 자신들의 문제가 해결 될 수 있다는 사상이 있었기 때문이었다. 이렇게 봤을 때 우리는 르네상스기의 인문주의가 신보다는 인간이 더 본질적이라는 사상을 기초로 해서 성립되어 나왔다는 결론에 도달할 수 있다. 그러한 의미에서 르네상스기의 인문주의는 인간중심주의에 입각해 나온 것으로 이해 될 수 있다.

사실상 그것은 르네상스 운동이 행해지는 과정에서 금욕주의와는 대조적인 세속적 세계관을 제시한 마넷티(G. Manetti, 1369~1459)의『인간의 존엄과 우월에 관해서』, 인간이야말로 우주의 중심적 지위를 차지하고 있는 존재라는 입장을 제시한 피치노(M. Ficino, 1433~1499)의『플라톤 신학』등과 같은 저서 등을 통해 확립되어 나왔다. 그래서 그 후 그것은 15~16세기 종교개혁, 17~18세기의 계몽주의 등을 통해 보편화 되어 나왔던 것이다.

이렇게 볼 때 서구의 크리스트교 문화권의 경우 르네상스기(14~16세기)를 기점으로 해서 그 이전을 신중심시대로 그 이후를 인간중심시대로 파악해 볼 수 있다. 그렇다면 동아시아의 유·불교 문화권의 경우는 어떠한가?

극단적으로 말해 신중심주의란 신이 인간과 세계를 창조했다는 사상을 말하고 인간중심주의란 주관적 관념론의 경우처럼 인간의 의식이 그것들을 출현시켰다는 사상을 말한다. 서구의 크리스트교 문화권의 경우 고대부터 근세 르네상스기까지의 역사는 헤브라이즘 및 플라톤철학을 주축으로 한 세계관과 헬레니즘 및 아리스토텔레스철학과의 변증법적 발전을 통해 전개되어 나왔다고 말할 수 있다. 그러한 발전은 르네상스 운동을 통해 관념론과 객관론, 이상주의와 현실주의 등의 형태로 구체화되어 나왔던 것이다. 그와 마찬가지로 동아시아의 유·불교 문화권의 경우도 동아시아인들의 세계관이 고대에는 자연을 주축으로 한 도교사상과 인간사회를 주축으로 한 유교사상과의 유기적 관계를 통해, 중세 이후에는 불·도교 사상과 유교사상과의 유기적 관계를 통해 전개되어 나왔다. 특히 고대의 경우는 도교적 무위자연관에 기초한 유교적 인간사회관이, 중세에는 불교의 내세관에 기초한 유교적 인간사회관 등이 각각 형성되어 나왔던 것이다. 인간사회중심의 유교사상을 중심으로 해서 고찰해 볼 경우, 그것은 자연을 상징하는 천(天)을 기초로 한 인간사회 중심의 사상이라 할 수 있고, 또 그것은 고대의 한학(漢學)으로 출발해서 근세의 송학(宋學)으로 발전해 나왔다고 말할 수 있는데, 이 경우 한 대(漢代) 이후의 한학은 천리(天理)에 입각한 천자(天子)인 성왕(聖王)의 치교(治敎)를 전하는 오경(易·詩·書·禮·春秋)을 경전으로 하고, 근세 이후의 송학은 성인(聖人)의 마음(心)을 전하는 사서(論語·大學·中庸·孟子)를 경전으로 하고 있다고 하는 것이다.

고대의 공자(孔子)를 시조(始祖)로 해서 성립되어 한무제 때의 동중서(董仲舒)를 통해 유학으로 확립되어 나온 한학은 천(天)의 도(道)에 입각한 군신(君臣)·부자(父子)·부부(夫婦)·형제(兄第)·붕우(朋友)의 오륜(五倫)과 개개인의 인(仁)·의(義)·예(禮)·지(智)·신(信)의 오상(五常), 즉 오륜오상(五倫五常) 기조로 하고 있다. 이에 대해 정이천(程伊川, 1033~1107)과 주희(朱熹 1130~1200)의 정주학(程朱學), 육상산(陸象山, 1139~1192)과 왕양명(王陽明, 1472~1528)의 육왕학(陸王學) 등으로 출발한 송학은 우주만물의 근원으로서의 이기(理氣)와 인간 특성으로서의 심성(心性)을 기조로 하고 있다.

그런데 宋學의 경우 정주학은 남송 이후 주자학으로 정착되어 나갔고, 육왕학은 명대 이후 양명학(陽明學)으로 정착되어 나갔는데, 송대의 주자학은 「성」(性)을 「심」(心)의 본체(本體)로, 「이」(理)를 우주만물의 질서로 파악해 「성즉이」(性卽理)라는 입장을 취했고, 명대의 양명학은 「심즉이」(心卽理)라는 입장을 취했다. 그래서 사람들은 주자학을 이학(理學), 양명학을 심학(心學)이라 말하고 있다. 이와 같이 한학이 자연을 상징하는 천(天) 내지 천자(天子) 중심의 사상이었음에 반해 송학은 인간중심의 사상이라 할 수 있다. 특히 남송대의 육상산은 우주는 바로 나의 마음이고 나의 마음 이것은 바로 이 우주라는 입장까지 취했다. 또, 주자학은 우주만물은 원리(原理)라 할 수 있는 이(理)와 질료(質料)라 할 수 있는 기(氣)로 구성되어 있다는 입장을 취해, 「기」에 대한 이(理)의 우위성을 인정했는데, 양명학의 경우에는 대자연이나 인간사회의 질서를 지배해 가는 「이」보다는 개개인의 심정(心情)과 밀착된 「기」를 강조해 갔다. 이렇게 봤을 때 송대에 확립된 주자학보다는 명대(1368~1664)에 확립된 양명학이 한층 더 인간중심적 차원의 것임을 알 수 있다.

이렇게 해서 동아시아 국가들은 명대(1368~1664)를 전후해서 내세중심의 불교라든가 자연중심의 도교나 한학을 멀리하고 현세중심과 내면중심의 송학을 받아들여 인간중심시대로 전환해 나왔던 것이다. 그러한 과정에서 한국에서는 배불숭유(背佛崇儒)에 입각한 이씨조선이 1392년에 건국되었고, 일본에서는 불교를 배척하고 조선의 성리학을 받아들여 도쿠가와(德川) 정권을 확립시켜 나갔던 것이다.

인류역사에서의 이와 같은 신중심 시대는 석기시대를 통해 성립되어 나와 철기시대의 도래를 계기로 확립되어 나왔던 것으로 추정된다. 그래서 그것은 서구의 크리스트교 문화권에서는 르네상스 운동을 계기로 해소되기 시작되어 18세기 말에 가서 소멸 되었고, 동아시아 유·불교 문화권의 경우는 명대를 통해 해체되기 시작되어 그 잔상이 19세기 말까지 지속되었던 것으로 고찰된다.

2) 예술의 개념

예술이란 인간이 창작과 감상 등의 행위들을 통해 어떤 미적 가치를 창조하려는 활동을 총칭하는 말이다. 동아시아에서 「예술」(藝術)이 이러한 의미로 쓰이게 된 것은 1880년대 말을 전후해서 일본에서 서구어, "art"(영·불), "kunst"(독), "arte"(이) 등의 번역어로 쓰여 지게 됨으로써였다. 그 전까지만 해도 동아시아에서의 「예술」은 「기술」(技術)의 의미로 쓰여 왔었다. 한자 문화권에서 「예술」이 「기술」의 의미로 쓰여 지게 된 경위는 대략 다음과 같이 고찰된다.

한자 「예술」(藝術)이라는 말은 남조송대(南朝宋代, 420~479)에 쓰여 진 『후한서』(後漢書)의 「안제기」(安帝記), 당(唐)의 태종(太宗, 626~649) 때에 쓰여 진 『진서』(晋書)의 「예술전서」(藝術傳序) 등에서부터 발견되는 말이다. 「안제기」에서의 「예술」은 「학술」(學術), 즉 학문(學問)과 기술(技術)의 의미로 쓰였다.[2] 「예」(藝)란 「기술」(技術)을 의미해 왔다. 원래는 나무 등을 「심다」, 씨 등을 「뿌리다」라든가, 혹은 그것들을 행하고 또 가꾸는 기술 등을 의미했다. 그러한 의미로부터 「기술」이란 의미가 나오게 되었던 것이다. 그래서 그 후 그것은 특히 『진서』의 「예술전서」 등에서의 경우처럼 「복축서장」(卜祝筮匠)의 기술로 전환해 나왔다.[3] 「복」

---

2) 諸橋轍次(1985), 『大漢和辞典－卷九』, 大修館書店, p.987.
3) 상동서, 「藝術傳」 項目.

(卜)은 점복(占卜)의 의미로 거북이의 등껍질을 불태워 점(占)을 쳐서 길흉(吉凶)을 가려내는 일이다. 「축」(祝)은 축제문(祝祭文) 내지 축제행사를 가리킨다. 「서」(筮)는 비수리 가지로 점치는 일이다. 「장」(匠)은 물건을 만드는 일이다. 이렇게 봤을 때, 「학술」(學術)의 의미로서의 「예술」(藝術)은 대자연이나 인간에 내재해 있는 신성(神性)을 불러일으키는 「기술」(技術)을 의미했던 것으로 파악된다. 그러나 근세로 내려와 그러한 의미로 쓰여 왔던 「예술」의 의미는 근세 말 일본의 사상가 사쿠마 쇼잔(佐久間象山, 1811~1864)이 했던 「동양도덕 · 서양예술」(東洋道德, 西洋藝術)의 예를 통해서도 알 수 있듯이 단지 어떤 인공물들을 만드는 「기술」(技術)의 의미로 쓰이게 됐던 것이다.

서구에서 영어 "art" 등의 번역어로서의 「예술」이 인간들의 미적 가치의 창조활동을 총칭하는 말로 쓰이게 된 경위는 대략 다음과 같다.

"art"(영 · 불)은 라틴어 "ars"로부터 유래된 것이다. 그런데 이것은 그리스어 "techne"와 같은 의미로서 기술을 의미했고, 또 그것은 자연을 지배해 가려는 인간의 기술적 행위를 중심으로 한 문화적 활동 전체를 가리키게까지 되었다. 그러한 과정에 르네상스 운동이 일어나 그것을 계기로 자연과 인간을 대상으로 한 체계적 연구가 행해져 그 연구방법의 특징이 반영된 「과학」(science)이란 용어가 일반화되어 나왔다. 그러자 자연을 지배하려는 인간의 기술적 행위를 중심으로 한 문화적 활동 전체를 의미했던 예술은 그 지배대상으로서의 자연과 지배방법으로서의 기술의 의미를 과학에 양보하고 자연을 창조해 가고 인간의 내외면 세계를 표현해 가는 쪽으로 전환해 나왔던 것이다. 그 결과 근대 이후 자연의 창조와 인간의 표현으로서의 예술은 자연연구와 그 연구방법으로서의 과학과는 대립적 의미로 쓰여 지지 않을 수 없게 되었던 것이다.

이렇게 예술이 과학과 대립적 입장을 취해 현재의 의미로 쓰이게 된 배경에는 르네상스 운동(14~16세기), 계몽주의 운동(17~18세기) 등을 통해 신중심의 세계관 내지 내세나 이디아(idea) 중심의 세계관이 해체되고 인간중심적 현세중심적 세계관이 형성되어 나오는 과정에서 삶의 새로운 가치관이 형성되어 있었기 때문이었다. 삶의 새로운 가치관이란 인간의 존재의미인 현세에서 신을 찬양함으로써 또는 내세에서의 영생함으로써 실현되는 것이 아니라 바로 현세에서 인간과 자연을 찬양하고 이 현세에서의 인간사회와 인간들의 정신들을 통해 영생함으로써 실현된다는 것이었다.

이러한 가치관은 18세기 중반에 와서 「미학」(Aesthetics)이라고 하는 새로운 학문을 성립시켰다. 그때까지 서구에서 「미」(美)에 대한 체계적 관심이 없었다는 것은 아니다. 미에 대한 본질적 물음은 플라톤과 아리스토텔레스에서부터 시작되어 형이상학적 차원과 관념적 차원에서 다루어져 왔었다. 그러나 그것은 르네상스 이후 그것의 초월적 성격과 종교적 의의가 차차 약해지게 되었고 대신 세속화와 인간화가 강해지게 되어 그러한 분위기 속에서 미학이 성립되어 나왔던 것이다. 서구에서의 미학의 성립은 독일의 철학자 바움가르텐(A. G. Baumgarten, 1714~1762)의 『미학』(Aesthetica, 제1권 1750, 제2권 1758)을 통해서였다. 바움가르텐은 인간의 인식능력을 상위와 하위로 나누어 파악하고 있던 당시 철학자들의 견해를 받아들여, 상위의 인식을 이성적 인식, 하위의 인식을 감성적 인식이라는 입장을 취해, 그때까지 철학자들에 의해 논해지지 않았던 「감성적 인식」을 체계적으로 설명해 냄으로써 「미학」을 성립시켰던 것이다.

이처럼 「미학」(aesthetics)은 감성이라든가 지각(知覺)을 의미하는 「아이스텐시스」(aisthesis)라고 하는 그리스어를 기초로 해서 「감성적 인식」(cognitio sensitiva)의 학으로서 확립된 학문이다. 그의 「감성적 인식」의 개념은 미와 예술의 세계가 지각·취미·감정·직관·상상력 등과 같은 넓은 의미의 감성과 관련된다. 이러한 점을 감안해 볼 때 우리는 그를 통해 확립되어 나온 미학이 사실상 미와 예술의 본질을 묻는 논리로 보지 않을 수 없는 입장이 취해진다. 서구에서의 미적 의식을 불러일으키는 수단으로서의 예술의 의미는 바로 이와 같은 미학의 성립을 계기로 하여 확립되어 나왔던 것이다.

이상과 같이 고찰해 볼 때, 서구에서의 예술의 개념은 18세기 중반의 미학성립을 계기로 인공물의 제작 「기술」의 의미에서 「미적 가치의 창조활동」으로 전환해 나왔다고 말할 수 있다. 이 경우 「기술」(techne)이란 어떤 기술을 의미하는가? 서구에서의 예술의 개념은 플라톤(Platon, 427~347, BC)과 아리스토텔레스(Aristoteles,

384~322, BC)의 모방설(mimesis)을 기초로 해서 성립된 것으로 고찰된다. 플라톤은 그의 저서 『티마이오스』(Timaios) 등에서 감성계(感性界)의 개물(個物)이 이디아의 그림자들, 다시 말해 이디아계의 모방물들이라는 입장을 제시하고 있고, 또 그는 그의 그러한 세계관에 기초해 「기술」이란 감성계를 구성하는 개물들, 즉 이디아계의 모상물(模像物)들의 또 모방행위로 파악하였다. 아리스토텔레스도 그러한 모방설을 받아들여 「기술」을 감성계 속의 인간들의 행위와 마음의 모방으로 파악하였다. 그는 그의 『시학』을 통해서 비극이란 인간들의 행위의 모방물이라는 입장을 취하고 있다. 이렇게 봤을 때 기술이란 『시학』의 제1장 「기본문제들」에 대한 해설과 『시학』의 원제 "Peri Poietikes"(시 창작의 기술에 대하여) 등이 말해주고 있듯이 「창작의 기술」을 의미한다. 이 경우 「창작」이란 인간들의 내외면(內外面) 세계의 모방행위를 가리킨다.[4]

이렇게 봤을 때 「기술」이란 당시로 말할 것 같으면 인간의 내외면 세계의 모방 기술을 의미하고 지금으로 말 할 것 같으면 예술작품들의 창작기술을 가리킨다고 볼 수 있다.

우리는 여기에서 플라톤의 그러한 이디아설과 모방설이 그보다 1세기전인 기원전 6세기 중반경의 피타고라스(Pythagoras)의 세계관의 영향 하에서 성립된 것으로 이야기 되고 있다는 사실을 기억해 둘 필요가 있다. 이와 같이 인간의 내외면 세계의 모방 기술의 의미로서의 예술의 개념은 기원전 5~4세기 그리스의 플라톤과 아리스토텔레스를 통해 성립되어 나왔다. 그래서 그 후 BC 1세기에 부흥한 신피타고라스설(Neo-Pythagoreanism), 헬레니즘시대(334~30, BC)와 로마제국시대(BC 30~AD 476)의 스토아학파(Stoicism), 신플라톤학파(3~6세기), 교부철학(敎父哲學 3~8세기) 등을 통해서 계승되어 나갔다.

로마제국시대로 들어와서 그리스어 "techne"(기술)는 역시 「기술」을 의미하는 라틴어 "ars"로 번역되었는데 「기술」의 의미로서의 「예술」(ars)는 중세 말의 스콜라철학(Scholasticism)과 르네상스 운동을 통해서도 지속되어 나갔다. 사실상 르네상스 운동기 이후의 17세기까지만 해도 기술 내지 기법의 의미로서의 「예술」은

---

4) 이상섭(2002) 『아리스토텔레스의 『시학』연구』, 문학과 지성사, pp.15~16.

어떤 특정 대상에 대한 기술이나 기법을 의미하지 않았다. 그것은 산술(算術), 의술(醫術) 등에서의 경우처럼 전반적인 것들에 대한 기술 내지 기법을 의미했었다. 그러나 그것은 17세기부터 그림·목판·조각 등에 대한 기술 내지 기법으로 정착되어 나왔다. 그렇다고 해서 그것이 현재와 똑같은 의미로서 쓰여 진 것은 아니었다. 그것이 현재 그것들이 지닌 「지적」(知的), 「상상력이 넘치는」, 「창조적」 기술로서 쓰여 지게 된 것은 「과학」이란 의미가 확립된 19세기 이후에서부터였던 것이다.[5] 이상과 같이 기술로서의 예술이 미적 창조활동의 의미로 전환해 나온 것은 18세기 중엽에 와서 그동안 예술작품들이 창작자의 차원에서만 인식되었던 시각 외에도 그것이 감상자의 시각에서도 인식되어 나왔고, 또 그러한 분위기 속에서 철학에서의 인간의 감성적 인식이 논의되기 시작되고 인간의 정신적 가치가 한층 더 평가되어 나왔기 때문이었다 할 수 있다.

3) 신중심 시대 서구에서의 예술론

서구의 예술론은 플라톤(427~347, BC)의 모방설로 시작된다. 그의 모방설은 그의 세계관을 기초로 해서 성립되어 나왔다. 그의 세계관은 『국가』(*Politeia*, BC 375년경)의 속편이라 할 수 있는 『티마이오스』(*Timaios*)에 잘 나타나 있다. 대화편 『티마이오스』는 피타고라스학파의 한 사람으로 철학자이며 천문학자인 티마이오스가 스승 소크라테스와 그의 동료 크리티아스 등에게 들려주는 이야기의 형식을 취하고 있다. 우리는 티마이오스의 우주와 세계의 생성에 대한 이야기를 통해 플라톤의 세계관을 확실히 이해 할 수 있다. 티마이오스는 사물의 원인을 조물주 신으로 파악하고 있다. 그는 절대선이라 할 수 있는 조물주가 자기 마음 속에 있는 영원불변하는 어떤 모형에 입각해 만물을 창조했다고 말하고 있다. 조물주로 말할 것 같으면 그러한 창조는 선한 작업이었고 또 그렇게 창조된 우주는 영혼을 갖은 완전한 통일체로서 그 성분은 지수화풍(地水火風)의 네 요소로 굳게 결합되어 있다는 것이다. 그런데 그러한 성분들로 이루어진 사물들은 두 가지 종

---

5) Raymond Williams(1976) *Keywords-a Vacabulary of Culture and Society*, Great Britain, William Collians and Co Ltd Glasgow, "Art".

류가 있는데, 하나는 영원불멸의 것이고 또 다른 하나는 생멸 변화하는 것이라 할 수 있는데, 전자는 지성(知性)에 의해 알 수 있고, 후자는 감각을 통해 알 수 있다는 것이다.[6] 따라서 인간의 감각에 잡힌 세계는 조물주의 마음에 내재해 있는 영원불변하는 모형들의 모사(模寫)에 의한 것이라고 하는 것이다. 플라톤의 이러한 예술관은 그의 그러한 우주관·세계관에 입각한 것이다. 플라톤은『티마이오스』의 전편(前篇)으로 알려진『국가』의 마지막 권「제 10권」을 통해 그의 그러한 세계관에 입각한 예술관을 명확히 잘 드러내 주고 있다.

대화로 구성된『국가』는 플라톤이 소크라테스를 등장시켜 그로 하여금 전날 소크라테스 자신이 누군가와 행했던 대화의 자초지종을 그날 새로운 대화상대자들에게 들려주게 하는 형식을 취해 쓴 저서이다. 소크라테스는 다음과 같은 내용을 말하고 있다. 이 세상에는 세 가지 종류의 침대가 존재하는데, 하나는 신에 의해 다른 하나는 침대 제작자에 의해 나머지 하나는 화가에 의해 만들어졌다.[7] 신은 침대를 만들 때 한 개만 만들었다. 그런데 목수에 의헤 만들어지는 침대는 신에 의해 만들어진 침대를 모방해서 만들어진 것이다. 마지막의 화가에 의해 만들어진 침대는 목수들에 의해서 만들어진 것들을 모방해서 만들어진 것이다. 따라서 세 번째의 화가에 의해 만들어진 침대는 모방품의 모방품으로서 신에 의해 만들어진 영원불멸의 원형 침대로부터 가장 멀리 떨어진 것이다. 비극작가들을 비롯한 시인들에 의해 만들어진 시들도 화가들에 의해 만들어진 그림 침대들과 같은 것들로서 조물주의 마음속에 존재하는 진리로 만들어진 것들과는 가장 멀리 떨어진 것들이다. 따라서 진리의 세계와는 가장 거리가 멀리 떨어져 있는 시들은 신을 칭송한 시들을 제외하고는 대부분이 인간들의 마음을 타락시킨다.

플라톤은『국가』의「제10장」에서 소크라테스의 이러한 이야기를 통해 그의 예술관을 제시하고 있는 것이다. 플라톤의 그러한 세계관과 예술관은 과연 어디로부터 유래된 것인가? 플라톤은『티마이오스』에서 피타고라스학파의 한사람 티마이오스를 통해 그의 우주관·세계관이 피타고라스학파로부터 취해겼다는 사실을 잘 드러내주고 있다.

---

6) 플라톤 저·최민홍 역(1992)『티마이오스』(『플라톤 전집-소크라테스의 대화-5』), 성서각, pp.34-35
7) 플라톤 저·조우현 역(1992)『국가』(『국가·소크라테스의 변명』), 삼성출판사, p.394.

고대 그리스의 철학자이자 종교가로 이야기 되고 있는 피타고라스는 BC 570년경에 태어난 자였다고 하는데, 사실상 그가 남긴 저서는 한권도 없다. 그는 BC 4세의 플라톤시대에 와서 이미 신비적 존재로 취급되었던 자였다. 그는 BC 6세기 후반에 남이탈리아에서 그의 종교철학 사상을 실현시킬 수 있는 종교단체를 설립했다. 원래 그 종교단체는 윤회전생을 신봉하는 동방기원의 디오니소스·오르페우스교로부터의 자극 하에서 성립된 것으로서 그것을 모체로 철학·수학·음악·천문학 등이 연구되어 BC 5~4세기에 피타고라스학파가 형성되어 나왔다. 그 종교사상은 영혼의 정화 수단으로서의 수학을 중핵으로 한 학문연구 단체를 창출시켰고, 또 영혼의 불멸, 진리인식, 수학적 사변을 핵으로 한 장대한 우주론의 확립을 시켰다. 그 학파가 유지시켜나갔던 종교성의 하나는 전생에 대한 기억을 끌어내서 예언을 적중시킨다고 하는 것이었다.

피타고라스학파는 자신들의 우주관과 음악 예술론을 다음과 같이 연결시키고 있다. 모든 천체가 그들 나름의 괘도상을 서로 다른 속도로 회전 운동함으로써 높고 낮은 여러 모양의 음들을 내고 있어, 전 우주가 「천체의 음악」(harmonia mundi)이라 말 할 수 있는 조화된 아름다운 음악을 연주하고 있다. 그런데 그 「천체의 음악」은 통상 인간의 귀에는 들리지 않고 이성에 의해서만이 파악될 수 있는 것으로서 인간의 영혼을 정화시킨다. 피타고라스학파의 그러한 예술론은 사실은 「수」(數)는 만물의 근본원리이고 세계의 질서는 「수」(數)로 이루어졌기 때문에 수학이야 말로 인간들에게 영원불변의 진리를 가르친다고 하는 피타고라스의 수학적 세계관에 기초한 것이라 할 수 있다. 그렇다면 그의 예술관의 기초를 이루는 우주론과 수학적 세계관이 과연 어디로부터 나온 것인가?

영어의 「신화」(myth)에 해당되는 말로서 그리스어에 「미토스」(mythos)라는 말이 있다. 이 말은 「이야기되어 전해져 내려온 것」의 의미로서 일반적으로는 설화, 우화, 신화를 의미한다. 그것은 자연현상, 천지, 신, 인간, 동물들의 기원이라든가 계보, 윤회전생, 신들이라든가 영웅들의 이야기, 괴물의 활동, 역사적 사건 등에 관한 전설이라 할 수 있다. 그런데 필자가 여기에서서 말하고자 하는 것은 피타고라스의 철학과 종교는 기원(基原)을 다룬 바로 이 미토스를 기반으로 해서 발생했다는 것이고 그의 우주론과 수학적 세계관도 바로 그러한 신화적 세계관을 기반으로 하고 있다고 하는 것이다. 아리스토텔레스는 미토스에 대해 경멸적 입장을 취했던 반면, 플라톤은 미토스를 단순한 신화라든가 우화로 보지 않고 오히려 진리를 암시하는 것으로 파악했다. 그러한 입장을 취했다고 하는 바로 그것은 철학이 피타고라스의 철학과 종교를 기반으로 하고 있다는 것을 의미한다. 신화적 세계관을 기반으로 하여 성립된 피타고라스의 예술관은 플라톤의 모방예술관을 성립시켰고, 그 후 그것은 아리스토텔레스의 예술관에도 적잖은 영향을 끼쳤다.

플라톤에게서의 아름다움이란 조물주의 마음이라 할 수 있는 영원불멸하는 진리 바로 그것이었다. 플라톤은 예술가들이 바로 그 진리를 모방하는 「예술 그 자체가 존재할 만한 가치와 의미를 가지고 있는 것이라고는 생각할 수 없었다.」[8] 그러나 아리스토텔레스는 플라톤과는 달리 우선 무엇보다도 그는 「플라톤적 진리관념론을 포기함」으로써 모방개념에 긍정적 의미를 부여했던 것이다. 그는 감각적으로 경험한 세계를 더 이상 플라톤의 경우처럼 이해하지 않았다. 그는 현실을 넘어서는 어떤 초월적 실재도 인정하지 않는다는 입장을 취해 현실을 질료와 형상의 통일체로 파악했던 것이다.[9] 따라서 그에게서의 예술이란 그러한 현실의 재현으로 파악되었다. 플라톤은 예술이 인간으로부터 인간적 감정들을 유발시키기 때문에 그것이 해롭다는 입장을 취했지만, 아리스토텔레스는 비극이 동정심과 공포심을 유발시킴으로써 인간의 혼탁한 감정을 정화시킨다는 입장을 취했다. 따라서 예술가들의 그러한 모방과 재현 행위는 인간에게서는 이성만큼이나 본질적인 것인 것으로서, 인간은 탄생할 때부터 모방하고자 하기 때문에 그의 최초의 인식은 바로 그러한 모방에 근거하고 있다. 따라서 모든 인간이 앎으로부터 느끼는 환희는 바로 그러한 모방을 원천으로 하고 있다고 하는 것이다.

플라톤과 아리스토텔레스의 그러한 세계관과 예술관은 헬레니즘시대(334~30, BC)와 로마제국시대(BC 30~AD 476)의 스토아학파, 신피타고라스설(Neo-Pythagoreanism), 신플라톤학파, 교부철학 등을 통해 계승되어 나갔다.

스토아학파의 창시자는 아리스토텔레스보다 반세기 뒤에 태어난 키프리오스의

---

8) 미카엘 하우스켈러 저·이영경 역(2004), 『예술이란 무엇인가?』, 철학과 실천사, p.20.
9) 상동서, p.26면.

제논(Zenon ho kyprios, 336~264, BC)이다. 그는 피타고라스보다 30여년 늦게 태어난 헤라클레이토스(heraklitus, BC 540경 탄생)의 로고스설을 발전시켜 스토아학파를 창립시켰다. 헤라클레이토스의 로고스설이란 다음과 같은 것이다. 만물의 근원은 화기(火氣)이고, 인간의 영혼도 화기로 되어 있으며 불멸한다. 또 그것은 어떤 이법(理法)에 따라 화(火), 수(水), 토(土) 등으로 변화하며 우주는 그것들로 이루어진 통일된 전체라고 할 수 있는데, 그의 로고스설이란 로고스(logos)라 불리는 그 이법을 신(神)으로 본다는 입장이다.

제논은 인생의 목적을 행복으로 봤으며 그것은 자연에 따라 생활할 때만이 가능하다는 입장을 취했다. 그에게의 자연이란 계획적으로 세계를 창조하는 로고스적 성격을 띤 화기로 이루어진 것이고, 우주는 가장 선하고 아름답게 자연으로 구성된 존재였다. 인간이 로고스에 따르는 것은 자연의 본성에 따르는 것이기 때문에, 자신의 로고스에 따르는 것이야 말로 도덕적으로 사는 것이고 그것이 바로 선이라고 하는 것이었다. 그의 그러한 사상은 제2의 창시자로 알려진 쿠리싯포스(Chrysippos, 281~208, BC), 세네카(L. A. Seneca, BC 4~AD 64), 코스모포리탄이즘을 주창한 에피크테토스(Epiktetos, 60~138), 마르쿠스 아우렐리우스(Marcus Aurelius, 121~180) 황제 등과 같은 스토아학파의 철학자들에 의해 계승되었다. 그들에 의하면 영혼과 육체는 구분되고, 영혼은 불멸하며, 우주는 로고스의 성격을 띤 화기로 된 유기체이고 그 본질은 로고스와 동일한 것이며, 인간은 소우주이고 이성에 따른 생활은 우주에 따르는 것이다. 이성을 갖는 한 모든 인간은 신의 아들이라는 입장을 취했다. 40세에 로마의 황제가 된 아우렐리우스는 『자성록』(自省錄)을 남겼는데, 우리는 그것을 통해 스토아학파의 세계관과 인생관을 구체적으로 접해볼 수 있다. 그의 철학은 노예출신의 철학자 에피크테토스의 영향 하에서 출발해 종교적 경지를 한층 더 심화시켜 나갔다. 일체의 만물은 항상 변화 유전한다. 생명도 이름도 기억도 덧없다. 일체는 망각의 심연으로 침몰한다. 만약 이것들에 애착을 갖게 된다면 사람은 불행해지지 않을 수 없다. 우주의 진상(眞相)은 변화하지만 그 변화 속에서도 통일이 있다. 그 통일을 믿고 운명에 순수히 따르는 것이 자연에 따르는 생활이고 오도(悟道)의 생활이다. 운명을 사랑하고, 내적 자유로 살아가면서 조용히 죽음을 기다리는 것이 우리들의 생활이다.

그런데 그들의 그러한 세계관과 인간관은 로마제국이 크리스트교국으로 전환되어 나오는 과정에서 형성된 신플라톤학파(3~6세기)와 교부철학(3~8세기)을 통해 계승되어 나갔다. 신플라톤학파의 철학자로서 최대의 교부철학자는 성아우구스티누스(A. Augustinus, 354~430)였다. 그의 대표작은 『고백』(Confessionss, 397~400), 『신국론』(De Ciritate Dei, 413~426) 등이 있는데, 그는 그것들을 통해 영원불변하는 진리, 즉 이디아는 신속에 있고, 인간의 정신을 비치는 신의 광채에 의해 인간에게 주어진다. 신은 인간의 이해를 초월해 지식에 의해서가 아니고 무지에 의해 알게 된다. 신은 세계를 창조해 유지 지배해 간다. 신은 무로부터 세계를 창조했다. 그렇다면 이러한 세계관과 인생관이 지배했었던 신플라톤학파시대와 교부철학시대의 예술관은 어떠했는가?

당시 사람들에게서의 예술(ars)은 일반적으로 도구를 생산해 내는 기술로 취급되었디. 그렇디먼 근대 이후 예술이 다루게 된 미런 이떤 짓으로 생긱되이졌으며, 어떤 인간들의 어떤 행위들에 의해 취급되어졌던 것인가? 현대 독일의 철학자 미카엘 하우스켈러는 그것과 관련하여 그의 저서 『예술이란 무엇인가?』(1998)에서 다음과 같이 말하고 있다. 「요컨대 중세 전체를 통해 가시적 미는 비가시적 미의 영상으로 이해되었다. 이것과 관련해 말해 볼 때, 예술의 과제란 감각적 미만을 보여주는 것만이 아니라 이보다 더 어려운 것을 해내는데 있다. 다시 말해 '볼 수 있는 것' 속에서 '볼 수 없는 것'의 작용을 분명히 드러내어 이 세계 속에서 신의 흔적을 더듬어 낸다고 하는 것이다.」[10] 여기에서 「볼 수 있는 것」이란 감각적 세계 내지 그것을 구성하는 것들을 가리키고, 「볼 수 없는 것」이란 그것에 내재되어 있는 「신」을 의미한다. 이 경우 「신」은 질서 지워진 것이고 통일성과 차별성을 조화롭게 일치시키고 있는 존재로서 그것이야 말로 서양의 중세인들에게 있어서는 아름다운 것이었다. 신은 크리스토교 신자들로 말할 것 같으면 그러한 존재였기 때문에 찬양되었고 경배의 대상이 되었던 것이다. 중세인에서의 예배를 드리는 일이야 말로 지금으로 말할 것 같으면 음악을 듣고 영화를 보고 시를 창작하는

---

10) 미카엘 하우스켈러 저 · 이영경 역, 전게서, p.38.

그러한 예술적 행위에 해당되는 것이라 하지 않을 수 없다. 그렇게 봤을 때 당시의 성직자들은 지금의 예술가들에 해당되는 자들이었던 것이다. 중세 서구인들은 십자군운동(11~13세기)을 계기로 해서 자신들과는 다른 새로운 세계관들을 접해 가게 된다. 그러한 상황에서 출현한 신학자들 중의 한 사람이 스콜라철학(9~15세기)을 완성시킨 토마스 아퀴나스(Thomas Aquinas, 1225~74)이다. 11세기경까지의 중세신학은 신플라톤학파의 교부철학을 기반으로 한 계시(啓示)신학이었다. 그러나 12세기로 들어와 그것은 아리스토텔레스의 철학을 계승하여 그때까지의 계시신학과의 대립적 입장을 취해 이성적 논증에 호소하는 신학의 형태로 발전해 나와 스콜라철학으로 정착되었던 것이다. 그에게서의 철학은 신앙과 이성과의 조화로운 통일을 추구해 가는 것이었고, 또 그는 자연계의 일체의 사물들이 질료와 형상이 결합되어 이루어진 합성실체들이고, 또 최고의 비질료적인 순수형상의 존재가 바로 신이라는 입장을 취했다. 그는 인간이란 이성적 영혼의 소유자로서 감각을 통해 사물의 본질을 인식해 내는 존재로 파악하였다. 그는 중세 미학을 대성시킨 자였기도 했는데 「아름다움은 세 가지, 즉 신성함 또는 완전성, 적절한 균형 또는 일치, 마지막으로 명료성 또는 빛나는 색체를 필요로 한다.」라는 말을 하고 있다.11) 그의 그러한 말은 미의 본질이란 다름 아닌 바로 신의 속성이라는 것을 의미하고 있다고 볼 수 있다.

이렇게 봤을 때 고대와 중세 서구인들의 세계관은 영원불멸하는 진리로 이루어진 세계와 변화무상한 것들로 이루어진 감각세계로 구성된 이원론적 세계관을 지니고 있었다고 말할 수 있다. 이디아 세계는 신이 생존해 가는 세계이고 감각세계는 인간이 생존해 가는 세계로 인식되었으며, 이 감각세계에서 살아가는 인간은 가변하는 육체와 불멸하는 영혼으로 이루어진 존재로 인식되었다. 또 그들은 불변하는 진리는 아름다운 것이며 그것을 주관하는 신은 절대선으로 받아들여졌던 것이다. 고대와 중세 서구인의 이러한 세계관과 인간관은 플라톤의 이디아계 중심과 아리스토텔레스의 현상계 중심과의 변증법적 발전을 통해 전개되어 나왔다. 이디아계와 신이 강조되었던 시대에서는 인간의 이성이 덜 강조되었고, 이디아계와

---

11) 상동서, p.41.

신이 덜 강조된 시대에서는 현상계와 인간의 정신작용을 일으켜 가는 인간의 이성이 더 강조되었던 것이다. 이렇게 봤을 때 중세인들에게 있어서 미적 의식을 불러일으키는 예술적 행위란 다름 아닌 신을 찬양하고 경배 드리는 종교적 행위라 볼수 있는 것이다. 르네상스시대의 음악이론가 조세포 자를리노(Gioseffo Zarlino)는 그의 저서 『화성의 기초』(*Le Istitutioni harmoniche*)의 제1부 제12장에서 「신은 자신을 위한 예배에 제공되는 이 예술이 사악한 것으로 생각되도록 허락할 수 없다고 여기셨다」는 말을 하고 있다.[12] 여기에서의 「예술」이란 예배 때 동원되는 음악을 가리키고 있는데, 그가 음악을 「예술」이라 말하고 있는 것도 그 구체적 실례가 될 수 있다. 또 중세 서구에서의 예술도구 생산의 기술뿐만 아니라 교회당과 같은 건물들을 짓는 건축기술, 예배시의 신의 찬양기술이나 경배기술 등의 신을 찾아내거나 불러내는 기술 등의 의미로 쓰였을 것으로 고찰된다. 이렇게 봤을 때 고대와 중세 서구인들의 예술관은 다음과 같이 파악될 수 있다. 고대와 중세 서구인들에게시의 아름다움이란 이디아계의 불변하는 진리, 불멸하는 신 등과 같은 것이었으며, 또 신의 인간과 인간 세계를 위한 조화나 균형이나 질서 등과 같은 절대적 선행(善行) 등과 같은 것이었다. 그들에게서의 예술이란 그러한 아름다움을 추구해 가는 행위나 기술이었던 것이라 할 수 있다.

고대와 중세 서구인들의 이와 같은 예술관은 인간중심사상을 형성 시켜나갔던 르네상스 운동(14~16세기)과 계몽주의 운동(17~18세기) 등을 통해서 심화되어 나갔고 말할 수 있다.

2. 신 중심 시대의 음악

1) 신중심 시대 음악의 예술장르상의 위치

베르나르디노 씨릴로(Bernardino Cirillo) 주교는 1549년 당시의 다성 음악에 대한 자신의 견해를 밝히는 글에서 다음과 같이 말하고 있다.[13]

---

12) D. J. 그라우트 외 저·세광음악출판사편집국 역(1998), 『서양음악사』, 세광음악출판사, p.209.

고대인들에게 음악은 모든 예술 중에서도 가장 빛나는 것이었다. 그들은 음악을 가지고 우리가 오늘날 미사여구나 웅변술로 할 수 없는, 인간의 감정과 정서를 움직이는 강력한 효과를 창조해 냈다. …… 나는 우리시대의 음악을 보고 듣는다. 몇몇 사람들은 이 음악이 전에 결코 알 수 없었던 수준의 세련미나 완벽성에 도달했다고 말한다.…… 오늘날의 음악은 이론적인 생산이 아니라 단순히 실제의 응용이라고 하는 것이 분명하다.

르네상스시대의 후반 B. 씰리로 주교의 이 말은 고대에서부터 중세에 이르기까지 음악이 최고의 예술장르였다는 사실을 말해 주는 구체적 증거라 할 수 있다. 중세 10세간 서구 사회를 지배해 온 것은 크리스트교였고, 또 그것을 주관해 갔던 것은 성직자들이었다. 그러한 성직자들에게서의 최고의 예술장르는 음악이었던 것이다. 음악이 고대에 와 중세에서 최대의 예술장르였다는 것은 다음의 사례를 통해서도 능히 짐작해 볼 수 있다.

조세포 자를리노(Gioseffo Zarlino)는 그의 위대한 저작 『화성의 기초』(*Le Istitution harmoniche*, 1558)의 제1부 제1장에서 다음과 같이 말하고 있다.

불우한 시대 때문이건 음악과 다른 학문들을 거의 존중하지 않았던 사람들의 소홀함 때문이건 간에, 음악은 예전에 올랐던 최상의 높이에서 가장 낮은 밑바닥으로 떨어졌다. 이전에 음악에 놀랄 정도의 명예가 주어졌던 반면, 나중에 그것은 매우 낮고 천하며 거의 가치가 없는 것으로 생각되었기 때문에 학자들도 그것의 존재를 거의 인정하지 않게 되었다. 내가 보기에 이것은 음악이 예전에 가지고 있었던 그렇게 명예로운 엄격함의 일부가 그 흔적까지도 유지되지 못했기 때문이다.

상기의 문장이 쓰여 진 것은 르네상스기(14~16세기)의 말기이다. 그것은 음악이 르네상스기 전까지만 해도 「최상의 높이에 있었다」는 것을 명확히 말해 주고 있다. 그런데 그것이 르네상스기로 들어와서 최하로 떨어졌다는 것도 말해주고 있다. 앞에서도 논한 바와 같이 르네상스기는 신중심시대가 인간중심 시대로 전환되는 시기였다. 그러니까 신중심 시대에는 음악예술이 최고의 예술장르로 군림했

---

13) 상동서, p.99.

었는데 시대가 인간중심 시대로 전환되어 그것이 최하의 예술장르로 떨어지고 말았다는 것이다. 그가 르네상스기로 들어와서 음악이 최하의 예술로 떨어지고 말았다고 말하는 것은 이제 음악이 최고의 예술장르가 아니라는 말을 과장해서 한 말이다.

루터(M. Luther,1483~1546)도 『음악의 예찬』에서, "우리는 악마가 음악을 두려워하며 저주한다는 것을 알고 있다. 그래서 나는 신학이후 의 어떠한 예술도 음악과 나란히 자리할 수 없다고 서슴없이 말할 수 있다. 음악과 신학은 그것 하나만 가지고도 고통 받는 영혼에 평화와 행복을 가져다 줄 수 있다."고 말하고 있다.[14]

그렇다면 르네상스기로 들어와 어째서 음악이 최고의 예술장르 자리를 유지하지 못하게 됐던 것인가? D. J 그라우트(Grout)와 C. V. 팰리스카(Palisca)는 그의 저서에서 「음악에 대한 인문주의의 가장 중요한 영향은 음악을 문학과 더 가까운 관계를 맺도록 만들었다는 것이다.」라고 말하고 있다.[15] 이 말은 여러 차원에서 해석할 어지가 있는데, 그 동안 예술장르의 주축을 이루어 오던 음악이 문학과 더 가까운 관계를 맺게 되었다는 말은 음악이 예술장르들의 최상권으로부터 하강한 결과 문학과 동등한 위치에 놓이게 됐다던가, 아니면 문학이 무시할 수 없는 예술장르로 상승하게 되어 음악과 동등한 위치에 놓이게 됐다는 의미로 풀이 될 수 있다. 서구의 역사가 신중심 시대에서 르네상스운동을 통해 인간중심 시대로 전환해 나옴에 따라 문학과 미술이 인간중심 시대의 대표적 예술장르들로 부상해 나왔다는 점을 감안해 본다면 르네상스 운동이 음악을 최고의 예술장르의 자리로부터 내몰았다는 것으로 받아들이지 않을 수 없다.

20세기 전반에 예술장르의 하나로 편입된 영화를 제외하면 현재의 대표적 예술장르는 문학, 미술, 음악 등으로 이야기 된다. 우리가 이것들을 대표적 예술장르들로 파악하게 된 것은 18세기 중반 A. G. 바움가르텐 등에 의한 미학의 성립 이후부터라 할 수 있다. 이 말은 르네상스기, 절대주의시대, 계몽주의시대 등을 거치는 과정에서 문학과 미술이 음악과 대등한 주요 예술장르로 확립되어 나왔다는 말이다.

---

14) 줄리어스 포트노이 저·서우석 책임편집·신혜승 역(1985), 「철학가와 음악-르네상스에서 계몽주의 시대까지」, 『음악과 이론 I』, 심설당, p.351.
15) 상동서, p.210.

　음악예술장르가 고대에서 근세까지의 최고의 예술장르였다는 또 하나의 증거는 바로 다음과 같은 것이다. 고대의 플라톤은 그의 대표적 저서『국가』에서 철학을 하기 위해서는 우선 수론(數論), 기하학(幾何學), 천문학(天文學), 음악론(音樂論)을 공부해야 한다고 말하고 있다. 로마시대의 재상 세네카도 철학(윤리학, 자연학, 논리학)을 위한 보조적 학문으로 문법학·논리학·수사학의 3교과와 기하학·수론·천문학·음악론의 4교과로 이루어진「자유학술 7과」(septem artes liberals)를 생각했었다.

　13세기 초에서부터 등장하기 시작 했던 대학에서의 교과과정도「자유학술 7과」였다. 이와 같이 음악예술은 미술이나 문학예술과는 달리 고대 이래 주요 학문 대상으로 취급되어 왔었다. 이러한 사실을 감안해 볼 때 음악은 고대에서 근세까지 최고의 예술장르로 다루어졌던 것이다.

　그렇다면 음악이 르네상스 운동을 계기로 그러한 권좌로부터 축출된 이유는 과연 어디에 있었던가? D. J. 그라우트와 C. V. 팰리스카는 르네상스 운동과 관련시켜 이렇게 말하고 있다. 르네상스시대로 들어와 사상가들과 예술가들에게는「인간감정의 모든 범위를 느끼고 표현하는 것과 감각적 즐거움을 누리는 것이 더 이상 사악한 것으로 여겨지지 않았다. 예술가와 작가들은 종교적 주제와 마찬가지로 세속적 주제에도 관심을 기울였고, 자신의 작품이 신에게 받아들여질 뿐 아니라 인간이 이해할 수 있고 즐거워 할 수 있도록 만들려고 하였다.」16)

　그들의 이러한 말은 중세를 통해 예술장르의 권좌에 있었던 음악이 세속적 주제를 포함한 인간감정의 모든 범위를 표현해 왔던 예술장르가 아니었기 때문에 세속적 주제까지를 표현해 왔던 문학이 최고의 예술장르의 권좌를 차지하게 됐다는 의미로 해석 될 수 있다.

　그렇다면 르네상스기 이후 음악은 어떻게 되었는가? 우선 그것은 단성(單聲)음악에서 다성(多聲)음악의 형태로 전환해서 인간들의 다양한 감정들을 동시적으로 표현해 가게 되었다. 그 다음 그것은 예술장르의 권좌로부터 물러나 사회의 모든 층의 인간들이 자신들의 실생활 속에서 자신들의 개인적 감정을 표현해 갈 수 있는

---

16) 상동서, p.211.

가장 기본적이고 가장 일반적인 예술장르로 전환해 나왔다고 말할 수 있다. 20세기 후반 문학예술장르의 종언의 경우가 말해주고 있듯이 모든 예술장르의 생명은 그 것의 완전한 대중화 단계를 거쳐 끝나게 된다. 음악의 경우도 중세 말 크리스토교 사회에서의 완전한 대중화를 통해 그 역할을 다하게 됐었다고 말할 수 있다.

이것은 철학이 고대에서 모든 학문을 대표했었고, 중세에서 르네상스시대까지 모든 학문을 대표했던 신학의 기초과목으로 취급되었던 것과 유사한 경우라 할 수 있다. 현재에도 음악은 우리들에게 가장 대중화된 예술장르로 받아들여지고 있으며, 또 그것은 20세기 후반 이래 최고의 예술장르로 부상한 영화예술장르 속 에서도 영화의 예술성을 형성시키는 가장 기본적 요소로 받아들여지고 있다.

2) 신중심 시대의 시대적 이념과 음악매체의 특성

신중심시대란 인간이 신에 의해 창조된 존재이기 때문에 인간이 신을 중심으로 해서 인간의 모든 문제를 풀어가야 한다는 입장이 취해졌던 시대라 할 수 있다. 인간들이 그러한 신중심 시대에 추구했던 것은 영원불멸하는 것, 절대적인 것, 진리 등과 같은 것이었다. 왜냐하면 인간들은 그러한 것들이 신(神)의 본질적 속성 을 대변하는 것들로 생각했었기 때문이었다. 따라서 신중심 시대란 인간이 그러한 신의 본질적 속성이라 생각되어졌던 것들을 추구해 갔던 시대였다고 볼 수 있다. 그 시대의 서구인들은 지구 밖의 우주, 인간의 감각이 미치지 못하는 세계, 인간의 마음속 등이 그러한 신의 영역이라 생각했다. 그렇다면 그 시대의 서구인들은 인 간이 어떤 식으로 그러한 영역을 드나들며 신과 관계를 맺어 갈 수 있다고 생각했 던 것인가?

전화나 이메일 같은 것이 없었던 당시에는 대개 두 가지 방법으로 인간의 생각 들이 전달되었다. 하나는 소리(音)를 통해서였고 다른 하나는 빛(光)을 통해서였 다. 물론 현재도 소리와 빛은 최고의 의사전달 수단이 되어 있다. 예컨대 말소리, 전화벨 소리, 종소리, 나팔소리, 노래 소리 등이 소리를 통해서 인간들의 의사전달 이 행해지며, 손짓, 얼굴표정, 봉화불(烽火), 편지, 서적, 인터넷 등의 글 등이 빛을 통해서 행해지고 있다. 그런데, 빛을 통해 자신들의 의사전달을 행해가는 존재들은 이 지구상에서 인간들 밖에 없다. 따라서 인간들이 어떤 빛을 통해서 눈으로 확인되지 않은 어떤 존재로부터 어떤 메시지를 전달 받게 될 때 그 메시지를 보낸 주체는 반드시 인간이라는 생각을 하지 않을 수 없는 것이다. 번갯불이나 석양볕 등을 통해 비가 올 것이라든가 어두워질 것이라는 메시지를 인간에게 전달하는 것이 인간이 아니라는 것을 인간은 경험을 통해 알고 있다. 따라서 우리는 그러한 현상들을 일으키는 어떤 존재에 대해서는 경외감(敬畏感)을 갖게 된다.

그렇다면 왜 우리는 그러한 존재들에 대해 그러한 느낌을 갖게 되는 것인가? 그것은 그러한 존재들이 어떠한 것들인지 인간의 눈으로 직접 확인되지 않기 때문이라 할 수 있다. 번갯불에 대한 과학적 접근이 없었던 시대의 인간들은 번갯불을 일으키는 어떠한 존재가 분명히 있음에 틀림없으리라는 생각을 했을 것이고, 그들은 그러한 존재를 신이라 생각했던 것이다.

그러면 소리의 경우를 생각해 보자. 우리는 주의로부터 무수한 종류의 소리들을 듣게 된다. 빛의 경우와는 달리 소리는 대자연을 구성하는 많은 존재들에 의해 일으켜 진다. 인간을 비롯한 모든 동물들뿐만 아니라 나무, 물, 돌, 산, 구름 등과 같은 것들도 소리를 낸다. 그러나 우리는 어떤 소리들만을 듣고서는 그것들이 무슨 소리들인지를 확실히 인식해 내지 못할 때가 많다. 왜냐하면 소리는 들었지만 그 소리를 내는 주체가 그것을 들은 인간의 눈에 의해 직접 확인되지 않을 경우 등이 많기 때문이다. 우리가 어떤 소리를 듣고 그것이 어떤 소리인지 혹은 그것이 어떻게 나게 되었는지를 알지 못할 경우, 우리는 그 소리에 대해 경외감을 갖게 된다. 왜냐하면 그 소리가 신과 같은 어떤 존재의 소행이 아닌가라고 생각하게 되기 때문이다.

인간들은 각양각색의 크고 작은 죄책감들에 감싸여 있다. 따라서 인간들이 그러한 정체불명의 소리를 듣게 되면 자연에 대한 어떤 경외감을 느끼게 되는 것이다. 신이 인간과 세계를 창조했고, 또 그것이 인간을 지배해 간다고 하는 사상에 기초해 인간들의 삶이 영위되는 한 인간에게서의 소리는 초인간적 존재 내지 초자연적 존재, 보다 구체적으로 말해 만물을 주관해 가는 절대적 존재인 신과의 커뮤니케이션 수단으로 인식 될 수 있는 것이다. 이렇게 신중심 시대에서의 소리는 물리적 차원의 소리 그 이상의 것으로 인식되었던 것이다.

고대에서 중세까지의 서구인들은 인간이 영원불멸하는 영혼을 지닌 존재로 인식하고 있었다. 또, 그들은 자연계 밖의 천국이나 우주가 영원불멸한 신의 영역이라 생각했는가 하면, 자연계를 구성하는 만물들의 보이지 않는 이면에도 신이 존재하는 영역이라 생각했다. 그런데 필자가 여기에서 말하고자 하는 것은 당시의 인간들이 소리를 자신들의 영혼과 그러한 영력의 신과의 의사소통 수단으로 생각했었다고 하는 것이다. 르네상스기 이전의 서구인들에서의 자연계 밖의 천국이나 지구 밖의 우주, 혹은 자연계를 구성하는 만물들의 이면 등은 인간의 눈으로 확인 불가능한 영역이다. 그러한 곳을 주관 한다고 생각했던 신도 인간의 눈으로 확인 될 수 있는 존재가 아니다. 소리도 인간의 눈으로 확인 될 수 있는 존재가 아니라는 점에서 신과 공통점을 지닌 것으로 인식될 수 있었다. 따라서 소리가 그러한 곳에 존재해 있다고 생각되었던 신과 인간의 눈으로 확인할 수 없는 인간의 영혼과의 의사소통 수단으로 인식되어졌다고도 볼 수 있다. 음악이론 선공사들도「아주 예날 신화시대에 살았던 사람들은 소리와 영혼을 같은 차원에서 생각한 것 같습니다. 왜냐하면 신이나 영혼이나 마음을 믿는 모든 종교의식에는 소리가 매우 중요한 역할을 하고 있으니까요.」라고 말하고 있는 것이다.[17]

여기에서 필자가 결론적으로 말하고자 하는 것은 음악이 근세 이전의 인간에게 바로 이렇게 인식되었던 소리를 매체로 하여 성립된 예술장르라고 하는 것이다. 그래서 신앙을 시대적 이념으로 했던 신중심 시대에서의 음악은 그 시대의 가장 대표적인 예술장르의 위치를 차지하지 않을 수 없었던 것이다.

3) 신중심 시대 음악예술의 역할

중세서구의 종교 음악은 고대 그리스인들의 음악관을 기반으로 해서 형성 전개되어 나갔다. 그런데 고대 그리스인들의 음악관은 피타고라스의 음악 사상과 이론을 기초로 해서 형성되었다고 볼 수 있다. 그러면 우선 피타고라스의 음악사상이 성립되어 나오게 된 배경을 고찰해 보기로 한다.

---

17) 백대웅(1995), 『인간과 음악』, 어울림, p.47.

고대 그리스·로마인들의 음악사상의 기초는 그들의 신화로부터 찾아질 수 있다. 고대 그리스에서「음악」(music)이란 말은 연극·시·노래·무용 등으로 이루어진 종합예술을 뜻하는「뮤지케」(mousike)라는 말에서 나왔다. 그런데, 이 뮤지케는 그리스 신화에서 제우스가 자신과 야만족 기간테스와의 전쟁에서 자신이 거둔 승리를 낱낱이 기억하고 있는 기억의 여신 뮤네모시네와 동침해 낳은 9자매에 의해 관장 되었다는 것이다. 여기에서 우리는 두 가지 사실에 주목할 필요가 있다. 우선 하나는 고대 그리스에서 음악이 음악 이외의 연극·시·무용 등과 같은 예술들과 불가분의 관계의 것이었고, 또 그것이 그러한 예술장르들을 하나로 묶을 수 있었던 가장 기초적인 예술장르였다는 것이다. 다음으로 그것이 전쟁 등에서의 승리나 패배의 감정들의 기억과 깊게 관련되어 있다고 하는 것이다. 고대 그리스에는 그 시대의 가장 대표적 악기였다 할 수 있는 리라와 아울로스가 있었다. 그리스 신화에서 리라는 아폴론의 제전에서 아울로스는 디오니소스의 제전에 사용되는 악기로서 전자는 아폴론의 악기, 후자는 디오니소스의 악기라 불리워졌다. 리라는 전령(傳令)의 신 헤르메스가 만들어 아폴론에게 바친 악기이고, 아울로스는 지혜의 여신 아테나가 에우리알레의 자매인 메두사(medusa)의 목이 잘렸을 때 슬피 통곡하는 에우리알레의 처절한 모습을 재현하기 위해 만든 악기로 되어 있다. 메두사는 원래는 아름다운 소녀였는데 아테나와 아름다움을 경쟁하다가 뱀의 형태를 한 괴물로 변신당한 여왕이었다.[18]

이러한 것들을 통해 생각해 볼 때, 고대 그리스의 악기는 먼 곳에서나 혹은 과거에 있었던 싸움에서의 승리의 기쁨이나 패배의 슬픔을 알리거나 기억해 내기 위한 수단의 역할을 했던 것으로 파악된다. 고대 로마의 시인 오비디우스(P. N. Ovidius. BC. 43~AD. 17)는 고대 그리스 신화를 소재로 해서 서사시의 형태를 취해『변신 이야기』를 썼다. 그는 그 속에서 알레고리를 통해 음악의 기원에 관한 것을 이야기 하고 있다. 염소의 뿔을 한 목축의 신 판(Pan)이 요정들을 쫓다가 나무의 요정 쉬링크스를 뒤쫓게 된다. 그녀는 판으로부터 도망쳐 가다 강이 가로 놓여 있는 것을 목격하고 강물 속의 자매요정인 물의 요정들에게 자신의 모습을

---

18) 민은기(2007), 『서양음악사─피타고라스부터 재즈까지』, 음악세계, pp.16-17.

변신시켜 달라고 애원한다. 판은 이제 꼼짝없이 자기에게 잡혔다고 생각한 나머지 강 앞에서 그녀를 잡으려 했지만 잡히는 것은 갈대들뿐이었다. 그는 강 앞에서 그녀를 놓친 것을 슬퍼하고 있는데 갈대숲의 바람결이 소리를 만들었다. 그 소리는 판에게 자신이 탄식하는 소리와도 같은 것으로 느껴졌다. 그래서 판은 크고 작은 갈대를 꺾어 길이들을 조정해 그것들을 묶은 다음 바람결과 같은 아름다운 소리를 만들어 냈다. 판은 그 소리를 내고 있는 동안 쉬링크스와 하나가 될 수 있다는 위로를 얻었고, 그 악기에 쉬링크스란 이름을 붙여 주었다.

이 이야기는 판피리의 기원에 관한 이야기임과 동시에 인간이 음악의 발명동기에 관한 이야기이기도 하다.[19] 이 판피리의 기원에 관한 이야기는 곧 음악이 동경으로부터 시작되었고, 그리운 것을 찾는 외침에서 시작되었다는 것을 말해주고 있다.[20]

그런데 이 오비디우스의 『변신이야기』에 나오는 쉬링크스는 그리스 신화에서 사튀루스 등과 같은 음탕하기로 이름난 온갖 신들의 추격을 피해 살아가던 요정으로서 순결의 면에서는 처녀성을 지키며 살아가는 나무요정들 중에서도 가장 유명한 요정으로 되어 있다. 목축의 신 판이 그의 뒤를 쫓게 된 것은 그가 그런 순결을 지키며 살아가는 존재였기 때문이었던 것으로 그가 그녀를 놓치고 애태워 했던 것도 그녀가 그러한 순결을 지닌 존재였었기 때문이었다고 말할 수 있다.

이와 같이 고대 그리스인들에서의 음악은 우선 순수한 것, 근원적인 것, 영원불변하는 것 등과 하나가 되기를 원하는 인간의 감정을 불러일으키는 수단으로 인식되었고, 그들의 음악행위는 진리나 미를 추구하는 행위의 일종으로 인식되었던 것이다. 고대 서구의 음악이론의 기초를 세운 피타고라스의 음악이론은 바로 이상과 같이 고대 그리스 신화 속에 산재되어 있는 음악사상을 기초로 해서 성립된 것이라 할 수 있다.

피타고라스는 수를 만물의 근원(Arche)으로 보고 수학적인 바탕위에서 그의 철학체계를 세워 그것을 통해 절대적 진리를 찾고자 했다. 그는 수학을 수 자체를 다루는 정수론, 수의 응용인 음악, 정지된 도형인 기하학, 움직이는 도형인 천문학,

---

19) 오비디우스 저 · 천병희 역(2005), 『원전으로 읽는 변신이야기』, 숲, pp.69-70.
20) 임우영 외 편역(2004), 『미학연습』, 동문선, pp.26-27.

이상의 4개의 학과로 구분했으며, 이 4개의 학과가 근본적으로는 동일하다는 입장을 취했던 자였다.[21] 피타고라스와 그의 제자들에게서의 음악과 산술은 불가분의 것이었다. 「수는 모든 정신세계와 물질세계의 열쇠로 여겨졌으며, 따라서 수에 의해 질서가 잡힌 음악의 소리와 리듬의 체계는 대응되는 것으로서 우주의 조화를 예시하는 것」이었다.[22] 피타고라스는 음악을 보이거나 보이지 않는 창조물 모두에 작용하는 동일한 수학적 법칙의 규제 하에 있는 음의 높낮이와 리듬의 체계로 파악하였고, 그는 그러한 관점에서 음악을 우주의 질서 정연한 체계의 반영임과 동시에 우주에 영향을 줄 수 있는 힘으로도 파악하였다. 따라서 음악은 인간의 본능을 교화시켜 갈 수 있는 윤리적 힘을 가지고 있을 뿐만 아니라, 암 피온이 리라를 연극하자 돌들이 스스로 움직여 테베의 성벽이 저절로 무너졌다는 신화속의 이야기의 경우처럼 신기한 능력을 발휘하기도 한다는 것으로 인식되어 있었던 것이다. 고대 그리스인들의 음악의 그러한 도덕적 성질과 효과에 관한 신념은 에토스론(doctrine of ethos)으로 정리되어 나왔다. 그의 그러한 에토스론은 플라톤에 의해 『티메우스』와 『국가론』에서 매우 철저하고도 체계적으로 설명되었고, 그것을 근거해 플라톤은 「체육은 신체의 훈련을 위한 것이고 음악은 정신의 훈련을 위한 것」이라는 생각을 갖게 되었고, 또 플라톤의 그러한 견해는 그 후 중세의 음악이론가들에게 절대적인 영향을 끼쳤던 것이다. 고대 로마시대는 고대 그리스에서 형성된 음악의 그러한 윤리적 특성이 현실생활에 활용되어 나왔던 시대였다 할 수 있다. 로마의 시민들은 음악을 통해 개인적 즐거움을 향유해 나갔고, 위정자들은 그것을 교육, 공공행사, 종교적 의식에 활용해 나갔다. 「대부분의 황제들은 음악을 보호하였으며 네로는 음악가로서 명성을 얻으려고까지 하였다.」[23]

중세 서구의 음악은 다음과 같은 몇 가지 측면에서의 고대 그리스·로마인의 음악관을 기초로 해서 확립되어 나왔다. 첫째, 음악은 본질적으로 순수하고 자유로운 선율로 이루어진다. 둘째, 리듬과 박자를 만드는 선율과 가사와는 밀접한 연관성이 있다. 셋째, 연주는 고정된 악보가 없는 즉흥연주를 기본으로 한다. 넷

---

21) 민은기, 전게서, pp.19-20.
22) D. J. 그라우트 외 저, 전게서, p.20.
23) 상동서, p.37.

째, 음악은 단순한 아름다움의 유희가 아니라, 자연계의 체계와 일맥상통하는 질서정연한 체계이고, 또 인간의 사고와 행동에 영향을 줄 수 있는 힘을 지닌 예술이다. 다섯째, 음악의 이론은 과학적인 논리에 근거한 음향학을 중심으로 한 이론이다.24) 현재 우리에게서의 중세 서구는 「서양음악의 기초가 된 소중한 음악의 유산을 우리에게 남겨준 위대한 시대」라 할 수 있다. 「중세사회에서 음악은 매우 중요한 역할을 했다. 무엇보다도 음악은 중세의 정신세계를 지배하고 있던 기독교 교회 예배의식의 중식이었다.」 「중세 교회 예배는 처음부터 끝까지 음악이었다.」 「분명한 것은 중세 교회에서는 음악이 그 음악적 흥미 때문에 중요한 것이 아니라 성서와 기도의 내용을 나르는 운반자였기 때문에 중요한 것이었다.」25) 중세 서구의 음악은 고대 서구인들의 그러한 음악관의 영향 하에서 형성된 교회의 교부들의 음악관에 기초해서 발전되었다. 교부들의 음악관은 당시의 신플라톤 철학에 입각한 것으로 플라톤의 미에 대한 기본적 원칙에 의거한 것이었다. 아름다운 사물들은 우리에게 신성과 완전한 미를 깨닫게 하기 위헤 존재한다. 따라서 지기중심적인 향락이나 소유욕만을 고취하는 세상의 외견적인 미는 배척되어야 한다는 것이다. 교회의 교부들은 음악이 영혼으로 하여금 신성한 것을 사색하도록 하는 힘을 지녔기 때문에 가치 있는 것이지만 한편으로는 그것이 인간에게 순수한 쾌락만을 느끼게 하는 위험요소도 지니고 있다고 믿고 있었다.

그러한 교부의 음악관을 확립시킨 사람이 초대크리스토 교회 최대의 교부이자 대표적 신학자였던 A. 아우구스티누스(354~430)였다. 그는 「음악에 대하여」(On Music, 387년)란 논문을 쓰기 시작하여 391년에 가서 결국 6권의 책을 완성했다. 그는 『고백록』(Confessioness, 397~400)을 통해서도 「음악의 위험성과 유용성」에 대한 의견에 대해, 「확실한 입장을 제시할 수는 없지만 음악을 들을 때 곡조가 자신을 위험한 상태로 몰아갈 가능성이 있기 때문에 자신은 개인적으로 음악을 안 들으려 한다.」고 말하고 있다.

음악에서의 종교적인 것과 세속적인 것 사이의 그러한 갈등을 극복해 보려는 입장에서 중세 종교 음악이론을 확립시킨 자가 바로 보에티우스(A. M. S. Boethius,

---

24) 상동서, p.38.
25) 민은기, 전게서, p.23.

480~524)이다. 5세기의 신플라톤주의자 마르티아누스 카펠라(Martianus Capella)가 그의 저서 『웅변의 신과 언어학과의 결혼』(*The Marriage of Mercury and Philolog*)에서 기본 교양과목으로 문법·변증법·수사학·기하학·산술·천문학·화성학의 일곱 학예(Seven libral arts)를 제시하고 언어기술과 관련하여 처음의 3과목을 트리비움(trivium)이라 불렀는데, 이에 대해 보에티우스는 나중의 수학적 기술과 관련된 4과목을 쿼드리비움(quadrivium)이라 이름 붙였다. 6세기 초 그의 젊은 시절의 논문들은 철학공부의 준비과정을 이루는 교양 4과목 속의 음악에 관한 것이었다. 그 후 그의 주된 작업은 2세기경에 활동한 신피타고라스학파의 철학자 니코마코스(nikomachos)의 『하모니 개론』(*Handbook of harmonics* 제1~4권)과 천문학자 프톨레마이오스(Ptolemaios)의 『하모니론』(제5권)을 번역해 『음악의 체계』(*the Institution of Music*, 6세기 초)를 편찬해 냈다. 이 책의 독창성은 서장을 통해 찾아질 수 있는데, 그는 거기에서 음악을 「우주의 음악」(Musica mundana), 「인간의 음악」(Musica humana), 「도구의 음악(Musica instrumentalis)의 3종류로 분류하고 있다. 「우주의 음악」은 행성의 운동, 계절의 변화, 원소들 등으로부터 관찰될 수 있는 질서정연한 수적 관계를 통해 파악되는 대우주(macrocosm)의 조화를 의미한다. 「인간의 음악」은 육체와 영혼 및 그들의 각 부분들로 이루어진 소우주(microcosm)를 의미하고, 「도구의 음악」은 인간의 육성을 포함한 악기로 연극되고 또 들을 수 있는 음악을 의미했다.

이와 같이 보에티우스는 음악을 감정의 표현이라기보다는 지식의 대상으로 이해했고, 또 그는 그것을 「이성과 감각을 사용하여 수많은 높고 낮은 소리들을 조심스럽게 다루는 기술」로 보았던 것이다.[26] 이 분류는 중세를 통해 삼위일체의 개념과 결합하여 음악적 사고를 지배해 가게 된다.[27] "중세의 음악 이론서들을 보면 항상 보에시우스의 영향을 읽을 수 있다. 보에시우스는 음악과 수학과의 유사성을 이끌어냄으로써 그리스의 음악철학을 중세에 전했으며 보다 고차원적인 학문을 하기 위한 정신적 훈련으로써 음악을 교육적 과정에 포함시켰다."[28]

---

26) 상동서, p.51.
27) 김미옥(2005), 『중세음악역사·이론』, 심설당, p.421.
28) 줄리어스 포트노이 저·서우석 책임편집·신혜승 역, 전게서, p.338

역시 교부의 한사람으로 출발해 590년에 교황이 된 그레고리우스 1세(540~604)는 보에티우스의 음악관에 기초해 당시 교회의 전례(典禮)에서 불리워졌던 성가(聖歌)를 정비해「그레고리성가」(Gregorian Chant)를 남겼다. 그것은 가톨릭의 공식적인 전례음악으로서 3000이상의 방대한 곡이 악보로 남아 있는데, 천년 이상 유럽 각지의 성당과 수도원에서 불리워졌다. 가톨릭교회에서는 그레고리 대제가 하나님의 계시를 받아 이 성가들을 작곡한 것으로 믿고 있지만, 실제로는 600년대에 교황 그레고리우스 1세의 주도하에서 여러 지역의 성가들을 집대성하고 재편성해 만든 것이다. 그 후 그것은 가톨릭의 전례의식을 모든 지역에서 통일시켜 나갔다.[29] 그 성가의 선율은 단성(單聲)의 형태를 취하고는 있었지만 1600년대까지 종교음악의 저변을 이루고 있었으며 20세기 전반까지도 모든 가톨릭교회의 전례의식의 한 부분으로 사용되어 왔다.[30]

서양의 음악이론이 피타고라스(BC 569년경에 탄생)의 운율법에 기초가 세워졌다고 한다면 동아시아의 경우, 피타고라스기 테어니기 75년 전에 이미 세상을 떠난 관중(管仲, 周代齊 나라인, BC 645 사망)에 의해 성립되었다는 입장이 취해질 수 있다. 그 근거는 그에 편찬되었다고 하는『관자』(管子)에 중·상·각·치·우의 5성 및 삼분손익법(三分損益法)에 의한 12율려(律呂)에 관한 언급이 나와 있기 때문이다. 이렇게 봤을 때 중국에서는 서양보다 1~2세기 전에 피타고라스의 운율법과 원리가 같은 삼분손익법이 확립되었다고 볼 수 있다.[31] 앞에서 언급한 바와 같이 삼분손익법이란 문자 그대로 관(管)이나 현(絃)의 $\frac{1}{3}$을 덜어내거나 더하여 음을 만드는 법칙이란 뜻이다. 그렇게 해서 만들어진 것이 12율(十二律, 12개의 음의 높이)이다. 그런데「율」(律)이라는 개념은「단순히 음악에 그치는 문제가 아니라 사회질서를 나타내는 신분제도나 법률제도 등과 같은 공간적 개념과 달력과 같은 시간적인 개념과도 관련되어 있다.」고 하는 것이다.[32]

---

29) 김미옥, 전계서, p.34.
30) 민은기, 전계서, pp.28-29.
31) 중·상·각·치·우의 5성 및 삼분손익법(三分損益法)에 의한 12율려(律呂)에 관한 언급이 있는 부분이 관중(管仲)의 사후에『관자』(管子)에 삽입해 들어갔다는 설도 제기되고 있어 삼분손익법이 서양보다 1~2세기 전에 중국에서 이루어졌다는 주장도 현재로서는 하나의 설에 지나지 않는다는 입장도 취해진다.[필자 보충 설명]
32) 백대웅, 전계서, p.233.

이렇게 봤을 때 고대 동아시아의 경우에 있어서도 음을 인식했던 차원이 고대 서구문명권에서의 경우처럼 우주적이었을 뿐만 아니라 사회적이었다는 것이다. 공자가 살았던 춘추전국시대에는 플라톤의 경우처럼 「음악의 교육적 가치를 강조하게」되어, 유교적 음악관이 형성되어 나왔다. 음악이란 인간의 마음에서 우러나오는 소리이다. 그런데 그것이 사람의 오관만을 자극하는 것이라면 음탕하기 때문에 배척되어야 한다고 보았고, 바람직한 음악이란 사람의 마음을 순화시키고 사회를 밝게 만들어야 하며 정부의 뜻에도 어긋남이 없고, 또 자연과 화합할 수 있어야만 한다.」는 것이었다.33) 그 후 그러한 음악관은 기원전 1세기 무렵에 편찬된『예기』(禮記)의 「예락」(禮樂) 사상을 통해 전승되어 나갔다. 한국의 경우, 중국의 진수(陳壽, 233~297)가 3세기 수렵 한반도의 사정을 기록한『삼국지』의 「유지동이전」에 의하면, 부여, 고구려, 예맥, 진한 등에서의 제천의식(祭天儀式)에 음악과 가무가 성대히 행해졌다고 한다. 그러한 의식(儀式)은 현재까지도 종묘제례악(宗廟祭禮樂)을 통해서 행해지고 있다. 제례악이란 천신(天神)·인신(人神)·지신(地神)의 제향(祭享)에 쓰는 음악을 가리킨다. 현재 한국에서 행해지는 제례악은 조선 역대 군왕의 신위(神位)를 모시는 종묘(宗廟)제례악을 통해 연주된다. 이러한 것들을 동아시아에서도 음악의 기원이 굿판에서 무당이 신에게 인간의 기원을 전달할 때 부르는 무가(巫歌)와 같은 것으로부터 유래했다는 것을 암시해 주고 있다. 삼국시대에 성행했던 향가(鄕歌)는 서민층의 음악이었고 고려시대의 고려가요는 향가로부터 시작된 것이다. 이조시대의 「시조와 가사는 양반층의 음악문화」이었다.34)

현재 우리는 일본의 궁중음악을 가가쿠(牙佳樂)라 부르고 있는데, 그 가가쿠의 대부분의 악기들은 한반도의 삼국과 당에서 들어간 것들이었다. 749년 당시 수도였던 나라(奈良)에 도다이지(東大寺)가 세워져 그 절의 청동불상의 봉안식에서 가가쿠의 연주가 행해졌었다. 쇼무(聖武) 천황(756사망)의 어물(御物)이 보관된 쇼소인(正倉院)에는 당시 도다이지에서 연루되었던 18종 75개의 기가쿠 악기도 보관되어 있다.35) 이러한 사실을 가지고 보더라도 동아시아에서도 음악이 신, 사후

---

33) 宋芳松(1989),『東洋音樂根兄論』, 世光音樂 出版社, p.23.
34) 이용식(2006),『민속, 문화, 그리고 음악』, 집문당, p.34.
35) 宋芳松, 전게서, p.58.

세계, 인간의 영혼 등과 어느 정도 밀접히 관련되어 있었는지를 능히 짐작해 볼 수 있다. 후 한 대에 와서「음양오행설이 우주의 근본 원리를 해석하는 과학으로 정립되자 다섯 개의 음 높이인 궁·상·각·치·우까지 각각 군(君)·신(臣)·민(民)·사(事)·물(物)라는 의미가 부여되었던 것이다.

이상과 같이 고찰해 봤을 때 신중심 시대의 음악은 인간의 정신세계로부터 자연, 신, 우주, 진리 등과 같은 절대적이고 본질적인 것들을 불러일으켜 인간들과 그것들을 연결시켜 줌으로써 신을 중심으로 해서 인간 자신들을 인식시켜 나가게 했던 역할을 했던 것으로 고찰된다.

3. 음악예술의 본질

1) 음악예술의 문화사적 좌표와 베토벤의 음악

앞에서도 고찰한 바와 같이 음악과 문학과 미술이 대등한 예술장르들로 평가되어 나오게 됐던 것은 18세기 중엽의 미학성립을 계기로 해서부터였던 것으로 고찰된다. 인간이 신이나 자연을 중심으로 해서 인간의 문제를 해결해 보려는 시각을 포기하고 인간 자신을 중심으로 해서 자신과 자신의 세계를 인식하려는 입장을 취하게 된 것은 르네상스기(14~16세기) 이후부터였다고 할 수 있다.

그렇다면 18세기 중엽 신중심시대의 대표적 예술장르인 음악이 르네상스 운동을 통해 부상한 문학과 미술 등과 대등한 예술장르들로 취급되었다는 것은 무엇을 의미하는 것인가? 그것은 14세기에 해체되기 시작했던 인간의 신중심적 사고가 18세기까지도 그 해체 작업이 완전히 끝나지 않았다는 것을 의미한다. 또 그것은 14세기에 형성되기 시작되었던 인간중심적 사고가 18세기까지도 지속되어 갔다는 것을 의미하기도 한다. 이것은 바로 14세기에서 19세기 전반의 5세기 반이라고 하는 것이 신중심적 사고를 버리고 인간중심적 사고를 받아들여 갔던 시대였다는 말이기도 하다. 그 시대는 신중심적 사고가 인간중심적 사고로 전환해 나왔던 시대였던 것이다. 그 전환 과정에서 음악은 19세기 전반의 낭만주의를 절정으로 해서 시들게 되었고 미술은 19세기의 리얼리즘을 통해 꽃피어 올라 20세기의 추상파 미술을 절정으로 시들게 되었다. 문학은 18세기 계몽주의 시대의 산문으로 부상해서 19세기 후반의 리얼리즘을 통해 꽃피어 올라서 20세기 전반의 실존주의를 절정으로 시들기 시작했다. 음악예술장르의 경우 그것은 교회를 중심으로 궁정으로 이동했고 그 다음 그것은 궁정에서 귀족층으로 이동했다. 또 그것은 르네상스기 성악중심의 음악에서 17세기 기악중심의 음악으로 이동해 19세기에는 오페라(성악·기악)중심의 음악으로 이동해, 19세기 후반에 가서는 서민층까지 확산 되었다. 14세기는 기독교의 삼위일체 사상의 영향 하에서 획일화된 3박 리듬이 해체되어 3박 내지 2박 리듬이 형성되어 나와 그것을 통해 아르스 노바(Ars Nova)라고 하는 신예술이 등장했고, 그러한 추세를 타고 세속음악의 발달에 기여한 작곡가 기욤드 마쇼(G. de Machaut, 1300~1377)가 출현했던 시대였다. 14세기 르네상스 운동의 시작을 계기로 음악은 종교음악에서 세속음악으로 전환해 나와 아르스 노바의 형태를 취하게 되었다. 아르스 노바는 그레고리성가의 단성 선율로부터 벗어나 다성화(多聲化, organum)의 형태를 취했던 것으로 특징 지워진다.

아르스 노바의 두 번째 특징은 주로 춤곡이나 즉흥곡 연주를 담당했던 기악이 성악과 대등한 위치로 부상했다는 것이다. 르네상스기를 통해 아르스 노바의 그러한 특징들이 일반화되어 나가는 과정에서 르네상스기 말기에 다성적 성악곡이 기악화 되어 소나타(기악곡)가 출현했다. 소나타란 기악을 위한 독주곡 내지 실내악(적은 인원으로 연극되는 기악합주곡)을 가리킨다. 17세기 후반에는 성악과 관현악이 혼합된 음악극이라 할 수 있는 오페라(opera)가 출현했고, 18세기 후반에 가서는 독주나 2중주의 소나타를 모체로 해서 관현악용의 소나타인 교향곡이 출현했다. 이렇게 해서 음악은 18세기 후반과 19세기 전반에 이르러 교향곡과 오페라의 시대가 열렸던 것이다. 이상과 같이 신중심 시대를 대표했던 음악예술은 변형되어나가 인간중심적 사고가 확립된 19세기에 와서는 그의 역할을 다하게 됨으로써 모든 예술장르들 속으로 분해되어 들어가게 됐던 것이다.

그렇다면, 신중심시대의 대표적 예술장르인 음악이 인간중심시대가 형성되어 나가는 과정에서 단성음악에서 다성음악으로, 성악에서 기악으로 전환해 나왔고,

또 다성성악이 오페라나 다성기악의 소나타내지 교향곡 등으로 전개되어 나오게된 이론적 배경은 무엇인가? 그것은 서구인들의 음악관이 고대 플라톤 철학이나 신플라톤 철학에 기초한 그들의 세계관과 우주관에 입각해 있었기 때문이었다 할수 있다. 단성음악이 다성음악으로 전환해 나온 것은 대우주의 질서가 한층 더 과학적이고 입체적으로 인식됨으로써였고, 성악중심의 음악이 기악중심의 음악으로 전환해 나온 것은 음악이 한층 더 우주론적 차원에서 인식됨으로써였다. 또 다성음악이 오페라의 형태나 소나타와 교향곡 등과 같은 다성기악의 형태로 구체화되어 나온 것은 음악의 본질이 대우주의 조화에 근거 한다는 사상에 입각된 것이라 할 수 있다.

그렇다면, 현대음악이 어째서 바흐(J. S. Bach, 1685~1750), 하이든(J. Haydn, 1732~1809), 모차르트(W. A. Mozart, 1756~1791), 베토벤(L. van Beethoven, 1770~1827), 슈베르트(F, Schubert, 1797~1828), 바그너(R. Wagner, 1813~1883) 등과 같은 고전주의와 낭만주의 시대의 음악가들의 음악을 넘어서지 못하는 것인가? 서구에서의 고전주의와 낭만주의 본질은 무엇인가의 문제에서부터 논해보기로 한다.

고전주의(Classicism)에서의 「고전적」(古典的, Classical)이란 말이 「근대적」(近代的, modern)과 대립적 의미로 쓰이게 된 것은 이미 2세기 이후부터였는데, 「근대적」으로 지칭되는 것이 높게 평가되기 시작된 것은 19세기 말 프랑스에서의 신구논쟁 이후부터였다. 그러나 그러한 평가가 행해지는 가운데 18세기 말부터 19세기 전반에 걸쳐 그리스 고전이 절대시 되었던 시기가 있었다. 그 시기가 바로 고전주의와 낭만주의를 지향했던 시기였던 것이다. 특히 독어권을 중심으로 해서 고전주의와 낭만주의 시대에 고전존중의 풍조가 일반화 되었다. 이 경우 「고전」이란 헤겔(G. W. F. Hegel, 1770~1831)이 그의 『미학강의』(1828~29년 겨울학기 베르린 대학에서 강의된 것을 1932년 제자들이 그의 전집 출판과정에서 출판한 것임.)에서 정의하고 있듯이 그리스의 연극·조각·건축·시문을 가리킨다. 이렇게 봤을 때 고전주의란 고대 그리스인들이 고대 그리스의 그러한 예술작품들을 통해 추구했던, 생의 통일과 조화정신이라 볼 수 있다.

낭만주의란 18세기 전반 인간의 이성을 통해 구축한 계몽주의에 반발해 특히 독일에서는 「질풍노도」운동을 선도했던 헤르다(J. G. Herder. 1744~1803)와 괴테 (J. W. Von Geothe, 1749~1832) 등이 추구해 갔던 이념이다. 그것은 감성을 통한, 중세적 분위기, 고대 그리스의 신화세계, 예술적 내면세계, 태고의 자연, 동화의 세계 등을 추구해 보려는 입장이었다. 독일의 고전주의와 낭만주의 시대의 음악가 들은 음악을 통해 헤르더와 괴테가 추구해 갔던 예술적 가치들을 추구해 갔다고 말할 수 있다.

헤르다는 『인류사의 철학적 고찰』(1774)을 통해 신의 출현은 자연을 통해서만 이루어지는 것이 아니고, 인류의 역사를 통해서도 이루어진다는 시각을 취해 자연 과 역사를 통일적으로 파악하려는 입장을 제시했다. 그의 그러한 입장은 『신에 대한 대화』(1787)를 통해 한층 더 이론화 되었다. 괴테보다 21세가 적은 헤겔은 그의 『종교철학강의』속에서 「신의 죽 음」을 논하고 있는데 그에게의 「신」은 크리 스트교의 신을 의미하고 있다. 낭만주의시대 말기에 태어났던 니체(F. W. Nietzsche, 1844~1900)는 『희열의 지혜』(1882)에서 「백주에 시장에 한 광인이 나 타나 "우리들이 신을 살해 했다"(Gott ist tot)고 떠들어 댔다.」고 말하고 있다. 하이 데거(M. Heidegger, 1889~1976)는 『니체 Ⅰ · Ⅱ』(1961)를 통해 서양의 형이상학 의 시원과 운명을 논했는데, 그는 그곳에서 니체의 「신은 죽었다」의 말이야 말로 서양의 형이상학의 종언을 의미하는 것이었다고 말하고 있다.

하이데거는 「예술작품의 시작」(1936)이란 논문에서 「예술은 우리들의 역사적 생존을 시작케 한다.」는 점에서 진실성을 지닌다는 말을 하면서, 그가 「시인중의 시인으로 칭송했던 횔더린(F. Hölderlin, 1770~1843)의 시 한 구절을 끌어내서 자 신의 그러한 생각을 입증시키려 했다.36) 그 구절은 「시작 가까이에 살고 있는 자 는 그 집을 떠나기가 어렵다」이었다. 그의 문학적 주제는 「그리스의 은자(隱者)」 라는 부제를 가진 서간체 소설 『휘페리온』(*Hyperion*, 1797~1799)을 통해 확립되 었다고 볼 수 있는데, 그는 그 작품에서 「고대의 그리스민족은 인간상호간 뿐만 아니라 신들과도 미와 사랑으로 관계를 유지해 왔」는데 「지금은 고대의 그러한

---

36) ハイデッガー著·菊池栄一訳(1990), 『ハイデッガー選集12 : 芸術作品のはじまり』、理想社, pp.110-112

거룩한 정신이 메말라 버렸다」고 말하고 있다.[37] 하이데거가 그의 시구에서 읽어 낸 「시작」이란 휠더린이 살던 고대 그리스나 중세적 가치를 추구했던 고전주의 낭만주의 시대라든가 아니면 그러한 시대와 거의 동시대에 도래한 계몽주의시대 의 시작을 의미했었다고 할 수 있다.

중세 기독교인들에서의 햇빛은 「신의 형상」으로 인식되었다.[38] 그들은 신이 형 상화된 햇볕을 쬐며 일상생활을 영위해 간다고 생각했다. 이에 대해 17~18세기 계몽주의자들의 계열은 그러한 「신의 빛에 대응시켜 「이성(理性)의 빛」을 생각해 냈다. 그래서 그들은 「신의 빛」이 지배했던 중세를 암흑기로 인식했다. 그러나 서구인들의 형이상학은 피타고라스나 플라톤의 세계관·우주관을 초석으로 해서 형성되어 나와 중세 교부 철학자들의 신플라톤주의를 통해 확립되어 나왔다고 볼 수 있는데, 그러한 고대 그리스인들과 중세인들의 세계관을 추구해 갔던 고전주 의·낭만주의 시대의 문학자들과 철학자들을 연구해 갔던 학자들은 고전주의·낭 만주의 시대를 형이상학의 황혼기로 파악하였던 것이다. 그것은 신의 햇빛이 인간 들의 이성의 빛에 함몰되어 신앙인들의 하루가 어둠을 맞게 됐다고 하는 것이다. 이러한 시대에서의 음악가들의 역할은 엷어져가는 신의 빛을 한층 더 밝혀가는 작업이었다 할 수 있다. 서구인들에서의 형이상학의 황혼은 프랑스에서는 17세기 이래 독일에서는 18세기 이래 형성되기 시작했었던 계몽사상의 전개를 통해 도래 하였다.

베르크마이스터 (A. Werckmeister)는 그의 저서 『음악이라는 고상한 예술-그 가치와 효과 그리고 남용』(프랑크푸르트, 1691)의 서문에서 음악을 「하나님의 영광 을 위해서만 사용될 수 있는 하나님의 선물」로 정의하고 있다. 그러나 그 후 80여년 뒤에 출판된 버니(C. Burney)의 『일반음악사 제1권』(1776)에는 음악을 「무해한 사치품으로서 실생활에 불필요한 것이긴 하지만 청각을 크게 발달시키고 만족시켜 주는 것」으로 정의 되었다.[39] 전자는 계몽사상 출현 이전에 행해진 정의이고 후자 는 그것의 출현 이후에 행해진 것이라 할 수 있다. 따라서 전자는 오히려 고전주

---

37) 박찬기(1984), 『독일문학사』, 일지사, p.225.
38) 미카엘 하우스켈러, 전게서, pp.34-35.
39) D. J. 그라우트·C. V. 팰리스카, 전게서, p.536.

의·낭만주의 시대에 행해진 음악에 대한 정의와 일맥상통하는 것이라 할 수 있다. 계몽주의 시대의 음악은 음악적 기교를 통한 유쾌한 소리들의 연속적 결합으로 청자를 감동시키려는 입장이었다. 그러나 고전주의·낭만주의 시대의 음악은 중세 음악의 전통을 이어받아 인간들이 지닌 신성(神性)이나 인간들의 보편적 감정, 예 컨대, 자유, 평화, 박애, 운명, 신, 자연 등에 대한 인간들의 감정을 자극시켜 인간의 정신을 정화시켜 간다는 입장을 취해갔다.

　그러한 의미에서 고전주의·낭만주의 시대의 가장 전형적 음악가는 베토벤이었 다. 그는 창작력이 가장 왕성했던 1806~1808년 사이에 교향곡 4번·5번·6번을 작곡했다. 특히 6번(전원)교향곡의 각 악장에는 시골생활을 암시하는 「농부들의 즐거운 놀이」, 「폭풍우」, 「폭풍우 뒤의 감사」, 「시냇가의 정경」 등과 같은 표제들 을 붙였다. 음악비평가 엑토르 베를리오즈는 「교향곡 6번」의 4악장 「뇌우·폭풍」 에 대해 다음과 같이 말하고 있다.[40] 「나는 이 놀라운 곡에 대한 생각을 전하려는 것을 포기하였다. 당신은 이 곡을 들어봐야만 베토벤 같은 사람의 손에 의해 이룩 될 수 있는 음악적 회화의 진실성과 숭고함의 높이를 깨달을 수 있을 것이다.」 E. T. A 호프만은 「베토벤의 음악은 두려움, 외경, 공포, 고뇌를 움직이게 하고, 낭만주의의 본질의 무한한 동경을 일깨운다.」라고 말하고 있다.[41] 그가 사망하기 3년 전에 작곡된 「교향곡 9번」에는 피날레에 실러(F. von Schiller, 1759~1805)의 「환희의 송가」가 합창과 독창으로 삽입되어 있다. 실러의 그것은 「기쁨을 통한 보편적인 형제애와 영원한 천상의 아버지 사랑을 기초로 삼는다는 두 관념을 강조 하는」 시였던 것이다.[42] 그의 전성기는 19세기 첫 10년간 이었다 할 수 있는데, 1810년 그는 그의 급격 청력 악화가 그를 더 엄습해 오자 「내가 어디에선가 "인간 은 아직도 한 가지의 선행을 할 수 있는 한은 자기 마음대로 세상을 떠나버려서는 안 된다."라는 구절을 읽지 않았더라면 나는 이미 없어진지가 오래 될 것이다. 물 론 내 자신에 의해」라고 말한 적이 있다.[43] 그에게의 「음악적 카논(경전)」은 「"박

---

40) 상동서, p.644.
41) 상동서, 상동면.
42) 상동서, p.643.
43) 디터 켄르너 저·박혜일 역(2001), 『위대한 음악가들의 삶과 죽음』, 폴리포니, p.68.

사(博士)"는 죽음의 문을 막는다.」와 「음표(音標)는 고난(苦難) 속에서 구원한다.」
였다.44)

　그는 1923년 1월 동생 요한과의 필 답장에서 「돈 때문에 써야할 시기가 지나가
면 나는 마지막으로 최고의 예술작품을 써 볼 생각이오-파우스트를!」이라고 자신
의 속마음을 털어 놓았다. 또 우리는 그의 필 답장으로부터 그가 기록해 놓은 이마
누엘 칸트의 말 「우리 속에는 윤리법칙이, 우리 위에는 반짝이는 별 하늘이!」를
발견 할 수 있다.45) 이처럼 베토벤은 자신의 삶을 형이상학적 차원에서 인식하려
는 입장을 취했고, 또 그는 자신에게 주어진 운명을 금전적 차원에서 받아들였고,
예술을 통해서 자신의 영혼을 구원한다는 신념을 가지고 살아갔었다고 말할 수
있다.

　이렇게 봤을 때 베토벤의 음악은 인간의 가장 보편적인 감정을 인간의 정신적
차원의 것들과 원초적인 것들을 주제로 했다는 것이다. 또 그것은 현대의 기악이
베토벤을 비롯한 그 시대의 음악가들의 수준을 넘지 못하고 그들의 작품연주에
만족해야 하는 것은 이상과 같은 이유 때문에서였다 할 수 있다. 이렇게 생각해
볼 때, 인간에서의 음악이란 원래 신에 대한 인간의 감정을 표현해 내는 예술이라
말할 수 있는데, 그 시대의 음악가들이 신에 대한 인간의 감정표현 작업의 마지막
종사자들이었다고 하는 것이다.

2) 음악의 미적 본질

　우리는 인간이 자신들의 미적 향유 대상으로 소리를 조직하는 행위, 조직된 결
과물, 그것을 감상하는 행위 등의 일체를 음악이라 말하고 있다. 인간들에게의
소리는 그것의 높이, 크기, 길이, 모양 등에 대한 인식을 통해 인지된다. 인간에게
인지되는 모든 소리는 공기의 진동현상이다. 따라서 우선 공기가 있어야 되고 다
음으로 공기를 진동시키는 어떤 주체가 있어야 되고 셋째로 그 공기의 진동을 감
지하는 인간의 귀가 존재해야 된다. 이 경우 소리의 높이는 일 초간 행해지는 공기

---

44) 상동서, p.75.
45) 상동서, p.90.

의 진동의 횟수에 의해 결정되고, 그것의 크기는 매번 행해지는 공기진동의 진폭에 의해 결정된다. 길이는 공기진동의 시간적 길이를 의미한다. 모양은 시간의 추이에 따라 그것의 높이와 크기의 변화양상 즉 음색을 가리킨다. 인간에게 감지되는 모든 소리는 자연음과 인공음의 두 종류로 분류될 수 있는데, 음악소리 즉 악음(樂音)은 인공음이다. 악음은 인간이 자신들의 미적 향유 대상으로 소리의 높이, 크기, 길이, 모양 등의 특징을 이용해 여러 종류의 음들을 조직해 만든 것이다.

음악소리가 인간을 즐겁게 하는 소리라고 한다면 그것은 어떤 식으로 조합된 소리인가? 이 물음은 인간이 음악소리를 듣고 즐거워하는 이유는 무엇인가, 혹은 음악소리가 인간을 즐겁게 하는 이유는 무엇인가 등과 같은 맥락의 것이라 할 수 있다.

우리는 일반적으로 하모니(화음), 리듬, 멜로디(선율)를 음악의 3대요소라 말하고 있다. 하모니, 즉 화음(和音)이란 음들의 높낮이 차원의 조화를 의미하고, 리듬이란 시간의 흐름에 따라 변해가는 음의 반복 형태를 의미한다. 멜로디, 즉 선율(旋律, 가작)이란 갖가지 음높이와 음크기와 음길이를 갖은 음들의 선(線)적 연결 양상을 말한다. 화음이 복수음(複數音)의 동시적(수직적) 결합이라면 선율은 높이가 다른 음의 (수평적), 단음적 배열이라 할 수 있다.

그렇다면 우선 화음이 인간의 마음을 즐겁게 해주는 이유가 무엇인가에 대해부터 생각해 보자. 음에는 어울림이 듣기 좋은 협화음과 그렇지 않은 불협화음이 있다. 「인간의 눈이 대칭구조와 같은 모양의 균형에서 그 아름다움의 일차적 근거를 찾듯이 우리의 귀도 배음(倍音)구조라고 하는 음의 균형에서 일차적으로 듣기 좋은 느낌을 갖는다.」 음이 잘 어울린다고 하는 「협화음의 근거는 보통 배음의 비율로 설명」될 수 있다.[46) 배음이란 어떤 음의 진동수가 어떤 특정수의 그것에 비해 몇 배가 되는 음을 가리킨다. 예컨대 어떤 특정수의 진동수가 100일 경우 그 수의 배음은 진동수를 200, 300, 400 등으로 하는 음을 가리킨다.

어떤 특정음의 화음들은 그 특정음의 진동수를 배로 하는 음들을 가리킨다. 그렇다면 어떤 특정한 음들이 자신의 진동의 배들이 되는 음들과만 어울리게 되는

---

46) 백대웅, 전게서, p.259.

가? 고대 그리스에서의 음악이론의 기초를 세운 자는 피타고라스였다고 하는데, 그는 1:2, 2:3, 3:4의 길이비율로 각 쌍의 끈들을 만들어 그것들을 퉁겨, 그것들로부터 각각 8도(한 옥타브), 5도, 4도의 협화음정을 얻어냈다고 한다. 우리는 초등학교 때 수업시작을 알리는 종소리나, 보신각 매년 12월 말일 자정에 치는 보신각 종소리를 들어 본적이 있다. 우리는 그것들을 잘 들어보면 그 종소리들 속에 또 다른 높이의 소리들이 섞여 있는 것을 느끼게 된다. 그 소리들은 처음에 났던 소리보다 한 옥타브 높은 소리, 또 그 한 옥타브 높은 소리 보다 완전 5도가 높은 소리 등과 같은 것들이다. 만일 우리가 맨 처음 소리를 "도"라고 한다면, "도"의 한 옥타브 위 "도"소리와 그 "도"소리의 완전 5도 위의 "솔"소리 등이 섞여 있다는 것이다. 이와 같이 「어떤 소리에 섞여 있는 다른 높이의 아주 약한 소리들을 배음이라」고 한다.47) 모든 음들은 배음구조를 갖는다는 사실이 발견된 것은 17세기 프랑스 철학자 마르쎈느(Mersenne, 1588~1648) 등에 의해서였는데, 그 배음구조를 수학으로 설명한 자는 19세기 독일의 과학사 헬름홀츠(Helmholtz, 1821~1894)였다. 그는 악기의 배음구조를 수학적으로 설명했다. 가령 100이라는 숫자로 설명되는 높이의 소리는 200, 30,0 400, 500 등의 숫자에 해당하는 음 높이를 배음으로 갖는다고 하는 것이다.

이와 같이 음에서의 화음은 정수비(整數比)로 설명된다. 인간에게서의 「정수」(整數)란 우리가 자연체험을 통해 만들어진 1, 2, 3 등과 같은 자연수(自然數)를 말한다. 이렇게 봤을 때 정수는 인간의 자연에 대한 구체적 체험을 기초로 해서 만들어진 것이다. 그렇다면 인간이 정수비 관계의 음들이 서로 어울릴 때 그것들로부터 미적 의식을 느끼는 이유는 무엇인가? 인간은 같은 것을 갈망하고, 어떤 것들을 하나로 통일시켜 조화를 추구하고, 어떤 것들을 하나로 통일시키려하고, 어떤 것과 하나가 되어 보려는 요구에 싸여 있는 존재이다. 인간들에게서의 그러한 욕망이란 조화, 균형, 절대적 안정, 완성, 통일 등에 대한 욕구들을 원천으로 하기 때문이다.

이렇게 봤을 때 화음이란 인간이 어떤 음에 대한 체험을 단위로 해서 대자연속

---

47) 상동서, p.63.

으로부터 끌어낸 것들이라는 것이다. 화음의 출현 과정에서 짚어질 수 있는 사항은 다음과 같은 것이라 할 수 있다. 대자연속의 모든 음들은 다른 음들과의 관계를 통해 존재한다. 천둥소리는 소낙비 소리와 바람소리를 동반하고, 소낙비가 내린 후의 숲속의 바람소리는 물방울 떨어지는 소리를 동반한다. 대자연 속에서의 비바람 소리는 천둥소리와는 어울릴 수 있지만 꾀꼬리나 귀뚜라미 소리와는 어울리지 않는다. 대자연속의 모든 소리들은 그것들과 관련된 또 다른 소리들을 동반한다. 즉 대자연속의 모든 소리들은 인간들로 하여금 그것들과 관련된 또 다른 소리들을 연상케 한다는 것이다. 예컨대 인간이 숲속에서 어떤 소리를 들었을 때 그것을 통해 또 다른 어떤 소리를 연상하게 된다. 그 음들을 듣는 인간에서의 두 음은 어울리는 음들로 인식 될 수 있다. 바람소리 속에서 빗소리까지 듣게 된 인간은 어떤 구체적 정황을 상상하게 되고, 자신이 그러한 상황에 처했을 때 혹은 앞으로 처하게 될 때의 심정을 상상해 본다. 인간은 그러한 상상을 통해 만들어진 어떤 정감을 향유해 가게 되는 것이다.

　동양음악에 「팔음」(八音)이라는 말이 있다. 이 팔음이란 소리의 높이나 크기와는 상관이 없는 소리의 음색(音色)을 가리킨다. 이것은 악기를 만드는 재료를 의미하는 것으로 쇠·돌·실·대·나무·가죽·흙·바가지를 가리킨다. 동양음악에서 이 「팔음을 중요하게 생각하는 것은 「우주를 구성하고 있는 여러 가지 물질의 소리가 서로 어울릴 때 좋은 소리가 난다는 우주론적 생각과 연결되어 있는」것이다.[48] 이렇게 봤을 때 음악에서의 화음은 그것을 듣는 인간들로 하여금 그들 자신들이 추구하는 한층 더 구체적인 세계 정황을 상상케 하는 역할을 행해가고 있다고 말할 수 있다. 그 이유는 그것들이 인간의 그러한 욕망을 해소시켜주기 때문이라 할 수 있다.

　음악을 구성하는 리듬도 화음의 경우처럼 인간의 그러한 욕망을 해소시켜 줄 수 있는 특징을 지니고 있다. 화음이나 선율을 갖지 않는 음악은 있어도 리듬이 없는 음악은 존재하지 않는다. 이렇게 봤을 때 리듬은 음악의 가장 근본적 요소라 할 수 있다. 일찍이 플라톤은 『법률편』(노모스)에서 리듬을 「운동의 질서」로 정의

---

48) 상동서, p.68.

했다. 다시 말해 어떤 운동에서의 어떤 반복되는 흐름이 있다고 느껴질 때 우리는 그것을 리듬이라 말해 볼 수 있다. 그러나 그것은 대자연의 변화나 운동 안에 존재해 있는 것이 아니라 우리 인간의 의식 안에 존재해 있다고 말할 수 있다. 다시 말해 리듬이란 어떤 존재들의 변화양상을 반복의 형태로 인식하려는 인간의 의식 구조를 가리킨다. 이 경우 대자연의 변화란 그것이 다른 존재들과의 균형을 유지하려는 운동을 의미한다.

음악에서의 리듬은 우선 일차적으로 음의 시간적 질서로 정의해 볼 수 있다. 리듬의 기본단위는 박자이다. 그런데 리듬은 반복구조와 계층구조로 이루어졌다. 모든 리듬의 기본단위는 이분박과 삼분박으로 되어 있다. 그러면 음악에서의 이러한 리듬은 어떠한 역할을 행하고 있는가? 인간은 이러한 리듬으로 이루어진 음악소리를 듣거나 부르면 즐거움을 느낀다. 그렇다면 그러한 즐거움이란 과연 어디로부터 나오는 것인가? 우리가 그러한 리듬을 지닌 음악소리를 듣거나 그것을 부른다는 것은 우리의 의식을 리듬화 시키는 것이고 정신적 현상과 신체적 생명현상과의 유기적 관계를 이상적으로 유지시켜 나가는 것이라 할 수 있다. 다시 말해 음악에서의 리듬은 인간의 의식을 리듬화시켜 인간으로 하여금 사회적 내지 역사적 리듬에 적응케 하고, 대자연의 질서와 이상적으로 연동케 해갈 수 있는 역할을 행해 간다고 말할 수 있다. 음악의 리듬은 그러한 역할 수행을 통해 인간의 욕구를 해소시켜 감으로써 인간을 즐겁게 해가고 있는 것이다.

음악에서의 선율은 어떠한 역할을 하고 있는가? 그것은 음악적 표현, 다시 말해 인간의 감정표현을 가장 잘 실현시켜내는 요소라고 말하고 있다. 간단히 말해 선율이란 높낮이의 흐름을 말한다. 선율은 크게 단선율·복선율·화성을 수반하는 선율의 세 유형으로 존재해 왔다. 단선율은 원시자연민족의 음악이나 동양음악에 많고, 서양에서는 고대 그리스나 중세 (그레고리오 성가 등)에 발달하였다. 복선율은 단선율을 동시에 결합시켜 복수화시킨 것으로 서양의 중세 말, 르네상스 시대, 바로크 시대에 발달하였다. 화성을 수반한 선율은 18세기 후반부터 서양에서 발달했는데, 주로 하나의 주된 선율을 화성이 반주해 가는 형태로 발달하였다. 선율은 성악곡의 경우는 가사와 밀접히 관련되어 있고 기악곡의 경우는 음의 진폭과 깊게 관련되어 있다. 선율의 상승은 청자를 긴장케 하고 하강은 이완(弛緩)케 한다. 강약이 있는 리듬을 지닌 선율은 사람을 흥분케 하고 균등한 리듬을 지닌 선율은 평정케 한다. 이와 같이 선율은 청자로 하여금 어떤 독특한 분위기를 지닌 장면을 상상케 하여 그를 그 장면 속으로 몰입시켜 나가는 역할을 행해 간다. 다시 말해 선율은 청자에게 어떤 심적 분위기를 조성시켜 주는 역할을 행한다는 것이다.

3) 음악에서의 가사(歌詞)의 역할

이상에서 고찰한 바와 같이 음악은 정신적이고 근원적인 것들의 표현수단이다. 그렇다면 그것은 어떤 식으로 그러한 것들을 표현해 내는 것인가?

도널드 J. 그라우트와 클로드 V. 팰리스카는 그의 저서에서 음악(music)이라는 말이 고전신화에서 특정한 예술과 과학을 주관했던 아홉 자매 여신들을 가리키는 뮤즈(Muse)로부터 나온 말이라는 사실에 근거해 음악이 학문(시·춤·역사 등)과 밀접히 관련되어 있다고 말하면서「음악과 시의 밀접한 결합은 그리스인의 음악 개념의 폭을 보여주는 또 다른 척도이다. 그리스인들에게 이 두 가지는 사실상 동의어였다.」고 말하고 있다.[49] 민은기도 그의 저서에서「지금의 음악에 해당하는 무지케(mousike)라는 말은 단순히 음악만을 가리키는 것이 아니라 시와 극 그리고 춤을 포괄하는 일종의 '종합예술'을 의미했다」고 말하면서「그리스 시대에는 음악과 시는 기본적으로 같은 것이었다.」는 입장을 취하고 있다.[50]

피타고라스학파의 아리스토쿠세누스(Aristoxenus, 354경~300, BC)의 경우처럼 고대 그리스에서의「음악가의 관례적 정의는 음악가의 사변적, 이론적 역할에 한정되어」있었고, 그 경우의 음악은 같은 피타고라스학파 A. 퀸틸리아누스(Aristides Quintilianus, BC 4세기경)가 그의『음악론』에서 행하고 있는 것처럼「음악이란 선율과 선율에 관련되는 모든 요소에 관한 학문」으로 정의하고 있다.[51]

아리스토텔레스는 그의 저서『시학』에서「서사시·희극·비극·음악 등을 하

---

49) 그라우트(D. J. Grout)·팰리카(C. V. Palisca), 전게서, p.20.
50) 민은기, 전게서, p.20.
51) エドワード・ヨ・ロウィンスキー著, 井上和雄 訳(1990),「音楽の天才」『西洋思想大事典 3』、平凡社、p.370.

나같이 모방의 형태를 취한 예술」이라 정의하고, 이 경우의 「모방이란 리듬과 말과 선율」을 수단으로 하는데, 「피리와 현금의 기술과 그와 비슷한 기능이 있는 목동피리 같은 기술들은 선율과 리듬만을 사용한다.」고 말하고 있다.[52] 이렇게 봤을 때, 고대 그리스인들에게는 시는 리듬과 선율과 말을 요소로 해서 음악은 리듬과 선율만으로도 이루어진다는 생각들이 있었던 것이다. 그렇다면 앞에서 제시한 서양음악 전공자들이 말한 「음악과 시는 동의어이다.」라고 한 것은 어떻게 받아들여야 할 것인가? 이 문제는 우선 인간에서의 시는 말을 수단으로 해서 미적 의식을 창출해 내고, 음악은 운율을 수단으로 해서 그것을 창출해 낸다고 말할 수 있다. 이렇게 봤을 때 시에서의 리듬이나 선율과 같은 운율은 말의 보조수단으로서의 역할을 행해가는 존재로 이해될 수 있다. 한편 그들의 경우처럼 리듬과 선율로 이루어진 음악이 리듬과 선율과 말로 이루어진 시와 결국 같은 것이라고 한다면, 시에서의 말의 역할은 리듬과 선율의 역할과 결국 동일하다는 시각이 취해질 수 있고, 또 말에서의 운율의 역할은 결국은 같은 것이라는 입장이 취해진다.

이상과 같이 생각해 볼 때, 리듬과 선율과 언어로 되어 있는 성악의 경우, 우리는 그 음악속의 언어를 가사(歌詞)라 하는데, 음악에서의 가사는 운율의 보조수단의 역할을 행해가는 것이라 할 수 있다. 시에서의 언어는 희극과 비극에서의 경우처럼 어떤 비극적 사건들 혹은 희극적 사건들을 구성하는 요소들의 이미지들을 제시한다. 이 경우 시에 내재되어 있는 운율은 서사시(敍事詩)에서의 경우처럼 시간적 추이에 따른 역사적 사건들의 변화 이미지를 제시하는 역할을 행해간다. 성악에서의 가사는 어떤 사건의 구체적 이미지를 제시하고 운율은 그것을 구성하는 것들의 동태(動態)를 제시한다.

성 아우구스티누스는 『고백록』에서 자신은 「가락보다는 가사의 내용에 감동하는」데 「이 습관이 매우 유익하다는 것을 새삼 느낀다.」고 말하고 있다. 그는 교회에서 노래를 부르는 것은 마음이 음악을 통해 경건한 정서로 승화되기 위해서인데, 혹시나 「나의 경우 가사의 내용보다 곡조에 더욱 끌렸다면 벌 받을 죄를 지은 것이라 생각한다.」고 말하고 있다.[53] 그의 경우가 말해주고 있듯이 중세의 성가에

---

52) 이상섭(2002) 『아리스토텔레스의 『시학』 연구』, 문학과 지성사, p.15.
53) 그라우트(D. J. Grout)·팰리스카(C. V. Palisca), 전게서, p.48.

서의 가사는 인간의 마음을 경건한 정서로 승화시키는데 곡조보다 더 큰 역할을 했었다. 성가에서의 운율은 인간이 가사의 내용을 받아들여 가는데 보조적 역할을 했다고 하는 것이다. 그것은 성가가 기도문과 성서의 낭송, 시 편성법(Psalm tones) 등을 통해 성립되어 나왔음을 말해주는 일례라 할 수 있다.

르네상스로 들어와 다성음악의 급진적 발달로 인해 가사와 운율이 분리되어 나왔다. 시릴로(B. Cirillo) 교주는 1549년 다성음악에 대한 한 비판적 견해를 제시한 글에서 다음과 같이 말하고 있다. 「고대 음악가는 가사에 따라 유사한 선법(旋法)을 사용했다.」, 「오늘날의 음악가들은 이러한 것들을 한 가지 식으로 노래하지 않고, 무관심하고 불확실한 방법들을 혼합한다. 간단히 말해, 내가 바라는 것은 교회에서 미사가 불려질 때 음악은 가사의 기본적인 뜻에 맞추어 우리들의 감정을 종교와 신앙심으로 움직여주고 음정과 숫자로 이루어져야 한다.」는 것이다.[54] 17세기의 바르크 시대로 들어와 기악의 급진적 발달로 인한 음악의 음율이 가사를 지배해 가게 되었다. 18세기의 고전주의 시대로 들어와서는 미학으로부터의 영향 하에서 「음악의 과제가 다른 예술과 마찬가지로 자연을 모방하고 듣는 이에게 유쾌하게 소리 나는 실제의 상(images)을 제공하는 것」이라 생각했다.[55]

음악의 운율이 가사를 지배한 일례가 바로 베토벤의 교향곡들이라 할 수 있다. 그가 1803년 33세에 작곡한 「교향곡 제3번」에는 「에로이카」 즉 「영웅 교향곡」이라는 제목이 붙어 있다. 베토벤은 한때 나폴레옹을 자유와 평등과 박애의 새로운 시대로 인류를 인도할 영웅으로 흠모했던 적이 있었다. 그는 그에게 이 곡을 헌정하기 위해 작곡했다고 한다. 이 곡은 한 인간의 영웅적인 위대한 이상을 음악으로 표현한 불후의 명작으로 평가되고 있다. 이 곡의 특징은 형식상의 패턴이나 악곡의 중심사상 상의 특징이 아니다. 그것은 모든 소주제들이 추진되어 가는 방식이다. 하나의 주제가 다른 주제로부터 비롯되는 것과 융합해 성장해 나가 한 절정에 이르게 되고, 또 그 절정이 또 다른 절정으로 이어져 하나 결국에는 거대한 필연성이 마지막을 차지하게 된다. 그가 1808년 38세에 작곡한 「교향곡 제6번」은 「전원 교향곡」으로 이름 붙여져 있다. 이 곡은 5개 악장으로 구성되었는데, 그가 각장마

---

54) 상동서, p.206.
55) 상동서, p.542.

다 소제목을 붙였다. 그것들은 「시골에 왔을 때 접한 유쾌한 인상들」, 「시냇가에서」, 「농부들과의 즐거운 유희」, 「폭풍우」, 「목동의 기쁨 및 폭풍우 뒤의 기쁨과 감사」로 되어 있다. 그가 1823년 53세 그러니까 사망하기 3년 전에는 마지막으로 「교향곡 9번」을 작곡했다. 그는 그것을 「협창교향곡」이라 이름 붙였다. 그는 1792년부터 실러의 시「환희의 송가」에 어떤 곡을 붙여볼 생각을 갖고 있었다. 그로부터 30년 후인 1823년에 그것을 작곡하여 그 교향곡의 제4악장에 그 시를 가사로 하는 합창피날레를 만들어 붙였다.

그 시는 보편적 형제애의 기쁨과 천상의 아버지의 영원한 사랑을 주제로 한 시이다. 그의 「협창교향곡」은 바로 그 시의 주제를 운율로 표현해 낸 것이다. 이렇게 봤을 때 그 곡의 피날레 부분에 붙여진 가사는 분명히 음악의 운율이 표현해 내고자 하는 관념을 보충적으로 설명해 주는 역할을 하고 있다는 것이다.

이와 같이 베토벤은 음악의 운율들을 가지고 청자들에게 한 영웅의 위업, 전원의 아름다움, 천상의 신의 지상의 인간들에 대한 무한한 사랑 등을 이야기했다. 이 경우 그는 「전원교향곡」의 경우처럼 청자들에게 악곡의 제목, 이름과 각 악장들의 소제목들을 구체적으로 제시해서 그들로 하여금 어떤 구체적 대상이나 그것이 처한 구체적 시간과 장소를 상상케 해서 그림을 통해 운율의 의미를 향유케 했던 것이다.

이와 같이 음악에서의 가사는 그 음악의 운율이 내재되어 있는 구체적 대상들을 청자들에게 제시해서 그들로 하여금 그것들을 통해 그들 자신들의 의식과 신체속에 내재된 소리들과 인간사회와 대자연속에 내재된 것들과 연결시켜 가도록 하는 역할을 행하고 있다고 하는 것이다.

결 론

우리는 인류역사의 진행과정을 신중심 시대, 인간중심 시대, 우주중심 시대로 3등분해 해볼 수 있다. 이 경우 신중심 시대란 인간이 인간 자신들과 자신들의 세계를 창조했다고 믿었던 신을 중심으로 해서 자신들의 삶을 실현시켜 나갔던 시대였다. 그런데 그러한 시대에서의 모든 예술장르를 대표했던 예술장르는 음악이었다. 그것은 원시시대에 음이 인간에서 신비로운 존재로 인식되어 있었기 때문이다. 사람의 마음을 기쁘게 하는 음악소리는 우선 인간 속에 들어 있는 영적 요소를 자극시키는 소리로 인식되어 나왔고, 또 그것은 우주를 창조한 신, 신의 속성이라 할 수 있는 진리, 조화, 절대선 등과 관련되어 있는 것으로 인식되었다. 따라서 음악은 음들을 통해 인간의 의식으로부터 신적 요소와 대자연의 질서를 불러일으키는 역할을 수행해 왔던 것이라 할 수 있다.

음악이 인간의 마음을 즐겁게 하는 요소는 음악의 3대요소라고 하는 음들의 높이와 관련된 화음, 음들의 길이와 관련된 리듬, 음들의 높이와 크기의 통시적 변화와 관련된 선율 등이라 할 수 있는데, 그것들은 인간의 동일성과 조화에 대한 추구의지가 창출해 낸 것들이라 할 수 있다. 따라서 음악의 본질은 동일성과 조화의 추구로 규정된다.

현재 관현악이 서구의 고전주의와 낭만주의 시대의 것을 연주해 내는 것 정도를 벗어나지 못하고 있는 것은 결국은 정신적이고 근원적인 것을 추구하는 음악의 속성 때문이라 할 수 있다. 베토벤의 음악이 서구의 고전주의와 낭만주의 시대의 음악을 대표하고 있는 것은 그의 음악에 대한 태도가 당시의 다른 음악가들에 비해 가장 정신적인 것이었고, 또 그것이 신앙적 차원의 것이었기 때문이었다 말할 수 있다. 또 그의 시대는 그 동안 세상을 비추어 오던 「신의 빛」이 계몽주의 시대 이후 점점 더 밝아 오는 인간들의 이성의 빛으로 인해 황혼기를 맞이해 가고 있던 시기이었기도 했었기 때문에 낭만주의 시대 이후의 리얼리즘 시대에 와서 인간의 정신을 표현해 오는 음악이 그 역할을 다 했었기 때문이었다고도 말할 수 있다.

음악이 정신적이고 근원적인 것들의 표현수단이라고 한다면 그것은 어떤 식으로 그러한 것들을 표현해 내는 것일까? 원래 음악은 동작과 말을 동반한 형태로 출발했었다. 그러다가 그것은 어느 단계에 와서 인간의 동작이 무용의 형태를 취해 그것으로부터 분리해 나갔다. 그 결과 그것을 성악의 형태를 취해 말과 혼합된 형태로 존재해 가다가, 기악의 발달로 인해 말로부터도 독립되어나가 소나타, 교향악 등의 형태로도 존재하게 되었다.

　음악의 가사는 청자들에게 음악의 운율이 내재된 구체적 대상을 제시해 주는 역할을 수행해 가고 그 운율은 청자의 정신과 신체를 대자연과 연결시키는 역할을 수행해 간다. 우리는 음악을 구성하는 요소들의 그러한 역할을 통해 우리를 감싸고 있는 사회와 대자연과의 정신적 호흡을 행해가게 됨으로써 음악소리로부터의 기쁨을 느껴가고 있는 것이다.

　음악은 인간들에게 상징적 차원의 여러 음들을 제시해 줌으로써 그들로 하여금 인간과 세계를 일관하는 무수한 생명체계를 자각케 해서 소리들로부터의 기쁨을 느끼게 하는 기능을 수행해 가고 있는 것이다. 음악소리는 인간의 의식·인간사회·대자연속의 어떤 소리들을 암시해 주는 상징적 음들로 이루어진 것들이다. 따라서 우리는 그러한 음악소리를 통해 인간의 의식, 인간사회, 대자연, 혹은 그것들을 주관해 간다고 하는 신 등과 같은 절대적 존재들 속으로 몰입해 들어갈 수가 있다. 우리는 그것들을 통해 우리 자신들의 존재를 인식해 봄으로써 우리들의 욕망을 정화시커 간다. 우리가 음악소리를 듣고 감상에 젖게 되는 것은 그것이 불러 일으키는 타자들의 마음, 인간세계, 대자연, 그것들을 주관해 간다고 하는 어떤 절대적 존재 등을 통해 하나의 구체적 현실세계에 처해 있는 자신의 존재를 인식할 때 일어나는 카타르시스 현상에 의한 것이라 할 수 있다.

　신중심 시대에서의 음악의 예술적 기능은 인간들로 하여금 바로 이 카타르시스 현상을 일으키게 하는 것이라 할 수 있다.

제 4 장

고대 동서양의 음악사상

서 론

본고는 고대 동서양에서 최고의 예술장르로 군림했던 음악의 사상적 배경 등에 대한 고찰을 통해 음악의 예술적 본질에 대한 이해를 목적으로 한다.

최근까지 우리는 어떤 대상들을 하나의 국가나 혹은 동일 문화권을 단위로 해서 연구해 왔다. 그러나 우리는 이제 그러한 입장을 더 이상 취해 갈 수 없다. 그 이유는 현재 우리가 글로벌 레벨의 규모에서 대부분의 일들이 행해져 나가는 그러한 시대적 상황에 처해 있기 때문이다. 따라서 우리는 그동안 국가나 혹은 동일 문화권을 단위로 해서 접근해 왔던 연구대상을 이제부터는 글로벌 차원의 시각을 취해 새롭게 접근가지 않을 수 없는 상황에 처해 있다.

현재 우리는 예컨대 가곡이냐 가요냐, 혹은 서양 클래식이냐 동양 전통음악이냐 등의 식으로 해서 우선 자신들이 좋아하는 음악의 장르들을 선택한 다음, 그것들 속에서 어떤 구체적 음곡들을 선택해 접해가는 경향이 있다. 그런데 문제는 바로 이러한 경향이 우리로 하여금 예술성이 높은 다양한 음악들을 폭넓게 접해갈 수 있는 가능성을 한정시켜 왔던 것이다.

우리가 이러한 경향을 지양해 가기 위해서는 우선 무엇보다도 음악에 대한 본질적 이해가 요구된다. 따라서 필자는 그러한 이해를 위한 한 방안으로 음악이 어떻게 예술의 한 장르로 성립해 나았으며, 또 그것이 최고의 예술장르로 군림하게 됐던 사상적 배경은 어떠했는지를 고찰해 보기로 한다.

고대동서 음악사상에 대한 연구라고 하는 본 테마는 지금까지 주로 음악이론

연구자들에 의해 행해져 나왔다. 또 그것에 대해 서양음악이론 연구자들은 서양음악사상에 대해서 동양음악이론 연구자들은 동양음악사상에 대해서만 연구해 왔다. 서양음악연구자나 혹은 동양음악연구자가 고대동서의 음악사상을 비교 고찰한 연구는 그렇다 할 만한 것이 눈에 띄지 않는다. 본 연구는 음악연구자의 입장이 아니고 동서비교문화연구의 입장에서 고대동서의 음악사상을 논한다는 점에 기존의 연구와 구별된다.

본 연구는 다음과 같은 수순으로 행해질 것이다. 우선 필자는 고대 동서양에서 음악이 어떤 형태로 존재했는지를 고찰하고, 그 다음으로 그것의 사회적 역할을 고찰한다. 그것에 이어 고대 동서양에서의 음악에 대한 학문적 접근은 어떻게 행해지기 시작했는지를 고찰한다. 끝으로 필자는 고대 동서양에서의 음악사상을 규명해 내고, 그것의 차이점과 공통점을 고찰하여 음악의 본질을 이해한다.

1. 고대 동서양에서의 음악의 존재양태

1) 음악의 일반적 개념

일반적으로 음악(音樂)이란 인간에 의해 의도적으로 조직화 되어 청자로부터 어떤 감흥을 불러일으키는 일군의 소리들을 가리킨다. 그러나 근래에 와서는 설혹 그것들이 예컨대 어떤 도구를 사용할 때 발생하는 소리라든가, 혹은 자연물이 내는 파도 소리나 바람 소리 등과 같이 인간에 의해 의도적으로 조직화되지 않은 음들이라 하더라도 그것들이 청자로부터 어떤 감흥을 불러일으키는 것들이라 한다면 그 청자로서는 그것들 또한 음악이라는 입장을 취하지 않을 수 없게 되었다.

이렇게 봤을 때, 음악이란 한마디로 물체의 진동에 의해 생긴 음파가 청자의 귀청을 울려 청자로부터 어떤 감흥을 불러일으켜가는 소리들이라 할 수 있다. 그렇다면, 고대 동서양에서는 그러한 음악들이 어떠한 형태로 존재했었던 것인가?

선고대나 고대에 그러한 음들로 이루어진 음악이 어떠한 형태로 존재했었는지에 관한 연구는 당시의 동굴이나 무덤 속의 벽화에 그려진 악기들의 그림, 당시의 인간들의 무덤 등으로부터 출토된 악기들의 형태, 당시의 음악 내지 그것과 관련해 논한 문헌들 등을 통해서 행해질 수 있다.

기원전 6000여년경의 터키의 한 벽화는 한 인간이 무용수와 사냥꾼을 상대로 북을 치고 있는 모습을 보여주고 있고, 독일지역으로부터는 기원전 3600여년에 백조의 허리뼈로 제작된 뼈 피리가 발굴되었다.[1]

기원전 4천 년경 고대 메소포타미아 지역에는 수메르인에 의해 최초로 도시가 건설되었다. 그곳의 우르지역의 한 왕릉으로부터 기원전 2500년경에 사용되었던 두 종류의 탄현악기(彈絃樂器)인 리라와 하프가 발굴되었고, 또 그곳에는 그것들의 연주가 그려진 세공(細工) 벽판화도 발견되었다.

그 시대의 노래는 "결혼식 때의 축가, 장례식 때의 애도가, 군대 행진곡, 노동가, 자장가, 춤곡, 술집음악, 향연시의 오락음악, 제사 때 신의 찬양을 위한 음악, 서사시가 읊어질 때 수반되는 기악반주" 등으로 존재해 있었다.[2] 기원전 2500년경부터는 조율, 공연자, 공연 기술, 음악의 장르, 음정, 연주 기법 등이 존재했었고, 또 기원전 1800년대의 바빌로니아 음악가들은 7음 온음계를 사용했던 것으로 고찰되고 있다. 또 그들은 기원전 1400~1250년경 시리아 해안의 상업도시 우가리트지역의 한 돌 판에 노래의 가사와 기보법(記譜法)을 적어두었다.

이집트에서의 피라밋들은 제4왕조기(2600~2500, BC)에 건설된 것이다. 이 시대의 유물들은 대부분이 왕들의 무덤인 피라밋에서 발견된 공예품, 그림, 상형문자 기록들 등인데, 이러한 유물들은 비교적 풍부하지만 음악과 관련된 유물이나 그림들이나 기록들 등은 아주 이상할 정도로 빈약한 것으로 알려져 있다.[3] 그러나 소아시아로부터 침입해 들어간 아시아계통의 힉소스(Hyksos) 족의 지배(1680~1580, BC)이후의 15세기경에 생긴 테베의 무덤벽화에는 하프, 리라 등과 같은 악

---

1) 도날드 J. 그라우트 외 저·민은기 외 역(2007), 『그라우트의 서양음악사』, 이엔비플러스, p.25.
2) 상동서, p.27.
3) 상동서, p.30.

기를 연주하는 일군의 음악가들이 그려져 있다. 이러한 사실은 음악이 이민족의 지배와 어느 정도 깊게 관련되어 있는가를 역력히 말해주고 있다. 그 후의 이집트의 음악은 헤브라이와 그리스의 음악에 절대적 영향을 끼쳤다.[4]

그리스지역에서의 고대 문명은 BC 3000년경 청동기시대의 도래를 계기로 에게해 남쪽에 위치한 클레타섬을 중심으로 미노스문명이 형성되었고, BC 2000년경부터는 그리스 본토의 미케네를 중심으로 미케네문명이 형성되어 나왔다. 우리는 호머의 서사시 이후의 기록들, 유물들, 도자기 속의 그림들 등을 통해 고대 그리스의 중요한 악기들이 무엇이었는가를 파악해 볼 수 있다. 가장 중요한 악기는 아울로스(aulos), 리라(lyre), 키타라(kithara)였고 그 외에 하프, 팬파이프, 초기 형태의 오르간 등과 같은 타현악기, 북, 딱딱이 등과 같은 타악기가 있었다. 특히 피리의 일종인 관악기 아울로스는 다산(多産)과 술(酒)의 신으로 알려진 디오니소스신의 제전에 사용되었다. 또 현악기 리라는 교육, 음악, 시 등의 신인 아폴로와 깊게 관련된 악기였다. 아테네의 남녀들은 모두기 리리를 연주할 줄 알았었는데, 리라는 춤이나 노래, 호머의 『일리아드』와 『오디세이』와 같은 서사시를 낭송할 때 반주로 사용되었고, 결혼식에서의 축가로도 연주되었다.[5] 고대그리스에서의 음악은 시와 연극과 분리시킬 수 없는 것이었다. 원래 『일리아드』와 『오디세이』와 같은 서사시는 음유시인들에 의해 음악에 맞추어 낭송되어왔던 이야기였다. 그것들이 관객들에게 낭송되는 장면이 극화(劇化)되어 나중에는 희·비극으로 전환해 나왔고 또 그 낭송내용이 글로 옮겨져 서사시로 전환해 나왔던 것이다.

또 고대 그리스에서는 기원전 5세기 이후에는 기악과 성악 축제뿐만 아니라 키타라와 아울로스 연주의 경연대회가 대중화되기 시작했고, 기원전 4세기경에는 상당히 발달된 기보법이 존재했었다. 유명한 연주자가 출연하면, 수 천 명이 그의 음악을 듣기 위해 모여들기도 했다. 대부분의 전문 연주자들은 신분이 낮았고, 그들 중에는 노예나 하인인 경우도 있었다.[6]

---

4) H.M 밀러 저·음악춘추사 편(1994), 『서양음악사』 음악춘추사, p.33.
5) 도날드 J. 그라우트 외 저·민은기 외 역, 전게서, p.32.
6) 상동서, p.33.

▌고대 중국과 고대 한일양국에서의 음악의 존재양태

고대 중국에서 음악이 어떠한 형태로 존재했었는지에 관한 물음은 오리엔트의 메소포타미아지역에서와 같이 당시의 음악에 관련된 유물들과 문헌자료들이 그 답을 제시해 주고 있다.

상대(商代)의 안양(安陽) 화위현(和輝縣) 등의 무덤에서 악기가 자주 출토되는데, 1950년에 발굴된 무관촌(武官村)의 대형 무덤에서는 여성의 유골 24구와 부장품으로 악기와 춤을 출 때 쓰는 동과(銅戈) 3개가 나왔다. 24명의 여성은 산채로 묻힌 악무 노예로 추정되고 있다.[7]

노예제 사회였던 상대(商代)의 음악은 통치계급에 의해 점유되었고, 전문적 음악 종사자는 통치계급의 도구로 사용되었다. 노예계급은 음악을 창조하여 자신들의 생활을 실현시켜 나갔고, 그것을 이용해 자신들의 원망을 표현해 갔다. 반면, 통치계급은 음악을 이용하여, 자신들의 정치적 권력이 천이나 신으로부터 부여된 것이라는 사상이라든가 혹은 그것에 입각해 행해지는 신권통치 등을 확립시켜 나갔고, 또 그들은 음악을 자신들의 삶의 향락 수단으로도 이용해 갔다. 당시의 음악은 무예(武藝)와 공존형태를 취하기도 했다. 상나라 때 여러 지방의 귀족자제들이 상나라에 와서 유학을 했는데 그 때의 학습과목은 음악과 무예를 의미하는 계(戒)였었다.

서주(西周, 1122~771, BC)는 상의 노예제 국가를 무너뜨리고 봉건영주 국가를 건립하여 농촌공동사회를 형성시켰다. 통치자들은 방대한 음악기구를 조직하여 궁정아악(雅樂)체계와 음악교육제도를 확립시켰다. 그들은 음악을 이용하여 통치권을 공고히 하려했다. 주의 통치자들은 정권을 획득한 직후인 기원전 1085년에 예악(禮樂)을 제정하였다. 주나라 왕가의 음악기구는 대사악(大司樂)이라했는데, 그 구성인원은 1, 463명이었고, 그 중 1,277명이 농노계급이었다.[8] 주나라의 왕과 귀족은 자신들의 제사와 향연에 외국음악을 끌어들였다. 예컨대 주의 목왕(穆王)은 기원전 964년에 대규모의 악대를 끌고 멀리 서방으로 여행을 떠났었다 한다.

---

7) 양인리우 저·이창숙 역(1999),『중국 고대 음악사』, 솔출판사, p.47.
8) 상동서, p.68.

악대는 아프가니스탄 부근의 어느 산 아래, 이해(里海)에 붙은 흑호(黑湖, Karakul)에서 성대한 연주회를 열었다. 그는 돌아오는 길에 괴뢰희(傀儡戲)를 연출하는 언사(偃師)라는 외국 예인을 접하고 그의 연기술에 반해 그를 자기의 보조수레에 태워 중국으로 데리고 왔다고 한다.[9]

주나라의 악기는 70종에 이르렀고, 악기를 만드는 재료를 금(金), 석(石), 토(土), 혁(革), 실(絲), 목(木), 포(匏), 죽(竹) 8가지로 나누어 8음이라 불렀다. 주나라에는 이미 12율과 7음계가 있었던 것으로 알려져 있다.

춘추전국시대(770~221, BC)와 진·한대(秦·漢代, BC221~AD220)에서 음악의 존재형태는 우선 궁정아악과 민가(民歌)의 형태로 존재했었다. 또 그것은 시가와 설창(說唱)의 형태로도 존재했었다. 그뿐만 아니었다. 그것은 성악과 관현악, 악무 등의 형태로도 존재했었다.

그렇다면 고대 한일양국에서는 어떠했는가? 우선 한일양국에서의 고대는 언제 이떻게 도래 하게 되었는가에 대힌 문제부터 검도되어야 힐 것 같다. 중국에서의 고대는 청동기와 문자와 같은 도구가 사용되어 나옴으로써 성립된 은대(銀代)에서 부터 시작되어 불교가 일반화되어 나옴으로써 222년에 시작된 삼국시대라고 하는 새로운 시대의 도래 이전까지로 파악되었다.

중국에서의 고대의 도래와 관련시켜 한일 양국에서의 고대의 도래 시점을 설정 해본다면. 한국의 경우는 고구려·신라·백제의 삼국이 건국된 1세기 초로 설정 될 수 있고, 일본의 경우는 3세기 초의 고분시대가 도래된 3세기 초로 볼 수 있다. 그래서 그것은 한국의 경우는 신라의 삼국통일 시점(676)까지로 볼 수 있고, 일본 은 나라(奈良, 710~794)시대까지로 파악된다.

한일양국에서의 고대는 한국의 경우는 북방으로부터의 알타이문명과 서방으로 부터의 황하문명을 받아들여 갔던 시기였고, 일본의 경우는 한반도로부터의 고구 려·신라·백제의 물문을 받아들여 갔던 시대였다. 한국의 경우, 기원전 108년에 전한(前漢)의 무제가 대동강 유역의 고조선을 멸망시키고 한반도에 한사군(漢四郡)을 설치하자, 그간 북방의 알타이문명의 영향 하에서 청동기·철기문화를 받아

---

9) 상동서, p.76.

들여 동북쪽에서 거주해가던 알타이족 계열의 부족들이 약 1세기 간 고대중국의 황하문명으로부터 영향을 받아가다가 1세기 초에 와서 한족들의 세력에 대항해 고구려·신라·백제와 같은 부족국가들을 건설하게 되었다. 그 후 그것들은 고대 국가로서의 형태로 전환해 나가, 고구려의 경우는 17대 소수림왕(371~383), 백제 는 13대 근초고왕(346~372), 신라는 17대 내물왕(356~401)에 와서 비로소 고대 국가로서의 형태를 완성시켰다. 한반도에서의 고대국가의 형태는 고대 황하문명 권에서 형성된 고대국가의 형태로부터 취해진 것이다. 한반도 고대 삼국의 음악도 고대국가의 형태가 취해지는 과정에서 고대 중국으로부터의 영향 하에서 형성된 것으로 되어 있다. 당시의 한반도에서 행해졌던 음악에 관한 그러한 정보는 김부 식의 『삼국사기』의 「권 제32:악(樂)」에 간단히 기록되어 있다. 예컨대 김부식은 그곳에서 "현금(玄琴)의 제작에 대해서 『신라고기(新羅古記)』에는 이렇게 말하고 있다. 처음에 진(晉)나라 사람이 7현금(七玄琴)을 고구려에 보냈는데 고구려 사람 들은 비록 그것이 악기인줄은 알았지만 그 운율이나 연주법을 몰랐기 때문에 현상 을 걸어서 그 운율을 알아 연주할 수 있는 자를 찾았다." 등과 같은 정보들이 기록 되어 있다.10) 「악(樂)」에는 이런 말도 기록되어 있다. "신라에는 삼현(三絃)이 있 었다. 그 삼현중의 첫 번째가 현금(玄琴)이다. 그것은 중국 악부(樂部)의 거문고를 본떠 만든 것이다. 『금조』(琴操)를 살펴보면, 복희씨(伏犧氏)가 거문고를 만들어 서 그것으로 몸을 닦고 본성을 다스려 꾸밈없는 천성을 회복하게 하였다라고 되어 있다"11) 또 『나고기』(羅古記)에는 다음과 같은 내용의 말도 적혀 있다고 말하고 있다. 가야금은 가야국의 왕이 중국악기를 보고 만들었다. 왕은 악사인 우륵(于勒) 에게 열두 곡을 만들게 했다. 그 후 우륵은 가야국이 그 곡들로 인해 혼란에 빠지 게 될 것이라면서 악기를 가지고 신라 진흥황(540~576)에게 투신했다. 진흥왕은 자기 부하들에게 그의 음악을 전수하게 했다. 부하들은 우륵과 함께 곡을 지었다. 왕이 그것들을 들어보려 하자, 부하들은 가야는 망한 나라이니 가야의 음악은 취 할 만한 것이 못된다고 했다. 그래도 왕은 "가야 왕이 음란해 나라가 망한 것이지 그 음악이 무슨 흠이 있겠느냐, 성현이 음악을 짓는 것은 사람의 성정을 절제토록

---

10) 김부식 저·이강래 역(1998), 『삼국사기Ⅱ』, 한길사, p.628.
11) 상동서, p.627.

하는 것이니 나라가 잘 다스려지거나 혹은 그것이 어지러운 것은 운율과 곡조 때문이 아니다" 라 말하고 그것들을 널리 연주케 해서 대악(大樂)으로 삼았다는 것이다.[12] 이러한 점들을 고려해봤을 때 고대 삼국에서도 고대 중국의 주대나 한대의 경우처럼 왕들이 중앙부처에 음악관장 기관을 설치해 놓았고, 또 음악을 이용해 백성들을 다스려 가려 했다는 것을 알 수 있다.

그러한 면에서는 일본도 마찬가지였다. 일본 최초의 율령국가의 기본법전이라 할 수 있는『대보율령』(大寶律令, 701편찬)에는 불교사원과 오국사절 등을 관장하는 지부쇼(治部省) 관할 하에 음악·무용의 교습연주기관인 가가쿠료(雅樂寮)가 설치되었다. 우리는 현재 쇼소인(正倉院)[13]에 보관된 당시의 물품들을 통해 당시 정치의 최고 우두머리가 음악에 대해 지대한 관심을 가지고 있었다는 사실을 파악해 낼 수 있다.

고대일본음악 연구자들은 일본에는 아시아 대륙으로부터 음악문화가 수입되기 이전 일본인 고유의 음악시대가 있었다는 입장을 취한다. 그러나 그 시대가 언제까지였는지는 확실히 말할 수 없다. 현재 조몬(縄文)시대, 야요이(弥生)시대, 고분(古墳)시대의 음악은 전해지지 않지만, 토기 등의 고고학자료,『고지키』(古事記, 712),『니혼쇼키』(日本書紀, 720),『후토키』(風土記) 등에 들어 있는 것들을 면밀히 들여다보면, 처음에는 5·5조가 나타나고, 그 후 5·7조가 우세해 진다. 그래서 일본의 가요는 5·7조 내지 7·5조가 주축을 이루어 가게 된다.[14] 그렇다면 이러한 5·5조 내지 5·7조를 일본인 고유의 음악으로 볼 수 있을 것인가? 그렇다고는 말할 수 없다. 그 이유는 상기의 자료들이 고대 한국과의 관계 속에서 형성되어 나온 것들이기 때문이다. "동탁(銅鐸)의 예에서 알 수 있듯이 대륙음악의 유입은 원시시대부터 시작되었다. 4세기 중반 야마토(大和)국가가 확립되어 삼국(고구려·백제·신라)과 국가적 차원에서 접촉이 이루어지면서 본격적으로 대륙음악이

---

12) 상동서, pp.630-631.
13) 나라(奈良)의 도다이지(東大寺) 대불전(大佛殿)의 북서쪽에 있는 목로 된 대창고. 쇼무(聖武)천황(724~749 재위)의 유품, 도다이지의 보물, 문서 등 7~8세기의 동양문화의 걸작 900여점이 보관되어 있다. 그 물품들 중에는 신라로부터 들어갔던 산라금(新羅琴)도 들어 있다.[기시베 시게오(岸邊成雄) 외 저·이선주 역(2003)『일본음악의 역사와 이론』, 민속원, p.24]
14) 상동서, p.23.

유입되었"던 것이다.[15] 그런데 일본에서의 대륙음악에 대한 첫 기록은 인교(允恭) 천황 42년(453년) 천황의 장례식에 신라왕이 악인(樂人)68명을 파견했다고 하는 『니혼쇼키』의 기록으로 파악되고 있다. 그 다음은 그로부터 100년 후, 긴메이(欽明) 천황 15년(554년)에는 백재의 악인 4명이 일본에 와서 이전에 있던 악인과 교체되었다는 기록이 보이는가 하면, 덴무(天武)천황 12년(684년)에는 고구려, 백제, 신라 삼국의 음악이 연주 되었다는 기록도 있다. 그런데 기시베 시게오 등의 지적에 의하면 덴무 12년의 기록에도 중국의 도가쿠(唐樂)의 이름이 보이지 않는다는 사실에서 당시 일본에 전해진 대륙음악은 한국계음악이 중심이었다고 하는 것이다.[16] 그렇다면, 일본의 야마토·나라시대에 존재했던 것으로 보이는 5·5조 내지 5·7조는 일본인 고유의 음악이 아니고 한국인 또는 중국인의 것일 수도 있다는 입장이 취해지는 것이다.

고대중국의 음악은 고대서역 내지 서구의 음악을 받아들여 『시경』의 기본 운율인 3·4조에서 5·7조로 전환해 나왔다. 고대한국의 음악도 마찬가지로 고대중국의 5·7조를 받아들여 3·4조에서 5·7조로 전환해 나왔다고 말할 수 있다. 고대한국에서 그렇게 전환해 나온 것을 고대일본이 받아들인 것이다. 이상과 같이 고찰해 볼 때, 일본의 야마토·나라시대에 존재했던 것으로 보이는 5·5조 내지 5·7조는 일본인 고유의 음악이 아니고, 고대서구의 것이었다는 것이다. 이와 같이 고대에서의 음악은 종교, 정치 등과 결합되어 성악, 관현악, 풍악, 춤 등의 형태로 존재했었고 운율의 측면에서는 5음 내지 7음의 형태를 취하고 있었다.

2) 고대 동서양에서의 음악의 사회적 역할

▌신(神)과의 영적 매개수단

고대 사회에서의 음악의 사회적 기능은 음악과 관련된 신화들의 분석을 통해 파악될 수 있다. 우선 고대 그리스에서의 뮤지케(musike)라는 말은 현재의 음악(music)을 의미하는 그러한 단순한 말이 아니었다. 그것은 학예(學藝)의 신들인

---

15) 상동서, p.27.
16) 상동서, 상동면.

뮤즈신들(the Muses)이 관장했던 시, 문학, 음악, 춤 등과 같은 모든 예술들뿐만 아니라 나중에 가서는 천문학, 철학, 역사까지를 가리키는 말이었다. 이와 같이 음악의 어원적 측면에서 고찰해 볼 때, 고대 그리스에서의 음악은 모든 예술과 학문의 기초로서의 기능을 수행해 갔던 것으로 파악된다. 그러한 이유로 인해 음악은 각종 경기나 축제 때에는 말할 것도 없고 신전 의식 때마다 그 중심에 있었던 것이다. 상대 중국에서도 음악은 악무(樂舞)·가무(歌舞)등의 형태를 취해 항상 무술(巫術)·종교와 결합되어 있었다. 또, 그것은 노동과 인간들의 집단생활과도 매우 밀접히 결합되어 있었다. 이것은 음악이 죽은 자와 살아있는 자를 결합시켜 주고, 또 인간과 인간을 결합시켜 주는 수단이었음을 말해준다.

고대에 음악이 바로 그러한 기능을 수행해 갈 수 있었던 것은 다음과 같은 두 가지 이유 때문이었다고 할 수 있다. 첫째는 고대인들이 음악의 질료(質料)인 소리가 신령(神靈)이나 영(靈)적 존재로 인식되었었기 때문이었다. 소리는 분명 그것이 존재하지만, 그러나 그것은 손으로 잡을 수도 없고 눈으로 볼 수도 없는 존재이다. 그래서 그것은 과학적 사고가 발달되지 않은 원시인들에게는 신이나 영적 존재로 인식되어졌음에 틀림없었을 것이다. 그 결과 소리는 제사(祭祀) 때나 신전의식(神殿儀式) 때 사자(死者)와 생자(生者)간의 매개체(媒介體)로서 사용되었던 것이다. 둘째는 음악의 형식(形式)이 멜로디(선율), 리듬(박자), 하모니(화음) 등으로 이루어지는데, 그것들 또한 인간들에 의해서 만들어진 것들이 아니라 신이나 자연에 의해 만들어진 법칙으로 인식되었기 때문이다. 예컨대, 멜로디는 바람소리나 파도소리 등으로부터 리듬은 빗방울 소리, 인간의 맥박 뛰는 소리 등으로부터 나온 것들로 인식했던 것이다. 또 하모니의 경우는 인간이 한 옥타브(완전 8도), 완전 5도, 완전 4도 등과 같은 화음의 음정들을 만든 것이 아니라, 신이나 자연이 그것들을 만들어 놓았다는 입장을 취했던 것이다.

음악은 신의 섭리나 대자연의 법칙을 인간에게 전달하는 촉매 역할을 할 수 있는 존재로 인식되었고, 또 그것은 그러한 역할에 근거하여 조상신(祖上神), 천제(天帝), 옛 성현(聖賢)들의 사상을 현세의 인간들에게 전달하는 영적 매개수단(靈的媒介手段)으로 인식되었던 것이다. 신적 의식, 제사, 신의 제전(祭典) 등에 음악이 연주되었던 것은 그것이 그러한 영적 매개수단으로 인식되었기 때문이었던 것이다.

█ 교육과 사회적 질서유지 수단

고대사회에서의 음악은 귀족계급에서의 교육수단으로 이용되었다. 귀족들은 대자연속에 존재하는 음악적 요소들을 자기 자식들의 정신세계에 주입시키고, 또 선왕들이나 성현들의 정신을 자기 자식들에게 전승시키기 위한 교육의 수단으로 음악을 활용해 갔던 것이다.

또 그리스의 저술가들은 인간이 음악을 들으면 음악에 내재된 음들의 조화가 인간의 영혼에 침투하게 되어 인간이 내적 조화를 회복해 갈 수 있다고 믿었고, 또 그들은 음악이 개인의 윤리적 특성 내지 행동방식인 에로스에 영향을 준다는 생각도 가지고 있었다.[17] 플라톤은 『공화국』에서 음악이 지나치면 인간이 나약하고 민감해 진다는 입장 등을 피력하고 있다. 아리스토텔레스는 『정치학』에서 음악이 젊은이들의 본성에 영향을 미칠 수 있는 훌륭한 교육적 수단임을 강조하고 있다. 중국의 경우, 봉건주의를 정치적 이념으로 했던 서주시대에 와서는 통치자들이 음악을 자신들의 통치권을 강화시키려는 수단으로 사용해 갔다. 그들은 대사악(大司樂)과 같은 주왕가(周王家)의 방대한 음악기구를 조직하여 음악을 청년들의 교육수단으로 이용해 갔다. 또 당시 국립대학 기구였던 국학(國學)에서 학생들에게 음악을 가르친 것도 그 증거들 중의 하나가 될 수 있다.

서주의 통치자들은 건국초인 1058년에 예악(禮樂)을 제정하여 그것을 통해 사회질서를 유지시켜 나갔다. 춘추시대(722-222, BC)에는 학자들에 의해 중국 최초의 완전한 체계를 갖춘 음악이론「악기」(樂記, 『예기』제19편에 수록)라든가 음악사상론「악론」(樂論)이 나왔다. 전자는 기원전 5세기 공손니(公孫尼, 기원전 498년생)에 의해, 후자는 순자(286~238, BC)에 의해 이루어졌다. 그들의 기본적 입장은 유교적 사상에 입각해 음악이란 물질세계의 질서가 인간의 의식에 반영된 것이기 때문에 그것이 커다란 사회적 기능을 행해갈 수 있다는 것이었다. 주나라의

---

17) 민은기(2007), 『서양음악사—피타고라스부터 재즈까지』, 음악세계, p.18.

통치자들은 채풍제도(采風制度, 풍속채집)를 두어, 민가(民歌)채집을 통해 인민들의 정치적 반응을 관찰하려 하였는데, 그러한 사회적 상황에서 『시경』(詩經)과 초사(楚辭)가 성립되어 나왔다.

▌노예제사회의 유지와 음악의 예술적 역할

오리엔트, 지중해 연안, 황하지역 등에서는 청동기가 무기로 사용되어 나오는 과정에서 많은 부족국가들 간에 투쟁들이 행해져 그들 중에서 승리자들에 의해 몇몇의 고대국가들이 형성되어 나왔다. 고대 사회에서는 전쟁에서 패배한 부족이나 국가의 인간들은 승리한 집단의 인간들의 노예가 되는 것이 일반적 경향이었다. 청동기 사용이 계기가 되어 고대국가가 형성되어 나왔고 또 고대국가의 형성과정에서 노예제도가 형성되어 나왔던 것이다. 예컨대, 메소포타미아 지역에서는 수메르의 도시국가들에 의해 수메르 왕조(2050~1950, BC)가 형성되어 나오는 과정에서 노동력을 제공하는 노예 층이 형성되었으며, 바빌로니아 왕국에 와서 그것이 더욱 확고해졌다. 이집트지역의 경우는 고 왕국시대(2850~2200, BC) 피라미드들이 세워진 제4왕조기(2600~2500, BC)에 노동력을 제공하는 노예 층이 형성되어 나왔다. 그리스지역에서는 기원전 2000년경 도리아인들이 본토로 남하하며 소도시국가들을 형성해 갔는데, 그 과정에서 노예집단이 형성되었다. 중국의 황하지역에서는 하·상(夏·商)시대에 고대국가가 형성되어 나왔다. 그 과정에서 노예제 사회가 성립되었다.

이와 같이 각 지역에서는 청동기가 발명되어 그것이 무기로 사용됨에 따라 씨족·부족·부족연맹 등과 같은 집단들이 해체되고 가장 강력한 집단에 의해 고대국가가 형성되어 나오는 과정에서 그동안 혈연으로 맺어진 서로 다른 집단들 간의 투쟁이 행해져 고대사회는 결국 지배층과 피지배층으로 양분되어 나갔던 것이다. 이처럼 고대국가란 혈연단위가 아니고 지역을 단위로 한 집단이다. 따라서 이제 그렇게 형성되어 나온 국가는 자신소유의 지역을 확장시켜 나가는 과정에서 다른 지역의 국가들과 투쟁해 가지 않으면 안 되게 되었다. 그 투쟁에서 패배한 자들은 승리한 자들의 본거지로 끌려가 노예로 전락하게 되었던 것이다. 따라서 고대사회에서의 노예 층은 어디에서나 그 지역의 경제와 생산을 담당하는 사회 층이 아니었다. 그들은 노동력만을 제공하는 사회 층이었다. 고대사회에서의 노예 층은 우선 지배층의 인간들과 동일한 민족이 아니었다. 그들은 국가와 가족을 잃은 인간들이었고, 지배층의 인간들과 언어소통도 불가능한 인간들이었다. 또 그들은 타향으로 끌려가 온갖 고초를 다 겪으며 살아가는 인간들이었다. 특히 그들 중에는 전승국의 노예가 되기 전에는 귀족신분의 인간들도 있었다.

그들에게서의 노예생활이란 이전과는 차원이 전혀 다른 생활이었다. 따라서 그들에게서의 자신들의 현실이란 이전에는 상상조차도 해 볼 수 없었던 것이었기 때문에 그들에게서의 삶이란 그야말로 허구 그 자체로 인식될 수밖에 없었다. 그러한 상황에 처해있는 그들로서는 로마군정하의 이스라엘 민족의 경우처럼 우선 자신들을 구제해 줄 수 있는 어떤 신(神)이나 영적 존재를 추구해 갈 수밖에 없었고 내세를 상정해 그것을 통해 삶의 희망을 창조해 갈 수밖에 없었다. 그 뿐만이 아니라 그들은 자신들의 비참한 현실을 받아들이기 위한 한 방안으로 온갖 상상력을 다 동원해 자신들의 현실세계와는 정반대되는 상상의 세계를 창조해 갔던 것이다.

그들은 자신들의 주인들과의 언어소통이 불가능하기 때문에 타관현악기 등과 같은 어떤 도구들을 통해 자신들이 상상한 세계를 표현해 갈 수밖에 없었다. 그들이 그러한 도구들을 통해 자신들의 감정과 속마음을 표현해가는 과정에서 전문 음악가와 같은 예술가로 전환해 나온 자들이 적잖았던 것이다.

이렇게 봤을 때 이민족들 간의 투쟁의 결과로 출현한 음악가와 같은 전문 예술인의 탄생은 노예 층의 탄생을 계기로 행해졌다고 말할 수 있다. 따라서 노예 층은 사회 속에서의 예술의 보고(寶庫)라고도 말할 수 있는 것이다. 고대 통치계급들은 음악과 음악 연주자들의 그러한 특성을 이용하여 신권통치를 강화시켜 나갔다. 또 그들은 음악과 음악연주자들을 자신들의 향락도구로 이용해 갔다. 통치자들의 음악 향락은 생전에서만으로 그치지 않고 죽은 후까지도 그것을 버리지 않으려 했다. 상나라 후기 한 대형무덤에서 여성의 유골 24구가 나왔고 그 부장품으로 악기와 동과(銅戈) 3개가 나왔다.[18] 이러한 것들이 바로 그러한 증거들이 될 수

---

18) 양인리우 저 · 이창숙 역, 전게서, 『중국고대음악사』, p.47

있는 것이다.

3) 고대 동서양에서의 음악에 대한 학문적 접근

▌고대 서구의 음악연구와 피타고라스

고대 서양에서의 음악에 대한 학문적 접근은 피타고라스(pythagoras, 569~468, BC)와 그의 추종자들에 의해 시작되었던 것으로 이야기되고 있다. 우리는 현재 우리에게 알려진 7음계가 피타고라스에 의해 만들어졌다고 알고 있다. 그러면 그가 학문적 차원에서 음악에 대해서 관심을 갖게 됐던 경위는 어떠했는가?

피타고라스도가 음악에 대해 직접 쓴 글은 존재하지 않는다. 또 그의 제자들의 경우는 자신들이 음악에 대해 알고 있던 모든 지식을 그의 스승의 것이라는 입장을 취해 왔다. 피타고라스는 자신의 이러한 지식이나 사상을 글로 남기기를 원치 않았다. 그 뿐만 아니라 그는 자기의 학생들에게 자신의 가르침을 글로 적어놓지 못하게 했고, 또 대중에게 말하지 말도록 당부했다. 그래서 피타고라스학파는 그들이 스승으로부터 배운 것들을 글로 적어놓지도 않았고 또 피타고라스학파의 이외의 사람들에게 말하지도 않았다. 그 결과 우리는 후대의 작가들에 의해 인용된 그들에 대한 단편적 글들만을 통해서 음악에 대한 그들의 생각들이 어떠했는지를 이해할 수 있다.

피타고라스는 음악이란 우주의 조화(harmony)를 표현해 내는 것이라는 입장을 취했는데 그에게서의 조화란 혼돈과 불일치에 질서를 가져다주는 신적 원리라 생각했다. 따라서 그에게서의 음악이란 수학과 마찬가지로 사람들로 하여금 자연과 우주의 구조를 감각적으로 느낄 수 있도록 하는 수단이라 생각했다. 그는 음악이 사람의 마음을 움직일 수 있다고 생각했고, 또 그는 인간도 음악을 통해 우주의 조화를 구현해 낼 수 있다는 사상을 지니고 있었다. 그의 7음계는 그의 그러한 사상에 입각해 성립되어 나왔던 것이다.[19]

---

19) 전장의 본문에서 지적 한 바와 같이 그는 그러한 사상에 푹 빠져있던 어느 날 대장간 옆을 지나가다가 망치소리들을 듣게 된다. 그는 그 소리들이 모두 다르기는 했지만 서로 조화를 이루고 있다는 것을 알아차리게 된다. 그는 대장에 찾아가 망치들의 무게를 조사해봤다. 각각은

이상과 같이 피타고라스는 수학과 음악을 통해 우주의 근본원리를 읽어낼 수 있다는 입장을 취했고, 특히 음악을 통해 인간의 행동 안에 담겨진 신성(神性)을 인식할 수 있다고 생각했던 것이다.

피타고라스의 공동체는 당시의 그리스의 민주정치가 정착되어 나가는 과정에서 피타고라스와 대립관계에 처하게 된 한 정치가에 의해 엘리트집단으로 내몰려 결국 파괴되고, 또 그 구성원들의 대부분은 살해되고 극히 소수만 살아남게 되었다. 그들 중의 한 사람이었던 리시스에 의해 그의 사상이 모호하게 글로 기록되어 나왔고, 아르키포스에 의해서는 남이탈리아의 타렌툼에 학교가 세워졌다.

한 세기가 지난 후 플라톤(427~347, BC)은 그 학교를 방문해 피타고라스의 8대 후계자인 아르키타스를 스승으로 받들게 된다. 기원전 3세기 후반이 되면 그 피타고라스학파의 학교도 없어지게 되지만, 피타고라스의 사상은 예컨대 플라톤의 저작들『티마이오스』(*Timaios*)와『파이돈』을 통해 기록되었다. 플라톤은『티마이오스』에서 파타고라스 학파의 한사람으로 추정되는 티마이오스의 입을 통해 피타고라스의 우주론적 차원의 음악사상과 인간에게서의 음악의 역할을 다음과 같이 전하고 있다.[20]

신은 시각을 고안하여 우리에게 주었는데, 그 이유는 우리 쪽의 사고의 회전들을 위해 우리가 우주에 있는 지성의 회전들을 보고 그것들을 이용할 수 있도록 하기 위해서라고 말씀하셨습니다. 비록 우리 쪽의 것은 불안스러운 것들이고 우주에 있는 것은 흔들림이 없는 것들이기는 하지만, 그러나 우리 것과 그것들은 같은 종류

6, 8, 9, 12 파운드의 것들이었다. 그는 망치음정의 조화가 망치들의 무게의 정확한 비례관계 안에서 발생된다는 사실을 발견했고, 또 듣기 좋은 음정들이 3가지가 있는데, 그것들은 첫째 1:2의 비율로 이루어진 6과 12 파운드의 망치소리들이 내는 음정인 8번째 음정의 소리, 둘째 2:3의 비율로 이루어진 8과 9 파운드의 것들이 내는 5번째 음정의 소리, 셋째 3:4의 비율로 이루어진 9와 12 파운드의 것들이 내는 음정인 4번째 음정의 소리였었다. 그는 이러한 것을 알게 됨으로써, 다음과 같은 결론을 내리게 되었다. 숫자들 사이의 관계성은 물리적 현상세계의 언어가 다음과 같은 그렇다면 우리는 그 언어로 천상의 조화를 정확하게 묘사할 수 있다고. 그는 망치들의 무게를 통해 발견한 법칙들을 바탕으로 수학적 비율을 이루는 일련의 여덟 음정을 규정하였다. 그것에 의해 현재 '도-레-미-파-솔-라-시-도'라는 7음계(옥타브)의 원시적 형태가 이루어졌던 것이다 [존 스트로마이어 외 저·류영훈 역(2005, 원서 1999),『인류 최초의 지식인간 피타고라스를 말한다』, 퉁크, pp.105-106]

20) 플라톤 저·박종현 외 역(2000)『티마이오스』, 서광사, pp.129-130.

의 것들이니까요. 또 우리가 우주의 회전들을 철저히 배우고 자연에 따른 계산법을
정확히 습득함으로써 전혀 방황하는 일이 없는 신의 회전들을 흉내 내서 우리에게
서 일어나는 방황하는 회전들을 정상화할 수 있도록 하기 위해서인 것입니다.

　　소리와 청각에 관해서도 같은 설명을 할 수 있겠는데, 이것들도 신이 같은 목적
으로 우리에게 부여하셨습니다. 말(logos)도 마찬가지라 할 수 있습니다. 청각과
관련하여 시가(음악: mousikē)의 소리에 유용한 모든 것도 조화(hamonia)를 위해
주어졌기 때문이고요. 그런데 우리 안에 있는 영혼의 회전들과 동류의 운동(phora)
들을 행해가는 이 조화는 지성을 가지고서 '뮤즈여신들'(예술과 학문의 여신들: the
Muses)과 사귀면서, 유용한 것으로서가 아니라 우리 안에 생겨난 영혼의 조화치
못한 회전에 대항하여 영혼이 질서를 찾고 자신과 화합토록 하기 위한 원군으로서
'뮤즈여신들에게 주셨습니다. 또한 리듬(rhythmos)도 우리 대부분으로부터 찾아볼
수 있는, 정도에 어긋나고 우아함이 결핍된 상태 때문에, 같은 목적으로 신들에
의해 보조자로서 우리 인간들에게 주어진 것입니다.

　　기원후 3세기에 와서는 피다고리스의 그리힌 음악사상이 신 플라톤주의자들에
의해 계승되었다. 그들 중의 하나가 아리스티데스 퀸텔리아누스였는데, 그 역시
『음악에 관하여』를 통해 음악을 영혼과 우주의 질서를 위한 패러다임으로 파악하
였다.21)

　　이상과 같이 그들에게서의 음악은 예술인 동시에 학문이었다. 그의 사상적 핵심
은 우주적 차원의 '조화'(harmony) 바로 그것이라 할 수 있다. 그의 그러한 사상은
앞에서 논한 『티마이오스』에서의 경우처럼 음악을 우주론적 패러다임의 차원에서
인식했던 플라톤의 저작물들을 통해 계승되어 중세 초의 기독교 사상, 근세 초의
토마스 아퀴나스, 근대 초의 케플러와 뉴턴, 현대 초의 아인슈타인 등에게까지
영향을 끼쳐왔다. 이상과 같이 피타고라스와 플라톤을 포함한 그의 추종자들은
우주론적 접근을 통해 음악을 이해하려는 입장을 취했고, 또 그들은 음악에서의
전음계(全音階)의 여러 음조(音調)를 수학적으로 결정하려는 입장을 취해 서구에
서의 음악이론의 기초를 세웠던 것이다. 그러나 플라톤의 수제자, 아리스토텔레스
(384~322, BC)의 음악에 대한 기본적 입장은 플라톤과는 상당히 달랐다. 그는

---

21) 스트렁크 편 저·서울대학교 서양음악연구소 역(2002), 『서양음악사 원전』, 음악연구소, p.8.

『정치학』에서 음악이란 즐거움을 주고 마음을 편하게 해주며 윤리적 덕목을 키위 주고 지성을 자극시키는 힘을 지닌 것이라는 입장을 취해, 음악교육의 정당성을 강조했다. 그러나 플라톤이나 아리스토텔레스에 의해서는 어떠한 음악이론도 제시되지 못했다.

우리가 접할 수 있는 최초의 이론적 업적은 아리스토크세누스에 의해 기원전 330년경에 쓰인 『하르모니아의 요소들』과 『리듬의 요소들』이다. 아리스토크세누스(Aristoxenus)란 인물은 남이탈리아의 타렌툼 출신의 철학자였다. 그는 그 곳에서 아테네로 나가 피타고라스학파가 설립한 학교에 들어가 수학한 후 아리스토텔레스의 제자가 된 자였다. 그런데 설혹 그의 음악에 대한 관심이 피타고라스학파로부터 출발되었다 하더라도 아리스토텔레스를 통해 그의 철학을 확립시킨 그의 음악에 대한 입장은 피타고라스학파의 경우와는 달랐다. 피타고라스학파의 경우는 모든 음계의 음조(音調)들을 수학적으로 결정하려는 경험주의적이었음과 동시에 신비주의적 태도를 취했던 것에 대해 그의 경우는 청각과 이성을 통해 결정하려는 입장을 취했던 것이다. 그의 음악에 대한 기여는 화음의 원리와 리듬의 요소에 대한 이론이었다. 또 그는 아리스토텔레스의 경우처럼 음악의 윤리적이고 교육적 가치에 대해서도 남다른 관심을 갖고 있었다. 이렇게 고대그리스 시대의 가장 대표적 음악이론은 '피타고라스의 7음계'의 이론적 기초를 이루는 협화음정론이라 할 수 있다. 그런데, 필자가 여기에서 주장하고자 하는 것은 피타고라스의 협화음정론이 고대중국의 음악이론에 나오는 '삼분손익법'의 원리에 의해 만들어졌다고 하는 것이다.

▌고대 동서음악에서의 삼분손익법

필자는 여기에서 '피타고라스의 7음계'의 성립경위를 들어내 재차 언급하지 않을 수 없다. 피타고라스는 앞에서 언급한 예의 대장간 체험으로부터 곧바로 집으로 돌아와 우선 현악기의 경우에 초점을 맞추었다. 양의 창자와 소의 힘줄을 걸고 추를 사용해 망치들의 무게와 같은 비율로 팽팽하게 늘려 그 줄의 소리들을 들어보았다. 나중에는 같은 비율로 잘린 대통(파이프)들을 가지고도 실험해 보았다.[22]

그는 그러한 실험들을 통해 옥타브(1:2), 5도(2:3) 4도(3:4)등과 같은 협화 음정을 만들어내는 음악적 하모니의 비율을 발견해 냈던 것이다.

그렇다면 그러한 협화 음정들을 만들어냈던 '6, 8, 9, 12'파운드짜리들의 망치들은 어떻게 만들어졌던 것인가? 우선 우리는 그것들이 대장장이에 의해 만들어졌다고 생각해 볼 수 있는데, 그러면 그는 그것들을 어떻게 만들어 낼 수 있었던 것인가? 우선 우리는 그것이 그 자신이나 혹은 그의 전임자들의 망치소리들에 대한 산물로 생각해 볼 수 있다. 또는 우리가 그 대장간의 노무자들이 타국에서 끌려온 노예 신분일 수 있다는 가능성을 고려해 본다면, 그 '6, 8, 9, 12'라고 하는 비율이 소아시아지방이나 아니면 메소포타미아 지역 등과 같이 타지 인들에 의해 만들어졌을 가능성도 생각해볼 수 있다.[23]

그렇다면, 삼분손익법의 본질은 무엇이며, 과연 이것은 언제 누구에 의해 만들어진 것인가? 피타고라스의 7음계가 삼분손익법(三分損益法)의 원리[24]에 의해 만들이겼다고 하는 말은 다름이 아니고 바로 이 말이다. 어떤 현이나 관의 길이가 1/2로 짧아지면 한 옥타브가 높아지고 두 배로 길어지면 한 옥타브가 낮아진다. 또 그 길이가 1/3로 짧아지면 완전 5도 높아지고 그것이 1/3이 더 길어지면 완전 4도 낮아진다. 그런데 우리에게 협화음으로 느껴지는 한 옥타브, 완전 5도, 완전 4도 등과 같은 음정들이 그 길이들을 반으로 줄이거나 반을 더 늘이거나 혹은 그것들을 1/3로 줄이거나 1/3을 더 늘리는 식으로 해서 만들어 졌다는 것이다. 예컨대, 피타고라스의 '6, 8, 9, 12'라고 하는 숫자들에서의 '6'은 '12'를 반으로 줄인 것이고 '12'는 '6'을 두 배로 늘린 것이다. '8'은 '12'를 1/3로 줄인 것이고 '9'는 '6'을 1/3 더 늘린 것이다. 이러한 식으로 피타고라스의 7음계의 기초가 되었던 '6, 8, 9, 12'

---

22) 존 스트로마이어 외 저·류영훈 역, 전게서, p.105.

23) 19세기 후반의 테리안드 라쿠페리와 같은 학자는 그의 저서 『초기 중국 문명의 서구 기원론』(1894)를 통해 기원전 2000년대 후반과 메소포타미아지역의 고대 바빌로니아에 음악의 12율려가 존재했는데, 그것이 고대 중국으로 전파되어 나갔다는 입장을 제시하고 있다.[Terrien de Lacouperie(1966) *Western Origin of the Early Chinese Civilisation*, Osnabrück : Otto Zeller, p.10]

24) 삼분손익법이란 현(弦)이나 관(管)의 길이를 가지고 음계(音階)를 구성하는 음정(音程: 음악에서 동시에 또는 잇달아 울리는 두 음사이의 높낮이 차)들을 만들어갈 때 어떤 임의의 길이를 기초로 해서 그 길이에 1/3을 빼거나 혹은 더해 가서 그 길이를 가지고 음정들을 만들어가는 방법이다. [필자 보충설명]

의 숫자를 고찰해 볼 때 바로 그의 7음계가 삼분손익법의 원리에 의해 이루어졌다고 볼 수 있다는 것이다.

이렇게 봤을 때, 사실상 이 삼분손익법은 누구에 의해 처음 만들어졌는가, 서양의 피타고라스에 의해 먼저 만들어졌는가, 아니면 중국의 관자에 의해 먼저 만들어졌는지 등의 문제는 별로 중요치 않다는 입장이 취해진다. 그 이유는 현이나 관의 길이와 그것이 내는 음들과의 관계에 대한 인간들의 체험이 자연스럽게 삼분손익법을 창안해 낼 수 있다는 생각이 들기 때문이다. 따라서 삼분손익법의 창안에 대한 문제는 그것의 원리가 서양의 경우에는 피타고라스 혹은 그의 후계자들에 의해 행해졌고, 중국에서는 『관자』의 「地員」(지원)편에서부터 다루어지기 시작되었다고 하는 정도로 정리될 수 있다는 것이다.

고대 그리스에서의 피타고라스의 경우처럼 고대 중국에서 음악을 수학적 측면에서 접근한 최초의 인물은 관자(管子)로 알려져 있다. 우리가 그를 그러한 인물로 말하고 있는 것은 그의 저서로 알려져 있는 『관자』(管子)속에 중국에서의 최초의 악률계산법으로 알려진 삼분손익법이 들어있기 때문이다. 관자(管子)는 피타고라스보다 무려 150여 년 전인 기원전 645년에 사망했다. 그가 『관자』를 집필한 것으로 되어 있지만 실상은 그에 의해 전부 다 집필되지는 않았다는 것이 정설이다. 따라서 『관자』속의 「지원」편이 실제로 그에 의해 쓰였는지는 확실치 않다.

그 계산법은 『여씨춘추』(呂氏春秋), 249~237, BC)안의 「계하기」(季夏紀)의 「음율」(音律)편에도 수록되어 있다. 그런데 『관자』의 「지원」편에는 그 계산법이 매우 정확한 대신 궁(宮)·상(商)·각(角)·치(徵)·우(羽)의 5음만을 계산한데 반해, 『여씨춘추』의 것에는 황종(黃鐘)의 음을 비롯한 12 율려(律呂)의 음들의 모든 반음이 전부 다루어져 있다. 이렇게 봤을 때, 어느 것이 먼저 쓰였는지는 확실치 않다.

그러면, 관자에 의해 집필된 책으로 알려진 『관자』는 과연 어떤 문헌인가? 『논어』는 공자가 직접 저술한 것이 아니라 공자의 제자들이 스승의 언행을 모아서 기록한 것이다. 그렇지만 사람들은 그것을 공자의 저술로 간주하고 있다. 『관자』도 『논어』와 같은 류(類)의 책으로 파악되고 있다. 그 책의 일부에는 관자의 평소 언행과 사상이 기록되어 있다. 이것은 그의 제자들이나 그의 추종자들에 의해 기록된 것이라 할 수 있다. 기본적으로『관자』의 뼈대는 그와 그의 문하생들에 의해 춘추시대(722~481, BC)에 저술된 것이라 할 수 있으나, 많은 부분이 전국시대(403 ~221, BC)의 것이라 할 수 있고, 「경중」(輕重)등과 같은 여러 편은 서한(西漢, BC206~AD8)시대의 것으로 밝혀졌다.[25] 이렇게 볼 때『관자』는 춘추시대부터 서한시대까지의 7세기에 걸쳐 이루어진 문헌이라 할 수 있다. 그렇다면『관자』속의 삼분손익법에 관한 문장도 전국시대에 제(濟)나라의 관자학파의 학자들에 의해 삽입되어졌을 가능성이 있다는 것이다.

관자(725~645, BC)란 인물은 어떤 사람인가? 그는 춘추시대 제(濟)나라의 재상으로, 중국 5천년 역사에서 최고의 정치가로 알려져 있다.『삼국지』의 주인공 제갈공명도 그를 흠모하여 자신을 관중에 비교해 보기를 좋아했다고 하며, 공자도 그의 정치력을 높게 평가했던 것으로 알려있다. 따라서 관자는 고대 중국에서 가장 신화적인 인물로 평가되었던 자였다. 그는 어려운 환경에서 역경을 이겨내고 실용주의를 지향해 갔던 제나라의 재상이 되어 제나라를 최강국으로 만들어 중국 천하를 움직여갔던 자였다. 그는 몰락한 귀족가문에서 태어나 청년시절에 장사를 하러 여러 나라를 돌아다녔으며, 도량이 넓고 포용력이 큰 실용주의적 지도자였다. 눈앞의 작은 이익보다는 장기적으로 큰 이익을 위해 무엇보다도 신뢰를 중시했던 자였다.

그렇다면,『여씨춘추』란 어떠한 책이며 그 편자로 알려져 있는 여불위(呂不韋)란 어떠한 인물인가? 이 책은 '십이기'(十二紀), '팔람'(八覽), '육론'(六論)의 세 부분으로 되어있다. '십이기'는 여불위에 의해 진시황(秦始皇)6년(BC 241)에 편집되어 나왔고, 나머지는 진시황제 11년 여불위의 사망 이후에 편집된 것으로 파악되고 있다. 삼분손익법에 관한 문장이 들어있는 부분은『여씨춘추』의 본체라 할 수 있는 '12기'이다. 이 '12기'의 성립유래는 이렇게 이야기 되고 있다.

그 편저자에 의하면『여씨춘추』는 시령(時令)사상에 입각해 편찬된 것이라 할 수 있다는 것인데, 시령사상이란 자연과 인간을 하나로 묶는 사상으로서 그 사상에 입각해 편찬된『여씨춘추』는 인간이 도(道)에 따라 산다는 것이 어떻게 사는

---

25) 관자(2006) · 김필수 외 역,『관자』, 소나무, p.15.

것인가를 제시한 책이라고 말하고 있다.[26] 그런데 요는 『여씨춘추』가 삼분손익법과 같은 음악의 화성이론과 같은 음악이론을 다루게 된 동기는 음악이 인간과 자연을 묶는 하나의 수단으로 생각했었기 때문이었다고 하는 것이다.

관자와 여불위의 중간시대를 살았던 공자(孔子, 551~479, BC)도 『시경』(BC 484)편찬의 작업을 통해 음악을 연구해 갔다. 공자는 당시 주나라 정부가 3천 여 편의 노래가사를 수집해 두었는데 자신이 여행을 하면서 직접 현장을 조사하며 대조해 본 후 그중에서 305수를 정선해 가사 집을 만들었다. 가사가 성립된 시기는 주나라 초기(약 BC 1066)부터 춘추중기(약 BC 570)까지의 약 500년간의 것들이다. 그는 주나라 시대에 존재했던 채풍(采風: 풍속채집)제도를 받아들여, 풍(風)류의 가사를 통해서는 민중의 생각들을 읽어내고, 아(雅)류의 가사를 통해서는 귀족들의 사상과 감정을 파악하고, 송(頌)류의 가사를 통해서는 조상에 대한 왕의 경건한 마음의 자세를 읽어낼 수 있다는 생각에서 그러한 편찬 작업에 임했던 것이다. 그는 음악이 정치에 매우 크게 작용하기 때문에 음악정책은 최고통치자가 제정해야 한다는 입장을 취했다. 초나라의 굴원(屈原, 340~278, BC)이 남방의 민가를 정리해 『초사』(楚辭)를 편찬한 목적도 같은 맥락에서 행했다고 말할 수 있다. 기원전 286년에서 238년 사이에 활동했던 순자(荀子)도 같은 목적 설창음악의 원조로 볼 수 있는 『성상』(成相)을 남겼다.

완전한 체계를 갖춘 음악사상은 앞에서 이미 언급한, 기원전 5세기 공손니(公孫尼)의 「악기」(樂記)와 기원전 3세기 순자(荀子)의 「악론」(樂論) 등이라 할 수 있다. 「악기」의 제1편 「악본」(樂本)에는 "성(聲)은 마음이 물(物)에 응한 것이다. 이 경우 성이란 하나의 소리를 가리키고, 여러 성이 섞인 것을 음(音)이라 한다. 여기에서 음이란 팔음(八音: 金·石·絲·竹·匏·土·革·木)을 말하는데, 그러한 것들로 이루어진 악기들의 연주음들이 있더라도 그것들이 사람들로 하여금 춤추게 하지 못하면 우리는 그것들을 악(樂)이라 할 수 없다."라는 말이 있다.[27] 그렇다고는 해도, 또 "악이란 음으로 말미암아 생기는 것으로서, 그 근본은 인심(人心)이 물(物)에 감응하는 데 있다"고 하는 말도 있다.[28] 그런가하면 이런 말도 있다. "대체로

---

26) 여불위(呂不韋) 편저·정영호 편역(2001), 『여씨춘추』, 자유문고, p.8.
27) 조남권 외 공역(2001), 『樂記』, 민속원, pp.21-24.

음(音)이란 인심에서 생긴 것이고, 악(樂)이란 윤리와 통하는 것이다. 따라서 성(聲)은 알아도 음을 알지 못하는 자는 금수이고, 음은 알아도 악을 알지 못하는 자는 뭇 서민에 지나지 않다. 악이란 오직 군자만이 알 뿐이다. 그렇기 때문에 성을 살피어 음을 알고, 음을 살피어 정치를 알아서, 치도(治道)를 갖추는 것이다.”[29] 「악기」(樂記)의 둘째 편으로 순자(荀子)의 작으로 받아들여지고 있는 「악론」(樂論)에는 “악은 같게 하는 것이고, 예는 다르게 하는 것이다. 같으면 서로 친하고, 다르면 서로 공경한다. 악이 이기면 방종에 흐르고 예가 이기면 인심이 떠난다. 정을 합치고 예모를 꾸미는 것이 예약의 일이다”라는 말이 있다.[30] 이 말은 예악사상의 기본을 이루는 말이다.

이러한 음악이론과 사상들을 제시한 사람들은 유학이 성립되어 나오기 이전에 생존했던 관자를 제외하면 전부가 유가적 입장을 취한 자들이었다 할 수 있다. 유가들의 음악에 대한 기본적 입장은 음악이란 물질적 차원의 질서가 인간의 의식에 반영된 것이기 때문에 그리힌 음악을 가지고 인간과 사회를 물질직 차원의 세계와 조화시켜 나갈 수 있다고 하는 것이었다. 한 대(漢代, BC206~AD220)의 음악 사상은 유학의 기초를 세운 동중서(董仲舒, 하 무제 때의 사람)의해 확립되었는데, 그의 음악에 대한 입장은 다음과 같이 요약되고 있다. 첫째, 그는 통치계급의 관점에서 음악의 특성을 파악하였다는 것이다. 둘째, 음악은 반드시 통치자가 창작해야 한다. 셋째, 통치자는 자신의 구체적인 정치적 특징에 근거하여 음악을 창작해야한다. 넷째, 그는 통치자가 음악을 직접 창작하기 전에는 고대의 음악을 이용하여 통치효과를 거두어 가야 한다는 입장을 취했다.[31] 전한 말의 사람으로 『예기』(禮記)를 편찬한 유향(劉向, 77~6, BC)은 외계의 사물들 중에서 소리가 인간들에게 가장 깊은 영향을 주고 가장 잘 사람을 변화시키기 때문에, 성인들이 덕을 소리에 넣어 음악을 만들어야 한다는 입장을 취했다.[32]

이상과 같이 유가들의 음악사상은 음악에 인간의 감정적 내용이나 도덕적 내용

---

28) 상동서, 상동면.
29) 상동서, p.36
30) 상동서, p.51.
31) 양인리우 저·이창숙 역, 전게서, p.227.
32) 『설원』(說苑), 「수문」(修文)

이 내재되어 있다는 것을 전제로 한다. 그래서 그들은 그러한 음악으로 인간의 감정과 도덕의식을 순화시키고 고양시켜 나갈 수 있다는 입장을 취했던 것이다. 유가들의 그러한 생각은 공자에서 시작되어 공손니, 순자, 동중서, 유향 등을 통해 유가 음악사상으로 정리되어 나왔다. 그런데, 필자가 여기에서 강조하고자 하는 것은 고대 중국에는 그러한 음악 사상만이 있었던 것은 아니라는 것이다. 그러한 음악사상과는 달리 도가들의 음악사상도 있었다고 하는 것이다.

도가의 음악 사상은 『노자』(老子), 『장자』(壯子)에서 보이기 시작되어 죽림칠현 (竹林七賢)의 한 사람으로 알려진 혜강(嵇康, 223~262)에 와서 하나의 음악사상 으로 성립되었다고 말할 수 있다. 그는 그의 음악사상을 제시한 『성무애락론』(聲 無哀樂論)에서 다음과 같은 입장을 제시하고 있다. "성음(聲音)은 평화로운 조화 가 본질이며, 외물(객관적 대상)에 감촉되어 일정함이 없습니다. 마음은 (외물이 도달되기) 기다리는 것을 주로 하는 것으로서, 외물에 감응해 드러나게 됩니다. 그러므로 소리와 마음은 수레의 두 바퀴 자국처럼 서로 길을 달리 하는 것이지, 날줄과 씨줄처럼 교차 하는 것이 아닙니다. 그러니 어찌 소리의 지극한 조화로움 이 기쁨과 비통에 의해 물들여질 수 있으며, 허명(虛名 아무내용도 갖고 있는 소 리)이 애락과 연결 되겠습니까"33)

상기의 문장이 보여 주는 바와 같이, 혜강은 '성'(聲)과 '음'(音)을 구분해 쓰지 않고 있고, '심'(마음)과 '성'(소리)을 독자적인 것들로 파악하고 있다. 이러한 점이 유가들의 경우와 다르다고 말 할 수 있다. 그렇지만 「악기」(樂記)와 「악론」(樂論) 에서는 '성'과 '음'과 '악'의 이들 세 용어의 개념을 명확히 구분했다. '성'은 인간의 감정이 개입되지 않은 물리적 음향 차원의 소리이고, 이에 대해 '음'은 인간의 어떤 감정이 개입된 소리로 개념화되었다. 또 '악'은 인간의 마음이 감정은 물론 윤리나 도덕적 의식까지가 내재된 소리에 마음이 촉발되어 춤과 같은 어떤 율동이 표현되 어 나오는 상태로 개념화 되었던 것이다. 유가들의 음악에 대한 기본적 입장은 '음'이나 '악'이란 인간의 '심'(마음)에서 비롯된다는 것이었다. 이에 대해 혜강의 경우는 '성'이나 '음'이란 '천지합덕'(天地合德), 즉 우주 대자연이 조화를 추구해가

---

33) 혜강 저·한흥섭 역(2002), 『성무애락론』, 책세상, p.46.

는 과정에서 발생시킨 것이라는 입장을 취했다.[34]

그의 이러한 입장은 인간을 사회나 대자연 속에서 끊임없이 조화를 추구하는 존재로 보고, 인간의 마음속에 조화를 추구하는 '음악의 본질'이 내재되어있다고 하는 유가의 입장과는 다르다. 그것은 음악의 그러한 본질이 '성' 그 자체 속에 내재해 있다고 하는 입장이다.

4) 고대 동서에서의 음악 사상

▌고대 서구의 하모니론과 「천체의 음악」

이상에서와 같이 고대 서구에서의 음악에 대한 학문적 접근은 수학자로 알려진 피타고라스에 의해 시작되었다. 앞에서도 지적된 바와 같이 그는 어떠한 글도 남기지 않았다. 그렇지만 그의 음악에 대한 이론은 그의 스승처럼 자신들의 이름을 남기기를 꺼려했던 피타고라스의 후계자들에 의헤 연구되이 시구의 음악이론의 기초를 이루있다. 그의 음악사상은 플라톤(428~348, BC)의 『티마이오스』(Timaios), 니코마쿠스(Nicomachos, 1세기 후반~2세기 초)의 『하모니론 입문서』, 보이티우스(Boethius, 480~524)등을 통해 계승되어 나왔다.

이러한 문헌들에 기술된 고대 그리스의 음악이론의 핵심은 하모니론(harmonics)이라 할 수 있다. 이것은 '화성'(harmony), 즉 음들의 화음에 관한 이론뿐만 아니라 '조화'에 관한 이론이다. 고대 서구에서의 '조화'에 관한 학문적 접근은 피타고라스에서부터 수학을 통해 이루어졌다. 피타고라스와 그의 후계자들은 수학을 네 가지로 구분하였다. 첫째 수 그 자체로서의 정수론, 둘째 수의 응용으로서의 음악, 셋째 정지하고 있는 도형으로서의 기하학, 그리고 넷째 움직이는 도형으로서의 천문학, 이 네 가지였다.[35]

피타고라스와 그의 후계자들에게서의 음악의 화음에 대한 관심은 수에 대한 그러한 접근으로부터 출발되었다. 피타고라스는 다양한 음들에 대한 경험에 근거해 어떤 일정한 수적 비율이 이루어졌을 때 화음이 성립된다고 생각했다. 수적 비율

---

34) 한흥섭(1997), 『중국 도가(道家)음악사상』, 서광사, p.55.
35) 김춘미(1995), 『음악학의 시원』, 음악춘추사, p.34.

이란 정수로 이루어지는데, 그 정수들의 범위 안에서도 가장 기본이 되는 첫 번째 몇 개의 자연수, 즉 1, 2, 3을 통해 표현되는 비가 더 조화롭고 좋다고 생각했다.[36] 그래서 그는 하나의 현을 1로 잡고, 그 현을 팽팽하게 하여 소리를 낸 다음, 그 현의 길이를 2/3로 하여 소리를 내면 본래의 음보다 5도가 높은 음이 나오고, 현의 길이를 본래의 1/2로 하여 소리를 내면 이번에는 8도, 즉 한 옥타브 높은 음이 나온다는 것을 알았다. 그는 그러한 수적 비율에 근거해 자신의 7 음계를 고안해 냈던 것이다. 또 그는 그 수적 비율이야말로 우주전체의 구조를 이해하는 열쇠라고 생각했다. 그와 그의 후계자들은 행성들의 공전주기와 그것들 간의 거리는 수(數)로 표현될 수 있는데 그것들 간에 존재하는 거리의 어떤 조화로운 수적 비율이 천체의 음악(music of the spheres)을 생성해 낸다고 생각했었다.[37]

이처럼 피타고라스를 비롯한 고대 그리스인들은 음악을 과학적이면서도 윤리적인 것으로 이해했다. 그들은 인간의 마음을 감동시키는 음악이 특별한 힘을 지니고 있다고 생각했고, 그 이유는 우주의 조화로운 질서가 그대로 이 지구상의 음악으로 반영되었기 때문이라 생각했다.[38] 고대 서구의 플라톤과 같은 철학자와 정치가들은 우주의 조화로운 질서가 내재되어있다고 생각했던 음악을 가지고 인간의 본능을 교화시켜 이상 국가를 건설해야 한다는 입장을 취했던 것이다. 고대 그리스인들은 음악의 그러한 윤리적 특성을 에토스(ethos)라 했다.

▌고대중국의 예악(禮樂)사상

그러한 점에 있어서는 고대 중국의 정치가들도 음악에 대해 똑같은 입장을 취하고 있었다. 관자, 공자 등의 음악사상은 통치계급의 이익에 입각해 형성되어 나온 것이라 할 수 있다. 고대 중국에서의 그러한 음악사상은 공자를 비롯한 유가(儒家)들을 통해 계발되어 나왔다. 그러다가 그것은 기원전 498년경에 출생한 것으로 알려진 공손니(公孫尼)에 의해 「악기」(樂記)로 정리되어 나왔고, 또 그것은 『여씨춘추』의 음악론 등이 첨가되어 순자(286~238, BC)의 「악론」(樂論)으로 발전되어

---

36) 상동서, p.53.
37) 민은기, 전게서, p.18.
38) 김연(2006), 『음악이론의 역사』, 심설당, p.46.

나왔다.

서한(西漢) 선제(宣帝, 73~49, BC) 때의 박사 대성(戴聖)이 전국시대부터 진한(秦漢)까지의 유가들의 저작을 모아 『예기』(禮記)라는 책을 편찬했는데, 사실은 그것의 제19편이 「악기」(樂記)였던 것이다. 「악기」의 사상적 중핵은 인간의 외부에 존재하는 대자연의 조화로운 질서가 소리를 통해 인간의 마음(心)외부에 반영된 것이 바로 음악이라고 하는 입장이다. 그 사상에 의하면 인간들은 그러한 음악을 들어감으로써 인간 사회를 지배해 가는 대자연과 한층 더 조화로운 관계를 추구해 갈 수 있다는 것이다. 이와 같은 고대 중국의 음악사상은 그러한 인간 중심적 입장을 넘어 자연 중심적 차원에까지 확대되어 나갔다. 인간이란 대자연에 존재하는 화음(和音)을 통해 대자연의 조화를 체득해 갈 수 있다고 하는 자연 중심적 사상에 입각해서도 사상에 입각해서도 음악이 성립되어 나왔던 것이다.

고대 중국의 음악사상은 서주(西周, 1122~770, BC)의 초기에 성립된 예악(禮樂)제도를 통해 예악사상으로 형성되었고 춘추시내(770~221, BC)에 와서 중국 역사상 최초의 완전한 체계를 갖춘 음악이론서 「악기」에 의해 확립되었다.

예악사상의 핵심은 「악기」의 제2장 「악론」(樂論)의 첫 구절에 나오는 말, "악은 같게 하는 것이고, 예는 다르게 하는 것이다. 같으면 서로 친하고, 다르면 서로 공경한다. 악이 이기면 방종에 흐르고, 예가 이기면 인심이 떠난다."에 있다고 할 수 있다.[39] 이렇게 봤을 때, 예악사상의 핵심은 '예'와 '악'의 조화를 추구하는데 있다고 할 수 있다.

인간사회 속에서의 개개인들은 예와 악의 조화를 추구해 자신들의 삶을 실현시켜 나가야 하고, 정치가들은 그것들의 조화를 통해 정치를 행해가야 한다는 것이다. 고대 중국인들은 음악의 유래를 논함에 있어 「도량(度量)에 의해 생기고 태일(太一)에 기초를 둔다.」는 입장을 취했다.[40] 이 경우 '도량'이란 '인간의 마음'을 의미하고, '태일'이란 '천지만물의 출현과 성립의 근원' 내지 '우주의 본체'를 일컫는 말이라 했다.

고대 중국인들의 '음악이 인간의 마음에 의해 생겨난다.'는 말은 두 가지로 생각

---

39) 千口以統同, 序以辨異, 樂勝則流, 禮勝則離
40) 여불위(呂不韋) 편저·정영호 편역, 전게서, p.145.

해 볼 수 있다. 하나는 '인간의 마음이 인식의 대상인 자연이나 사회 속으로부터 그것이 내재된 화음을 끌어낸다.'는 말일 수 있고, 다른 하나는 '인간의 마음이 자연이나 사회와의 접촉을 통해 화음을 생성해 낸다.'는 말이다. 전자는 도가적 입장이고 후자는 유가적 입장이다. 도가적 입장은 유물론적 입장인데 반해 유가적 입장은 유심론적 입장이라 할 수 있다. 이렇게 봤을 때. 고대 그리스인들은 음악의 실체가 인간의 외부인 우주에 존재한다는 입장을 취했다는 점에서 음악에 대해 유물론적 입장이었던 것에 대해, 고대 동아시아 삼국의 경우는 두 입장이 공존했었던 것으로 고찰된다. 고대 한일 양국도 이미 앞에서 논한 바와 같이 고대중국의 이상과 같은 음악 사상을 받아들여 음악으로 개개인들의 마음을 맑게 닦아가고 백성들을 다스려 가려했던 것이다.

결 론

고대인들에게는 음악의 소재인 소리가 영물(靈物)같은 신기한 존재로 인식되었다. 그 결과 소리로 이루어진 음악은 제식(祭式), 축제(祝祭), 무술(巫術), 종교적 행사 등이 행해질 때, 가장 중심적 역할을 행해 갔었다.

음악의 기원을 노동으로부터 찾는 자들이 있다. 노동이란 개인적 차원이든 집단적 차원이든 어떤 생산을 위한 행위이다. 따라서 생산의 극대화에 그 목표가 주어질 수밖에 없고, 또 목표가 실현되기 위해서는 우선 행위를 일으켜가는 힘을 때로는 한 시점, 한 지점으로 모아야 하고 또 때로는 그것이 지속되어야 한다. 그러기 위해서는 힘이 크고 작은 리듬을 타야 하는 것이다. 필자가 여기에서 논하고자 하는 것은 인간의 그러한 목표실현을 위한 조직화된 주기적 동작들이 행해지는 과정에서 음악이 탄생되어 나왔다고 하는 것이다. 그런데 인간의 그러한 동작들은 반드시 육체적 고통을 동반한다.

고대의 초기이전까지는 노래, 춤, 시 등이 미분화 상태에 있었다. 그러나 고대로 들어와 문자가 형성되어 나옴에 따라 노래의 가사가 기록되어 그것이 시로 전환되면서 그것들의 분화가 이루어졌던 것이다. 한편, 그 미분화된 형태는 문자기록

문화의 출현이후 연극의 형태로 발전되어 나왔다.

음악은 자연과 인간, 인간과 인간을 밀접히 결속시켜 인간으로부터 쾌락을 불러일으키는 역할을 행함으로써 예술장르의 하나로 확립되어 나왔다. 인간은 자연의 일부가 다른 부분들과 조화를 추구하는 과정에서 발산하는 소리에 귀를 기울어감으로써 자연과의 조화를 추구해왔다. 또 인간은 그들 자신들 간의 조화관계를 추구하기 위해 그들이 하는 말과 같은 음성들로써 타자들과의 조화관계를 찾아 왔던 것이다.

예술로서의 음악은 사회 속에서의 노예집단의 출현을 계기로 성립되어 나왔고, 전문음악 예능인 집단 또한 노예집단으로부터 출현해 나왔다. 사회 속에서의 노예집단은 전쟁에서 패배해 끌려온 이민족집단이 기초가 되어 형성된 집단이다. 그들은 지배계급과의 언어소통이 불가능하다. 그렇지만 그들은 여러 겹의 감정으로 싸여있는 존재들이다. 따라서 그들은 악기와 같은 도구들을 이용하여 그들의 감정이나 생긱을 진딜하지 않을 수 없있던 존재들이었다.

통치계급은 음악의 자료인 소리가 불러일으키는 신기한 감성과 음악이 불러일으키는 미적 감성을 이용하여 신권통치를 행해갔다. 또 통치계급의 브레인이라 할 수 있는 정치철학자들은 음악을 교육수단으로 이용하였다. 철학자들의 경우는 음악의 특질을 조화로 파악하였다. 보다 구체적으로 말하여 그들은 음악을 자연과 인간, 또는 인간과 인간과의 조화추구의 수단으로 이용했다. 특히, 중국의 고대 정치인들은 예악사상, 즉 악은 같게 하는 것이고, 예는 다르게 하는 것이다, 같으면 서로 친하고, 다르면 서로 공경한다, 악이 이기면 방종에 흐르고, 예가 이기면 인심이 떠난다고 하는 사상을 확립시켜 인간과 사회를 다스려갔다.

고대서구의 음악사상은 음악의 특질을 규정하는 음들의 조화는 인간이 창조해내는 것이 아니라 우주에 존재하는 천체들에 의해 만들어지는 것이라는 유물론적 입장에 기초해 있다. 고대 한중일 삼국에서의 도가들의 경우도 음들의 조화는 인간의 마음에 의해 창조되는 것이 아니라 자연에 의해 만들어진 소리 그 자체 속에 내재되어 있다는 유물론적 입장에 의거해 있었다고 할 수 있다. 이에 대해 고대 동아시아 삼국의 전통적 음악사상은 유가들에 의해 구축되어 나온 것이라 할 수 있는 데, 그 기본은 음악이 외계의 자연에서 비롯되는 것이 아니라 외계와의 조화를 추구하려는 인간의 마음에서 비롯되는 것이라는 입장에 의거했었다. 그러한 사상에 의거해 음악이 인간의 도덕적 교화수단으로서의 역할을 행해가게 되었던 것이다. 고대 중국에서는 그러한 음악사상이 서주시대에 예악사상으로 성립되어 나왔고, 고대 한국의 음악사상은 고대 중국의 그것이 고대국가체제가 형성되어 나왔던 삼국시대에 전래되어 그것이 기초가 되어 형성되었으며, 일본의 경우는 한국 삼국시대의 것이 기원전 4~8세기에 일본에 전래되어 그것에 기초해 형성되었던 것이다.

고대 서구에서의 음악사상은 천체의 법칙이라 할 수 있는 진리에 입각해 확립되어 나왔고, 고대 동에서의 음악사상은 사회의 윤리·도덕에 입각해 확립되어 나왔다고 할 수 있다.

제 5 장

고대동서양에서의 문학의 성립경위

서 론

본 연구는 문학이 동서양에서 예술의 한 장르로서 어떻게 성립되어 나왔는가에 대한 규명을 목적으로 한다.

글로벌시대로 들어와 우리는 인간중심시대에 형성된 문학과 예술에 대한 개념들 해체와 그에 따른 그것들의 새로운 개념의 정립이 요구되는 상황에 직면해 있다. 따라서 필자는 동서양에서의 예술로서의 문학의 성립 경위에 대한 고찰을 통해 문학이 지닌 예술적 본질이 무엇인가를 규명해 봄으로써 새로운 시대적 이념에 걸 맞는 문학과 예술의 개념을 규정해 보고자 한다.

동서양에서의 예술로서의 문학의 성립경위에 대한 고찰은 문학이 성립되어 나오던 시기의 문화적 현상들에 대한 전반적 이해와 그에 따른 다음과 같은 절차에 따라 행해진다.

근대이전에는 동서를 불문하고 문학이란 고전을 읽고 문장을 짓는 행위를 뜻하는 학문의 의미로 통용되었다. 그러나 그것은 근대화 과정에서 예술장르의 하나로 편입되어 미적 의식을 불러일으키는 수단의 의미로 받아들여지게 되었다. 그렇다면 근대화 과정에서 근대 이전 문학이 학문으로부터 자신의 특성을 찾아오던 입장을 지양하고 예술로부터 그것을 찾으려 했던 입장을 취하게 되었던 이유는 무엇이었는가?

서구에서의 근대화란 사회적 측면에서는 신분상의 평등화와 산업화였던 반면, 정신적 측면에서는 합리주의 정신의 추구 등을 통해 신중심주의로부터 인간중심주의로 전환해 나오는 바로 그러한 과정이었던 것이었다. 그런데 서구에서의 근대 이전의 서구인들이 취했던 신중심주의란 중세이후 서구의 크리스트교가 추구해왔던 유일신 중심의 사상에 의거된 그러한 것이었다. 그런데 주지의 사실인 바, 르네상스 운동을 시발로 성립해 전개되어 나왔던 서구인들에게서의 인간중심주의의 추구란 서구에서 크리스트교가 보편화되기 이전 고대그리스·로마인들에 의해 행해졌던 인간사상의 추구 바로 그것이 모델이 되어 이루어졌던 것이다.[1] 이러한 사실은 근대화과정에서의 예술의 한 장르로서의 문학의 출현이 다름 아닌 바로 고대그리스·로마 시대의 문학과의 접촉에 의한 것이었다고 하는 것을 여실히 말해준다.

이렇게 생각해볼 때, 예술의 한 장르로서의 문학에 대한 본질적 이해는 문학이 고대 동서양에서의 예술의 한 장르로서 성립되어 나오는 경위 바로 그것에 대한 고찰을 통해 행해질 수 있다는 입장이 취해지는 것이다. 그렇다면 고대 동서양에서의 예술의 한 형태로서의 문학의 성립경위에 대한 고찰은 어떻게 행해질 수 있는 것인가?

고대 그리스·로마시대에서의 예술의 한 형태로서의 문학은 운율이 내재된 말이 문자로 기술되어 나온 시의 형태를 취해 출발하였다. 당시 가장 대표적 예술장르는 음악이었다. 음악은 소리를 매개로 인간으로부터의 미적 의식을 불러일으키는 수단이다. 이 경우 음악의 본질은 리듬을 갖은 소리에 있다. 그러한 의미에서 음악의 본질은 소리에 내재된 리듬 바로 그것이라 할 수 있다. 시는 바로 그러한 음악을 모체로 해서 출현한 예술장르이다. 음악이 대자연의 다양한 소리들로 이루어진 것이라면, 시는 운율이 내재된 인간의 말소리로 이루어진 것이다. 호머의 『일리어드』·『오디세이』는 기원전 12세기경에 일어났던 트로이전쟁의 이야기가 음악에 맞추어 수세기 동안 음유시인들에 의해 읊어져 왔던 것을 호머가 기원전 9,8세기에 그리스 알파벳 문자로 기록해낸 문학작품들이다. 그런데 현재 우리는

---

[1] 엄격한 의미에서 고대서구인들이 추구했던 인간상은 근대서구인들의 그것과는 동일하지 않았다. 전자의 경우는 신들에 의해 창조되었고 그들에 주관된다고 하는 세계 속에 존재해 가는 인간이 어떻게 자신의 삶을 살아갈 것인가의 문제를 생각했던 입장이었다. 이에 반해 후자의 경우는 주인이 존재하지 않은 대자연속에 처해 있는 인간이 자연을 자신의 것으로 접수해 그 세계를 지배해 가나가는 과정에서 취한 입장이었다. (필자 보충 설명)

그것들을 서사시들이라고 말하고 있다.

이 경우 서사시(the epic poetry)란 'epic'의 그리스어의 어원이 'tale'의 의미이고, 'poetry'의 그리스어의 어원인 'poiein'이 'make'의 의미라는 점들을 감안해 볼 때, 영웅들이 일으킨 역사적 사건들에 관한 이야기(epic)를 운율이 내재된 말들로 읊어낸 것들로 이해될 수 있다. 아리스토텔레스의 저서 poietike(시학)의 본래의 뜻은 '작시기술'(作詩技術)의 의미이다. 그런데 그가 그 책에서 다루고 있는 것은 비극 작품을 만드는 기술에 관한 것이다. 이렇게 봤을 때 아리스토텔레스에게서의 '시'란 서정시나 서사시는 말할 것도 없고 비극과 같은 희곡 등과 같은 문학작품들까지를 의미했던 것이었다. 이처럼 당시 '시'(poiēsis)라고 하는 말은 운율이 들어 있는 말들을 창작해내는 행위내지 그 결과물들을 가리키는 것이었다.

이렇게 봤을 때, 노래의 가사야말로 당시 그리스인들이 말하는 시의 한 전형이었다고 말할 수 있다. 필자가 여기에서 말하고자 하는 것은 그러한 고대 그리스사회에서 음악을 기초해서 형성되어 나온 그러한 시들이 문자로 기록되어 나옴으로써 비로소 시문학이라는 형태를 취해 문학이 출현되어 나왔다고 하는 것이다.

이상과 같이, 예술의 한 장르로서의 문학의 본질은 운율을 본질로 하는 음악을 배경으로 해서 출현한 시로부터 찾아야한다는 입장이 취해지는 것이다. 그러나 운율이 들어 있는 말로 이루어진 시란 음악 장르의 경우처럼 구송(口誦)의 형태를 취해 존재했던 예술장르였다. 그런데 문자의 발명을 계기로 해서 그것이 문자로 기록되어 나옴으로써 시문학으로 존재하게 되었던 것이다. 보다 구체적으로 말해 구송예술이었던 시가 문자표기 체제의 정립을 계기로 해서 시문학이라고 하는 형태를 취해 기재예술로 전환해 나왔다고 하는 것이다. 이러한 측면에서 고찰해 볼 때, 예술의 한 장르로서의 문학이란 우선 운율이 내재된 소리들로 이루어진 음악과 결합된 말들로 이루어진 시로부터 출발해, 문자로 기록된 시문학 의 형태를 취해 성립된 것이었다고 하는 것이다.

예술의 한 장르로서의 시문학이 이상과 같은 단계들을 통해 성립되어 나왔다고 하는 사실을 감안해볼 때. 고대 서구의 그리스, 고대 동양의 인도와 중국 등에서의 시문학의 성립경위는 다음과 같은 고찰들을 통해 규명될 수 있다는 입장이 취해진다. 우선 고대 동서양문화가 어떻게 성립되어 나왔는가에 대한 고찰이 요구된다.
이것과 관련해서 두 번째로 고대동서문화의 성립에 절대적 영향을 끼쳤다고 생각
되는 고대오리엔 지역의 음악과 문자표기의 성립에 대한 고찰이 요구된다. 셋째로
고대서구의 그리스, 고대동양의 인도와 중국 등에서의 시문학의 성립에 대한 고찰
이 요구된다.

1. 고대동서양 문화의 성립과 고대오리엔트문명

1) 고대서양문명과 고대동양문화에 대한 개념

고대서양문명이란 일반적으로 고대 그리스·로마 시대의 문명을 가리킨다. 그
것의 성립과 전개양상은 다음과 같이 정리될 수 있다. 현재 우리가 사용하는 '서방
세계'내지 '서방'이라는 말은 고대 로마시대에 개념화된 말, 즉 '동방'(the Orient)과
'서방'(the Occident)이라는 말들에 의거해 그 기초가 이루어진 것이다. '오리엔트'
란 말은 라틴어의 'Oriens'(해돋이, 해가 뜨는 방향)로부터 나온 것이다. 로마시대
에 로마인들은 자신들이 처해 있는 지중해의 이탈리아 지역을 중심으로 해서 바라
다 봤을 때 지중해의 동쪽지역에 위치해 있는 지역, 구체적으로 말해 그리스를
비롯한 소아시아, 메소포타미아, 이집트, 인도의 인더스 지역 등의 지역을 'Orient'
지역이라 불렀고, 그와 반대쪽의 해지는 지역을 'Occident'라 불렀다. 그러나 현재
우리가 사용하고 있는 '서방세계'와 '동방세계'에 대한 개념은 고대 로마시대에 형
성된 그러한 말들의 개념이 기초가 되어 제1차 세계대전이후 세계가 재편되는 과
정에서 형성되어 나온 것이라 할 수 있다. 14세기말이후 발칸반도를 차지해왔던
오스만 투르크제국(1297~1922)이 제1차 세계대전에서의 패전을 계기로 보스포루
스 해협의 인접지역인 트라키아지역을 제외한 발칸반도의 대부분을 잃게 됨으로
써 서방 지역이 발칸반도까지 확장되어 나왔다. 이렇게 해서 그 후 '서방'의 의미는
에게 해와 흑해 이서(以西)지역을 가리키게 되었던 것이다. 다시 말해서 제1차
대전 이후 '서방'이란 말은 그리스반도, 그 위쪽의 마케도니아, 현재의 불가리아에

해당되는 트라키아 지역을 포함한 그 서쪽 지역을 가리키게 되었다는 것이다.

그런데 보스포루스 해협의 서안에 인접한 트라키아지역의 일부는 아직도 터키령으로 되어있다. 현재 터키 공화국의 영토로 되어 있는 보스포루스 해협의 서안에 인접한 트라키아지역은 트라키아인의 원주지이다. 트라키아인은 마케도니아왕국의 알렉산드로스 대왕이 페르시아제국을 멸망시킬 당시 알렉산드로스 대왕군대의 핵심이 되었던 자들이었다. 그런데 보스포루스 해협 서편의 트라키아인은 그 동편의 알타이어를 쓰는 터키인들과는 달리 인도유럽어를 사용해온 자들이다. 이렇게 보스포루스해협 서편의 서방지역은 유럽 어를 쓰는 인간들의 지역이고 그 해협 동안의 동편지역은 알타이어를 쓰는 터키인들이 사는 지역으로 되어 있는 것이다.

유럽어라는 말은 인도유럽어라는 말로부터 취해진 말이다. 인도유럽어란 인도 · 이란어와 유럽어가 합성된 말이다. 음운론과 형태론적 측면에서 고찰해봤을 때, 그것들이 동일어족으로 파악된다는 입장이 취해져, 인도유럽어라는 말이 형성되어 나왔다. 그러나 통사론적 측면에서 파악해봤을 때, 그것들은 분명 동일어족이 아니다. 유럽어는 SVO형이고 인도 · 이란어는 SOV형이기 때문에 같은 어족으로 볼 수 없는 것이다. 인도 · 아란어가 SOV형을 취하고 있다고 하는 점에서는 터키어 등과 같은 알타이어족에 속하는 언어라 할 수 있다. 이렇게 봤을 때 현재 우리가 쓰고 있는 서방과 동방의 양분기준은 SOV형과 SVO형의 통사구조의 차이에 의거된 것이라는 입장이 성립된다. 그런데 필자가 여기에서 말하고자하는 논지는 이러한 양분기준의 기초가 제 1차 대전이후에 이루어졌던 것이 아니라 사실은 이미 그로부터 2500여 년 전에 일어났던 페르시아전쟁(692~479, BC)을 통해서 이루어져 있었다고 하는 것이다.

페르시아전쟁은 발칸반도의 그리스 인과 당시 메소포타미아지역을 장악하고 있던 이란지역의 페르시아아인이 그 양 지역 사이의 소아시아지역(아나톨리아)을 놓고 일으켰던 전쟁이었다. 당시 그리스는 에게 해와 흑해의 서편에 위치해 있었고, 페르시아는 그 동편 소아시아지역의 서편에 위치해 있었다. 그 결과 역사가들은 페르시아전쟁이 동과 서와의 대립으로 인해 일어난 최초의 세계대전으로 파악하고 있다. 필자가 여기에서 한 번 더 역설하고자 하는 것은 바로 이것이다. 보스포루스해협 서편의 그리스인은 SVO형의 언어를 구사하고 있었던 자들이었고[2], 그 반대편의 페르시아아인은 SOV형의 언어를 수고 있었던 자였다고 하는 것이다.

이러한 측면에서 생각해볼 때, 고대서양문명이란 말은 우선 지역적 측면에서 생각해 볼 때 에게 해와 흑해의 이서(以西)지역의 문명을 가리키는 개념이라는 것이고 또 그 말은 페르시아전쟁을 계기로 해서 세계가 에게 해와 흑해를 경계로 동서로 양분되어 나왔다는 것을 뜻하는 말이기도 하다는 것이다.[3]

소아시아지역으로부터 그리스 지역에 철기문화가 전파되어 나갔던 것은 기원전 1000년경의 일이다. 그 결과 그리스반도에는 기원전 900년경부터 도시국가의 형태를 취한 스파르타와 같은 폴리스 국가들이 성립되어 나오고, 그와 거의 동시에 지중해 동쪽해안에서 사용되는 페니키아문자가 모태가 되어 그리스 알파벳문자가 성립되어 나왔다. 이렇게 해서 그리스반도에서는 기원전 900년대를 전후해 고대국가가 성립되어 나왔던 것이다. 그러한 고대국가의 성립을 계기로 기원전 800~750년경에는 호머에 의해 구송되어오던 서사시『일리아드』·『오디세이』등이 그리스 알파벳으로 기재되어 나와 서사시 문학이 성립되어 나왔고, 또 기원전 776년경부터는 4년마다 한번 씩 모든 폴리스 국가들이 올림피아의 제우스신전에 모여 전국체전을 개최하여 폴리스상호간의 전쟁을 금지해갔었다.

이렇게 에게 해와 흑해 이서 지역의 서양에서는 그리스 반도에서부터 철기와 문자의 사용과 도시국가의 성립 등이 행해지기 시작됨으로써 기원전 700년경부터 그리스 반도를 중심으로 새로운 문화가 본격적으로 형성되어 나오게 되었던 것이다. 그렇게 형성되어 나온 문화는 이민족간의 페르시아전쟁(492~479, BC), 동족

---

2) 고전 그리스어는 일본어, 한국어, 힛타이트어 등의 경우처럼 SOV형을 취하는 언어가 아니다. 그것은 SVO형의 어순이 우세한 언어라 할 수 있다. 고전 그리스어가 취했던 그러한 SVO형의 통사적 특징은 유럽어의 통사적 구조의 기초가 되었던 것으로 파악되고 있다.(龜井孝他編 (2003),『言語大辞典 第一卷 世界言語学編 (上)』、三省堂、p.1405)

3) 호메로스의 "일리아스"와 "오디세이아"에 트로이전쟁이 나온다. 이 트로이전쟁은 작품들 속에서 스파르타의 왕비 헬레나를 트로이의 왕자 파리스가 납치하면서 시작된다. 현재 이 방면의 역사가들은 기원전 2000년경에 그리스반도로 들어와 펠로폰네소스지역의 미케네 등에 정착해 있던 이오니아인이 기원전 1250년경 소아시아지방의 트로이지역에서 당시 소아시아의 중부를 지배하고 있던 힛타이트민족과 행했던 전쟁으로 파악하고 있다(민석홍 1989:56). 이 경우 힛타이트인의 언어가 이란어 계열의 엄격한 SOV형을 취하는 언어라는 점을 감안 해본다면, 동서의 구분은 이미 트로이전쟁 때부터 행해졌었다는 입장이 취해진다.

간의 펠로포네소스전쟁(431~404, BC) 등이 행해지는 과정에서 그리스반도를 중심으로 해서 꽃피어 나왔다. 그러다가 기원전 4세기 후반에 와서는 그것이 헬레니즘세계를 성립시켰던 것이다. 보다 구체적으로 말하자면, 그리스반도 북쪽에 위치했던 마케도니아 왕국으로부터 알랙산더 대왕(357~323, BC)이 출현해 기원전 331년에 페르시아를 멸망시키고, 이어서 이집트를 정복한 다음, 인더스 강 유역까지 진군해나갔다. 그 결과 그는 발칸반도를 중심으로 한 그리스세계와 오리엔트 세계를 통일시켜 그러한 세계를 성립시켰던 것이다. 이와 같이 그리스문명은 알랙산더 대왕의 동방원정(334~324, BC)을 계기로 헬레니즘문화로 전환해 나와, 반 세기동안 지속되어 나가다가 기원전 272년 도시국가 로마의 이탈리아 통일이후 쇠퇴일로의 길을 걷게 된다. 로마는 지중해 남안의 카르타고와의 3차에 걸친 포에니전쟁(264~146, BC), 이탈리아반도의 로마와 발칸반도의 마케도니아와의 3차에 걸친 마케도니아전쟁(215~168, BC)을 계기로 지중해 세계를 통일해 헬레니즘세계를 정복했다. 이렇게 해서 로마는 기원전 27년 아우구스투스에 의해 로마제국이 건설됨으로써 지중해 세계가 로마제국에 의해 장악되어 나가다가, 380년에 테오도시우스에 의해 크리스트교가 국교로 선포되고 이어서 395년에 제국이 양분되어 나와 결국 476년에 게르만의 용병대장에 의해 서로마제국이 멸망되어 로마제국의 전성기가 막을 내리게 되었던 것이다.

이렇게 고대 서양 문명은 기원전 1000년경에 에게 해와 흑해 이서지역에 소아시아지역으로부터 철기문화가 전파되어나가 기원전 800년대에서 기원후 300년대 말까지의 1000~1200년 사이에 그리스와 로마를 중심으로 해서 형성되어 나왔던 문명을 가리킨다.

그렇다면 고대 서양문명에 대립되는 고대동양문화의 개념은 어떻게 규정될 될 수 있을 것인가? 고대서양문명이 소아시아지역으로부터 발칸반도로 철기문화가 전파되어나가 그것이 일반화되어나가는 과정에서 형성되어 나온 것이라고 한다면, 발칸 반도의 반대 편, 즉 에게 해와 흑해 이동(以東)지역에서의 철기문화의 전파는 어떠했는가? 우선 에게 해와 흑해 이동지역이란 크게 오리엔트지역, 중아아시아, 남아시아의 인도지역, 북아시아의 알타이지역, 동아시아의 중국지역 등으로 분리된다. 우리는 이들 지역에 철기문화가 언제 전파되어 갔는가에 대한 고찰을 통해 고대동양문화의 개념을 파악해낼 수 있다. 우리는 철기문화의 기원 지역을 현재 터키공화국이 위치해 있는 소아시아(아나톨리아)로 보고 있다. 그 지역의 힛타이인이 기원전 16세기경에 그것을 개발에 그것을 이용해 힛타이트제국(힛타이트 신왕국: 1460~1190, BC)을 건설했다. 그 후 철기문화는 기원전 1200년대 힛타이트 제국이 쇠퇴해가는 시점에서 오리엔트지역으로 보급되기 시작됐던 것을 파악되고 있다. 남아시아의 인도지역으로는 기원전 1000년경에 인더스지역으로 전파되어 나갔고, 북아시아의 알타이지역으로는 기원전 800년경에 스키타이인에 의해 전파되었고, 동아시아의 중원지역으로는 기원전 800년경에 전파되어 나갔다. 그 결과 각 지역에서는 이전의 청동기문화를 배경으로 해서 성립되어 나왔던 부족이나 부족연합국에 기반을 둔 고대국가와는 달리 제국(帝國)의 형태를 취한 고대국가들이 성립되어 나왔고, 그와 더불어 청동기문화를 배경으로 해서 형성되어 나왔던 상형문자 형태의 표기 체계가 표음 · 표어문자 중심의 표기체계로 전환해 나왔던 것이다.

우선 오리엔트 지역의 경우를 고찰해 보자. 오리엔트지역은 메소포타미아 그 서북쪽의 아나톨리아, 서쪽의 시리아 · 팔레스타인, 서남쪽의 이집트, 동쪽의 이란 동으로 되어 있다. 아나톨리아의 힛타이트인이 철제 무기를 개발해 힛타이트제국을 성립시킨 것은 앞에서 이미 언급한 바와 같이 기원전 15세기중반이었다. 인도유럽어족 속의 이란어계와 관련성이 깊은 힛타이트인은 기원전 1500년경부터 바빌로니아로부터 표의문자와 표음문자로 이루어진 설형문자를 차용해 써왔었고 또 자신들이 개발한 상형문자도 사용해왔다. 그런데 그들이 사용했던 상형문자는 음운문자와의 혼합 형태를 취한 문자였던 것이다.[4] 힛타이트제국의 쇠망 후 기원전 1000년대 초에 철기문화를 배경으로 부상해 나와 오리엔트의 전 지역을 통일시킨 세력은 지중해 동안지역의 앗시리아 제국이었고, 그 앗시리아 제국은 기원전600년대 말에 이란지역의 메디아에 의해 멸망된다. 이렇게 오리엔트 지역은 약4 세기 간 셈족계의 앗시리아인의 지배하에 놓이게 되는데 이 기간에 오리엔트북쪽의 힛

---

4) 앨버틴 가우어 저 · 강동일 역(1995), 『문자의 역사』, 새날출판사, p.117

타이트설형문자와 남쪽의 이집트 상형문자가 그 중간지점인 지중해 동양의 페니키아지방에서 완전한 표기문자인 페니키아문자가 성립되어 나왔던 것이다.

이집트지역에 철기문화가 들어간 것은 신왕조(1580~1090, BC) 시대로 파악된다. 당시 그들은 개념을 나타내는 기호로서의 표어문자와 표음문자와의 혼합으로 이루어진 상형문자를 사용하고 있었다. 따라서 그들이 당시 자신들이 쓰고 있던 상형문자를 완전한 표음문자로 전환시켜낼 필요는 없었던 것이다. 한편 이란지역에 철기문화가 전파되어 나가자 그것을배경으로 기원전 600년대 말에 메디아왕국이 일어나 앗시리아 제국을 멸망시켰고, 기원전 500년대 후반에 와서는 이란지역에서 페르시아제국이 일어나 그곳의 메디아왕국을 멸망시키고, 기원전 538년에 메소포타미아지역의 바빌론을 점령하고 이어서 이집트를 점령하여 페르시아제국을 건설했다.

이란지역에서 인도지역으로의 문화적 전파는 이란지역에 정주해 있던 아리안인이 기원전 1500년경부터 인도의 판지브지방 쪽으로 침입해 들어가는 과정에서 이루어졌다. 오리엔트지역에서 인도지역으로의 철기문화의 전파는 기원전 800년경으로 파악되고 있다. 그것이 인더스강 유역, 갠지스강 유역 등으로 전파되자 왕국들이 출현하고, 기원전 800년대에 쓰인 바라몬교의『리그베다』등과 같은 베다성전들이 편찬되어 나왔다. 베다성전에 기록되어 있는 언어는 인도 · 이란어이고 문자는 데바나가리(Devanāgarī)라고 하는 인도문자인데 그것은 그 기원을 페니키아 문자에 두고 있는 것으로 메소포타미아를 거쳐 상인들을 통해 인도에 들어간 것으로 알려져 있다. 동아시아의 황하유역의 경우에는 기원전 800년경에 철기문화가 전파되어 기원전 771년 기원전 동주(東周)가 형성되어 나왔다. 문자의 경우는 청동기문화를 배경으로 해서 성립된 갑골문자를 기초로 해서 기원전 700년대에 금문자(金文字)가 형성되어 나왔던 것이다.

2) 고대동서문화의 성립배경과 고대오리엔트문명

이상과 같이 고찰해볼 때, 고대의 동서 문화는 기원전 1400년경에서 기원후 400년경 사이의 1000여년 사이에 철기문화가 일반화되어가는 과정에서 서양의 그리스와 로마, 동양의 오리엔트지역, 인도지역과 중국의 황하·장강 유역 지역을 중심으로 번성했던 문화였다 할 수 있다. 그렇다면 이들 각 지역의 문화들은 어떻게 형성되어 나왔던 것인가? 앞에서 이미 언급한 바와 같이 기원전 1400년대를 전후해 아나톨리아 지역 중앙에 정착해 있던 힛타이트인들이 기존의 청동제무기를 기초로 해서 철제무기를 개발해, 그 무기를 가지고 오리엔트지역의 왕국들을 정벌해 나가는 과정에서 우선 오리엔트지역을 중심으로 해서 철기문화가 형성되어 나왔던 것이다. 그 철제무기는 이민족과의 전쟁에서의 승리를 통해 강력한 왕권국가를 창출시켰고, 또 그것을 유지시켜 나갈 수 있는 수 있는 방법으로 종전의 표기문자인 표의문자의 성격이 짙은 문자를 그것보다 더 간편한 표음문자로 전환시켜 나갔던 것이다. 철기의 출현 이전에 사용되었던 금속기는 청동기였다. 그러나 그것은 이민족과의 전쟁 시나 자연의 개발 시에는 전적으로 사용되지 않았다. 그러다가 철기가 출현하자 그것이 전쟁 시와 자연 개발 시에 적극적으로 이용되어짐에 따라 전쟁에서 취한 노예와 철제 농기구를 사용하여 농경지를 개발해 가게 되었고, 그 과정에서 농업혁명이 일어나게 되었던 것이다. 이와 같이 철기사용, 강력한 왕권국가, 간편한 문자사용, 농업혁명 등을 동반한 철기문화는 기원전 1400~1000년 사이에 오리엔트지역을 중심으로 해서 일반화되어 나왔는데, 그것이 서방의 그리스지역, 동방의 인도지역과 중국의 황하·장강지역 등으로 전파되어 나가게 됨으로써 각 지역에 고대문화가 형성되어 나오게 되었던 것이다.

그렇다면 아나톨리아 지역에서 최초로 고대철기문화를 성립시킨 힛타이트인은 어떠한 민족이었던가? 힛타이트인이 아나톨리아에 최초로 출현한 것은 기원전 2000년대 초로 이야기되고 있다. 고고학자들은 당시 힛타이트왕국의 수도였던 보가즈코이의 발굴 작업을 통해 설형문자들이 각인되어 있는 1만장이상의 점토판을 발견해 냈다. 그것들에 각인되어 있는 언어는 힛타이트인의 언어이다. 그런데 그 점토판에 각인되어 있는 힛타이트어가 최고(最古)의 인도유럽어라고 하는 것이다. 앞에서도 언급한 바와 같이 힛타이트어는 인도유럽어족속에서도 유럽어 보다는 인도·이란어에 더 가까운 언어 이다. 이렇게 봤을 때, 서방에서 뿐만 아니라 동방의 경우에서도 고대철기문화는 인도유럽어를 사용했던 민족들이 형성시킨 문화였다는 것을 알 수 있다. 그렇다면 오리엔트지역은 인도 유럽어를 사용하던 민족에 의 지배되기 이전에는 어떠한 언어를 사용하는 민족이 지배했던 지역인가?

오리엔트의 아나톨리아에서 발생한 고대 철기문화도 고대오리엔트문명의 일부를 이루는 문명에 지나지 않다. 보다 구체적으로 말하자면, 고대오리엔트의 철기문화는 고대오리엔트문명의 후반부를 이루는 문명이라 할 수 있다. 그렇다면 그 후반부를 이루는 고대오리엔트의 철기문화는 아나톨리아지역의 힛타이트제국이 일으킨 철기문화를 시작으로 어떻게 전개되어 나갔던 것인가? 철기문화가 오리엔트지역에 일반화되어 나온 것은 티그리스강 중류의 아쉬르에 위치해 있던 셈족계의 앗시리아가 기원전 1000년경 철기문화를 받아들여 기원전 700년대 말에 와서 최초로 전 오리엔트 지역을 통일시켜 대 제국을 건설한다. 그러나 그 제국은 1세기정도 유지되어 나가다가 기원전 600년대 말에 신바빌로니아에 의해 멸망하고, 또 그 신바빌로니아는 기원전 539년 이란지역의 페르시아에 멸망한다.

이집트지역에서의 철기시대는 신왕조시대(1565~818, BC)이후로 파악 된다. 아나톨리아에서 힛타이트왕국이 철제무기를 가지고 바빌론을 공격한 것은 1595년경이었다. 기원전 1327년에 즉위한 투탄카멘이 천도를 테베에서 나일강 하류의 멤피스로 옮겨 강력한 정권을 세울 수 있었던 것도, 또 람세스2세가 기원전 1279년 즉위해 67년간이나 정권을 장악해 갈 수 있었던 것도 철기문화가 일반화되어가는 시대였었기 때문이었다고 할 수 있다. 그러나 이집트는 기원전 667년경 메소포타미아지역의 철기문화의 주역 앗시리아 제국에 정복되고, 기원전 526년경 페르시아와의 전쟁에서 패망한다.

그런데 필자가 여기에서 말하고자 하는 것은 고대오리엔트의 후반부에 해당되는 고대오리엔트의 철기문화가 어떻게 형성되어 나왔는가의 것이다. 철기문화란 금속기문화를 이루는 문화들 중의 하나이다. 금속기문화는 순금속기문화, 청동기문화, 철기문화로 삼분된다. 메소포타미아지역에 순금속기시대가 도래한 것은 기원전 5000년경으로 추정되고 있다. 순금속기시대란 일명 금석병용기시대라고도 말하고 있다. 이 경우의 순금속기시대란 인간이 지표상으로부터 자연동(自然銅)이나 운철(隕鐵) 등과 같은 순금속을 채집하여 그것들을 적당히 처리하여 도구로 만들어 쓰던 시대를 말한다. 문화 인류학자들은 그것들을 메소포타미아 지역에 인류가 정착해 농경과 목축생활을 하게 된 신석기시대의 도래 시점을 기원전 8500 년경으로 보고 있고, 청동기시대의 그것을 기원전 3500년경으로 보고 있다. 그런 데 필자가 여기에서 말하고자 하는 것은 고대오리엔트에서의 철기문화가 그곳의 순금속기문화와 청동기문화를 배경으로 해서 형성되어 나왔다고 하는 것이다. 그 렇다면 고대오리엔트의 철기문화의 형성에 절대적 영향을 끼쳤던 고대오리엔트의 순금속기문화와 청동기문화는 어떻게 형성되어 나왔던 것인가?

3) 고대오리엔트문명의 성립배경

고대 오리엔트지역에 순금속기문화와 청동기문화가 최초로 성립되어 나온 지 역은 메소포타미아지역이다. 그곳에서의 순금속기와 청동기문화의 성립은 이동생 활을 행해가던 인류가 한곳에 정착해 그곳에서 목축과 농경생활을 행하게 된 신석 기시대의 문화를 배경으로 이루어졌다. 그런데 필자가 여기에서 강조하고자 하는 것은 메소포타미아지역에서 성립된 신석기문화가 이 지구상의 다른 어떤 지역의 신석기문화보다도 빨랐다고 하는 것이다. 그렇다면 신석기문화가 그 지역에 제일 일찍 도래했던 까닭은 무엇이었을까? 이 지구상에서 마지막 빙기가 끝나는 시점은 기원전 1만1천년 경이다. 지구상이 해빙기를 맞게 되자 빙하기 때 극지방과 높은 산정에 쌓여 있던 빙하들이 녹아내렸다. 그 과정에서 강어귀 등에 퇴적층이 쌓여 삼각주 등과 같은 농경지가 형성되어 나왔다. 높은 산정에 빙하가 발달된 곳은 홍수가 잦았고 퇴적층도 발달되어 다른 지역보다도 일찍이 신석기시대가 도래하 게 되었던 것이다.

메소포타미아지역의 상류지역에는 북쪽은 터키의 아르메니아 산지 동쪽은 재 그로스 산맥 등이 위치해 있다 그런데 가까이는 그 지중해와 흑해로부터 멀리는 대서양으로부터 습기가 많은 편서풍이 그들 지역으로 불어 들어가 그들 지역에 빙하가 발달하게 되었던 것이다. 지리학자들에 의하면 유럽대륙에는 빙하가 발달 해 이었지만 아시아대륙, 특히 시베리아나 동아시아지역 등에는 빙하가 발달되지 않았다고 한다. 그 이유는 편서풍이 대서양으로부터 취한 습한 공기를 주로 유럽대륙에 불어넣었기 때문이었다는 것이다.[5] 이러한 이유로 인해 신석기시대가 메소포타미아지역에 제일 먼저 도래하게 되었다는 것이다. 바로 그 도래 시점이 기원전 8500년경이었다. 기원전 7500년경부터 기원전 6500년경 사이에 이루어진 메소포타미아 북부의 핫스나 문화(Hassuna Culture)가 그 한 예가 될 수 있다.

그 곳의 신석기문화를 배경으로 해서 성립해 나온 순금속기시대도 이 지구상에서 메소포타미아지역이 제일 빨랐는데, 기원전 6000년경이 그 도래시점이었던 것으로 파악된다. 신석기시대의 생활양식이 정착생활, 목축, 농경 등으로 특징 지워졌었다면, 순금속기 시대의 삶은 촌락생활, 관개(灌漑)농업, 그림문자사용 등으로 특징 지워진다. 메소포타미아로부터 아니톨리아 동부, 페르시아 해안, 스시아나 평야까지 펼쳐졌던 우바이드문화(Ubaid Culture)가 그 한 예가 될 수 있다. 그 다음 청동기는 기원전 4000~3500년경부터 메소포타미아 북부와 시리아지역 등으로부터 서서히 사용되기 시작되어 기원전 3000년경에 와서 메소포타미아지역이 청동기시대로 들어간다. 메소포타미아의 남부에 기원전 4000~3500년경부터 정착해 있던 수메르인이 언제부터 청동기 사용을 시작했는지는 불분명다. 그러나 기원전 3500년경에 그곳에 청동기시대가 도래하여 기원전 3300년경에 설형문자가 쓰였고 도시가 성립되어 나왔다. 또 그곳은 그 도시 성립을 기반으로 수메르왕국이 성립되어, 기원전 2700년경부터 초기왕조시대(2700~2350경, BC)로 들어갔다.

상형문자의 일종인 수메르설형문자(표의문자)가 사용되기 시작되었던 것은 그 원시적 형태부터 추적해 보면 기원전 3200년경까지 거슬러 올라간다. 그러나 그림문자단계의 원시적 형태는 초기왕조시대로 들어와 상형문자의 형태로 전환해 나왔다. 한편 아마도 남방으로부터 들어온 수메르인보다 몇 세기 뒤늦은 기원전 3200년경에 셈어를 사용하던 앗카드인이 북방으로부터 메소포타미아 남부에 출현해 수메르인과 혼합해 생활하게 되었는데, 수메르왕국의 초기왕조말기에 가서, 앗카드인이 앗카드왕국시대(2350~2150, BC)를 출현시켰다. 그다음에는 다시 수메르인이 우루제3왕조시대(2060~1950, BC)를 성립시켰다. 그러나 수메르인에 의한 왕조는 그것으로 끝나고, 그 다음부터는 바빌로니아, 앗시리아 등과 같은 셈어를

---

5) 송성대(1994), 『문화지리학강의』, 법문사, p.506

사용하는 민족들이 메소포타미아지역을 지배해가게 된다. 그러한 정치적 주도권의 전환 과정에서 중국어의 경우처럼 단음절어인 수메르어를 사용하는 수메르인에 의해 만들어진 표의문자인 설형문자가 한국어의 경우처럼 다음절어(多音節語, 셈어의 경우 3음절어)인 앗카드어를 표기해나가는 과정에서 표음문자로 전환되어 나왔던 것이다.

이집트지역에서의 순금속기시대와 청동기시대의 도래는 어떠했는가? 이집트지역에 신석기시대가 도래한 것은 기원전 6000년대 말로 그 무렵부터 나일강 하류지역에서 농경과 목축이 시작되었던 것으로 파악되고 있다. 기원전 4000년경 말이 되면 순동(純銅)이 사용되기 시작되어 금속병용기시대로 들어갔다. 그래서 상 이집트 중부에 바다리문화가 형성되었다. 이집트지역에서의 초기 청동기시대의 도래는 기원전 3200년경이고, 기원전 3100년경에 이집트에 상형문자가 쓰이기 시작한다.

2. 고대오리엔트지역의 시문학의 성립경위

1) 고대오리엔트 청동기시대의 언어와 문자표기

고대 메소포타미아지역에서 문자로 그 당시의 말이 기록되기 시작된 것은 기원전 3400년경 메소포타미아 남부지역에서 수메르왕국이 세워진 직후인 기원전 3300년경의 일로 파악되고 있다.

우리는 그 문자를 수메르설형문자라 말하고 있다. 그 문자의 초기형태는 그림문자의 형태를 취하고 있다. 그러다가 그 후 추상성이 가미된 상형문자의 형태로 전환해 나왔는데, 그 문자가 기록해낸 언어는 그 지역에서 기원전 4000년경에서부터 거주하기 시작했던 수메르인의 언어였다. 수메르어는 SOV의 통사구조를 취하는 언어이다. 현재 우리는 그 언어를 알타이어족의 공통조어(共通祖語)로 볼 수 있다는 입장을 취하고 있다. 메소포타미아 지역이 수메르인에 의해 통일된 것은 기원전 2360년경이었는데, 그 직후 남쪽의 페르시아 만 쪽으로부터 셈족계의 아카드인이 침입해 들어와 기원전 2350년경 아카드왕국을 건설했다. 그런데 당시 아카드인이 사용하던 아카드어는 3음절을 기본으로 하는 언어였다. 그러나 그들은 수메르인의 땅을 정복해 자신들 중심의 세계를 건설했지만, 문자 표기에서만은 수메르설형문자를 받아들여 그것으로 자신들의 언어를 기록해나갔던 것이다. 이렇게 메소포타미아지역에서는 청동기시대에 사용되었던 언어는 알타이어족의 공통조어로 파악되는 수메르어와 셈어족에 속하는 아카드어가 사용되었고, 문자표기는 표의문자의 성격이 짙은 수메르설형문자와 표음문자의 성격이 짙은 아카드설형문자가 사용되었던 것이다.

고대이집트 지역에서는 기원전 6000년경부터 나일강 상류지역에는 함족이, 하류지역에서는 시리아지역으로부터 내려온 셈족이 각각 살고 있었다. 고대이집트문명을 일으킨 이집트인은 바로 이들이 나일강유역의 기름진 델타지역에서 융합해 탄생된 인간이다. 그들이 사용했던 고대이집트어가 초기이집트 상형문자(hieroglyphs)에 의해 최초로 기록된 것은 기원전 3100년경으로 알려져 있다. 청동기시대에서는 메소포타미아와 이집트지역 이외의 오리엔트지역, 예컨대 아나톨리아, 시리아·팔레스타인, 이란 지역 등에서의 문자사용은 이루지지 않았고, 이들 지역에서 문자가 사용되기 시작된 것은 아나톨리아지역으로부터 철기문화가 일반화 되어 나오게 된 이후부터였던 것으로 고찰된다.

2) 고대오리엔트의 청동기시대의 시문학

수메르어로 쓰인 점토판 문서들의 수는 그야말로 방대하다. 그것들 중에서는 기원전 2000~1500년경의 것들이 압도적으로 많다. 당시 수메르인은 아카드인으로부터 정치적 자립성을 상실한 상태였지만 그러나 당시 수메르어는 문장어로서의 역할을 행해갔던 언어였기 때문에 당시의 문장들은 주로 수메르어에 의해 기록되었던 것이다. 당시 문서들의 95%는 경제행정에 관한 것들이었고, 그들 것들 중 문학 텍스트들은 2~3%에 불과했다.[6] 수메르문학의 내용은 신화, 서사시, 왕이라든가 신에 대한 찬가, 애가(哀歌), 소위 지혜문학 등과 같은 것이다.[7] 이것들 중에

---

6) 杉勇他訳(1978), 『古代オリエント集』、筑摩書房、p.5

서 가장 대표적 장르는 신화와 서사시이다. 신화는 신들의 이야기이고 서사시는 반신반인으로 취급되는 영웅들의 이야기이다.

이렇게 봤을 때 문학이란 신이나 신적 존재에 대한 이야기를 내용으로 하는 것들을 가리킨다는 입장이 취해진다. 현재 우리는 신적 존재로 취급되는 영웅들에 관한 이야기를 서사시라고 한다. 서사시가 운문으로 쓰였다는 점에서 시문학으로 취급되고 있지만, 사실상 그 내용은 소설문학에 해당되는 것들로 보아야 할 것이다. 시란 운율이 내재된 말로 표현된 신적 존재들에 관한 이야기를 가리킨다. 그런데 필자가 여기에서 말하고자하는 것은 전근대까지의 모든 문학작품들이 운문으로 기록된 것들이었다고 하는 것이다. 따라서 운문으로 쓰인 작품들은 문학작품이고 산문으로 쓰인 것들은 비문학작품이라는 입장이 취해질 수도 있는 것이다. 우리는 아리스토텔레스의『시학』을 최초의 본격적 문학론으로 보고 있다. 이 경우 이『시학』이 다루고 있는 문학작품은 비극이다. 고대그리스에서의 비극들은 신이나 영웅 등과 같은 신적 존재들의 이야기를 다룬 것들로서 운문으로 기록된 것들이다. 그 이야기들이 운문들로 기록된 것들이기 때문에 당시의 인간들은 그것들을 시문학으로 파악했었다고 하는 것이다. 이렇게 당시 신이나 신적 존재 혹은 신성(神性)이 내재된 어떤 사물들이 운문으로 표현된 것들을 현재 우리는 문학작품으로 파악하고 있다. 보다 구체적으로 말하자면, 우리는 그것들 중에서 분량이 긴 것을 서사시라 하고 짧은 것을 시라고 말하고 있는 것이다. 현재 우리들은 후자의 짧은 것들을 찬가, 애가, 기도 등으로 말하고 있는 데, 이러한 것들의 대상들은, 신들, 그들처럼 취급되는 왕들, 그들과 깊게 관련된 신전, 인간의 생사, 그것의 극복형태로 이해될 수 있는 사랑 등이다. 그렇다면 언어 표현의 내용으로서의 신과 같은 초월적 존재와 그것의 표현형식으로서의 운율은 어떤 관계의 것들인가?

수메르문학의 가장 대표적 작품은『길가메시 서사시』임에 틀림없다. 그 작품의 일면을 취해 이 문제를 좀 더 심도 있게 논해볼 필요가 있다. 이 작품의 내레이터가 구술해가는 이야기의 내용은 "3분의 2는 신이고 3분의 1은 인간으로 태어난 왕" 길가메시에 관 한 것이다. 내레이터는 길가메시의 생각과 그의 행동, 그것들과

---

7) 상동서, 상동면.

관련된 존재들에 관한 것들을 구술해 갔다. 따라서 그가 구술해가는 내용들은 인간의 범상한 생각들이나 행동들은 아니다. 그가 구술해가는 것들은 신들이나 영웅들 등과 같은 비범한 존재들의 생각들이나 행동들이다. 예를 들어보면 다음과 같다.

  (가) 여신은 마음속에 한 형상을 그렸다. 그것은 고집불통인 아누의 모습이었다. 그녀가 물속에 손을 담가 진흙을 움켜내어 광야에 뿌리니 거기에서 위대한 엔키두(Enkidu)가 태어났다.[8]

  (나) 거기에서 길가메시는 태양이 지기 전에 우물을 팠다. 그리고 산에 올라 깨끗한 음식 들을 땅에 뿌리며, "오, 산이여, 신들의 고향이여, 아름다운 꿈을 꾸게 하소서." 그리고 둘은 손을 꼭 잡고 누워 잠들었다. 그들은 밤을 따라 흘러오는 잠 속으로 빠져들어 갔다.[9]

(가)의 문장은 내레이터가 길가메시의 어머니인 여신의 생각과 행동을 구송한 것이고, (나)의 그것은 반신반인인 길가메시 왕이 신에게 자신의 소원을 청하는 장면 서술된 것이다. 이처럼 이 서사시의 주된 내용들은 신성(神性)을 지닌 초월적 존재들의 생각이나 행위들을 구술한 것들로 이루어 진 것들이다. 별, 바람, 산, 냇물 등과 같은 자연물들도 어떤 측면에서 보면 신과 동일한 초월적 존재들이라 할 수 있다. 우리가 그것들을 이야기 할 때 우리자신들도 모르는 사이에 우리들의 말 속에 어떤 리듬이 들어와 박히는 경우가 있다. 다시 말해 그러한 신성이 내재된 초월적 존재들이 구송될 때는 구송되는 말속에 운율이 인다고 하는 것이다.

  인간이 초월적 존재들을 표현하게 될 때는 어째서 그 표현형식 속에 운율이 들어와 박히게 되는 것인가? 그렇다면 초월적 대상과 운율과는 어떻게 관련되어 있는 것인가? 우리는 여기에서 문학적 표현이라든가 시적 표현이란 우선 일차적으로 초월적 대상들에 대한 표현내지 운율적 표현 등을 의미한다는 입장을 취해볼 수 있다. 우리가 어떤 전지전능한 신이나 혹은 그것과 유사한 어떤 초월적 존재의 시각에서가 아니라 인간자신의 시각에서 우리자신들을 이야기할 경우에는 우리의

---

8) N. K. 샌다즈 저·이현주 역(2002), 『길가메시 서사시』, 범우사, p.18
9) 상동서, p.44

말속에 그렇다할 어떠한 리듬이 들어와 박히지 않는다. 인간이 어떤 초월적 존재의 시각에서 인간이나 인간의 세계를 이야기할 때 우리는 그것을 운문이라 말하고, 인간이 인간자신의 한정된 시각에서 자신과 자신의 세계를 이야기할 때는 그것을 산문이라 말할 수 있다는 것이다. 이렇게 봤을 때 운문으로 쓰이는 시라고 하는 장르는 인간이 초월적 존재를 이야기한 것들이라든가 혹은 그러한 존재의 입장에서 인간과 인간의 세계를 이야기한 것들로부터 출현해 나왔다고 말할 수 있는 것이다. 『길가메시 서사시』의 주제는 다음과 같이 파악될 수 있다. 즉 신은 영원한 생명을 부여받은 존재이지만 인간을 그렇지 못한 존재, 즉 죽어야 할 존재라고 하는 사실을 이야기하려 한 것이라고 하는 것이다. 죽음을 초월한 존재 앞에서의 죽어야 할 존재는 흔들릴 수밖에 없다. 그래서 인간은 어떠한 형태로든지 간에 리듬이라도 만들어 그것을 통해 자신들의 단절되는 생명을 추구 해보려는 입장을 취할 수밖에 없는 것이다. 소설 등과 같은 산문문학의 본질이 표현대상이 지닌 초월성에 있다고 한다면 시문학의 본질은 표현형식이 지닌 초월성에 있다는 입장도 취해질 수 있다.

이렇게 봤을 때, 시란 죽음으로 인한 생명의 단절을 운율로 초극해보려는 언어 행위라 할 수 있다. 그러한 의미에서 시는 운율을 존재기반으로 하는 음악으로부터 탄생된 예술장르라 할 수 있고, 그것의 표현대상은 음악의 그것과 동일하다는 입장이 취해질 수 있는 것이다.

이 우주 속에서의 모든 생명체들의 생명은 예컨대 맥박, 호흡 수명 등의 경우와 같이 리듬의 형태로 존재한다. 이와 같이 이 우주 속의 모든 생명체들은 크고 작은 형태의 리듬을 취해 그 영원성을 확보하고 있는 것이다. 이렇게 봤을 때, 우리는 리듬이야말로 통시적 차원에서 파악될 수 있는 단절되는 생명의 가장 전형적인 초월적 형태라는 입장을 취할 수 있는 것이다. 그러한 의미에서 표현내용으로서의 초월적 존재와, 표현형식으로서의 리듬은 동일한 것이라 할 수 있다.

그런데 필자가 여기에서 강조하고자 하는 것은 그 문학작품에는 상기의 그러한 표현의 내용적 측면에서와 표현의 형식적 측면에서의 초월성을 수렴하는 또 하나의 초월적 존재가 내재해 있다고 하는 것이다. 그것이 바로 작품의 주된 표현대상인 신들이나 신적 대상들의 모든 행동거지들뿐만 아니라 그들의 생각들 하나하나까지를 전지전능의 시점에서 내려다보고 그것들을 말로 표현해내는 내레이터라고 하는 존재이다. 사실상 우리는 표현대상으로서의 신이나 혹은 그와 동등한 성격을 지닌 어떤 신적 존재는 말할 필요도 없고 표현형식으로서의 리듬까지도 다 내레이터가 창출해낸 것이라는 입장을 취해볼 수 있다.

이렇게 봤을 때, 우리는 그러한 내레이터의 탄생이야말로 다름 아닌 문학의 탄생임을 의미하고 또 문학의 본질이야말로 내레이터라고 하는 존재로부터 찾아질 수 있다는 입장을 취할 수 있는 것이다. 그렇다면 내레이터란 어떠한 존재인가? 내레이터는 작품을 통해서 출현하고, 또 작품은 작가를 통해서 출현한다. 그렇다면 작가란 어떤 존재인가? 문학연구자들은 '작가를 만드는 것은 인간이 아니다. 시대가 작가를 만든다'고 생각하고 있다. 그렇다면 시대란 무엇이며 어떤 시대가 『길가메시 서사시』와 같은 작품을 창출시킨 것인가?

『길가메시 서사시』의 성립시점은 기원전 2000년대 말로 추정되고 있다.[10] 그 작품의 내용은 수메르인에 관한 것이고, 그 작품의 표기언어는 수메르인의 언어이고, 표기문자도 수메르인에 의해 만들어진 설형문자였다. 그 작품의 성립연대는 호머의 서사시보다 무려1500여년이나 앞선 것이다. 서사시의 주인공 길가메시 셈족이 수메르를 정복했던 기원전 3000년경 이전에 수메르의 우룩국을 통치했던 왕이었다. 그 작품이 다루고 있는 내용은 대홍수이후의 사건에 관한 것이다. 셈족의 아카드인이 2350년대에 외부로부터 그 지역에 침입해 들어와 정착하게 되었다는 것을 감안해보면, 이 작품의 성립은 수메르인의 토착문화와 아카드인의 외래문화와의 충돌과 깊게 관련될 수 있다는 입장이 취해진다. 따라서 작품의 내레이터의 탄생은 당시 인간들이 그러한 문화적 충돌을 극복해 나가는 과정에서 행해졌을

---

10) 현재 우리가 접하는 『길가메시 서사시』는 기원전 7세기경에 앗시리아왕국의 마지막 왕 앗수르바이팔(Assurbanipal)이 고문서들을 수집해 자신이 만든 도서관에 쌓아두고 하수인들로 하여금 그 고문서들로부터 고대학자들의 작품들을 발굴케 해서 그것들을 당시의 아카드어로 번역케 했다. 그 과정에서 이 작품이 현재와 같은 형태로 편집되어 나왔던 것이다. 그런데 그 작업이 끝나고 얼마 안 되어 페르시아전쟁 등으로 인해 그 작품은 상실되고 영웅의 이름까지도 인간의 기억 속에서 사라지고 말았었다. 그런데 1839년 앗시리아에서 한 영국인에 의해 토판이 발견되어 다시 세상에 드러나게 되었던 것이다. (N. K. 샌다즈 저 · 이현주 역, 전게서, p.173)

가능성이 클 수 있다. 이렇게 봤을 때『길가메시 서사시』의 성립기에는 고대메소포타미아 문학이 번성해 있었던 시기였을 가능성이 큰 것으로 파악된다.

고대이집트에서 문자자료가 발견되기 시작되는 시점은 초기왕조(3000~2770경, BC)가 시작되기 직전인 기원전 3100년경이다. 현존한 대표적 문자자료는 공양문(供養文, offering formula), 장제문서(葬祭文書, funerary texts) 등이다. 그렇다면 공양문이란 어떤 것인가? 고대 이집트인들의 생사관 다음과 같았다. 생자는 육체와 영혼으로 결합되어 있는 존재이고, 사자는 영혼이 육체로부터 분리되어 나온 상태의 것으로 파악했다. 그들은 그 상태의 영혼을 카(ka)라고 불렀다. 공양문이란 인간이 사자 카에게 공물을 바칠 때 그를 상대로 읊는 말이다. 공양문은 고왕조시대의 전성기였던 제4왕조(2575~2465경, BC)에서부터 비문이나 묘의 벽면 등에 기록되기 시작되었다.

장제문서란 고대이집트인들이 내세에서 영생을 보낼 수 있도록 장례 시에 행했던 주문문을 가리킨다. 고왕조시대(2650~2323경, BC)에는 "피라미드 텍스트"로 알려졌고, 신왕조시대(1540경~1150경, BC)에는 "사자의 서"로 알려졌다. 필자가 여기에서 강조하고자 하는 것은 고대이집트의 문학이 바로 이러한 공양문과 장례문 등을 기초로 해서 성립되어 나왔다고 하는 것이다. 고대이집트에서는 신왕조시대(1540~1150, BC)의 전 경에서부터 새로운 종교문학이 싹트기 시작해 신왕조시대로 들어와「사자의 서」의 형태로 성립되어 나왔다. 그래서「사자의 서」는 기원전 651년경에 와서 그 체제가 정비되었다.「사자의 서」란 고대 이집트인이 사자의 명복을 위해 기록한 일종의 기도문의 성격을 지닌 문서들에 대한 총칭이다. 어떤 학자들은 방대한 종교시집의 일종으로 보고 있다. 그러한 문서들은 로마가 이집트를 지배하게 된 기원전 1세기 말경까지 이어졌다. 중왕조시대(2050~1650, BC)가 되면, 난파한 선원이 신성(神性)을 지닌 뱀과의 대화 이야기를 다룬『난파한 수부의 이야기』가 출현한다. 또 그 시대에『외스트카·파피루스』(Papyrus Westcar)도 출현했는데, 그 작품은 권좌에서 퇴출된 왕을 즐겁게 하기위해 왕자들이 차례로 이야기를 하나씩 해가는 형태를 취한 작품으로서 그 서술형식의 측면에서『아라비안나이트』의 원형으로 파악될 수 있는 작품이다. 그 작품의 마지막의 이야기는 부친은 태양신 라(Ra) 자신이고 모친은 라의 신관의 처임을 주장하는 것으로 되어 나왔다. 그러다가 신왕조시대로 와서는 인류절멸의 신화를 다룬『하늘의 암소의 서』등과 같은 신화도 오게 되었다. 이렇게 봤을 때 고대 이집트문학은 기원전 중왕조시대에 번성했던 것을 파악된다.

3) 고대오리엔트의 철기기대의 문자표기와 시문학

앞에서 언급한 바와 같이, 고대오리엔트지역에서의 철기 사용은 기원전 1500년 경에 아나톨리아에서의 힛타이트인이 철의 야금술을 개발해 냄으로써 시작되었던 것으로 고찰되고 있다. 그것을 계기로 고대오리엔트지역은 기원전 1500년대를 전후해 초기 철기시대로 들어갔다. 초기철기시대란 연철(軟鐵), 즉 탄소함유량이 0～0.2%인 연철(鍊鐵)이 사용되던 시대를 가리킨다. 그러다가 기원전 1200년대로 내려와 탄소함유량이 0.2～2%인 단철(鍛鐵)이 사용되는 전기철기시대로 접어들게 되어 오리엔트지역에서의 철기보급이 일반화되어 나갔다. 그 후 기원전 700년대로 들어가서는 탄소함유량이 2% 이상인 선철(銑鐵) 등의 생산과 보급이 본격화되어 나와 후기철기시대로 접어들게 되었다.

그런데 사실 아나톨리아에서는 이미 기원전 2000년대 니켈이 포함된 운철(隕鐵)이 단조(鍛造)되어 만들어진 단검(短劍)이 발견된 바 있고, 또 기원 전 1500년대 중반 경에는 철광석으로 제련된 철의 이용이 이루어졌다.11) 이러한 사실들을 근거로 생각해봤을 때, 아나톨리아에서의 그러한 철기사용은 힛타이트고왕조(1680～1460, BC)의 건립을 가능케 했다는 입장이 취해진다. 이 힛타이트고왕조의 권위는 아나톨리아의 거의 전 지역에 미쳤으며, 그 세력은 남방의 시리아지역까지 미쳤다. 특히 무르실리스1세(Mursilis, 1620～1590, BC)가 철제무기를 가지고 바빌로니아를 공격해 함무라비왕조를 종말시켰다. 힛타이트인은 그러한 고왕조를 기반으로 힛타이트제국으로 일컬어지는 힛타이트신왕국(1460～1190, BC)을 건설했다. 앞에서 언급한 바와 같이, 이집트의 경우는 선철이 대량으로 생산되기 시작되었던 7세기 이후의 후기철기시대로 들어와 앗시리아제국의 침략을 계기로 그 후

---

11) 日本オリエント学会編(2004),『古代オリエント事典』、岩波書店、p.206

줄곧 피침략국 상태을 벗어나지 못하게 된다. 그 이유는 다른 지역의 경우 철의 생산이 전국에 걸쳐 행해질 수 있지만 이집트의 경우 나일강유역으로 한정되어져 있었기 때문이다.

그러한 상황에서 기원전 2000년경에 셈족계의 아카드어 설형문자로 기록된 『길가메시 서사시』등과 같은 작품이 당시 아나톨리아지역의 보가즈쾨이에 위치해 있던 힛타이트신왕국의 사람들에게도 널리 알려져, 전기철기시대로 들어와 인도유럽계의 힛타이트어 설형문자로 번역되어 나왔다.[12] 오리엔트지역에서의 그러한 역학적 관계 속에서 이집트는 철제무기를 사용하고 있던 아나톨리아지역으로부터 침입해내려 온 아시아계의 힉소스족의 침입을 받아 신왕조 설립직전의 100여 년간에 걸쳐 그 지배하에 들어가게 된다. 그러다가 이집트인은 전차(戰車)부대를 양성해 그 군사적 기초를 구축해 이민족을 몰아내고 이집트신왕조(1565~1150, BC)를 세웠다. 그 후 그 왕조는 힛타이트신왕국과 대결해가면서 지중해동안의 가나안지역 등을 지배해 갔다.

그러한 상황에서 힛타이트신왕국과 이집트신왕국 사이에 위치한 지중해 동안의 시리아, 팔레스타인(가나안)지역 등에는 기원전 1500년경에서부터 아라비아사막의 유목민의 후예로 추정되는 셈족계의 우가리트인, 헤브라이인 등이 거주해가고 있었다. 중개무역으로 발달된 고대우가리트 도시국가는 기원전 1300년대에 그 지역에서 가장 흥행했던 도시국가였다. 당시 그 도시국가에는 화려한 왕궁이 있었고 또 그 왕궁에는 도서관, 신전부속의 학교, 고급관리의 개인도서관 등이 있었다. 그 개인도서관으로부터 당시 그 지역에서 널리 사용되던 4개 국어(수메르어 · 아카드어 · 후리어 · 우가리트어)의 대조어휘집이 출토되었을 정도로 문화가 번성했었다. 헤브라인의 경우는 아라바아사막의 북쪽 가나안지역으로부터 이집트에 들어가 430여 년간 살다가 람세스 2세(1279~1212, BC)때, 즉 13세기 중반 경에 이집트를 탈출해 나와 가나안 지역에 정착해 살게 되었다.[13] 그들은 기원전 1012년경 이스라엘왕국을 세워 이스라엘민족을 결집시켜나갔다. 사울은 이스라엘왕국

---

12) N. K. 샌다즈 저 · 이현주 역, 전게서, p.124

13) 최근 복음주의 보수파에서는 모세의 이집트 탈출연도를 기원전 1446년으로 보고 있다. [한국 찬송가공회 편, 해설 김성영(2002), 『큰 성경』, 성서원, p.81]

을 세웠고, 그 부하였던 다비드는 그로부터 추방되어 나가 유다(Judah)왕국을 세 웠다. 다비드왕은 두 왕국을 통일시켜, 그 통일왕국을 그의 아들 솔로몬에게 넘겨 주었다.

한편 아나톨리아의 힛타이트제국이 기원전 1190년경 멸망하자, 메소포타미아 지역 북부의 티그리스강 상류지역에서 세력을 키워 나오던 셈족계의 앗시리아인 이 10세기 초에 앗시리아 중왕국 (1380~1078, BC)을 신왕국 (909~612, BC)로 전환시켜 세력을 확장시켜나가다가, 디그라트 · 피레제르 3세(745~726, BC)에 와 서 최초로 오리엔트 전지역을 통일시켜, 앗시리아 세계제국을 건설하였다. 이처럼 앗시리아 중왕국은 신왕국 으로의 전환을 계기로 앗시리아제국으로 전환해 나왔 는데, 9세기 후반 신왕국 의 3대왕에 와서는 페니키아 지방을 원정했다.

철기시대의 언어와 문자에 관해서는 다음과 같은 상항들이 언급될 수 있다. 우 선 아나톨리아지역에서는 힛타이트어와 힛타이트설형문자가 쓰였고, 메소포타미 아지역에서는 셈어족계의 언어와 아키드설형문자가 쓰였다. 기원전 1300년경에 시리아의 동지중해연안의 도시국가 우가리트(Ugrt)에서 셈어계의 우가르트어와 우가르트 설형 알파벳문자가 출현했는데, 1세기 후에 그 도시가 파괴 되는 바람에 그것들은 사멸되어버리고, 그 대신 그것들을 기반으로 기원전 1000년경에 페니키 아문자가 형성되어 나왔다. 그 다음 기원전 900년경에는 라비아 · 시리아아를 원 향으로 하는 아람 인과 헤브라이인이 페니키아문자를 기초로 해서 자기들의 언어 를 기록해낼 수 있는 아람 문자와 헤브라이문자(Paleo-Hebrew)를 출현시켰다. 이 집트지역에서는 후기철기시대에 접어들어 기원전 650년경부터 상형문자로부터 파생해 나온 데모틱(demotic)문자가 사용되기 시작되었다. 고대오리엔트지역에서 의 철기시대에는 아카드어와 아카드설형문자가 가장 유력한 국제공통어였다.

이렇게 해서 고대오리엔트 지역에는 기원전 1200년을 전후해 본격적인 철기문 화가 꽃피어 나왔다. 그러한 상황에서 성립된 것이 페니키아표음문자, 아람문자 등과 같은 셈족어계의 알파벳 문자였고, 그것들로 쓰인 셈족계의 문학작품들, 예 컨대 우가리트어 · 우가리트문자로 쓰인 세계창조신화 『발 신화』(*the Myth of Baal*), 이스라엘민족의 다양한 문학장르들의 문학작품들로 엮인 『구약성서』 등과 같은 것들이었다.

기원전 1세기에서 기원후 1세기 사이에 현재의 형태를 취하게 된『구약성서』
(*the Old Testament : the Holy Bible*)는 원래는 고대이스라엘 민족의 언어 고대헤
브라이어·페니키아문자 및 아람문자 등으로 기록된 것이었다. 신화, 영웅담, 시
등과 같은 다양한 문학 장르들의 작품들로 이루어졌다. 신화는 신이 천지를 창조
한 이야기이고, 영웅담은 신과의 대화가 가능한 영웅이 자기의 민족을 이민족의
핍박으로부터 구출해가는 이야기이다. 신화 편 속에는『길가메시 서사시』의 일부
를 이루는「대홍수」이야기도 포함되어 있다. 이들 '창세기'와 같은 신화나 '출애굽
기'와 같은 영웅담의 일종 등이 시의 형태를 취하고 있는 것들은 아니지만 다 리듬
을 갖는 문장들로 쓰여 있다는 것이다. 시는 총 150여 편인데 그 중 작자가 밝혀진
것들은 100편으로, 다윗(73편), 아삽(12편), 고라 자손(10편), 솔로몬(2편)으로 파
악되고 있다. 그런데 그것들은 기원전 13세기의 모세로부터 기원전 5세기의 에스
라에 이르기까지 10여세기 간 유일신 여호와를 찬양한 노래의 가사들로 이루어진
것들이라는 것이다.

3. 고대동서양에서의 시문학의 성립경위

1) 각 지역에서의 시문학의 성립배경

고대의 서양문학은 고대그리스문학을 발판으로 출발하였고 이에 대응되는 고
대의 동양문학은 바로 앞에서 우리가 고찰한 오리엔트지역의 철기시대문학 혹은
고대철기시대의 인도문학을 발판으로 해서 출발하였다. 그런데 여기에서 필자가
말하고자 하는 것은 고대의 그리스문학과 인도 문학이 고대오리엔트의 철기시대
문학을 기초로 해서 성립되어 나왔다고 하는 것이다. 고대그리스문학은 기원전
880-750년경에 성립된 호머의 서사시『일리어드』·『오디세이』를 시발로 해서 성
립되어 나온 것으로 되어 있다. 그래서 그것은 기원전 700년대 말의 서사시인 헤
시오도스의 창세신화『신통기』, 도덕적 교훈을 다룬『일과 나날』등으로 이어져

나갔다. 고대그리스의 서사시들은 장단 6보 (hexameter)의 운율로 읊어온 시들로서 영웅들의 이야기들이다. 그것들이 시문학으로 성립되어 나온 것은 그 동안 구송되어오던 그것들이 오리엔트의 철기문화가 창출해낸 페니키아문자를 기초로 해서 형성된 그리스 알파벳 문자로 쓰이게 됨으로써였다.

호머의 서사시『일리어드』·『오디세이』는 그것들이 문자로 기록되기 이전에는 하나의 긴 스토리를 갖은 노래의 가사(歌詞)였다. 그 상태의 서사시는 문학장르가 아니고 음악장르에 속하는 것이라 할 수 있다. 노래의 가사가 문자로 기록됨으로써 그것이 문학, 보다 구체적으로 말해 시문학으로 탄생해 나오게 되었던 것이다. 그러한 서사시에 이어 기원전 8, 7세기의 아르키로코스, 삿포 등과 같은 시인들의 서정시가 출현했다. 이 서정시들은 단장격(短長格: iambic)의 운율을 취한다. 기원전 500년대 후반에 와서는 디오니소스신의 제례(祭禮)에 봉납의 형태로 비극 경연대회가 시작되었다. 바로 이 경연대회를 통해 발달되어 나온 비극도 원래는 합창대에 단장격의 운율을 취해 대회를 행해기는 부분이 첨가되이 성립된 것이다. 이렇게 고대오리엔트의 철기문화를 배경으로 해서 성립되어 나온 고대그리스의 시문학은 그 후 로마의 시문학을 통해 한 단계 더 발전되어 나갔던 것이다.

그런데 여기에서 필자가 말하고자 하는 것은 첫째 고대그리스 시인들의 대부분이 아나톨리아, 즉 소아시아의 서쪽지역, 에게 해의 동안(東岸) 출신들이었다는 것이다. 이것은 고대그리스알파벳이 고대오리엔트의 지중해동안지역에서 출현한 페니키아알파벳의 절대적 영향 하에서 성립되어 나왔듯이 고대 그리스 시문학도 고대오리엔트 철기시대의 시문학의 영향 하에서 성립되어 나왔다는 것을 말해준다. 둘째 서사시, 서정시의 가사들이 길고 짧은 노래들의 가사들이었다는 것이다.

이와 같이 고대서양의 시문학이 고대오리엔트지역의 서편에 위치한 고대그리스 시문학으로부터 출발했다면, 고대오리엔트지역의 동편에 위치한 고대인도의 시문학은 어떻게 성립되어 나왔던 것인가?

고대오리엔트지역에서 청동기문화가 전파되어 나가는 과정에서 메소포타미아지역에서는 수메르 설형문자가 이집트지역에서는 성각문자가 각각 형성되어 나왔다. 이들 지역에 대응해 고대그리스지역에서는 기원전 2600년경에 오리엔트지역으로부터 청동기의 야금술이 들어가 그것이 일반화되어나가는 과정에서 기원전 1700년경에 크레타 섬을 중심을 해서 상형문자의 일종인 선상문자(線狀文字) A가 성립되어 나왔다. 인도의 인더스강 유역에서는 어떠했었던가? 그곳에 금석병용기 시대가 도래한 것은 기원전 3250~2750년경으로 고찰되고 있다. 그것을 배경으로 도시문명이 기원전 2800경에 형성되어 나와 그것이 기원전 1600년경까지 존속되었다. 그러한 상황에서 현재 해독 불가능한 원시인도(proto-Indian) 문자가 형성되어 나왔다. 그 후 기원전 2000년경부터는 중앙아시아에서 유목생활을 하던 아리아인이 인도의 서북지방으로 침입해 들어가서 인더스강의 상류 판자브 지방에 정착했다. 그 과정에서 오리엔트지역의 철기문화가 기원전 1000년경에 그곳으로 전파되어 나갔다. 현재의 인도문화의 기초는 바로 그 철기문화의 전래를 계기로 이루어졌다. 우선 그것은 바라몬교를 성립시켰는데 그 종교의 성전(聖典)이 베다라고 하는 고대인도의 종교문헌이다. 이 종교문헌은 4종류가 있다. 그 중의 최고(最古)의 것으로 알려진『리그베다』는 고대 인도아리안의 시인이 자연현상의 위대함에 감동되어 그 자연현상을 신격화시켜 노래한 자연신 찬미의 종교적 서정시를 주요 부분으로 해서 형성된 것이다. 그것은 1000여 편의 시로 이루어졌는데 그 성립 시기는 기원전 1000년 전후로 파악되고 있다.

중국에서의 청동기문화는 은대(銀代, 1766경~1122경, BC)로 들어와 급속히 일반화되어 나왔다. 그 과정에서 기원전 1300년경에 상형문자의 일종인 갑골문이 형성되었다. 서주(西周, 1122~770, BC)의 말기 경에는 철기문화가 전래되어 동주(東周, 771~453, BC) 로 들어와서는 갑골문자를 바탕으로 금문자가 출현했다. 중국에서 인도의 최고(最古)시가집『리그베다』에 해당되는 것은 공자(孔子, 551~479, BC)에 의해 편정(編定)되었다고 하는『시경』(詩經)이다. 이 시집은 305편의 시들로 엮인 것이다. 그런데 이 시들은 기원전 12세기 주대 초부터 공자시대에 이르기까지 민중과 궁중에서 불리던 각종 노래들의 가사들이다. 공자가 각지로부터 그 가사들을 수집해 그것을 편집했던 목적은 그 가사들의 내용을 통해 민심을 파악해서 그것을 현실정치에 반영해가기 위해서였다고 한다.

일본에 한자가 들어가 그것이 일본인들의 표기수단으로 사용되어 나오자, 일본에서도 인도의 『리그베다』나 중국의 『시경』에 해당 되는 것이 성립되어 나왔다. 4200여 편의 시가 수록된 『만요슈』(万葉集, 759경 성립)이 바로 그것이다. 5세기 경부터 불리어오던 사회 각 계층 인사들의 노래 가사들이 역이어 이루어진 것이다. 한국의 경우도 상기의 노래 가사 집들에 해당되는 것이 존재했었는데 소실되고 말았다. 삼국시대초의 1세기경부터 사회 각층에서 불리어 오던 노래의 가사들로 이루어졌던 향가집 『삼대목』(三代目, 888)이 바로 그것이다.

이상과 같이 각지에 철기문화가 전파되어나가는 과정에서 문자표기체계가 정비되어 그것에 의해 그 동안 구송되어 나오던 노래들의 가사가 기록되어 나옴에 따라 시문학이 성립되어 나왔던 것이다. 앞에서 언급한 바와 같이 노래란 말과 음악으로 구성된 것이다. 그런데 시를 구성하는 말들은 리듬을 지닌 것이라는 점에서 다른 말들과 다르다. 음악의 본질은 소리가 갖는 리듬이다. 그렇다면, 시의 본질이란 무엇인가? 우리가 음악의 본질을 소리의 리듬이라 한다면 시의 본질은 말의 리듬 혹은 리듬을 갖는 말이라고 해볼 수 있다. 그렇디면 말은 이떻게 리듬을 갖게 되는 것인가? 혹은 어떤 말들이 리듬을 갖게 되는 것인가? 말에 리듬을 부여하는 것은 인간자신이다. 우리는 말에 리듬을 부여하는 자를 시인이라 말해 볼 수 있다. 그렇다면 시인은 어떻게 자신의 말속에 리듬을 부여해가게 되는가?

말에는 그 말이 지시한 어떤 대상이 있다. 우리는 그것을 말의 내용이라고 한다. 시인은 자신의 말을 통해 지시하고자 하는 어떤 구체적인 대상에 대해 자기 나름의 어떤 입장을 가지고 있다. 다시 말해 시인은 자기가 표현해내고자 하는 대상에 대한 어떤 정감내지 감정을 가지고 있다는 것이다. 시인의 그것에 대한 정감내지 감정 바로 그것이 그 대상을 표현해 내고자 하는 시인의 말에 리듬을 부여한다는 것이다. 따라서 시와 산문은 그것들의 표현대상들이 다르고 또 어휘도 다르다.

또한 사실상 음악은 각 지역에서의 시문학의 성립에 절대적 영향을 끼쳤다. 그렇다면 음악이 어떠한 식으로 시문학의 성립에 영향을 끼쳤는지를 검토해 본다.

2) 고대동서양문화의 교류와 피타고라스의 7음계

앞에서 고찰한 바와 같이 앗시리아 제국은 철기문화의 일반화과정에서 오리엔트전지역을 통일시켰다. 그러나 그것은 얼마가지 못하고 오리엔트지역의 동쪽에 위치해 있는 이란고원(高原)으로부터 출현한 인구어족의 페르시아(Persia)가 패망한 앗시리아 제국으로부터 취해낸 철제무기를 사용해 기원전 550년에 페르시아 제국을 창건했다. 다리우스왕 1세(Darius I, 521~486, BC)는 서쪽으로 진출해 전 오리엔트지역을 통합해 대제국을 통합하게 된다. 그는 기원전 492년부터 기원전 479년까지 세 차례에 걸쳐 그리스를 침범해 페르시아전쟁(492~479, BC)을 일으켰다.

그 과정에서 동서 문화의 융합이 이루어졌는데, 그러한 정치적 문화적 전환기에 고대서구의 5음계가 7음계로 전환해 나왔던 것이다. 7음계란 현재 우리에게 서양의 음계로 알려진 '도-래-미-파-솔-라-시-도'로 구성된 음계를 말한다. 서구에서 이 음계를 최초로 만든 사람은 피타고라스(Pythagoras, 569~468, BC)로 알려져 있다.

그는 대장간의 망치소리들 속에서 소리들의 조화를 발견한다. 그는 그러한 발견을 계기로 그 소리들의 조화가 망치 무게들의 수적 비례와 깊게 관련되어 있다는 사실도 발견하게 된다. 그는 망치 무게들의 수적 비례를 바탕으로 일련의 일곱 음정을 규정했다. 이것이 현재의 '도-래-미-파-솔-라-시-도'라는 7음계(옥타브)의 원시적 형태이다.[14] 그것에 근거해, 그때까지의 5현 리라도 7현으로 전환해 나왔는데, 현재 우리에게는 그것이 '피타고라스의 7현 리라'라고도 알려져 있다.[15]

피타고라스가 이 7음계를 만든 것은 그의 이집트와 메소포타미아지역의 문화들과의 접촉 경험을 통해서라 할 수 있다. 그는 18세였던 551년경에 그의 고향 소아시아의 사모스 섬을 떠나 이집트로 유학을 떠났다. 이집트에서 머문지 23년째가 되던 해 페르시아 군대가 이집트를 정복했다. 그는 그곳에서 포로로 잡혀 메소포타미아지역의 바빌론으로 이송되었다. 그는 그곳에서 다시 12년간이나 종교와 과학 분야의 일에 종사했다. 그러고 나서 56세가 되던 해 사모스 섬으로 돌아갔다. 당시 이란 지역에는 아케메네스 페르시아 제국(558~330, BC)이 건설되어 처음에는 메소포타미아 지역의 바빌로니아와 그 서쪽의 소아시아를 정복하고 그 다음에

---

14) 존 스트로마이어 · 피터 웨스트브룩 저 · 류영훈 역(2005), 『피타고라스를 말하다』, 퉁크, pp.105-106
15) 이광연(2006), 『피타고라스가 보여주는 조화로운 세계』, 프로네시스, p.115

는 이집트를 정복한 다음 마지막으로 에게 해 건너편의 아테네까지 손에 넣었다. 그래서 당시 그 제국은 동방으로는 인도의 인더스 강에 이르는 대제국을 건설하였다. 제국의 황제는 홍해와 나일 강을 연결하는 국내도로 건설 사업에 힘썼다. 그는 기원전 513~479년에는 페르시아 전쟁을 일으켰다. 그는 그 전쟁에 비록 실패하기는 했지만, 그러나 그 전쟁은 동서교류에 지대한 영향을 끼쳤다. 이처럼 페르시아 제국의 건설을 계기로 인도, 이란, 메소포타미아, 이집트, 소아시아, 그리스 등의 지역은 기원 전 6세기부터 교통로가 발달해 하나의 문화권으로 통일되어 나왔던 것이다. 다시 말해서 파미르 고원에서의 오아시스로는 기원 전 6세기부터 사통팔달의 공로(公路)가 완성되어 있었던 것이다. 그러나 파미르 고원으로부터 중국에 이르는 오아시스로는 중국인들에게는 기원전 2세기 후반까지 미지의 상태로 남아 있었다.16) 그러다가 투르키스탄 서쪽으로부터 중국에 이르는 길은 전한의 무제가 파견한 장건(張騫)에 의해 기원전 126년에 확실히 인식되었던 것이다.

이러한 점들을 고려해 봤을 때, 피타고라스의 7음계가 인도지역으로 진파되어 나간 것은 거의 동시적으로 이루어졌다고 볼 수 있다. 인도음악의 이론이 최초로 언급된 책은 5세기 무렵에 바라타(Bharata)가 지은 『나티야 사스트라』(Natya Sastra)이다. 그 책에 인도음악의 옥타브를 의미하는 삽타카(saptaka)라는 음악용어가 나오는데, 한 삽타카가 7음정(스바라)으로 이루어져 있음이 확인된다.17) 이러한 사실은 피타고라스의 7음계가 삽시간에 인도로 퍼져나가 그 동안 5 음계의 형태를 취해갔던 인도의 음악이 7음계로 전환되어나갔다는 구체적인 증거라 할 수 있다.

우리는 인도아리안 족의 종교인 브라만교의 성전 『베다』Veda에 쓰여 있는 언어를 베다어, 즉 산스크리트라고 말하고 있다.18) 그런데 엄격히 말해 산스크리트는

---

16) 나가자와 가쓰토시(長澤和俊) 저 · 민병훈 역(1990), 『동서문화의 교류』, 민족문화사, p.28
17) 송방송(1989), 『동양음악개론』, 세광음악출판사, p.164
18) '베다'란 고대인도어로 지식과 학문의 뜻이다. 「베다본집」(베다本集)은 고대지식의 집대성이란 뜻이다. 인도인들은 「베다본집」을 「사서오경」(四書五經)처럼 모든 사람이 반드시 읽어야 할 경전으로 여겼다. 「베다본집」은 『리그베다』『사마베다』『야드쥬라베다』『아뜨하라베다』등의 4가지 베다집으로 구성되어있다. 이 베다집 가운데서 『리그베다』가 가장 오래된 것으로 간주된다. 『사마베다』란 『리그베다』에 수록된 시들을 음악의 곡조에 맞추어 개작한 것이고, 『야드쥬라베다』는 주로 『리그베다』시를 이용하여 제사에 쓰도록 개작한 기도문들이 수록되어 있다.

두 종류로 구분 된다. 하나는 『리그 베다』의 경우처럼 베다의 시어들로만 이루어진 베다산스크리트이고, 다른 하나는 기원전 5, 4세기에 문전가(文典家) 파니니(Pannini)가 서북인도 지식계급의 언어를 기초로 해서 표준문장어로 확립시킨 고전산스크리트이다. 『리그 베다』가 베다산스크리트로 기록되어 있는데 반해, 현재 우리가 볼 수 있는 인도의 고전들은 고전산스크리트로 기록되어 있다.[19] 전자와 후자와의 차이는 전자가 완전 화석화된 고대어인데 반해, 후자는 현재 통용어로서의 위치는 획득하지 못했지만 정제된 교양어로서 인정받아가고 있다는 점이다. 그런데 여기서 필자가 강조하고자 하는 것은 우선 하나는 베다산스크리트로 기록된 『베다』속의 노래들이 5음계를 통해 나온 것들이라는 것이고, 다른 하나는 고전산스크리트가 확립되는 과정에서 피타고라스의 7음계가 그것의 음조직에 상당한 영향을 끼쳤다고 하는 것이다. 그 결과 『베다』가 고전산스크리트로 기록되는 과정에서는 5음계의 베다노래도 7음계로 불리어 기록되어 나왔던 것이다. 기원전 4세기에 확립된 고전산스크리트는 당시에 성립된 베다문헌, 보다 구체적으로 말해 제식(祭式) 때 불리는 노래가 가사로 수록된 『사마베다』(Samaveda)와 같은 베다문헌의 음조직에도 절대적 영향을 끼쳤던 것은 말할 필요도 없다. 이와 같이 피타고라스의 7음계는 페르시아제국의 건립과 페르시아전쟁 등을 계기로 당시 그리스 · 메소포타미아 · 이집트 · 페르시아 · 인도가 정치적, 문화적으로 하나로 통합되어 있었기 때문에 그토록 빨리 인도에 전파되어 인도의 음악계에 그러한 영향을 끼치게 되었던 것이다.

그러나 그것이 중국으로까지 전파해 나가기까지는 3~4세기의 기간이 요구되었다. 그 결과 그것은 한 제국이 서역과 문화교류를 행해가고 또 한 무제(재위 141~87, BC)에 와서 흉노에 의해 지배되던 중앙아시아를 정벌하여, 그곳의 민족들과의 접촉을 넓혀나가는 과정에서 중국으로 전파되어 나왔다.[20] 그래서 그 7음계는 남

『아뜨하라베다』는 에 비해 늦게 나온 것으로 731수의 고대시가 수록되어 있다. 이렇게 봤을 때 『리그베다』와 『아뜨하라베다』가 기본적인 것이고, 다른 둘은 1028 수가 수록된 『리그베다』의 개작에 불과한 것들이다. [정판용 외(1989) 『세계문학사 (상)』, 세계, pp.38-38]

19) 산스크리트를 기록하는 문자는 '거룩한 신의 거처'라는 뜻의 '데바나가리'(Devanāgarī)라 불린다. [이재숙(2007), 『인도의 경전들』, 살림, p.17]

20) 송방송, 전게서, p.27

북조(南北朝, 317~589)와 수·당(589~907)에 와서야 중국의 음계에 지대한 영향을 미치게 되었다.[21] 또, 중앙아시아와 접촉이 없었던 진(秦)나라 때까지만 해도 중국의 대표적 악기 금(琴)은 5현금이었다. 그러나 서역과의 접촉이 이루어진 한대(BC206~AD222)로 들어와서 5현금도 7현금으로 바뀌게 되었던 것이다.[22] 그러한 7음계는 가요로서의 한시에도 지대한 영향을 끼쳤다. 한대 초부터 장형(張衡, 78~139)의 「사수시」(四愁詩)와 같은 본격적인 7언시가 출현하게 되었다.

중국에 불교가 전래된 것은 남방해로(南方海路)와 중앙아시아의 오아시스를 통해서였다. 꾸며낸 전설에 불과하지만, 서기 64년 한의 명제(明帝)의 꿈의 결과로 중국에 불교가 전파되었다고 하는데, 이미 그때는 양자강 하류지역에 위치한 황제의 형 초왕(楚王)의 궁정에는 불교도들의 한 집단이 있었다고 한다.[23] 중국에서 불교번역이 행해진 것은 2세기 후반 경 안세고(安世高)라고 하는 파르티아의 한 왕자로부터 출발되어, 4세기 말 중앙아시아로부터 중국의 원정대에 의해 중국에 잡혀온 구마라습(鳩摩羅什), 399년에 중앙아시아를 거쳐 인도에 들어가 414년에 해로를 통해 남경으로 귀국한 법현(法顯)등으로 이어졌다. 이와 같이 인도의 불경이 번역되어 나오는 과정에서 중국에서는 심약(沈約, 441~513)의 『사성보』(四聲譜) 등을 통해 중국어의 성조(聲調)인 사성의 체계가 성립되어 나왔다. 그것을 계기로 해서, 한시는 율시의 형태를 취하게 됐던 것이다.

이상과 같이 고찰해 볼 때, 한시의 내용과 형식은 피지배자와 지배자간의 정치적 역학관계가 창출해낸 민요의 가사(歌詞)를 바탕으로 해서 성립되어 나와 인도로부터 전래된 불경이 번역되고 그 교리가 전파되는 과정에서 발전되어 나온 것이라 할 수 있다. 따라서 그것의 기본적 내용은 피지배자가 지배자에 대해, 지배자가 피지배자에게 대해 간접 직접적으로 전달하고자 하는 내용을 기조로 한 것들이다.

---

21) 관자시대 이전인 주초(周初, 1122, BC 건립)에 12 율려와 7음계가 출현했다는 설이 존재한다 [양인리우 저·이창숙 역(1999) 『중국 고대 음악사』, 솔출판사, p.8] 도날드 J. 그라우트는 그의 저서에서 기원전 1800년경 메소포타미아의 바빌로니아에 7음 온음계가 존재했다는 입장을 제시하고 있다 [도날드 J. 그라우트 외 저·민은기 외 역(2007) 『그라우트의 서양음악사 (상)』, 이앤비플러스, p.29] 당시 동서양에서 존재했던 7음계는 7음 온음계였다. 따라서 삼분손익법(三分損益法)에 의거한 피타고라스의 7음계와는 다른 것이다.
22) 송방송, 전게서, p.44
23) 에드윈 O. 라이샤워 외 저·전해종 외 역(1984), 『東洋文化史 上』, 을유문화사, p.183

이 경우 피지배자란 황제와 같은 정치적 권력을 장악하고 있는 자들에게 정치적 지배를 당해가는 일반서민들이거나, 혹은 천제나 천(天) 혹은 신(神)이나 자연에 자신들의 운명을 맡기고 살아가는 인간들을 가리킨다.

한시의 기본적 형식은 그러한 내용을 표현해내는 표현형식을 가리키는 것이다. 구체적으로 말하자면, 그것은 한시를 구성하는 3·4언, 5언, 7언 등의 글자(言)의 수, 4행(行)의 구(句), 각운 등과 같은 운율을 특징으로 한다. 한시의 이러한 특징은 한시의 사상적 배경, 동서 문화 교류 등을 통해 형성되어 나온 것이라 할 수 있다. 이상과 같이 고찰해 볼 때 한시의 사상적 배경은 정치사상, 음악사상, 우주와의 조화사상 등으로 정리될 수 있다.

동서 문화의 교류란 다음과 같이 3단계를 통해 행해져 나왔다. 첫째는 중국의 황하지역의 문화가 인도, 오리엔트지역, 유럽지역 등으로부터의 문화적 영향이 미미했던 은(銀, 1766경~1122, BC)성립 이전의 시기이다. 동북아시아에는 고 아시아 어라고도 불리는 에벤키어가 사용되었던 시기였다.[24] 둘째는 유라시아 서쪽에서 인구어의 성립을 계기로 새롭게 형성되어 나온 오리엔트지역문명이 북방의 스텝 로를 통해 황하지역으로 들어오는 시기, 셋째는 철기문화의 전파과정에서 형성되어 나온 인도의 불교문화와 고대유럽문명이 중앙아시아의 오아시스를 통해 황하지역으로 들어오는 시기의 단계들로 고찰된다. 제1기는 3·4언 시가[25], 제2기는 5음계에 의거한 5언시가[26], 제 3기는 7음계에 의거한 7언 시와 율시가 형성되

---

[24] "고고학에 의하면 북아시아의 알타이산맥과 남부시베리아의 바이칼 호 주변에는 이미 2만5천~4만5천 년 전부터 신생인류의 문명이 시작되었던 것으로 나타나 있다." 신석기시대로 들어와서는 그 문명을 일으켰던 인류가 서부 에벤키(예니세이 강과 레나 강 사이 저지대)로 전파해 나가 그곳을 시원지로 하는 에벤키 족(통구스족)이 형성되었다 [정재승(2003), 『바이칼, 한민족의 시원을 찾아서』, 정신세계사, p.254]

[25] 『시경』의 시들도 무제시대로부터 5세기 이전의 공자(孔子, 551~479, BC)에 의해 채집된 것들인데, 『시경』은 "4언 위주지만 작품에 따라서는 5언구·6언구와 7언구가 섞여"있다.[1] 그렇지만, "『시경』의 시들은 매구사언(每句四言)이 정격(定格)"이라는 것이 지배적이다[김학주(1992), 『중국문학개론』, 신아사, p.43] 이것은 바로 중국의 한시가 악부시의 출현을 계기로 해서 4언에서 5언으로 전환해 나왔다는 것을 의미한다.

[26] 한시의 5언이 정형화(定型化)된 것은 악부시(樂府詩)의 출현을 통해서였다. 악부란 전한의 무제(武帝 재위 140~87, BC)가 창설한 음악을 관장했던 관서(官署)였다. 이 관서의 주된 작업은 각 지방의 민가(民歌)들을 채집해 장려할 가치가 있는 것을 널리 보급시켜가는 일이었다. 악부의 창설 이전에도 한초에 음악을 관장하던 태악(太樂)이라는 관서가 존재했었다. 그 관서는

어 나왔던 것이다.[27] 제1기의 3·4언 시는 한국어의 모태라 할 수 있는 알타이어의 일족, 예컨대 에벤키어 등이 취하는 3음절이나 혹은 셈족계의 3음절어 등에 의거해 형성되었을 것으로 파악된다. 이에 대해 제3기의 7음계는 페르시아 제국의 설립을 계기로 동의 오리엔트 문화와 서의 그리스 문화가 융합되는 과정에서 피타고라스학파에 의해 출현해 나와, 오리엔트, 인도, 중앙아시아, 중국 등에 전파되어 나갔다는 입장이 취해진다.

이상과 같이 고대 동서의 문화적 교류가 행해지는 과정에서 음악의 교류도 활발했다. 고대 그리스에서 철기문화가 일반화되어 나오는 과정에서 피타고라스에 의해 기존의 5음계가 7음계로 전환해 나왔다. 그것이 인도와 중국 등에 전파되어나가 시의 운율에 지대한 영향을 끼쳤던 것이다. 이렇게 볼 때 동서 각 지역에서의 예술장르로서의 시문학의 성립은 음악과 깊게 관련되어 있는 것이다. 한시의 그러한 사상적 기반으로의 정치성은 당시의 음악사상에 의거해 형성되어 나왔다고 말할 수 있다. 한시가 노래이 가사로부터 성립되어 나왔다고 하는 사실이 말해 주고 있듯이, 그 표현형식의 사상적 기반 또한 음악적 본질에 기초해 있다는 것이다.

3) 고대동서에서의 음악사상의 기저

중국의 전통적 정치사상은 음악사상을 기초로 해서 성립된 것으로 고찰된다. 그렇다면, 중국에서의 음악사상은 과연 무엇을 기반으로 해서 형성되어 나온 것인

조정의 의식(儀式)에 사용되는 음악을 제작하고 연주하는 일을 담당하였다. 그러나 그것은 무제에 와서 그 일뿐만 아니라, 『시경』의 뒤를 이어 민요를 채집해 그것을 널리 보급시키는 일까지 행하게 되었던 것이다. 악부시란 채시관(采詩官)이 여러 지방에서 채집한 민요의 가사로부터 나온 시이다. 그런데 필자가 주목한 것은 그렇게 채집된 민요의 가사가 5언으로 이루어진 것이 많았다고 하는 것이다. 악부시가 5언으로 정형화된 것은 반고(班固, 32~92)의 「영사시」(詠史詩)를 전후해서부터로 이야기 되고 있는가하면, "일반사람들은 5언 시가 이릉(李陵, BC 74 사망)과 소무(蘇武, BC 60 사망)의 시들로부터 시작되었다"는 말도 하고 있다.[왕력(王力) 저·송용준 역(2005), 『중국시율학(中國詩律學)Ⅰ』, 소명출판, pp.38-39]

27) 7언시의 경우 그 정체(正體)는 양(梁)의 간문제(簡文帝, 재위 550~551)의 「오야제」(烏夜啼) 등을 통해 이루어진 것으로 파악되고 있다.[1] 그러나 그것의 기원은 굴원(屈原, 343~277, BC)의 『초사』(楚辭)이고, "원래는 그것이 5언시 보다 더 일찍 발생했지만, 그 유행과 발전이 5언에 비해 무척 느렸다"는 입장이 있다.[상동서, p.63] 그 결과 7언시는 6세기 양의 간문제대에 와서 정립되어, 당초에 와서 7언 율시(律詩)의 형태를 취해 완성되어 나온 것으로 되어 있다.

가? 관자(管子)는 "군주가 명령을 내리는 것은 오음(五音, 궁상각치우)을 조절하는 것과도 같다(左操五音)"고 했다.[28] 또 그는 "옛날에 황제(黃帝)는 성기(聲氣)의 완급(緩急)으로 궁상각치우의 오성(五聲)을 창시하여 오종(五鐘, 악기명)을 바로 잡았고, 또 오성의 조화가 형성됨에 따라 그것에 근거해 오행(五行; 木火土金水)을 창시했다"고 했다.[29] 중국의 민족 신화에서의 황제(黃帝)란 나라를 세운 최초의 정치적 지도자이다. 관자에 의하면 중국의 음악을 이루는 5성이 바로 그에 의해 창시되었다는 것이다. 또 그가 그 5성간의 조화를 기초로 해서 대자연을 이루는 기본원소를 창시했다고 하는 것이다. 그 후 관자의 후계자들은 그의 그러한 사상을 이어받아 5성의 조화를 군신민사물(君臣民事物), 중서동남북(中西東南北), 황백청적흑(黃白靑赤黑) 등의 경우처럼 정치, 방향, 색깔, 인간의 운명 등에까지 확장해 적용시켜 나갔던 것이다.

『여씨춘추』에는 음악은 우선 일차적으로 인간의 마음(度量)에서 유래하고 그 본원은 하늘과 땅을 만들고 음과 양을 만드는 만물의 근원(太一)으로부터 찾을 수 있다고 기록되어 있다.[30] 또 그것에는 "소리는 화(和)에서 나오고, 화는 적(適)에서 나온다. 화적, 이것으로 말미암아 옛 성왕(聖王)들이 음악을 만들었던 것이다"[31] "무릇 음악은 천지자연이 만들어낸 조화(調和)인 동시에 음과 양의 기운의 조화인 것이다." "하늘이 인간을 만들어 냈듯이, 음악도 하늘이 만들어 냈다" 등과 같은 말들이 기록되어 있다.

또 『여씨춘추』에는 "옛날의 성왕들이 음악을 중시한 것은 음악이 사람의 마음을 즐겁게 해주기 때문이었다."고 말하고 있다. 그런데 "하(夏)나라의 걸왕(桀王)이나 은(殷)나라의 주왕(紂王)은 대규모의 악단(樂團)을 만들어서 타악기·관악기·현악기 등의 수를 늘이고, 큰 것을 아름답다고 하여 수의 많음을 장관(壯觀)이라 하고, 기이한 것을 눈에 새롭다하고, 귀로 아직 들은 일이 없는 것, 눈으로 아직 본 일이 없는 것만을 오로지 추구하면서 음악의 법칙을 무시하였다"라는 말도 적

---

28) 관자, 전게서, p.158
29) 상동서, p.556
30) 정영효 편역, 전게서, p.145
31) 상동서, p.146-148

혀져 있다.[32]

이와 같이 관자와 여불위의 음악에 대한 기본적 입장은, 음악에는 법칙이 있고 그 법칙은 만물의 근원을 기반으로 하는 음들의 조화를 기초로 하고 있다는 것을 말해주고 있다. 이상과 같이 고찰해 볼 때 한시에 내재된 음악사상의 기저는 조화사상이라 할 수 있다. 그렇다면 중국에서 그러한 음악사상에 내재된 조화사상은 어떻게 형성되어 나왔는가?

관자(管子, 725~645, BC)는 공자(孔子, 551~479, BC)나 노자(老子)보다도 170여 년 전 시대의 사람이다. 중국의 고대문헌들을 고찰해 보면, 그와 그의 학문적 후계자들이 가장 일찍 음악에 대한 체계적 논의를 일으켰던 것으로 파악되고 있다. 그는 『관자』 제 58편에서 궁상각치우의 5음의 특징과 그것들의 운율적 조화법칙을 논하고 있다. 그는 5음의 운율적 조화를 다음과 같이 수적으로 기술하고 있다.

> 무릇 장치 오음의 풍조(風調)를 일으키려면 먼저 한 중심줄(絃)을 정하여 그것을 3등분한다. 그것을 4번 펼쳐나가면 81을 맞게 된다. 81을 3등분하여 얻은 27에 81을 더하면 108이 되니, 치(徵)가 된다. 다시 108을 3등분하고 108의 $\frac{1}{3}$을 빼면 72가 된다. 여기에서 상(商)이 생긴다. 다시 그 수(72)를 3등분 해 얻은 24에 원래 수(72)를 더하면 96인 우(羽)가 된다. 다시 96을 3등분하고 그것의 $\frac{1}{3}$을 빼면 64가 되니, 여기서 각(角)이 생성된다.

5음인 궁상각치우(宮商角徵羽)의 운율은 이상과 같이 관자에 의해 삼분손익법(三分損益法)의 법칙에 의거해 만들어졌다. 이러한 삼분손익법에 의한 5음의 운율은 『여씨춘추, BC 239』에 와서 12율려(12律呂)로 발전되어 나왔다. 그렇다면 12율려도 삼분손익법에 의거해 만들어진 것인데, 『여씨춘추』에 의하면 앞에서도 고찰한 바와 같이 「12율려」가 황제(黃帝)때에 그의 신하 영륜(伶倫)에 의해 제작된 것으로 되어 있으나, 그것의 유래는 중국의 서북지역정도로 추측될 뿐이다. 즉 5음의 운율을 만드는 삼분손익법이 언제 누구에 의해 만들어졌는지는 불분명하다.

중국의 서북지역은 실크로드의 스텝로 관문으로 그 길을 따라나서면 우리는 고

---

32) 상동서, p.151

대 메소포타미아와 이집트 문명이 꽃 피었던 오리엔트 지역에 도달하게 된다. 이렇게 볼 때, 이 삼분손익법은 춘추시대 이전에 그 쪽 지역으로부터 유래된 것으로 일단 상정해 볼 수 있다. 물론 그것이 관자(725~645, BC)의 시대이전, 예컨대 상대(商代, 1766~1122, BC)나 서주대(西周代, 1122~770, BC)에 중국의 황하지역에서 창출된 것으로도 추정해 볼 수 있다. 그렇지만 그러한 추정은 고대 그리스의 피타고라스(Pythagoras, 569~468, BC)도 삼분손익법의 원리에 입각해 피타고라스 7음계가 만들어 졌다는 문제와 부딪히게 된다.

피타고라스는 관자보다 150여년 늦게 태어난 자였다. 따라서 관자가 피타고라스의 영향을 받았을 리는 결코 없다. 단, 만약『관자』에 소개된 삼분손익법에 관한 부분이 그의 후계자들에 의해 전국시대(403~221, BC)에서 서한시대(BC206~AD25) 사이에 쓰여『관자』에 첨가됐을 가능성이 있다. 그렇다고 한다면, 그의 삼분손익법은 관자의 후계자들이 피타고라스의 조율법으로부터의 영향 하에서 행해진 것이라는 추측은 가능할 것이다. 또 우리는 다음과 같은 가능성도 배제할 수 없다. 관자의 삼분손익법이 춘추시대 이전에 메소포타미아지역 등으로부터 스텝로를 통해 중국의 서북지방으로 들어와 관자에게 알려지게 되었다든가, 아니면 관자시대나 혹은 그 이전에 중국으로부터 스텝로를 통해 메소포타미아지역으로 전파되어 그리스로 들어갔다든가, 또는 그것이 관자시대 이전에 메소포타미아지역이나 이집트지역으로부터 창출되어 스텝로를 통해 황하지역으로 전파되어 나왔다가 다시 그것이 피타고라스시대에 중국에서 그리스로 전파되어 나갔다고 추측해 볼 수도 있는 것이다.

피타고라스 자신은 저술을 남기지 않았다. 단지 그의 이론이 플라톤(428~348, BC)의『티마이오스』, 니코마쿠스(1세기 후반~2세기 초반)의『하모니론 입문서』, 보에티우스(480년경~524년경) 등을 통해 전해지고 있다. 피타고라스의 조율은 BC4세기경의 피타고라스학파와 AD3세기경의 신플라톤학파 등에 의해 저술된 그의 전기(傳記)를 통해 알려지고 있다.[33] 앞에서 고찰한 피타고라스 7음계의 출현

---

33) 예컨대 신플라톤주의 철학자 이암블리코스(Iamblichos, 250~325)의『피타고라스학파의 생활에 대해』가 그의 조율이론 등이 소개된 대표적 문헌이라 할 수 있다. 이암블리코스의『피타고라스학파의 생활에 대하여』,『보에티우스의 음악의 기초』등에는 피타고라스의 조율에 관한 다

은 피타고라스의 음악에 대한 남다른 관심의 결과로 이루어졌다고 말할 수 있다. 그렇다면, 그의 음악에 대한 그러한 관심은 도대체 어디로부터 나온 것인가? 그는 "음악이란 하르모니아(harmonia), 즉 조화(harmonia)를 표현한 것"이라 생각했다. "하르모니아"라는 말은 그리스어로 음악에서의 음계(音階)를 가리키는 말이기도 하고, 철학적 측면에서는 형이상학적 일치, "혼돈과 불일치에 질서를 가져다주는 신적인 원리" 등을 의미하기도 한다.

이처럼 음악에서의 조화란 우선 일차적으로 음들의 조화를 의미하고, 철학적 측면에서의 조화는 현세의 질서와 형이상학적 세계의 질서와의 일치를 의미한다. 그런데 필자가 여기에서 말하고자 하는 것은 바로 이것이다. 즉, 피타고라스의 음악에 대한 관심은 음악에서의 음들 간의 조화가 형이상학적 세계에 존재하는 천체들 간의 조화를 바탕으로 하고 있다는 사상에서부터 출발하였다고 하는 것이다. 피타고라스는 그러한 음악을 통해 다른 사람들의 마음을 움직일 수 있다고 생각했다. 그의 그러한 사상은 음악의 화음들이린 형이상학적 세계에 존재하는 천체들이 서로간의 조화관계를 유지해 나가는 과정에서 발한 음들을 기저로 한 것 들이라는 사상에 기초해 있다.

이렇게 생각해 볼 때, 음악에서의 음계를 의미하는 '하르모니아'란 천체들이 조화를 유지해 가는 과정에서 발한 '우주의 음악'이라 말할 수 있는 것으로서 그것이야말로 피타고라스사상의 핵심을 이루는 것이라 할 수 있다. 그는 그러한 "음악을 이해함으로써 예술과 기술과 인간의 행동 안에 담겨진 신성(神性)을 인식할 수

음과 같은 일화가 소개 되어있다 피타고라스는 오랫동안 음악의 협화 음정을 결정하는 합리적 기준을 찾기 위하여 노력해 왔다. 그러던 어느 날 신의 안내를 받아 그는 대장간 옆을 지나가게 되었다. 대장간에서 음악적 조화의 소리가 흘러나오고 있었다. 그는 놀라서 그곳에 다가갔다. 서로 협화를 이루는 고음들이 망치에서 난다는 생각이 들었기 때문이다. 그는 망치의 무게를 점검해 보고 그것들이 6,8,9,12 파운드의 4종류로 되어 있다는 것을 알게 되었다. 그는 그곳에서 직접 두드려 본 결과, 6과 12파운드짜리의 음고들이 가장 잘 일치해 아름답게 들렸고, 6과 9파운드짜리의 것들과 8과 12 파운드짜리의 것들은 그 다음으로, 6과 8파운드짜리와 9와 12파운드짜리의 것들이 그 다음다음으로 잘 어울리는 것들로 들렸던 것이다. 그는 집으로 돌아가 끈들에 그 무게들의 망치들을 달아 끈들을 튕겨 그 소리들을 들어보는 등 여러 실험을 행해 보았다. 그 결과 그는 6과 12가 7도, 6과 9 그리고 8과 12가 5도이고, 6과 8 그리고 9와 12가 4도의 음정이라는 것을 밝혀냈고, 또 그러한 협화음들은 음고가 1:2(6:12), 2:3(6:9와 8과 12), 3:4(6:8과 9:12)일 때 이루어진다는 것을 알게 되었다. 그는 그러한 지식을 기초로 해서 피타고라스의 7음계를 만들어 냈던 것이다.[김연(2006), 『음악이론의 역사』, 심설당, p.41]

있다"는 입장을 취했던 것이다.[34]

그는 인간이 우주의 조화와 신성에 도달 할 수 있다는 방법을 숫자를 통해 가능하다고 생각했다. 그는 1:2, 2:3, 3:4등과 같은 협화음들의 비율들을 이루는 숫자들인 '1·2·3·4'의 4개의 숫자를 의미하는 테트라드(tetrad)를 '완성'의 의미로 파악했다. 그는 "우주의 만물은 하나에서 넷으로 진행해가는 과정에서 완성되고"[35] 또 넷은 "1+2+3+4=10의 진행을 완성시켜 테트라크티스를 만드는데, 그 "테트라크티스란 인간 프시케(정신, psyche)의 상징이며 코스모스를 숫자적으로 형상화한 것"이라 생각했다. 또, 그는 현상계를 구성하는 4계절, 물·불·흙·공기의 4원소, 4개의 주요음정 등이 테트라드의 구체적 실례들이라는 입장을 취했다. 우주를 처음으로 코스모라고 부른 사람은 피타고라스였는데, 코스모의 그리스어원은 '질서'(order)를 의미한다. 그런데, 그는 인간을 소우주(小宇宙)라 했다. 그는 "우주가 신들과 4원소들과 동식물들을 담고 있듯이 인간도 신의 힘인 이성을 갖고 있다"고 생각했다.

그렇다면 피타고라스의 이러한 우주관은 과연 어디로부터 온 것이었을까? 여기에서 다시 원점으로 되돌아가서 피타고라스의 대장간 일화 속의 6·8·9·12의 순열(順列)에 관해 다시 한 번 생각해 보자. 우리가 그것을 9배로 확대시켜 고찰해 보면, 그것이 54·72·81·108이 되는데, 이 순열이야말로 관자의 삼분손익법에 의해 만들어진 것이라는 사실이 판명된다. 필자가 여기에서 말하고자 하는 것이 54로 시작되는 이 순열이 『관자』에서 삼분손익법이 설명될 때 나온 바로 그 순열임과 동시에 또, 그것이 관자의 삼분손익법에 의해 만들어진 것이라고 하는 것이다.[36] 이러한 점을 감안해 볼 때, 피타고라스의 음악관이 관자의 그것과 깊게 관련되어 있다는 판단이 가능해진다.

피타고라스의 그러한 사상은 그가 젊은 시절 이집트에서의 23년간과 메소포타미아지역의 바빌론에서의 12년간의 수학을 통해 형성된 것이었다. 그의 그러한 폭넓은 세계 체험은 페르시아가 이집트를 포함한 오리엔트의 전 지역을 완전히

---

34) 존 스트로마이어 외, 전게서, p.106
35) 상동서, p.90
36) 관자, 전게서, p.701

통일했던 시기에 그가 생존했었기 때문에 가능했었다. 그는 그러한 장기간의 수학(修學)을 통해 숫자(number), 조화(harmony), 운율(rhythm)을 비롯한 수학과 과학에 관한 지식을 최고의 경지로 끌어올렸던 것이다. 그래서 그는 과학의 기초를 이루는 수학을 가지고 현상들을 인식한다는 입장을 확립시킨 "인류 최초의 지식인간"으로 평가되어지게 되었다.[37] 그러한 점에서는 관자도 고대 중국에서 삼분손익법을 통해 음률을 논하는 등 수적 경험을 이용해 자연현상을 파악하려했다는 점에서 고대 중국에서의 최초의 지식인으로 평가될 수 있다. 이렇게 봤을 때, 피타고라스의 그러한 지식들은 그의 젊은 시절의 수학지(修學地)였던 이집트와 메소포타미아 등의 고대 오리엔트문명으로부터 취해졌음을 알 수 있다.

고대 그리스 인들은 만물을 이루는 것들을 물·불·흙·공기라고 하는 4원소들로 파악했었고, 고대 중국인들은 그 4요소들로부터 공기를 빼고 금(金)과 목(木)을 첨가시켜 5행(五行)으로 파악했다.[38] 그들의 그러한 사고들은 아마도 메소포타미아 지역을 발원지로 하든가, 아니면 고대 그리스인의 4요소설이 메소포타미아지역을 통해 중국에 전래되어 결국 그곳에서 5행설이 형성되어 나왔을 가능성이 있는 것으로 고찰된다. 그렇지 않으면 중국에서 상대나 서주대에 나온 5행이 스텝로를 통해 오리엔트 지역으로 전파되어 그리스 지역까지 전파되어 나갔을 가능성도 배제할 수 없다. 중국에서의 5행설은 추연(鄒衍)과 추석(鄒奭)에 의해 BC 4세기에 이루어져 진나라 때 『여씨춘추』가 쓰여 질 당시에는 음양5행설로 발전되어 나왔던 것으로 파악되고 있다.[39]

---

37) 존 스트로마이어 외, 전게서, p.38.
38) 오행(五行)에 관한 최초의 기술은 『서경』(書經, 기원전 12~3세기)의 「홍범」(洪範)으로부터 찾을 수 있다. 「홍범」의 제2장, 즉 주(周)의 무왕(武王)이 무왕 13년 (BC 1109)에 행했었던 말들의 기록 속에 나타나 있다. 그러나 사실상 『서경』의 「홍범」이 언제 쓰여 졌는지에 대한 문제가 미해결 상태로 남아있다.[필자보주]
39) 오행설에는 오행상승설(五行相勝說)과 오행상생설(五行相生說)이 있다. 전자는 추연 등에 의해 제기된 설이다. 이것은 뒤의 것이 앞의 것을 타도하고 앞으로 나온다고 하는 상극(相克)적 사상으로서 그 순서는 토목금화수이다. 후자는 한 대(漢代)에 발생한 것으로 오행에는 서로 생겨나게 하는 관계가 있다고 보는 생성적적 사상이다. 그 순서는 목화토금수이다.[필자보주]

4) 시문학과 음악의 관련양상

(1) 피타고라스의 협화음과 한시의 절구(節句)

시는 말로 이루어졌고 음악은 소리로 이루어졌다는 점에서 서로 다르다. 그러나 그것들이 어떤 운율을 지닌 소리로 되어 있다는 점에서 공통점을 지닌다. 시와 음악이 예술적 가치를 지니게 되는 것은 바로 그 운율을 통해서이다. 그렇다면 인간에게 미적 가치를 지닌 운율이란 어떠한 것이며, 또 그것은 어떻게 만들어지는 것인가? 이미 앞에서 고찰한 바와 같이 이 문제에 대해 가장 먼저 과학적 접근을 시도 했던 자가 다름 아닌 바로 피타고라스였던 것이다. 피타고라스는 음들의 조화가 음들의 미적 가치를 창출해낸다는 입장을 취해 음들 간의 조화관계를 연구했다. 그 결과 그는 음들 간의 협화음들을 발견해 냈던 것이다.

피타고라스에 의해 파악된 협화음은 7도, 5도, 4도의 3종이다. 그런데 필자가 여기에서 말하고자 하는 것은 이러한 협화음들이 6·8·9·12파운드라고 하는 4종류의 무게들의 조화로 이루어졌다고 하는 것이다. 그렇다면 피타고라스에게서의 6·8·9·12파운드짜리들이라고 하는 망치들의 무게들이란 과연 무엇인가?

피타고라스에게서의 그것들은 망치의 무게들에 대한 자신들의 느낌들을 숫자로 표현한 것들에 불과하다. 이렇게 봤을 때, 인간에게서의 수(數)란 어떤 것들에 대한 자신들의 경험의 횟수를 나타내는 숫자라 할 수 있다. 따라서 1이라고 하는 수는 인간이 어떤 것에 하나의 경험 횟수라 말할 수 있다. 이렇게 봤을 때 피타고라스는 어떤 물체의 무게나 혹은 음에 대한 4종류의 체험들을 가지고 그것들 사이에 존재하는 조화관계를 찾는다는 입장을 취했었다고 말할 수 있다. 그 결과 그는 그들 속에서 3종류의 조화관계를 파악해 냈던 것이다. 그렇다면 그가 찾아낸 7도, 5도, 4도라고 하는 협화음정의 본질은 무엇인가?

피타고라스는 그러한 협화 음정들이 음들의 세계 속에 실체들로 존재해 있는 것으로 생각했었다. 그러나 실상은 결코 그렇지 않다. 그러한 협화음 또한 인간들의 체험들로 이루어진 세계 속에 존재해 있는 것들에 불과한 것이다. 그것은 인간에게 가장 많이 경험된다든가, 가장 편안할 때 경험된다든가, 혹은 가장 불안할 때 경험되는 음고(音高)나 음정에 의해 결정되는 것이다.

그런데 여기에서 끝으로 짚어보고자 하는 것은 그가 음에 대한 인간의 4종류의 체험들을 가지고 음들의 조화관계를 추구해 갔다고 하는 것인데, 그의 그러한 입장이 앞에서 언급한 5음계와 얽혀 일반화되어 나갔다고 하는 것이다. 그렇다면 그의 그러한 입장이 어떻게 형성되었던 것인가?

그것은 두 말할 나위 없이 피타고라스 이전의 고대 그리스인의 세계체험방식으로부터 취해진 것임에 틀림없다. 피타고라스 연구자들은 그의 출생을 BC 569년으로 보고 있다. 그런데, 예컨대 솔론(solon)이 집정관, 즉 아르콘(archon)으로 선출되어 사회적 개혁을 단행한 것은 BC 594년이었다. 그는 당시 시민들을 재산의 소유여부에 따라 귀족, 기사, 농민, 노동자의 '4계층'으로 규정하였다. 또 그는 각 부족으로부터 100여 명씩 골라 '400인회'를 만들어 민회(民會)에 제출할 안건을 마련토록 하였다. 피타고라스의 스승 탈레스(Thales)가 만물의 근원을 '물'(水)이라고 제시한 이래 '공기' '불' 등과 같이 다양한 의견들이 제시되었고, 또 소크라테스(470~399, BC)의 동시대인 데모그리투스에 의해 원자론(原子論, atom)이 제시되어 결국 그 때 이후 '4원소론'(불, 물, 흙, 공기)이 일반화되어 나왔던 것이다.

이러한 점들을 고려해 볼 때, 우리는 피타고라스 이전의 그리스인들에게 4단계를 통한 세계체험방식이 이미 형성되어 있었던 것으로 판단된다. 그렇다고 한다면, 피타고라스의 음에 대한 4단계의 체험방식은 피타고라스 당시의 그리스인의 세계체험방식으로부터 취해진 것임에 틀림없다. 그렇다면 당시의 그리스인들의 그러한 4단계를 통한 세계 체험 방식은 어디로부터 유래된 것인가? 그리스인들의 그러한 세계 체험 방식은 피타고라스 시대에 그리스 지역과 문화적 교류가 활발히 진행되고 있던 이집트, 메소포타미아, 인더스 지역 등의 인간들로부터도 발견될 수 있었던 것이었다.

우선 일천여년간의 긴 세월을 통해 성립된,『리그베다』를 비롯한 베다 시들은 4행(4行)을 기본으로 하고 있다. 또 불교의 근본교리 중에는 4체(四諦)라는 것이 있다. 이것은 피타고라스보다 3년 늦게 인도에서 태어난 석가(563경~483, BC)가 40여년 이상의 전도(傳道)여행의 총결산으로 인생의 존재양태를 정리해 낸 것으로 이야기 되고 있다. '4체' (四諦)란 '4개의 진리'라는 말로서 '고집멸도'(苦集滅道)로 표현된다. 이렇게 봤을 때 석가모지시대의 인도인들에게도 4단계를 통한 삶과 세계인식방식이 존재해 있었다는 것을 알 수 있다.

그런데, 4체의 고체(苦諦)란 인생의 일체를 생(生)·노(老)·병(病)·사(死)와 같은 고통들로 이루어져 있다고 하는 진리를 의미한다. 집체(集諦)란 그러한 고통의 원인이 어떤 것들에 대한 욕망이나 집착에 기인된다는 진리를 의미한다. 멸체(滅諦)란 인간이 욕망이나 집착을 버릴 때만이 고통들로부터 벗어나게 된다는 진리를 의미한다. 도체(道諦)란 인간이 어떤 욕망이나 집착을 버리려면 8정도(八正道)를 실천해 나가야 한다는 진리를 의미한다. 이렇게 볼 때, 4체란 인생의 존재양태를 현상(現象), 현상의 원인, 원인의 제거방법, 그것의 실천방법의 제시라고 하는 4단계를 통해 파악했다는 입장임을 알 수 있다.

대반열반경(大般涅槃經)에는 유명한 4구(4句)인 「설산게」(雪山揭)의 「제행무상」(諸行無常)이라는 글귀가 있다. 그런데 그 글귀에 이어, 시생멸법(是生滅法), 생멸멸이(生滅滅已), 적멸위락(寂滅爲樂)이라고 하는 3문구가 나온다. 제행무상(諸行無常)이란 모든 현상들이란 변하지 않는 것이 없다는 뜻이고, 시생멸법(是生滅法)이란 바로 이 생멸(살고 죽는 일)이야말로 대자연의 법칙이라는 뜻이다. 생멸멸이(生滅滅已)란 결국 생멸 그 자체까지도 멸하게 된다는 뜻이다. 이렇게 봤을 때 적멸위락(寂滅爲樂)이란 적멸 즉 죽음 그 자체가 즐거움이 된다는 뜻이다.

이 「설산게」는 인간이 처해있는 세상의 존재양상을 4단계를 통해 인식해낸 것으로, 필자가 이것을 통해 논하고자 하는 것은 4단계를 통해 인간의 삶과 세계가 인식된 인도의 이와 같은 불경들이 중국에 전래되어 중국어로 번역되는 과정에서 중국의 절구라고 하는 한시 형태가 형성되어 나왔다는 것이다. 이와 같이 불경의 시구들은 인간의 삶과 세계를 4단계를 통한 접근을 통해 그것들의 문제를 해결해 간다는 입장에서 구축된 것들이었다. 이러한 점들을 감안해 볼 때, 절구는 중국에서의 불경 번역이 성행했던 시기에 형성되어 나온 것이고, 또 그것은 기승전결(起承轉結)이라고 하는 4구로 형성되었다고 하는 것이다.

필자가 여기에서 말하고자 하는 것은 4행으로 이루어진 베다시의 번역과정에서라든가 4체와 같은 그러한 형태도 곧 4차례에 걸친 생에 대한 단계적 인식에 기초해 형성된 불경의 4구들의 영향 하에서 형성되었다는 입장이 취해진다는 것이다. 보다 구체적으로 말해, 4구로 이루어진 한시의 절구(絕句)가[40] 이루는 기승전결의 과정은 베다시의 4행이나 혹은 4체(四諦)가 행해지는 과정에 기초해 형성됐다고 하는 것이다.

(2) 예술장르로서의 시와 음악과의 관련양상

어느 나라의 문학사도 그 첫 장이 「시가」에 관한 것으로 엮어져 있다. 그것은 곧 「시가」라고 하는 문학 장르가 가장 일찍이 성립되어 나온 문학 장르들 중의 하나라는 것을 말해주고 있다. 고대 동서 각 지역에서 최초로 출현한 문학장르가 다름 아닌 시였다는 것은 시가 바로 문학의 정수(精髓)라는 사실을 말해준다. 우리 가 문학사를 선고대, 고대, 중세, 근세, 근대, 현대로 구분해 볼 때, 「시가」는 선고 대와 고대의 대표적 문학 장르임에 틀림없다. 문학사에서의 선고대는 문자가 쓰이 기 이진 시대를 밀하고 고대란 문자가 사용되기 시작한 시내를 가리킨다. 이렇게 봤을 때, 선고대에서의 시가는 음의 형태로만 존재해 있었고 고대로 들어와서는 음의 형태뿐 아니라 문자의 형태로도 존재하게 되었던 것이다. 선고대에 음의 형 태로 존재했던 시가를 우리는 노래라고 한다.

그렇다면, 고대의 시가의 원형(原型)으로서의 선고대의 노래란 무엇인가? 현재 우리가 일반적으로 말하는 노래란 말(가사)과 음악(멜로디)으로 구성된 것이다. 그렇다면 가사와 음악과는 어떻게 관련되어 있는 것인가? 문자의 형태를 취해 존 재하게 된 고대의 시가에서는 가사의 내용이 그 가사의 멜로디를 지배해 갔고, 음의 형태로 존재해가던 선고대의 시가에서는 그 가사의 멜로디가 가사의 내용을

---

40) 한시의 전형(典型)은 「중국시의 정화(精華)」라 일컬어지는 절구(絕句)로 볼 수 있다. 절구는 5언 4구와 그것을 바탕으로 해서 나온 7언 4구의 시형이다. 절구의 확립 시기는 5언 절구의 경우는 남북조시대(420~589)의 진송조(晋宋朝, 317~479)에 출현해 육조 말의 제양조(齊梁朝, 479~557)에 확립되었고, 7언 절구의 경우는 당(唐, 618~907)의 초기에 와서 완성되었다.[1] 한국에서의 중국의 한시에 해당되는 시 장르는 시조인데, 그것의 전형은 3장 6구 45자 내외의 평시조로 보고 있다. 이 평시조의 형식이 정제된 것은 여말(麗末, 973~1392)이다. 또 그것에 해당되는 일본의 시 장르는 와카(和歌)이다. 그것의 전형은 2구 31자(上句 5.7.5. 下句 7.7)이고, 그것이 확립된 것은 『만요슈』(万葉集, 759년경 편찬)를 통해서였다. 영시로 말할 것 같으면, 절구란 하나의 연(聯, stanza)을 가리킨다. 그런데, 중국의 절구는 4행(行, line), 한국의 시조는 3행, 일본의 와카는 2행으로 각각 정형화(定型化)되어 있다.[필자보쥐]

지배해갔었다고 볼 수 있을 것인가? 그것은 결코 그렇지 않다. 왜냐하면 선고대에서의 시가는 청각기호의 형태로 존재했었고, 문자가 생긴 이후부터는 그것이 시각기호의 형태로도 존재하게 된 것 뿐이지, 그것들을 구성하는 요소들인 말과 멜로디의 역할이 바뀌거나 그 역할의 중요도가 바뀌었다고는 말할 수 없기 때문이다.

음악이란 음들을 조합해서 인간의 사상이나 감정을 나타내는 예술이고, 시란 언어가 지시하는 사물의 형상들을 조합해 인간의 사상이나 감정을 나타내는 예술이다. 시가에서의 이러한 음악적 특성과 시적 특성은 상보적 관계로 맺어져 있다. 한 곡의 노래나 한 수의 시가에서의 멜로디는 그것들을 구성하는 언어들이 지시하는 사물들의 형상들이 그 역할들을 최대한도로 수행해 갈 수 있도록 보조해주고, 또 그들 속의 언어들이 지시하는 사물들의 형상은 그들 속의 멜로디로 하여금 그 역할들을 최대한도로 수행해갈 수 있도록 보조해준다는 것이다. 예컨대, 가수가 어떤 노래를 부르려 할 때 우선 그 노래의 멜로디를 듣고, 가락과 박자를 잡아서 그 멜로디를 타고 그 노래의 가사가 지시하는 사물들의 형상들이 만드는 세계로 몰입해 들어간다. 시가에서의 말은 그것을 듣는 자나 읽는 자로 하여금 어떤 구체적인 상황들을 상정케 해서 그들을 그 상황에 몰입케 한다. 그래서 그것은 그들 자신들이 그러한 비슷한 상황에 처했을 때 가졌던 감정 속으로 그들을 몰아넣는다. 시가에서의 말이 어떤 구체적인 사물의 형상(形象)을 불러일으키는 역할을 행한다고 한다면, 시가에서의 멜로디는 어떠한 역할을 행해 가는가? 우리의 관심은 시가에 내재된 운율이 시가가 예술작품으로 존재해 가는데 있어서 어떠한 역할을 행해 가는지에 대한 문제를 규명해 내는 것으로 모아진다.

시가(詩歌)란 시와 노래를 가리킨다. 시(詩)란 운율이 내재된 글이고 노래(歌)란 말이 내재된 운율이라 할 수 있다. 예술의 한 장르로서의 시가는 음악과 문학의 예술적 특성을 활용해서 감상자로 하여금 어떤 미적 의식을 느끼게 해가는 역할을 행해간다. 시가에서의 가사는 감상자로 하여금 어떤 구체적 상황을 상상케 해서 자신이 그 상황에 처해 있을 때의 기분을 느끼게 함으로써 그로 하여금 어떤 미적 의식을 느끼게 해 가는 것이다. 그렇다면 시가에서의 멜로디는 어떤 역할을 통해 감상자로 하여금 미적 의식을 느끼게 해가고 있는가? 시가에서의 멜로디는 음악적 특성의 실현을 통해 감상자로 하여금 미적 의식을 느끼게 할 뿐만 아니라 현실세계로부터 그를 해방시켜주는 역할을 해가기도 한다.

시란 글의 형태로 존재하는 예술장르이다. 글 중에서도 운율이 내재된 글로 이루어진 예술장르이다. 시란 글의 형태를 취해 존재한다는 점에서 읽혀짐으로써 존재하게 되는 예술장르이다. 시란 독자에 의해 그것이 읽혀짐으로써 예술작품으로서의 그것의 미적 가치가 실현되어 나오게 되는 예술장르인 것이다. 그러나 글이라고 하는 표현수단이 성립되기 이전에는 그것이 노래의 형태로 존재해 있었다.

노래(歌)란 운율의 형태로 존재하는 예술장르이다. 운율 중에서도 말이 내재된 운율로 이루어진 예술장르이다. 따라서 노래란 그것이 청자에 의해 들려짐으로써 예술작품으로서의 그것의 미적 가치가 실현되어 나오는 예술장르인 것이다. 그런데 이들 두 예술장르들에는 「운율」이라고 하는 것이 내재되어 있다. 이들 두 예술장르가 그것들의 예술적 가치를 실현시켜가는 과정에서 가장 핵심적 역할을 해해가는 것은 그것들 속에 내새된 운율이다.

시에서의 운율은 글이 독자로 하여금 어떤 이미지를 창출해 어떤 미적의식을 향유해 가는데 보조적 역할을 하고, 노래에서의 말은 운율의 형태를 취해 존재하는 노래가 미적 가치를 실현시켜나가는데 있어서 보조적 역할을 행해간다. 노래에서의 말이란 운율이 그의 미적 가치를 실현시켜 나가는 과정에서 보조수단으로 끌어들인 것이라고 한다면, 노래란 운율로부터 출발해 그것이 말을 첨가시킨 문학장르라 할 수 있다. 운율은 인간의 사회와 자연에 대한 청각적 체험 양태들의 상징적 표상들이라 할 수 있다. 시가에서의 운율의 역할은 시가의 독자와 청자가 그것을 접해가는 과정에서 그들로부터의 자신들의 사회와 자연에 대한 청각적 체험을 불러일으켜 그들로 하여금 그것들을 통해 시가 속에서의 글이나 말의 의미를 정화시켜가게 함으로써 미적의식을 향유케 해 간다고 하는 것이다.

그렇다면 음악이란 무엇인가? 음악이란 음의 고저장단, 음의 하모니, 음의 규칙성 등을 기초로 해서 조합한 음들로 인간의 사상과 감정을 나타내는 예술의 한 장르를 가리킨다. 음이란 발성(發聲)의 주체가 자신의 존재나 그 존재 상태를 제3자에게 알리거나, 혹은 청자로 하여금 발성주체의 존재나 존재 상태를 인식해가는 수단이라 할 수 있다. 음악을 구성하는 삼대요소라고 하는 가락(음의 고저장단), 화음(음들의 조화), 리듬(음의 규칙적 반복성)등은 인간이 대자연이 발하는 무수한 음들에 대한 의식 내지 무의식 차원의 경험을 통해 관념화시켜낸 개념이다. 이렇게 봤을 때, 음악을 구성하는, 고저장단의 음들, 화음들, 리듬들을 지닌 음들은 분명히 이 대자연의 물리적 현상들이 만들어낸 것들이기는 하지만, 그러나 한층 더 미적 상태를 희구하는 인간의 의지작용에 의해 대자연의 음들로부터 취해진 것들이라 할 수 있다. 그러한 의미에서 예부터 음악은, 인간의 원망과 신통력이 내재된 주술(呪術)적인 것이라 여겨져 왔고 생령(生靈)적 치료라든가 의식(儀式)의 수단으로도 취급되어 왔었다. 고대 그리스에서는 음악이 음악의술을 주창한 피타고라스 등에 의해 하나의 우주적 법칙의 상징·진리·학문으로 파악되었다. 아리스토텔레스는 인간의 비합리적 감정을 발산시켜 최면이나 술의 경우처럼 노동이라든가 고뇌를 치료하는 약으로 파악했고, 미적 향락을 창출시키는 카타르시스(정화)의 작용을 일으키는 수단으로 파악했다. 그 후 중세에 와서는 그것이 종교적 계율, 예언, 신의 계시 쪽으로 인간을 끌고 가는 「언어」로 파악되었다.

고대 중국에서도 음악이 고대 서구인들 못지않게 중요시 되었다. 유교적 세계관에서의 음악은 「예」(禮)와 대응되는 것으로 파악되었다. 예절(禮節)과 음악(音樂)을 의미하는 「예악」(禮樂)이 그 일례이다. 순자(荀子)는 「禮樂」(예악)에서 「樂은 同을 합치고, 禮는 異를 구별하는」것이라 했고 『예기』(禮記)의 「樂記」(악기)편에는 「樂은 同을 통일시키고, 禮는 異를 문제시한다.」라고 적혀져 있다. 유학자들은 樂이란 안으로 향해 움직여, 동일성 형성과 유지의 확보에 목적을 갖고 있고, 禮는 밖으로 움직여, 차별성의 완성이 주력해간다고 파악했던 것이다.

음악이란 인간 자신들이 경험한 다양한 음들의 세계가 음의 고저장단, 조화, 규칙성 등에 입각되어 조합된 음들로 표현되고, 그렇게 표현된 음들이 청취되는 행위를 말한다. 시가의 가사가 배합된 선율이란 고저장단의 음들, 화성들, 규칙적 음들 등으로 인간들이 경험해온 무수한 음들의 세계가 상징적으로 표현된 것이라 할 수 있다. 시가에서의 멜로디가 고저장단의 음들, 화성들, 규칙적 음들 등으로 인간이 경험해 온 무수한 음들의 세계가 추상적으로 표현된 것이라 정의된다고 하면, 시가에서의 멜로디의 역할은 감상자로 하여금 인간이 경험해온 대자연의 무수한 음들의 세계에 대한 추상적 인식을 통해 가사에 의해 드러내진 한정된 사물들의 형상을 인식케 함으로써 가사에 의해 드러내진 한정된 사물들의 현상에 매몰되어 있는 감상자를 그 형상들로부터 해방시켜주는 역할을 행해간다고 볼 수 있다. 즉, 음악은 그로 하여금 다양한 음들을 통해 대자연을 인식케 해 언어가 제시한 주체적 형상들에 대한 자신의 인간적 집착을 정화시켜 그를 언어가 제시하는 현실세계로부터 해방시켜주는 역할을 한다는 것이다. 문학, 특히 시는 음악이 추구해가는 바로 이러한 것을 문자의 형태를 취해 추구해 나가는 예술장르인 것이다.

(3) 고대동서양에서의 시문학과 음악의 기원

이상에서 고찰한 바와 같이 고대 동서양에서의 시문학의 성립은 고대 오리엔트의 시문학, 보다 구체적으로 말하자면 고대 메소포타미아지역과 고대이집트 지역으로부터 출현한 시문학의 영향 하에서 이루어졌나.

고대메소포타미아 지역에서는 기원전 2000년대 말에 성립된 『길가메시 서사시』속에 다음과 같은 다음과 같은 시가 들어있다. 41)

> 왕은 스스로 누웠다. 다시는 일어나지 않으리.
> 클랍의 주는 다시는 일어나지 않으리.
> 그는 악을 정복했지만 다사는 오지 않으리.
> 당할 자 없이 강했었지만 다시는 일어나지 않으리.
>
> 그는 슬기로웠고 온화한 얼굴을 가졌었지만 다시는 일어나지 않으리.
> 그는 산속으로 들어가 다시는 나오지 않으리.
> 운명의 침대위에 그는 누워 있으니 다시는 일어나지 않으리.
> 오색(五色)의 그 침상으로부터 다시는 일어나 나오지 않으리.

이것은 7장으로 구성된 『길가메시 서사시』의 마지막장 「길가메시의 죽음」에 나오는 시이다. 이 시는 길가메시가 죽어 그의 침대에 누워 있자, 백성들이 자신들

---

41) N. K. 샌다즈 저·이현주 역, 전게서, pp.111-112

의 왕이었던 길가메시의 시신을 바라보며 애가를 불렀다. 그 노래의 가사가 바로 이 시이다. 앞에서 언급한 바와 같이 백성들이 부른 애가의 대상은 그들의 운명을 좌우했던 그들의 왕이었고 또 그는 반신반인(半神半人)의 존재였다. 또 그에게 일어난 일은 인간의 힘으로는 결코 감당할 수 없는 일, 즉 오직 신들만이 감당해낼 수 있는 죽음이라고 하는 사건이었다. 필자가 여기에서 말하고자 하는 것은 신들이 인간들에게 행하는 일이나 혹은 인간들이 신들에게 행하는 언행들이 말과 글로 표현된 것들이 다름 아닌 바로 노래이자 시라는 것이다.

상기의 노래가 인간들이 인간자신들의 운명에 관한 자신들의 감정을 신들에게 들려주는 노래였다면, 다음의 것은 신이 인간들에 대한 자신의 감정을 다른 신들이나 인간들에게 들려주는 노래이다.

> 죄인에겐 그 죄를 벌하고
> 범법자에겐 그 범법을 벌할지나
> 관대하게 벌할 것이니, 그가 부러지지 않도록
> 너무 심하게 다루지 말지니, 그가 파멸되지 않도록
> 홍수보다는 사자를 시켜 인간을 벌하고
> 홍수보다는
> 늑대를 시켜 인간을 벌하고
> 홍수보다는
> 가뭄으로 세상을 쓸어버리고
> 홍수보다는
> 악역(惡役)으로 인간을 쓸어버릴지라.

상기의 노래는『길가메시 서사시』의 제5장「홍수이야기」의 마지막 부분에 나오는 노래이다. 이 작품에서의「홍수이야기」는 신들이 타락한 인류에게 벌을 주기 위해서 일으킨 대홍수에서 유일하게 살아남은 우트나피스템이라고 하는 인간이 그를 찾아와 영생의 비밀을 캐묻는 길가메시에게 해준 이야기이다. 신들의 회의에서 타락한 인류를 심판하자는 의견이 엔릴이라는 투사(鬪士)의 신에 의해 제기되어 통과되었다. 또 엔릴이 그 일을 맡기로 결정되었다. 그러자, 에아의 신이 꿈을 통해 신들의 결정을 우트나피스템에게 전달하였다. 우트나피스템은 대홍수에 대비해 살아남을 수 있었다. 대홍수로 떠밀렸던 그의 배가 니시르 산 (구원의 산)에 정박해 있게 된지 7일째가 되던 해 그곳에 짐을 풀고 제사를 지내자 신들이 찾아왔다. 엔릴도 왔고 에아도 왔다. 그 때 그곳에서 에아가 엔릴에게 "우리들 중 가장 뛰어난 영웅인 에릴이여, 어쩌면 이다지도 무자비한 홍수를 퍼부을 수 있었소?"라고 말한 후 우트나피스템과 그의 가족이 있는 앞에서 바로 그러한 내용의 노래를 불렀던 것이다.

고대이집트에서의 시문학은 신왕조시대(1540~1150, BC)에 성립되어 나온「사자의 서」의 형태로 확립되어 나왔다.「사자의 서」의 뜻은 '죽은 자의 영혼이 읽는 책'이란 뜻이다. 이「사자의 서」를 이루는 문서들의 대부분은 인간들이 죽은 자의 영혼들이 내세에 가서 그 문장들을 읽고 행복을 느끼면서 새로 태어날 것을 바라는 목적으로 만들어진 것이다. 문학자들은 이「사자의 서」를 이루는 글들이 신들의 입직을 노래한 신화시(神話詩), 죽은 사의 녕복을 비는 기도시(祈禱詩), 신들을 찬양하는 찬송시, 인간이 죽은 자의 영혼을 불러낼 때 행하는 말로 이루어진 주문시(呪文詩) 등과 같은 것들로 분류될 수 있는 것들로서 종교시집의 일종으로 파악하고 있다. 예컨대 다음과 같은 것들이 그 일례가 될 수 있다.[42]

죽는 자는 다함께 태양을 향해 찬송가를 부르자.

고대이집트인에서의 태양은 최고의 신이다. 현세에서도 내세에서도 인간의 생사는 태양신 라(Ra)에 맡겨져 있다. 그렇기 때문에 특히 죽는 자들인 인간은 태양을 찬양하지 않으면 안 된다.

고대이집트의 시문학에는 이상에서 언급한 종교시 외에도 노동자들이 불렀던 노동가요들이 적잖다. 기원전 4000년경의 고왕조 시기의 벽화 속에 기록된「농부의 노래」,「타작하는 사람의 노래」,「짐군의 노래」등과 같은 것들이 바로 그러한 것들이다.[43]

---

42) 정판룡 외, 전게서, p.27
43) 상동서, p.29

여보소 소몰이군
황소 뗄랑 어서모소
귀족나리 저편에서
우리를 지켜보오

　상기의 시는 노예들이 함께 일을 하면서 부르는 「농부의 노래」의 한 구절이다. 노예들에게 있어서의 "귀족나리", 즉 노예주란 자신들의 운명을 지배하는 존재라는 의미에서 그들에게는 그야말로 신과도 같은 존재인 것이다. 노예들은 그들의 주인들에 의해 지배당한다는 점에서 같은 처지에 있는 존재들이다. 그래서 그들은 공동의 입장을 취해 주인에 대항해 가야 하는 존재이다. 인간이 공동의 입장을 취해 자신들의 운명을 지배해 가는 자신의 그러한 서글픈 처지를 신들에게 표현해내는 것이 찬송가이듯이, 노동가요도 노예들이 주인들에게 자신들의 그러한 처지를 표현해내는 바로 그러한 일종인 것이라 할 수 있다.

　이처럼 죽어야 할 운명에 처해 있는 같은 처지의 인간들은 영생을 부여받은 신들에 대항해 가기 위해 힘을 합쳐야 한다. 마찬가지로 노예들이 그들의 운명을 지배하는 노예주들에게 대항해가기 위해서는 노예들끼리 서로 힘을 합쳐야한다. 그러기위해서는 우선 무엇보다도 각자의 행동들과 생각들을 하나로 통일 시켜야 하는 것이다. 그 방법이 다름 아닌 박자인 것이다. 박자는 인간의 생각들과 행위들과 말들에 운율을 부여하여 인간들로 하여금 자신들을 지배해 가는 거대한 힘에 항거해나가게 한다. 인간이 큰 힘에 항거해가기 위한 한 방법으로 그들의 생각과 행동들을 하나로 통일시킬 때 낙(樂)이 생긴다. 『예기』(禮記)의 「樂記」(악기)편에 「樂은 同을 통일 시킨다」라고 한 말은 바로 그 경우를 말하는 것이다. 음악은 작은 다수가 하나로 통일될 때 탄생해 나오는 것이다. 이것이야 말로 음악이 노예 계층으로부터 나왔다고 하는 논거가 될 수 있는 것이다.

　고대 인도에서도 앞에서도 언급한 바와 같이 고대오리엔트지역의 경우처럼 기원전 3000년경에 갠지스강 유역의 모헨조 다로와 하라파 등에서 문자가 쓰이기 시작되어 그 기록물들이 벽면 등의 형태로 현존해 있다. 따라서 그 당시 그 지역에서도 이미 시문학이 성립되어 있었을 것으로 추정된다. 그러나 불행히도 그 당시 그 지역에서 쓰였던 문자들의 해독이 불가능해 현재로서는 그 당시 그 지역의 문학작품들을 접할 방법이 없다. 현재 우리가 접할 수 있는 그 지역의 문학작품은 기원전 800년경부터에 데바나가리(Devanāgarī)라고 하는 인도문자에 의해 쓰이기 시작된 것들이라 할 수 있다. 데바나가리란 인도문자는 범어, 즉 산스크리트(Vedic Sanskrit와 Classical Sanskrit)를 기록해낸 문자이다.[44]

그 문자에 의해 최초로 기록되어 나온 것이 브라만교의 최고 (最古)의 성전이자 시집인『리그베다』를 비롯한 앞에서 밝힌 네 가지 베다집들이다. 이들 이외에 고대 그리스의 서사시『일리야드』와『오딧세이』에 해당되는 인도아리안 민족의 대서사시『마하바라다』와『라마야나』가 있다. 이들은 기원전 1000년 전경에 있었던 두 씨족들 간의 왕권투쟁의 이야기가 음유시인들에 의해 구송되어 내려오다가 기원후 4세기경에 데바나가리문자로 기록되어 현존의 형태로 성립되어 나왔던 것이다.『리그베다』는 기원전 15세기경부터 인도아리안족이 이란지역에서 인도 지역으로 침입해 들어가면서 직면한 신비로운 사언물들과 그러한 것들을 정복해 나가는 과정에서 출현해 신격화된 민족적 영웅들을 찬양한 시들로 엮어진 것이다.

또『리그베다』속에는 노예들의 노동가들도 삽입되어 있다. 예컨대 다음의 시가 그러한 것들 중의 하나이다.[45]

> 사람들의 희망은 별별 가지라오
> 목수는 남들의 수레가 고장 나길 바라고
> 의사는 남들의 팔다리가 부러지길 바라며
> 브라만은 구세주가 오기를 바란다오.
> 에 헤라 소마 술아
> 인드라 신을 위해 콸콸 쏟아져나 나와라 !
> ....

---

44) 데바나가리 문자의 원류는 북셈계 문자의 최고형인 페니키아 문자로부터 출발한 것을 파악된다. 이 문자는 메소포타미아를 경유해 통상인들에 의해 기원전 800년경에 인도지역에 들어갔던 것으로 밝혀져 있다. [市河三喜 他(1981),『世界言語槪説 上巻』、研究社、p.73]
45) 정판롱 외, 전게서, p.40

위의 시는『리그베다』의 제9권, 술의 신 소마 장에 실려 있는 것으로서 노예들이 소마 술(소마란 식물의 이름으로 고대인도인들은 그 식물에서 술을 짰다고 한다)을 짤 때 부르는 노래의 가사라 할 수 있다. 이 노래에 나오는 "인드라 신"은 우뢰와 번개를 관리하는 신으로서 인류에게 물을 관리하는 방법을 가르쳐주었고 또 소를 기르는 방법을 가르쳐 준신으로서 고대인도인들로부터 가장 존경을 받는 신이었다. 따라서 이 시 또 한 그들이 가장 존경하는 신 인드라를 찬양하는 시라 할 수 있다.

이 시에서의 술을 짜는 노동자들은 브라만 귀족계급의 지배하에 있는 수드라 노예계급이다. 이 시에서 노예들은 구세주가 오기를 바라야할 사람들은 브라만 귀족들로부터 고통을 받고 있는 자기들이어야 하는데 자기들을 괴롭히는 브라만 귀족들이 구세주가 오기를 바라고 있다고 브라만귀족들을 비난하고 있는 것이다. 그런데 필자가 여기에서 것은 말하고자 하는 것은 약한 노예들이 그들의 주인들을 드러내놓고 비난할 수 있었던 것은 노래의 박자를 통해 그들의 연약한 힘들을 하나로 모을 수 있었기 때문이었다고 하는 것이다.

중국에서의 문학도 문자가 사용되기 시작된 시점에서 성립되어 나왔다. 중국에서의 문자는 은대(銀代, 1766~1122, BC)에는 갑골문(甲骨文) 등과 같은 문자가, 주대(西周초 1122~춘추시대 말 BC481)에는 금문(金文) 등과 같은 문자가, 전국시대(戰國時代, 403~221, BC)에는 6 개국 이상의 문자들이, 진대(秦代, 221~206, BC)에는 대전 (大篆)과 소전(小篆)이 사용되었다. 중국문학은 운문의 경우는『시경』에서 산문의 경우는『서경』으로부터 시작된다.『시경』은 춘추시대에 305편으로 편해져 있던 것을 공자(551~479 BC)가 6경의 하나로 편입해 넣었다고 한다. 『시경』의 시들은 노래의 가사들이다. 서주초의 기원전 1100년경부터 기원전 600년경까지의 500년간에 걸쳐 민간들과 사대부들 사이에서 또 왕실의 연회 때와 종묘의 제사 시 등에서 불리던 노래의 가사를 후세 사람들이 문자로 기록해 놓은 것이다.

『시경』의 시들 속에도 노예들이 주인들을 힐난하는 노래들이 있는데「위풍·벌단」(魏風伐壇)이 그 한 예이다.[46]

쩡쩡쩡 박달나무 찍어내어
물가에 쌓아두니
물은 맑고 물결도 치네
심지도 않고 거두지도 않건만
어찌하여 벼 3백전을 취해 가는고
사냥도 안하는데
어이하여 그대 뜨락에 오소리가 걸려 있는고
여보소, 군자님들
공밥이야 안 먹겠지?

(坎坎伐壇兮, 置之河之干兮, 河水淸且漣猗, 不稼不穡, 胡取禾三百廛兮, 不狩不
獵, 胡膽爾庭有縣貆兮, 不素餐兮)

우리는 이 시 속에서 쩡- 쩡- 쩡- 나무 찍는 소리, 어이씨아 어이씨아 하면서
함께 힘을 모아서 벌목들을 나르는 소리, 냇물에 쌓아둔 벌목들 사이를 지나가는
도랑 도랑 도랑 물소리 등을 들을 수 있다. 그 모든 소리들은 반복의 형태를 취하
고 있다. 노예들은 자신들이 그러한 힘겨운 노역들을 끝없이 반복해나가야 한다는
존재들임을 자각한다. 그들은 그러한 사실들을 자각할 때마다 자신들의 맥박소리
가 점점 더 커지는 것을 느끼게 된다. 그럴 때마다 자신들의 주인들을 힐난하는
그들의 노랫소리들은 더 커진다. 그래서 그들의 연약했던 목소리들은 힘찬 하나로
통일되어 나온다. 그들의 하나로 통일된 힘찬 목소리들은 각자의 가슴속에서 뛰는
맥박소리며 숨소리들과 어울리고, 또 벌목들 사이를 지나가는 냇물소리들과 어울
려 그칠 줄 모르고 지속되어나가는 것이다.

이처럼 인간들에게서의 노랫소리는 위태로운 상황에 노출되어 있는 자들의 맥
박소리들로부터 된다. 따라서 인간의 모든 생리적 현상들이 그러하듯이 그것 또한
자신의 내외로부터 위기탈출의 힘을 모으기 위한 방안이자 수단으로 해석될 수
있는 것이다.

---

46) 김영덕 외, 『중국문학사 (상)』, 청년사, p.26

결 론

지금까지 우리는 고대동서양 문화의 성립과정에서의 고대오리엔트문명의 역할, 고대오리엔트지역에서의 시문학의 성립경위, 고대동서양에서의 시문학의 성립경위 등에 대한 고찰해왔다. 이제 여기에서 우리는 고대 동서양에서 예술장르로서의 시문학이 어떻게 성립되어 나왔는지에 대한 입장을 취할 수 있게 되었다. 그 입장은 다음과 같이 정리될 수 있다.

우선 고대동서양 문화를 논할 때의 고대동서양에 대한 개념은 다음과 같이 정리될 수 있다. 역사나 문화사적 차원에서의 고대에 대한 기본적 개념은 금속기, 보다 구체적으로 말하자면 청동기 또는 철기가 사용되고, 왕조국가가 성립되어 나오고, 문자가 쓰이기 시작한 시기를 말한다. 그렇다면, 동서양에서의 고대의 성립시점은 어느 시기로 볼 수 있을 것인가? 오리엔트지역을 제외하고 생각해볼 경우, 청동기 문화가 오리엔트지역으로부터 기원전 20세기 이전에 서양의 그리스지역과 동양의 인도 지역에 전파되어나감으로써 크레타 섬과 인더스 강 유역 등에 왕국들이 건설되고 상형문자 단계의 문자들이 쓰이게 된 시점으로 파악할 수 있다. 그러나 문제는 당시 쓰였던 문자들이 아직도 해독되지 못하고 있다는 것이다. 이 말은 설혹 문화사적 측면에서는 그 시기가 고대동서양의 문화사의 일부로 다루어 질 수 있지만 고대동서양의 문학사의 일부로서는 결코 다루어질 수 없다는 것을 의미한다. 따라서 우리가 고대오리엔트지역의 경우를 제외하고 고대동서양 문학의 성립시점을 설정해본다면, 철기문화의 전파시점으로 설정하지 않을 수 없다는 입장이 취해진다. 지리적 차원에서 파악되는 고대동서양의 개념은 다음과 같이 정리될 수 있다. 인도유럽어족의 유럽 어에 속하는 언어들, 보다 구체적으로는 SVO형의 통사구조를 갖는 언어들이 사용되는, 에게 해와 흑해의 이서지역이 서양이었고, SOV형의 통사구조를 갖는 언어들이 사용되는 에게 해와 흑해의 이동지역이 동양이라는 입장이 취해진다. 이렇게 볼 때, 아나톨리아, 시리아, 이집트, 메소포타미아, 이란 등의 오리엔트지역은 자연 동양에 포함된다.

고대동서양 문학의 성립은 우선 일차적으로 고대오리엔트 문학의 영향 하에서 이루어 졌다고 말할 수 있고, 또 동서양의 음악이 그러했듯이 고대서양문학은 동양문학으로부터 동양문학은 서양문학으로부터의 상호간의 영향 하에서 성립되어 나왔다는 입장이 취해진다. 그런데, 청동기문화가 창출해낸 고대의 메소포타미아와 이집트 문학은 운문으로 기술된 것들이다. 고대 메소포타미아와 이집트의 시인들은 신, 반신반인의 영웅, 사후세계, 신들이 내재해 있다고 생각되었던 하늘·산·강 등으로 이루어진 자연, 멸망해야할 인간에 대한 불멸하는 신들의 사랑, 인간들의 신들에 대한 찬양 등을 노래했고 또 그것들을 이야기했다. 그들은 그것들을 운문으로 기록했던 것이다.

현대인들은 운문으로 기록된 것들을 문학작품이라 말하고 있다. 그것들이 운문으로 기록된 이유는 그것들이 문자로 쓰이기 이전에 노래로 구송되어졌었기 때문이다. 그 이유는 구송된 것들의 내용이 그 본질적 측면에서 음악이 표현해내려는 내용과 동일한 것이었기 때문이다. 음악이란 운율을 지닌 소리의 집합을 말한다. 소리들이 지닌 운율이란 죽어야할 인간이 어떠한 형태로든지 간에 생명의 단절이라고 하는 죽음을 극복해보려는 의지의 산물이라 할 수 있다. 이렇게 봤을 때, 고대오리엔트문학은 음악이 표현해내고자 하는 내용을 말로 표현해 내고, 또 그것을 글로 기록해내게 됨으로써 성립되어 나온 것이라 할 수 있다. 또 고대오리엔트문학은 음악을 배경으로 해서 성립되어 나왔다는 입장이 취해진다.

고대동서양의 문학은 바로 그러한 고대오리엔트문학으로부터의 영향 하에서 성립되어 나왔던 것이다. 그 경우고대동서양에서의 문학은 시의 형태를 취해 성립되어 나왔다. 시의 본질이 언어가 지니는 운율에 있다는 점을 감안해 볼 때, 고대동서양에서의 예술장르로서의 시문학의 성립은 죽어야 할 인간이 죽음이 없는 초월적 존재 앞에 선 자신의 감정을 음으로 표현해내는 음악을 기반으로 해서 이루어졌다는 입장이 취해지는 것이다.

제 1 장

인간중심 시대의 학문_과학

1. 대학과 과학의 성립

인간 본질에 관한 또 하나의 계발 수단은 과학이다. 그러면 과학이 어떻게 인간 본질의 계발수단으로 정착되어 나오게 되었는지에 관해 고찰해 보기로 한다.

A. N. 화이트헤드는 서구인들에 있어서의 근대과학이 성립은 사물이 법칙, 특히 자연의질서가 존재한다는 데 대한 「본능적 확신」이 사람들 사이에 생겨나면서였다고 말하고 있다.[1] 또 그는 그 「본능적 확신이야말로 과학적 탐구의 원동력인 것이다. 그것은 하나의 비밀, 밝혀낼 수 있는 하나의 비밀이 있다고 하는 확신인 것이었다」고 말하고 있다.[2] 그렇다면 당시 서구인들에게 있어서의 「자연의 질서가 존재한다」고 하는 본능적 확신이 어떻게 형성해서 나왔는지를 중심으로 해서 과학의 정착과정을 고찰해 보기로 한다.

현재 우리는 자연을 연구해 가는 학문을 자연과학이라 말하고 있다. 그러면 이 자연과학이 어떻게 성립되어 나왔는지에 대한 고찰을 통해 자연에 대한 연구가 어떻게 시작되었는지를 파악해 보기로 하겠다. 우선 「자연과학」에서의 「과학」의 의미부터 논해보기로 한다. 「과학」(科學)이란 용어는 영어 "science"의 번역어이다.[3] 이 용어는 일반적으로 사물의 구조라든가 법칙을 탐구하는 인간의 이성적

---

1) A. N. 화이트헤드저 · 오영환 역(1989), 『과학과 근대세계』, 서광사, p.18

2) 상동서, p.30

3) 「과학」(科學)은 일본인들에 의해 만들어진 한자어로서 「천지간의 모든 현상을 경험적 혹은 선험적 방법에 의해 합리적으로 연구하는 체계적 지식」을 말한다. 이 단어는 일본에서 메이지유신(明治維新, 1868) 직후에 니시 아마네(西周, 1829-1897) 등 양학자 사이에서 사용되어져 메이지유신부터 그 후 20년 사이에 영일(英日)사전에 정착되었다. 그것이 일본어사전에 등록된 것은 1910년대

인식활동 및 그 소산으로서의 이론적, 체계적 지식을 의미하는 말이다. 「과학」의 원어 "science"(英·佛)의 어원은 라틴어의 "scientia"로 되어 있는데, 당시 그것은 원래는 넓은 의미로는 감정이라든가 신앙으로부터 구분된, 인간의 지적 활동 일반을 의미하는 말로 쓰였고, 좁은 의미로는 경험적, 개별적 지식으로부터 구분된, 이론적 체계적 지식을 의미하는 말로서 「학」(學) 혹은 「학문」과 동일한 의미로 쓰였던 것으로 고찰된다. 또 그것은 고대 그리스에서 성립된 것으로 고대 그리스에서는 철학의 의미와 구분 없이 사용됐던 것으로 알려져 있다. 그러나 르네상스 운동을 거치면서 「과학」이란 말은 전체적이고 사변(思辨)적 학으로서의 철학과 구분된, 개별적이고 경험적 학문을 가리키는 말로 쓰이게 되었던 것이다.

본인이 여기에서 우선 밝히고자 하는 것은 유럽에서의 자연에 대한 연구를 가능케 했던 합리적, 체계적, 과학적 사고가 싹트기 시작했던 것은 12세기 후반부터 13세기 초에 성립되어 나왔던 「대학」이라고 하는 기관을 통해서였다고 하는 것이다. 다시 말해서, 유럽에서의 자연에 대한 연구는 「대학」이라는 기관을 통해 「자연과학」으로 확립되어 나와 「과학」으로 전개되어 나갔다고 하는 것이다.

현재 우리가 사용하고 있는 「대학」이란 말은 라틴어 「우니베르시타스」"universitas" 란 말의 번역어이다. 그 의미는 「전체」라는 뜻이며, 어떤 공통된 목적을 추구하는 집단의 의미이기도 했다. 유럽에서 가장 오래된 대학은 이탈리아의 볼로냐(Bologna) 대학(1119), 파리대학(1120년경), 옥스퍼드 대학(1130년경) 등이다. 이들 대학은 다른 대학들과는 달리 국왕이나 군주의 허가 없이 학생들이나 교사들이 자치적으로 조직한 교육조합의 일종으로 출발하였다. 그 후 13세기부터 15세기에 걸쳐서는 유럽 각 국에 국왕이나 군주로부터 도움을 받아 많은 대학들이 설립되어 나왔다.[4]

이후로서 그때부터 일반적으로 사용되기 시작되었다. 현재 중국에서도 "science"가 「科學」으로 번역되어 사용되어지고 있다. 즉 그것은 일제 한어가 중국의 근대화 과정에서 중국으로 들어가 쓰여지고 있는 것이다. 일본에서 그것은 니시 아마네의 「知說四(『明六雜誌』二二號, 1973.12)」, 「『哲學字彙』(1881)」 등에서 발견되기 시작되었다. [樺島忠夫他編(1984), 『明治·大正 新語俗語辞典』、東京堂出版、p.66 參考]

4) 파도바 대학(1222), 켐브리지 대학(1228), 툴루즈 대학(1229), 살레르노 대학(1231), 로마 대학(1244), 이탈리아의 시에나 대학(1246), 프랑스의 소르본느 대학(1254), 리스본 대학(1290), 프랑스의 아비뇽 대학(1303), 프랑스의 오를레앙 대학(1309), 이탈리아의 피사 대학(1343), 뵈에멘의 프라하 대학(독일민족 最古의 대학), 이탈리아의 파비아 대학(1361), 폴란드의 크라카우 대학(1364), 헝가리의 부다페스트 대학(1365), 비인 대학(1365), 독일의 하이델베르크 대학(1385),

그러나 그 대학들은 군주나 교회 등의 지배나 통제로부터의 완전한 독립을 위해 장기간 투쟁을 계속해 갔다. 대학은 그러한 투쟁을 계속해 가면서 당시의 대부분의 저명한 학자들을 배출해 갔고, 특히 종교와는 관계가 없는 자연과학자들을 배출해 갔다. 그 대표적 한 예가 영국의 로버트 그로세테스트(Robert Grosseteste, 1168~1253)와 같은 학자인데, 그는 옥스퍼드 대학의 최초의 철학자로서 그 대학의 초대 총장까지 지냈던 학자였고, 후에 주교가 됐던 사람이었다. 그의 주저는 아리스토텔레스의 『자연론후서』, 『자연학』, 『영혼론』 등의 주석서였다. 그는 그러한 작업을 통해 우주의 생산과 구성을 설명해 갔다. 그는 수학, 특히, 기하학적 방법을 자연과학적 방법에서의 우위를 확립시켰고, 연역적 수학적 방법과 검증적 실험적 방법을 결합시켜 수학적 실험과학의 방법론을 확립시켰다.

프란체스코파의 탁발수도사였던 로저 베이컨 (Roger Bacon, 1220~1292)도 그의 제자였다. 스콜라 철학자로 알려진 그는 인간의 지식이 고대의 권위를 지나치게 존중하려는 입장을 취하고 있고, 또 학자늘이 자신들의 무지함을 인성하는 것을 주저해 왔기 때문에 진보해 가지 못하고 있다고 지적했다. 또 그는 자연현상의 연구에 있어서의 실험을 존중하고, 「경험과학」"scientia experimentalis"을 철저히 활용해 갈 것을 주장해갔다. 그에 의해 그러한 주장이 행해지는 과정에서 그 용어가 그에 의해 처음으로 쓰였던 것이다. 17세기 근대과학의 혁명을 준비했던 사람은 코페르니쿠스(Copernicus, 1473~1543)였다고 할 수 있다. 폴란드인이었던 그는 이탈리아의 파두아 대학을 비롯한 여러 대학에서 의학과 법률을 공부하였다. 그 후 그는 성직생활을 하면서 수학과 천문학에 관심을 가져갔다. 그 결과 그는 지구 중심설에 의문을 품은 나머지 1520년대에 지동설에 관한 이론을 세웠으나, 당시의 여건을 감안해 발표하고 있지 않다가 죽기 1년 전에야 『천체의 회전에 관해서』(1543)란 저서를 출판해 지동설을 주장했다.

앞에서 논한 바와 같이 초기의 자연에 대한 연구자들이란 천체(天體) 등과 같은 자연물들이나 천체들의 운동 등과 같은 자연현상들을 관찰이나 실험을 통해서 연구해 갔던 학자들이였는데 우리는 그들을 과학자들이라 불렀다. 예컨대, 현재「근

이탈리아의 페라라 대학(1391), 독일의 에르푸르트 대학(1456), 튀빙겐 대학(1477), 독일의 비텐베르크 대학(1502), 독일의 예나 대학(1558), 영국의 에딘버그 대학(1582), 등이 창설.[필자 보주]

대과학의 아버지」로 불리고 있는 갈릴레이(Galileo Galilei, 1564~1642)의 경우, 그의 주된 연구대상은 「물체의 운동」에 관한 것이었다. 1610년 네덜란드에서 망원경이 발명된 이 후부터 그의 연구는 천체로 옮겨갔다. 그 결과 그는 아리스토텔레스의 지구중심의 천동설적 우주관을 배격하고, 신플라톤학파의 태양 중심의 지동설(地動說)을 주장했던 코페르니쿠스(N.Copernicus, 1473~1543)의 우주관을 적극적으로 받아들여, 『성계의 보고』(星界의 報告, 1610), 『이대체계 대화』(二大體系對話, 1632) 등을 저술해 지동설적 우주론을 전개시켜 나갔다. 또 그는 그러한 우주관에 입각해 『신과학 강화』(新科學講話, 1638)를 출판해 갔던 것이다.

2. 지동설과 스콜라철학

특히 갈릴레이는 『이대체계 대화』를 출판한 그 이듬해 2월 그 『이대체계 대화』가 지동설을 주장하고 있다는 이유로 고발당해 로마의 교황청에 출두해 재판을 받게 된 그의 저서가 지동설을 주장하고 있다는 이유로 그가 재판을 받게 된 연유를 보다 구체적으로 말해 본다. 고대 그리스 시대에 아리스토텔레스가 주장했던 천동설이 아라비아 세계에 전래되어 오다가, 그것이 다시 라틴어 번역물로 유럽에 소개되어, 점성술의 차원에서 유럽인들에게 알려져 가게 되었다. 그러던 중 13세기에 신학자이며 스콜라 철학자 토마스 아퀴나스가 그것을 성서의 진리로 인정하게 됨에 따라, 그것은 로마 가톨릭교의 공인(公認)학설이 되어왔었다. 그러나 15세기경부터 대학의 몇몇 학자들에 의해 이 천동설에 대한 의심이 제기 되었는데, 그 학자들 중의 하나가 바로 폴란드의 코페르니쿠스였던 것이다. 그는 30여년에 걸쳐 태양계를 연구해 천동설의 모순을 지적해 갔지만, 그렇다고 지동설을 온전히 실증할 수 는 없었다.

그러한 상황에서 16세기 말에 이탈리아의 철학자 브루노(G. Bruno, 1548~1600)가 출현했다. 그는 15세 때 나폴리의 한 수도원에 들어갔지만, 스콜라 철학의 질곡을 타파한 독일의 범신론적 사상가 니콜라우스 쿠사누스(Nicolaus Cusanus, 1400~1464)의 우주관을 접하게 된 후, 정통신앙에 안주할 수 없어, 수도원을 탈출해 각지를 유랑해 다니다가, 프랑스로 들어가서 대학 등에서 강의를 해가게 된다. 1583년에는 런던으로 건너가 옥스퍼드 대학의 학자들과 우주에 관해 논쟁을 벌인다. 그 결과 그는 그 다음해 이탈리아어로 저서 두 권을 출판한다. 그 다음해에는 다시 파리로 돌아갔고, 그 곳에 머무르던 중, 독일 프랑크푸르트에 가서 얼마간 체재하고 있었던 베네치아의 귀족층의 한 청년에게 초대받아 1591년에 이탈리아로 돌아갔다. 그리고 그 곳에서 그 청년의 밀고에 의해 그 다음해 베네치아에서 이단자로 체포되어 투옥됐다. 그 다음해 그는 로마로 끌려가, 그곳에서 자신의 주장을 굽히지 않고 7년간 감옥생활을 하다가 결국 1600년 화형으로 처형된다.

그러면 그는 과연 어떠한 것들을 주장해 갔던 것인가? 앞에서 언급한 니콜라우스 쿠사누스는 하이델베르크 대학, 파도바 대학 등에서 법학, 신학 등을 배운 후 사제가 되어 천동설을 배척하고 지동설을 받아들여 가며, 신의 전개로서의 무한한 세계를 생각했고, 세계질서를 수학적으로 파악하려 했던 사람이었다. 브루노는 바로 그의 무한 우주관을 태양계만을 문제시했던 코페르니쿠스의 지동설과 결합시켰던 것이다. 당시 신학자들과 스콜라 철학자들은 우주란 움직이지 않는 별들이 박혀있는 하늘로 둘러싸인 유한한 세계로 생각해 왔었다. 그러나 브루노는 그들에 맞서 N. 쿠사누스의 우주관을 받아들여 확립시킨 「무한 우주설」을 제시했던 것이다.

그는 무한한 우주(universum) 속에는 무수히 많은 세계들(mundus)로 이루어진 태양계가 분포되어 있고, 그것이 끊임없이 성장 소멸해 간다고 생각했다. 그는 신이란 다른 것이 아니고 그러한 우주의 생명, 즉 「살아 있는 자연」(natura naturans) 그 자체이고, 쿠사누스가 말한 「반대의 일치」로 파악하였다.5) 또 그는

---

5) 니콜라우스 쿠사누스(Nicolaus Cusanus, 1400-1464)는 독일 신비주의 철학자로서 스콜라 철학의 질곡을 타파하고 근대 철학의 길을 개척한 자로서, 하이델베르크 대학, 파도바 대학 등에서 법학, 신학 등을 배우고 사제가 된 자이다. 그의 주된 저서, 『앎이 있는 무지』(dedocta ignorantia, 1440)는 3부로 되어 있는데, 각각 신, 세계, 크리스트(인간)을 논한 것으로서, 그 안에서 그는 신을 「모순적 규정의 통일」이고 「반대의 일치」"Coincidenta oppositorum"으로 파악하고 있다. 예를 들어, 인간이 어떤 것을 대소(大小)로 규정했을 때, 그 인간은 신을 극대(極大)로 파악하려 하는데, 그러나 신은 극대의 반대인 극소이기도 한 존재라는 것이다. 이와 같은 논리에 입각해 그는 신을 「반대의 일치」로 파악하였고 「모순된 규정의 통일」적 존재로 파악했던 것이다. [ニコラウス・クサヌス『知ある無知』(岩崎・大出訳、創文社、1966)參考] 필자가 그의 그러한 논리에 입각해 신을 정의해 본다면, 신이란 내가 나의 의식 내지 지적 능력으로 파악한 세계와 그 세계를 감싸고 있는 세계, 즉 나의 의식 내지 지적 능력으로 파악이 안 되는 세계를 하나로

우주의 물질은 극소의 단위, 즉 「단자」(單子)들로 합성되어 있고, 모든 물체들은 운동을 통해 변화해 가지만 「단자」그 자체는 불멸한다는 입장을 취했다. 그는 그러한 세계관에 입각해, 내세를 바라고 살고 있는 크리스트교의 금욕적 도덕은 위선에 지나지 않은 것이고, 선이란 현 사회의 목적에 봉임하는 것이라 할 수 있는데, 그 궁극적 선이란 우주적 생명과의 신비적 합일에 있고, 신의 불에 몸을 태우는 것이 구원일 수밖에 없다는 입장을 취했던 것이다.[6] A. N. 화이트헤드(Alfred North Whitehead, 1861~1947)는 그러한 죽음을 당한 브루노를 과학의 「순교자였다」고 말하면서, 「1600년에 있었던 그의 죽음은 엄밀한 의미에서 근대과학의 제1세기를 여는 사건이 된다. 그의 처형은 미처 아무도 깨닫지 못한 하나의 상징이었다」고 말하고 있다.[7]

그러한 입장을 취했던 브루노의 처형은 그때까지만 해도 잘 알려지지 않았던 코페르니쿠스의 지동설이 사방으로 퍼져 나갈 수 있는 계기를 마련했던 것이다. 그러한 상황에서 망원경을 만들어 천체를 관찰한 갈릴레이가 지동설이 주장된 『별의 사자(使者)』(1600)를 발간하자, 그의 「지동설」은 세상에 이론의 날개를 달고 더욱 널리 퍼져 나갔다. 그러자, 가톨릭교회에서는 1616년 「지동설 금지령」을 내려, 갈릴레이로 하여금 지동설을 취소토록 하는 명령을 내렸다. 그러나, 그는 그 명령을 받아들이지 않고 지동설을 계속 고수해 가면서, 1632년에 가서는 바로 그 『이대체계 대화』라는 대저(大著)까지 간행해 버렸다. 당시 재판에서 다루어졌던 것은 그 저서가 과연 1616년의 금지령에 저촉되느냐 어떠냐 하는 점이었다. 지동설 그 자체가 옳은가 그른가의 문제가 다루어졌던 것은 아니었다. 당시 재판장에서 그는 브루노와 같은 화형이나, 그렇지 않으면 무조건 항복이나, 그 두 길 중의 하나를 선택할 수밖에 없는 처지였었다. 그는 결국 무조건 항복의 길을 택했다. 당시 그의 나이는 70세였다. 그 후 그는 사망할 때까지 8년간 감금생활을 했다. 움직이는 지구 위에서 말이다.

통일시켜 낼 수 있는 어떤 존재라 생각해 볼 수 있다.[필자 보주]
6) ジョルダーノ・ブルーノ著・清水純一訳(1967),『無限、宇宙と諸世界について』、現代思想社 参考
7) A. N. 화이트헤드, 전게서, p.14

3. 학문으로서의 과학의 성립과 전개양상

이와 같이 과학은 당시 스콜라 철학을 근간으로 발전해 나온 신학(Theologia, theology)과 대립적 형태를 취해 성립되어 나왔다. 신학이란 수도원의 신학자들이 이성을 통해 인간과 자연과 신과의 관계를 규명해 그것을 통해 인간을 이해해 보려는 입장을 취했던 학문이었었음에 반해 과학은 대학의 학자들이 인간이 처해 있는 자연의 세계나 그것들을 구성하는 자연물들 등에 대한 관찰이나 실험을 통해 그것들을 지배하는 어떤 법칙을 발견해 내서 그것들을 통해 그것들에 감싸여 살아가는 인간을 이해해 보려했던 학문이었던 것이다.

인간중심 시대의 초기에 있어서의 과학은 자연계나 그것을 구성하는 자연물들을 연구해 가는 학문으로 받아들여졌었고, 그 경우에 있어서의 구체적 연구대상들은 우주를 구성하는 천체라든가 천체의 하나인 지구를 구성하는 물체들에 한정되어 있었다. 이렇게 해서 인간중심주의 시대로 들어와서의 인산들에 있어서의 학문은 관찰과 실험을 통해 자연계나 그것을 구성하는 자연물들을 지배해가는 어떤 법칙을 추구해 가는 작업으로 출발했던 과학이 학문의 본령으로 정착되어 나왔던 것이다.

그러다가 영국의 르네상스가 낳은 최대의 사상가로 알려진 베이컨(Francis Bacon, 1561~1626)의 『노붐 오르가눔』(*Novum Organum*, 新機關, 1620)에 의해, 실험에 기초한 개개의 사례 비교와 음미를 통해 자연의 일반법칙을 찾는 방법, 즉 과학적 귀납법이 제창됨으로써 과학의 의미가 자연물이나 자연현상을 연구대상으로 한 자연과학의 의미로부터 벗어나서 관찰이나 실험에 기초한 과학적 귀납법에 의한 연구라고 하는 의미로 전환해 나오게 되었다. 그 결과, 과학자들은 자연물이나 자연현상뿐만 아니라 사회나 인간까지도 연구대상으로 받아들여 가게 되었던 것이다.

이와 같이 과학적 귀납법의 확립에 절대적인 역할을 행했던 『노붐 오르가눔』의 저자 베이컨의 학문관은 어떠했었는가? 베이컨의 『노붐 오르가눔』은 그보다 15년 전에 출판되었던 『학문의 진보』(*The Advancement of Learning*, 1605)의 밑그림 하에서 쓰여졌던 것으로 『노붐 오르가눔』을 통해 과학적 귀납법을 확립시킨 베이컨의 학문관은 『학문의 진보』에 잘 나타나 있다.

우선 그의 삶의 여정을 간단히 살펴본다. 프란시스 베이컨은 1561년 런던에서 대법관 베이컨 경과 엘리자베스 여왕(재위, 1558~1603)의 총신 벌리 경의 처제의 둘째 아들로 태어났다. 12살 때 케임브리지 대학에 입학, 2년 만에 대학생활을 마치고 15살에 그레이인 법학원에 입학한다. 18살에 부친이 사망하자 잠시 그레이인 법학원에 머물면서 법학과 철학 연구에 몰두하다가 그는 직업법관으로 출발한다. 그 때부터 그는 학문과 정치라고 하는 두 갈래 길에서 한 평생 고민해 가게 된다. 23살에는 서민원 의원에 선출된다. 33살 때인 1594년에는 엘리자베스 여왕의 법률고문에 임명된다. 42살 때인 1603년에 엘리자베스 여왕이 사망하고 제임스 1세(재위, 1603~1625)가 등극과 함께 기사작위를 받는다. 그 때부터 그는 국왕의 총애를 받기 시작한다. 그 때부터 그는 인류의 「위대한 부흥」의 시리즈 출판을 계획해 그 단편적인 착상을 엮어가게 된다. 그의 「위대한 부흥」의 첫 결실이 그루부터 2년 후 출판된 『학문의 진보』(1605)였다. 그가 『학문의 진보』를 출판했던 그 다음 해인 45살 대 법무장관에 임명되고 케임브리지 대학을 대표하는 서민원 의원에 선출된다. 1618년에는 대법관이 되고, 귀족원에 진출한다. 1620년 59살 때는 『신기관』이 수록된 『위대한 부흥』(*Instauratio magna*)이 출판된다. 그러나 그는 그 다음 해 5월 귀족원에서 뇌물수뢰 혐의로 탄핵을 당해 투옥되었다가 풀려나 그 후 시골의 자택에서 머물게 된다. 그 후 그는 『바람의 역사』, 『생명과 죽음의 역사』 등을 출판해가면서 생활해가다가 1625년 제임스 1세가 사망하고 찰스 1세가 왕위에 오르자, 추밀원 의원직을 상실하게 되고, 아내의 불륜으로 이혼상태에 있다가 그 다음해 급사한다.

그는 대법관까지 오르는 법관 생활, 케임브리지 대학을 대표하는 서민원 위원생활을 해가면서도 총 26권의 저서를 집필 출판해 냈다. 그렇다면 그는 어떤 학문관을 가지고 있었기 때문에 정치와 학문을 병행해 갈 수 있었던 것인가? 그는 『학문의 진보』의 제 2 권 「머리말」에 해당되는 「국왕 폐하 전상서」에서 다음과 같은 말을 하고 있다.[8]

폐하께서는 선한 정치를 위한 잠정적 조치만이 아니라, 일관되고 영속적인 조치

---

8) 프란시스 베이컨 저·이종흡 역(2002), 『학문의 진보』, 아카넷, pp.139-140

도 염두에 두시는 것이 적절하고도 마땅한 일이라 생각됩니다. 제가 감정에 흔들려 판단력을 잃는 것이 아니라면, 영속적인 조치 중에서도 가장 가치 있는 것은 진실하고 결실 풍부한 지식을 세상에 더욱 더 많이 유포하는 일입니다. 왜 몇 되지 않는 기성 저자들이 헤라클레스의 두 기둥처럼 버티고 있어야 한단 말입니까? 폐하처럼 발고도 온유한 별이 우리를 인도하여 이끌고 계실진대, 우리가 두 기둥을 벗어나 멀리 항해하여 발견을 이룩하지 못할 이유가 어디 있단 말입니까?

윗 인용문 속의 「폐하」란 1603년 사망한 엘리자베스 여왕에 이어 등극한 제임스 1세를 가리킨다. 그는 위의 인용문이 들어있는 「국왕 폐하 전상서」의 끝부분에서 「국왕이 해야 할 일」을 언급하고 있는데, 그가 파악한 「국왕의 일」이란 정치의 최고 목표라 할 수 있는 「미래를 준비하는 일이며 이를 위해서는 진실하고 결실 풍부한 지식을 세상에 더욱 더 많이 유포하는 일」이라고 하는 것이었다.9) 이와 같이 그는 「지식」을 추구해 그것으로 국가의 미래를 설계해가는 것이 정치의 최고 목표라는 견해를 취해 정치적 행위와 학문을 동일한 것으로 본다는 입장을 취했던 것이다. 그렇다면 그가 말하고 있는 「진실하고 결실 풍부한 지식」이란 어떠한 지식을 말하는 것인가? 이 물음에 대한 답은 우선 제 1 권의 「국왕 폐하 전상서」에 암시적으로 드러나 있다. 「국왕 폐하 전상서」는 제 1 권의 「머리말」에 해당되는 부분인데, 그는 여기에서 「지식이란 곧 상기(想起)인 바, 인간 정신은 자연적으로 만물을 인식하며 인간정신에는 천연의 본원적인 관념들이 들어 있다」고 말하면서 「저는 폐하에게서 바로 그 같은 자연의 빛을 관찰하였습니다」라고 말하고 있다. 또 그는 「당신께는 군주답고도 샘물이 솟듯이 유창한, 그러면서도 자연의 질서를 거스르지 않는 말솜씨」가 있다고 하는 말을 하고 있다. 이와 같이 그는 왕에게 「자연의 빛」이라든가 「자연의 질서」 등과 같은 말들을 써가면서 「자연」을 드러내고 있다. 그 다음 그는 「제 1 장」에 와서 자신이 「머리말」에서 「자연」을 드러내 놓았는지를 확실히 보여주고 있다. 그는 솔로몬, 사도바울 등과 같은 여러 성직자들이 「지식을 매우 제한적이고 조심스럽게 받아들여져야 할 것들 중의 하나」라 했고 「과도한 지식에 대한 열망은 실낙원을 야기한 최초의 실험이요 원리」라는 견해를

---

9) 상동서, p.502

취해 왔다고 말하면서 그러한 생각은 다음과 같은 사실을 고려하지 않았기 때문에 생겨난 오해로부터 비롯된 것이라 말하고 있다. 즉 그는 「실낙원을 야기한 것은 자연과 만물에 대한 순수한 지식이 아니라 선과 악에 대한 교만한 지식이었다」고 하는 입장을 취해 성직자들이 지적해 온 「지식의 독성」에 대한 견해를 반박하고 있다.10) 이렇게 봤을 때, 그가 말하고 있는 지식은 인간의 행위의 결과로서 지각되는 「선」이나 「악」에 대한 도덕적 관념이 아니라 「자연」이나 그것을 구성하는 「만물」에 대한 지식을 의미하는 것이었다. 그는 인간의 「자연과 만물에 대한 순수한 지식은 아담이 자기 앞에 주어진 에덴동산의 다른 피조물들에게 각 피조물들의 본성에 어울리게 이름을 부여하는데 사용한 것」이었고, 「반면에 선·악에 대한 교만한 지식은 시험의 형식을 취한 하나님의 명령에 더 이상 의존하지 않고 인간이 자기 자신들에게 법을 부여하려는 의도를 갖는 것이었다」는 입장을 취했다11)

그는 이와 같은 입장을 취해 「헤라클레스의 두 기둥」의 이야기를 끌어들여 앞으로 영국인들이 「자연과 만물」에 대한 지식들을 취해 갈 수 있는 방안을 제시했다. 그는 이 「헤라클레스의 두 기둥」에 관해 앞의 인용문에서도 말하고 있지만 제 2 권의 「머리말」의 마지막 부분에서도 말하고 있다. 그는 거기에서 「오늘날 올바로 가슴에 새겨야 할 말은 "더 이상은 아닌"(mon ultra)라는 표어가 아니라 "더욱 더"(plus ultra)라는 표어이다」라고 지적하면서 「항해와 발견에서의 진척은 지식 전반에 걸쳐서도 진보와 확장에 대한 기대감을 키워 줄 수 있다」라고 말하고 있다. 그의 이러한 말들을 고려해 봤을 때, 그는 영국인들이 「자연과 만물」에 대한 지식들을 확대시켜 가기 위해서는 더욱 더 넓은 세계로 나가서 그 세계를 구성하는 자연물들을 경험해야 한다는 것이었다. 그의 그러한 생각은 『학문의 진보』루부터 15년 늦게 출판된 『위대한 부흥』의 일부인 『신기관』의 제목 페이지에 수록된 그림으로도 구체화되었다. 『신기관』의 표지 그림은 헤라클레스의 두 기둥 사이로 거친 바다를 헤쳐 나가는 한척의 범선을 그린 것으로서 그 두 기둥은 지브롤타 해협을 형상화시킨 것으로 당시 유럽인들의 지식의 한계를 뜻했고, 범선에는 앞으로 헤쳐 나간다는 뜻의 모토가 적혀져 있고, 범선의 밑에는 "많은 사람들이 빨리

---

10) 상동서, p.10
11) 상동서, 상동면

왕래하니 지식이 확대되리라"라는 다니엘서(12장 4절)의 말이 적혀져 있다.

이렇게 봤을 때, 프란시스 베이컨의 학문관은 지식을 추구하는 행위가 인간에 있어서의 학문적 행위이고 그것이 바로 국가를 부강하게 만드는 방법이라 생각했고, 또 그 지식이란 자연에 대한 지식을 의미했으며 그러한 자연에 대한 폭넓은 경험과 그것들에 대한 관찰을 통해서 취해진다고 사상들을 비탕으로 형성되어 있었던 것이다. 과학적 귀납법은 그의 그러한 학문관을 기초로 해서 확립되어 나왔다고 이야기되고 있다.

자연 과학, 특히 물리학적 법칙에 대한 연구로 출발한 과학은 뉴턴이『프린키피아』(1681)를 간행해「만유인력(萬有引力)의 법칙」을 주장하게 된 시점에서 물리학을 통한 과학이 확립되어 나온다. 그 후 인간들의 자연에 대한 관심은 자연을 구성하는 물체들의 역학(力學)적 관계들에 대한 관심으로부터 인간의 존재의 토대를 이루고 있는 물체나 물질의 구성요소들에 대한 관심으로 전환해 나왔다. 화학(化學)은 바로 인간의 그러한 관심을 통해 성립해 나왔는데, 그 성과는 캐벤디시의 수소(水素)의 발견(1766)으로 출발해서 라보아지에(A.L.Lavoisier)의「연소산화이론」(1777)을 비롯한「질량불변의 법칙」의 확립,「원소의 개념」확립, 이탈리아의 아보가드로(A.Avogadro)의「기체분자가설」(1811)을 통한 원자들의 결합체로서의 물질적 특성을 갖는 최소단위로서의 분자의 개념 성립 등으로 전개되어 나왔다.

인간들의 이와 같은 자연에 대한 과학적 연구는 19세기로 들어와서는 생물에까지도 행해지게 되었다. 그 첫 예가 라마르크(J.B.P.A.de Lamarck)의「동물철학」(1809)과「무척추동물지」(無脊椎動物誌, 1815)등을 통한 진화론에 대한 발표였다. 인간의 생물학적 자연에 대한 연구는 찰스 다윈(C. Darwin)의『종(種)의 기원』(1859), 멘델(G. J. Mendel)의『유전(遺傳)의 법칙』(1865)등의 발표로 발전되어 나갔다. 그러한 과정에서 생물학으로부터, 자연계를 구성하는 동물의 일종으로서의 인간의 생리적 현상에 대한 연구를 주축으로 한 심리학(psychology)도 성립되어 나오게 된다.

19세기 말 20세기 초를 전후해서 과학은 제임스(William James)의『심리학의 원리』(1890), 베르그송(Henri Bergson)의『의식의 직접적 성립조건에 관한 試論』

(1889), 프로이트(Sigmund Freud)의 『꿈의 분석』(1900) 등의 경우와 같이 인간의 정신적 현상까지도 연구대상으로 받아들여가게 되어, 정신과학 등과 같은 용어들이 성립되어 나왔다. 이와 같이 인간의 정신 현상에 대한 규명이 학문적 차원에서 접근되는 과정에서 언어학(linguistics)과 같은 학문도 등장하였던 것이다.

과학이 자연현상만을 연구대상으로 받아들었던 19세기 전반까지만 해도, 사회적 현상이나 문화적 현상, 혹은 인간의 심리적이나 정신적 현상은 인간에 의해 만들어지는 현상으로 생각했었기 때문에 과학적 연구의 대상으로 인식되지 않았다. 그러나 19세기 후반부터 인간도 생물학적 자연의 구성분자의 하나로 인식되어 나옴에 따라 인간의 사회적, 심리적, 정신적 현상들도 자연 현상들 중의 하나로 받아들여짐에 따라 그것들이 과학적 연구의 대상이 되어 그러한 용어들이 성립되어 나오게 됐던 것이다. 인간들의 그러한 과학적 연구는 그 정도에서 끝나지 않고 20세기 후반으로 들어와서는 문화현상 그 자체에까지 확장되어 나와 문화 연구라고 하는 새로운 차원의 학문이 성립되어 나오기에 이르렀던 것이다.

제 2 장

인간중심시대의 예술_문학

1. 서구에서의 휴머니즘과 인간연구의 성립배경

신중심 시대에는 '인간사회'가 인간 자신들에 의해 삶이 실현되는 장소로서 발견, 정립되어가는 과정에서, 철학이 그 시대의 대표적 학문으로 성립, 전개되어 나갔다고 할 수 있다. 그렇다면, 인간중심 시대의 학문은 문학과 과학이라는 형태를 취해 성립해 전개되어 나갔다고 할 수 있다. 인간중심 시대의 대표적 학문으로서 문학과 과학이 성립되어 나왔던 것은 인간들이 신이라고 하는 관념체계로부터 해방되어 나와 이 지구상에서 독자적 존재들로 인식되고, 또 그들이 처해 있는 물리적 세계가 그들 자신들의 존재의 실재적 터전으로 인식되면서였던 것이다.

여기에서는 우선 인간중심주의는 어떻게 성립되어 나왔는가, 문학과 과학이 어떻게 인간중심 시대의 대표적 학문으로 성립해 나왔는가, 또 인간중심주의적 사고와 사상은 문학과 과학을 통해 어떻게 발전되어 나갔는가, 등에 관해 고찰해 보기로 한다.

인간중심이란 인간주의, 인도주의(人道主義), 인문주의(人文主義), 인본주의(人本主義) 등의 원어(原語), 휴머니즘(humanism)을 근거로 해서 성립된 용어라 할 수 있다. 따라서 인간중심의 의미는 휴머니즘의 의미로부터 고찰될 수 있다. 휴머니즘의 사상적 배경은 우선 우리가 앞장에서 고찰해 왔던 스콜라 철학과 관련시켜 이해해 볼 수 있다. 앞장에서 이미 언급했던 바와 같이 스콜라 철학은 9세기경에 성립되어 나와 르네상스 시대(1300~1500)까지 지속되었다. 이렇게 볼 때, 르네상스 운동이란 스콜라 철학의 전성기(1200~1300)의 분위기를 타고 시작되었다고 말할 수 있다. 그런데, 스콜라 철학이 플라톤 철학과 스토아 철학을 받아들여 4세기 초에 성립되어 나왔던 교부철학을 기초로 해서 성립되었다는 점을 감안해 보면, 헬레니즘 시대(334~330, BC)의 철학을 대표했던 스토아 철학과도 관련시켜 그것을 고찰해 볼 수 있다. 그렇다면 스토아 철학은 어떠한 차원에서 스콜라 철학과 상통될 수 있으며, 또 그러한 차원에서 스토아 철학과 상통하는 스콜라 철학은 어떠한 의미에서 르네상스 운동의 기초를 제시했다고 볼 수 있는 것인가?

일반적으로 휴머니즘이란 인간의 본성(humanity)을 존중하는 입장으로서 인간을 속박하고 억누르는 것들로부터 인간을 해방시키려는 사상을 가리킨다. 그런데 이 「휴머니즘」"humanism"이란 용어는 라틴어 「휴머니타스」 "humanitas"로부터 나온 것으로서 우리는 이 말의 창시자를 키케로(Marcus T. Cicero, 106~43, BC)로 보고 있다. 키케로는 '인간이 고귀한 인간이 되기 위해서는 무엇을 목표로 해서 노력하지 않으면 안 되는가'라고 하는 물음에 대한 해답으로서, 로마인들이 그리스의 생활과 문화를 적극적으로 받아들여 그것을 이상으로 해야 한다는 입장을 가졌었던 자였다. 키케로의 그러한 입장은 그의 저서 『의무론』에 잘 드러나 있다. 구체적으로 말해서 그는 거기에서 로마인들이 고귀한 삶을 살기 위해서는 그 이전의 그리스인들이 추구해갔던 생활과 문화에 대한 고전적 교양을 지녀야한다는 입장을 취하고 있는 것이다.

키케로의 그와 같은 입장은 다음과 같은 차원에서 보다 구체적으로 지적될 수 있다. 하나는 그리스인의 생활과 문화가 당시 로마인의 그것들 보다 더 인간 중심적이었기 때문에, 혹은 더 보편성을 지닌 것들이었기 때문에 로마인들이 그리스인들로부터 그러한 인간중심주의적이고 보편적 사고를 배워야 한다는 것이었다. 다른 하나는 헬레니즘 시대의 뒤를 이어 등장한 로마시대의 인간들이 스토아 학파에 의해 제시된 아이디어, 즉 인간의 이성으로 파악된 자연의 법칙과 인간의 보편적 정의에 의해 지배되는 세계국가의 구상이라고 하는 아이디어를 취해서 바로 그 로마제국을 건설해갔다는 사실을 감안해 볼 때, 키케로가 지적하는 그리스인들이란 헬레니즘 시대의 그리스인들이거나 혹은 그 시대의 그리스인들에게 사고의 기초를 제시했던 폴리스국가시대의 그리스인들이었다고 하는 것이다.

이러한 점들을 고려해 볼 때, 키케로가 창시한 휴머니타스의 의미는 다음과 같은 측면에서 파악될 수 있다. 로마제국 건설의 이론적 토대를 제시한 스토아철학이란 지중해 세계와 오리엔트 세계가 하나로 통일되어 헬레니즘 세계가 형성되어 나오는 과정에서 성립된 것인데, 키케로의 휴머니타스는 로마인들에 의해 건설된 세계제국의 이론적 기반을 제시한 바로 그 헬레니즘의 세계시민주의(cosmopolitanism)를 통해 취해낸 인간의 본성을 의미했던 것으로 고찰된다. 그런데, 필자가 여기에서 주장하고자 하는 것은 세 가지이다. 하나는 키케로의 그러한 휴머니타스가 교부철학과 스콜라 철학을 통해 전승되어 나와 결국은 르네상스기의 휴머니즘으로 발전해 나오게 되었다는 것이다. 다른 하나는 십자군 전쟁을 통해 지중해의 크리스트교 세계, 오리엔트의 이슬람교 세계, 동아시아의 유교문화권 세계 등이 접촉해가는 과정에서 키케로의 그러한 휴머니타스가 르네상스기의 휴머니즘으로 발전해 나왔다고 하는 것이다. 나머지 하나는 르네상스 운동을 통해 그러한 새로운 보편적 가치체계가 형성되는 과정에서 기존의 철학적 사고가 과학적 사고로 전환해 나와, 결국 인간연구의 학문으로서의 문학과 인간의 존재기반으로 받아들여진 자연에 대한 연구로서의 과학이 성립되어 나와 인간중심시대의 대표적 학문들로 정착되어 나왔다고 하는 것이다.

그렇다면, 문학과 과학이 어떻게 학문으로 성립되어 나왔던 것인가에 관해 논해 본다. 앞에서도 언급한 바와 같이 인간중심시대에서의 「인간중심」이란 「신 중심」의 대립개념으로서 성립된 말이다. 그것은 신을 중심으로 해서 인간과 그의 세계를 고찰해 볼 것이 아니라 인간자신을 중심으로 해서 인간과 세계를 파악한다는 말이다. 그러한 입장은 앞에서 언급한 바와 같이 크리스트교의 유일신 사상에 빠져있던 유럽인들이 십자군 전쟁(1096~1291)을 통해 이슬람교 문화, 인도의 불교 문화, 동아시아의 유교문화 등과의 접촉을 계기해서 그 동안 절대적인 존재로 믿어왔던 자신들의 신을 상대적 존재로 인식하게 됨으로써 형성되었다고 할 수 있다. 특히, 이데아 중심의 신플라톤철학을 근간으로 해서 확립되어 있었던 당시의 신학은 이슬람문화권에 알려져 있던 현상계 중심의 아리스토텔레스 철학과와 접촉을 통해서 인간중심의 고대 그리스문화를 알게 됨으로써 스콜라철학으로 전환

해 나올 수 있었던 것이다. 다시 말해, 수 세기동안 신플라톤주의에 빠져있었던
신학자들은 아리스토텔레스의 철학과의 접촉을 계기로 스콜라철학자로 전환해 나
갔던 것이고, 또 그들은 아리스토텔레스의 철학에 대한 연구정도에 머물러 있지
않고, 고대 그리스와 로마문화 전체에까지 그들의 관심을 확대시켜나갔던 것이다.

그렇다면 그 이유는 무엇이었을까. 십자군 전쟁 전후의 유럽인들은 크리스트교
사상체계에 흠뻑 빠져있었던 사람들이었다. 바로 그들이 그 사상체계가 형성되어
나오기 이전의 유럽인들의 사고체계에 관심을 갖게 됐다는 것은 결국 무엇을 의미
하였던 것인가. 그것은 다름이 아니고 그 동안 크리스트교 사상에 빠져있던 유럽
인들이 타 문화권의 종교들과의 접촉을 계기로 해서 상대화된 자신들의 아이덴티
티를 회복시켜 가는 과정에서 자신들의 과거세계, 즉 크리스트교 사상에 빠져들기
이전의 세계에 관심을 갖게 되었다고 하는 것이다. 십자군 전쟁 후 유럽의 지식인
들이 너도나도 고대 그리스·로마의 고전을 연구해갔던 것은 다름이 아니라 크리
스트교 사상에 물들기 이전의 고대 그리스·로마인들의 사고체계를 끌어내서 그
것을 통해 새로운 차원에서의 인간세계를 구축해 보기 위해서였던 것이다.

이상과 같은 역사적 상황 속에서 십자군 전쟁 이후의 유럽인들의 사고는 인간
중심의 사고로 전환해 나오기 시작하였다. 르네상스기의 유럽인들은 인간이 자연
계에 처해있는 인간 자신의 시각에서 인간과 세계를 논해간다고 하는 사고로 전환
해 나왔던 것이다. 십자군 전쟁 이후 유럽에서 일어난 르네상스 운동은 사실은
스콜라철학자들의 아리스토텔레스 연구를 시발로 해서 행해졌다. 스콜라철학자들
을 비롯한 인문주의자들은 아리스토텔레스 연구를 위해 고대 그리스어를 연구해
갔고, 그것을 연구하는 과정에서 고대 그리스·로마의 고전들을 접하게 되었던
것이다. 르네상스 운동이란 이와 같이 고대 그리스·로마의 고전에 대한 연구가
본격화됨으로써 시작되었던 것이다.

십자군전쟁을 통해서 성립해 나왔던 스콜라철학은 이성적 사고를 통해 신과 인
간과 세계를 조화시켜보려는 차원에서 머물러 있지만은 않았다. 이성의 주체가
바로 인간이라는 점을 적극적으로 받아들여 인간을 중심으로 해서 세계와 인간과
의 새로운 관계를 구축해보려는 입장까지도 산출시켜갔던 것이다. 세계를 창조했

다고 하는 창조주 신을 중심으로 해서 세계를 인식해보려는 입장으로부터 세계를 인식해내는 인식 주체인 인간을 중심으로 해서 세계를 이해해 보려는 입장으로 전환해 나왔던 것이다. 이러한 입장에 기초한 인간 중심의 사고체계는 로마교황청을 중심으로 해서 인간사회를 파악해갔던 기존의 입장을 개개의 인간 자신들이 처해있는 지역들을 중심으로 해서 인간세계를 파악하려는 입장으로 전환시켜나갔다. 또한 그것은 로마교황청에서 사용되는 라틴어로서가 아니라 개개인의 인간이 일상생활 속에서 사용하는 속어로 자신들의 구체적 생각과 감정을 표현해야 한다는 입장을 출현시켜 나갔던 것이다. 보다 구체적으로 말해서 유럽인들은 십자군 전쟁에 대한 체험을 통해 신의 입장에서 세계를 인식해 갈 것이 아니라 인간 자신의 입장에서 세계를 인식해가야 하고, 또 성직자들의 입장에서 인간사회를 인식해 갈 것이 아니라, 일상 생활인들의 입장에서 그것을 인식해 가야 한다는 입장을 형성시켜 나왔던 것이다.

십자군 선생 선까시반 해도 유럽인들은 인간 세계를 창조해낸 것이 신이기 때문에, 인간의 존재기반을 신 내지 신이 존재한다고 생각했던 천(天)으로 파악했다. 그러나 그들은 십자군 전쟁을 계기로 인간의 존재기반을 자신들이 처해 있는 지역의 자연으로 인식하게 되었던 것이다. 인간과 인간이 처해 있는 지역의 자연을 중심으로 해서 세계를 바라다보려는 그러한 사고 체계는 단테(Dante Alighieri, 1265~1321)와 같은 인물을 탄생시켰다. 단테는 로마의 교황청과 성직자들이 쓰는 라틴어로서가 아니라 자신이 처해 있는 지역의 언어로 인간과 세계에 대한 기술을 시도하였다. 인간 자신과 그들이 처해 있는 자연을 중심으로 해서 세계를 인식하고 우주를 인식해보려는 그러한 사고체계는 결국 지동설을 주장하는 코페르니쿠스나, G. 부르노, 갈릴레이 등과 같은 사람들도 산출해냈다. 그 결과, 서구인들의 사고체계는 신중심의 사고체계에서 인간중심의 사고체계로 전환해 나오게 됐던 것이다. 이러한 사고체계의 전환을 우리는 코페르니쿠스적 전환이라 말하고 있다. 이러한 전환과 관련해 20세기 최대의 역사철학자라 할 수 있는 부르크하르트(Jacob Burckhardt, 1818~1897)는 그의 저서 『세계사적 성찰』(1905)에서, 「모든 사상은 코페르니쿠스가 그때까지 우주의 중심으로 인식되어 왔던 지구의 위치를 우주의 중심으로부터 하나의 단일한 태양계의 한 종속된 궤도 속으로 할당시킨 이래 비로소 자유롭게 되었다」라고 말하고 있다.[1]

인간이 그러한 신 중심적 사상체계로부터 벗어나서 인간 자신들을 중심으로 해서 세계를 파악해 보려는 인간 중심적 사고체계를 형성해 가기 위해서는 우선 무엇보다도 인간 자신들에 대한 성찰과 연구가 요구되었고, 또 인간 존재의 기반으로 인식되는 자연에 대한 고찰이 요구되었던 것이다.

13세기 14세기의 유럽인들의 고대 그리스·로마의 고전연구는 그러한 역사적 상황 속에서 시작되었고, 그러한 연구가 행해지는 과정에서 인간에 대한 연구, 즉 인간성의 발견과 계발을 위한 인문주의 학문이 성립되어 나왔다. 그래서 그것은 인간 자신에 대한 연구로 출발해서 인간 존재의 기초로 인식되기 시작된 자연계에 대한 연구로 전개되어 나갔다. 이렇게 해서 르네상스운동 이후의 절대주의 시대(17세기~18세기 전반)로 넘어와서 인문학으로부터 문학(Literature)이 성립되어 나왔고 자연계에 대한 연구로부터 과학(Science)이 성립되어 나오게 됐던 것이다.

2. 서구에서의 인간 연구로서의 문학의 성립과 전개양상

초기의 대표적 인문학자로는 단테(Dante Alighieri, 1265~1321)를 들 수 있다. 그는 1287년 피렌체의 성 크로체 수도원의 수련사로 들어가, 문법, 수사학 등을 배우고, 또 보로냐 대학 등도 드나들게 된다. 1290년(25세) 18세 때 사랑에 빠졌던 베아트리체가 사망하자 정신적 위기에 직면한다. 그때 그는 6세기 로마 말기의 철학자 보에티우스의『철학의 위안』이라든가 키케로의『우정에 관해서』등을 읽으며 마음의 상처를 치유해 갔다. 그는 그때부터 고전에 마음이 끌려 서재 생활을 시작해 인문주의의 추진을 위해 고전 연구에 빠져든다. 그 후 그는 이탈리아어로『신생』(新生, 1293)을 집필, 이어서『향연』(1306년경 완성) 등을 구상해 갔다. 그로부터 12년 후인 1304년부터는 문학을 라틴어로부터 해방시키겠다는 목적으로

---

1) 야콥 부르크하르트 저·이상신 역(2001),『세계사적 성찰』, 도서출판 신서원, p.266

『속어론』(*De Vulgari Eloquentia*)을 집필하고, 1307년부터는『신곡』(1320년경 완성)을 구상해 갔던 것이다.

이렇게 성립된 인간에 대한 연구는 보카치오의『데카메론』(1349), 페트라르카의『칸소니에레』(俗事詩抄, 1350), 초서의『켄터베리 이야기』(1387), 에라스무스의『우신예찬』(愚神禮讚, 1511), 토마스 모어의『유토피아』(1516), 마키아벨리의『군주론』(1532), 몽테뉴의 『수상록』(1588), 셰익스피어의 『로미오와 줄리엣』(1595),『베니스의 상인』(1597) 등을 통해 확립해 나갔다.

르네상스기에 있어서의 고대 그리스·로마 고전 연구로 시작된 인간에 대한 연구는 이상과 같이 신, 인간사회, 자연, 사회 속의 인간자신들의 삶에 대한 관찰 등으로 시작되어 당시 자신들이 처해 있는 자연계, 그것을 기초로 해서 성립된 인간 사회 등에 대한 연구 등으로 전환해 나갔다. 다시 말해, 인간에 대한 연구 방법은 대자연이나 혹은 그것을 기초로 해서 성립된 인간 사회 속에서 인간들이 행하는 행동들이나 생각들 등을 글로 표현해 내서 그것들을 통해서 인간이란 어떠한 존재인가를 파악해 보려는 입장이었다. 그러한 작업들의 결과물들의 일종이 다름 아닌 바로 상기의 작품들이었던 것이다.

이러한 인간에 대한 연구는 14세기 초 이탈리아반도에서 주로 상공업에 종사하고 있던 자들이 모여 살던 자유도시들에서 일기 시작됐던 르네상스 운동을 통해 성립 전개되어 나갔다. 유럽에서의 르네상스(Renaissance) 운동은 이탈리아 지역에서 시작되어 스페인, 영국, 프랑스 등 유럽 각지로 퍼져 나갔다. 르네상스 운동에서의 「르네상스」란 「문예부흥」(文藝復興)의 의미이고, 또 이 경우에 있어서의 「문예」란 인간 중심시대의 고대 그리스·로마 시대의 문예를 의미하는 것으로 문예부흥 운동이란 인간 중심시대의 고대 그리스·로마 시대의 문예를 부흥시키자는 운동을 의미한다.

근세 유럽인들은 14세기에서 16세기에 걸쳐서의 그러한 르네상스 운동을 통해 중세인들의 신 중심주의적 사고를 고대 그리스·로마인들의 인간 중심주의적 사고로 전환시켜나갔다. 이러한 고대 그리스·로마 문예부흥운동이 인간 연구의 제 1 단계였다고 할 수 있다. 그러한 인간연구의 제 1 단계를 통해 형성되어 나왔던 그들의 인간 중심주의적 사고는 인간의 존재가 신에 기초해 있는 것이 아니라 자연에 기초해 있다는 사상에 입각해 형성되었고, 또 인간의 존재가 자연에 기초해 있다고 하는 그러한 사상은 신을 기초로 해서 형성되어 있었던 인간 사회를 자연을 기초로 하는 인간 사회로 변환시켜 나갔던 것이다. 그러한 과정에서 인간 연구의 제 2 단계가 성립되어 나왔는데, 그것이 바로 14세기 후반에서 16세기 전반에 걸쳐서 행해졌던 종교개혁 운동을 통한 사회제도 개혁이었다.

르네상스 시기에서의 종교개혁운동은 영국의 존 위클리프(John Wicliff, 1334~1384), 보헤미아(체코)의 잔 후스(Jan Hus, 1369~1415) 등으로부터 시작되어, 독일의 마르틴 루터(Martin Luther, 1483~1546) 등을 통해 전개되어 나갔다. 그들은 로마의 교황을 중심으로 한 교권의 횡포에 반발해 자신들이 처해 있는 국가의 군주를 중심으로 한 왕권 강화 운동을 일으켜 갔던 것이다. 로마를 중심으로 한 교황권이란 로마의 교황청을 중심으로 형성된 사회에서 발동될 수 정치력이다. 그러나 르네상스기의 유럽인들에 있어서의 신을 기초로 해서 자신들의 존재를 의식하려는 입장이 해소되고 자연을 기초로 해서 자신들의 존재를 의식하려는 입장이 성립되어 나옴에 따라 교황권은 약화되어 결국은 지역을 기초로 해서 형성된 국가라고 하는 기관의 최고 권력자 중심의 사회가 성립되어 나오게 되었던 것이다.

이와 같이 르네상스기의 유럽에서의 종교개혁운동은 결국은 교황 중심의 사회를 각 지역들의 군주 중심의 사회로 전환시켜 놓았다고 말할 수 있는데, 그러한 전환 과정에서 근세 유럽인들은 처음에는 교권과 나중에는 왕권과도 투쟁해 가지 않으면 안 되었다. 그들은 그러한 과정에서 인간 사회를 통한 인간에 대한 연구를 행해갔던 것이다. 우리는 그 전형적인 한 예로서 토마스 모어(Sir Thomas More, 1478~1535)의 『유토피아』의 창작을 들 수가 있다.

토마스 모어는 런던에서 법원의 판사의 둘째 아들로 태어났다. 그는 14살에 옥스퍼드 대학에 입학해 새로운 학문을 배워가면서 라틴어와 그리스어를 배워 휴머니즘 사상과 접하게 됐다. 모어는 부친의 권유로 옥스퍼드를 떠나 린스카 인으로 옮겨 법률을 공부해 변호사 자격증을 취득한다. 그는 그곳에서 에라스무스를 알게 되어, 26세였던 1504년 국회위원에 초선되나 국회에서 헨리 7세의 가혹한 세금

부과안에 반대해 왕의 분노를 사 공직에서 물러난다. 공직생활에서 물러난 그는 금욕생활을 해가면서 대학제도를 연구했다. 1509년 헨리 8세가 즉위하자 그는 런던의 대리 집정관 등이 된다. 51세에 가서 그의 직책은 대법관까지 오른다.

당시 영국에서도 종교개혁운동이 일고 있었는데, 헨리 8세는 교황의 편에 서서 종교개혁을 적극 반대하였다. 모어 자신도 왕의 편에서 종교개혁에 반대하는 입장을 취했다. 그가 종교개혁에 반대했던 것은 자신이 섬기는 왕의 입장을 취해「종교개혁이란 유럽의 장구한 기독교 문명과 사회제도를 파괴한다고 생각했으며」, 또 인간들의「신앙의 자유를 실제의 정치에 적용하고 싶지도 않았던」것이다.[2] 그렇지만 그는 자신이 포악한 왕의 신하가 되어 왕의 그러한 정책을 추진해 가는 것에 대해 양심의 가책을 느껴 갔었던 것은 사실이었다.

헨리 8세는 왕위에 오르자, 형 아서의 마망인이었던 캐서린과 결혼했다가 메리 공주 이외에는 다른 소생이 없자 캐서린과 이혼하고 안과 재혼하게 된다. 그러자 교황청은 안과의 결혼을 불법이라 선언하고 10일 이내에 이혼하지 않으면 파문한다는 통고문을 보냈다. 그러자 헨리 8세는 로마 교회와의 결렬을 선언하고 영국 왕이 국내의 모든 교회의 교주임을 선언했다. 그러자 카톨릭을 지지해 오던 모어는 1532년 대법관 직을 사퇴하고 그 다음 해에 거행되었던 안 왕후의 대관식에도 참석하지 않았다. 그러나 그의 그러한 입장과는 무관하게 그 다음 해 왕위 계승법이 국회에서 동의를 얻게 된다. 그 왕위 계승법이란 캐서린과의 사이에 출생한 메리 공주를 서출로 인정해 왕위 계승을 금지하고 안 왕후의 소생에게 왕위 계승권을 인정한다는 것이었다. 왕이 모어에게 이 법안에 동의한다는 선서를 하도록 명령했지만 그가 끝내 거절하는 바람에, 결국 그는 런던탑에 오랫동안 감금되었다가 1535년 반역죄로 사형선고를 받는다. 그는 사형집행인에게 "기운을 내게. 자네는 직책을 과감히 수행해야 하네. 내 목은 짧으니 조심해서 자르게"라는 농담을 하며 최후를 마쳤다고 한다.

그의『유토피아』의 창작은 그가 1515년 통상문제로 네덜란드에 파견되어 나가 그 곳에서 영국의 사회적 현실의 개혁 필요성을 절감한 나머지 행한 것으로서 그

---

2) 토마스 모어 저·원창엽 역(1994),『유토피아』, 홍신문화사, p.14

다음 해에 완성 출판되어 나왔다. 작품의 내용은 토마스 모어가 '네덜란드에 머무르고 있었을 때, 「유토피아」(no place의 의미)라는 지역을 방문해 그 곳에서 얼마간 살고 왔다는 라파엘이라는 사람으로부터 사유재산을 인정하지 않고 있는 유토피아라는 지역의 사회제도에 관해 들은 이야기를 해가는 형식을 취하고 있다.

르네상스기에 있어서의 인간 연구의 제 3 단계는 인간들의 존재 기반으로 받아들여진 자연을 통한 연구였다. 그러한 연구는 데카르트와 함께 근세철학의 아버지로 불리는 영국의 프란시스 베이컨(Francis Bacon, 1561~1626), 영국의 경험론의 대표적 철학자 존 로크(John Locke, 1632~1704), 프랑스의 계몽주의의 대표적 철학자 볼테르(Voltaire, 1694~1778) 등을 통해서 이루어졌다. 이들에게 있어서의 인간에 대한 연구는 인간이란 자연을 자신의 존재 기반으로 하고 있다고 하는 입장에서 자연에 대한 경험을 통해 취한 지식이 바로 참된 지식이라고 하는 입장에서 행해졌던 것이다.

이상과 같이 르네상스 초기에서의 그러한 인간에 대한 연구는 주로 대자연 속에 처해 있는 인간들의 행동과 생각들에 대한 기록을 통해서였다. 중기로 들어 와서는 그것이 대자연 속의 인간은 물론이고 인간 사회 속의 인간에 대한 기록을 통해서도 행해졌었다. 말기인 16세기 후반으로 와서는 대자연과 사회 속에서의 인간의 행동과 생각에 대한 기술 등으로 출발되어 17세기로 넘어와 그것은 인간들에 의해 행해지는 사회적 현상에 대한 고찰, 인간의 행동 양식과 사고방식 등에 대한 고찰 등을 통해 이루어졌던 것이다.

예컨대, 17세기 이후 인간의 행동과 생각에 대한 기술 등은 세르반테스의『돈키호테』(1615), 밀턴의『실락원』(1667), 번연의『천로역정』(1684), 디포의『로빈슨 크루소』(1719), 스위프트의『걸리버 여행기』(1726), 루소의『에밀』(1762), 괴테의『젊은 베르테르의 슬픔』(1774), 등을 통해 이루어졌었고, 그 다음 인간들에 의해 행해지는 사회적 현상들에 대한 고찰은 홉스의『법의 철학』(1640), 루소의『인간 불평등론』(1754),『사회계약설』(1762), 아담 스미스의『국부론』(1776), 맬더스의『인구론』(1798) 등을 통해서였다. 그 다음 인간의 행동 양식과 사고 방식 등에 대한 고찰 등은 포프의『인간론』(1732), 흄의『인성론』(人性論, 1739), 몽테스키외의 『법의 정신』(1748) 등을 통해 이루어졌었던 것이다.

유럽은 영국의 청교도 혁명(1642)을 계기로 시민혁명 시대로 들어갔고, 제니의 방적기의 발명(1762)을 계기로 산업혁명 시대로 들어갔던 것으로 이야기되고 있다. 시민혁명은 프랑스대혁명(1789)을 거쳐 독일의 3월 혁명(1848)에 와서 완성되었고, 산업혁명의 경우는 1880년대에 가서 완성되는 러시아의 경우를 제외하고는 1860년대에 가서 완성됐던 것으로 고찰되고 있다. 시민혁명이란 귀족 중심의 사회를 시민 중심의 사회로 전환시킨 혁명을 가리킨다. 산업혁명이란 수공업에 의한 생산체제를 동력에 의한 생산체제로 전환시킨 공업혁명을 가리킨다.

유럽의 사회는 이상의 두 혁명을 통해 시민 중심의 공업 사회를 형성시켜 나갔다. 그 결과 인간은 새로운 방식으로 사회와 관계를 형성해 가지 않으면 안 되었고, 또 자연과도 새로운 차원에서 맺어지지 않을 수 없었던 것이다. 시민 중심의 공업화된 사회 속에서 인간은 어떻게 존재해 가야 되는가? 인간은 그런 사회 속에서 어떻게 살면 불행해지는가? 또, 어떻게 살아가는 삶이 행복한 섯인가? 이러한 물음들에 대한 해답을 찾기 위한 한 방법으로 인간들은 관찰과 실험이라는 과학적 방법을 끌어들여 시민 중심의 공업화된 사회 속에서 살아가는 인간들을 있는 그대로 기술해 내서 그것들을 통해서 그들이 찾으려는 해답을 찾아내려 했던 것이었다.

이러한 인간 연구의 방법이 다름 아닌 바로 19세기 전반에 성립되어 나온 근대 리얼리즘 소설문학이었고, 그 구체적인 예들이 발자크의 『인간 희극』(1829~1847), 스탕달의 『적과 흑』(1830), 호손의 『주홍글씨』(1850), 플로베르의 『보봐리 부인』(1857), 빅토르 위고의 『레미제라블』(1862), 톨스토이의 『전쟁과 평화』(1865), 도스토예프스키의 『죄와 벌』(1866), 모파상의 『여자의 일생』(1883) 등이었다.

이상의 문학작품들은 귀족중심의 사회가 시민 중심으로 변화되어 나가고, 수공업사회가 산업사회로 변화해 나가고, 또 군주국가가 국민국가로 전환해 나가는 역사적 상황 속에서 자신들의 존재 의미를 찾아가면서 살아가려는 인간들을 주인공으로 선택해 그들의 행동과 생각을 기술해 낸 작품들이다. 그러나 작품세계의 배경을 변화되어 나가는 사회에만 한정시켜 놓지 않고, 그러한 사회가 처해 있는 자연계까지를 작품세계의 배경으로 받아들여져 인간세계와 자연계 속에서 처해 있는 인간들을 주인공으로 하는 작품들도 출현했다. 셰익스피어의『햄릿』(1602), 괴테의『파우스트』(1802~1831), 마크 트웨인의『톰 소여의 모험』(1876), 토마스 하디의『테스』(1891) 등이 바로 그러한 것들이었다.

3. 서구에서의 학문으로서의 문학과 역사의 성립

변화되어 나가는 사회와 자연 속에서 자신들이 어떻게 존재해가고 있는가에 대한 세심한 관찰 등을 통해 인간자신들의 행동들과 생각들을 있는 그대로 기술해내서 그것들을 자료로 해서 인간자신들을 연구해 인간자신들의 본질을 규명해 내려는 인간들을 우리는 작가들이라 불렀고, 그들의 그러한 작업을 문학이라고 불렀다.

그런데, 19세기 후반에 이르러 내셔널리즘의 부상이라고 하는 분위기를 타고 각국의 국민정신 내지 민족정신의 계발 방안의 하나로 작가의 정신세계에 대한 연구가 시작되었다. 그 연구방법이란 작가가 쓴 작품, 일기, 문장들, 대화내용 뿐 아니라 그의 가정, 친척, 그의 출생지 내지 성장지 등에 대한 면밀한 조사를 통해 그의 정신세계의 본질이 무엇이고, 그것이 어떻게 형성되어 나왔는가의 등에 관한 문제들을 규명해내는 것이었다. 우리는 이러한 연구를 작가 연구 내지 작가론이라 하는데, 문학 연구는 바로 이 작가 연구로부터 출발해서, 20세기로 들어서는 예술 작품으로서의 작품자체가 지니고 있다고 생각했던 미적 구조 내지 미적 질서를 규명해 내는 작품연구로 전개되어 나갔다. 우리는 이러한 문학연구방법을 뉴크리티시즘 내지 작품론이라 말하고 있다.

이상과 같이 르네상스 시대의 인간 연구는 고대 그리스·로마의 고전들 속에 기술된 고대 그리스·로마인들의 사상과 감정을 탐구해내는 과정에서 성립되어 나와, 그 후 그것은 인간들의 사상과 감정 그리고 그것들을 구현해내는 행위 등에 대한 관찰들과 그 관찰내용들의 기술로 발전해 나왔다. 인간들이 자신들의 생각들과 감정들 그리고 그것들을 구현해 내기 위한 행위들을 문자로 기술해냈던 목적은 인간들이 글 속에 기술된 자신들의 모습들을 통해서 인간들이 어떠한 존재들인가를 이해해 보려는 것이었다. 그와 같이 글로 자신들의 생각, 감정, 행위 등을 리얼하게 그려내서 그것들을 통해 자신들의 참모습을 발견해 보려는 과정에서 인간 연구의 한 장르로서의 문학 이 형성되어 나왔던 것이다. 또 어떻게 하면 글로 보다 더 리얼하게 인간의 참모습을 그려낼 수 있고, 인간을 그려낸 글로부터 어떻게 하면 인간의 참모습을 도출해 낼 수 있고, 더 나아가 어떻게 하면 보다 이상적인 인간을 글로 창출해 내 갈 수 있을까 등의 문제들을 해결해 보려는 과정에서 학문으로서의 문학이 성립되어 나왔던 것이다. 인간에 대한 문학적 기술은 인간 개개인들의 생각, 감정, 행위 등에 대한 종합적 기술이고, 그것들에 대한 통시적 접근과 공시적 접근의 종합적 접근이라 할 수 있다.

인문주의의 전개과정에서 형성된 문자 활동을 통한 또 하나의 인간 연구는 역사 연구를 통한 인간연구이다. "history"의 번역어로서의 「역사」의 의미는 그리스어 "historia"로부터 유래된 것으로 「탐구활동을 통해 취해진 인간들의 경험들에 대한 지식들의 기술」이라고 하는 의미로 출발하였다.3) 이 경우, 인간들의 「경험」들이란 이 지구상의 어떤 특정한 인간들의 행위들을 통해 일어난 전쟁 등과 같은 사건들에 대한 경험들을 의미한다. 또 이 경우의 「어떤 특정한 인간들」이란, 개개인들로서의 인간들이 아니라 가족, 가문, 씨족, 부족, 민족, 국민, 인류 등과 같은 인간 집단의 한 단위로서의 인간들을 의미한다. 또 역사에서 기술되는 인간들의 행위들이란 그 인간들과 그들이 처해 있는 환경과의 공시적 차원의 조화관계를 추구해가는 행위들이 아니라 통시적 차원의 조화관계를 추구해 가는 행위들을 의미한다. 문학에 이어, 인간에 대한 연구의 한 수단으로서 역사가 학문의 차원에서 접근되기 시작된 것은 18세기 이후부터였다. 사실상「근세의 과학혁명의 시기였던 17세기에 와서조차도 역사연구는 데카르트의 지적에서처럼 학문성을 인정받지 못하고 있었」던 것이다.4) 역사가 역사학으로 확립되어 나온 것은 19세기로 들어와서였다. 19세기란 크고 작은 인간집단들, 특히 민족이나 국민들의 집단적 행위들의 통시적 차원의 질서들을 파악하려 했던 시대로서 우리는 이 세기를 「역사의 세기」라 말하고 있다. 그런데, 그 「역사의 세기」의 후반으로 들어와서 그 간의 집단들의 정치적 주도 세력 중심의 역사연구와는 별도로 어떤 특정민족이나 국민들의 민중

---

3) 이상신(1993), 『서양사학사』, 신서원, pp.16-17 참고
4) 이상신(1994), 『역사학 개론』, 신서원, pp.28-29

중심의 역사연구 즉 민속학(folklore) 내지 민족학(ethnology)이 성립되어 나왔고, 그것들이 학문으로서 전개되어 나가는 과정에서 19세기 말경에 문화인류학(anthropology)등이 성립해 나오게 됐던 것이다.

　이러한 역사학과 같은 인간의 행위들의 통시적 차원의 질서 파악을 통한 인간의 본성을 이해해 보려는 인간의 노력은 그것들의 공시적 차원의 질서파악을 통한 인간의 본성에 대한 이해를 촉진시켰다. 그러한 촉진이 바로 20세기 초에 학문으로서의 언어학을 성립시켰던 것이다. 언어학이란 인간의 정신작용의 결과로서 나타난 언어들의 구조적 특징들에 대한 파악을 통해 인간의 정신세계를 이해해 보려는데 그 목적이 있다고 말할 수 있다.

제3장

인간중심시대 동에서의 과학과 문학의 성립과 전개

1. 동아시아에서의 자연중심에서 인간중심으로의 전환양상

동아시아 지역의 유교문화권에서의 신 중심적 사고가 인간 중심적 사고로 전환해 나온 것은 십자군전쟁(1096~1291)의 말기에 시작되었던 몽고족의 중국 지배(1263~1368)를 통해서 이루어졌던 것으로 고찰된다. 몽고족의 징기스칸이 몽고를 통일한 것은 1206년 경이였다. 그는 그것을 발판으로 하여 1205~1209년 사이에 서하(西夏)를 굴복시키고, 1211년부터 화북(華北)지방을 침입하기 시작하였다. 그는 서방원정을 통해서 그가 사망한 1227년 전까지 중앙아시아의 여러 지역을 점령해서 광활한 유라시아제국의 기초를 닦았다. 그의 후계자들은 서에서는 1231년에 페르시아를 정복하고 1237~1241년 사이에는 모스크바, 폴란드, 헝가리 등을 침략했고, 1258년에는 바그다드의 왕국을 멸망시켰다. 한편, 동에서는 1251년 징기스칸의 손자 쿠빌라이가 동남아시아를 공략하고, 1258년에는 고려를 복속시킨 다음, 1260년에는 세조에 즉위했고 1263년 연경(현대의 북경)을 점령했다. 1271년에는 쿠빌라이가 국호를 원(元)이라 칭하고 수도 연경(燕京)을 대도(大都)라 개명하였다. 그 직후 여원(麗元) 연합군은 2차에 걸쳐(제1차1274, 제2차1281) 일본 원정을 떠났고, 1279년에는 남송(南宋)을 멸망시켰다. 이렇게 해서 몽고족은 13세기 후반에서부터 명(明, 1368~1644)의 성립까지 약 1세기 동안 일본을 제외한 동아시아의 대부분의 지역을 지배해 가게 되었는데, 그 과정에서 유교문화권의 인간들의 사고는 신 중심의 사고, 즉 동아시아 문화의 특성과 연결시켜 말하면, 자연중심의 사고에서 인간 중심의 사고 쪽으로 한 단계 더 전환해 나왔던 것이다.

앞에서 논한 바와 같이, 동아시아의 세계에서는 춘추시대(722~481, BC)의 말기 공자에 의해 자연 중심의 도교에 대해 인간사회 중심의 유교사상이 성립되었는데 그 후 그것이 차츰 전파해 나가 결국 한(漢, BC202~AD222)의 무제(武帝, 141~87, BC)에 와서는 국교로 받아들여졌었다. 그래서 그것은 3세기 간 중국 지식인들의 사고를 지배해 갔다. 그러나 그 후 6조(222~586)에 와서 인간 중심의 사고가 근 4세기 간 자연계 중심의 도교와 내세 중심의 불교사상에 밀려나 있었다. 그러다가 당대(618~907)와 송대(947~1279)로 와서 근 7세기 간 그것이 다시 중국인의 사상을 지배해 가게 됐는데, 이 경우에서의 한대(漢代)의 인간사회중심의 유교가 자연중심의 도교, 인간의 내면세계중심의 불교 등으로부터의 영향을 통해 이루어진 것이라 할 수 있다. 원대(1279~1368)로 들어와서는 그 전대에 도·불교로부터 영향을 받아 출현했던 신유교가 약 1세기 동안 티벳 불교인 라마 불교에 밀려 있다가, 명대에 와서 그것은 송대의 신유교 이전의 유교를 재생시키려는 운동을 통해 불교나 도교의 내세 중심적이고 자연 중심적 요소를 털어버리고 유교 본연의 사상을 회복해 보려는 쪽으로 나가게 된다. 명대의 중국인들은 바로 이러한 인간중심의 유교 사상에 입각해 인간 중심 시대의 학문을 정립시켜 나갔던 것이다. 그 구체적 실례가 바로 명을 건국한 홍무제(洪武帝) 등이 원 이전의 과거제도(科擧制度)를 비롯한 당·송대의 제도를 복귀시키는 것이었고, 또 당·송대의 교육제도에 기초해 국도(國都)의 관리, 국자감(國子監)과 지방의 사립 서원(書院)과 같은 교육기관을 정비시키는 것이었다.

유교문화란 인간 사회중심의 문화이다. 그것이 성립된 춘추시대 이래 그것은 자연계를 중심으로 하는 도교 문화와, 내세를 중심으로 하는 불교문화 등과 대립적인 형태를 취해 발전해 나왔다. 그러다 그것은 송대로 들어와 그것들과의 대립적 관계를 지양해가는 과정에서 신유교로 전환해 나가 그 동안의 인간사회 중심의 유교로부터 인간 중심의 유교, 즉 인간 개인 중심의 유교로 서서히 전환해 나오게 됐던 것이다.

동아시아에서의 신유교, 주자학은 서양에서 르네상스운동을 일으킨 발판이라 할 수 있는 스콜라철학에 대응될 수 있는 것으로 파악될 수 있다. 스콜라 철학은 토마스 아퀴나스(Thomas Aquinas, 1225~1274)에 의해 완성되었다고 말하고 있다. 그의 철학사상은 중국철학으로 말할 것 같으면 노장(老長)철학, 즉 도교철학의 계열학을 기초로 해서 확립된 중세 크리스트교철학으로부터 출발하였다. 그래서 그것은 이슬람 문화권에 알려져 있다가 십자군전쟁(1096~1291)을 통해 다시 크리스트교 문화권으로 전입된 아리스토텔레스의 자연철학을 접하게 됨으로써 한층 더 합리성을 확보하게 된다. 그의 철학사상은 플라톤의 이데아, 크리스트교의 신, 아리스토텔레스의 자연의 융합형태로 출현하여, 스콜라철학의 전형(典型)이 됐던 것이다. 이렇게 봤을 때 토마스 아퀴나스의 업적은 플라톤의 이데아사상과 크리스트교 사상에 입각해서 아리스토텔레스의 자연사상을 끌어내서 신중심의 세계로부터 자연중심적 사고를 거쳐 한층 더 인간중심의 세계로 나올 수 있는 발판을 마련했던 것이라 할 수 있다. 동아시아에서의 주자(朱子, 1130~1200)도 도교의 자연중심사상과 불교의 내세중심사상이 한 기조를 이루어가던 시대에 한대(漢代)로부터 인간중심의 유교사상을 끌어내서 신유학을 창시해 낭대인들로 하여금 한층 더 인간중심의 세계로 나올 수 있는 발판을 마련했다는 면에서 토마스 아퀴나스에 대응되는 철학자라고 할 수 있다는 것이다.

이상과 같이 서구의 스콜라철학이나 동아시아의 주자학은 중세가 근세로 전화되는 시점에서 신중심이나 자연중심의 세계로부터 한 단계 더 인간중심의 세계 쪽으로 나올 수 있는 발판을 마련해주었다는 점에서 공통점을 지닌 철학이라 할 수 있다. 그러나 그것들은 근세의 발판이 되기도 했지만 다른 한편으로는 중세적 가치체계의 완성으로도 파악될 수 있는 것들이었다.

유교문화권 인간들의 그러한 인간 중심적 사고는 명(1368~1664)의 성립을 계기로 해서 한 차원 더 인간 중심 쪽으로 전진해 나왔다. 그 구체적인 예가 우선 정치적 측면에서 바로 내세 중심적 사고를 기반으로 하고 있는 불교를 거부하고 현세 중심적 사고를 기반으로 하고 있는 유교를 받아들여갔다고 하는 것이다. 중국의 경우는 명의 건국(1368)을, 한국의 경우는 조선의 건국(1392), 일본은 토쿠가와(德川)막부의 건설(1603)을 계기로 해서였던 것이다.[1] 그 후 동아시아는 중국의

---

1) 김채수(1994), 『21세기의 문화론 영향과 내발』, 태진출판사, pp.149-164

경우는 자연과 인간을 일관하는 이법(理法) 중심의 신유교인 주자학을 지양하고 인간의 성정(性情) 중심의 철학이라 할 수 있는 왕명학(王明學)을 성립시켜 그것을 삼국에 전파시켜 나갔다. 신유교의 「이학파」(理學派)라 불리는 주자학이 자연의 천리(天理)와 인간의 인욕(人慾)을 명확히 구분하여, 천리를 중심으로 인욕을 다스린다고 하는 철학이었음에 반해, 신유교의 「심학파」(心學派)라 불리었던 왕명학은 인간의 「심리」(心理)를 문제시해 갔으며, 지(知)는 행(行)의 시초이며 행은 지의 완성이라는 입장에서 지행합일(知行合一)의 성취를 강조해 갔던 철학으로, 주자학보다 한 단계 더 인간 중심 쪽으로 나온 철학이었던 것이다.[2]

2. 중국에서의 백화(白話)소설과 고증학 등을 통한 인간연구

고대 그리스·로마의 문화가 폴리스 국가 사회의 인간들의 집단적 사고에 기초해 성립되었던 인간사회 중심의 문화였다면, 르네상스 운동을 통해 성립된 문화는 분명 인간 개개인 중심의 문화였었다. 그 경우와 마찬가지로, 명대의 유교문화는 인간 집단 사회 중심의 문화에서 인간들 개개인 중심의 문화로 전환해 나갔던 문화였다. 그 한 예가 왕수인(王守仁, 1472~1528)에 의해 인간의 이성보다는 감성을 더 중요시하는 양명학과 같은 신유교사상을 주축으로 해서 전개해 나갔던 문화였다. 앞에서도 언급한 바와 같이 신유학의 일파 양명학(陽明學)은 왕수인(王守仁, 王陽明, 1472~1528)에 의해 창시된 학문이다. 왕수인은 『대학』(大學)의 요체(要諦)라 할 수 있는 「8조목」(八條目)의 첫 번째 조목 「격물」(格物)의 의미를 해석함에 있어서 육상산(陸象山, 1139~1192)의 「심즉리」(心卽理)의 설을 이론적 기초로 해서, 「이」(理)를 규명하는 주자학적 해석으로부터 「심」(心)을 바르게 한다고 하는 실천적 의미로 전환시켰다. 주자는 인간이 포함된 대자연의 세계를 「이」(理)와 「기」(氣)로 양분해서 도교의 자연중심적 사고로 인간과 자연을 파악해서 「이기이원론」을 주창하였다. 이에 대해 육상산은 인간이 있음으로 인해 대자연의 세계가

---

2) 에드윈 O. 라이샤워 외 저·전해종 외 역(1984), 『東洋文化史 上』, 을유문화사, pp.386-399

존재하게 된다고 하는 인간중심적 사고로 인간과 세계를 파악해서 「이일원론」(理
一元論)을 주장해갔고 한 발짝 더 나가서 불교적 입장을 취해 이(理)란 선천적으로
인간의 「마음」(心)에 부여된 것으로 천리(天理)와 인욕(人欲)을 구분할 필요가 없
다는 입장에서 「심즉리」(心卽理)를 주장했던 것이다. 인간 집단들로 구성된 사회
의 제도와 도덕도 중요하지만 그 것 못지않게 그것들에 의해 무시되어 온 인간
개개인들로 구성된 사회 속에서의 개개인들의 감정도 중요하다는 것이 자각되어
나오게 되었던 것이다.

그런데, 그러한 백화소설은 송대(宋代, 947~1279)에 형성된 화본(話本)소설을
배경으로 해서 형성되어 나왔다. 화본소설은 서민들이 즐기는 판소리와 같은 설창
(說唱)문학으로서 통속적인 언어로 시민들의 도시 활동과 그들의 사상 감정의 표
현을 목적으로 한 문학이라 할 수 있다. 그것은 신유교가 자연중심의 도교사상이
나 내세 중심의 불교 사상에 반기를 들고 형성되어 나온 현세중심의 신유교를 사
상적 배경으로 해서 출현한 문학 장르이있다. 이러한 화본소설이 출현히기 이전
중국에는 당대(唐代, 618~907)에 출현한 문언(文言)단편소설의 형태를 취한 전기
(傳奇)소설이 존재해 있었고, 또 그것은 화본소설이 출현한 이후에도 지식인들의
층을 통해 존속해나가 명대에 와서는 양명학이 형성되어 나오는 사회적 분위기
속에서 구우(懼佑, 1341~1427)의 『전등신화』(剪燈新話) 등을 출현시켰다. 이 『전
등신화』(剪燈新話)에서의 '신화'란 서구에서 르네상스기에 성립된 '새로운 이야기'
를 의미하는 "novel"에 해당되는 것이라 할 수 있다. 이 경우 그것은 신, 영웅,
영혼, 천국, 내세 등을 다룬 신화, 설화 등에 대해 현실세계의 인간을 다룬 이야기
라는 점에서 '새로운 이야기'라는 것이라고 해석될 수 있다.

그러한 시대적 상황 속에서 인간 개개인들의 감성이나 감정에 대한 체계적 연구
가 이루어지게 되었는데, 그 연구의 일차적 단계가 작가들에 의한 인간 사회 속에
서 행해지는 인간 개개인들의 사적 생각들과 사적 감정들을 소설의 형태를 취해
체계적으로 표현해내는 작업이었던 것이다. 인간의 구체적 행위들이나 정신작용
의 연구를 위한 일종 자료 정리의 작업으로서 소설 창작이라고 하는 작업이 행해지
게 되었던 것이다. 그러한 작업은 바로 중국의 4대 기서(四大奇書)로 알려진 구어

체로 쓰인 백화(白話)소설작품들, 즉 원말(元末) 시내암(施耐菴)에 의한『수호전』
(水滸傳), 명초 나관중(羅貫中, 1367년 前後人)에 의해 이루어졌다고 하는『삼국지
통속연의』(三國志通俗演義), 명 중기, 오승은(吳承恩, 1500~1582)의『서유기』(西
遊記), 난능 소소생(蘭陵 笑笑生)이란 별명을 갖는 자에 의해 17세기 전후에 쓰였
다고 하는『금병매』(金瓶梅) 등의 편찬이나 창작을 통해 이루어졌다. 그것들에
이어 청대에 들어가서 오경재(吳敬梓, 1701~1754)의『유림외사』(儒林外史), 조설
근(曹雪芹, 1719~1864)의『홍루몽』(紅樓夢) 등을 통해서도 이루어졌다.

그러나 이와 같은 소설문학 장르의 출현이나 왕명학파 등이 성립해 나왔던 지적
분위기는 명말 청초로 들어와서, 서구의 교회로부터 파견된 마테오 릿치(Matteo
Ricci, 1552~1610) 등과 같은 선교사들을 통해 코페르니쿠스, 갈릴레이 등의 천문
학을 비롯한 자연과학적 지식들이 중국에 소개됨에 따라 일전(一轉)되어, 결국 양
명학이 부정되고 고증학(考證學)이 성립해 나왔다.[3] 그 결과 중국의 지식인들은
다시 한 단계 더 인간중심의 세계로 나오게 됐던 것이다.

명말 고증학은 한족에 의해 꽃피워진 당·송의 문화를 숭배하고, 몽고의 폭정을
혐오했으며, 또 만주왕조에 굴복하기를 단호히 거부하던 왕부지(王夫之, 1619~
1692), 황종의(黃宗義, 1610~1695) 등의 복명학자(复明學者)들의 시국관들로부터
시작되었다. 고증학의 개조(開祖)로 알려진 고염무(顧炎武, 1613~1682)도 복명학
자의 한 사람으로 명조회복을 위한 군사 활동에 참가했다가 실패한 후, 청정부에
임관(任官)하지 않고 한평생을 연구여행과 저술활동만을 해 갔던 자였다. 우선 그
는 명을 멸망시켰다고 생각했던 명 말의 학풍이라든가 풍속을 비판해 경세치용의
실학을 주장하고 많은 정치론, 경제론을 전개시켜 나갔다. 그는 17세기 초 마테오
릿치 등을 비롯한 서구의 크리스트교의 선교사들로부터 전래된 천문학, 수학, 의
학, 물리학, 지진, 기상학, 기계학, 약학, 해부학, 동물학, 논리학, 유럽정치학, 교육
학 등의 근세서구의 과학적 지식들과의 접촉을 통해 구축한 정확한 고증적 입장에

---

3) 서양의 선교사들이 중국본토에서 활동하기 시작한 것은 1853년부터였다. 그 때부터 그들은 1620
년까지 약 7천권의 서양서적을 북경에 가져가서 그것들의 내용을 근거로 해서 중국어로 저술활
동을 행해하기도 했다.[에드윈 O. 라이샤워 외 저·전해종 외 역(1984), 『東洋文化史 下』,
pp.42-43]

서 직관에 의한 명의 왕명학의 논리를 공격해갔다. 특히 그는 4서와 과거제도를 통해서 만들어진 선입관념들을 무비판적으로 받아들여 가고 있다는 것을 공격해 갔다. 그는 그러한 선입관념이 중국인들의 사고를 고정된 틀 속에 집어넣었기 때문에 정치적인 현실을 직면할 능력을 상실해 결국 만주 측의 정복으로부터 중국을 구할 수 없었다고 주장했고, 또「팔고문」(八股文)이 중국 학문에 진시황의「분서 갱유」(焚書坑儒)보다 더 큰 피해를 끼쳤다고 주장했다.4)

그는 중국학자들의 이러한 지적(知的) 결함을 고치기 위한 방안으로 사회에 실용될 수 있는「경세치용」(經世致用)의 지식을 추구해갔다. 그 구체적 방법으로 그는 서구인들의 과학적 방법론을 받아들여 송대 이전의 전적(典籍)으로 돌아가 고전을 재연구해 나갔다. 그 경우 그의 고전연구는 서구인들의 과학적 방법론으로부터 취해 낸 귀납적 방법에 의한 것으로서, 증거 몇 개를 소수전적에서 찾는 것이 아니라 되도록 광범한 자료에서 찾아야 하며, 증거를 테스트하는데 새로운 가설을 사용했었다. 그의 이러한 신 방법은 음운연구(音韻研究) 분야에서부터 적용되어, 문헌비판분야로 확대되어 나가, 결국「실험적 연구」, 또는「고증(考證)적 연구」에 의한 고전연구(古典研究)가 정착되어 나왔던 것이다. 이와 같이 고염무의 학문은 『천하군국이병서』(天下郡國利病書, 1662), 『음학오서』(音學五書) 등을 통해 확립 되었는데, 그것이「경세치용」의 학이고,「고증적 연구」이라고 하는 면 등에 있어서 특징을 갖고 있다고 할 수 있다.

3. 한국에서의 실학의 성립과 한글소설문학의 출현

한국의 경우 신중심적 사고에서의 인간중심적 사고의 전환은 정치적 변화 면에 있어서는 고려에서 이씨 조선(1392~1494)으로서의 전환이고, 문화적 측면에 있어서는 고려왕조의 숭불정책에서 이씨 조선의 배불숭유(排佛崇儒)정책으로의 전환이라 할 수 있다. 한국에서의 인간들의 사고가 내세 중심에서 현세 중심으로, 또

---

4) 에드윈 O. 라이샤워 외 저·전해종 외 역(1984), 『東洋文化史 上』, 을유문화사, p.481

자연이나 내세중심에서 인간 중심으로 전환해 나옴에 따라 르네상스의 인간들의 경우처럼 한국인들도 중국의 황제 중심의 세계에서 한국중심의 세계로 전환해 나왔다. 이러한 과정 속에서 그동안 자신들의 의사 표현수단이었던 한문에 대한 집착을 해소시켜나가면서 자신들의 생각과 감정을 쉽게 표현해 낼 수 있는 자신들의 글을 만들어 자신들의 의사를 표현해가게 되었던 것이다. 세종대왕의 한글 창제(1443)는 바로 그러한 자연중심과 내세중심의 사고체계에서 인간중심의 사고체계로 전환해 나오는 과정에서 이루어졌던 것이다. 그러한 인간 중심시대의 사고는, 인간이 처해 있는 사회, 그것의 기초를 이루는 자연에 대한 연구로 발전하였다.

서구의 크리스트교의 세계는 4세기말 로마제국이 크리스트교를 국교로 받아들인 이후부터 르네상스 시대까지 로마교황중심의 세계였었다. 이에 반해 동아시아의 경우는 중국의 진시황제가 BC 221년에 중국을 통일한 이후 중국의 황제 중심의 세계였다. 특히 일본의 경우와 달리, 한국은 중국의 정치적 중심지인 북경지역이나 남경지역에 근접해 있기 때문에 한국의 정치가들과 지식인들은 동아시아가 중국의 황제 중심의 세계라는 의식으로부터 결국 해방될 수 없었다. 따라서 한국인들의 자연중심이나 내세중심의 사고체계로부터 인간중심이나 현세중심의 사고체계로의 전환은 중국으로부터 영향과 한국민족의 내발(內發)과를 관련시켜 고찰되지 않을 수 없다고 판단할 수 있다.

중국에서의 송대의 신유교는 중국인들의 도·불교의 자연·내세중심의 사고체계가 유교의 민간중심의 사고체계로 전환해 나오는 과정에서 성립되어 나왔다는 언급이 앞에서 행해졌다. 한국에서 이와 같이 주자학이 발전되어 나가는 과정에서 주자학에 대해 대립적 입장을 취했던 양명학이 한국에 전래되자 그것은 주자학자들에 의해 여지없이 배척되었다. 양명학이 어느 시기에 한국에 전래되기 시작했는지는 확실치 않으나, 이조 선조(宣祖, 재위 1567~1608)때 왕양명(王陽明, 1472~1528)의 제자 서애(徐愛) 의『전습록』(傳習錄)이 선비들 사이에 전파되고 있었다. 그러자, 이황이『전습록변』(傳習錄辨)을 지어 척양명학의 입장을 취하자, 다른 주자학자들도 그의 그러한 입장에 호응해 갔다. 그 결과 한국에서는 양명학이 주기파의 대부 서경덕의 제자였던 남언경(南彦經) 등에 의해 명맥만 유지되어 가다가,

영조 때의 하곡(霞谷) 정제두(鄭齊斗, 1649~1736)에 의해 적극적으로 연구되어, 그 후 소론파(小論派)등에 의해 계승되었다. 그러나 그것은 일반화되지 못한 채 천주교와 서구과학의 전래로 인한 실학시대를 맞게 된다.

한국인들에 있어서의 인간과 사회와 자연에 대한 본격적 연구는 서양의 르네상스기의 과학과 기술이 명·청을 통해 알려짐으로써였다. 한국에서의 그것들에 대한 소개는 이수광(李晔光)의 『지봉류설』(芝峰類說, 1614)등에 의해 시작되고 있다.5) 또 그것들의 본격적 한국 유입은 정두원(鄭斗源)등에 의해서 이루어졌다. 그가 1631년 명에 사신(使臣)으로 갔다가 돌아오는 길에 천주교 서적과 화포, 천리경, 자명종, 만국지도, 천문서, 서양 풍속기 등을 가져오게 되어, 그것들이 한국사회에 전파되어 나가기 시작했던 것이다.6) 보다 구체적으로 말하자면, 서양의 자연과학에 대한 지식이 한국에 알려지게 됨으로써 한국에서의 인간연구, 사회연구, 자연연구 등이 이루어지게 됐다는 것이다. 우선 인간에 대한 연구는 허균(許筠, 1569~1618)의 『홍길동전』(洪吉童傳, 17세기 초)을 비롯한 한글소설문학 장르를 창출시켰다. 허균(許筠, 1569~1618)은 왜란과 호란사이의 시기였던 1603년과 1610년에 사신을 따라 북경에 간바 있었는데, 그때 그도 천주교를 접하고 그것을 연구해 신봉하게 되었다고 한다.

이와 같이 한국에서의 소설을 통한 인간 연구는 왜호의 양란 사이에 시작되었다고 볼 수 있는데, 그 기간에 중국으로부터 전래된 양명학이 형성되어 나왔고, 또 중국을 통해 서학이 전래되어 서구의 기독교 사상과 르네상스 문물이 소개되어, 그것을 발판으로 해서 실학이 형성되어 나왔던 것이다.

광해군대(1608~1623)의 허균은 『홍길동전』의 작중 시대를 1세기 전의 세종대로 설정해, 그것을 통해 자신이 처해 있던 당대 사회의 정치적 부패와 계급적 차별을 비판해갔다. 소설을 통한 그러한 사회개혁 정신은 그 후 왜호 양란 이후의 서인(西人) 김만중(金萬重, 1637~1692) 등에게로 전승되어 『사씨남정기』(謝氏南征記)와 『구운몽』(九雲夢) 등의 작품이 씌어졌다. 허균의 소설이 당시 사회의 비판을 통한 사회개혁에 그 목표가 주어졌다면, 김만중의 그것은 내면적 자각을 통한 현

---

5) 최동희(1988), 『서학에 대한 한국실학의 반응』, 고려대민족문화연구소, p.17
6) 이기백(1988), 『한국사신론(개정판)』, 일조각, pp.288-289

실세계의 수용이 그 목표가 된 작품이라 할 수 있다. 소설을 통한 이러한 인간연구의 정신은 영·정조 대(1725~1800)로 들어와 실학자 박지원(朴趾源, 1737~1805) 등에 의해 더욱 일반화되어 나갔다.

실학은 유형원(柳馨遠, 1622~1673)의 『반계수록』(磻溪隨錄, 1670완성), 이익(李瀷, 1681~1763)의 『성호새설』(星湖새說), 정약용(丁若鏞, 1762~1836) 등에 의해 성립된 학문이다.

유형원은 2살에 아버지를 여의고 우참찬 지완(志完) 의 딸인 어머니 슬하에서 자라났다. 5살에 글을 배우기 시작해 일찍이 진사에 합격하지만 벼슬길을 택하지 않고 1653년 전라도 부안으로 내려가, 경독(耕讀)생활을 하며, 이상적 사회건설을 위한 일념으로 저작에 힘쓰다가 죽은 사람이다. 그가 10년에 걸쳐 저작한 『반계수록, 26권』에는 그의 이상사회 건설의 구상이 잘 나타나 있다. 그는 나라를 부강하게 하고 백성을 편안케 하기 위해서는 토지개혁을 실시하여 농민들로 하여금 최저기본량의 경작농지를 확보케 하고, 농병일치의 군제(軍制)개혁, 부역의 균등, 국민균등의 세제정리, 국가재정의 확보, 과거제도의 폐지 등이 행해져야 된다고 주장했다. 그는 벼슬에 추천되었어도 끝내 사양하고 농촌에서 농민들을 지도하면서 이상국가 건설을 연구해 갔던 것이다. 그가 사망하기 3년 전인 1770년 영조의 특명으로 『반계수록』이 간행되어, 그의 사상이 연구되어 나갔다.

성호(星湖) 이익은 대사헌 하진(夏鎭)의 아들로 형이 당쟁에서 희생되자, 벼슬에 뜻을 버리고 학문에 몰두, 유형원의 학풍을 계승해 『성호새설』(星湖塞說) 등을 통해 천문(天文), 지리, 의약, 율산(律算), 경사(經史) 등에 관한 많은 업적을 남겼다. 그는 평생 관직에 뜻을 두지 않고 광주(廣州) 첨성리에 머물러 학문을 연마해 갔지만, 항상 국가부흥을 위한 자기의 이상과 포부를 저술해갔다. 그의 사상은 제자 안정복(安鼎福), 이가환(李家煥), 이중환(李重煥), 권철신(權哲身) 등에 의해 연구 계승되어 정약용에 의해 집대성되었다. 그가 사망하자, 조정에서는 이조판서를 추증(追贈)하여 생존의 공로를 추모하였다. 그렇다면 실학을 집대성시킨 정약용의 학문관은 어떠했는가?[7]

---

7) 정약용은 1762년 경기도 광주(廣州)에서 태어났다. 부친이 화순현감, 예천군수, 한성서윤, 진주
　목사를 지냈다. 정약용은 4살 때 천자문을 배웠고, 7살에는 오언시(五言詩)를 지었다. 9살에는

그의 학문과 사상은 귀양지에서의 18년간의 독서와 서술을 통해 이루어졌다. 유배지에서의 그의 학문은 이렇게 시작되었다. 우선 다산은 유배지에서 좌절하지 않고, 자신의 존재와 존재의미를 깊이 생각했다. 그는 그에게 하나의 가능성이 열려 있다는 것을 자각한다. 그것은 학문연구와 저술이었다. 「그는 유교적 문치사회에서 저술이 갖는 힘이 얼마나 큰지를 누구보다도 잘 알고 있었기 때문이었다. 유교사회란 문의 힘에 의해 지배되고, 문의 힘은 경전의 해석과 밀접한 관계를 맺고 있」는 사회이다.8) 사실상 누가 성인의 말씀을 올바르게 해석하느냐의 문제가 현실생활에 중요한 근거가 되었다. 유교정치란 말과 글의 힘에서 비롯된다고 볼 수 있는데, 그 말과 글의 힘이란 언어주체의 체계적 사고능력과 결코 무관치 않기 때문이다. 우선 다산은 다른 선택의 여지가 없는 유배지에서 경전의 세계에 심취해 들어갔다. 사실상 과거에 급제하기 이전에는 과거공부에 급급했고, 급제

어머니를 여위었다. 15살에 풍산 홍씨와 결혼해 홍씨와의 사이에서 6님3녀를 두었으니 이릴 때 다 죽고 2남1녀만 장성했다. 부친이 호조좌랑의 벼슬을 하게 됨에 따라 가족과 함께 서울로 상경했다. 그는 서울에서 성호학파 계열의 진보적 지식인들, 이가환, 이승훈, 이벽, 권철신 등과의 교류를 통해 경세학, 서학, 고증학 등에 관한 폭넓은 신지식을 수용해 갔다. 그는 22세에 초시(初試)와 회시(會試)에 합격해 성균관에 들어갔고, 그 이듬해 그는 이벽과 함께 여가를 즐기다가 천주교의 도서를 처음 접하게 된다. 그 후 한때 그는 천주교 신자가 되기도 한다. 28세에는 전시(殿試)에서 갑과(甲科) 2등으로 합격하여 벼슬길에 오른다. 그 후 그는 정조로부터 총애를 받아 정조가 추진하는 화성 신도시 건설 사업에 적극적으로 참여한다. 그러나 다산의 나이 34세가 되던 해 그가 20대 초에 서구의 과학기술에 관심을 가져가던 과정에서 예수교와 접했던 것이 문제가 되어 정조는 그를 충남 홍성의 금정역 찰방(역장)으로 좌천시킨다. 다산은 36세에 곡산부사로 나갔고, 38세에는 형조참의에 오른다. 다산의 나이 39세가 되던 1800년 6월 다산을 비롯한 남인계 개혁파들의 버팀목이 되어왔던 정조가 갑자기 서거하자, 그 동안 남인계 개혁파들을 공격해 왔던 세력들이 음모를 꾸며 개혁파들을 몰아내기에 이른다. 1801년 정월 마침내 사학금령(邪學禁令)이 내려져 천주교에 대한 검거령이 발동된다. 신유옥사가 시작된 것이다. 그것을 계기로 다산은 경상도 장기로 정배(定配)됐는데, 그 해 겨울 다시 황사영 백서사건이 발생해 다산 등이 재차 하옥된다. 다산은 그 백서사건을 계기로 전라도 강진으로 정배되고 형 약전은 흑산도로 정배된다. 신유옥사는 다산 일가에 치명적인 환난이었다. 그의 둘째 형 약전은 흑산도로 유배되고, 셋째 형 약종, 다산의 자형 이승훈과 조사사위 황사영 등은 극형에 처해진다. 다산은 강진에 18년간의 유배생활을 끝내고 57세였던 1818년 5월 귀양에서 풀려나, 왕명의 출납을 맡아보던 정상품 승지(承旨)에 올랐다. 그러나 그는 1839년 천주교도를 박해했던 기해사옥(己亥邪獄) 사건 때 배교(背敎)한 것을 뉘우치고 고향 경기도 광주(廣州)로 돌아가 저서와 신앙생활로 여생을 마쳤다. 75세가 되던 1836년이었다. [장승구(2001)『정약용과 실천의 철학』, 서광사, 윤동환(2000)『다산 정약용』, 강진군 다산기념사업회 등 참괴
8) 장승구, 전게서, pp.43-44

이후에는 벼슬살이에 바빠 조용히 경전을 탐구할 기회가 별로 없었던 것이다. 그래서 그는 하늘이 그에게 준 기회라 생각하고, 「주자의 해석을 통해서 읽혀져 왔던 유교의 철학에 대해 주자의 안경을 벗어버리고 스스로의 힘으로 새로운 해석의 길을 찾아 나섰던 것이다.」

우선 그는 『주역』을 탐독했다. 「주역의 숨은 논리를 하나씩 찾아나가는 즐거움은 다른 무엇으로도 대신할 수 없는 학문의 환희를 가져다주었다.」 그의 저서는 경집(經集)에 해당하는 것이 232권이고 문집에 해당하는 것이 260권에 이르렀는데, 그 대부분이 유배지에서 이루어졌다.[9] 그의 학문은 유교의 경전연구인 경학, 시를 주로 한 문학, 정법(政法)을 주로 한 경세학, 의학을 주로 한 과학(科學) 등으로 이루어졌다. 그는 후년에 자신의 주요 저서들과 관련해서 「육경사서로써 수기(修己)를 하고, 일표이서(一表二書, 즉 『경세유표』(經世遺表), 『목민심서』(牧民心書), 『흠흠심서』(欽欽心書))로써는 천하국가를 위한 것이니, 본(本)과 말(末)을 다 갖추려 했기 때문이다」라고 회술하고 있다.[10] 이와 같이 그는 「자신의 수양과 국가의 경영」을 학문의 목표로 보고 「자신의 저술을 통해 그것을 이룩하였음을 토로하고」 있다.[11]

그의 그러한 학문관은 「수기안인」(修己安人). 또는 「수기치인」(修己治人)이라고 하는 공자의 학문관을 계승한 것이라 할 수 있다. 그의 그러한 학문관은 당시 관학의 위치에 있던 정주계(程朱系)의 성리학에 대한 비판적 입장이 취해짐으로써 성립되어 나왔다 할 수 있다. 성리학의 궁극적 관심은 실(實)의 내용인 사회생활을 위한 도덕적 질서 확립과 그 근거에 대한 확립에 있었다. 그러나 다산은 「오학론」(五學論) 등을 통해 당시의 성리학계를 비판했다. 그의 그러한 비판적 입장은 첫째

---

9) 그는 그것을 탐독한 후 네 차례나 고쳐 써 『주역사전』(周易四箋, 1808)을 완성시켰다. 그 후 그는 『시경강의보』(詩經講義補, 1810), 『춘추고징』(春秋考徵, 1812), 『논어고금주』(論語古今註, 1813), 『맹자요의』(孟子要義, 1814), 『대학공의』(大學公議, 동년), 『중용자잠』(中庸自箴, 동년), 『중용강의보』(中庸講義補, 동년) 등을 완성시켰고, 아울러 『심경밀험』(心經密驗)과 『소학지언』(小學枝言)도 저술했다. 이렇게 그는 경학(經學)에 대한 연구를 마무리 짓게 된다. 그 다음 그는 과거 10여 년 간의 관직생활, 유배지에서의 국정의 파탄과 기근으로 인한 농민들의 참상에 대한 목격 등을 기초자료로 해서 경세학(經世學)에 손을 대기 시작해 『경세유표』(經世遺表, 1817), 『목민심서』(牧民心書, 1818) 등을 저술해냈다.[필자보주]

10) 『與猶堂全書(1集)』, 16卷 十八張

11) 윤사순 (1998)『한국의 성리학과 실학』, 삼인, p.244

로 서구의 천조교도들을 통해서 청에 들어온 서학(西學), 그것으로부터 영향을 받아서 성립된 청대의 고증학, 그것들의 영향 하에서 형성된 실학 등을 기초로 해서 성립되어 나온 것이었는데, 그러한 서학, 고증학, 실학 등은 자연 중심이나 내세 중심에서 한 단계 더 인간 중심이나 현세 중심으로 전환해 나와, 이용후생(利用厚生), 경세치용(經世致用), 실사구시(實事求是) 등을 목표로 한 학문이었다.

둘째로「박세당(朴世堂, 1629~1703), 안정복(安鼎福, 1712~1791) 등과 같은 실학자들이『중용』,『논어』등에서 제기된 학문적 태도를 상기시켜 성리학적 태도의 지양을 꾀했」었는데, 다산 역시 그러한 실학자들의 입장을 취해,「이학자(理學者)들이 이(理)를 궁극적 실재 내지 절대자로 인정했던」그러한 입장을 버리고「그러한 이(理) 자리에 천(天)을 놓고 그 천을 상제(上帝), 즉 하나의 초월적 신으로 간주하」려는 입장을 취했던 것이다.12) 이학자들은「상제로서의 천을 하나의 이로 이해하여 종래의 철학적 사유를 더욱 더 체계화시켜 그 천에 해당하는 이를 태극(太極) 천명(天命) 등으로 표현해 궁극적 실재(절대자)로 간주했있다.」13) 그러나 다산의 경우는「아마도 천주교로부터의 영향 때문이었던지, 혹은 이학배척의 한 방편이었던지, 과거『서경』(書經) 등에 나오던 조물주로서의 상제 천(天)을 다시 이끌어내서, 그것을 모든 존재와 그 모든 존재의 근원으로 삼」았던 것이다.

4. 일본에서의 신유교의 정착과 근세·근대소설의 성립 경위

일본에서의 신도에 근거한 자연중심이나 불교에 근거한 내세중심의 사고체계가 유교에 기초한 인간 중심의 사고체계로 전환해 나오기 시작한 것은 15세기의 1세기 간이라 할 수 있다. 즉, 무로마치 정부가 청과 공식적 조공(朝貢) 관계를 갖게 된 1404 이후부터 시작되어 서구의 르네상스 세력이 일본에 도착한 1543년 전후의 시대적 상황을 거쳐 에도바쿠후(江戸幕府, 1603~1868)가 시작되는 시점까지의 시기라 할 수 있다. 일본은 9세기 즉, 당에 보냈던 사절이 중단된 이후 5세기

---

12) 윤사순, 전게서, p.248
13) 상동서, 상동면

만에 중국과의 무역을 재개했었다. 일본은 그 후 그러한 해외 무역 재개를 계기로 경제적 성장을 통해 눈부실 정도의 상업도시를 발달시켰다. 그러한 상황에서 송학(宋學)이 선승(禪僧)들에 의해 선유일치(禪儒一致)의 입장에서 도입되었다. 일본은 16세기 중반부터 일본에 전래된 서구의 르네상스 문물들, 임진왜란(1592)을 통해 조선으로부터 들어간 유교문화 등과의 접촉을 계기로 탈신도·탈불교 정책을 취해 나왔다. 그러다가 일본은 에도바쿠후의 출발을 계기로 내세중심의 불교국에서 현세중심의 유교국으로 전환해 나오게 됐던 것이다.

앞에서도 지적한 바와 같이 한국의 성리학이 임진왜란을 계기로 일본에 전파되어 나가는 과정에서 17세기중반이후 중국으로부터 양명학이 일본에 수입되어 뿌리를 내려가기 시작했다. 필자가 여기서 말하고자 하는 것은 우키요조시(浮世草子)라고 하는 소설장르가 바로 그 시점에서 출현해 나왔다고 하는 것이다. 보다 구체적으로 짚어보자면 그것은 게이초(慶長, 1596~1614)에서 덴와(天和, 1681~1682)까지의 약 1세기에 걸쳐 성행했던 가나조시(仮名草子)를 배경으로 해서 성립되어 나온 것으로 고찰된다. 가나조시는 『오토기보코』(伽婢子, 1666)가 그러하듯이 『멀리 옛날 일을 취한 것이 아니라 가까이서 들려오는 일들을 모아서 기록해 저술한 이야기들로 된 문학 장르라 할 수 있다.14) 이것은 우선 계몽성과 교화성이 짙은 문학 장르로 특징지어진다. 문학을 통한 본격적 인간 연구는 이하라 사이카쿠(井原西鶴)의 『호색일대남』(好色一代男, 1681)의 출판을 계기로 형성된 우키요조시(浮世草子)라고 하는 소설장르를 통해서였다고 할 수 있다. 우키요죠시라고 하는 문학 장르가 추구하는 미학이 인간 현실 생활 속에서의 도덕적 의식에 기초한 '이키'(粋) 등과 같은 인간적 멋과 같은 것이라는 점을 감안해 볼 때, 우키요조시가 어느 정도 인간 중심적 사고에 기초해 있는 것인가에 대한 이해가 가능해진다.

일본의 근세 문학은 인간의 사고를 이러한 우키요조시라고 하는 문학 장르 등을 기초로 해서 '아'(雅)를 '속'(俗)으로, '의리'(義理)를 '인정'(人情)으로, '모노노 아와레'의 미학을 '권선징악'(勸善懲惡)으로, '촌스럼'(やぼ)을 해학으로 전환시켜 나갔던 것이다.15) 그래서 그것은 그러한 전환 작업을 통해 인간의 사고를 자연이나

---

14) 아사아 료이(浅井了意) 저·황소연 역(2008), 『오토기보코』(伽婢子), 강원대학교 출판, p.14.
15) 高田衛(1997), 「近世文学総説」『時代別日本文学史事典 近世編』、東京堂出版、p.8

내세 중심적 사고에서 인간 중심적 사고로 전환시켜 나갔던 것이다. 일본은 임진왜란(1592)과 정유왜란(1598)의 여파로 인해 아즈치 모모야마시대(安土 桃山時代, 1573~1603)에서 도쿠가와 막부시대(德川幕府時代, 1603~1868)로 넘어온다. 일본은 아즈치 모모야마시대로 들어와 서구로부터 들어온 내세중심의 크리스트교와 불교를 배척하고, 임진·정유 양란을 통해서는 한국으로부터 주자학을 받아들여 인간중심시대를 열어갔다. 정치를 담당해오던 일본의 무사들은 유교적 윤리에 입각해 자신의 윤리관을 정립시켜 나가게 됨에 따라 문(文)을 모르는 무사에차원에서의 인간과 사회에 대한 연구가 성립되어 나왔는데, 그 구체적 수단이 바로 가나조시(仮名草子)를 기초로 해서 형성되어 나온 우키요조시인 것이다.

한편, 유학 분야에서는 임진·정유 양란시 한국으로부터 들어왔던 주자학이 일본에서 소화되어 가는 과정에서 청대 초의 고염무 등의 경세치용의 실학과 고증학이 전래되자, 그것을 받아들인 야마가 소코(山鹿素行, 1622~1685), 이토 진사이(伊藤仁斎, 1627~1705), 오규 소라이(荻生徂徠, 1666~1728) 등이 주사학의 형이상학적 추상성을 비판해 가면서 고증학적 입장에서의 송대 이전의 고전들에 대한 연구를 강조해 나갔다. 그 과정에서 「고학파」(古学派), 「고의학파」(古義学派), 「고문사학파」(古文辞学派) 등이 성립되어 나왔던 것이다.

이렇게 유학 쪽에서 중국의 고전 연구가 성행해가자 민간 내지 신토(神道) 쪽에서도 『고지키』(古事記, 712), 『만요슈』(万葉集, 759경) 등과 같은 일본의 고전들에 대한 연구를 행해가게 되어, 소위 「국학」(国学)이란 학문이 성립해 나왔던 것이다.

그 후 동아시아에서는 19세기로 들어와서 다시 근대 서구의 시민혁명과 산업혁명 정신에 입각한 근대 문화와의 접촉을 통해 근대화를 추진해 가게 된다. 동아시아인들은 그 추진과정에서 근대 서구로부터 받아들인 새로운 방법으로 새로운 차원의 인간과 자연에 대한 연구를 행해가게 되었다. 우리는 그 대표적 인물들 중의 한 사람으로 근대 서구문화를 가장 일찍이 적극적으로 받아들였던 일본의 후쿠자와 유키치(福沢諭吉, 1835~1901)를 들 수 있다.

후쿠자와는 1835년 오사카에서 태어났으나, 2살 때 부친이 사망하자 어머니와혀 4명과 함께 부친의 고향으로 돌아가 그 곳에서 성장했다. 부친의 고향은 현재

규슈(九州)지방의 오이타현(大分県) 지역에 위치했던 후타이한(譜代藩)인 나카쓰한(中津藩)이었다. 15살 때부터는 한학(漢學)을 배우기 시작했고, 20살(1854년)부터는 나가사키(長崎)로 나가 네덜란드어를 배우기 시작했다. 그 다음해는 오사카(大阪)로 올라와 데키쥬쿠(適塾)에 입학해 난학(蘭学)을 배워 그 다음해는 그 쥬쿠의 장(長)이 된다. 24살(1858년)에는 한명(藩命)에 의해 개항과 함께 에도(江戸)로 나가서 난학쥬쿠(蘭学塾)를 열게 되는데, 그것이 지금의 게이오(慶応)대학의 기원이 된다. 그 다음해 그는 요코하마에 가서 네덜란드어로 외국인과의 의사소통을 시도했으나 말이 통하지 않아 독학으로 영어 학습을 시작했다. 그 다음해 1860년(26살)에는 당시 막부가 네덜란드에서 사들인 철선 간닌마루(咸臨丸)를 타고 미일수교 사절단 수행원의 한 종복으로 샌프란시스코를 방문, 그 이듬해 나카쓰 한 무사의 딸과 결혼, 1862년(28살)에는 막부의 유럽사절단의 통역관으로 유럽의 각 국들을 방문해 선진문명을 견학한다. 1866년(32세)에는 『서양사정』(西洋事情)을 초판 간행하고, 1867년(33세)에는 막부의 군함인수위원의 한 수행원으로 미국을 방문, 많은 원서를 구입해 돌아왔다. 공비(公費)로 도서구입을 한 것이 문제가 되어 3개월간 근신처분을 받게 된다. 1868년(34살)에는 메이지 정부로부터 정부관리직을 의뢰받았으나 거절한다. 『서양사정』(西洋事情) 외편을 간행한 후, 1872년(38살)에는 『학문의 권장』(学問のすすめ)을 초판 간행, 1875년(41살)에는 그의 최고 대표작 『문명론의 개략』(文明之概略) 출간, 그 다음해는 『학문의 권장』을 17편으로 완간한다. 1881년 5월에 신사유람단(紳士遊覽團)이 일본을 방문해 그 단원의 일부가 그의 자택을 방문해 그들과 만난 후 그 해 6월에 유길준(俞吉濬) 외 1명을 게이오 대학에서 최초의 유학생으로 받아들인다. 1882년(54살)에는 국권론 신장을 주장해 갔던 『시사신보』(時事新報)를 창간하고, 왕명을 받아 일본을 방문한 조선의 개화파의 지도자 김옥균(당시 31세)이 신사유람단의 일원 어윤중(魚允中)의 소개서를 지참하고 있어 그를 만나게 된다. 후쿠자와는 김옥균을 통해 1884년 한국에서 일어나게 될 갑신정변을 돕게 된다. 1883년(49살)에는 『학문의 독립』을 간행, 이와 같이 그는 1901년(67살) 뇌일혈로 사망할 때까지 정계(政界)에 발을 들여놓지 않고, 한평생 70여권의 책을 저술했다.

그는 「일본의 볼테르」로 칭해져 왔다. 볼테르(Voltaire, 1694~1778)는 프랑스에서의 계몽주의의 대표적 철학자이며 문학자이다. 볼테르의 계몽주의는 그가 개인적인 일로 영국에 건너가 머물러 있었을 때 접촉한 로크(John Locke, 1632~1704)의 경험론 등을 통해 성립되어 나왔다. 영국에서의 로크의 경험론은 『학문의 진보』(1605), 『위대한 부흥』(『신기관』수록, 1620) 등의 저자, 프란시스 베이컨(Francis Bacon, 1561~1626)의 과학적 방법론에 기초해 확립되어 나왔다.

후쿠자와 유키치의 『학문의 권장』(1872~1876)이 미국인 학자, 프란시스 웨일랜드(Francis Wayland, 1796~1856)의 저서 『수신론』(*The Elements of Moral Science*, 1835초판, 1865개정판)의 영향 하에 쓰였다는 지적이 있고,[16] 또 그것이 유길준(俞吉濬)의 『서유견문』(西遊見聞, 1895)에도 막대한 영향을 끼친 것으로 고찰되고 있다.[17] 이와 같이 우리는 그의 『학문의 권장』을 통해서 그의 학문관을 여실히 파악해 낼 수 있다. 『학문의 권장』의 초판은 「하늘은 사람 위에 사람을 만들지 않고 사람 밑에 사람을 만들지 않는다고 한다. 그 뜻은 하늘이 사람을 만들었을 때 누구에게나 다 똑같은 지위를 부여했으므로 태어날 때부터 상하귀천의 차이가 없다」로 시작된다.[18] 그 다음 후쿠자와는 우리에게 다음과 같은 질문을 던진다. 「그런데 오늘날의 인간세계를 널리 살펴보면, 현명한 사람이 있는가 하면 어리석은 사람도 있으며, 가난한 사람이 있는가 하면 부유한 사람도 있고, 귀한 사람이 있는가 하면 천한 사람도 잇다. 그러한 현상이 천차만별인 것은 무슨 까닭인가」라고. 그는 그 이유를 다음과 같이 말하고 있다. 「사람은 배우지 않으면 지혜를 얻을 수 없으며 지혜가 없는 사람은 어리석다」 「그러므로 현명한 사람과 어리석은 사람의 차이는 배움의 무유에 달려 있다」 「신분이 높고 귀하면 자연히 그 집안이 부유하게 된다. 신분이 낮은 사람들에게는 그것이 전혀 이루어질 수 없는 것처럼 생각되지만 그 이유를 잘 생각해 보면 오직 그 사람에게 학문의 힘이 있느냐 없느냐에 따라 생긴 차이일 뿐 태어날 때부터 하늘이 정해준 것이 아니다」 「사람에게는 태어날 때부터 빈부귀천의 구별은 없다. 오로지 학문을 열심히 닦아 사물에 잘 아는 사람은 귀한 사람이

---

16) 후쿠자와 유키치 저·양송문 역(2004), 『학문을 권함』(学問のすすめ), 일송미디어, p.236
17) 후쿠자와 유키치 저·남상영 외 역(2003), 『학문의 권장』(学問のすすめ), 소화, p.13
18) 상동서, p.21

되고 부자가 되며, 무학(無學)인 사람은 가난하고 천한 사람이 된다」그는 「탐욕이 많고 사람 보는 앞에서 사람을 속이며, 교묘하게 정부의 법을 피해가고, 국법의 진정한 뜻을 모르며 자신에게 주어진 본분을 모르고, 자식은 많이 낳으나 자식을 교육하는 방법에 대해서는 전혀 알지 못하는」어리석은 사람들이 있는데, 우리는 「어쩔 수 없이 그들을 힘으로 눌러 위협하여 큰 피해를 줄 수밖에 달리 도리가 없다」라고 말하고 있다. 또, 그는 난폭한 정부가 들어서는 이유는 바로 이러한 어리석은 사람들이 있기 때문이라면서, 「한나라의 폭정은 반드시 폭군이나 난폭한 관리들의 수행으로만 행해지는 것은 아니다. 실제로는 인민들의 무지가 불러들인 재앙이다. 따라서 인민들이 만약 폭정을 피하고 싶으면 하루빨리 학문에 정진하여 자신의 재주와 덕행을 높이고 정부와 동등하게 상대할 수 있도록 자신들의 지위를 높이지 않으면 안 된다. 이것이 곧 내가 권장하는 학문의 목적이다」라고 말하고 있다. 그는 또, 「현재 세상을 널리 살펴보면 문명개화하여 문학과 군비가 발달하여 부강한 나라가 있는가 하면, 야만하고 미개하여 문무(文武)가 뒤떨어진 가난하고 약한 나라도 있다」면서, 「빈부와 강약의 상태는 하늘이 정해준 것이 나니라 인간의 노력 여하에 따라 달라질 수 있는 것」이기 때문에, 「우리 일본사람도 지금부터 학문에 정진하여 확실한 정신을 가지고 우선 자기 자신의 독립을 이루고 나아가서는 한 나라의 부강을 이루게 되면 그까짓 서양사람의 힘을 두려워하지 않아도 된다」「일신 독립하여 일국 독립한다는 것은 바로 이것을 두고 한 말이다」라고 말하고 있다. 이와 같이 그는 개인과 국가를 타자로부터 독립시키고, 개인과 국가를 부강하게 만들어 갈 수 있는 길이란 학문 밖에 없다는 입장을 취하고 있다. 그는 「현재 일본사람을 살펴보고 외국에 미치지 못하는 것을 열거해 본다면, 학술이 그렇고, 경제가 그렇고, 법률이 그렇다. 오늘날의 문명은 오직 이 세 가지와 관련이 있으며, 이 세 가지가 발달하지 않으면 국가의 독립을 유지할 수 없다」라고 말하고 있다. 또, 그가 장려하는 학문은 한학과 같은 실속 없는 학문이 아니다. 일반 국민들의 일상생활과 직결되는 「실학」(實學)이었고, 그가 말하는 「실학」이란 「근대 서영의 진보를 가져온 합리주의 과학정신」에 기초한 「실험실증의 학문」이었던 것이다. 그의 그러한 「학문의 권장」은 그의 서양근대의 계몽사조로부터 나온 자연권 사상, 즉 천부인

권 사상(天賦人權思想)과 자주독립사사에 기초한 것이라 할 수 있다. 그의 이와 같은 학문관은 멀리는 영국의 근세철학의 아버지로 알려진 17세기 전반의 프란시스 베이컨의 학문관에서 출발해 17세기 후반 영국의 대표적 경험론 철학자 존 로크, 18세기 전반 프랑스의 계몽주의의 대표적 철학자인 볼테르, 19세기 전반 미국의 프란시스 웨이랜드 등의 학문관 등을 통해 성립되었다. 그래서 그것은 근대 일본인 들의 학문관은 물론, 19세기 말에서 20세기 초 한국의 유길준, 중국의 양계초(梁啓超, 1873~1929) 등을 통해 한국, 중국 등으로 전파되어 나갔다.

5. 한국에서의 근대소설의 성립 경위

한국에서의 일본의 후쿠자와 유키치에 해당될 수 있는 사람으로 근대학문의 아 버지라 부를 수 있는 사람은 유길준(前吉濬, 1856∙-1914)이라 할 수 있다. 한국이 일본으로부터 문화를 개방당한 1876년 당시의 그의 나이는 21살이었다. 문호개방 과 함께 한일수호조약이 체결되어 첫 번째로 김기수(金綺秀)가 수신사(修信使)로 다녀왔고 뒤이어 1880년 김굉집(金宏集)이 역시 수신사로 다녀왔었다. 김굉집은 근대서구의 문물을 받아들여 근대화된 일본의 모습을 보고 놀란 나머지 일본의 문물제도를 배워야한다고 주장하였다. 그래서 한국정부는 박정양(朴定陽), 어윤중 (魚允中), 홍영식(洪英植) 등 12명을 정식위원으로 하고 그들 밑에 각각 보조하는 수행원, 통역사, 종인(從人) 각각 1명씩을 편성시켜 구성시킨 「신사유람단」(紳士 遊覽團)을 일본에 파견했다.

그 동안 개화파의 명수였던 박규수 등을 통해 구한 서적들을 보고 있었던 유길 준은 신사유람단의 한 사람인 어윤중의 수행원으로 편승되어 1881년 1월에 도일 하게 됐다. 신사유람단은 약 4개월간 일본의 도쿄, 오사카 등을 방문해 문교, 내무, 외무, 농상, 군부 등의 각 성(各 省)의 시설 등을 시찰하고 돌아오게 된다. 그러나 유길준의 경우는 귀국하지 않고 유학생 신분으로 일본에 남아 그 해 6월 후쿠자와 유키치의 게이오기쥬큐(慶応義塾)에 입학하게 된다. 그래서 그는 동행했던 유정 수와 함께 게이오기쥬큐의 최초의 외국인 유학생이 되었고, 또 「도진샤」(同人社)

에 입학한 윤치호 등과 함께 일본 최초의 한국인 유학생이 되었다.

그러나 그 이듬해 한국에서 한미(韓美) 수호조약이 체결되고, 또 임오군란이 일어나자, 그해 12월에 학업을 중단하고 그 해 수신사로 도일했던 박영효와 그 일행 민영익(1860~1914) 등과 함께 귀국한다. 그 다음해인 1883년(28살)에 한성 판윤에 임명된 박영효의 은청으로 신문간행을 추진해가다가, 7월에 민영익을 전권대사로 하고 홍영식을 부대사로 하는 보빙사(報聘使)의 수행원 자격으로 도미(渡美)하게 된다. 그는 그 9월부터 10월까지 서부의 샌프란시스코에서 중부의 시카고, 워싱턴, 뉴욕, 보스턴 등 미국 각지를 시찰한다.

보빙사 일행이 미국을 떠난 후에도 그는 그 해 11월부터 미국의 보스턴 인근의 메사추세츠 주의 샐럼시의 피바디 박물관의 관장으로 근무하고 있던 에드워드 S. 모스(Edward S. Morse, 1838~1925)의 개인지도를 받게 된다. 모스는 1877년에 도일해 도쿄대 교수로 1879년까지 재직해 있으면서 다윈의 진화론을 최초로 일본에 소개했던 자였는데, 그는 1882년 다시 도일해 일본의 도자기 수입에 전념한 바 있었다. 유길준은 그 때 모스를 대면한 적이 있었다. 그 다음해 1884년 9월부터는 메사추세츠 주 바이필드의 덤버 아카데미에 입학한다. 이렇게 해서 그는 한국인으로서는 최초의 미국 유학생이 된다. 그 해 12월 그는 한국에서 갑신정변이 일어났다는 소식을 접하고 그 이듬해인 1885년 유럽으로 건너가 런던, 파리, 베를린, 벨기에, 네덜란드 등을 유람하고 포르투갈, 수에즈 운하, 싱가포르, 홍콩, 일본을 통해 그 해 12월 귀국한다.

그가 한국에 도착하자, 갑신정변을 일으켰다가 실패한 개화당과 관련되어 있다는 혐의를 받고 즉시 체포되어 포도대장 한규설의 집에 연금된다. 1887년부터는 백록동 취운정으로 이송되어 유폐생활을 하게 되는데, 그곳에서 『서유견문』을 집필하게 된다. 그는 그로부터 2년만인 1889년에 『서유견문』의 원고를 완성한다. 그는 그 자신이 서문에서 밝히고 있듯이 1881년 게이오기쥬쿠에 유학하고 있었을 때 후쿠자와 유키치의 『서양사정』(西洋事情, 1868)을 접한 것이 계기가 되었었기 때문이었는지 그 때부터 『서유견문』을 구상해 조금씩 써가기 시작했고, 미국유학 시기에도 단편적으로 써갔다고 하는데, 취운정에서 유폐되어 있던 동안 그것을 본격적으로 쓰려고 했을 때는 그 동안 써왔던 것이 다 없어져 버리고 말았었다는 것이다. 이렇게 봤을 때 그가 그것을 본격적으로 썼던 것은 불과 2년 동안이었지만, 사실은 그것이 10여년의 세월을 통해 나왔다고 말할 수 있다. 그래서 그는 그것을 그 다음해인「1890년 그 초고를 고종에게 바쳤고, 또 그것을 비매품으로 출판하여 관원과 지식인들에게 무상으로 나눠 주었다」그는 그것을 탈고 한 후에도 3년간 더 유폐생활을 했으며, 그는 서울 성 밖 출입금지라는 조건으로 1892년 말 7년간의 유폐생활을 끝냈다.

그는『서유견문』을 끝내고, 유폐생활을 해가는 중에서도 서양인이 한국정부로부터 전기 가설권을 매수하려 하자 그 부당성을 고종에게 상소해서 그는 유폐생활에서 풀려나 고종의 정치·외교 등에 대한 자문관 역할을 한다. 그리고 1894년 7월 청일전쟁과 동시에 갑오개혁이 단행되는 과정에서 친일파 혁신내각에 의해 설치된 군국기무처의 회위원으로 임명된다. 그 후 그는 동부승지 등에 임명되었고 그 해 10월에는 의화단과 함께 일본을 시찰한다. 그 다음 1895년 4월에는『서유견문』이 후쿠자와 유키치가 설립한 일본의 고슌샤(交詢社)에서 출간되었고, 그 해 11월에는 내무대신에 임명되었다. 그는 그 다음해「독립신문」을 간행하려는 서재필에게 국고금 5천원을 보조했는데, 그 해 2월에 황제가 러시아 공관으로 파천하는 바람에 결국은 일본으로 망명하게 된다. 그로부터 6년 후인 1902년 그는 일본 육사를 졸업하고 귀국하는 본국 청년장교들과 결탁해 정부개혁을 계획했다가 탄로가 나는 바람에 일본정부는 그를 이즈제도(伊豆諸島)의 하치죠시마(八丈島)로 유배시켜 두었다가 그 후 그곳보다 더 먼 곳인 오가사와라시마(小笠原島)로 유배시켰다.

그로부터 5년 후인 1905년(52살) 8월에 순종황제로부터 사면을 받아, 11년 만의 일본망명생활을 끝내고 귀국한다. 동월 특진관에 임명되었으나 세 차례나 상소한 끝에 면직된다. 그는 1908년부터는 재야에서『이탈리아 독립전사』의 역술 등 주로 저술활동을 행해간다. 그러한 과정에서『대한문전』(大韓文典, 1909) 등과 같은 저서 등이 나오게 된다. 그는 1909년 12월에 일진회에서 한일합방을 하자는 상소문을 올리자 이에 반박하는 글을 내각에 제출한다. 그 다음 합방이 이루어져 조선귀족령에 의해 그에게 남작이 내려 졌으나 그것을 거부해 반환한다. 1913년에는 중앙학교장으로 선임되었는데, 그 다음 해 1914년(59살) 9월 신장염으로 세상을 떠난다. 일조각에서 『유길준 전집』을 간행했다.

우리가 이렇게 그의 인생을 짚어봤을 때, 그를 한국의 근대학문의 아버지라 칭해 볼 수 있는 것은 다음과 같은 점들 때문이라 할 수 있다. 첫째 그는 한국인들 중에서 첫 일본유학생이었고 또 미국유학생이었다. 한국의 근대학문이 한국보다 근대화가 더 빨랐던 일본의 근대학문과 미국을 위시한 서양의 학문을 기초로 해서 성립되었다는 점을 감안해 볼 때 그러한 말이 성립될 수 있다는 것이다. 둘째 허경진도 『서유견문』(서해문집)의 해설에서 지적하고 있듯이 「유길준의 행적에는 당시 다른 정치가나 관료와는 구별되는 특별한 면모가 발견」되는데, 그 특별한 면모가 근대학문에 대한 그의 남다른 관심이라 하는 것이다. 그는 신사유람단과 보빙사의 수행원으로 일본과 미국에 남아서 학자들과 대학교육을 통해 근대문명과 근대학문을 배웠다고 하는 것이다. 셋째 그는 유폐 생활을 해가면서도 『서유견문』과 같은 책들을 썼다고 하는 것이고, 또 그가 다년간의 일본 망명생활과 유배생활을 끝내고 귀국한 후에도 학문을 버리지 않고 『이탈리아 독립전사』 등과 같은 것들을 역술해 갔다고 하는 것이다. 넷째 그가 저술한 『서유견문』이야말로 한국에서의 근대학문이 성립되어 나오는데 가장 큰 역할을 했다고 하는 것이다. 다섯째 그가 최초의 국한혼용체로 600여 페이지에 달하는 『서유견문』의 저술을 통해서 서구의 근대학문과 계몽주의 사상을 한국에 종합적으로 소개했다고 하는 점에서 한국의 후쿠자와 유키치로 볼 수 있다는 것이다.

제 4 장

인간중심시대 문학의 예술적 기능

우리가 인류 역사의 전개과정을 신중심 시대·인간중심 시대·우주중심 시대로 삼등분해볼 수 있다면, 문학은 미술과 더불어 인간중심시대를 대표하는 예술 장르로 취급 될 수 있다.

우리는 이 용어가 형성되어 나왔던 르네상스 운동 이전까지를 신중심 시대라 했고, 르네상스운동 이후에서부터 인류가 우주로 진출하기 이전까지를 인간 중심시대라 했다. 이어서 소련의 최초의 인공위성 스푸트니크 1호가 우주로 발사된 1957년 이후를 우주중심시대로 명명될 수 있다. 이렇게 볼 때, 인간중심시대는 14세기 전반에서부터 20세기 전반까지의 6세기 간을 가리키는 말로 정의될 수 있다.

그런데 문학이 인간중심시대의 대표적 예술장르로 부상하게 된 것은 인간이 인간중심시대로 접어들게 된 14세기 이후 5세기가 지난 19세기부터라 할 수 있다. 즉, 인간중심시대의 말기에 이르러 부상했다고 말할 수 있다는 것이다.

그렇다면 인간중심시대의 시대사상이라 할 수 있는 「휴머니즘」(humanism)과 예술과는 어떻게 관련 되어 있는 것인가? 이제 우리는 여기에서 이 문제에 대해 확실한 입장을 취할 기회를 얻게 됐다.

문학은 어떻게 해서 미술과 더불어 인간중심시대를 대표하는 예술 장르가 되었던 것인가? 이 문제부터 고찰해 보기로 하자. 이 물음에 대한 대답은 예술로서의 문학이 인간중심사상의 성립과 전개 과정에서 어떤 역할을 행해 갔는가, 다시 말해, 인간의 존재의미가 실현되는 과정에서 예술로서의 문학이 어떤 역할을 행해갔으며, 인간중심사상과는 어떻게 관련되어 있는가? 등과 같은 문제들을 해결함으로써 얻을 수 있다. 따라서 본고는 인간중심시대를 대표하는 예술 장르로서의 문학의 특성 규명을 통해, 인간중심시대의 인간들이 자신들의 삶을 실현해 나가는데 있어서 문학을 어떻게 이용해갔는지에 대한 고찰을 목적으로 한다.

현재 우리는 인간중심시대로부터 벗어나 우주중심시대로 진입해 들어가는 시점에 놓여있다. 따라서 이러한 시점에 처해 있는 우리는 인간중심시대의 황혼기를 살아가는 마지막 세대의 인간임과 동시에 우주중심시대를 살아가는 첫 세대의 인간이라 할 수 있다. 우리가 우주중심시대의 새벽녘으로 접어들면서, 레슬리 피들러의 「소설의 죽음」(1963)와 존 바스의 「고갈의 문학」(1967) 등에서의 경우와 같이 인간중심시대의 가장 대표적인 문학 장르인 "소설이 죽었다"라는 말이 나왔다.[1] 뿐만 아니라, 문화적 평등화로 인해 「이제는 미학적 평가기준이 없어졌기」 때문에 「현대 예술이 위기를 맞고 있다」는 말도 나왔다.[2] 이제 예술은 "삶의 한 형식"에 지나지 않게 됐으며, "예술은 버스를 타는 것, 꽃을 꺾는 것, 생각하는 것, 방바닥을 청소하는 것, 원숭이한테 물리는 것과 같은 그런 일이다"[3] 라는 말도 나오게 되었다. 이러한 것들은 인간이 자기중심적 차원에서 예술이라고 하는 문화 장르를 창출해왔다는 것을 증명해 주는 단적인 예라 할 수 있다.

이렇게 봤을 때 예술의 본질이란 인간의 자기중심적 사상과 깊게 관련되어 있다고 말할 수 있다. 그렇다면 예술은 인간들의 자기중심적 사상과 어떻게 관련되어 있는가? 우리는 인간중심시대와 우주중심시대가 오버랩 된 이 시대에 존재해 있다. 바로 이러한 시대적 상황 속에서 우리가 인간중심적 사상과 예술의 본질과의 관계를 규명해낸다는 것은 금후 형성되어갈 우주중심적 사고가 인간중심 시대의 예술을 대신해갈 수 있는 어떤 새로운 문화 장르를 창출해가게 될 것인지에 대한 대답을 제시해 볼 수 있고, 또 금후 인간이 어떤 식으로 존재의 의미를 향유해갈 수 있을 것인지에 대한 물음에도 대답해 볼 수 있을 것이다.

---

1) 김성곤 편역(1992, 원서1967~1983), 『소설의 죽음과 포스트모더니즘』, 글, p.5.
2) 이브 미쇼 저·하태환 역(1999, 원서1997), 『예술의 위기』, 동문선, p.7, p.275.
3) 우도 쿨터만 저·김문환 역(1997, 원서1987), 『예술이론의 역사』, 문예출판사, p.318.

1. 인간중심시대와 인간중심사상

1) 「인간중심」의 의미

「인간중심」이란 인간이 자신들의 운명을 지배한다고 생각해왔던 「신」(로마자 문화권)이나 혹은 자연(한자 문화권) 등을 중심으로 해서 인간 자신들과 그들의 존재기반을 이루는 세계를 인식하려는 「신」이나 자연 중심적 태도로부터 벗어나서, 인간이 인간 자신을 중심으로 세계를 인식하려는 태도를 가리키는 말이다. 우선 인간이 인간 자신을 중심으로 자신이 처해있는 세계를 인식한다는 것은 인간과 세계를 창조했다는 신의 존재를 인정하지 않는다는 입장이고, 신이 있다고 한다면 그것은 인간에 의해 창조된 것이라는 입장임을 뜻한다.[4] 또한 그것은 인간이 자신의 욕망대로 자신이 속한 세계를 개조할 수 있는 존재라는 말이기도 하고, 인간 자신이 처한 세계나 자연이 인간의 인식에 의해 드러난 것이라는 입장임을 의미할 수 있다.

서구에서는 인간의 그러한 태도가 14세기 르네상스시대이후 휴머니즘이라는 말로 표현되었다. 동아시아에서는 근대 이후 서구로부터 전래된 휴머니즘이란 말이 「인간주의」, 「인본주의」, 「인문주의」, 「인도주의」 등으로 번역되어 그러한 태도가 일반화 되었다. 그렇다면 동아시아 세계에서는 서구의 휴머니즘에 해당되는 사상이 없었던 것인가?

서구에서의 인간중심사상이 신 중심사상에 대한 대립적 개념으로 성립되어 쓰여 왔다면, 동아시아 세계에서는 도교(道敎)가 지향했던 「자연중심」사상에 대해 유교(儒敎)가 지향한 「인간사회」중심사상이 존재했던 것으로 고찰된다. 이렇게 봤을 때 서양의 르네상스 이전의 신중심사상은 동아시아의 근세 이전의 자연중심사상에 대응 될 수 있고, 서구의 르네상스 이후의 인간중심사상은 동아시아의 유교사상에 대응될 수 있는 것으로 파악 된다. 동아시아에서 유교사상이 보다 구체적으로 논의될 경우 근세 이전은 유가(儒家)사상으로, 근세 이후에는 신유학사상으로 구분될 수 있다. 유가사상이 자연 속에서의 인간과 인간사와의 바람직한 관

---

4) 졸저(1996), 『21세기 문화이론 과정학』, 교보문고, pp.36-54 참고.

계를 추구하려는 사상이라면, 신유학사상이란 자연과 인간과의 조화관계를 추구하려는 사상이라 할 수 있다. 따라서 우리는 동아시아의 유학사상을 서양의 휴머니즘에 대응시켜 볼 수 있다는 것이다.

2) 인간중심시대의 의미

인간중심 시대란 자연신, 민족신, 유일신 등이 인간과 인간사회를 지배한다고 여겼던 신 중심시대에 대해 인간이 인간 자신들과 인간들로 구성된 사회를 지배하게 된 시대를 의미한다.

인간은 언제부터 자신들과 자신들의 사회와 세계를 지배해가게 되었던 것인가? 인간들은 원시시대 이래 씨족, 부족, 부족연맹, 고대국가 등과 같은 집단들을 형성시켜, 인간사회 내지 인간세계를 건설해 나왔다. 이렇게 볼 때, 인간들은 원시시대부터 현재까지 스스로가 자신들과 자신들의 세계를 지배해왔다는 입장이 취해질 수 있다. 우리가 여기에서 확실히 짚어두어야 할 것이 있는데, 그것은 인간이 원시시대에서부터 중세까지 자신들의 운명과 세계를 지배해갈 수 있다고 생각하지는 않았다는 것이다. 르네상스시대(14~16세기) 이전이나 명대(明代 1368~1644) 이전까지도 대다수는 신이나 자연이 인간의 운명과 인간의 세계를 지배한다고 정치적 지도자를 비롯한 사회의 주류층의 대다수가 생각했다고 하는 것이다. 그러한 의미에서 우리는 신이나 자연이 인간과 인간사회를 지배했다고 말할 수 있는 것이다. 다시 말해, 정치적 지도자들을 비롯한 사회의 주류층의 대다수가 인간과 세계를 인간들이 지배해간다는 생각을 하게 된 것은 르네상스나 명대 이후인 근세에서부터였다.

「재생」(再生)이란 의미를 갖즌 르네상스(Renaissance)는 프랑스어이다. 그런데 그것이 일본에서 「문예부흥」으로 번역된 것은 1900년대 초였다. 이 경우 「재생」이란 고대 그리스·로마의 문물을 재생시킨다는 의미로서, 그것은 스위스의 야콥 부르크하르트(J. Burckhardt)의 『이탈리아에서의 르네상스』(1860)를 통해 고대 그리스·로마의 문예 재생을 통한 문예 부흥으로 정리되어 나왔고, 또 그러한 「재생」의 의미 속에는 「인간의 발견」이란 뜻도 내포되어 있다.[5]

인간중심시대 이전까지의 서구의 문화는 고대 그리스·로마 시대를 통해 형성된 헬레니즘과 헤브라이즘과의 변증법적 발전을 통해 전개되어 왔다고 볼 수 있다. 이 경우의 재생이란 인간이 중세 천 년간 신앙심을 통해 구축해낸 헤브라이즘을 버리고 고대 그리스·로마 시대의 인간이 이성을 통해 구축된 헬레니즘을 재생시켜낸다는 것이었다. 근대 이전까지의 서구의 역사는 고대 그리스·로마의 헬레니즘 형성기(334~30, BC), 헤브라이즘에 기초한 크리스트교 확립기(313년 크리스트교 공인), 14세기 이후 르네상스 운동을 통한 헬레니즘 부활기 등의 과정을 통해 전개되어 나왔던 것이다.

서구의 이러한 역사적 전개와 대응시켜 생각해 볼 때, 한자문화권의 경우는 인간사회 중심의 유교와 자연계 중심의 도교와의 변증법적 발전을 통해 전개되어 나왔다고 할 수 있다. 동아시아의 역사는 전후한대(前後漢代: BC221~AD220)에서의 인간중심의 유교사회의 구축을 통해 자연중심의 인간세계로부터 탈피해 나왔다. 그 과정에서 AD 1세기에 인도로부터의 내세 중심의 불교가 중국에 전래되어 3, 4세기부터는 현세 중심에서 내세 중심의 인간사회로 전환해 나왔다. 그러나 그 후 동아시아의 한자문화권은 명(明)의 건국(1368)을 계기로 다시 유교중심의 인간중심사회로 전환해왔다고 할 수 있다. 한국의 경우는 배불숭유(排佛崇儒)의 정책을 취해 나갔던 조선의 건국(1392)을 기점으로 해서, 또 일본의 경우는 불교와 크리스트교 세력을 배척하고 대륙으로부터 신유교를 받아들여 치정이론으로 삼아 갔던 도쿠가와 바쿠후(德川幕府)의 설립(1603)을 기점으로 해서 인간중심시대로 전환해 나왔다고 볼 수 있다.

이와 같이 인간중심시대란 신이나 대자연, 혹은 내세 등의 입장으로부터가 아니고 인간이나 인간세계 혹은 현세의 입장에서 인간의 문제들을 파악하려는 시대였던 것이다. 그러한 의미에서 인간중심시대란 휴머니즘의 시대라고 이름 붙일 수 있는 시대라 할 수 있다.

---

5) 김성근 외 책임감수(1964), 『세계문화사Ⅳ : 유럽근세와 아시아 전제국가』, 학원사, p.53.

3) 인간중심사상의 의미

인간중심사상이란 신 내지 자연중심사상에 대한 대립 개념이다. 신중심사상이란 인간들이 자신들과 자신들의 세계를 창조했다고 하는 어떤 절대적 존재나 혹은 인간의 존재를 만들었다고 볼 수 있는 대자연의 입장에서 자신들과 자신들이 처해 있는 세계를 인식한다던가, 또 그러한 입장에서 인간의 문제를 해결하려는 사상이라 할 수 있다. 이에 대해, 인간중심사상이란 인간들이 그러한 사상에 반대 입장을 취해, 인간 자신들이나 자신들의 세계를 중심으로 세상을 인식하고 문제를 해결하려는 태도를 의미한다. 인간중심사상을 정립시킨 인문주의(人文主義)에 대한 연구는 신의 입장에서 인간과 세계와의 관계와 신의 본질을 연구해갔던 중세말의 스콜라 철학에 대항해, 인간의 입장에서 인간과 자신이 처해있는 세계와의 관계, 인간의 본성 등에 대한 탐구였다. 그러한 탐구는 이탈리아의 피렌체 등에서 중세의 신중심적 세계관이 성립되기 이전의 고대 그리스 · 로마의 인간중심적 세계관을 재생시키는 작업으로 구체화되었다. 그러한 작업은 르네상스 운동의 형태를 취해 행해졌다. 18세기 후반에 들어와서는 독일에서 신흥시민계급이 부상하였다. 이 시기에 인문주의 연구는 레싱(G. E. Lessing, 1729~1781), 괴테(J. W. Goethe, 1749~1832), 훔볼트(K. W von Humboldt, 1767~1835), 헤겔(G. W. F. Hegel, 1770~1831) 등에 의해 인간의 보편성을 주창한 신인문주의(Neuhumanismus)로 전환되어나갔다. 신인문주의는 조화와 완성이라는 고대 그리스의 인간관에 기초한 것이다. 그 후 그것은 20세기로 들어와서 마르크스주의로 발전되었고, 또 20세기 중반에 와서는 인간의 주체성을 인정하지 않는 구조주의로 전환하였으나,[6] 후기구조주의에 와서 결국은 구조주의도 서구 중심의 인간중심주의에 지나지 않다는 비판을 받게 되었다. 인간의 이러한 인간중심적 태도는 자신의 육체와 정신을 끊임없이 계발하여 그러한 것들을 이용해 인간이 처해 있는 세계를 끊임없이 개발해가려는 사상을 확립시켜나갔던 것이다. 이렇게 봤을 때, 인간 중심사상이란 신의 인간과 세계의 창조나 자연의 인간과 세계의 산출을 부정하고, 인간이 인간자신의 정신적 육체적 능력을 끊임없이 계발해 나가고, 자연계를 인간의 차원으로 개발해 나가야 한다는 사상이

---

6) 레비스트로스 저 · 안정남 역(1999, 원서 1961), 『야생의 사고』, 한길사, p.361.

라 할 수 있다.

이러한 인간중심사상은 인간의 신과의 투쟁이나 혹은 자연과의 투쟁이란 불가피하고, 인간의 인식에 잡혀진 세계와 잡혀지지 않은 세계와는 대립될 수밖에 없으며, 인간의 인식에 잡힌 세계는 그것에 잡히지 않은 세계를 축소시켜 나갈 수 있다는 사상을 의미한다고 볼 수 있다.

2. 인간중심 시대에서의 예술의 역할

1) 인간중심 시대에서의 인간의 삶의 목표들

신 중심시대에서의 인간들의 삶에 대한 최대 목표가 사후(死後) 「천국」이나 「극락」에서 영생하는 것이리고 한다면 인간중심시대에서의 인간의 삶의 목표는 무엇인가? 인간중심시대의 인간들은 신중심시대의 인간들이 사후에 존재한다고 믿었던 「천국」이나 「극락」등과 같은 존재나 혹은 그곳에서의 영생 같은 것들을 믿지 않는 자들이다. 그들은 오직 현세에서의 영생이나 현세에서의 삶의 미적 향유(享有)를 삶의 최대의 목표로 설정하는 인간들이라 할 수 있다. 그들은 인간들의 힘으로 현세에서의 인간의 「천국」이나 「극락」을 건설하여 그것을 통해 영생을 실현시켜나가고, 자신들에게 주어진 삶의 의미를 백분 향유해 나가는 것을 삶의 목표로 설정한 인간들이었다. 보다 구체적으로 말해, 그들은 자신들에 의해 창작된 예술작품들이나, 혹은 자신들의 정신이 깃든 물건들을 이 세상에 오래오래 남겨놓고 인간들로 하여금 그것을 의식케 함으로써 그들의 의식을 통해 자신들의 정신을 영생시켜 가려한다든가, 또는 이 세상에서 행하는 노력의 대가를 이 세상에서 미적 쾌감으로 보상받으려 하는 인간들이었다고 할 수 있다.

2) 예술가와 예술의 역할

인간들에게서의 자신들의 삶의 미적 향유 방법이란 미적 의식을 불러일으킬 수 있는 기술의 개발을 통해서 취해질 수 있는데, 그러한 기술이 다름 아닌 바로 예술이라는 것이다. 그런데 인간중심시대의 인간들이 자신들의 존재의 기반으로 받아들인 것들은 인간 자신들의 감각에 잡힌 물질적 존재들이다. 따라서 인간중심시대의 인간들에게서의 물질적 존재야 말로 가장 중요한 관심거리인 것이다. 그 결과 인간중심시대의 인간들은 물질적 존재와의 구체적 접촉을 통해 취해지는 느낌들을 양성화시켜 나가게 되는데, 그 과정에서 성립되어 나온 학문이 다름 아닌 바로 미학(Aethetic)이었던 것이다.

인간중심시대의 예술은 바로 이 미학과 깊게 관련되어 있다. 그 이유는 인간으로부터 미적 의식을 불러일으키는 기술의 일종으로서의 예술이 인간중심시대로 들어와서 인간의 감각을 통해 미적 의식을 불러일으키려는 쪽으로 전환해왔기 때문이다. 그러한 예술을 대표하는 것이 바로 물질적 존재들의 형태와 색깔의 창작을 통해 인간들로부터의 미적 의식을 불러일으킬 목적으로 존재하게 된 미술(美術)이다.

인간중심시대의 예술가들은 이러한 미술을 통해 인간들로부터 미적 의식을 불러일으키는 미술가들의 경우처럼 미학을 기초로 해서 자신들의 예술적 기능을 발휘해갔던 것이다. A. 하우저는 그의 방대한 저서에서 「16세기 말 경, 이태리 예술사에서는 하나의 두드러진 방향 전환이 일어났다」고 지적하면서 그 구체적 일례로 「관능적·감정적이고 일반적으로 이해하기 쉬운 양식인 바로크가 들어섰다」고 말하고 있다.7) 필자가 여기에서 말하고자 하는 것은 바로 그 바로크양식이 인간들로부터 미적 의식을 불러일으키기 위해서 르네상스 이후의 예술가들이 만들어낸 첫 예술양식이라고 하는 것이다.

성경이나 불경에 의하면 신중심시대의 인간들이 사후 「천국」이나 「극락」에서 영생할 수 있는 방법은 현세에서 끊임없이 「예수」나 「부처」의 희생적 삶을 찬양하고 경배하며, 자기보다 더 못한 사람들에게 사랑과 선을 베풀어가는 것으로 되어 있다. 그 경우 인간들로 하여금 그러한 일을 행할 수 있도록 일깨워주고 돌봐주는 자들은 목사나 승려 등과 같은 성직자들이었다. 그러나 인간중심시대에서는 인간이 현세에서 지상낙원을 건설하도록 하고, 또 이 세상에서의 그러한 지상낙원생활

---

7) A. 하우저 저·박낙청 외 역(1990, 원서 1953), 『문학과 예술의 사회사—근세편 상』, 창작과 비평사, p.220.

을 통해 자신의 존재 의미를 백분 향유할 수 있도록 전위대(前衛隊) 역할을 자처한 존재들이 다름 아닌 시인, 음악가, 화가, 조각가 등과 같은 예술가들이었던 것이다. 다시 말해서 종교가 인간의 사회와 인간의 정신세계를 지배해갔던 신중심시대의 성직자들이 행해갔던 역할을 인간중심시대에 와서는 예술가가 떠맡게 되었다는 것이다.

신중심시대의 성직자들이 성령이나 불심이 깃든 예수나 부처의 말들을 끌어내서 내세에서의 영생을 확신시켜주고, 또 그것들을 이용해 인간들의 정신을 정화시켜줌으로써 그들로 하여금 기쁨을 느끼게 했다면, 예술가들은 인간들이 처해있는 이 세상에서 일어나는 자연현상, 사회현상, 정신현상 등과 같은 여러 현상들을 끌어와서 인간들에게 보여주고 들려줌으로써 그들로 하여금 기쁨을 느끼게 하는 역할을 수임해 간다는 것이다.

예술가들은 자신들이 직간접적으로 체험한 이 세상의 여러 현상들을 인간들에게 보여주고 들려줄 경우에 비유적·상징적·기호적 표현 수법을 사용한다. 예술가들은 삶이나 혹은 인간세계의 구체적 일면들을 끌어내서 그것들을 통해 삶이나 인간세계의 전체를 보여준다는 입장을 취한다. 예술가들이 감상자들에게 삶이나 인간 세계의 전체를 보여주는 목적은 그 전체를 통해 자신들의 삶이나 세계를 인식시켜줌으로써 자신들의 세계가 어떠한 것인가를 깨닫게 하기 위해서라 할 수 있다.

신 중심시대에서의 예술(藝術)의 의미는 라틴어로부터 나온 "ars"와 그리스어 "technē"가 동의어로 쓰였듯이, 원래는 인간이 어떤 것을 만드는 방법 내지 기술 등을 의미했었다. 그러다가, 순수한 사변적 지식 내지 자연의 힘에 대립되는 것으로 사용되어, 자연을 지배하려는 인간의 문화 활동 전체까지를 가리키게 되었다. 그러나 그것은 인간중심시대로 들어와 과학이 부상해 나옴에 따라 그것과 대립해서 인간의 창조활동을 통해 자기의 세계관을 의식적으로 표현하려는 활동으로 전환해 나오면서, 구체적 사물 속에 내재된 「보편적인 것」을 표현하려는 기술 내지 지적 활동을 가리키게 되었다. 보다 구체적으로 말해, 예술은 개별적인 것을 통해 보편적인 것을, 부분을 통해 전체를 표현해 내려는 인간의 표현기술을 의미하게 되었던 것이다. 예술은 그러한 의미를 기초로 해서 19세기로 들어와서는 창작 행위를 인간으로부터의 어떤 미적 의식을 불러일으키는 기술의 의미로 정착되었다.

예술은 추상 작용을 통해 성립된다는 점에서는 학문과 상통되는 문화장르라 말할 수 있다. 추상(abstraction)작용이란 어떤 사물의 전체적 이미지를 나타내는 표상(表象)속에 내포되는 여러 징표(徵表)들로부터 하나 또는 몇몇을 분리시켜서 그것들만을 독립시켜 사유의 대상으로 하는 정신작용을 가리킨다. 사실상 모든 개념들은 그러한 추상작용을 통해 형성되어 나온다. 모든 학문은 그러한 과정을 통해서 형성된 개념들을 기초로 해서 성립해 나왔다. 그래서 학문은 르네상스 이후 과학이라고 하는 형태를 취해 인간들에 의해 지상의 「천국」이 건설되어 나가는 데 있어서 도구로 사용된다. 그뿐 만이 아니라, 그것은 자기중심의 세계 속에 싸인 인간들에게 진리를 발견케 하여 그것을 통해 인간의 가능성을 자각케 함으로써 기쁨을 느껴가게 한다.

이러한 점을 감안해볼 때, 기존의 특정한 개념을 가지고 새로운 개념을 만들어 그것을 통해 아직 발견되지 않은 어떤 진리를 찾아가려는 학문은 「개별에서 보편으로」라고 하는 추상작용을 통해 자신의 존재를 성립시켜 진리의 추구라는 역할을 수행해 간다. 이처럼, 예술과 학문은 「개별에서 보편으로」라고 하는 추상작용을 통해 그 자체들의 존재를 성립시켜 나가고 그들 자신들의 역할을 수행해 나간다고 하는 공통점을 지니고 있는 것이다. 예술과 학문을 성립시킨 이러한 추상작용은 「단순한 존재를 가치 있는 존재로 변형시키고, 또 그것을 더 가치 있는 존재로 변화시켜보는 충동의 실천적 구현」이라 할 수 있는 인간의 이성을 통해 행해진다.8) 이러한 의미에서 A. N. 화이트헤드는 인간에서의 이성적 기능이란 「삶의 기술(技術)을 촉진시키는 것」으로 파악하고 있다.9) 그러나 학문은 현실적이고 실증적인 차원에서 예술은 실증 불가능한 상상의 차원에서 행해진다는 점도 구별되고 또, 학문은 이성적 차원에서 예술은 감각적 차원에서 행해진다는 점에서 구별된다. 또 학문은 과학의 경우처럼 논증의 형태를 취하는데 반해 미술의 경우처럼 예술은 표현의 형태를 취한다는 점도 지적될 수 있다.10) 표현상의 특징을 논할

---

8) A. N. 화이트헤드 저·정연홍 역(1988, 원서 1929), 『이성의 기능』, 이문출판사, p.29.
9) 상동서, p.6.

경우, 학문적 표현은 수학의 경우처럼 개념적 표현을 통해 구체적인 것들을 드러내는데 목적이 있는데 반해, 예술적 표현은 미술의 경우처럼 구체적 표현을 통해 보편적인 것들을 드러내는데 목적이 있다는 점도 언급해 둘 필요가 있다.

3. 인간중심시대에서의 문학의 예술적 기능

1) 문학의 의미

문학(文學)은 문자(文字)나 문자로 이루어진 문장(文章) 등에 대한 체계적 지식이란 의미를 기초로 해서 성립되어 나와, 「학문」으로서의 문학, 「예술」로서의 문학, 「문화」로서의 문학 등으로 전개되어 나왔다. 「학문」으로서의 문학이란 신 중심시대에서의 문학의 존재 형태와 그 기능을 가리킨다. 즉, 문자로 어떤 것을 기록하는 행위, 문자로 기록된 것을 읽어내는 행위 등을 가리켰던 것이다. 서구의 경우에서도 "Literature"의 어원인 「문자」를 의미하는 "Littera"가 「읽기와 쓰기의 지식을 의미하는 그리스어 "grammatiké"를 번역한 말」이 그 사실을 잘 말해주고 있다.[11] 중국 고대에서의 「문학」(文學)의 의미는 「고전적(古典籍)을 배우는 것」이었다. 설혹 그것이 경서(經書)를 중심으로 한 것이었다고 하는 내용이 어느 정도 포함되어 있기는 하지만, 「독서에 의한 학문의 획득을 의미하는 라틴어, "Litteratura"와 별 차이가 없다고 말할 수 있」을 것이다.[12]

과학이 아직 발달되지 않고 글을 할 줄 아는 사람들이 많지 않은 시대에 옛날 책을 읽는 행위라든가 몇 백 년 전에 쓰던 라틴어나 한문으로 글을 쓴다는 행위야말로 지금으로 말 할 것 같으면 학문이나 연구의 행위였던 것이다. 이와 같이 학문으로서의 문학은 고대그리스·로마시대나 문자의 사용이 국가적 차원에서 정비되어 그것이 식자층에 일반화되어 나가는 과정에서 성립되었다. 그래서 그것은 남송대 또는 르네상스기(14~16세기)에 와서 한대(漢代) 또는 고대 그리스·로마의 문헌을

---

10) 르네 웰렉·오스틴 워렌 저·이경수 역(1992, 원서 1962), 『문학의 이론』, 문예출판사, p.43.
11) 폴 헤르나디 편저·최상규 역(1998, 원서 1978), 『문학이란 무엇인가』, 예림기획, p.40.
12) 鈴木貞美(1998), 『日本の「文學」概念』, 作品社, p.69.

읽어내는 과정에서 확립되어 나왔던 것이다. 그러나 인간 중심시대로 들어와서 르네상스기 이후 크리스트교와 불교가 인간의 사고체계를 지배했던 이전 시기, 보다 구체적으로 말해 고대 중국의 한 대(漢代)와 고대 그리스·로마시대 문헌들을 읽어내는 과정에서 인간의 신성(神性)에 묻혀있던 이성(理性)과 감성(感性)이 재발견되어 그것들이 계발되어 현대어로 표현되는 과정에서 예술로서의 문학이 성립되어 나왔던 것이다. 그러한 예술로서의 문학은 서구에서는 보카치오의『데카메론』(1349~58) 등과 같은 소설(novels), 동아시아 지역의 중국에서는『수호전』(水滸傳, 명대)의 백화연의 소설(白話演義小說), 한국에서는『금오신화』(1460년대),『홍길동전』(1610년대) 등과 같은 한문·한글소설, 일본에서는 오토기조시(御伽草子, 무로마치 시대~에도시대 초, 1333~1650년대), 우키오조시(浮世草子, 1680~1770년대) 등과 같은 근세소설의 출현을 통해 성립되었다. 그 후 그것은 19세기 후반에서 20세기 초에 이르러 근대리얼리즘 소설로 통일되었으며, 일본의 경우는 전후에 현대소설로 전환하였다.

우주 시대가 시작된 1960년대로 들어와서는 전 지구적 차원에서 문화로서의 문학으로 전환해 나왔다. 즉 문학을 글(文)의 차원에서가 아니라 말과 글이라 하는 언어의 차원에서 접근하여 인간의 문화 활동의 근간을 이루는 언어표현 행위로 규정하고 있다. 이러한 점이 고려되어 이 시기 이후 구승문학도 문학의 한 영역으로 포함되었으며, 문학의 개념도 언어를 매개로 하는 예술의 한 영역으로 정의되었다.

여기에서 우리가 논하려는 문학의 의미는 「예술」로서의 문학을 의미한다. 문학이 예술의 한 장르로 편승되기 시작된 것은 서구의 경우 18세기 중반이후의 낭만주의에서부터였고[13], 동아시아의 경우는 그것의 전래를 계기로 19세기 말 20세기 초에 리얼리즘 문학이 형성되어 나온 시점부터였다고 할 수 있다. 문학을 예술로 규정한 것은 글(文)쓰기를 창작행위로 규정해 창작품을 통해 독자로부터 미적 의식을 불러일으킬 수 있다는 입장에서 취해진 것이다. 그러한 입장은 소설이라고 하는 새로운 문학 장르를 창출했으며, 그것을 주축으로 문학을 발전시켜 나갔던

---

13) 폴 헤르나디 편저, 전게서, p.47.

것이다.

2) 예술로서의 문학의 성립과 전개

예술로서의 문학은 문자가 사용되기 이전에는 구승(口承)문학으로 존재해 있다가 문자가 사용됨에 따라 기재(記載)문학으로 전환해 나왔다. 그러나 그것은 근세 이전까지 문자를 읽을 수 있었던 인간들이 극소수였고, 게다가 필사 외의 보급방법이 없었던 관계로 이용범위는 극히 한정되어 있었다. 그러다가 인간중심시대가 도래하여 15세기부터는 활자 인쇄를 통해 문학작품들이 인쇄본의 형태로 보급되어 나가게 되었다. 산업혁명과 시민혁명 이후 활자 인쇄술의 발달로 인쇄물의 대량생산과 초등교육의 보급이 가능해졌으며, 19세기에 와서는 소설문학 장르의 확립과 대중화를 통해 문학은 전성기를 맞이하였다.

문학이 예술의 한 영역으로 완전히 편승해 나온 것은 우선 일차적으로 학문이 과학의 형태를 취해 문학으로부터 분리해 나갔고, 이차적으로는 문학이 인간의 미적 감각을 체계적으로 연구해가는 미학(Aesthetic)과의 접촉을 계기로 해서였던 것이다.[14] 그러나 20세기로 들어와 영화, 라디오, TV 등의 보급으로 인해 문학은 최고의 예술장르의 자리를 영화에 양보해주게 된다. 1960년대 이후 우주시대로 접어들어 산업혁명 이후 문학 장르를 대표해 오던 소설 문학 장르의 쇠퇴와 함께 문학도 황혼기를 맞게 된다.

예술로서의 문학의 이와 같은 성립과 전개 과정에서의 두드러진 특징은 첫째로, 그것이 운문 문학에서 산문 문학으로 전환해 리듬을 이용한 청각 예술에서 이미지를 이용한 시각 예술로 전환해 나왔다고 하는 것이다. 둘째로, 문학은 독자로부터 미적 쾌감을 불러일으키는 예술로서의 수단이었으나, 인간의 감각으로 잡아낸 세계를 고찰하는 목적으로 성립된 과학이 일반화되어감에 따라, 인간의 물리적 세계에 기초하여 확립된 인간의 내면적 진실성을 불러일으키는 수단으로 전환한 것이다.

---

14) 상동서, 상동면.

3) 문학의 예술성

인간의 문학적 행위가 지닌 예술적 특성이란, 첫째는 인간이 독자로부터의 미적 의식을 불러일으킬 목적으로 언어를 매개로 행하는 허구세계의 창작 행위라는 것이고, 둘째는 그것이 상징적 표현을 통한 창작 행위라는 것이다.

우선 첫 번째는 다음과 같이 논해질 수 있다. 예술가란 어떤 것을 창작해내 그것을 통해 사람에게 미적 의식을 불러일으키는 인간을 말한다. 따라서 예술이란 창작을 통해 사람들로 하여금 미적 의식을 불러일으키는 기술이라 할 수 있다. 이렇게 봤을 때, 예술가로서의 문학자란 언어를 매개로 해서 작품을 창작해 그것으로 독자로부터 미적 의식을 불러일으키는 자를 가리킨다. 이 경우 창작 행위란 독자들로 하여금 미적 의식을 불러일으키게 할 수 있는 어떤 것을 창작해내는 행위를 가리킨다. 그렇다면, 작가는 어떻게 독자로 하여금 미적 의식을 불러일으킬 수 있는가?

그것은 두 가지 차원에서 이루어진다고 볼 수 있다. 첫 번째는 창작자가 창작품을 통해 독자로 하여금 어떤 욕구를 해소케 함으로써이다. 모든 인간들은 자기 자신들의 욕망을 억압해 온 대상들이나 혹은 자기 자신들의 욕망에 대한 이해를 통해 자신들의 억압된 욕망을 해소시켜 미적 의식을 느끼게 된다. 따라서 작가는 독자가 작품을 접하고 어떤 미적 의식을 느끼게 하려면 우선 무엇보다도 그로 하여금 그의 억압된 욕구를 해소시킬 수 있는 어떤 환상을 불러일으키는 작품의 세계를 창작해야 하는 것이다. 두 번째는 문학작품이 독자에게 인간의 삶과 세계에 대한 어떤 정보들을 제공하여 그로 하여금 그것들에 대해 어떤 것들을 깨닫게 함으로써 미적 의식을 불러일으킨다는 것이다. 우리가 전자를 문학의 「쾌락성」과 관련시켜 본다면 후자를 「효용성」과 관련시켜 볼 수 있다.[15]

문학의 대표적 장르는 소설이다. 소설이 독자들에게 제시하는 주된 정보는 결국은 인간에게서의 삶이란 어떠한 것이고, 또 그가 처해 있는 세계란 어떠한 것인가에 대한 정보라 할 수 있다. 소설은 독자들에게 어떤 한 시대의 어떤 한 인간 혹은 몇몇 인간들의 삶의 모습을 독자들에게 있는 그대로 혹은 허구화시켜 드러내 보여

---

15) 르네 웰렉·오스틴 워렌, 전게서 p.47.

줌으로써 그들로 하여금 인간에게서의 삶이란 무엇이며, 또 그가 처한 세계가 어떠한 것들인가를 깨닫게 해주는 수단이라 할 수 있다. 독자들은 작품과의 접촉을 통해 자신들의 삶과 세계에 대해 어떤 새로운 정보를 얻게 되었을 때 「쾌락」에 가까운 희열을 느끼게 되고, 또 그렇게 얻어낸 정보를 효율적으로 이용해 자신들의 삶의 방향을 설정할 그 실현방안을 설계하게 되는 것이다.

세 번째로 고려될 수 있는 문학의 예술성은 작품의 창작자와 그 감상자의 상상력을 통해 실현 될 수 있다. 창작자의 창작과 감상자의 감상은 그들 자신들의 상상력을 통해서 행해진다. 상상력(imagination, 想像力)이란 인간의 의식작용을 일으키는 에너지원의 하나로서 의식의 주체가 자신의 면전에 없는 어떤 사물이나 현상을 과거의 경험을 통해 얻은 형상이나 관념에 근거하여 자신의 의식세계에서 만들어내는 의지작용을 가리킨다. 사실상 이러한 여러 측면에서 상상력은 문학과 관련되어있는 것이다. 일차적으로 문학이란 언어를 매개로 한 예술장르로 정의 된다는 점을 감안해 볼 때 문학의 존립 기반은 언어이다. 그런데, 필자가 여기에서 짚고자 하는 것은 인간에게서의 언어라는 것이 다름 아닌 상상력을 통해서 성립된다는 것이다. 언어란 우선 무엇보다도 커뮤니케이션의 수단으로 정의 되고 있다. 인간에게서의 정보전달은 정보전달 수단인 언어를 통해 행해지는 발신자와 수신자간의 공통된 상상력을 매개로 하여 이루어진다. 예컨대, 뜰에 있는 아들이 방안에 있는 아버지에게 "아버지, 함박눈이 내려요."라는 말을 했을 때, 방안에 있는 아버지가 그 말을 듣고 문밖을 내다보지 않아도 문밖 뜰 안에 눈이 펄펄 내리고 있다는 것을 알게 된다. 그것은 아들이 작년에 아버지와 함께 함박눈이 내리는 것을 본적이 있었기 때문에 그것을 근거로 해서 아버지에게 "함박눈이 내린다."는 말을 하게 되었고, 또 아버지도 과거의 경험을 근거로 해서 아들의 말뜻을 알아듣고 그러한 사실을 알게 된 것이다. 사실은 인간에게서의 언어현상 내지 기호작용 그 자체도 특정한 인간들의 공통된 경험을 근거로 성립된다. 그 뿐만이 아니다. 한 단계 더 근원적으로 말 할 것 같으면, 인간의 지각(知覺)현상 그 자체도 결국은 그 지각 주체의 상상작용을 통해 이루어진다는 사실도 기억해 둘 필요가 있다.

다음으로 문학적 표현은 비유적 표현으로 특징지어지는데, 그것 또한 인간의 상상작용을 통해서 이루어진다. 문학에서의 비유표현은 환유(換喩, metonymy)와 제유(提喩, synechoche)를 주축으로 해서 이루어진다. 환유란 그 어원「meta(바꾸다)+onoma(이름)」이 말해 주고 있듯이 보다 효과적인 정보 전달을 위해 이름을 바꾸어 표현하는 방법이다. "그는 황혼기의 사람이다."와 같은 표현이 그 일례이다. 그것은 인간들이 자신들의 삶의 도정을 태양의 일일역정(一日歷程)에 비유해 인식해온 한 사례이다. 매일 인간들은 태양이 아침에 동산으로부터 떠올라 중천을 지나 서산으로 지는 태양의 일일역정에 대한 경험을 해왔다. 인간들은 자신들의 선배들이 태양의 일일역정에 비유될 수 있는 그러한 일생을 살다가 가는 것을 보아왔다. 그래서 인간들은 태양의 일일역정과 인간들의 일생을 대응시켜 생각해 보는 경향이 생기게 되었던 것이다. 인간들은 그러한 경향을 근거로 해서 자신들의 노년기를 보다 실감 있게 표현해 보려 할 경우 태양이 서산마루에서 금빛을 발산하며 서쪽하늘을 곱게 물들이는 저녁 때로 치환시켜 표현하는 경우가 있는 것이다.

제유란 어떤 것의 특징을 표현할 경우 그 특징이 가장 잘 드러나 있는 그것의 일부를 가지고 그것의 전체를 실감 있게 잘 표현해 내려할 때 쓰이는 비유법이다. 예컨대, "붓(筆)은 항상 왕관을 보필해 왔다"의 경우와 같이, 우리는 문인들의 연약한 학문이나 왕이 갖은 어마어마한 권력과를 서로 대응시켜 표현할 경우 문인들이 쥐고 있는 붓이나 왕이 쓰고 있는 왕관을 가지고 문인들의 학문의 힘이나 제왕의 정치적 권력을 표현해 왔던 것이다. 그런데 이러한 비유적 표현은 인간들이 자신들의 그러한 사물들에 대한 경험들을 통해서 취해낸 이미지(형상)의 유사성을 근거로 해서 성립되어 나왔다고 하는 것이다.

끝으로 인간에게서의 상상력이란 인간의 작품창작과 그것의 감상행위를 성립시키는 기초을 이루는 것이라 할 수 있다. 문학작품의 창작자나 그것의 감상자는 자신들이 과거에 체험한 것들로부터 어떤 이미지들을 취해 내 그것들을 가지고 자신들의 욕망을 해소시켜 줄 수 있는 어떤 인물(人物像)들이나 세계상(世界像)들을 창조해 낸다. 다시 말해 문학작품은 작가의 상상력을 통해 창작되고 독자의 상상력을 통해 감상된다고 하는 것이다. 이상과 같이 상상력이란 자신들의 억압된 욕구를 해소시켜 보려는 의지로 파악 될 수 있다. 예술가는 자신들의 그러한 욕구 해소 방안의 일환으로서 자신들의 현실세계에 존재하지 않는 어떤 새로운 인물이나 세계를 창조해 낸다고 볼 수 있다.

두 번째 문학의 예술적 특징으로서의 상징적 표현은 다음과 같이 논해 질 수 있다. 문학 작품이 독자로 하여금 억압된 욕구를 해소케 하여 그로부터 미적 의식을 불러일으키고, 또 그의 삶과 세계에 대해 무언가를 깨닫게 하려면, 우선 무엇보다도 작품의 세계가 상징적이고 비유적으로 표현되어져야 한다. 예술작품으로서의 문학은 그 표현의 면에서 우선 무엇보다도 상징성을 지니고 있어야 한다. 사실상 모든 문학 장르들이란 상징적·비유적·기호적 표현을 통해서 성립되어 나온 것들이다. 문학작품은 상징적 표현을 통해 자기 자신들의 세계 속으로 함몰되어 가는 인간들에게 어떤 보편적이고 전체적인 것을 보여주거나 들려줌으로써 자기 중심적 사고를 해소케 하여 보편이나 전체와의 일체감을 느끼게 해서 그들에게 미적 의식을 불러일으킨다. 그렇다면, 그러한 표현들은 어떤 식으로 독사들로 하여금 미적 의식을 불러일으키는가?

그것들은 독자들로 하여금 자신들이 직·간접적으로 체험한 모든 것들을 상상케 하여 그것들을 가지고 그들 자신들의 현재의 처지를 깨닫게 함으로써 보다 바람직한 자신들의 존재좌표를 잡아가도록 한다. 그것들은 바로 그러한 역할을 행해 감으로써 독자들로 하여금 미적 의식을 느끼게 해가는 것이다.

4) 인간중심 시대에서의 문학의 예술적 기능

인간중심 시대에서의 문학의 예술적 기능은 무엇인가? 이 물음은 보다 구체적으로 말해 인간중심시대에서는 상기와 같은 예술성을 지닌 문학이 과연 어떠한 기능을 발휘해 갔는가에 대한 물음이다. 인간들은 자신들이 현실세계에서 직·간접적으로 경험한 것들을 글로 기록해 둔다. 그래서 그들은 그것들을 매개로 하여 과거 자신들이 직·간접적으로 경험했던 것들을 기억해낸다. 인간들은 그러한 방식을 통해 그것들을 현실세계의 일부로 만들어 가기도 한다. 문학은 상상력을 동원해 인간들이 과거부터 경험해온 것들, 즉 그들 자신들의 의식 속에 내재해 있는 것들을 불러일으켜, 이을 통해 현재 자신들의 처지를 비추어봄으로써 자신들의 바람직한 존재 좌표를 잡아가도록 한다는 것이다.

인간중심 시대의 인간들은 자기본위적인 관점에서 인간중심의 세계를 구축해 가는 과정에서 인간자신들도 모르게 인간 자신 속으로 함몰되어 결국 인간중심의 세계 속으로 빠져들고 말았다. 그러나 문제는 인간이 처해 있는 세계가 인간만을 위해 존재해 있는 세계는 아니라는 것이다. 그 세계는 우선 인간과는 관계없이 인간이 감지해 내지 못하는 존재들과의 관계들을 통해 형성된 질서들을 통해서도 존재해가고 있는 세계이다. 그 뿐만 아니라 그 세계는 인간만이 존재해 있는 세계 가 아니고 다른 생명체들도 존재해 있는 세계이다. 그 세계 속의 한 생명체로서의 인간은 다른 생명체들과의 유기적 관계를 통해 존재한다. 따라서 인간들은 손수 창조한 인간중심의 세계에서 벗어나 인간과 인간이 처한 세계 그 자체를 일관하는 어떤 질서를 통해 객관적으로 자아를 고찰해 갈 필요가 있는 것이다. 인간들은 자신들이 처한 세계를 통해 자신들의 존재를 파악하려 하지 않고, 자기중심적 차 원에서만 인간의 세계를 파악하려는 입장을 취하였다. 이로 인해 인간들은 극단적 인 인간중심적 세계 속으로만 빠져들어 결국 스스로 불행을 자초하고 있다. 문학 은 바로 그러한 경우를 인간들에게 보여줌으로써 그들의 지나친 자기중심적 사고 를 경고하는 역할을 행해왔던 것이다.

문학은 인간들에게 그러한 다양한 사례들을 비유적·상징적·기호적 표현수법 을 통해 보여줌으로써 인간의 오만함을 지적해 왔고, 또 인간 자신들만의 욕망과 시각을 통해 인간이 처해 있는 세계를 끝없이 개발하는 과학의 무모함을 지적해 왔다. 또한 문학은 작중인물들을 통해서 인간 개개인의 지나친 이기심을 질책해 오기도 했다. 인간 중심시대의 가장 대표적 문학 장르인 소설이 주로 그러한 역할을 행해왔다. 소설 장르가 확립된 것은 19세기의 리얼리즘 문학 운동을 통해서였고, 그것의 전형적 작품은 구스타프 플로베르(1821~80)의 『보봐리 부인』(1857)이라 할 수 있다. 또 그것의 완성단계 작품은 니콜라에비치 톨스토이(1828~1910)의 『전쟁과 평화』(1868~69)와 『안나 까레니나』(1875~78) 등으로 이야기 되고 있다.

19세기의 리얼리즘 문학 운동은 인간의 이성 작용을 통한 과학적 정신에 입각해 인간의 육체가 처해있는 외적 현실 세계와 그 세계에서 생존해 가는 인간들의 실제의 모습을 사실 그대로 리얼하게 그려내서 그것들을 통해서 인간의 존재와 인간의 삶이 어떠한 것인가를 이해해야 한다는 시각적 확립을 목표로 한 운동이었다. 그런데, 그 운동은 인간의 현실세계가 산업혁명, 시민혁명, 민족주의 등과 같은 새로운 물결들을 타고 농촌사회에서 산업사회로, 집단주의에서 개인주의로, 왕조 국가에서 국민국가 등으로 전환해 나가는 상황 속에서 행해져 나왔던 운동이었다. 보다 구체적으로 말해, 그것은 인간사회가 도시화, 개인주의화, 민족주의화 되어 가는 상황에서 행해졌던 것이다. 『보봐리 부인』의 주인공 보봐리 부인 엠마는 도시화되어가는 자신의 현실 세계에 적응하지 못하고 결국은 자살로 생을 마감한다. 그녀는 평범하고 용렬한 남편과의 단조로운 생활을 받아들이지 못하고 다른 남자들과 놀아나다가 결국 감당하지 못할 정도로 빚을 져 자살하게 된다. 『안나 까레니나』의 주인공, 까레니나 부인 안나도 소도시의 관료적이고 보수적인 남편에 염증을 느낀 나머지 대도시에 사는 오빠의 친구 브론스키와 불륜에 떨어진다. 그 결과 그녀는 남편으로부터 아들도 뺏기고, 그녀가 출입하는 사교계로부터도 외면당한 끝에 결국 자살로 생을 끝낸다.

도시화란 인간이 과학을 수단으로 추진해 간, 인간 중심주의적 삶의 대표적 표상이라 할 수 있다. 인간 사회에서의 민족 간, 국가 간의 경쟁 또는 전쟁도 민족 내지 국가를 단위로 해서 행하는 인간 중심주의적 삶의 대표적 표상들의 하나라 할 수 있다. 그러한 리얼리즘 문학 작품들은 독자들에게 그러한 인간 중심주의적 삶의 병폐를 리얼하게 보여줌으로써 지나친 인간 중심주의로부터의 탈각을 촉구하고 있는 것이다. 그러한 리얼리즘 문학을 창출해낸 것은 합리주의 사상을 기초로 해서 성립된 인간의 과학적 사고이다.

L.N 톨스토이(1828~1910) 『예술이란 무엇인가』(1897)에서 「우리는 과학이라 하면…… 특수한 과학용어를 써서 본인도 잘 모르는 신학·철학·사학·법률학·경제학 관계에 존재하는 것은 모두 다 필연이라고 하는 따위의 증명을 목적으로 하는 복잡한 조건의 레이스를 짜는 일이라고 생각 한다」등과 같은 언급을 통해 「현대과학」을 신랄히 비판하고 있다.[16] 그렇다고 해서 과학 그 자체를 비판했던

것은 아니다. 그는 「진정한 과학이란…… 무엇을 믿어야 하고 무엇을 믿어서는 안 된다는 일, 사람들의 공동생활은 어떻게 조직해야 하며, 또 어떻게 조직해서는 안 된다는 것을 아는 일, 성관계를 어떻게 취급해야 할 것인가, 아이는 어떻게 교육할 것인가, 토지는 어떻게 이용할 것인가, 타인을 혹사하지 않고 어떻게 스스로 토지를 경작하게 할 것인가, 외국인을 대하거나 생물을 다룰 때에는 어떻게 해야 할 것인가, 하는 것 이외에도 인간생활에 중요한 것을 좀 더 많이 알아가는 일이다. 진정한 과학은 항상 이와 같은 것이었으며 또 당연히 그런 것이어야 한다」라고 말하고 있다.[17] 또 그는 과학과 예술과의 관계를 다음과 같이 말하고 있다. 과학은 우리가 중요하다고 생각하는 지식을 전달하는 것인데 반해 예술은 우리가 중요하다고 인정하는 감정을 전달하는 수단이라고 말한다. 또한 「진정한 과학은 진리, 즉 그 시대 및 사회 사람들에 의해서 가장 중요하다고 간주되는 지식을 연구하여 이를 사람들의 의식 속으로 가지고 들어가는 것이며, 예술은 이 진리를 지식의 분야로부터 감정의 분야로 옮겨 놓는 것이다. 따라서 만일 과학이 나아가는 길이 그릇되었다면 예술의 길도 그릇되게 된다.」라고 말하고 있다.[18] 그리고 그는 「예술에 의해서 전달되는 감정은 이러한 과학의 기초위에서 잉태되었다」고 말하고 있다.[19] 톨스토이는 과학이 「필연이라고 하는 측면을 목적」으로 하는 소위 「과학을 위한 과학으로」 전락해 버린 것은 그것이 「기독교 교회」 기반으로 해서 성립되어 나왔는데도 불구하고 기독교를 더 이상 인정하지 않고 그것으로부터 탈선한 상태에 있기 때문이라는 입장을 취하고 있다. 그는 현대과학이 「현재와 같은 불행한 사태를 극복」하려면 우선 무엇보다도 「기독교 교리를 인정」하고, 「또 그렇게 되어야 비로소 항상 과학에 의존 관계에 있는 예술도 그것이 이루어질 수 있는, 또 당연히 이루어져야 할 인류의 생활과 진보를 위해서 과학과 동등한 중요 기반이 될 것이다」라고 말하고 있다.

톨스토이는 예술이 「과학을 위한 과학」이라 말할 수 있는 「현대과학」이 몰고

---

16) L .N. 톨스토이 저·이철 역(1998, 원서 1898), 『예술이란 무엇인가』, 범우사, pp.253～254.
17) 상동서, p.254.
18) 상동서, p.249.
19) 상동서, p.257.

온 병폐의 치료수단이 되어야 한다는 생각에서 예술의 본질은 「미」(美)보다는 「선」 (善)이어야 한다는 입장을 취했다. 그는 예술가가 그의 작품을 통해 감상자에게 전달하려는 「최고의 그리고 최상의 감정이라고 하는 것은, 도덕적으로 선인 감정」 이어야 한다고 주장했다.[20]

　그런데 여기에서 필자가 말하고자 하는 것은 19세기 말까지만 하더라도 인간의 그러한 과학적 사고가 인간의 신체적 기초를 이루는 현실 세계에 대해서만 고찰했 었다고 말할 수 있는데, 20세기로 넘어와서부터는 인간의 내면세계까지를 고찰하 게 되었다는 것이다. 우리는 인간의 내면세계에 대한 고찰을 통해 인간의 본질을 규명해보려 했던 입장을 쉬르레알리즘이라 말하고 있다. 그러나 1930년대로 들어 와서는 인간의 현실이란 내면과 외면의 세계로 이루어진다는 입장이 출현하였고, 그러한 입장을 기초로 해서 실존주의 사상이 성립되어 나왔다. 이 실존주의 사상 은 장 폴 사르트르 등과 같은 문학자들에 의해 문학에 도입되어짐으로써 실존주의 문학이 탄생하였다. 그런데 필자가 여기에서 강조하고자 하는 것은 실존주의 문학 이야말로 인간중심주의 사상의 최첨단을 장식하는 문학이라 할 수 있다는 것이다.

　장 폴 사르트르(Jean-Paul Sartre, 1905～1980)는 『문학이란 무엇인가』에서 「어떤 사람에게는 예술은 도피의 수단이며, 또 어떤 다른 사람에게는 정복(征服)의 수단 이다」라고 말하고 있다.[21] 여기에서의 「예술」이란 예술로서의 문학을 가리킨다. 「도피의 수단」으로서의 예술은 소극적으로 말할 것 같으면 다음과 같은 것이라 할 수 있다. 그것은 인간이 지나친 자기중심적 상태에 처해 있을 때 느껴져 오는 고독 감, 불안감, 긴장감 등을 모면해 가기 위한 수단이라 할 수 있는 것으로서 그러한 심적 상태에 빠져있는 인간들을 상대로 하는 최면술과도 같은 것이라 할 수 있다. 「도피의 수단」으로서의 예술의 역할에 대한 적극적 해석은 다음과 같이 행해질 수 있다. 즉, 예술이란 자기중심적 인간에게 그 자신의 삶과 세계를 표현해 줌으로 써 그로 하여금 그것이 어떠한 것인가를 깨닫게 해서 그 자신의 지나친 욕망을 해소시켜준다든가 혹은 또 지나친 자기중심적 인간이 직면해 가야할 「위협」으로부 터 그를 보다 안정된 상태로 「도피」시켜주는 역할 등을 행해가는 수단이라는 것이

---

20) 얀코 라브린 저 · 동완 역(1975, 원서 1961), 『톨스토이』, 삼성문화재단, p.194.
21) J. P. 사르트르 저 · 정명환 역(1998, 원서 1947), 『문학이란 무엇인가』, 민음사, p.57.

다. 또 한편, 「정복의 수단」으로서의 「예술」은 인간들에게 그들과 그들의 세계를 표현해 줌으로써 그들로 하여금 인간이 이 세계에서의 중심적 존재라는 의식을 깨닫게 해줌으로써 인간이 인간의 특성을 끊임없이 계발해가고, 자신이 처해 있는 세계를 자신들의 존재실현의 보다 적합한 장소로 개발 해감으로써 인간 자신과 그가 처해 있는 세계를 「정복」해가는 수단으로서의 역할을 해간다는 것이다.

문학은 20세기로 들어와 전위(前衛)예술 운동을 통해서 인간의 외면적 현실세계에 대한 묘사에서 인간의 내면세계에 대한 기술로 전환해 나왔다. 다시 말해 인간의 외적 현실세계를 묘사한다고 하는 리얼리즘 문학에서 인간의 내면세계를 기술한다고 하는 쉬르리얼리즘 문학으로 전환해 나왔던 것이다. 1930년대로 들어와서는 쉬르레알리즘 문학이 19세기의 리얼리즘 문학과의 융합형태를 취해 실존주의 문학으로 전환해 나온다. 이 실존주의 문학의 가장 전형적인 작품은 장 폴 사르트르의 『구토』(1938)로 파악되고 있다. 『구토』의 주인공 역사연구가 로깡땅은 내륙의 한 소도시에서 부르주아의 위선과 소시민적 권태 속에서 희망 없이 하루하루를 살아가는 인간이다. 어느 날 그는 해변을 산책하다가 조약돌을 보고 구토 증세를 느낀다. 그 후 그는 문고리 등을 보고, 또 그것을 느낀다. 그래서 그는 자신이 그러한 것들을 보고 왜 그러한 증세를 느끼게 되는 지를 골똘히 생각해간다. 그러다가 그는 모든 존재들은 그것들이 존재해야 할 아무런 이유를 갖고 있지 않다는 결론을 내리게 되고, 자기 자신도 이 세상에 존재해야 할 아무런 이유가 없다는 생각을 한 나머지 절망에 빠지게 된다. 사실상 그에게서의 구토증이란 해변의 조약돌, 문고리, 자기 자신 등과 같은 존재들이 이 세상에 존재해야 할 아무런 이유를 갖고 있지 않는데도 불구하고 그 이유를 찾아보려는 노력의 과정에서 일어났던 생리적 차원의 반감이었던 것이다. 그러나 그는 소설을 쓰고 있는 것이 하나의 구제일 수 있다는 생각을 하고 보다 적극적으로 자신의 삶을 실현시켜 보겠다는 마음가짐을 하고 내륙의 한 도시에서 파리로 나가는 것으로 작품이 끝난다.

이와 같이 실존주의 문학은 알베르트 카뮈의 『시지프의 신화』(1946)에 나오는 시지프의 경우처럼 자기에게는 영원히 희망이 없다는 관념에 빠져 하루하루를 살아가는 소시민들에게 삶의 잠정적 희망을 제시해줌으로써 그들로 하여금 미적 쾌감을 느끼게 한다. 다시 말해서, 실존주의 문학은 인간들이 자기 자신들을 중심으로 해서 그들을 둘러싸고 있는 세계를 파악하거나 혹은 자기 개인을 중심으로 해서 인간사회를 이해하려는 그러한 이기주의적 입장에 빠져 결국 어떠한 희망도 가질 수 없게 된 자신들의 삶에 대해 하나의 일시적 희망을 제시해줬다. 즉, 자기 중심주의를 추구해가는 인간들의 자기정복의 수단으로서의 역할을 행해 간 문학으로 이해 될 수 있는 것이다.

결 론

본고는 인간 중심시대에서의 문학의 예술적 기능에 대한 규명을 목적으로 하여, 그 목적달성의 일환으로 인간 중심시대와 인간 중심사상의 의미, 인간 중심시대에서의 인간들의 삶의 목표, 예술로서의 문학의 역할 등을 고찰해 왔다. 그 결과 우리는 결론으로 다음과 같은 견해를 제시할 수 있다.

인간 중심시대란 신앙심에 기초한 신 중심적 사고를 버리고 이성에 입각한 인간 중심적 사고를 확립시켜 나갔던 시대를 말한다. 이 시대에서의 인간들의 삶의 목표는 내세가 아닌 바로 이 현세에서 인간이 예술을 이용하여 삶을 최대한 미적으로 실현시켜 가는 것이었다고 할 수 있다. 다시 말해, 삶의 목적은 현세에서 예술을 이용하여 삶의 의미를 백분 향유해 나가기 위한 것이었다.

인간 중심시대의 최고의 예술장르는 문학이고, 문학 중에서도 소설문학 장르이다. 그것은 과학을 기반으로 해서 일어난 산업혁명과 시민혁명 등을 통해 산업사회와 시민 사회가 확립되어 나가는 과정에서 형성되어 나온 문학 장르로서 인간 중심적 사고에 빠져있는 인간을 주인공으로 하는 문학 장르이다.

이 경우 소설 문학의 예술적 기능은 인간중심시대의 초반에는 합리주의, 내셔널리즘, 자본주의, 사회주의 등과 같은 사상들의 조장을 통한 인간 중심적 사상의 계발 수단으로서의 역할을 수행해 갔다. 그러나 그것은 그 시대의 후반에 가서 인간 중심주의사상의 병폐를 극복 해가는 수단으로 이용되어 나갔던 것이다.

인간중심주의사상이 몰고 온 병폐는 첫째로 과학을 발전시켜 인간의 존재기반인 생태계를 파괴시키고, 그러한 파괴행위를 통해 에이즈나 암과 같은 불치의 병을 유발시킨 것이었다. 두 번째는 인간들이 인간중심적 사고와 그것을 기반으로 한 개개인들의 이기주의적 사고에 함몰되어, 인간존재의 기반을 이루는 자연과의 조화로운 삶의 실현이 불가능해졌고 타인들과의 합리적 관계가 불가능한 상태에 처하게 된 것이다. 문학작품은 그러한 병폐들이 몰고 온 불행한 사건들을 적나라하게 인간들에게 보여줌으로써 그들로 하여금 그러한 불행으로부터의 탈피 방안을 깨닫게 하고, 또 그러한 깨달음을 통해 어떤 미적 의식을 느끼게 하는 역할을 행해갔던 것이다.

이 경우 인간중심주의적이고 개인주의적 인간들에게 문학작품이 제시하는 삶에 대한 메시지란 다음과 같이 두 가지로 요약 될 수 있다. 우선 하나는 인간들의 삶이란 아무리 고통스럽게 느껴진다 하더라도 그래도 살만한 가치가 있는 것이다. 릴케의 말처럼 쓰디쓴 맥주라도 마시다보면 달콤하듯이 인간의 삶도 살다 보면 달콤하다는 것이다. 다른 하나는 인간들의 삶이나 그들의 세계라고 하는 것은 결국은 하나의 허구에 지나지 않는다는 것이다. 따라서 인간들은 그러한 삶이나 세계 속에서 발생한 자신들의 욕망을 버리고 대자(對自)들과의 새로운 관계를 정립시켜 나가는 것이 어떨까 라는 것이다.

이와 같이 인간중심시대에서의 문학의 예술적 기능은 인간들의 삶을 인식하게 함으로서 미적 의식을 불러일으킨 것이다. 그러나 필자가 여기에서 말하고자 하는 것은 문학이 독자에게 제시하는 삶에 대한 그러한 정보라든가 예술적 기능이이라는 것이 어디까지나 인간중심주의 시대의 인간들에게 유용했다는 것이다. 다시 말해, 현재 우리는 인간중심주의 시대로부터 벗어나 우주중심 시대에 진입해 있다. 우리가 이 시점에서 인간중심 시대의 문학의 예술적 기능을 고찰해 볼 때, 결국 그것은 한낱 그 시대의 산물들에 지나지 않은 것으로 판단된다는 것이다.

인간들은 신중심 내지 자연중심 시대에서 인간중심의 시대로 전환해 나와 내세라고 하는 존재를 더 이상 믿지 않게 되었다. 인간들이 인간중심시대로 들어와 믿을 수 있었던 세계는 현세뿐이었다. 그 결과 그들은 현세를 통해 자신들의 삶의 목적을 백분 실현시킨다는 입장을 취하지 않을 수 없었다. 그러나 현세에서의 그들의 삶이란 삶이 끝나는 그 순간까지, 한마디로 환희의 연속은커녕 그야말로 고통의 연속으로 느껴질 때가 많다. 그러한 고통은 고난들로 엮어진 삶이 죽음이라는 완전한 무(無)로 귀착된다는 사실로 인해 더욱더 가중화되었다. 그래서 카뮤와 같은 실존주의 작가는 독자들에게 삶의 고통 그 자체를 망각시키게 하거나 혹은 마비시킴으로써 희망이 없는 자신의 삶을 가까스로 실현시켜 나가는 것이 최선이라는 입장을 제시했다. 그의 그러한 삶의 실현방법은 체면술사의 경우처럼 자기 자신의 의식에 어떤 속임수를 써서 자신의 삶을 실현시켜 나간다는 방법이라 할 수 있다. 다시 말해 그것은 인식주체의 관심을 삶의 고통으로부터 다른 쪽으로 돌려 삶의 고통을 극복해 나가는 방법인 것이다. 그러나 우주 중심적 사고로 접근해 볼 때, 그러한 삶의 살현방법이란 인간중심주의 시대에서나 가능했던 것이 아닐까 한다는 것이다. 이렇게 볼 때 인간중심시대 문학의 예술적 기능도 그러한 차원에서 생각해 볼 수 있다는 것이다. 즉, 인간중심시대 문학의 예술적 기능은 언어를 매개로 인간들에게 속임수를 써서 싦의 고통을 싦의 환희로 전환시키는 것이었다고 할 수 있다.

이러한 실존주의 문학은 중세 서구세계를 지배해 온 크리스트교 문화권을 배경으로 출현하였다. 보다 구체적으로 말해 크리스트교 문화권의 세계에서 근대 과학적 사고가 형성되어 합리주의 사상이 출현함에 따라 내세(來世)가 부정되고 결국 현세중심의 인간중심주의에 기초해 실존주의 문학이 출현해 나왔던 것이다. 한편, 동아시아의 유불(儒佛) 문화권도 근세 이후, 직간접으로 르네상스 이후 서구의 합리주의 사상과의 접촉하였으며, 이를 계기로 유교의 천신(天神) 내지 조상신(祖上神) 사상이나 불교의 내세(來世) 사상을 부정하는 쪽으로 전환하였다. 근대 서구의 산업문명과 제국주의의 도래 이후부터의 동아시아인들은 내세를 부정하는 인간중심주의 사상보다는 민족을 단위로 하는 내셔널리즘에 빠져들어 민족이나 국가를 통해 자신들의 존재를 영속화시켜 보려는 입장을 취해 나왔던 것이다.

현대 서구의 실존주의 문학이 동아시아의 유불문화권에 도래 한 것은 전후(戰後)였다. 근대 이후 동아시아 문학의 선두를 점유해 갔던 전후 일본 문학은 그 사상적 측면에서 현대 서구의 실존주의를 바탕으로 해서 출발하였다. 일본문학을 비롯한 현대 동아시아문학은 근대 이후 자기 민족을 중심으로 하여 세계를 인식하는 인간들이 자신들의 삶을 어떻게 실현시키고 있는가의 문제를 다루어 갔다. 다시 말해서 현대 서구의 실존주의 문학이 더 이상 내세를 인정하지 않는 현대 서구인들이 자기 자신들 속에 빠져들어 허우적거리는 모습들을 그려냈다면, 일본문학을 비롯한 현대 동아시아문학은 더 이상 천신이나 조상신 혹은 사후의 세계를 믿지 않게 된 현대 동아시아들이 민족 집단 내지 민족문화 속에 빠져들어 자신들의 삶을 실현시켜 나가는 모습을 그려낸 문학이었다는 것이다. 특히 현대 동아시아문학을 구성하는 현대 일본문학의 경우는 일본의 민족 집단 내지 일본 문화에 빠져 있는 인간들이 그 집단이나 그 구성원들과의 관계성을 문제시해 가고 있는 것으로 고찰된다.

제 5 장

인간중심시대 문학자의 인간존재 윤리

- 가와바타 야스나리와 T.S 엘리어트 -

서 론

인간중심시대란 신이 인간과 세계를 창조해냈다는 신중심시대에 대해 인간이 그것들을 창출해냈다는 사상이 인간의 의식을 지배해 갔던 시대를 가리킨다. 우선 인간이 인간 자신을 창출해냈다고 하는 것은 생물학적 차원에서 결코 틀린 말이 아니며, 또 인간의 의식이 인간과 세계를 창출해냈다는 것도 근대 철학의 확립자로 알려진 칸트의 인식론에 의거하면 자연스럽게 받아들여질 수 있는 말이다. 신이 인간과 세계를 창조해냈다고 하는 사상이 지배적이었던 시대가 신중심시대로 일컬어졌듯이, 인간이 그것들을 창출해냈다는 사상이 일반적으로 받아들여짐에 따라 그 시대 또한 인간중심시대로 일컬어지지 않을 수 없었다.

그러한 인간중심시대에서의 인간이란 다른 존재들과는 달리 특별한 존재로 인식될 수밖에 없었다. 그런데 사실상 인간자신들에게서의 그러한 인식의 성립은 다름 아닌 바로 인간이 이 세계에 존재해 있다고 하는 사실을 전제조건으로 한다. 인간에게서의 존재의 문제란 인간이 이 세상에서 하나의 생명체로서 혹은 하나의 인간으로서 존재해 있다고 하는 것에 대한 문제이다. 이 존재의 문제에서의 가장 중요한 문제는 이 세계 속에서의 인간으로서의 탄생의 문제이다. 그 이유는 인간이 이 세계 속에서의 생명체로서의 탄생을 통해 이 세계에 존재하게 되는 것이기 때문이다.

이전의 신중심시대에서는 앞에서 언급한 바와 같이 인간의 탄생이 신에 의해 주관되어졌다고 생각했었다. 그러나 인간중심시대로 들어와는 인간들의 탄생이 인간 자신들에 의해 주관되어 간다는 입장이 취해지게 된 것이다. 이와 같이 이 세계에서의 인간의 존재가 인간의 어떤 생각이나 사상에 의해 이루어진 것이라고 한다면, 인간의 그러한 생각이나 사상은 과연 어떤 윤리적 근거에 의거해 형성되어 나온 것인가?

인간중심시대의 절정기라 할 수 있는 20세기로 들어와 이 지구상에서의 인구의 증가가 폭발적으로 이루어 졌다. 인구의 그러한 갑작스런 증가는 식량난, 자원고갈 등의 문제들을 야기 시킬 수 있다는 우려를 불러 일으켰다. 그 결과 각국의 정부는 산아제한(産兒制限)의 정책을 적극적으로 추진해갔다. 그런데. 산아제안 정책이 정착되자, 이번에는 인구증가율이 현격히 저하되어 노동력의 감소 등으로 인해 구미, 일본, 한국 등 근현대의 산업사회 체제를 주도해오던 국가들로서는 기존의 자신들의 사회체제의 유지가 불가능 해지게 된 상태에 이르게 되었다. 그래서 재차 각국의 정부는 출산장려정책을 취해 나가게 된 것이다.

그렇다면 한국에서의 출산 장려정책은 어떻게 행해지고 있는가? 근현대의 산업사회체제는 자본가중심의 사회체제이다. 자본주의국가들은 그러한 사회체제를 유지해나가기 위한 방책으로 회사들로 하여금 사원들에게 얼마간의 경제적 도움내지 신체적 편리를 제공케 함으로써 출산을 적극 권장해가고 있다. 정부의 산아정책이나 부모의 출산 행위는 출산 되는 당사자 자신들로 말할 것 같으면 이 세계에서의 자신들의 존재성립의 전제조건임에 틀림없다. 따라서 사실상 그러한 정책이나 행위는 당사자의 백퍼센트 행복을 전제로 했을 때만이 윤리성을 지니게 되는 것이다.

필자는 본고를 통해 그러한 산아 윤리가 전혀 고려되지 않은 정부의 그러한 출산장려 정책이 백분 지양 되어져야 한다는 입장을 제시하면서 인간에게서의 산아행위가 어떠한 의미를 지닌 것인가를 규명해 보고자한다. 필자는 인간중심시대의 절정기였다 할 수 있는 20세기 전반기의 가장 대표적 문학자들이었던 동양의 가와바타 야스나리(川端康成)와 서양의 T.S 엘리어트의 경우를 통해 인간의 존재성립의 윤리성을 논해보고자 한다.

우선 동양의 유불교문화권을 배경으로 해서 나온 가와바타 야스나리와 서구의 기독교문화권에서 출현한 T.S 엘리어트가 취했던 산아(産兒)에 대한 입장을 고찰해 보고, 다음으로 그들의 그러한 입장들의 기반을 이루는 인간의 존재윤리에 대한 고찰을 통해 인간중심시대의 인간존재의 윤리적 기초가 무엇이었는지를 이해해 본다. 한 걸음 더 나가서 필자는 그것을 토대로 이 우주중심시대에서의 인간존재의 윤리적 근거를 탐구해보기로 한다.

1. 문학자의 존재논리-야스나리와 엘리어트

1) 가와바타 야스나리(川端康成, 1899~1972)에게는 자녀가 없었다. 그 면에서는 T. S 엘리어트(Thomas Sterns Eliot, 1888~1965)도 마찬가지였다. 그들은 자녀가 없었다는 사실 외에도 몇 가지 공통점들이 있었다. 첫째, 야스나리는 엘리어트가 태어난 서양의 기독교문화권과는 다른 동양의 유불교문화권의 일본에서 엘리어트보다 11년 더 늦게 태어나기는 했지만 엘리어트와 거의 동시대를 살았던 사람이었다. 엘리어트와 같이 학창시절에 제1기는 세계대전을 겪었고, 40, 50대에 제2기는 세계대전을 경험했다. 야스나리는 엘리어트가 1948년(60세)에 『황무지』로 노벨문학상을 받았을 때 49세였다. 그해에 그는 시가 나오야(志賀直哉)의 후임으로 일본펜클럽 제4대 회장에 취임했다. 그는 그 후 17년간 그 회장직을 수행해 가면서 세계 각 곳에서 열리는 세계펜클럽대회에 일본대표로 참가했다. 1957년 9월에는 일본이 주최국이 되어 도쿄에서 제29회 국제펜클럽대회를 개최했다. 그는 그해 3월 국제펜클럽 집행위원회 참석 일로 유럽을 방문했을 때 엘리어트를 만난다. 이와 같이 그들은 동시대의 인간들이었고, 또 지인관계이기도 했다.

둘째, 야스나리가 도쿄대 출신이었듯이 엘리어트도 하버드대 출신이었다. 이처럼 그들은 최고의 명문대 출신들이었다는 공통점이 있다. 셋째, 야스나리는 졸업과 함께 지도교수의 알선으로 간사이대학(關西大學), 도요대학(東洋大學)쪽의 취직자리가 나왔으나 그것들을 모두 거절하고 작가의 길을 선택했다. 엘리어트의 경우도 하버드대학에서 석·박사과정을 끝내고 1916년에 박사학위논문을 제출,

통과해서 구술면접이 남았었는데, 그 시점에서 학계진출을 단념하고 구술시험에 응하지 않았다. 그는 작가의 길을 걷기 위하여 장기간은 아니었지만 교사생활, 은행 취직 등 다양한 사회경험들을 해가면서 작품창작활동을 행해갔다. 넷째, 야스나리가 일본의 자연과 동양의 불교사상에 대해 남다른 관심을 가지고 있었듯이, 엘리어트의 경우도 영국의 국교와 서구의 전통문화에 대해 야스나리와 같은 입장을 취하고 있었던 자였다.

2) 자신의 아이 갖기에 대한 야스나리와 엘리어트의 기본적 입장은 우선 자신들의 현실적 차원의 문제에서 출발하여 그 다음으로 인간과 인간의 삶에 대한 사상적 차원의 것으로 전개되어 나갔다. 그들의 결혼생활은 그들이 행복한 상태에서 아기를 낳아 길러갈 수 있는 그러한 상황으로는 결코 전개되어 나가지 않았다. 우선 그들은 그들의 그러한 현실적 문제로 인해 아이를 갖지 않았고, 그 다음 그들은 자신들이 아이를 갖지 않는 이유를 사상 화시켜 나갔던 것이다.

야스나리는 1926년 27세의 가을에서 그 다음 봄 사이에 8살 연하의 히데코(秀子)라는 19세의 여자와 동거를 시작했다. 그로부터 6년 만에야 그는 결혼신고를 하게 된다. 일설에 의하면, 동거 중에 한 번 히데코 부인이 유산을 했다는 이야기가 그녀의 주변으로부터 나왔다고 한다. 그러나 그것이 그녀의 남편으로부터 직접 나온 말이 아닌 만큼 우리는 여기에서 그 풍문을 사실대로 받아들여 논리를 세울 수는 없는 것이다. 만일 그녀가 유산을 했다고 한다면 그것은 야스나리에게 커다란 충격을 안겨주었던 사건이었을 것임에 틀림없었을 것이다. 그 이유는 야스나리가 아이를 갖기를 원해서 부인에게 아이가 생겼던 것인지 아니면 그 자신은 갖기를 원치 않았는데 부인의 실수로 아이가 생기게 됐던 것인지는 말할 수 없지만, 어쨌든 자신의 몸이 지나치게 허약해 부인이 유산하게 됐다는 생각을 하지 않을 수 없었기 때문이었다. 아마도 그의 그러한 생각은 그로 하여금 결코 자신이 아이를 가져서는 안 된다는 생각을 하게 했을 것이다. 또 설혹 히데코 부인이 유산한 적이 없었다하더라도 야스나리는 자기가 워낙 허약해 자기의 2세도 반드시 자기처럼 허약한 체질로 태어나서 자신처럼 그도 빨리 사망하게 될 것이라는 공포에 시달리면서 살아가게 될 것이라고 생각해갔었던 것이다. 야스나리에게서의 아이 갖기의 현실적 여건은 바로 이러한 것이었다. 이와 같이 그는 자신이 아이를 가질 수 있는 현실적 여건이 결코 좋지 않았기 때문에 아이 갖기를 포기하고 아이 없이 살아갈 수 있는 삶의 철학을 확립시켜나간다는 입장을 취했던 것으로 파악된다.

엘리어트의 경우도 비비엔과의 결혼이 보통사람들의 경우처럼 자연스레 산아로 연결될 수 있는 그러한 결혼은 결코 아니었었다. 엘리어트 연구자들에 의하면, 그는 한 친구의 갑작스런 죽음으로부터 받은 충격을 모면하기 위한 방편으로, 또 그 상대는 "그에게 용기를 북돋아 주기 위해" 결혼했다고 하는 것이다.[1] 그러나 그녀는 그와 결혼을 하고 보니 자신이 "그에게 용기를 북돋아 주는 것이 불가능하다는 것을 알았다"고 밝히고 있다.[2] 그녀의 그러한 고백은 결혼한 지 불과 몇 개월 밖에 되지 않은 시점에서 행해진 것으로서, 그녀의 그 고백상대는 그녀의 간통행위의 상대로 이야기되고 있는 버트란드 럿셀(1872~1970)이었다.[3] 그의 결혼은 제1차 세계대진이라고 하는 진쟁 중에 행해졌있고, 또 그의 외국 유학중에 이루어졌다. 그러한 상황에서 행해진 그의 결혼은 그의 나이 26세였던 1915년 6월에 양가의 친지 한 사람 없이 친구 둘만이 지켜보는 가운데 행해진 비밀 결혼의 형태로 행해졌다. 그녀의 집안은 그들의 결혼을 인정했지만 그의 집안에서는 인정하지 않았던 것으로 알려졌다. 그러한 현실적 여건들 이외에도 행복한 결혼생활을 저해시켰던 것들이 있었다. 첫째는 그녀의 일기에 의하면 그녀에게는 그들이 만나기 6개월 전까지 그녀가 열렬히 사랑했던 "B"라고 하는 한 청년이 있었다. 그런데 전쟁이 터지자 그가 그해 9월에 영장을 받고 전쟁으로 나가버리는 바람에 그와 헤어져야 했다. 그녀는 남자들에게 매력이 있어 그녀의 주위에는 언제나 많은 멋쟁이 남자들이 있었다. 그 중에는 그녀로부터 결혼을 거절당해 깊은 상처를 받은 자도 있었다고 한다. 신혼 중 때때로 그녀는 남편을 집에 두고 어떤 다른 남자와 춤을 추러 가곤했다. T.S. 매드우즈는 그의 저서『평전 T.S. 엘리어트』에서 "엘리

---

1) Russell, Bertrand.(1968) *The Autobiography of Bertrand Russell Vol. Ⅱ*, New York : Bantam, p.54.
2) 상동서, 상동면.
3) T. S. 매듀우즈 저·이성대 역(1981), 『평전 T.S. 엘리어트』, 탐구당, p.101.

어트의 아내에 대한 성적 욕망은 억압되어 있었다."고 말하면서, 그 근거로 다음과 같이 말하고 있다. "그녀는 그의 눈에서 욕정의 표정을 보면 까르르 웃어대고, 몸을 피하고, 피로한 기색을 보여 그와 잠자기보다는 두통과 자는 편을 택했던 것이다." 또 그는 "소년들에게서는 그들이 품은 가장 간절한 그리움"이 경우에 따라서는 "수치스러운 것으로 변하게 된다."면서, 그의 시를 근거로 해서 판단해 볼 때 엘리어트에게는 그러한 수치스런 것의 경험들로 인해 여성공포증에 걸렸던 시기가 있었다고도 말하고 있다.4) 둘째는 비비엔에게는 줄곧 심한 고통을 동반하는 편두통과 내장질환, 그 뿐만 아니라 소리에 민감한 신경질환 내지 정신질환 등이 있었다. 셋째, 그들에는 항상 생활비가 부족했었다고 하는 것이다.

2. 야스나리의 2세 없는 삶의 논리

이러한 이유들로 인해 그들이 아이를 갖는다는 것은 결코 쉬운 일이 아니었던 것이다. 그래서 엘리어트는 아기 갖기를 단념하고 아기 없이 살아갈 수 있는 인생관을 정립시켜나갔던 것이다. 그러면 그들은 아이를 갖지 않는 자신들의 삶을 어떻게 윤리적으로 정당화 시켜나갔던 것인가?

야스나리는 자신이 아이를 갖지 않은 이유를 그의 에세이 「부모에게 부치는 편지」(1932, 33세)에서 다음과 같이 밝히고 있다.5)

좀 이상한 말이기는 합니다만, 나는 당신들이 몇 살에 사망하셨는지를 모르고 있습니다. 내가 당신들이 몇 살 때에 태어난 아이인지도 모르는 것입니다. 당신들은 정식으로 결혼해 있으셨고, 또 나는 당신들의 부모와 형제에 의해 키워졌기 때문에 당신들의 나이에 대해서는 자주 듣기는 했지만, 아무리해도 그것을 기억할 수가 없습니다. 굳이 잊어버리려고 했기 때문인 것도 아니고, 내 마음속의 어떤 공포가 그것을 기억해가는 것을 거절했기 때문인지도 모르겠습니다. 당신들이 사망한 나이 무렵까지에는 자신도 또 죽게 될 것이라고 하는 것이 어릴 때부터 나에

---

4) 상동서, p.206.
5) 川端康成著(1970), 「父母への手紙」『川端康成全集 第二巻』、新潮社、p.287.

게 들어와 박힌 공포였습니다.

　상기의 인용문이 말해주고 있듯이, 야스나리는 자기의 부모처럼 자신도 반드시 일찍 죽는다는 생각에 빠져있었다. 만일 자기가 아버지처럼 조사(早死)한다면 자식 또한 자신처럼 고아로 살아가야 하기 때문에, 자기로서는 아이를 갖지 못하고 있다고 말하고 있다. 사실상 그의 아버지는 그가 태어난 그 이듬해 폐병으로 사망했고, 어머니도 부친이 사망한 그 이듬해 같은 병으로 사망했다. 야스나리에게는 그보다 4살 많은 누나가 있었는데, 그녀도 야스나리가 10살 되던 해에 14살의 나이로 사망했다. 또한 그는 부모가 사망한 이후 조부모 집에서 살다가 7살에는 할머니가, 15살에는 할아버지가 사망함에 따라, 그때 이후부터 졸지에 고아로 살아가지 않으면 안 되었다.

　그렇다면, 야스나리는 자신의 살붙이들이 그렇게 단명(短命)한 이유를 어디로부터 찾았던 것인가? 그는 그들의 단명이유가 체질적 허약함에 있다고 생각했다 그는 부모가 체질이 허약했기 때문에 단명했듯이 자신도 약체이기 때문에 그들처럼 빨리 죽을 것이라고 생각했던 것이다. 그는 자신이 조사할 몸인데도 불구하고 아이를 갖게 되면, 첫째 그 아이는 자기처럼 고아가 되어 고독과 싸워가면서 힘겨운 삶을 살아가게 될 것이고, 둘째로 그 아이도 분명 자기처럼 몸이 허약할 것이기 때문에 자기처럼 죽음에 대한 공포에 시달리면서 어렵게 삶을 살아가게 될 것이 뻔하기 때문에 아이를 갖지 않는다는 입장을 취했던 것이다.

　다음도 「부모에게 부치는 편지」의 일부이다.

　　아이와 놀고 있는 것을 다른 사람들에게 들키면 무언가 물건을 훔쳤다가 사람들에게 들킨 것처럼 부끄러워지는 것입니다. 그것은 일본인 누구에게도 다소 있는 기분이기는 합니다만 나의 경우에는 아버지가 되는 것을 두려워하는 남자의 기분이 섞여 있는 것 같습니다.[6]

　상기의 인용문은 야스나리가 결혼생활 5, 6년이 되는 시점에서 쓴 문장이다.

---

6) 상동서, p.288.

야스나리는 그의 나이 26살 때인 1925년에 그의 부인 마츠바야시 히데코(松林秀子)와 만난다. 그는 그 다음해 4월부터 그녀와 동거를 시작했다. 실제상 그는 결혼생활이 5, 6년 계속된 시점에서도 아이를 갖지 않았고, 그 후에도 그는 평생 자신의 아이를 갖지 않았다. 앞의 인용문은 자기가 아이를 갖게 될 경우, 자기 자신의 삶보다는 자기로부터 생명을 부여받게 될 자기의 아이가 자기와 같이 불행한 삶을 살아갈 것이 두려워 자기의 아이를 갖지 않는다는 입장을 취해 자신의 삶을 살아가는 그의 모습을 잘 드러내 보이고 있다. 그래서 그는 아이를 낳아 남처럼 행복한 가정을 꾸려갈 30세부터는 강아지를 기르기 시작했다. 그는 상기 에세이의 같은 장 「제1신」(第一信)에서 다음과 같은 내용의 말을 하고 있다.

아내도 아이를 갖기를 원치 않았다. 그렇지만 개가 새끼를 낳자 자기 아이처럼 귀여워하며 자기 품에 넣어 강아지 새끼에게 자기 유방을 댔다. 나도 강아지가 태어나서 한 달 정도는 강아지 집을 책상 옆에 놓고 밤새 쳐다보며 이것저것 신경을 쓰기도 해서 일이 손에 잡히지 않을 지경이었다. 이것이 만일 인간인 내 아이였다면 필시 자식을 끔찍이 아끼고 사랑하는 아비가 되는 일일 것이다.

개를 기르는 목적 중의 하나에는 강아지를 기르는 즐거움도 있다. 나는 인간과 생활해 가는 것보다도 동물과 생활해 가는 것이 더 편안하다. 인간의 아이를 기르는 것보다 개의 새끼를 기르는 편이 편한 것이다. 자기의 아이를 낳는 것보다 남의 아이를 받아 기르는 것이 더 편안하다. 내 느낌으로는 부모가 된다는 것은 대담한 모험이다. 남으로부터 받은 아이라면 비록 그 아이가 어떻게 불행하게 됐다하더라도 그런대로 부모는 그 죄를 빠져나갈 방도가 있을 수 있다.

또 야스나리는 죽은 부모에게 이런 내용의 말을 하고 있다. "당신들이 조사했기 때문에 내가 불행하게 자랐다고 생각하셔서는 안 됩니다. 자신이 그렇게 불행했다고는 결코 생각하지 않습니다. 다만 나는 내 주변의 사람들을 행복하게 만들지 못할 것이라는 것을 두려워하고 있는 것입니다." 그는 이렇게 말하고 자기의 아내의 삶을 이야기한다. 그는 자기 아내도 아기를 원하고 있지 않다고 말하고 있다. 그는 그녀가 왜 아이를 원하지 않는 지에 대한 이유를 말하고 있지 않다. 그는 자기 생활에 희망이 없는 사람과는 함께 살아갈 수 없다고 자주 아내에게 이야기해왔다고 말하고 있다. 그런데 사실상 자기가 생각하기에는 그녀의 생활에는 어떠한 희망도 존재하지 않는다고 생각하고 있었다는 것이다.

그래서 그는 자기들에게는 이제 헤어지는 것밖에는 남은 것이 없다고 생각하고 있다는 것이다. 그래서 그는 생각 끝에 아내에게 자신이 누구에게나 호감이 가는 여자라고 하는 자신감을 가지라고 말하면서, 항상 그녀에게 헤어지자고 입버릇처럼 말해왔다는 것이다. 그 이유들 중의 하나는 그녀가 자기와 같이 살아가는데 불행한 인간이 되어서는 안 된다고 생각했었기 때문이었던 것이다. 그는 아내가 현모양처형의 여자였기 때문에 사실상 그녀에게 하루하루 희망을 갖게 할 수 있는 일이란 그녀로 하여금 아이를 갖게 하는 것이라고 생각했다. 그렇지만 자기는 아이만은 결코 안 된다는 입장을 버릴 수가 없었다. 그래서 그는 죽은 부모에게 이런 말을 하기도 했다는 것이다. "당신들이 허약한 나를 이 세상에 탄생시켜 나에게 사죄하려한다면 나에게 하지 말고 나의 아내에게 하시라고."

야스니리는 「부모에게 부치는 편지」를 「제1신」에서 「제5신」까지를 2년로부터 10년 후인 그의 나이 45세였던 1944년에 사촌 구로다 히데다카(黑田秀孝)의 3녀 마사코(麻紗子, 호적상의 이름은 政子)를 양녀로 가와바타가(川端家)에 입적시킨다.

3. 엘리어트의 존재 논리

엘리어트는 영국 옥스퍼드대학에서 하버드대학에 제출할 박사학위 논문집필중에 자기와 동갑내기였던 영국의 발레 무용수 비비엔 헤이 우드 (Vivienne Haigh-Wood)를 만나 결혼했다. 그는 그의 나이 45세였던 1933년까지의 18년간 그녀와 결혼생활을 유지해 갔다. 그러나 그는 결국 더 이상 지탱해 갈 수 없다고 생각해 별거하게 된다. 그도 그 결혼생활 중 아이를 갖지 않았다. 그와 별거해가던 비비엔은 엘리어트가 59세였던 1947년에 정신병원에서 사망한다. 그는 별거 후 자기가 아는 한 신부의 사제관(司祭舘)에서 하숙해가다가 69세였던 1957년, 8년간 데리고 있던 개인비서 발레리 플렛쳐(Valerie Fletcher)와 재혼한다. 그는 77세였던 1965년 세상을 떠날 때까지 8년간 그녀와의 "가장 행복한" 삶을 살았다.

그렇다면 그가 아기를 갖지 않았던 이유는 무엇이었을까? 엘리어트의 연구자들은 이구동성으로 그와 비비엔과의 결혼생활이 불행했다고 말하고 있다. 그 불행의 주된 원인은 「비비엔의 정신질환 때문이었던 것」으로 이야기되고 있다.[7] 그렇다면 그의 정신질환의 원인은 과연 어디로부터 연유됐던 것인가?

엘리어트의 연구자들은 그 주된 이유를 그녀의 「남성편력이 심한 일종의 바람둥이」 기질로부터 찾고 있다.[8] 엘리어트는 청교도의 일파인 유니테리언파 전통을 고수해가는 명문가 출신이었다. 그의 조부는 하버드대학의 신학교를 졸업하고 워싱턴대학을 세워 초대 이사장직을 맡았었고, 부친은 조부가 세운 워싱턴대학을 졸업하고 실업계에 투신해 벽돌 제조회사의 회장까지 오른 인물이었다. 그의 모친은 문학에 재능이 뛰어나 시아버지의 전기를 저술한 작가였다. 그가 1906년 하버드대학에 들어갔던 당시 그 대학의 총장은 1868년 이래 총장직을 맡고 있던 C. W. 엘리어트로 그의 먼 친척이었다. 엘리어트는 하버드대학 학부에서 시 창작을 시도해가면서 철학, 불문학, 영문학, 논리학 등을 수학했다. 졸업 후에는 석사과정에 들어가 석사학위를 취득한 후 소르본대학에 가서 1년간 불문학을 연구하고 하버드로 돌아가 박사과정에서 철학을 연구했다. 1914년에는 장학금을 받아 옥스퍼드대학에서 철학을 연구해가다가 그녀를 만났던 것이다.

비비엔은 화가의 딸로 태어나 교육은 15세경에 끝내고 미모의 발레댄서로 입신해 갔던 것으로 알려져 있다. 엘리어트의 하버드대 교수였던 버트랜드 럿셀의 말에 의하면, "그녀는 몸이 작고 좀 속되고 대담하고 활기찬 여자였다"고 한다.[9] 엘리어트의 연구자들은 엘리어트의 성격에 내성적인 면이 있다는 것을 지적하고 있는 반면, 그녀는 명랑하고 말이 많은 수다쟁이였다고 한다.

그렇다면 그 정도 대조적이던 그들은 어떻게 만났던 것인가? 『T. S. 엘리어트의 개인적 황무지』(T. S. Eliot's Personal Wasteland, London, 1979)의 저자 제임스 E. 밀러 Jr(James E. Miller Jr)에 의하면, 그의 비비엔과의 불행한 결혼은 그의 프랑스 친구 장 베르드날(1889~1915)의 전사(戰死)가 그에게 준 정신적 충격으로 인

---

7) 이창배(2001), 『T.S엘리어트 : 인간과 문학』, 동국대출판부, p.74.
8) 상동서, p.73.
9) 상동서, 상동면.

했던 것이었다고 한다.[10]

그는 석사학위를 취득한 직후 소르본대학에서 1년간 철학을 연구한 적이 있었다. 그때 그는 같은 하숙집에서 의학을 공부하고 시를 쓰는 자기보다 한 살 어린 그를 만나 이태리와 독일 등지를 방문하며 우정을 쌓았다. 그다음 그가 1914년 박사논문집필 차 유럽에 갔을 때도 프랑스를 재차 방문해 다시 만나게 된다. 그러던 중 1차 대전이 발발하는 바람에, 엘리어트는 논문 집필 지를 독일에서 영국으로 옮겨, 그 작업에 열중해 가게 되었고, 베르드날는 의무장교로 프랑스군에 입대했는데, 그다음 1915년에 엘리어트는 그의 전사 소식을 접하게 된다. 그는 그 소식을 접하고 충격에 쌓여 있다가, 별다른 도리가 없다고 생각해 에즈라 파운드의 권유로 결혼이라는 길을 택하고 말았다는 것이다.

그는 6월에 결혼하고 8월에 잠시 미국에 가서 부모를 상봉했다. 그때 그는 비비엔을 동반하지 않았다. 버트랜드 럿셀은 그의 자서전에서 그녀가 남편의 가족을 민나리 미국에 가기를 싫어했던 것에 대해 디옴괴 같이 말히고 있다. 그는 그녀로부터 잠수함이 무서워서 남편의 가족을 만나러 가지 않았다는 말을 들었다는 것이다.[11] 그는 그 이듬해 박사논문을 끝내 하버드대학으로 보냈다. 그는 그것이 통과되었다는 연락을 받아 배표까지 샀지만 마지막 단계인 구술시험에까지는 참석하지 못했다. 물론 경제적 이유도 있었겠지만 보다 더 근본적인 문제는 비비엔의 정신적 상태가 불안해져 그것이 병적 상태로 악화되어 갔었기 때문이었다. 그래서 그는 그녀의 병을 치료하고 또 생활비를 마련하기 위해 중등학교에서 불어, 수학, 지리 등 모든 과목을 가르치게 된다. 그런데 그것으로 수입이 충분치 않아 성인학교 야간반에서 문학 강좌까지 맡는다. 그러하다가 1917년에는 교사직을 그만두고 비비안의 한 인척의 소개로 은행 일에 종사하게 된다. 그러한 과정에서 그녀의 병은 더욱 악화되어 갔고, 그도 과로에 시달려 결국 신경쇠약증세로 은행 일을 쉬지 않으면 안 되는 상황까지 가게 되었다. 그에게 노벨문학상을 안겨준 『황무지』(1922)는 바로 그러한 역경 속에서 출산되었다.

그는 그러한 역경을 극복해 보기 위한 방안으로 1927년 38세에 돈(金)과 성(性)

---

10) 상동서, p.47.
11) Russell, Bertrand. op. cit. p.54.

에 대한 인간적 욕망을 과감히 포기하고 영국국교에 귀의했다. 그에게서의 귀의란 자신의 존재를 신에게 송두리째 던지는 것이었다.

사실상 그는 1925년『텅 빈 사람들』이후 종교에 귀의하기까지 2년간 시를 쓰지 않았다. 그는 종교에 귀의한 후에도 그것을 쓰지 않았다. 그러다가 귀의 후 3년 만에『성회수요일』(聖灰水曜日, Ash-Wednesday, 1930)을 쓰게 되는 데, 우리는 그 속에서 그가 아이를 갖지 않은 이유가 무엇이었는지에 대한 이유를 찾아 낼 수 있다.

『성회수요일』은 6부로 이루어진 장시(長詩)이다. 제1부는 다음과 같이 시작된다.

> 나는 다시 돌아오기를 원치 않기 때문에
> 나는 원치 않기 때문에
> 나는 돌아오기를 원치 않기 때문에
> 이 사람의 재능과 저 사람의 식견을 탐내면서
> 나는 그러한 것들을 얻고자 이제는 더 이상 애써 노력하지 않겠나이다.
> (어째서 늙은 독수리가 그 날개를 펴야 하나요?)
> 왜 탄식해야 하나요?
> 일상을 지배했던 힘이 사라진 것을 [12]

이 시의 제목 '성회수요일'이란 부활절(Easter)을 준비하는 사순절(Lent)의 출발 시점이다. 이렇게 봤을 때 상기의 시구는 시의 화자(Speaker)가 신(神)의 나라인 낙원(Eden)을 향한 영적 여행의 출발점에서 행한 말이라 할 수 있다. 엘리어트의 연구자들은 고통스런 죽음을 넘고 정죄(淨罪, Purgation)의 계단을 거쳐서 신의 나라로 들어가서 신과 하나가 되어 재생해 나가는 길을 노래한 것이 이 시의 줄거리라고 말하고 있다.

이 시의 마지막 제6부 첫머리에서 시의 화자는 이렇게 노래하고 있다.

---

12) Because I do not hope to turn again / Because I do not hope / Because I do not hope to turn
  Desiring this man's gift and that man's scope / I no longer strive to strive towards such things (Why should the aged eagle stretch its wing?) / Why should I mourn / The vanished power of the usual reign?

나는 다시 돌아오기(turn)를 원치 않지만
나는 원치 않지만
나는 돌아오기를 원치 않지만

이득과 손실의 사이를 오가면서
생과 사 사이의 황혼을
꿈과 꿈이 빗기 쳐 가는
이 찰나의 삶속에서[13)

이상과 같이 시의 마지막 제6부에 와서 시의 화자는 신의 나라에 이르는 계단의 정상에 올라 황혼 속에서 이제 더 이상 내려다보이지 않는 세상을 내려다본다. 이제 그에게서 그때까지의 자신의 삶과 죽음이 한낱 꿈들에 지나지 않았다는 생각을 하게 된다.

이와 같이 시인은 시의 화자를 통해 시의 시작과 끝에서 이 세상을 다시는 돌아오고 싶지 않은 곳이라 말하고 있다. 그는 이 시를 41세에 썼다. 그에게서의 그간의 삶이란 바로 그러한 것이었었다. 그의 연구자들은 그에게의 삶이 그런 것으로 받아들여졌던 가장 큰 원인을 그의 아내와의 원만치 못했던 결혼생활로 파악하고 있다. 그의 그러한 결혼생활의 주된 원인이 아내의 정신적 질환에 있었고, 또 그 정신질환의 주요원인이 아내의 '바람기'에 있었다는 설들이 분분하다. 그러한 상황에서 엘리어트가 아이를 갖는다 생각같은 것을 한다는 것은 불가능한 일이다.

『성회수요일』보다 10년 전에 쓰인 시로서 훗날 그에게 노벨상을 안겨준 『황무지』(1922)의 주제는 "현대 물질문명에 대한 시인 자신의 좌절감과 절망"으로 이해될 수 있다.[14) 이 시가 쓰인 것은 31세 때였다. 그는 아내의 그러한 정신적 불안이 "현대 물질문명 사회의 문화적 부패"에 기인했다는 시각에서 『황무지』를 구상했다고 말할 수 있다. 그는 『황무지』에서 현대인의 삶이 '황무지'에서 실현되어 나가게

---

13) Although I do not hope to turn again / Although I do not hope / Although I do not hope
to turn /
Waving between the profit and the loss / In this brief transit where the dreams cross / The
dreamcrossed twilight between birth and dying
14) 최창호(1999), 『T. S. 엘리어트의 종교시』, 중앙대학교인문학연구소, p.3.

된 근본적 원인을 이 땅에서의 순결한 사랑의 부재로 파악하고 있다. 이 시에서의 '순결한 사랑'이란 희생을 통해 신이 인간을 사랑하고 또 그러한 사랑에 보답해 인간이 자신의 모든 것을 받혀 신을 사랑하는 바로 그러한 정신적 사랑을 의미한다.15) 『황무지』에서의 그러한 사랑의 부재는 곧바로 생명을 잉태케 하는 물의 부재로 구체화되어 나왔고, 또 그것의 부재는 인간을 포함한 모든 생명체들의 성(性)적 불능과 불임(不妊)으로 이어져 갔다.

필자가 여기에서 말하고자 하는 것은 엘리어트의 이러한 '황무지'의 창출은 아내와의 정신적 사랑의 부재가 아내의 불임으로 이어졌었다고 하는 것이다. 필자의 이러한 시각이 성립될 수 있는 것은 『성회수요일』과 같은 해에 쓰인 『마리나』가 한 논거가 될 수 있다. 시인은 『성회수요일』의 후속으로 쓰인 『마리나』에 와서 재생의 환희를 노래하고 있다. 시는 다음과 같이 시작된다.

> 무슨 바다 무슨 해변 무슨 회색 바위 무슨 섬들
> 뱃머리를 핥는 무슨 물결
> 그리고 소나무 향기와 안개 속에서 노래 부르는 티티새
> 무슨 영상들이 돌아오는가(return)
> 오 나의 딸이여16)

이 시는 이렇게 시작해 그 다음 5연(five stanzas)을 거쳐, 또 이렇게 끝난다.

> 나의 나무배로 다가오는
> 무슨 바다 무슨 해변 무슨 화강암의 섬들
> 그리고 안개 속에서 날 부르는 티티새 소리
> 나의 딸17)

---

15) 이재호 편역(1977), 『장미와 나이팅게일』, 범한서적, p.283.

16) What seas what shores what grey rocks what island / What water lapping the bow / And scent of pine and the woodthrush sing through the fog / What images return / O my daughter.

17) what seas what shores what granite islands towards timber / and woodthrush calling through the fog / My daughter

이 시의 제목 '마리나'는 섹스피어의 시극(詩劇)『페리클레스』(*Pericles*, 1608)의 주인공 페리클레스 왕의 딸 이름이다. 이 시극에서 페리클레스는 죽은 줄 알았던 딸이 살아있는 것을 알게 된다. 그런데 엘리어트는 이 시의 에필로그(序句)로 로마의 시인 세네카(Seneca, BC4~AD64)의『미친 헤르쿨레스』(*Hercules Furens*)의 시극, 1138행을 취하고 있다. 『미친 헤르쿨레스』에서의 헤르쿨레스왕은 정신을 되찾고 나서 자기가 아내와 자식을 죽였다는 사실을 알게 된다.[18]

『성회수요일』이 인간이 신체의 죽음, 정신의 정화(淨化), 회개(悔改)의 계단 등을 올라 신의 영적 세계에 이르는 길을 노래한 것이라면, 그것에 후속된『마리나』는 인간의 영적 삶이 신의 세계에서 신과의 일체화됨에 따라 행해지는 재생을 노래한 것이라 할 수 있다. 한 엘리어트 연구자는 "영국문화원과 영국도서연맹이 기획하고 롱먼즈 그린 출판사가 출판해 낸『작가·작품론 총서』중의 한 권인『T.S 엘리어트』의 저자인 영국 켐브리지대학의 영문학과 교수 M.C. 브래드 북(Brad book)도 그렇게 생각하고 있었다"면서, 『마리나』를 그의 시들 중에서 가장 격조 높은 시로 파악하고 있다.[19] 브래드 북의 말을 빌리자면, 『마리나』야말로가 엘리어트의 모든 시의 클라이맥스를 이루는 시라고 하는 것이다. 필자가 지적하고자 하는 것은 그러한 시의 마지막이 '나의 딸'(My daughter)로 이루어져 있다고 하는 것이다. 이것은 무엇을 의미 한다고 볼 수 있을 것인가?

이 시는 그에게 정신적 사랑이 부재했었기 때문에 결국은 그와 아내와의 사이에 아기가 없었다는 것을 말하고 있는 것이라 할 수 있다. 우선 일차적으로 우리는 그가 이 시를 통해 자신에게서의 이 세상은 더 이상 돌아오고 싶지 않은 곳이기 때문에 이 세상에서는 자신의 딸을 갖고 싶지 않았다는 것을 말하고 있다고 해석해 볼 수 있다. 또 이 시는 그가 신의 나라에서와 같이 충만한 정신적 사랑 속에서라야 사랑의 생명체가 온전히 자랄 수 있다는 사상을 가지고 있었기 때문에 아이

---

18) 그 행은 "이곳이 어디, 어느 지역, 이 세상의 어느 부분이냐?"(Quic hic locus, quae regio, quae mundia plaga?)이다. 즉 이 라틴어 문장이『마리나』의 서구로 쓰였다는 것이다. 세네카의『미친 헤르쿨레스』에서 정신이 미쳐서 자기도 모르게 아내와 자식을 죽인 헤르쿨레스가 나중에 제정신으로 돌아왔을 때 꿈인지 생시인지 모르는 상태에서 외치는 말이다. (최창호, 전게서, p.75 참고)

19) 김치규(2006), 「엘리어트의 음성」『T.S엘리어트 연구총서1 : T.S엘리어트 詩』, 동인, pp.288-289

를 갖지 않았었다는 것까지를 말하고 있다고 볼 수 있는 것이다.

그는 1933년(45세) 그의 아내와 이혼이나 다를 바 없는 별거생활로 들어갔다. 그의 그러한 결정은 결혼생활을 유지해 갈 경우 그녀의 정신질환이 더 악화될 수 있다는 의사의 판단에 따라 내려졌던 것이다. 그의 이혼은 그녀의 정신질환의 치유 방책의 하나로 행해졌다고 말할 수 있다는 것이다.[20] 그는 비비엔에 대한 자기 자신의 인간적 사랑의 한계성을 자각한 나머지, 그러한 자각을 계기로 자신의 모든 삶을 신에게 맡김으로써 그러한 길을 택했다고 말할 수 있는 것이다.

결 론

우리가 근대 이전의 신중심시대에 대해 근대 이후를 인간중심시대로 파악해 볼 경우 인간중심시대는 그 시작을 14세기 이후의 르네상스시대나 명대 이후로 파악될 수 있고 그 끝을 인류가 인공위성을 통해 우주로 나간 1960년대 이전으로 볼 수 있는데, 야스나리와 엘리어트는 그 시대의 절정기를 살았던 문학자들이었다. 그들은 70여 평생의 대부분을 문학 활동, 특히 창작활동에만 종사했다. 수많은 문학자들이 인간중심시대의 절정기를 살았지만, 그들만큼 성실하고 진지하게 문학 활동을 수행해갔던 자들은 거의 찾아보기 힘들다고 하는 것이 필자의 기본적인 입장이다. 그들에게 노벨문학상이 주어진 것은 그들의 그러한 점들이 고려되어졌기 때문이라고 보아야 할 것이다.

야스나리와 엘리어트는 결혼들은 했었지만 아이들을 갖지 않았다. 그들에게서의 그러한 공통점 또한 그들의 그러한 진지한 삶의 태도와 직결되어 있었다고 말

---

20) 『황무지』의 제2부에도 적나라하게 표출되어 있듯이 그녀는 「특히 음성에 민감하여 우울증이 발작할 때엔 옆에 사람이 있거나 손님들의 말소리가 들리면 격앙하고 공포에 질리곤 했다」 그래서 엘리어트는 아내의 정신적 안정을 위해 「아내를 혼자 시골로 보내 전지(轉地)요양을 시키기도 하고 그녀의 건강을 위해 혼자 주말을 보내기도 했다.」 엘리어트의 연구자들은 그의 그러한 아내에 대한 사랑은 "깊고 헌신적"이었다고 말하고 있다. 이렇게 봤을 때, 엘리어트에게서의 그녀와의 별거와 이혼은 자신의 아내에 대한 사랑이 아무리 "깊고 헌신적"이었다 했더라도 그의 인간적 사랑이 지닌 한계성에 기인된 것이었다고 말하지 않을 수 없다. (이창배, 전게서, p.75)

하지 않을 수 없다. 야스나리도 엘리어트도 어떻게 해서든지 아이를 갖으려면 가질 수 있었음에 틀림없다. 그러나 그들은 결국 갖지 않았다. 그 이유는 그들에게서의 아이를 갖는다고 하는 것이 그들의 세계관 내지 인간관과 깊게 관련되어 있었기 때문이었다고 할 수 있다.

우리는 본론을 통해 그들이 아이를 갖지 않은 주된 이유가 무엇이었는지를 고찰해왔다. 우리는 여기에서 그 주된 이유를 다음과 같이 정리해 볼 수 있으며, 그것을 근거로 다음과 같은 이야기가 가능하다는 입장이 취해진다. 우선 한마디로 그 주된 이유는 그들이 자신들의 세계관, 인생관, 사회관 등에 입각해 자신들의 인간존재의 창출행위를 생각해 볼 때 그것이 인간의 존재윤리에 위배된다고 하는 사상이 있었기 때문이었던 것으로 파악된다.

우선 야스나리의 그러한 윤리의식은 문화적 측면에서 말할 것 같으면 인간에게서의 삶이란 그 자체가 고행(苦行)이라고 하는 불교적 세계관에 기초해 형성되어 나왔다고 볼 수 있다. 그 다음 그의 그러한 윤리의식은 그의 태생적 차원에서의 신체적 허약함이 자주 불러일으키는 죽음에 대한 공포와 삶에 대한 허무의식에 기초해 확립되어 나왔다고 할 수 있다. 그리고 그것은 그 정도에서 끝나지 않고, 세상에서의 자기라고 하는 인간이란 태생이 허약체질이기 때문에 자기의 동반자는 말할 것도 없고 자기의 2세까지도 그들을 불행하게 만들 존재라고 생각한 나머지 아기를 갖지 않았었던 것으로 파악된다.

엘리어트가 아이를 갖지 않았던 이유도 야스나리의 경우와 같은 맥락에서 파악될 수 있다. 엘리어트는 청교도의 일파인 유니테어리언(一神論者) 파의 가문출신으로 그 파의 윤리의식으로 단단히 무장되어 있던 자였다. 그의 그러한 윤리의식에는 부인 비비엔의 방만한 결혼생활이 결코 수용되지 않았다고 말할 수 있다. 그 결과 엘리어트는 자녀들이 동반되는 일반인들의 삶의 방식을 포기하고 자녀들이 없는 성직자들의 삶의 방식을 택함으로써 아이를 갖지 않았던 것이다. 그렇다면 우리가 여기에서 이런 것을 가정해보자. 만일 야스나리가 자신의 몸이 허약하다고 생각하지 않았고, 또 비비안의 결혼생활이 방만하지 않았었다고 한다면 그들이 자신들의 2세를 가졌을 것인가라고. 필자의 생각으로는 그러한 정상적인 상태였었다면 분명 가졌을 있었을 것으로 생각된다. 왜냐하면 우리가 그들의 결혼생활에서 야기되었던 신체적·유전적 문제와 윤리적·도덕적 문제 이외에는 그들이, 자신들의 2세를 갖지 않으려 했던 어떠한 사상도 그들로부터 발견되지 않지 않기 때문이다. 만일 그들에게 그러한 사상이 있었다고 한다면 그들에게는 인간의 존재 찬양을 존재이유로 하는 노벨문학상 같은 것은 결코 수여되지 않았을 것이다. 그들이 불교문화와 기독교문화라고 하는 각기 다른 문화권 출신자들이기는 하였지만, 그들 각자가 자신들의 문화적 전통과 그것에 입각한 도덕적 의식을 고수하려 했다는 점에 있어서는 같은 입장을 취한 자였다. 그렇다면 그들이 자신들의 2세를 갖지 않은 이유는 다음과 같이 구체화되어 정리될 수 있다.

남다른 신체적 허약과 아내의 방만한 결혼생활 등이 야기 시킨 문제들에 봉착해 있던 그들은 결국은 자신들의 이기적 행위, 자기중심적 행위, 더 나아가 자신들의 인간적 한계성이 내포된 인간에 대한 사랑 등이 자신들 주의의 인간들에게 해를 끼친다는 사실을 확실히 자각한 나머지, 자신들의 가장 가까운 거리에 존재하게 될 자신들의 2세를 결코 갖지 않는다는 입장을 취해 그것을 견지해갔었던 것이다. 그들의 그러한 윤리적 삶의 태도는 기독교와 불교 문화권에서 가장 전형적인 윤리적 삶을 실천해가고 있는 자들로 받아들여질 수 있는 신부나 승려와 같은 성직자들의 삶의 태도를 근거로 해서 취해진 삶의 태도라 할 수 있다.

그들의 그러한 삶의 자세는 우주중심시대의 초입을 살아가는 우리들에게 많은 것들을 시사해주고 있다. 부부들에게 흔히 주어지는 아이 갖기라고 하는 인간존재의 창출행위는 남녀 간의 사랑이라고 하는 차원을 넘어 신의 인간에 대한 헌신적이고 충만한 사랑과도 같은 그러한 사랑의 담보를 전제로 한다. 따라서 우리는 자기 자신들이 손익을 따지지 않고 신과도 같이 한없이 인간을 사랑할 수 있는 준비가 되어 있지 않는 한, 야스나리와 엘리어트의 경우처럼 결코 아이를 가져서는 안 된다고 하는 것이다.

그러나 근자의 세태는 어떠한가? 국가는 그러한 인간존재 창출의 윤리적 전제 같은 것은 전혀 따지지 않고 오직 출산만을 장려해 가고 있지 않은가? 또 이기적 이해관계로 묶여 있는 개개인들은 피창출자들의 장래라고 하는 입장에서는 결코 바라보지 않고 오직 짧은 안목으로 정부의 그러한 허술한 정책에 무턱대고 동조해 가고 있는 것이 아닌가? 이러한 추세는 결국은 개개인등의 삶을 더욱 더 불안정한 상태로 몰아가고 있다고 말하지 않을 수 없는 것이다. 이 시점에서 우리는 다시 한 번 개인과 국가적 차원에서의 인간의 존재 윤리의 확립에 대한 활발하고 진지한 논의를 일으켜야 한다는 입장이 취해진다.

현재 우리는 우주중심시대의 초입에 처해 있다. 우주중심시대란 우주를 중심으로 해서 우주 속에 처해 있는 인간과 인간사회를 인식해 가는 시대이다. 이러한 우주시대의 도래는 인간이 인간 자신을 중심으로 해서 자신과 자신이 처해 있는 세계를 파악하려는 인간중심적 태도에 대한 한계성의 자각으로부터 비롯된 것임은 말할 필요가 없다.

인간의 지나친 이기심이나 인간의 지나친 육체적 사랑은 인간중심시대의 산물들이라 말하지 않을 수 없다. 인간이 우주적 시각에서 자신의 존재와 자신의 세계를 인식해갈 경우 인간의 그러한 과도한 이기심이나 인간의 그러한 육체적 사랑의 강도는 자연 약해지지 않을 수 없다. 그 이유는 인간의 최대의 관심대상은 인간 자체가 아니고 인간 존재의 기초를 이루는 우주이기 때문이다. 이 우주중심시대의 인간은 자신들의 문제를 인간자신들을 통해서 해결해보려는 입장을 버리고 인간의 기초를 이루는 우주를 통해 해결해보려는 입장을 취한다는 것이다. 인간이 그러한 입장을 취하게 될 때, 인간이 자신들의 2세 창출을 통해 이 우주 속에서의 자신들의 생물학적 존재를 영속시켜간다고 하는 행위는 존재론적 차원에서의 그 윤리적·도덕성이 약화될 수 있기 때문이다. 그러한 의미에서 우주중심시대에서의 인간의 출산율은 자연 줄어들지 않을 수 없다고 하는 것이다.

보다 구체적으로 말해 우주중심시대의 인간들은 자신들의 2세를 만들어 그를 통해 자신의 어떤 문제를 해결하려 하지 않는다고 하는 것이다. 그러한 점에서 문학자 가와바타와 엘리어트는 인간중심시대에 우주중심시대의 삶을 살았던 자들이었다는 이야기를 해볼 수 있다. 이렇게 생각해 볼 때, 문학자와 같은 예술가의 삶은 한 시대 앞선 삶을 살아가는 삶이라는 생각도 해보지 않을 수 없다.

이렇게 볼 때, 우주시대의 인간들에게서의 자신들의 2세들에 대한 관심은 전시대의 인간들 보다 결코 클 리가 없다고 하는 입장이 취해지는데, 그러한 입장이 일반화되어 나올 경우. 자신의 2세에 대한 사랑의 감정은 자연 이전 보다 더 엷어지지 않을 수 없다. 그렇다면 자신들의 이들에 대해 사랑이 깊지 않은 인간들이 자신들의 아이들을 갖게 될 경우, 그들의 삶은 어떻게 될 것인가? 이러한 점들을 고려해 볼 때, 우리는 근자에 행해지는 정부의 출산장려정책은 반드시 재고되어야 한다는 의견을 강력 제시하지 않을 수 없다.

제 6 장

인간중심시대의 예술_회화(繪畵)

서 론

본 연구는 인간중심시대에서의 회화장르의 예술적 기능을 규명해 내는 것을 목적으로 한다.

본 연구는 예술의 한 장르로서의 회화의 존재 이유를 규명해 내는 작업으로서 그 시대에 예술의 한 장르로서의 회화가 인간에게 어째서 필요한 것인지의 이유를 규명해내는 작업이라 할 수 있다.

1990년대 이후의 글로벌시대로 들어와 예술의 위기가 문화 예술계에서 새로운 담론으로 떠오르게 되었다. 인간중심시대에서의 예술이란 사람들로 하여금 미적 의식을 불러일으키게 하는 기술을 의미해왔었다. 그러한 역할을 행해오던 예술이 위기를 맞게 되어 더 이상 사람들로 하여금 미적 의식을 불러일으키게 하는 역할을 행해가지 못하게 된 것이다.

그렇다면 그 이유는 무엇인가? 문화연구자들의 임무는 문화장르의 하나인 예술이 어째서 더 이상 그러한 기능을 발휘하지 못하게 되었는가에 대한 근본적 원인을 규명해내는 것이라 할 수 있다. 우리가 그러한 원인을 규명해내야 할 이유는 두 가지로 압축해 생각해 볼 수 있다.

우선 하나는 역사적 전환기에 처해 있는 우리들로서는 새로운 시대의 도래로 인해 그의 그러한 역할을 더 이상 행하지 못하게 되는 예술이라고 하는 것이 과연 어떠한 존재이며, 또 그것을 통해 자신들의 삶의 의미를 향유해왔던 인간이라고 하는 것이 과연 어떠한 존재인가에 대한 확실한 입장을 정리해 둘 필요가 있기 때문이다. 다른 하나는 다름 아닌 바로 이것이다. 우리들은 1990년대로 접어들어 우주중심시대의 제1기라 할 수 있는 글로벌시대를 맞이하게 되었다. 이 새로운 시대에서는 어떠한 문화장르가 인간중심시대에 행해 갔던 예술의 역할을 대신 행해 갈 것인가에 대한 확실한 입장을 가지고 있어야 하기 때문이다.

본 연구는 예술에 대한 이상과 같은 입장 확립을 위한 한 방안으로 인간중심시대의 초전반기에 확립되어 나왔던 미술장르와 그것을 대표해온 회화에 대한 본질적 규명의 필요성 제기에 의한 것이다.

「미술」(美術)이란 1870년대에 서구로부터 일본에 전래된 영어 "fine arts"(파인 아츠) 등이 한자로 번역되어 정착된 말이다.[1] 서구로부터 일본에 전래될 당시 「미술」의 의미는 서구에서나 일본에서 현재의 「예술」의 의미로 쓰였다. 서구에서의 경우 "fine arts" 등이 일반화되어 나온 것은 17세기에서 18세기 사이다. 그때까지 만 해도 「예술」의 의미로 쓰였던 「미술」에는 문학도 내포되어 있었다. 그러나 그

---

1) 예술의 한 장르로서의 미술은 예술학의 성립을 통해 확립되어 나왔다. 「예술학」이란 말은 독일어 "Kunstwissenschaft"의 번역어이다. 이 말은 「예술」에 관한 모든 학문적 연구를 총칭하는 말로서, 한마디로 「예술 철학」혹은 「예술연구」로 표현될 수 있는 말이다. 이 경우, 현재 우리가 쓰고 있는 「예술」이라고 하는 말은 일본에서 1880년대 말 "art"(영어, 불어)와 "kunst"(독일어) 등의 번역어로 출현했는데, 사실상 "art"와 "kunst"는 중세까지 「기술」(技術, technique)로 쓰이어 왔다. 이 경우 「기술」이란 구체적 사물들로부터 어떤 진리를 끌어내는 정신적 작용이라 할 수 있는 「학문」과 대립되는 개념이었다. 다시 말해서 그것은 어떤 진리를 능률적으로 구체화시키는 육체적 차원의 작업을 가리키는 말이었다. 그러나 르네상스시대로 들어와 르네상스의 거장들을 통해 인간의 정신적 작용과 육체적 작용과의 통일이 시도되고, 또 그 후 인간중심시대가 성립되어 나가는 과정에서 "art"와 "nature"의 구별이 더 명확해짐에 따라, 「인공미, 기술미, 예술미」가 「자연미」보다 더 중요한 가치로 전환해 나왔고, 또 18세기로 들어와서는 "art"와 "kunst"가 당시 바움가르텐(A. G. Baumgarten, 1714~62)의 『미학 I, II』(Aesthetics, 1750~58)을 기초로 해서 성립되어 나온 미학과의 접촉을 계기로 미적 가치의 강력한 실현 수단으로 받아들여지게 됨으로써, 그것들이 각각 「파인 아트」(fine arts, 영어), 「보-쟈-르」(beaux-art, 불어), 「쇄-네 · 퀸스테」(shöne Künste, 독일어)로 불리게 되었다. 또 19세기로 들어와서는 그것들이 형용사 「아름다운」이 생략된 형태의 명사만으로 쓰이게 됐던 것이다. 그 결과 「인공 기술」을 의미했던 "arts"가 일본에 전래되어 「예술」의 의미로 번역되어 쓰이게 되었고, 또 그와 동 시기에 그것이 "fine arts"의 형태로도 전래됨에 따라 「미술」(美術)로 번역되어 나왔던 것이다.
이상과 같이 미술은 18세기 중반이후 「예술학」이라는 형태를 취해 인간의 감각적 대상이라고 하는 객체와 인간의 감각이라고 하는 주체와의 긴장관계를 체계적으로 연구하는 근대 미학을 통해 성립되어 일본에 전래되었던 것이다. [ドイ · ユイスマン · 久保伊平治訳(1997), 『美』、白水社、pp.58-70, 靑木茂他(1989), 『日本近代思想大系17 美術』、岩波書店、pp.402, 等 參考]

후 그것이 형태와 색깔의 창조를 통한, 인간의 감성적 미의 창출 기술로 규정되어
나왔고, 또 그것이 형태를 창조하는 예술, 즉 조형(造形)예술로 한정되어 나옴에
따라 그 주된 장르가 회화(繪畵), 조각, 건축, 공예(工藝) 등으로 구체화되어 나오
게 되었던 것이다.

"arts"(예술)가 "fine arts"(미술)로 구체화되어 나오게 되었던 경위는 「미」(美)가
감각적 가치로서 정의되고, 자연미와 예술미가 준별되어, 양자 중 후자가 헤겔
미학에서의 경우처럼 인간 정신의 소산으로서 전자보다 우위에 있는 것으로 받아
들여지게 됨으로써였다 할 수 있다.

시각적 미의 창출 기술로서의 미술에 대한 연구는 우선 미술사 연구를 통해
행해지기 시작되었다. 미술사 연구는 르네상스시대의 화가이며 문필가였던 바자
리(Giorgio Vasari, 1511~74)에 의해 저술된, 르네상스시대 예술가들의 전기(傳記)
『예술가 열전』(1550, 제 2판 1568)을 기초로 성립되어 나왔다. 그래서 그것은 독일
의 미술사학사 윈케르만(J. J. Winkelmann, 1719~68)의 『고대미술사』(1764) 등을
통해 확립되었다. 그 후 19세기로 들어와서 그것은 헤겔 철학의 강한 영향하에서
기술의 진보라고 하는 입장에서 예술발전의 역사를 파악하려는 젬퍼(Gottfried
Semper, 1803~79)의 『기술에 의한 제예술 양식론』(1861~63)이라든가, 예술을 민
족·환경·시대의 조건과 연결시켜 파악했던 프랑스의 철학자 테느(H. A. Taine,
1828~93)의 『예술 철학』(1865) 등과 같은 업적들에 의해 체계화 시도가 진행되어,
독립된 학문으로서 확립되어 나왔던 것이다.

19세기말에서 20세기 초로 들어와서의 미술연구는 오스트리아의 미술사가 리그
르(AloisRiegl, 1858~1905)의 『양식론-문양사(文樣史)의 근본문제』(1893, 제2판
1923), 프랑스의 미술사학자 포시옹(Henri Focillon, 1881~1943)의 미술이론서 『형
태의 생명』(1934) 등에 의해 문양(文樣)의 발전 법칙의 탐구를 중심으로 행해져
나갔다.

제2차 세계대전 이후로 들어와서는 그것이 도상학(Iconology, 圖像學) 내지 도
상해석학 (Iconography)을 통해 행해지게 되었다. 도상(圖像)이란 단수 혹은 복수
로 만들어진 이미지, 즉 마음속에 그려지는 사물의 감각적 영상들이 여러 차원의

대응관계를 통해 의미를 갖게 되는데 바로 그 영상들을 가리키는 말이고, 또 그것을 연구하는 학문을 도상학이라 한다. 도상학은 미술사의 한 분야로 출발해 20세기 초에 독일의 미술사가 와르부르크(AbyWarburg, 1866~1929)가 런던 대학에 설립한 와르부르크 연구소의 업적들을 비롯하여 역시 독일의 미술사가 파노프스키(Erwin Panofsky, 1892~1968)의『도상학』(1939) 등을 통해 성립되어 나온 학문이다. 대전 후 그것의 학문적 지위는 급속히 높아져 그때까지의 양식사에 대신해 현대미술사의 주류를 이루게 되었다. 1970년대 이후로 들어와서의 미술 연구는 다른 예술 장르들과 같이 문화기호론의 차원에서 행해지고 있다.

이상과 같이 미술에 대한 학문적 차원의 접근은 역사, 미학, 양식론, 도상학, 문화기호론 등을 통해서 접근되어 나왔다. 그러나 그것이 인간중심시대의 시대적 이념과는 어떻게 관련되어 있는 것인지에 대한 체계적 접근은 아직까지 행해지지 않았다.

본 연구는 앞에서 언급한 바와 같이「미술」이라고 하는 예술장르를 르네상스시대 이후부터 1950년대까지의 인간중심시대의 대표적 예술장르의 하나로 규정하여, 인간중심사상(휴머니즘)과 미술 예술장르와의 관련성에 대한 규명작업 등을 통해 인간에게의 예술이란 무엇인가에 대한 문제를 규명해낸다는 것을 목표로 하여 행해지는 연구이다. 필자는 그러한 목표 실천의 방법으로 다음과 같은 수순을 통해 이하의 사항들을 고찰해 보고자 한다.

첫째, 인간중심시대의 도래 경위, 그로 인한 미술장르의 성립 경위와 그 존재양식의 전개양상들 등을 고찰한다. 이 경우, 르네상스의 도래, 원근법의 성립, 미술의 개념, 미술장르의 성립과 전개양상 등에 대한 구체적 고찰이 행해진다. 특히 인간중심주의와 원근법과의 관계가 중점적으로 고찰된다. 둘째, 리얼리즘과 회화장르와의 관계, 리얼리즘시대의 예술과 회화·소설·사진 장르와의 관계, 회화장르의 전개양상에 대한 고찰 등이 행해진다. 시각예술의 본질을 규명해낸다. 셋째, 인간중심시대의 대표적 예술장르로서의 회화의 예술적 기능을 고찰한다. 구체적으로는 인간중심시대의 예술적 주제, 예술장르로서의 미술의 특질, 인간중심사상(휴머니즘)의 실현 과정에서의 회화 미술의 역할 등의 고찰이 행해진다.

1. 인간중심시대의 도래 경위와 미술장르의 성립

1) 인간중심시대의 도래 경위

▮ 르네상스운동의 발생

「르네상스」란 말은 주로 「르네상스기」, 「르네상스운동」 등과 같은 말의 형태를 취 해 쓰이고 있다. 「르네상스기」란 말은 일반적으로 14세기 초에서 17세기 초까지의 약 3세기 간을 가리킨다. 정치적으로는 1301년 프랑스 국왕 필립 4세의 3부회 소집과 교황의 교서(敎書) 「우남 상크탐」(Unam Sanctam)의 발포 등을 계기로 한 교황권의 쇠퇴 이후에서부터 왕권신수설(王權神授說, 1609)을 제기한 제임스 1세(James I, 재위 1603~25)의 등극 시점 이전까지로 파악된다. 문화적으로는 피렌체 출신의 단테(Dante Alighieri, 1265~1321)가 『신곡』(神曲, 1307~21)을 쓰기 시작한 시점에서부터 셰익스피어(William Shakespeare, 1564~1616)가 『햄릿』(1602)을 공연했던 시점까지로 고찰된다.

「르네상스」(Renaissance)란 말은 「재생」(再生) 또는 「부활」(復活)이란 뜻의 프랑스어로부터 취해진 것으로 되어있다. 현재 그 말은 「모범이 될 고대의 학문과 예술을 부활시켰다」는 뜻으로 쓰이고 있고, 일본, 한국 등에서는 「문예부흥」으로 번역되어 쓰이고 있다.

「르네상스」를 그러한 개념으로 규정지은 학자는 『이탈리아에서의 르네상스』(1860)의 저자인 스위스의 문화사가 야콥 부르크하르트(J. Burckhardt, 1818~97)인 것으로 알려져 있다.[2] 그는 그의 저서에서 「그 시대의 이탈리아 사람이 중세적 억압을 박차고 자유로운 입장에서 인간과 자연을 새로 살피고 개인의 재능을 충분히 발휘하여 문예부흥에 힘썼다」고 지적하고 있다고 하는데 그의 그러한 견해는 프랑스의 역사가 미슐레(Jules Michelet, 1798~1874)의 저서 『16세기 프랑스사』(1833~1844) 등으로부터 취해졌던 것으로 고찰된다. 미슐레는 『16세기 프랑스사』의 부제를 「르네상스」라 이름 붙여서, 16세기에 프랑스에서 일어난 「세계의 발견」, 「인간의 발견」 등과 같은 움직임에 대해 「르네상스」라 이름 붙였던 것이다.[3]

---

2) 김성근 외 책임감수(1964), 『세계문화사 IV : 유럽근세와 아시아 전제국가』, 학원사, p.53

우리는 중세유럽에서의 십자군 전쟁기(1096~1271)를 대략 11~13세기의 2세기 간으로 보고 있고, 그 전쟁의 목적을 이슬람세계가 점령해온 크리스트교의 성지 예루살렘을 회복하고, 크리스트교와 그리스 정교(正敎)를 통일시켜보려 했던 것으로 파악해왔다. 이슬람 세계에 대한 크리스트교 세계의 그러한 반격은 이슬람 세계에서 셀쥬크 터키족의 등장으로 크리스트 교도들의 예루살렘 성지 순례가 더 어렵게 됨에 따라 행해지게 된 것인데, 그러한 반격은 이미 11세기 초에 지중해의 서부 이베리아 반도에서부터 시작되었다. 그간 이슬람교도들은 8세기 이래 이베리아 반도를 점령하고 지중해 중부에 있는 남부 이탈리아의 시칠리아 섬을 점령해 한 때는 이탈리아 반도까지도 상륙해 있었다. 그러나 이베리아 반도로부터의 그러한 반격이 시작되었고, 그 과정에서 12세기 초에 와서는 포르투갈 왕국이 탄생하였고, 또 시칠리아도 이슬람 세계로부터 회복되어, 시칠리아 왕국이 탄생하였다. 제1회 십자군은 교황의 주도하에 프랑스와 영국에서 출발하여 이탈리아를 거쳐 지중해의 동단에 위치한 예루살렘으로 향했다. 그 후 원정은 1271년까지 8회에 걸쳐 행해졌었던 것이다.

십자군전쟁의 그러한 목표는 달성되지 못했지만, 그 전쟁이 행해지는 과정에서 유럽의 크리스트교 세계에 커다란 변화가 있었다. 유럽의 민중이 대량 동방으로 진출해나간 바람에 유럽 크리스트교 사회가 비잔틴 및 사라센 문화로부터 많은 영향을 받게 되었고, 지중해 중부에 위치한 이탈리아의 베네치아, 제노바, 피사 등의 항구 지방에서 도시가 발달하여 결국 르네상스운동이 일어났던 것이다. 그 결과 결국에는 교황권이 쇠퇴하고 각 지역의 왕권들이 대상인들과 결탁해 강화되어, 결국 절대주의 국가로 전환해 나가게 되는 기반이 형성되어 나왔던 것이다.

한편 유럽의 십자군들이 동방의 이슬람 세계로 진출해 나가자, 11세기 전반부터 이슬람 세계를 주도해 가기 시작했던 터키족이 그들의 그러한 진출에 자극되어, 새로운 차원에서 세력을 강화시켜 나갔고, 13세기부터는 몽고족이 이슬람 세력권의 북방 중앙아시아 지역으로부터 일어나 북유럽으로 세력을 확장해 갔다. 16세기로 들어와서는 셀쥬크 터키족을 이어받아 1517년에는 오스만 터키가 슐탄 칼리프

---

3) 상동서, 상동면

제를 확립해나갔다.

십자군전쟁의 결과로 도래했다고 하는 13~16세기 사이의 르네상스시대는 크리스트교 세력이 위축되어 있던 시대였고 몽고계통 민족들의 세력이 절정에 달했던 시대였기도 했다. 그 결과 크리스트교 세계에서는 영국의 위클리프(J. Wycliffe, 1320경~1384), 후스(J. Huss, 1369~1415) 등에 의한 순교적 차원에서의 양심적 자유가 호소되는 사건들이 계기가 되어 종교개혁 운동이 일어났는가 하면, 세계를 제패했던 고대의 알렉산더대왕시대와 로마제국시대의 정신과 문명을 재생시켜 다시 이슬람세계와 몽고제국에 대항해 가려는 문화운동이 전개되어 나갔던 시기였다.

▍이탈리아의 정치적 상황과 르네상스운동

십자군전쟁 이후 이탈리아의 피렌체, 베네치아, 밀라노 등에서는 상업이 발달하여 대상인들의 경제력을 바탕으로 전제군주가 출현하여 그것을 주축으로 한 공화정(共和政)들이 설립되어 이전의 교황을 정점으로 한 정치적 상황과는 전혀 다른 사회가 형성되어 나왔다.

교황권과 십자군은 게르만민족을 주축으로 한 세력들이고, 또 그들은 교황을 정점으로 한 중세 크리스트교 봉건 국가들의 중농주의 정책을 기반으로 해서 확립된 세력이었다. 이에 대해 대상인들과 결탁한 전제군주를 주축으로 한 공화정들은 그동안의 크리스트교 문화에 대립적 입장을 취해 고대 로마제국의 문화를 부활시키기 위해 노력해 가는 인문주의자들(Humamists)을 양성시켜 간다는 입장을 취해 갔던 세력들이다. 당시의 인문주의자들의 주된 작업은 고대 그리스 · 로마의 작품들을 수집 · 정리 · 연구해 가는 것이었다.

그러한 작업들을 최초로 행해 갔던 자들 중의 한 사람이 바로 페트라르카(Petrarca, 1304~1374)였다. 그는 키케로 시대에 매혹 되어 고대 로마시대의 작가들의 작품을 수립해 연구해갔고, 그의 추종자들 중의 한 사람이었던 보카치오(Boccaccio, 1313~1375)에게 고대 그리스어를 배울 것을 권유했다. 그 결과 이탈리아에서의 고대 그리스 연구는 보카치오에 의해 시작됐던 것으로 알려져 있다.

최초의 두 인문주의자가 세상을 떠날 무렵 고대 로마 · 그리스 고전 연구는 본

궤도에 올라 있었고, 그 후의 인문주의는 저명한 학자들의 강연, 후원자와 학자들의 모임들을 통해 보급되어 나갔다. 그러한 인문주의 보급을 통한 르네상스운동은 플라톤 학회와 같은 학회들도 창립 시켜 나갔고, 고전 연구를 위한 학교를 개설해 그 학교의 교육 이념을 확립시켜 갔다.

이탈리아지역에서의 인문주의운동은 고대 그리스·로마문화를 연구해 왔던 이슬람문화와의 직접적인 접촉을 통해 움트기 시작되었다. 10세기 이전에 이슬람세계에서 아리스토텔레스의 모든 저작물들이 아랍어로 번역되어 이슬람세계에서는 이미 10세기 이전에 아리스토텔레스의 모든 저작물들이 아랍어로 번역되어 있었다. 이탈리아지역을 비롯한 유럽지역에서의 인문주의운동은 유럽의 크리스트교문화가 십자군전쟁을 통해 아리스토텔레스의 철학에 대한 이해가 깊었던 이슬람문화와의 접촉을 계기로 움트기 시작되었다고 볼 수 있다. 13세기 중엽 이전까지만해도 유럽의 수도원이나 대학에서의 아리스토텔레스의 철학에 대한 연구는「시리아어에서 아랍어로, 아랍어에서 라틴어로 번역되어 나온」아리스토텔레스의 저작물들에 자료가 되어 행해졌었다. 그러나 13세기 중엽부터는 그리스어 원본으로부터 라틴어로 번역된 것이 나옴에 따라 그의 철학이 본격적으로 연구되어 인문주의운동의 사상적 기초가 이루어졌던 것이다.[4]

십자군전쟁의 말기를 살았던 토마스 아퀴나스(Thomas Aquinas, 1225~1274)는 아리스토텔레스의 철학체계를 수용하여 지적차원에서 당대의 중요한 신앙적 문제를 검토하였다. 그는「인간의 진정한 목적은 지상에서의 행복한 상태의 달성이며 합리적 윤리체계가 이 목적의 달성을 가능케 한다」는 아리스토텔레스의 입장을 받아들였다.[5]

유럽에서의 인문주의운동은 바로 이러한 토마스 아퀴나스와 같은 스콜라 철학자가 지적차원에서 신앙의 문제를 다루게 됨으로써 인문주의가 성립될 수 있는 풍토를 조성했던 것이다.

---

4) 민석홍(1989), 『서양사개론』, 삼영사, p.276
5) 상동서, p.282.

▌인간중심사상(humanism)의 성립

「인간중심사상」이란 말은 "humanism"의 번역어이다. "humanism"은 "humanity"
(인간의 본성)를 중핵으로 생각하는 사상인데, "humanity"란 말은 키케로(M. T.
Cicero, 106~43, BC)에 의해 창시 되었다고 하는 "humanitas"로부터 생겨난 것으로
알려져 있다.

키케로는 인간이 고귀한 존재가 되기 위해서는 무엇을 목표로 해서 노력 하지
않으면 안 되는가 라고 물음에 대해, 그는 로마인이 그리스인의 생활과 문화를
드러내서 그것을 기초로 해서 자신들의 이상을 추구해야 한다는 입장을 설정하였
다. 키케로에게 의식 된 그리스인의 생활과 문화란 알렉산더 대왕의 동방원정으로
인해 지중해 세계와 오리엔트 세계가 하나의 거대한 교역권으로 형성 되어 나오던
시기의 것들이었다. 그런데 그것들은 제논(Zenon ho kyprios, 336~264, BC)에
의해 창시된 스토아학파의 사상에 기초해 형성된 헬레니즘 사상에 기초해 형성된
것들이라 할 수 있다.

스토아학파의 기본적 사상은 인생의 목적은 행복이고 그것은 자연의 법칙에 따
랐을 때 취해진다는 입장이었다. 제논에 의하면, 인간이 자연의 법칙으로부터 취
해진 로고스에 따른다는 것은 자연의 본성에 따르는 것이기 때문에 자신이 로고스
에 따르는 것이야말로 도덕적으로 사는 것이고, 그것이 바로 선이라는 것이다.
그는 바로 그 도덕을 근거로 하는 이상국(理想國)을 생각했다.

이와 같이 키케로의 휴머니타스는 인간의 이성(理性)과 세계주의를 중핵으로
한 헬레니즘을 재생시켜 그것에 근거해서 로마인들의 생활 철학을 확대 시켜 보려
는 입장이었던 것이다. 르네상스시대의 휴머니스트들도 중세 크리스트교 중심의
봉건제도로부터 인간을 해방시킨다는 차원의 노력을 넘어서 로마ㆍ그리스의 인간
중심적이고 세계주의적 시각의 문화를 재생시켜 그것을 기초로 해서 새로운 차원
에서의 인간의 보편성과 개성을 확대시켜 간다는 입장을 취했던 것이다. 그들의
그러한 사상 문화의 운동은 그 후 16세기 말까지 전유럽 지역으로 퍼져나갔다.
그 결과 유럽인들은 신 중심적 사고를 버리고 인간중심적 사고를 형성시켜 나가게
되었고, 또 크리스트교는 보다 더 양심적이고 이성적 차원에서 접근될 수 있는

신교의 형태로 전환 해 나왔던 것이다. 신 중심적 사고란 내세 중심적이고, 눈에 보이지 않는 신이라고 하는 관념을 주축으로 하는 사고이다. 이에 대해 인간중심적 사고란 현세 중심적이고, 눈에 보이는 자연의 세계에 존재하는 인간을 주축으로 하는 사고이다.

이러한 사고에 기초한 인간중심사상은 인간의 능력과 욕망의 확대를 통해 인간의 문제를 해결해간다는 사상이다. 인간중심사상에서의 인간 존재의 토대를 이루는 것은 눈에 보이는 물리적 세계이다. 따라서 인간중심시대의 인간들은 눈에 보이는 세계를 구성하는 것들에 대해 관심을 갖지 않을 수 없는 것이다.

2) 르네상스운동과 르네상스미술

이탈리아에서의 르네상스운동은 고대의 로마·그리스의 인간중심의 학문과 예술을 연구 해 그것을 부흥시키는 작업을 주축으로 해서 일어났다. 그런데 르네상스기 이전까지만 해도 학문과 예술은 수도승들의 전유물이었다. 그러나 도시가 형성되어 도시의 시민들이 고대 로마·그리스의 학문과 예술에 대해 관심을 갖게 됨에 따라 그것을 중핵으로 해서 르네상스운동이 일어남에 따라 학문과 예술이 수도승의 손에서 이탈리아의 도시민들의 손으로 넘어오게 되었다. 그것들을 수도승들로부터 넘겨받은 도시민들의 학문과 예술에 대한 관심은 눈을 통해 확인 가능한 고대 로마·그리스의 건축·회화·조각·공예 등과 같은 미술 작품들에서 시작되었다.

이탈리아 도시민들의 그러한 미술품들에 대한 관심은 이미 13세기 중반 니콜라 피사노(N. Pisano, 1220~78) 등과 같은 조각가를 통해 시작되었다. 그는 고대 로마·그리스 조각품들의 특징을 고찰해, 「1260년에 피사(Pisa) 세례당의 설교단(壇)에 고대풍으로 성전설(聖傳說)을 부조(浮彫)해 냄으로써 그때까지의 크리스트교적 표현을 변혁하」였다. 그것뿐만 아니라 그 후 그는 「시에나(Siena) 사원의 설교단에 사실적 표현으로 인물을 부조해 냄」으로써 각 인물의 개성을 드러냈던 것이다.[6] 니콜라의 그러한 표현수법은 그의 아들과 제자에 의해 계승 발전되어 나

---

6) 김성근 외 책임감수, 전게서, p.55면

갔다.

회화 분야의 경우에서도 13세기말에서 14세기 초에 로마와 토스카나 지역의 화가들이 고대 로마의 회화를 연구하여 중부 이탈리아의 아시시(Assisi)에 위치한 성프란체스코 사원의 벽화장식을 행해가는 과정에서 새로운 이탈리아 회화를 탄생시켰다. 이들 화가들 중에는 피렌체에 화실을 가진 자들도 있었는데, 그들 중의 한 사람이 현재 피렌체파의 창시자로 알려진 치마부에(G. Cimabue, 13세기 후반~14세기 초에 활약한 화가)였다. 건축 분야의 경우, 피렌체의 브루넬레스키(F. Brunelleschi)가 1403년 로마에 가서 고대 건축을 연구하고 돌아온 후, 중단된 상태에 있던 피렌체 사원과 산타마리아 델 피오레 사원(꽃의 성모사원)의 쿠폴라(cupola, 둥근 지붕)를 고딕풍과는 명확히 다른 형태로 완성시켰다고 하는데, 현재 우리는 그것을 르네상스 건축의 시초로 보고 있다.

브루넬레스키는 그 쿠폴라를 완성시키기 이전인 1421년 고대풍의 아치 주랑(arch, 杜廊)이 있는 오스페날레 넬라 일노젠티(고아 보육원)를 지었다. 그런데, 그 건물의 특색은 「전체가 아름다운 통일을 이루고 있다고 하는 것인데, 우리가 그것을 옆에서 보면 후에 나타난 피렌체파의 회화에 적용된 기하학적 원근법이 잘 나타나 있음」을 알 수 있다. 우리는 「그가 원근법을 기하학적으로 연구한 최초의 사람」으로 파악하고 있다.[7]

고대 그리스의 예술가들은 단축법을 이해하고 있었고, 헬레니즘 미술가들은 공간의 깊이를 표현하는 방법을 알고 있었다. 브루넬레스키는 그들의 그러한 표현법을 개발해서, 「물체가 뒤로 물러갈수록 수학적인 법칙에 따라 그 크기가 작아진다는 사실을 알」게 되었던 것이다. 마사초(Masaccio, 1401~1428)는 그러한 수법을 받아들여 1425~8년경 그림 『성삼위일체』(산타마리아 노벨라 교회, 피렌체)를 완성했다.[8]

당시 그와 경쟁적 위치에 있던 조각가 기베르티(L. Ghiberti)는 세례당 동쪽의 제3문짝에 「구약성서」의 이야기를 새겼다. 그도 그 조각에서 선의 배치와 부조의

---

7) 상동서, pp.57-58.
8) 캐롤 스트릭랜드 저·김호경 역(2000, 원서 1992), 『클릭, 서양미술사 - 동굴벽화에서 비디오 아트까지』, 예경, p.81

고저에 따라 회화상의 원근법을 응용해, 사실적 묘사를 시도했다. 특히 그는 그 조각에서 조각의 중심인물이 배경의 건물을 보는 시점(視點)과 완전히 일치되어 있는 구도법을 취했는데, 그 후 그러한 구도법은 레오나르도의 「최후의 만찬」이나 라파엘로의 「아테네의 학당」에 와서 완성을 보게 된다.

3) 원근법과 원근법의 보편화

원근법(遠近法, perspective)이란 투시도법(透視圖法)으로서 먼 곳에 있는 물체가 작고 어렴풋하게 보이는 원리를 조형상(造形上)에 적용하는 방법이다. 먼 곳에 있는 물체가 작게 보이고 어렴풋하게 보인다고 하는 것은 다름이 아니라 하늘에 있는 신과 같은 어떤 전지전능한 존재의 눈으로가 아니라, 시력의 면에서 한계성을 지닌 인간의 눈으로 보기 때문이다. 다시 말해, 모든 인간은 자기가 처해 있는 구체적인 장소에서 한계성을 지닌 시력을 가지고 눈앞의 세계를 바라다 볼 수밖에 없다. 그 경우, 가까운 곳에 있는 물체는 크고 뚜렷하게 보이고 멀리 있는 물체는 작고 흐리게 보인다. 르네상스시대의 미술가들이 조형 상에서 그 원리를 적용했다는 것은 다름이 아니고 당시의 인간들이 전지전능한 신이나 태양 등과 같은 존재의 시각에서 물체나 인간을 바라보는 시각을 폐기하고 지상에 존재하는 인간의 눈으로 세상을 바라보는 시각을 취하게 됐다는 것을 의미한다. 이렇게 봤을 때, 당시의 미술가들은 알게 모르게 인간의 눈을 통해 파악한 세계야말로 객관적이고 보편적 세계라는 생각을 갖게 되었던 것으로 고찰된다. 미술가들의 그러한 생각은 인간의 눈을 통해 파악된 세계만이 진실 된 세계라는 사상으로 굳어져 나와, 결국 그 후 사실주의의 기초를 형성하게 된다. 그렇다고 해서, 당시의 미술가들이 그 이전의 고딕(gothic)풍의 예술양식을 완전 무시했다거나 그것으로부터 완전히 탈피해 나왔던 것은 아니다.

르네상스 이전의 고딕풍의 예술양식이란 동로마제국(비잔틴제국, 395~1453)의 문화를 배경으로 해서 출현한 것으로서 수직 방향의 강조가 그 두드러진 특징이라고 할 수 있다. 수직 방향의 강조란 하늘의 신이 땅의 인간을 내려다본다던가, 땅의 인간이 하늘의 신을 우러러 보는 방향의 강조를 의미하는 것이라 할 수 있다.

그러나 르네상스기로 들어와서는 지상의 인간이 자신들이 처해 있는 지상의 세계를 바라다보는 수평 방향이 그 이전의 수직 방향 못지않게 강조되어 나왔다. 그 결과 르네상스 미술의 특징은 그러한 수직 방향의 강조가 암시하는 종교성과 수평 방향의 그것이 암시하는 인간성과의 통일성의 강조 등으로 파악될 수 있다. 그러한 특징을 완성시킨 자들이 다름 아닌 바로 르네상스의 3대 거장들이다.

르네상스의 예술가들은 신적 특성과 인간적 특성, 즉 천상적인 것과 지상적인 것과의 통일을 추구했던 자들이다. 즉 그들은 그러한 통일이 「만능의 인간」에 의해서만이 완성될 수 있다는 사상을 가졌던 자들이었다. 그러한 만능의 인간이 바로 르네상스의 3대 거장들이었다. 특히, 레오나르도 다 빈치(Leonardo da Vinci, 1452~1519)는 그림, 조각, 건축, 문학, 음악, 기하학, 광학, 해부학 등과 같은 학문 분야까지도 통달했던 자였다. 그는 교묘한 투시도법을 이용하여 43~46세(1495~98)에 「최후의 만찬」을 그렸고, 51~55세(1503~1507)에는 「모나리자」를 그렸다. 「최후의 만찬」은 "너희들 중의 한 사람이 나를 팔 것이다"라고 히는 에수의 말이 행해졌을 때 12명의 사도 마음에 일어난 각 반응을 잡아낸 그림이다. 「모나리자」는 피렌체의 상인 프란체스코 델 조콘다의 아내 「모나리자」('모나'는 '부인'이라는 뜻)라고 하는 24세의 여인이 모델이었다 한다.

이와 같이 인간의 시점으로부터 본 세계를 화면에 정확하게 투영하려는 원근법은 표현방법은 고대 그리스 · 로마에서 발견되어 이탈리아의 르네상스기에 재흥되어 나왔던 공간 표현 방법이다. 독일 출신으로 미국에서 거주한 미술사학자 에르빈 파노프스키(Erwin Panofsky, 1892~1968)는 그러한 르네상스의 투시법이 어떤 보편적 원리를 파악하려는 수법이 아니고, 세계를 수학적 질서가 내재된 공간으로 보려는 르네상스의 인간중심적 세계상의 표현수법으로 생각했다.

르네상스기의 화가들이 인간의 시각으로 본 세계를 화면에 정확하게 투영하려 했던 것은 앞에서도 언급한 바와 같이 인간의 시각으로 본 세계가 가장 객관적이고 보편적 세계라는 사상이 그들에게 있었기 때문이었던 것이다. 그런데 그들의 그러한 사상에 입각한 르네상스기의 원근법은 그 후 17, 18세기 수학, 기하학의 진보와 함께 완성되어 나와 근세 서구예술의 가장 정통적인 객관적 공간 표현의 방법으로 정착되었다고 말할 수 있다. 르네상스기 이후의 인간중심적 시각은 바로 그러한 미술에서의 공간 표현방법의 성립을 통해 확립되어 나왔던 것이다.

이탈리아의 르네상스 미술가들은 특히 회화의 장르에서 원근법 이외에 명암대조법과 피라미드 구도라고 하는 회화기법을 발명하였다. 그것들뿐만 아니라 그들은 회화 속에 풍경(風景)을 끌어들이기도 했다.

명암대조법이란 2차원이라고 하는 평면에 3차원의 입체공간을 투영할 때 빛과 그림자를 사용해 부피감과 3차원적 공간감을 살리는 표현수법이다. 다시 말해 그것은 평면으로부터 도드라져 보이는 느낌을 주기위해 어두운 부분으로부터 밝은 부분이 떠오르듯 그림속의 형체들을 묘사해 나가는 표현기법이다. 그림 속에 인물을 배치할 때 르네상스운동 이전에는 그림의 앞부분에 위치해 있는 수평선에 맞추어 인물들을 배치했었다. 그러나 르네상스운동 이후에는 그러한 방식이 사라지고 3차원적인 피라미드 구도가 출현했다. 이 구도는 좌우로 균형이 잡혀져 있고「모나리자」의 경우처럼 그 중심의 윗부분에서 절정을 이루는 구도법이다.

이러한 명암대조법이나 피라미드 구도는 원근법의 경우처럼 인간의 사고가 신중심에서 인간중심으로 전환해 나와 인간의 시각(視覺)에서 세계를 바라보는 입장이 성립되어 나오는 과정에서 성립된 것이라 할 수 있다. 인간들의 명암에 대한 자각은 인간의 시각을 통해 이루어진다. 인간에서의 시각이란 지상세계에 실제로 존재하는 것들의 색깔과 형태의 특징을 파악해내는 감각이다. 또 그것은 인간이 자신들의 물리적 생물학적 존재의 토대를 확인해가는 수단이다.

시각적 대상들의 명암은 빛에 의해 이루어지는데, 화가가 자신들의 표현대상들의 명암을 조절해 작품세계를 창작하게 됐다는 것은 인간이 자연이나 신에 대한 피동적 입장으로부터 벗어나서 그것들에 대해 주체적 입장을 취해 그동안 자연현상의 하나로 생각해왔던 빛을 이제는 인간의 힘으로 조절해 갈 수 있게 됐다는 입장이 일반화 되었다는 것을 의미한다. 피라미드 구도는 인물화의 경우에 취해진 구도였다. 한마디로 그것은 인간이 작품세계의 중심에 놓이는 구도를 말한다. 르네상스운동 이전에는 신이나, 그것과 관련된 대상들, 예컨대 예수, 천사, 신전 등이 작품세계의 중앙에 위치했었다. 그러나 르네상스운동 이후에는 인간이 작품세계의 중심으로 자리 잡게 되었던 것이다. 르네상스 이후의 초상화는 바로 그러한 작품 구도를 배경으로 해서 성립되어 나왔다. 이러한 피라미드 구도가 성립되어 나온 것은 인간이 세계의 중심이라는 인간중심 사상이 확립되어 나오는 과정에서 형성된 것이라 할 수 있다.

서양회화에서 풍경이 처음 나타나는 것은 14세기 중엽 A. 로렌체티(Ambrogio Lorenzetti)등에 의해 중경(中景)표현으로 도입됨으로써였다. 그 후 회화에서의 풍경은 프랑드르(네덜란드와 벨기에)의 회화를 출발시킨 얀 판 아이크(Jan Van Eyck, 1390~1441)에 의해 완성되었다. 그런데 당시의 프랑드르의 회화는 이탈리아 르네상스 미술에 지대한 자극을 가져다주어, 레오나르도 다 빈치 등의 여러 작품에서의 풍경묘사를 창출해냈다. 인물들이 빠진 순수한 풍경화는 16세기의 20년대에 와서 남독일의 도나우 하반(Donau 河畔)의 후바(Wolf Huber, 1485~1553)등과 같은 소위 도나우파(Donauschule)로 일컬어지는 화가들에 의해 완성되어 나왔다.

유럽에서 완전히 독립된 풍경화와 풍속화가 최초로 나타난 것은 17세기에 북부 유럽의 네덜란드로부터였다고 하는데,[9] 유럽에서는 그것들이 19세기 이후 근대회화의 직접적 원천이 되었다고 말하고 있다.

네덜란드에서 그것들이 최초로 나타나게 됐던 것은 다음과 같은 역사적 배경을 통해서였던 것으로 고찰된다. 일본은 17세기로 들어와 쇄국정책을 폈다. 1641년부터는 나가사키항만을 통해서 네덜란드와 중국과만 제한된 무역관계를 맺어갔고, 조선과는 쓰시마한(対馬島藩)을 통해서 대외관계를 유지해 갔다. 일본에서는 무로마치시대(室町時代, 1333~1573)의 말기부터 현세긍정 사상이 자리 잡기 시작해 서민들의 생활풍속이 인간주의를 기조로 해서 가부키, 우키요조시(浮世草子)와 같은 문예물이나 회화 등에 사실적으로 표현되어 나왔다. 「우키요」(浮世)란 말은 현세(現世)를 나타내는 말로 그러한 역사적 상황에서 형성되어 나온 회화장르가 다름 아닌 우키요에(浮世絵)라고 하는 사실적 화조(花鳥)장식화 내지 사회풍속화였던 것이다.

---

9) 김성근 외 책임감수, 전게서, p.267

그것은 죠닌(町人)중심의 사회가 형성되어 나오는 과정에서 대량생산의 필요성으로 인해 목판화로 발전되어 나갔고, 다른 한편으로는 가나조시(仮名草子) 내지 우키요조시(浮世草子)나 도자기 등의 삽화로 사용되어 나감으로써 현세를 적극적으로 살아나가는 서민들의 자기표현 수단으로 정착화되어 메이지유신 이후에서 근대일본회화의 기조를 이루게 되었던 것이다.

그런데, 필자가 여기에서 짚고자 하는 것은 우선은 일본이 중세에서 근세로 전환해 나오는 과정에서 우키요에와 같은 회화장르가 성립해 나와 그 시대의 중심세력으로 부상한 쬬닌계급의 자기표현 수단으로 활용되어 나가게 되었다는 것이다. 다른 하나는 우키요에가 삽입된 도자기가 나가사키항의 네덜란드 무역상을 통해 네덜란드로 수출되어 그곳의 네덜란드 회화에 커다란 영향을 끼쳐, 풍속화와 풍경화가 유럽에서 최초로 독립된 회화장르로 발전해 나가게 되었다고 하는 것이다. 네덜란드에서 풍속화가 독립된 장르로 확립되어 나온 것은 렘브란트(Rembrandt, 1606~1669)와 그의 뒤를 이어 17세기를 대표했던 프란스 할스(F. Hals, 1584경~1666)이었다.

이와 같이 유럽의 풍경화 성립에 영향을 끼쳤던 일본의 당시 우키요에는 화조장식화, 사회풍속화, 풍경화 등으로 이루어져 있었다. 그것을 구성하는 그러한 그림들은 헤이안시대(794~1185) 이후 일본에 전래된 중국의 풍경화와 산수화를 기초로 해서 형성되어 나온 것들이다.

중국에서의 회화는 송(北宋: 947~1127, 남송: 1127~1279)을 기점으로 해서 인물화 중심에서 산수화 중심으로 전환해 나왔다. 그러한 전환은 시와 서예에 능한 북송시대의 문인화가들의 출현을 통해 이루어졌다. 또 북송말기에 편찬된 궁정미술 소량품목록『선화화보』(宣和畵譜)가 나오기 이전까지의 회화의 존재이유는 교화(敎化)에 그 목적이 있었다. 그러나 남송 이후에는 그것이 이화위락(以畵爲樂)에 있었던 것이다. 당대(唐代: 618~907)의 학자들과 관료들은 유교적 도덕관에 입각해 회화의 존재목적을 설정하였다. 당대 말기의 "미술사가 장언원(張彥遠, 877경 몰)은 역대왕조의 걸작들을 기록한『역대명화기』(歷代名畵記)에서 '회화는 윤리도덕을 가르치고, 인륜을 계도하고, 자연의 변화를 관측하며, 숨겨진 진실을 탐구하기 위해 존재한다. 또한 그 공(功)은 육경(六經)과 사시운행(四時運行)에 버금간다'고 주장"했다.10) 궁정미술시대의 회화의 주류를 이루었던 인물화는 그러한 측면에서의 사회적 기능을 수행해 갔었는데, 북송 이후의 산수화, 화조화(花鳥畵), 동물화조차도 그와 유사한 도덕적 기능을 수행해 갔다. "『선화화보』의 편찬자는 새나 대나무가 인간사와 직접 관련되지는 않지만 도덕적·윤리적 가치를 상징하기 위해서는 우의적(寓意的)이어야 한다는 것을 확실히 알고 있었다. 따라서 소나무, 대나무, 매화, 국화, 갈매기(鷗), 해오라기(鷺), 기러기(雁), 오리(鶖) 등은 은자(隱者) 또는 고귀한 인물의 상징으로 그려졌으며, 문란과 공작은 부와 지위의 상징이었고, 오동나무와 버드나무는 풍류의 상징으로, 노송과 잣나무는 지조와 강직함의 상징이 되었다"11) 그러나 원대(元代, 1279~1368)로 들어와 회화의 그러한 교화적 기능은 문인화가 일반화되어 나오는 과정에서 해소되어 갔다. 원사대가(元四大家)의 한사람 예찬(倪瓚, 1301~1374)은 문인화가 관심이 형상의 유사함에서 자신들의 회화행위 그 자체 쪽으로 전환해 나왔다고 지적한바 있고, 명내(明代, 1368~1644) 말기의 화가이자 화론가(畵論家) 동기창(董其昌)은 즐거움을 위한 그림 그리기(以畵爲樂)와 그림에 즐거움을 담아내는 기락어화(奇樂於畵)라는 구호를 주창했었던 것이다.12) 앞에서 우리는 크리스트교 문화권에서의 인물화의 경우 르네상스 이전까지는 신이나, 그것과 관련된 인물들, 예컨대 예수, 천사, 신전 등이 작품의 중앙에 위치해 있었으나 르네상스 이후에는 인간이 작품의 중심에 자리잡게 되었다는 이야기를 했다. 이것은 신중심의 세계로부터의 인간중심의 세계로의 전환을 의미한 예시라 볼 수 있다. 이러한 전환에 대응될 수 있는 것이 바로 앞에서 언급한, 동아시아에서의 천자(天子)중심의 유교적 도덕으로부터의 인간 해방의 한 사례라고 하는 것이다. 이렇게 봤을 때, 크리스트교문화권에서의 르네상스기의 회화가 신 중심에서 인간 중심으로의 전환양상을 표현해 낸 것이라면 동아시아의 유교문화권의 경우에서는 르네상스기의 초기에 해당되는 원대(1279~1368) 이후의 회화가 그러한 전환양상을 표현해 낸 것들이라고 말할 수 있다는

---

10) 양신 외 저·정형민 역(1999), 『중국회화사 삼천년』, 학고재, p.2
11) 상동서, pp.2-3.
12) 상동서, p.3.

것이다.

그러한 동아시아의 유교문화권은 형태를 17세기 후반으로 들어와 서구의 르네상스운동이 창출해낸 인간 중심의 문화를 접촉하게 됨으로써 자신들 차원의 인간중심의 추구 방법을 버리고 서구인들의 인간중심문화를 적극적으로 받아들여 가게 되지 않을 수 없었던 것이다.

예컨대, 서구에서 인간중심 사상이 창출해낸 사물묘사법, 즉 인간의 시각을 통해서 잡아낸 공간의 표현방법이라 할 수 있는 원근법이 중국에 유입된 것은 유럽에서 르네상스운동이 끝난 17세기 이후의 일이다. 그것은 교황천이 1582년 중국에 파견한 그곳에서 사망한 이탈리아의 맛테오 릿치(Matteo Ricci, 1552~1610) 등과 같은 선교사들은 통해서였다. 맛테오 릿치의 경우에는 유클리드 기하학, 물리학, 천문학 등은 물론이고 제도학(製圖學) 등에 대한 지식을 습득한 후 북경에 들어갔었다.

독일의 만능학자 키르헤어(Athanasius Kircher, 1602~80)가 출판해내『회도 중국기』(繪圖 中國記, *China Illustrata*, 1667)에는「예수회교단 선교사와 강희제 및 그의 궁전과 신하들이 사실적 수법으로 그려진 판화」가 수록되어 있다.[13] 이 판화는 당시 릿치의 경우처럼 교황청으로부터 북경에 파견된 예수회교단 선교단에 의해 그려져 제작되었을 것이다. 또, 북경에 파견된 또 하나의 예수회교단의 선교사 크스틸리오네(G. Custiglione)의 경우는 1715년부터 1766년까지 궁전화공(宮殿畵工)으로 근무했던 사례도 있다. 이와 같이 17세기에서 18세기 중반 사이에 교황청으로부터 중국의 북경에 파견된 예수회교단의 선교사들을 통해 르네상스기의 원근법이 중국에 알려짐으로써 18세기 후반에 와서는 그것이 서양문물에 관심이 있었던 중국의 화가들에 의해 적극적으로 받아들여지게 되었다.

일본의 경우에는 교호(享保, 1716~1735) 이후 서구의 원근법에 의한 회화수법이 적극적으로 받아들여지게 되었다. 보다 구체적으로 말하자면 네덜란드라든가 중국의 기하학서를 통해 그것이 받아들여져 우키에(浮絵)라든가 안경그림(眼鏡絵) 등이 출현하게 됨에 따라, 새로운 차원에서의 현실감 있는 묘사가 가능하게

---

13) 에드윈 O. 라이샤워 외 저 · 전해종 외 역(1984), 『東洋文化史 下』, p.63

됐던 것이다. 그 결과, 히라가 겐나이(平賀源內, 1728~1779)를 이론적 지도자로 하는 아키타(秋田)파 화가들에 의해 양풍화가(洋風畵家)로서의 원근법이 구사되어 갔던 것이다.

2. 회화장르와 리얼리즘과의 관계

1) 회화장르의 전개양상

현재 우리는 티치아노(1490경~1576)를 근대 회화의 아버지로 부르고 있다. 그는 60여 년간 베네치아 미술계의 제왕으로 군림했던 자였다 그런데, 그는 그때까지 사용해왔던 나무판을 버리고 헝겊으로 만든 캔버스 위에 유화를 그린 최초의 인물이었다. 그의 회화는 「아드리아인들의 축제」(1518, 마드리드 프라도미술관)에서의 경우에서와 같이, 풍경을 적극적으로 끌어들여, 대상들을 실물처럼 생생하게 그려냈다는 점을 특징이라 할 수 있다. 그의 회화의 이러한 특징이 시스티나 성당의 제단 벽에 「최후의 심판」을 그린 미켈란젤로(Michelangelo, 1475~1564), 「아테네학당」(로마 바티칸)을 그린 라파엘(Raphael, 1483~1520) 등과 같은 르네상스 거장들의 미술을 이어받아 성립되었다는 것은 두말 할 나위 없다.

이탈리아 지역에서 출발한 르네상스운동은 현재 네덜란드 지방과 벨기에에 해당되는 북유럽의 플랑드르 지방을 비롯한 전 유럽으로 퍼져나갔다. 그러나 이탈리아의 르네상스 미술은 고전 유물들에 대한 관심으로부터 출발했는데 반해, 북유럽 르네상스 미술은 자연에 대한 관심으로부터 출발하였다고 말할 수 있다. 화가들의 자연에 대한 관심은 그 후 정물화, 초상화, 풍경화, 풍속화 등이 성립되어 나올 수 있는 분위기를 형성시켜 나갔다. 그 계열의 첫 대표적 작가가 다름 아닌 바로 「붉은 터번을 두른 사나이」(1433, 런던국립미술관)를 그린 프랑드르의 화가 얀 판 아이크(Jan Van Eyck, 1390~1441)였다. 프랑드르의 피터 브뤼겔(Piter Bruegel, 1525~1569)에 와서는, 예컨대 「농촌의 결혼식」, 「눈 속의 사냥군」 등에서의 경우처럼 농부들의 일상까지가 그림의 주요 소재로 등장하게 되었다.

르네상스 미술이 이탈리아에서 출발해 북유럽, 독일, 스페인 등으로 퍼져나간 후 17세기경부터 다시 이탈리아에서 바로크 미술(Baroque art)이라고 하는 것이 출현해 18세기 중반에 이르기까지 전 유럽으로 퍼져나갔다. 「바로크」란 용어는 「허세를 부리다」「지나치게 과장되어 있다」의 뜻이다. 바로크 미술은 이탈리아에서 프랑스로도 퍼져나갔는데, 당시 프랑스는 절대군주가 왕권신수설을 주장하여 그 누구도 넘보지 못할 절대 권력을 누리고 있었다. 따라서 그들의 궁전은 사람들로 하여금 왕의 위대함을 느낄 수 있도록 꾸며졌다. 그 이전의 르네상스 예술은 인간이 신중심적 사고로부터 벗어나 신중심적 사고와 인간중심적 사고를 조화 시켜 나가는 과정에서 출현한 것이었다. 그러나 바로크 미술은 신중심적 사고를 완전 폐기하고 인간중심적 사고를 받아들여 인간중심주의에 기초해 성립 되어 나온 예술이라 할 수 있다.

바로크 미술은 「서양미술사에서 가장 화려하고 탁월한 시기로 자리매김 된다.」[14] 바로크 미술에 이르러 미술은 비로소 일상생활에까지 확장되어 나왔다. 「이 바로크 미술의 최고의 작가는 네덜란드의 렘브란트 판 린(Rembrandt Van Rijn, 1606~1669)과 스페인의 디에고 벨라스케즈(Diego Velazquez, 1599~1660)로 이야기」 되고 있다.

이들은 초상화의 화가로 유명해졌는데, 렘브란트는 「야간 순찰대」(1642, 암스테르담 국립미술관)를 통해 그룹 초상화를 혁신시켰고, 벨라스케즈는 「시녀들」(1656, 마드리드 프라도미술관)을 통해 그룹 초상화의 장르를 확립시킨 자로 평가되고 있다.

바로크 미술은 르네상스 미술의 전파과정에서 성립된 정물화, 초상화, 풍경화, 풍속화 등을 한층 더 일상생활 속으로 확대시켜 나갔다. 정물화(still life)는 종교개혁 이후 네덜란드에서 발달했다. 헤다(W. C. Heda, 1594~1680)의 「정물」(1636, 샌프란시스코 미술관」 등을 통해 17세기에 이르러 사실주의적 기법의 정물화가 전성기를 맞이하였다. 미국의 저명한 서양미술비평가, 캐롤 스트릭랜드(Carol Strickland)는 렘브란트를 「서양미술사상 가장 유명한 화가」라고 평하고 있다.[15]

---

14) 캐롤 스트릭랜드 저·김호경 역, 전게서, p.112.
15) 상동서, p.127

그는 렘브란트가 명암의 단계적 변화를 통해 분위기, 성격, 감정을 정하는 수법을 개발해 냄으로써 명암대조법 사용의 최고봉을 이룬 자로 평가하는가 하면, 렘브란트의 초기 회화의 대표작으로 그룹 초상화라 할 수 있는 「야간 순찰대」(the Nightwatch)를 세계에서 가장 유명한 미술작품으로 평하고 있다. 바로크시대의 또 하나의 유명한 그룹초상화는 앞에서 언급한 스페인의 화가 디에고 벨라스케즈의 「시녀들」이다. 캐롤 스트릭랜드는 「1650년의 미술 애호가들은 "수많은 미술작품 속에서도 이 그림만이 진짜 같다"라고 말했다고」말하고 있고, 또 「1985년 예술가와 비평가들 사이에서 벨라스케즈의 「시녀들」이 가장 위대한 작품으로 뽑혔다.」고 전하고 있다.16) 그는 벨라스케즈가 「레오나르도의 격언인 "거울은 우리의 스승이다"라는 말을 본받아 캔버스 위에 자신이 보는 것을 되도록 정확하게 그리려 애썼음이 분명하다」고 말하고 있다.17)

이러한 바로크 미술은 18세기로 들어가 영국, 프랑스 등으로 퍼져나가면서 윌리엄 호가드(William Hogarth, 1697~1764)의 「결혼 풍속노」(1745, 린던국립미술관) 등과 같은 풍속화, 게인즈버러(Gainsborough)의 「보트가 있는 풍경」(1768~1770, 필라델피아미술관) 등과 같은 풍경화가 탄생해 나왔다. 바로크시대 이전에는 풍경이 그림 전면(前面)의 대상 뒤에 그려진 배경에 지나지 않았는데 바로크시대의 네덜란드 화가들은 판 루이델(Jacob Van Ruisdael, 1629~1682)의 「풍차가 있는 풍경」(1665, 암스테르담 국립미술관)을 통해 풍경을 그 자체로서의 독립된 장르로 다루기 시작하였다. 이와 같이 바로크 미술은 원근법, 명암대조법 등을 사용하여, 인간의 현실생활에 존재하는 인간, 자연, 생활도구 등을 있는 그대로 세밀하게 그려냈다는 점에서 특징지어졌다.

그러한 미술은 루이 15세가 통치한 1723~74년 사이에 와서는 프랑스 파리에서 성행한 로코코 미술이라고 하는 또 하나의 미술사조에 의해 압도되었다. 로코코란 말은 더위를 피하기 위해 만든 석굴이나 분수를 장식하는데 쓰이는 조약돌이나 조개비 등 장식으로부터 유래 된 것으로 주로 실내장식에서 쓰이는 용어이다. 로코코 양식이라 말할 때, 말 그대로 장식으로 이루어진 예술의 양식을 말한다.

---

16) 상동서, p.139
17) 상동서, 상동면

회화의 경우 프랑수아 부셰(francois Boucher, 1703~70)의 「퐁파두르 부인의 초상」(1756, 뮌헨 알테 피타코텍)의 경우처럼, 그림의 색체는 흰색, 은색, 금색, 밝은 분홍색, 청색, 초록색 등과 같은 화려한 색으로 이루어지고, 그림속의 내용물들은 구불구불한 S와 C커브, 아라베스크, 리본 같은 소용돌이무늬 같은 것들로 장식되어 졌다. 또 그러한 장식물은 밝고 우아하며 섬세하게 묘사되어 있다. 그러나 당시의 그러한 로코코 예술은 18세기말 19세기 초 리얼리즘이 일반화되어 나오는 분위기 속에서 당시의 무능한 귀족계급만큼이나 비실용적인 것으로 느껴지게 되었다.

2) 리얼리즘의 성립

리얼리즘이란 말은 19세기 이후 문화 예술계를 통해 일반화되어 나왔다. 그런데 그것이 문화 예술계에서 처음 쓰이게 된 것은 회화장르에서부터였다.

현재 우리는 구스타브 쿠르베(Gustave Courbet, 1819~77)를 미술계에서의 사실주의운동의 아버지로 평하고 있다. 그는 로코코 미술이 추구해갔던 비실용적인 것을 반대하고 실용주의 입장을 취해, 회화란 근본적으로 구체적인 예술이며 실재하거나 존재하는 사물을 대상으로 하는 예술장르라는 입장을 취했다. 그는 천사를 그려달라는 주문을 받고, 「나는 천사를 본적이 없다. 나에게 천사를 보여준다면 그려보겠다」라는 입장을 취했고, 또 그는 「망각에 비치지 않는 것은 그리지마라」는 신조를 가지고 있었다.[18] 서양미술사에서의 이러한 리얼리즘 사조는 18세기 중후반의 로코코 미술에 이어 나타난 19세기 이후의 신고전주의와 낭만주의에 대항하여 나타난 사조였다.

구스타브 쿠르베의 그러한 입장은 사실은 17세기에 발생해 18세기에 일반화되어 나왔던 미학사상에 의거한 것이었다. 미학(Aestheic)이란 인간의 감각적 가치의 체계화를 목표로 한 학문이다. 이것이 성립된 것은 독일의 바움가르텐(A. G. Baumgarten, 1714~62), 칸트(Immanuel Kant, 1724~1804), 헤겔(G, W, F, Hegel, 1770~1831) 등을 통해 이루어졌다.[19] 바움가르텐은 인간의 인식을 상급인식과

---

18) 상동서, p.175

하급인식으로 양분해 전자는 오성(悟性)적 인식에 의해 후자는 감성(感性)적 지각 (知覺)에 의해 행해지는 것으로 파악하고, 전자를 논리학 후자를 감성론으로 이름 붙였다. 바움가르텐은 합리주의 철학의 전통을 이어받은 자로서 종래의 철학 체계 에는 하위의 인식 능력인 감성적 인식에 관해서의 고찰이 결여되어 왔다는 점을 간파한 나머지, 감성론에 기초해서 감각·감성·감각적 지각을 나타내는 그리스어 로부터 유래한 라틴어 Aesthetica를 끌어내서 "Aesthetica"로 이름 붙여 「감성적 인 식의 학」을 성립시켰다. 그의 이러한 학문은 그의 주저서 『미학』(Aesthetic, 2권, 1750~58)을 통해 확립되어 나오게 되었다.

칸트는 그의 그러한 학문을 받아들여 그의 교수취임 논문 『감성계와 지성계의 형식과 원리에 관해서』(1770)를 발표한다. 그는 그것을 통해 「감성계」는 우리들에 게 감지되는 「현상」의 세계이고 지성계는 우리의 인식과는 관련성이 없는 자체적 으로 존재하는 세계, 즉 물자체(物自體), Ding an sich의 세계라는 입장을 피력하 였다. 이러한 점을 고려해 봤을 때 칸트는 감각기관을 족발하는 물사체의 존재를 인정하는 입장을 취했지만, 그러나 그는 설혹 물자체의 세계가 엄존한다 하더라도 우리의 인식으로는 결코 그것을 끌어낼 수 없기 때문에, 우리의 오성에 의한 과학 적 인식을 현상계에 한정시킨다는 입장을 취했다. 이와 같이 감성계를 기초로 해 서 성립되어 나온 칸트의 미학은 그러한 감성론을 기초로 해서 성립된 바움가르텐 의 미학으로부터 출발해 『판단력 비판』(1790)에 와서 감각적, 생리적 쾌와는 다른 미의 보편성, 즉 「모든 의도의 달성은 쾌(快)의 감정과 결합되어 있다」고 하는 사상을 끌어내서 그것을 기초로 해서 성립되어 나왔던 것이다.[20] 다시 말해, 인간 에서의 쾌(快)의 감정은 자연의 합목적성(合目的性) ─ 어떤 사물이 일정한 목적에 알맞은 방법으로 존재하려는 것 ─ 과 결합되어 있다는 것이다.

그 후 칸트의 미학은 헤겔의 예술철학강의 『미학』(1835) 등을 통해 발전되어 나갔다. 합목적성론을 통해 그 논거가 구축되었다. 그 후 이렇게 서구에서의 미학 은 인간과 사물들과의 구체적 접촉을 통해 일어나는 감각적 현상을 기초로 하여 감각적 가치로서의 미(美)에 대한 개념이 성립되어 나왔다. 그와 동시에 그것은

---

19) 山本正男著(1997), 『芸術史の哲学』、美術出版社、p.103
20) 칸트 저·이석윤 역(1998), 『판단력 비판』, 박영사, pp.40-41

칸트의 자연계와 예술미가 준별(峻別)되어 나와 양자 중에 후자가 인간정신의 소산으로서 우위에 있는 것으로 취급됨에 따라 현재 우리가 쓰고 있는 의미를 지닌 「미술」(Fine arts, Deaux-arts) 「예술」등과 같은 용어들이 태어나게 되었다.

그런데 필자가 강조하고자 하는 것은 그것들을 성립시킨 사상적 배경이 다름 아닌 바로 리얼리즘의 부상이었다고 하는 것이다. 리얼리즘이란 앞에서 논한 바와 같이 칸트 이후 철학의 방면에서 성립되어 나와 미술, 문학 등의 방면으로 일반화되어 나왔다. 철학 상의 리얼리즘이란 오로지 실재(實在)하는 것만이 인간의 존재 기반이 되어야 한다는 입장이다. 이 경우 실제 하는 것이란 인간의 감각적 대상인 물질세계를 구성하는 것들을 가리킨다. 다시 말해, 지각(知覺)하고 사유하는 의식의 외측에 의식과는 독립적으로 존재하는 것으로 생각되는 사물(事物)의 세계를 가리킨다. 그러한 입장은 현실(現實)세계를 의식의 현상 내지 소산(所産)으로 보려는 관념론적 입장과는 대조적 입장이라 할 수 있다. 의식의 외측에 의식과는 독립적으로 존재하고 있다고 생각되는 현실세계가 자연과학·심리학·수학 등의 대상으로 취급되어 나감에 따라, 예술분야에서도 그러한 현실세계의 본질을 탐구해 내려는 입장에 의해 리얼리즘이 성립되어 나왔던 것이다.

앞에서 논한 바와 같이 회화 장르에서의 리얼리즘 운동의 아버지를 구스타브 쿠르베로 보고 있지만, 그보다 먼저 리얼리즘에 눈뜬 화가는 오노레 도미에(Honoré Daumier, 1808~1879)였다 할 수 있다. 그는 공화주의를 신봉했던 자로서 풍자와 고발성이 짙은 「트랑스노냉의 거리」(1843) 등과 같은 그림을 그려갔었다.21) 그러다가 1848년 2월 혁명 때에 그 달 23일에 있었던 학살에 반발하여 항의하는 민중들에 공감한 나머지, 당시 민중들의 항의 모습을 「봉기」(1848~1949, 워싱톤 메모리얼 미술관 필립스 컬렉션) 등과 그림으로 생생히 표현해냈다.

당시 수많은 군소 화가들은 여전히 낭만주의적인 감상성으로 그림에 열중하고 있었다. 그러나 도미에는 2월 혁명 이후 민중의 삶을 리얼하게 그려나갔다. 그 결과, 「삼등열차」, 「세탁하는 여인」(1862) 등과 같은 그림을 남겼던 것이다. 당시 그보다 11년 늦게 태어난 구스타브 쿠르베는 사회주의를 신봉하고 있던 자로서,

---

21) 제라트 르그랑 저·박혜정 역(1997), 『라루스 서양미술사Ⅳ 낭만주의』, 생각의 나무, p.180

한마디로 말해 사회주의자에서 사회주의 리얼리스트로 구체화되어 나온 자였다고 말할 수 있다. 그는 1846년 화란여행에서 렘브란트의 작품을 보고 사회주의 리얼리스트로 방향전환 한 후 현실속의 노동자라든가 농민의 모습을 있는 그대로 리얼하게 그려나갔던 것이다. 그는 1830년대에서부터 철학계에서 쓰기 시작한 리얼리즘이란 용어를 미술계에 최초로 끌어들여 썼던 화가였다. 그는 당시의 관학(官學)적이고 관념적인 화풍에 반항에, 상상력을 가미하지 않고 물상(物像)을 본대로 사실적으로 그릴 것을 주장한 나머지, 자신을 「리얼리즘」의 화가로 자칭했다. 그가 그러한 입장을 취해 그린 「오르난의 매장」(1851)은 프랑스의 사실주의 회화의 승리를 알리는 금자탑으로 평가되고 있다.

당시 문학계에 리얼리즘을 전파시켰던 자는 작가였고 미술비평가이기도 했던 샹플루리(Champfleury, 1821~89)라고 하는 자였다. 그는 쿠루베를 옹호해 리얼리즘 운동이 중심인물이었던 자였다. 그의 리얼리즘 운동은 작가 에드먼드 두란티(Edmond Duranty, 1883~80)로 하여금 「리얼리즘」이란 잡지를 창산케 헸디. 그 결과 리얼리즘 운동은 그 잡지 등을 통해 문학계로 전파되어 나갔다. 문학계를 통해 지식사회에 리얼리즘이란 용어가 보편화되어 나왔던 것이다.

이렇게 봤을 때, 리얼리즘의 본질은 인간의 의식 밖에 존재하는 현실세계를 있는 그대로 묘사해 내는 것이 아니고, 인간의 의식에 잡힌 현실세계를 리얼하게 묘사해 냄으로써 그렇게 드려내진 현실세계를 통해 인간의 특성을 파악해 내려는 정신이라 할 수 있다.

그러한 리얼리즘 운동의 물결을 타고 부상한 작가들이 『보봐리 부인』(*Madame Bovary*, 1857)의 구스타브 플로베르(Gustave Flaubert, 1821~80), 『술집』(*L'Assommoir*, 1877)의 에밀 졸라(Emille Zola, 1840~1920) 등과 같은 작가들이었다. 그들은 인간들의 구체적 삶의 모습을 작가의 눈으로 직시(直視)해 잡아냈다는 점이 리얼리즘 작가로서 높이 평가 되어졌는데, 그들이 그러한 기술태도는 당시의 시대정신으로서 과학에 대한 커다란 신뢰가 있었던 것으로 고찰된다. 이와 같이 과학에 대한 커다란 신뢰가 문학의 분야에서도 받아들여짐에 따라 리얼리즘 운동이 일반화되어 나갔고, 그러한 사회적 분위기 속에서 미술 분야에서는 과학을 기반으로 해서 사진이라고 하는 장르가 성립되어 나왔다.

이러한 리얼리즘 작가들의 공헌은 전대의 낭만주의 시대의 문학이 「보편적 인간」만을 추구해왔던 것에 반기를 들고 가능한 한 특수한 것을 파악하려 했다는 점이다. 인간은 자신들이 어느 정도 특수한 상황 속에서 살고 있는가를 문제시해 갔던 것이다. 리얼리즘 문학의 작가들은 그러한 것들을 문제시해 가는 과정에서 자연주의 단계에 접어들어 인간을 물리적 생물학적 자연을 구성하는 한 요소로 파악해 본능에 사로잡혀 있는 동물의 일종으로 받아들이게 된다.

3) 리얼리즘시대 회화장르의 전개양상

리얼리즘시대 이전까지의 서양회화는 17세기 화란에서 회화의 장르들로 독립되어 나온 이후 역사화, 초상화, 풍경화, 정물화, 풍속화 등의 형태를 취해 발전해 갔다. 그러다가 19세기 중반 이후 리얼리즘 운동기로 접어들자, 회화는 주제보다는 표현을 중시하는 근대회화관을 확립시켜 나갔다. 이 경우 표현상의 원칙은 전형적인 모더니티의 화가 에드아르 마네(1832~1883)가 1857년까지 간행해 갔던 「미술평론」(Les salons)이 줄기차게 주장했듯이 「시대와 함께해야하고 눈에 보이는 것을 그려야한다」는 것이었다.[22]

이러한 리얼리즘 회화는 근대 풍경화에 와서 절정에 달했고, 또 그것은 클리드 모네(Claude Monet, 1840~1926)의 「개양귀비 언덕」(1873, 파리 오르세 미술관) 등과 같은 인상파 풍경화로 전환돼 나왔다. 인상주의 유파가 그려낸 풍경들의 새로운 특징은 「야외에서의 자연의 휘발성, 특히 변화무쌍한 빛의 움직임」을 그려냈다는 점이다.[23] 그 인상주의 풍경화의 절정은 네덜란드 출신 빈센트 반 고흐(Vincent Van Gogh, 1853~1890)의 「까마귀 떼 나는 밀밭」(1890, 암스테르담 국립박물관)에서 끝나게 된다. 인상주의 풍경화 이후 리얼리즘 회화는 상징주의 풍경화로 한 번 더 전환해 나온다. 상징주의 풍경화는 1880년대 이후 폴 세뤼지에(Paul Sérusier, 1863~1927)의 「부적」(1888년, 파리 오르세 미술관), 구스타브 모로

---

22) 니콜 튀 펠리 저·김동윤 외 역(2005), 『라루스 서양미술사Ⅴ 19세기 미술』, 생각의 나무, p.14
23) 상동서, p.69

(Gustave Moreou, 1826~1898)의 「에우리디케 무덤의 오르퍼우스」(1890, 파리 구스타브 모로 미술관), 오딜롱 르동(Odilon Redon, 1840~1916)의 「키클롭스」(1898~1900, 모델로 크롤러-뮬러 미술관) 등을 통해 전개되어 나갔다.

상징주의는 사실은 인상주의, 사실주의 등과 병행하여 19세기 후반의 대표적 사조로 다루어졌는데, 그것의 기본적 사상은 보이는 사물들 속에 숨겨진 진실을 표현해야 한다는 입장으로서 플라톤의 이데아 철학에 기반을 두고 있는 표현사상이라 말할 수 있다. 상징주의 작가로 알려진 레미 드 구르몽은 「숨겨진 진실이란 '항존성'으로 파악」했다.[24] 그것은 근대 이후 낭만주의로부터 유래한 사상이라 할 수 있다. 상징주의 운동은 1885~1895년에 전성기를 누렸다. 삐에르 퓌비 드 샤반 (Pierre Puvis de charanmes, 1824~1898)는 1884년 리온 아트 펠리스 충계에 「예술과 뮤즈에 귀중하고 성스러운 숲」이란 벽화를 완성시켰는데, 상징주의자들은 그것을 상징주의의 선언으로 여겼다. 그것을 계기로 1886년 상징주의는 공식화되어 그 후 전 유럽을 휩쓸었다. 「관념과 감각·감동에서 출발한 상징주의는 사언 속에서 리듬과 형태, 색체를 찾고자」 했고, 상징주의의 예술가들은 「자연속의 그러한 것들의 이미지를 통해 인간의 내적 감정과 생각을 표현하고자」 했다.[25] 그들에서의 현실은 리얼리즘에서의 경우처럼 그 자체로서는 내재적 가치를 지니지 않으며 환상에 의해 굴절 변형 된 관념세계의 장막이나 마스크로 인식 되어왔다. 낭만주의자들은 「거울처럼 사용 된 자연과의 관계에서 자아를 표현하고자」 했지만, 상징주의자들에게서의 자연이란 「유추를 통해 관념을 전달하는 이미지를 발견하기 위한 물질에 불과했던」 것이다.[26] 따라서 그들에 의해 창작된 예술작품들 속의 형태와 색깔들은 이데아나 어떤 보편적 관념을 표현하고 있다는 것들이라고 말할 수 있다. 또 그들은 「신비하고 모호한 상태에 있는 행복과 불안, 꿈과 악몽사이에서 방황하는 존재를 무의식의 영역에서까지」 탐험하였다.

20세기로 넘어와서 상징주의 미술은 추상파 미술로 전환해 나왔다. 그 이유는 20세기를 전후에 제임스(William James, 1842~1910)의 「인간 의식의 단절 없는

---

24) 니콜 뛰 펠리 저·김동윤 외 역, 전게서, p.105
25) 상동서, p.131
26) 상동서, p.116

연속성」에 대한 연구의 결과물 『심리학 원리』(*The Principles of Psychology*, 1890), 베르그송(Henri Bergson, 1859~1941)의 「의식의 유동성」에 대한 연구 『물질과 기억』(*Matiére et mémorise*, 1896), 프로이드(Sigmund Freud, 1856~1939)의 「무의식」에 관한 연구 『꿈의 해석』(*Die Traum deutung*, 1900) 등의 출현을 계기로 인간에게 의식혁명이 일어났었기 때문이었다.

당시의 인간들의 관심은 그러한 연구결과의 출현을 계기로 「현실세계」에서 「의식세계」로 옮겨가게 되었다. 그 결과 현실세계보다는 의식세계가 더 진실 된 것이라고 하는 입장이 형성되어 나왔고, 또 그것은 쉬르레알리즘(Surrealism)이라고 하는 관념을 형성시켜 나갔던 것이다. 리얼리즘은 현실세계와 인간신체와의 물리학적 생물학적 관계를 통해 이루어졌다. 이에 반해 쉬르리얼리즘은 현실세계와 인간의 의식세계와의 관계를 통해 형성되었던 것이다. 그 결과 당시의 예술가들의 창작태도는 인간의 의식에 떠오른 이미지들이나 그것에 비치는 것들을 기술해낸다는 것으로 전환해 나오게 되었다. 그러한 과정에서 베르그송 등의 직관주의에 입각해 「존재의 파악은 직관과 체험에 의해서만이 가능하다는 입장」이 형성되어 나와, 결국 그러한 입장이 기초가 되어 해서 추상파 미술이 출현하게 되었다.27) 서구에서의 추상파 미술은 후기 인상파들이라 할 수 있는 폴 세잔(Paul Cézanme, 1839~1906), 야수파로 알려진 앙리 마티스(Henri Matiss, 1869~1954) 등을 배경으로 해서 출현하였다. 그들은 리얼리즘 시대의 원근법을 해체시키고, 색체와 형태혁명을 일으켜 형태와 색체의 자율성을 확립해갔다. 야수파의 특징은 「입체감의 왜곡, 현실에 대한 충실성, 세부적 색조 등의 거부」등으로 이야기 되고 있다. 마티스의 표현에 따르면 원근법은 선(線)적인 것이 아니라 「감정의 원근법」의 상태이어야 한다는 것이다. 이러한 야수파의 특징들을 기반으로 해서, 1910~1920년대로 들어와, 에드바르 뭉크(Edvard Munch, 1863~1944)의 「다리위의 소녀들」(쾰른 발라프-리하르크 미술관, 1950)의 경우처럼, 원근법의 파기, 격렬한 대조를 이루는 순수색의 등장 등으로 특징지어지는 표현주의가 형성되어 나왔다.

표현주의의 기본원리는 미술가 자신의 내면세계를 적나라하게 드러내는 주관

---

27) 에디나 베르나르 저·김소라 역(2004), 『라루스 서양미술사 Ⅵ 근대미술』, 생각나무, p.9.

주의의 입장이라 할 수 있다. 야수파와 표현주의 미술이 색깔 혁명을 통해 성립되어 나왔다면, 형태 혁명을 통해서 새로운 미술이 성립되었는데 그것이 다름 아닌 바로 파블로 피카소(Pablo Picasso, 1881~1973)의 「아비뇽의 처녀들」(뉴욕 모마, 1907) 등과 같은 입체파 미술이었다. 입체파 미술의 특징은 세잔느의 원칙에 따라 「자연을 구, 원기둥, 원추 등으로 표현한다.」는 입장이다.

20세기 이후 이러한 표현주의 미술, 입체파 미술 등은 결국은 독일인 프란츠 마르크(Franz Marc, 1880~1916)의 「작은 노란 말들」(슈투트가르트 국립미술관, 1912) 등과 같은 추상파 미술을 탄생시켰다. 추상이란 어떤 전체를 구성하는 여러 징표(徵表)로부터 의식에 뚜렷이 잡힌 것들만을 추상(抽象)하고 다른 것들은 전부 사상(捨象)하여 추상된 것들만을 인식의 대상으로 삼는 인식 작용을 가리킨다. 따라서 추상예술이란 종래의 대상묘사(對象描寫)적 예술을 부정하고, 작가의 현실생활에 대한 개인적 경험을 통해 형성시킨 이미지 군들로부터 추상되어진 것들을 중시해 그것들을 자유롭게 표현한 예술을 가리킨다고 볼 수 있다.

다른 한편, 회화 분야에서의 리얼리즘 운동이 물리적 생물학적 자연현상들의 과학적 표현을 지향해 갔던 자연주의(Naturalism)로 전개되어 나가는 과정에서 회화는 대상묘사의 정확성이 요구되어 나갔다. 그러한 현상은 초상화가로 출발한 영국의 사진가 레이란더(O. G. Rejlander, 1813~75)의 「인생의 두 가지 길」(1857) 등과 같은 예술사진이 출현하게 됨으로써였다. 「인생의 두 가지 길」은 우의적, 교훈적 주제의 합성사진이다. 최초의 실용적 사진술이 공표된 것은 1839년 8월 프랑스 학사원에 개최된 과학 아카데미와 미술아카데미와의 합동회의 석상이었던 것으로 되어있다. 당시의 사진술은 예술표현의 가능성 확대에 목표가 주어져 있었고, 사진의 대상은 풍경, 정물, 초상과 같은 회화의 주제가 중심이 되었다. 따라서 당시 사진은 회화예술의 그림본으로 출발하였던 것이다.

그 결과 사진의 등장으로 인해 그때까지 회화가 담당해왔던 기록, 기념, 전달, 교육 등의 기능이 크게 사진에 뺏기게 됨으로 인해 회화는 그 자율성을 촉진시켜 나가는 쪽으로 자신의 길을 모색해 나갔다. 그 결과 회화의 자율성은 20세기로 들어와 추상예술과 같은 예술장르를 산출시켜 나갔던 것이다.

이상과 같이 파악해 봤을 때 인간은 리얼리즘에서 쉬리얼리즘과 사진의 발명단계로 전환해 나옴으로써 한 차원 더 인간중심주의 쪽으로 발전해 나왔다고 할 수 있다.

3. 회화의 예술적 기능

1) 인간중심시대 인간의 존재 방식

인간중심시대에서의 인간은 세계의 주인임에 틀림없다. 따라서 인간은 이 세상에서 일어나는 모든 현상들에 대해 주체적 입장을 취해 그것들을 적극적으로 이용해 간다는 삶의 방식을 취한다.

인간중심시대 이전의 신이나 자연 중심시대에서의 인간은 신이나 자연에 의해 창조된 존재로서 인식되었다. 그래서 그들은 자신들의 신이나 자연의 부속물로 혹은 그들의 일부로, 또는 그들 속에서, 혹은 그들을 통해 생존해가던 존재로 인식해 갔었다. 그러나 인간들은 타지역 문화권들과의 접촉을 계기로 절대적 존재로서의 신의 존재를 부정해 가는 한편, 물질세계로 이루어진 자연계를 자신들의 존재기반으로 받아들인다. 그 후 인간은 이 우주 속에서의 세계의 주인으로서의 자신의 존재를 확립시키기 위한 방안으로 자신들의 존재기반으로 받아들인 자연계에 대해 관심을 집중해간다. 그 과정에서 인간은 창조주로서의 신의 존재는 부정하지만, 자연계를 지배하는 질서로서의 신은 인정하는 한편, 자연에 대해서는 대립적 입장을 취해 그것을 적극적으로 개발해 활용해 간다는 입장을 취해나갔었던 것이다.

사실상 인간은 자연계속의 존재로서 자연계의 일부를 구성하는 존재이다. 그럼에도 불구하고, 인간이 자연에 대해 대립적 입장을 취한다는 것은 모순된 일이 아닐 수 없다. 자연에 대한 인간의 그러한 대립적 입장은 인간의 존재 기반을 확립시켜 나가기 위한 방안의 하나로 인간의 존재 기반으로 받아들인 자연환경을 파손시키는 결과를 초래하고 있다. 즉, 인간중심시대의 인간은 자연 속에서 태어나서 자연 속에서 생존함과 동시에 자연과의 대립형태를 취해 자연과 투쟁해가는 그러한 존재방식을 취해갔던 것이다.

인간중심시대 인간의 존재의미는 인간이 이 세상의 주인으로서의 자신의 역할을 적극적으로 수행해 나갈 때 느낄 수 있는 것을 가리킨다. 다시 말해 그것은 인간이 이 세계의 중심적 존재가 되어 이 세계를 지배해갈 때 느낄 수 있는 의미이다. 인간이 이 세계의 주인으로서 세계를 지배해 간다는 것은 인간이 이 세계를 자신들의 것이라 생각하고 그것을 자신들의 삶의 실현 장소로서 가꾸어 나간다는 의미이기도 하다. 따라서 인간중심시대 인간의 존재의미의 실현방식이란 인간이 자연을 적극적으로 개발해 나감으로써 자신의 존재 의미를 실현시켜 나가는 방식이라 할 수 있다. 예컨대, 그것은 인간이 물리학이나 생물학 등에서의 경우처럼 자연의 법칙을 연구해 간다던가, 자연계를 구성하는 한 존재로서의 인간의 사회와 역사를 연구한다든가, 인간의 생명현상을 이루는 정신 내지 의식현상을 연구해가는 행위 등이라고 힐 수 있다. 인간은 그러한 행위들을 통해서 자연의 질서들을 발견하고, 또 그것들을 이용하여 새로운 도구들을 발명해서 적극적으로 이용해감으로써 자신들의 존재를 실현시켜 간다는 입장을 취해 왔던 것이다.

인간에게서의 그러한 삶의 실현 장소는 이 지상세계이다. 그런데 이 지상세계에서의 그러한 삶의 실현은 우선 인간의 존재기반으로 받아들인 자연과의 대립, 그것에 대한 연구 내지 정복 등을 통해 이루어지고, 또 인간의 그러한 자연에 대한 연구나 정복은 인간들의 사회적 활동을 통해서 이루어진다. 그러나 설혹 인간이 그러한 사회적 활동을 통해 자연을 정복해간다 하더라도 결국은 자연에 정복당하지 않을 수 없는 존재이다. 인간에게 있어서 죽음과 같은 현상이 바로 그러한 것이다.

지구상의 모든 인간은 공ㆍ자전을 통한 지구의 우주공간 이동이 가져오는 지구 표면의 변화로 인해 지구상에서의 죽음을 결코 면할 길이 없다. 우주공간 이동으로 인해 변화해가는 지구의 표면에 존재해 있는 인간들에게서의 개별적 종속적 죽음은 불가피한 것이다. 그러나 인간에서의 죽음은 불가피한 것이기는 하지만 그것이 인간들에게 가져다주는 생명현상의 정지, 세계와의 단절, 사회로부터의 일탈 등에 대한 의식을 극복해 갈 수 있는 방도를 제시해 주었다. 그것이 다름 아닌 바로 사랑이라고 하는 것이다. 사랑은 생명작용을 잉태케 하고 사회생활을 성립시키고, 고립된 것들을 하나로 묶는다. 따라서 이 세계에서의 주체적 존재로서의 인간들의 사랑은 개체와 종족적 차원의 원리적 기초를 이루는 행위이다. 이 세계에서의 주체적 존재로서의 인간들의 죽음은 이 세계에서의 자신들의 존재에 대한 의미를 창출해내는 행위이기도 하다. 이러한 점들을 고려해 봤을 때, 인간중심시대에서의 인간들의 관심은 자연, 인간, 생명, 사회, 죽음 등과 같은 대상들이라든가 삶이나 사랑 등과 같은 관념이었다 할 수 있다.

2) 인간중심시대 예술의 역할

신 중심시대에서의 예술은 자연물에 대립되는 인공물(人工物) 내지 그것을 만들어내는 기법(技法)을 의미했었다. 그러나 인간중심시대로 들어와서 인간은 자신과 세계를 창조했다고 하는 신(神)이라고 하는 존재를 더 이상 인정하지 않고 인간 자신이 처해 있는 세계와의 관계를 대립적으로 파악한 나머지 인간 자신의 의식이 세계를 창조한다는 입장을 취하게 되었던 것이다.

인간은 그러한 입장을 취하게 됨으로써 인간에게서의 인공물들의 창작행위라든가 그러한 창작물들에 대해 미(美)적 가치를 느껴가는 행위들이야말로 최고의 가치 있는 행위로 인식해 가게 되었다. 이 경우, 미적 가치란 인간이 어떤 구체적 대상들과 접촉했을 때 그 대상들에 대해 느끼는 미적감흥을 가리킨다. 그런데 이 감각적 호감이란 신중심시대의 신과 같은 관념적 대상에 대해 정신적으로 느끼는 감정과는 대립되는 것이라 볼 수 있다.

인간중심시대란 신의 존재와 내세를 부정하는 시대이다. 이 시대에서의 인간의 존재의미는 극단적으로 말해 현세에서 구체적인 대상들과의 접촉을 통해 느끼는 미적감흥을 향유해 가는 것일 수밖에 없다. 예컨대, 그것은 맛있는 음식을 먹고, 아름다운 소리를 듣고, 따뜻한 촉감의 옷을 입고, 아름다운 것들을 보고 느껴가는 것들이라 할 수 있다. 우리는 그러한 구체적인 감각적 쾌감을 미적 쾌감이라 말하고 그러한 미적 쾌감 내지 미적 감흥을 불러일으키는 수단이나 그것을 창조해가는 행위를 예술이라 말하고 있다.

인간의 창작물은 두 종류로 양분될 수 있다. 하나는 우선 일차적으로 인간의 육체적 편리의 목적으로 만들어진 것이고, 다른 하나는 인간의 정신적 차원의 감흥의 목적으로 만들어진 것이다. 우리는 전자를 도구라 부르고 후자를 예술품이라 한다. 개중에는 예컨대 신전 등의 경우처럼 신을 경배하기 위해 만든 실용물이기도 하지만 신앙심을 불러일으키기 위한 형태를 취해 만든 것이기 때문에 예술품으로도 취급될 수 있다. 예술품은 인간으로부터 미적 감흥을 불러일으킬 도구로 만들어진 것이라 할 수 있다.

신의 존재를 부정하는 인간중심시대에서의 인간의 관심은 자연의 질서로 향했다. 그로 인해 인간중심시대의 인간들에게는 정신보다는 감각이 더 발달하였다. 그 이유는 자연의 질서는 인간의 감각을 통해 파악될 수밖에 없기 때문이다. 따라서 인간중심시대의 예술의 역할은 인간이 현실세계에서 자연을 구성하는 구체적 대상들과의 접촉을 통해 느껴지는 감각적 쾌감을 불러일으켜 정신적 차원에서 그것을 향유해가는 것이라 할 수 있다.

신중심 시대 인간들에게서의 삶의 목적은 명확하다. 그것은 어떠한 고통도 존재하지 않는다고 하는 천국에 가기 위함이다. 따라서 현세의 삶이란 그러한 천국에 가기 위해 준비해가는 삶으로 인식되었다. 그래서 신중심시대의 인간들은 설혹 현세의 삶이 불만족스럽고 고통스럽다 하더라도, 사후에는 고통이 없는 천국에서 영생할 수 있다는 희망을 가지고 살아갈 수 있었다. 설혹 현실 속에서 악인들이 더 잘 되고, 선량하고 정의로운 인간들이 퇴출되는 경우들이 자주 직면됐을 경우에도, 결국 내세에 가서 악인들은 지옥에 떨어지고 그들은 천당에 갈 것이라는 생각을 하면서 죽는 그 순간까지 선과 정의를 실천해간다고 하는 것이다.

이에 반해 인간중심시대의 인간들에게는 신도 내세도 존재하지 않기 때문에, "사후에는 천당에서 산다."고 하는 희망 같은 것은 결코 갖추어질 수 없다. 인간중심 시대의 인간들에게 있어서 삶의 목표는 현세 내에서 설정될 수밖에 없는데, 아마도 그것은 장수(長壽)정도일지 모른다. 그런데 인간중심시대의 인간들에게서의 장수란 행복한 삶의 목표 설정의 한 조건에 지나지 않는다.

건강하지 못한 사람들이나 친인척이 없는 인간들에게서의 장수는 어쩌면 고통 그 자체일지 모를 일이다. 그렇다면, 인간중심시대의 인간들의 삶의 목표는 무엇인가? 그것은 개개인의 인간들에 따라 다를 수밖에 없다. 어떤 사람은 유엔사무총장이 되는 것일 수 있고, 또 어떤 사람은 이 지구상에서 가장 큰 부자가 되는 것일 수 있고, 또 어떤 사람은 노벨상을 받는 것일 수 있을 것이다. 따라서 삶의 목표란 「내가 설정한 삶의 목표」라는 말의 의미일 수밖에 없다. 그런데 우리는 여기에서 「삶의 목표」라는 말보다는 「삶의 목적」이라는 말이 더 적합한 것으로 생각이 든다. 그렇다면, 인간중심시대 인간들의 삶의 목적은 무엇인가? 이 물음에 대해서 곰곰이 생각해 보면, 「신중심 시대 인간들에서의 삶의 목적」이라는 말은 성립되어도 그것에 대응될 수 있는 「인간중심시대의 인간들에게서의 삶의 목적」이란 말은 성립되지는 않는다는 것을 알게 된다.

「삶의 목적」이란 말은 무언가를 위한 「삶」이란 뜻인데, 내세의 존재를 인정하지 않는 인간중심시대의 인간들에게서의 삶이란 결코, 무언가를 위한 삶이 아니기 때문이다. 이렇게 생각해 볼 때, 「삶의 목적」이란 말 대신에 「삶의 이유」란 말이 더 적합할지 모른다는 생각이 든다. 왜냐하면 「삶의 이유란 말은 「왜 사느냐」라는 물음과 같은 말인데, 우리는 그 대답으로 「즐기기 위해 산다」라는 말을 해 볼 수 있기 때문이다. 이 세상에서의 존재의 이유는 「순간순간을 즐기기 위해서」라고 하는 말을 해볼 수 있다는 것이다. 사실상 내세가 부정된 이 현세에서 우리는 순간순간을 즐겨가기 위해 주어진 삶을 살아간다는 말밖에는 할 말이 없지 않은가?

내세의 존재를 부정하는 이 시대에 인간에서의 삶의 실현 목적이, 죽는 그 순간까지 순간순간 미적 감흥이나 쾌감을 느껴가는 것이라 말할 수 있다고 한다면, 그러면 우리는 어떤 식으로 순간 그것들을 느껴갈 수 있는가? 인간이 미적 감흥을 향유하는 방법은 두 가지 방법이 있다. 우선 하나는 인간이 자연을 구성하는 사물들과 구체적인 접촉을 갖게 됐을 때 느껴져 오는 것들을 향유하는 방법이다.

예컨대, 인간이 맛있는 음식을 먹을 때, 집 앞 화단의 꽃을 보았을 때, 새소리를 들었을 때 느껴지는 것들을 향유해간다고 하는 것이다. 다른 하나는 인간이 자연물들이나 인간들의 형태나 소리 등을 글이나 그림이나 음악 등으로 표현해서 그것들과의 구체적 접촉을 통해 자연물들이나 인간들의 그것들을 상상케 됨으로써 느껴져 오는 것들을 향유하는 방법이다. 이 경우 우리는 인간이 자연물들이나 인간들의 형태나 소리들을 글이나 그림이나 음악 등으로 표현해낸 것을 예술작품이라 한다. 인간은 그러한 예술작품들과의 구체적 접촉들을 통해 그것들이 표현해내고 있는 것들을 상상해내서 그 상상된 것들이 불러일으키는 느낌을 향유한다는 것이다. 이렇게 봤을 때, 인간에게서의 예술작품이란 우선 일차적으로 간접적 경험의 수단이라 할 수 있고, 두 번째는 자신들이 경험한 것들을 상상케 하는 수단이라 할 수 있고, 세 번째는 상상작용을 통해 자신들의 정신활동을 행해가고 그것을 통해 자신들의 감성을 순화시켜가는 수단이라고도 할 수 있다.

3) 회화장르의 예술적 기능

회화, 건축, 조각, 공예 등과 같은 예술장르들은 2차원의 평면공간이든, 3차원의 입체 공간이든 간에 공간예술들이라는 점에서 공통점을 지닌다. 이들 공간예술들은 그러한 공간속에서의 시각적 대상들의 손새 형태와 색깔을 취해 인간들의 미적 의식을 불러일으켜가는 예술장르들이다. 이들 중 회화는 평면 공간상에 선(線)과 색(色)을 이용해 어떤 존재들의 형상(形象)을 표현해내서 인간들의 미적 의식을 불러일으키는 예술 장르이다. 이에 비해 건축, 조각, 공예와 같은 것들은 입체 공간속에 어떤 물체들의 형상들을 존재케 해서 그것들을 통해 인간들의 미적 의식을 불러일으키는 예술장르들이라 할 수 있다.

회화장르란 3차원의 입체 공간속에 존재하는 것들을 2차원의 평면 공간상에 표현해 냄으로써 인간들로부터 미적 의식을 불러일으키는 미술 장르이다. 이 경우 화가는 입체 공간속의 존재들의 형태들과 색깔들을 표현해내는 과정에서 형상들의 일부를 삭제, 첨가, 변형시키는 등의 방법을 통해 공간을 구성하는 존재들에 대한 인간들의 욕구를 간접적으로 충족시켜 줌으로써 그들로부터 미적 의식을 불러일으켜가는 존재이다.

인간들은 이탈리아에서의 르네상스운동을 계기로 해서 신의 시각을 폐기하고 인간의 시각을 취해 전부터 화가들이 그려왔던 기독교와 관련된 신화적 사건들을 그리게 되었다. 이 경우 인간의 시각을 취해 그려진 신화적 내지 역사적 사건들이란 예컨대, 레오나르도 다 빈치의 「최후의 만찬」 등의 경우처럼 화가의 상상력을 통해 잡혀진 것들이다. 그러나 그 후 르네상스운동이 이탈리아에서 북부의 프랑드르 지방으로 전파되어 나감에 따라 화가들의 표현대상은 자신들의 눈앞의 현실세계를 구성하는 자연물들과 인간들로 전환해 나갔다. 화가들은 그러한 전환을 계기로 해서 자연물들과 인간들로 이루어진 자신들의 현실세계의 것들을 있는 그대로 리얼하게 그려냈고, 또 그들은 정물화나 인물화 등의 경우에서와 같이 그들의 현실세계를 구성하는 것들 하나하나를 따로 떼어내서 그것들의 형태와 색깔을 면밀히 관찰해 그것들의 특징을 정치하게 표현해냈다. 그러한 과정에서 19세기 중반에 이르러서는 사진도 탄생했다.

그 후 화가들은 자신들의 개성이나 시대적 특성의 가치를 인정한 나머지 그러한 특성들을 지닌 시각을 취해 자신들의 현실 세계를 구성하는 것들을 묘사해냈다. 사진의 탄생 이후 화가들은 현실세계를 구성하는 존재들의 형태와 색깔이 빛에 의해 결정되는 것이지 그것들의 형태와 색깔이 본질적이고 지속적인 것이 결코 아니라는 사실을 발견하게 되었다.[28] 화가들은 그러한 발견을 계기로 어떤 찰나에 인간의 시각적 감각에 잡힌 사물들의 특징들을 표현해갔다. 19세기 후반의 인상주의 화가들이 바로 그들이다. 그러나 19세기 말에 이르러 화가들은 빛의 현상에 좌우되는 인간들의 시각에 잡힌 대상들의 형태와 색깔을 표현해낸다는 입장을 버리고 그 대상들의 본질을 표현해내야 한다는 입장을 취하게 되었다. 바로 그러한 입장이 상징주의 회화를 창출해냈다. 그런데 20세기로 넘어오는 과정에서 그러한 상징주의 작가들은 표현대상들의 본질이란 표현대상들 속에 내재되어 있는 것이 아니라 그것들을 표현하려는 화가들의 의식 속에 내재되어 있다는 사실을 깨닫게 된다. 그 결과 그들을 그들의 의식세계를 구성하는 이미지들을 표출해 갔던 것이다.

이렇게 봤을 때, 인간중심시대의 회화예술장르는 우선 인간들로 하여금 자신들의 시각에서 사물들을 파악케 할 수 있는 인간중심의 시각을 확립케 했다. 그 다음으로 그것은 인간들로 하여금 자신들의 존재기반으로서 자연계와 같은 시각적 세계를 받아들이게 하여 그것에 기초한 인간중심의 세계를 구축케 했다. 또 회화예술장르는 인간으로 하여금 자연계를 면밀히 관찰케 하여 과학적 사고를 정립시켜

---

28) 캐롤 스트릭랜드 저·김호경 역, 전게서, p.190

나갔다. 또 그뿐 만아니라, 그것은 인간의 시각적 대상들의 형태와 색깔이 빛의 현상에 의한 것이고, 또 인간의 의식이 사물의 본질을 이룬다는 사상을 성립시켰다. 이와 같이 회화예술 장르는 인간중심의 시각 확립, 인간을 중심으로 한 자연과의 관계 확립, 인간에 대한 과학적 고찰 등을 통해 인간으로 하여금 이 지구상에서 인간중심의 세계를 구축케 해 가는데 그 기초 작업을 수임해 갔던 것이다.

또 예술의 한 장르로서의 회화는 인간의 존재를 감싸고 있는 대상들의 형태와 색깔을 인간의 욕망이 정화되는 쪽으로 변형시켜 나갔고, 또 인간이 처해 있는 공간을 그런 쪽으로 변형시켜 나감으로써 인간들로 하여금 미적 의식을 향유케 하는 역할을 수행해 갔다. 그 뿐만 아니라 미술장르의 하나로서의 회화는 인간들로 하여금 부재하는 것을 존재하는 것으로, 존재하는 것을 부재하는 것으로 상상케 해보고, 또 불만족스런 현실을 만족할만한 것으로 변형시켜 상상케 해나감으로써 그들로 히어금 미적 감흥을 향유케 하는 역할을 수행해 갔던 것이다.

결 론

인간중심시대란 신중심의 세계관이 폐기되고 버리고 인간중심의 세계관이 성립되어 그것이 확립되어 갔던 시대였다. 보다 구체적으로 말해, 그것은 신이 세계와 인간을 창조했기 때문에 신이 세계와 인간의 주인이라고 하는 사상이 폐기되고 인간이 세계의 주인이라고 하는 사상이 받아들여져 그 차원에서 인간과 세계와의 관계가 확립되어 나갔던 시대를 가리킨다.

그러한 인간중심적 시대가 도래된 것은 서구의 경우는 14~16세기를 통해 일어난 르네상스 운동을 통해서였고, 동아시아의 경우는 대략 원대(1279~1368)를 통해서였다고 할 수 있다. 회화의 변천과정은 신, 천사, 영웅 등과 같은 초월적 존재들, 그들의 세계 그들과 관련된 신화적 역사적 사건들 등에 대한 묘사로부터 출발해서 역사적 인물들, 그들의 세계, 그들의 세계 속에서의 그들 자신들의 삶의 실현 모습 등에 대한 묘사로 전개 되어 나갔다. 또 그러한 묘사는 천국이나 이디아의 세계, 자연계나 인간 사회, 인간의 내면세계, 인간의 내외면 세계 등을 대상으로 전개되어 나왔다. 회화에서의 그러한 인간중심주의를 지향했던 시대적 특징은 르네상스운동 과정에서 출현된 원근법의 도입이라 할 수 있다.

원근법은 15~18세기에 걸쳐 이탈리아 지역에서 출현해 유럽 지역, 동아시아 지역 등으로 전파되었다. 또, 회화에서의 인간중심주의적 지향은 19세기의 리얼리즘운동과 20세기 쉬르리얼리즘운동으로 구체화되어 나왔다. 그래서 그러한 시대의 인간이 물질세계를 이루는 존재들에 대해 주체적 입장을 취한다는 것은 당연하다. 인간들은 자신들이 처해 있는 세계를 구성해가는 것들을 이용해 자신들의 존재의미를 창조해 간다는 입장을 취한다는 것은 지극히 당연한 것이었다.

인간이 처해 있는 물질적 세계란 인간이 이 세계 속의 한 생명체로서 존재해 갈 수 있는 일차적 기반을 이루는 세계이다. 따라서 인간중심시대 인간에게 있어서 물질세계란 인간에게서의 최대의 관심 대상이지 않을 수 없는 세계이다.

그러한 것임에도 불구하고 다른 한편으로는 그것이 인간의 정신세계와 대립되는 세계로 취급되어 오기도 했다. 회화는 바로 그러한 물질세계를 구성하는 존재들의 형태와 색깔을 미적으로 표현해내는 예술장르이다. 이 경우 물질세계를 구성하는 존재들이란 물체들과 생명체들을 가리킨다. 물질세계를 구성하는 생명체로서의 인간은 그것들을 이용해 자신의 생명을 유지해 가고, 또 그는 그러한 행위들을 통해 자신의 존재 의미를 실현시켜 나가는 존재이다. 그와 동시에 그는 탄생, 생존, 사망 등과 관련된 존재론적 차원에서는 자신이 처해 있는 물질세계의 지배를 피할 수 없는 존재이기도 하다. 이렇게 봤을 때, 인간은 물질세계를 이루는 존재들의 형태와 색깔에 갇혀있는 존재라고도 말할 수 있다. 그러한 의미에서 인간은 자신의 존재 기반을 이루는 물질세계와 그것을 이루는 존재들의 형태와 색깔에 대해 지대한 관심을 갖지 않을 수 없는 존재인 것이다.

그러한 이유로 인해 화가들은 자신들이 처해 있는 현실세계가 어떠한 곳인가를 표현해갔고, 또 그것을 구성하는 것들을 면밀히 관찰해서 그것들의 특징들을 표현해왔다. 그 과정에서 그들은 그들의 현실세계나 그것들을 구성하는 것들의 특징들을 파악해냈다. 그들은 그러한 작업들을 통해 그들과의 이상적 관계를 추구해왔던 것이다.

인간에게서의 미감(美感)이란 인간의 감각이 물질세계를 구성하는 존재들과의 구체적 접촉을 통해 느껴지는 것이라 할 수 있는데, 그의 인식대상이 개체적 차원이든 집단적 차원이든 간에 의식적이든 무의식적 이든 간에 자신의 억압된 욕구를 직접 간접적으로 해소시켜 줄 때 의식되는 느낌이라 할 수 있다. 따라서 인간에게서의 인식 대상들의 미적 표현이란 그것들에 대한 인간들의 억압된 욕구가 간접적으로나마 해소될 수 있도록 인간 자신의 인식 대상들의 형태와 색깔을 표현해내는 행위라 할 수 있는 것이다.

인간은 물질세계를 이루는 존재들의 형태와 색깔을 간접적으로나마 자기의 욕망의 차원으로 재구성시켜 표현해 봄으로써 그러한 존재들로부터 해방감을 느끼게 된다. 또 인간은 자신의 욕구 차원에서 재구성되어 표현된 사물들의 그것들을 접하게 될 때도 미적 감흥을 느끼게 된다.

회화의 예술직 기능은 일차적으로, 신적 입장에서 세계를 관찰해가던 인간의 신 중심적 시각을 인간 자신의 입장으로부터 그것을 고찰하려는 인간중심적 시각으로 전환시켰으며, 인간과 세계와의 보다 높은 차원의 이상적 관계를 정립하도록 했다. 그 과정에서 그것은 인간들로 하여금 그들 자신들의 존재기반으로 받아들여진 자연계가 그들 자신들에게 어떠한 세계이고, 또 그것이 어떤 것들로 어떻게 구성되어 있고, 그것들을 이루는 존재들이 인간들에게 과연 어떠한 것들인가를 파악케 하는 역할을 수행해 나갔다. 다음으로 회화의 예술적 기능은 인간들로 하여금 자신들과 자연계를 구성하는 것들과의 이상적 관계가 어떠한 것인가를 생각하게 해서 인간들에게 있어서 자연계를 구성하는 것들의 본질이 어떠한 것인가를 자각케 하는 역할을 행해갔다. 이와 같이 인간은 회화를 통해 인간의 존재기반을 이루는 시각적 대상들을 인간자신들의 억압된 욕망 해소의 차원에서 재구성시켜 표현해낸다. 회화란 이러한 기능을 통해 인간들로 하여금 자신들의 존재의미를 향유케 해가는 역할을 수행해 가는 예술장르라고 말할 수 있는 것이다.

제 7 장

인간중심 시대 철학의 존재 양상

1. 근대철학의 성립 - 대륙의 합리론과 영국의 경험론

철학이 「학문의 대표적 장르로서의 철학」으로부터 해방되어 철학이라고 하는 세분화된 학문의 한 장르로 정착되어 나온 것은 인간의 신중심 시대에서 인간중심 시대로 나오는 과정에서였다. 그러한 전환은 서구에서의 십자군전쟁(1096~1291)과 그것을 계기로 해서 일어났던 르네상스운동(14~16세기)을 통해서였다. 철학의 세분화 과정은 서구의 크리스트교 문화권에는 토마스 아퀴나스(Thomas Aquinas, 1225경~1274) 등에 의해 확립된 스콜라철학을 통해서였고, 동아시아의 유교문화권에서는 육상산(陸象山, 1139~1192), 주자(朱子, 1130~1200) 등에 의한 신유교철학 등을 통해서였다고 할 수 있다. 이러한 스콜라철학과 신유교철학은 형이상학적 차원에서의 신과 인간과의 관계 혹은 자연과 인간과의 관계 등을 규명해보려는 입장들로서 중세서구에서의 신중심적 사고체계 혹은 동아시아에서의 자연중심적 사고체계의 절정을 이룬 것들로 이해될 수 있고, 그와 동시에 인간중심 시대의 기초를 구축한 것들로도 이해 될 수 있다.

학문의 대표적 장르로서 철학이 연구되던 시대에 철학자들의 주된 업무는, 우주 또는 자연을 기초로 해서 형성된 사회라는 인간집단의 일원으로 존재해 가는 인간이 우주, 자연, 사회, 인간 등을 지배해 간다고 생각한 신과 같은 어떤 절대적 존재와의 관계를 규명해 내는 작업이었다.

그런데, 그러한 규명방법은 인간이 신이나 혹은 신과 같은 어떤 절대적 존재, 예컨대 이데아, 자연, 「무」(無), 천리(天理) 등과 같은 것들의 존재를 미리 상정해

두고 그것들과 인간과의 관계를 규명해 내서 인간의 본질을 파악해 낸다고 하는 연역적 추리(deductive inference)법에 의했던 것이다. 그러나 십자군 전쟁을 통해 토마스 아퀴나스 등과 같은 스콜라 철학자들이 출현해 신앙으로써 절대적 존재를 추구하려는 기존의 입장을 지양하고, 이성(理性)으로써 그것을 추구하려는 입장을 확립시켜 나갔다. 그 결과 그들의 그러한 입장은 결국 자연의 법칙에 기초한 합리주의적 사고를 전파시키는 계기를 마련했던 것이다.

동아시아의 경우도 마찬가지이다. 유교철학자, 주렴계, 정이천, 정명도, 주자, 육상산, 이퇴계, 이율곡 등과 같은 신유교를 확립시켰던 철학자들은 인간과 그것을 둘러싸고 있는 자연계가 기(氣)나 이(理) 혹은 그 둘로 이루어졌다는 입장을 취해 그것으로 자연의 현상은 물론 사회적 도덕적 정신적 현상들까지를 설명하려는 입장을 취해갔던 것이다. 그러한 과정에서 형성된 합리주의적 사고는 인간들의 신숭심적 사고를 인간중신적 사고로 전환시켜 나가게 되었던 것이다. 그 결과 인간의 운명을 지배하고 있다고 생각했던 신, 무, 천리 등과 같은 것들의 존재가 인간들에 의해 무시되어 감에 따라, 그 동안 그것들과 인간과의 관계를 규명해 내려 했던 철학자들은 시각 등과 같은 인간의 감각기관들에 의해 감지되는 존재들, 구체적으로 말해 우주를 구성하는 자연물들이나 그것들을 일관하는 우주나 자연의 어떤 질서 등과 인간과의 관계를 규명해 보려는 방향으로 나갔던 것이다.

그러한 철학으로서의 학문이 확립되어 나온 것은 서구에서의 근대 철학의 아버지라 할 수 있는 르네 데카르트(René Descartes, 1596~1650) 등을 통해서였다. 그의 철학은 「코기토 에르고 숨」(Cogito ergo sum, 『방법서설』, 1637, part IV), 즉 「나는 생각한다. 고로 존재한다」를 제1원리로 해서 인간중심의 사고체계를 정립시켰고, 그것들에 입각해 합리론(合理論, rationalism)을 성립시켜 나갔다. 그는 이 제1원리에 근거해 사유의 실체로서의 「정신」과 그 사유를 가능케 하는 실체로서의 「물체」와를 구별해 물심이원론(物心二元論)을 성립시켰다. 보다 구체적으로 말해 르네 데카르트의 「코키토 에르고 숨」은 그가 방법적 회의 끝에 도달한 그의 철학적 출발점이었는데, 그것은 모든 것을 의식해 볼 수 있고, 일체가 허위라고 생각해 볼 수는 있어도 그렇게 의식하고 그렇게 생각하는 내가 존재한다는 것은 의심할 수 없다고

하는 입장에서 나온 것으로서 바로 이 생각하는 「나」의 자기 확신성을 표현한
것이었다. 그는 이 명제에 입각해 「생각하는 나」를 일체의 물질성으로부터 독립된
존재로 인식하려는 입장을 취함으로써 순수한 정신의 존재와 물질이라고 하는 이원
론적 사고의 기초를 확립시켰던 것이다.

한편, 데카르트보다 반세기 늦게 영국에서 태어난 존 로크(John Locke, 1632~
1704) 등에 의해 경험론(經驗論, empiricism)도 성립되어 나왔다. 그는『인간 이해
에 대한 시론』(1690)에서 인간의 지식의 원천을 환경과의 접촉에서 얻는 경험과
이에 대한 성찰, 즉 이성 작용으로 파악했다. 보다 구체적으로 말해, 그는 데카르
트의 합리론에 의거해 '인간지식의 기원, 기원, 확실성 및 그 범위'의 문제를 논했
는데, 그 때 그는 지식의 제일원리를 생득(生得)적 관념으로부터 찾는 데카르트학
파의 입장을 부정하고 그것의 근원을 어디까지나 감각적 근원으로부터 찾는다는
입장을 취했다. 그의 그러한 사상은 영국과 프랑스의 18세기 계몽 사상가들의 사
상에 이론적 근거를 제시함으로써 인간중심의 세계관을 확립시켰던 것이다. 이러
한 경험론은 17세기 대륙의 이성주의 철학이 종교적, 절대적 이성의 입장을 취하
고 있었던 것에 반해, 인간적, 상대적 입장을 취해 나왔고, 또 그러한 대립적 입장
이 자각된 것은 18세기이후부터였다고 할 수 있다.

2. 근대철학의 전개양상 - 관념론과 실재론

18세기로 들어와 데카르트를 통해 성립된 대륙의 합리론은 칸트(Immanuel Kant,
1724~1804)에 의해 관념론 철학으로 전환해 나왔다. 그는『순수이성비판』(1781),
『실천이성비판』(1788),『판단력 비판』(1790) 등을 통해, 「인식」이란 판단이라 정의
했고, 「이성」, 「오성」, 「감성」 등에 의해 인간의 인식작용이 행해진다는 입장을
취했다. 이 경우, 「이성」(reason, Vernunft)이란 보고 듣고 하는 감각적 능력에 대해
자연의 법칙이나 도덕적 법칙에 근거해서 사유해가는 능력을 말한다. 오성
(understanding, Verstand)이란 구분이나 분석 등을 통한 사유능력이나 개념적, 논
증적 능력을 가리켰고, 감성(sensibility, Sinnichkeit)이란 그러한 오성에 사유의 소

재를 제공해 가는 능력을 가리킨다. 이러한 용어들의 사용에서부터 칸트는 인식작용에 대한 철저한 분석 고찰을 통해 존재의 본질을 규명해 갔다. 그는 우리들에게 있어서 어떤 것이 「있다」고 하는 것은 우리들에게 의식되어 「있다」고 하는 것이다. 따라서 우리는 생각하는 우리가 모든 존재를 표출시켰다고 말할 수 있다고 하는 사상을 제시했다. 칸트는 『순수이성 비판』(1781)이 나오기 10여 년 전에 발표한 그의 교수취임 논문 「감성계와 지성계의 형식과 원리에 관해서」(1770)에서 「물자체」(Ding an sich: thing itself)라고 하는 「선험적 객관」에 대한 자신의 입장, 즉 생각해보지 않을 수 없는 것이기는 하지만 그 실체는 인간으로써 결코 알 수 없는 것이다」라고 하는 입장을 이성에 의한 형이상학의 수립 쪽으로 전환시켜 나갔다. 그의 그러한 전환을 통해 확립된 그의 관념론은 서구인들의 신중심의 사고체계에서 인간중심의 사고체계로 완전히 전환해 나올 수 있는 기초를 제시했던 것이었다.

임마누엘 칸트의 「딩 안 지히」는 「본체」 또는 「선험적 객관」이라고 불리는 것으로서 「물체」라든가 「현상」에 대해 그것들의 원인근저가 되는 「물자체」를 가리키는 말이다. 칸트는 우리들의 면전에 보이는 외계라든가 현상(現象)은 어디까지나 인식주체가 그에게 주어진 감각내용들을 종합 구성한 것이지 물자체들은 아니라는 입장을 취했고, 그것과 동시에 물자체란 그 자체로서는 인식 불가능한 불가지물(不可知物)로서 현상의 배후에 무언가 존재해 있다고 생각하지 않을 수 없다고 하는 사유의 요청에 의해 가정된 것이라는 입장을 취했다. 그의 그러한 입장은 인식주체로 하여금 현상계를 통해서 자신의 존재의 문제를 해결해 갈 수 밖에 없다는 사상을 취해가게 했던 것이다. 그래서 그에게서의 어떤 현상이나 표상은 인식주체의 사유의 결과로서 나타난 것으로 파악되었다. 근대 서구에서는 그의 그러한 입장에 의거해 인식주체의 저편에 독립적으로 존재하는 외적 세계를 부정하는 관념론(觀念論, idealism)이 출현하였다. 다시 말해서 인간의 의식이 존재의 특성을 규정한다는 하는 사고 체계가 형성되어 나왔던 것이다.

합리론보다 반세기 늦게 출발한 영국의 경험론 철학에서는 19세기로 들어와 사물이란 인간에게 지각되는 그 모양 그대로의 것이라고 하는 실재론을 성립시켰고, 문학에서는 일상생활의 세부들을 일상생활 속에서 사용되는 바로 그러한 말들로 실감 있게 묘사해 낸다고 하는 사실주의(事實主義, Realism)를 성립시켰다. 실재론이란 인식주체에 의해 존재가 규정된다고 하는 관념론과는 정반대로, 의식이라든가 주관(主觀, subject)의 외측에 어떤 독립된 실재를 인정하는 입장을 가리킨다. 그러나 이러한 실재론 철학은 결국은 19세기프랑스에 와서 콩트(A. Comte, 1798~1857)등을 통해 실증주의 철학을 출현시켰다. 실증주의의 이론적 확립자 콩트는 현상의 배후에 가공적 존재나 추상적 물체를 가정하는 일 없이, 현상을 현상으로 설명해 현상 간의 법칙을 파악하려는 사유적 방법을 택했던 것이다. 그렇게 출현된 실증주의 철학은 19세기 후반에 와서 유럽사상계의 주류로 부상했다. 그 실증주의 철학은 인간이 처해 있는 사회적 환경이나 생물학적 환경을 지배해가는 어떤 보편적 법칙을 발견해서 그것들을 통해 인간의 본질을 규명해 보려는 철학이었다. 특히 19세기 후반 신칸트학파들에 의해 물자체의 존재가 제거되고 현상계의 존재만이 인정되는 상황 하에서 문학에 있어서도 경험적 사실의 배후에 어떠한 초경험적인 실재를 인정하지 않고 모든 지식의 대상은 경험적 소산인 사실에 지나지 않는다고 하는 실증주의적 입장을 성립시켰던 것이다. 그 결과 모든 실증적 지식이 수학, 천문학, 물리학, 화학, 생물학, 사회학 등에 대한 지식들로 체계화되어 나왔고, 또 모든 지식의 대상들이 근대 자연과학의 방법과 성과에 기초해 물리적, 정신적 현상세계의 통일적 설명의 대상이 되었던 것이다.

3. 근대철학의 완성-헤겔의 관념론과 니체의 무신론

1) 헤겔의 변증법적 관념론

칸트에 의해 정립된 이와 같은 관념론 철학은 인간과 인간의 감각 대상인 자연과의 관계를 규명해 내려는 철학이라 할 수 있는데, 그것은 19세기 전반 헤겔(G. W. F. Hegel, 1770~1831)에 와서 절정에 달했다. 헤겔은 대학에서 신학을 공부했다. 그의 철학은 대학 때 접한 신학을 기반으로 출발했었기 때문인지, 범신론적 내지 관념론적 세계관을 구축해 나갔다. 그는 1801년 예나대학의 강사였을 때 나폴레옹군의 예나침공의 포성 밑에서 그의 최초의 독창적 저서『정신현상학』(1807)을 저술해 출판해냈고 그로부터 5년 후에는 그의 변증법을 다룬『논리학』을 출간했다. 1816년에는 하이델베르크 대학 교수를 거쳐 그 다음 해 피히테의 후임으로 베를린 대학의 철학 강좌를 맡아 그로부터 10여년이상 전독일의 철학계를 지배해 갔다. 1830년에는 베를린대학 총장에 취임해 그 이듬해 콜레라에 걸려 불과 하루만에 사망했다.

그에 의하면 인간과 세계는 대립적으로 존재한다. 인간과 세계 사이에는 모순이 존재한다. 인간은 그 모순을 지양하는 과정에서 운동을 생성해낸다. 인간은 그 운동생성을 통해 인간과 세계간의 모순을 지양하며 한층 높은 단계의 자기안전에 도달한다. 인간은 그러한 운동을 통해 절대정신에 이르게 된다는 것이다. 그러한 운동 의 논리적 구조는 정(正)·반(反)·합(합)이라고 하는 3단계의 발전과정으로 이해되었나. 그에게서의 존재는 모든 현실의 내용과 전개를 규정하고 모순에 의해 행해지는 하나의 운동과정으로 규정된다. 또 그는 "정신은 시간적 과정에서만이 존재하며, 변증법은 현실을 시간적으로 보게 하는 방법"이라 말하고 있다.[1] 그에게 서의 철학은 존재의 전체를 파악하는 것이고, 진리란 전체를 의미하는 것이었다. 또 그는 철학이란 절대정신이 논리적 자기 발전에 의해 존재의 전체를 자기 속으로 부터 산출해 내는 리듬 속에 자신의 주관적 정신을 몰입시켜 그것을 관조하고 관찰하는 것이라 파악했다. 헤겔은 이러한 변증법적 견지로부터 현실세계의 모든 것이 변증법적 운동·발전의 과정에 있는 것이라 이해한 나머지 그 내적 구조를 규명하려는 입장을 취했다. 그러나 그의 그러한 입장은 사고와 존재란 근원적 차원에서 동일한 것이라는 전제하에서 취해진 것이고, 또 변증법의 본질을 정신의 자기 발전으로서 파악했기, 그의 사고 체계가 전체적으로 관념론적 색체를 짙게 띄고 있었다.

2) 쇼펜하우어·호우엘바하·니체의 무신론

쇼펜하우어(Arthur Schopenhauer, 1788~1860)는 15세까지 상인이었던 부친을 따라 영국, 이탈리아 등을 옮겨 다니며 여러 나라의 언어를 배우면서 소년기를

---

1) 헤겔 저·김종호 역(1992),『역사철학강의』, 삼성출판사, pp.12-13

보냈다. 그 과정에서 특히 그는 영국 교직자들의 이중적 생활면들을 접하고 그들을 비평해갔다. 그는 17세에 부친의 갑작스런 죽음을 당면하며, 그 후의 모친의 바람직스럽지 못한 소행에 실망한다. 그는 21세에 들어가 게팅겐 대학에서 의학을 공부하다가, 베를린 대학으로 옮겨 고전철학을 공부했다. 쇼펜하우어는 그 대학에서 피히테의 「지식학」등을 청강했으나 흥미를 느끼지 못했다. 그러나 그는 나폴레옹의 베를린 내습으로 결국 바이마르의 예나 대학에서 「충족원인의 네 가지 근거」로 박사학위를 받았다. 그 직후 그는 바이마르에서 괴테와 깊은 친교를 맺으며, 그 때 동양학자 F.마이엘과 교제하여 인도사상에 심취한다. 그는 논문 「시각과 색채에 관해서」(1814년, 26세)를 집필하였으며, 그로부터 3년 후 『의지와 표상으로서의 세계』(1817~1818)를 집필, 간행한다. 본 서적의 「이 세계는 나의 표상(meine Vorstellung)이다」[2]라는 소제목으로 알 수 있듯이, 이 책은 '일체의 현상은 (나의) 의지가 객관화된 것'이며, '이 세계는 주관 즉 인식대상인 인간과의 관계 속에서의 객관에 불과하고 인식주체의 직관에 잡힌 표상에 불과하다', '이 세계는 철두철미 의지임과 동시에 철두철미 표상이다', '인생의 고뇌의 원인은 아무리 만족시켜도 만족할 수 없는 인간의 욕심으로 말미암아 생기는 것이니, 이런 욕심을 없애야 한다'는 내용을 핵심으로 하고 있다. 그는 이 책의 저술 작을 통해 자신의 인생관과 세계관을 확립시켰던 것이다.

인간을 둘러싸고 있는 세계는 의지와 표상으로 이루어졌는데 인간의 의지와 인식이 그것들을 표출시켜냈다는 입장은 결국은 인간자신이 세계를 표출시켜냈다는 것으로서 이러한 입장이야말로 가장 철저한 인간중심적이라 하지 않을 수 없는데, 쇼펜하우어의 그러한 입장은 인간에 의해 지각된 것만을 가지고 세계와 인간의 본질을 이해하려 했다 점에서 이전의 철학자들과는 달랐다. 그러한 점에서 그의 그러한 세계관이 현대철학의 기반을 이루게 되었다는 것이다. 그는 그 저술을 출판해 낸 해에 베를린 대학에서 강의를 얻게 되었는데, 이 강의를 헤겔과 같은 시간에 개설하도록 했다. 그 결과 수강생이 없어 결국 그 강의는 폐강되었으며, 쇼펜하우어는 베를린대학을 떠나야했다. 그로부터 7년 후 다시 그는 동 대학에서 강좌를

---

2) 쇼펜하우어 저·김병옥 역(1971), 「의지와 표상으로서의 세계」『세계사상대전집17』, 대양서적, p.99

열었다. 이번에도 헤겔의 강좌와 같은 시간에 개설하였다. 그러나 이번에도 역시 실패하였다. 그의 논문에는 헤겔을 공격한 논문들이 많다. 그것은 그의 세계관이 헤겔보다 한층 더 인간중심적이었기 때문이었다 할 수 있다.

한편 호엘바하(L. A. Feuerbach, 1804~1872)는 베를린 대학에서 헤겔철학으로부터 출발했다. 그러나 그는 결국 헤겔의 신학적 성격이 짙은 사상을 받아들이지 못하고 그와는 다른 새로운 길을 걷게 되었다. 그는 헤겔과는 정반대로 자연적 개체적 우연적 개물을 단서로 해서 정신은 오히려 자연의 다른 모습일 수밖에 없다는 입장을 취했다. 또 그는 그의 저서『죽음과 불사에 관한 사상』(1830)을 기독교비판을 했었는데 그것이 화근이 되어 대학 교수직을 사임 당했다. 그 후 그는 집필에만 전념해 가면서 기독교 비판에 힘을 쏟아가면서 신학과 철학과의 통합적 관계를 추구해 나가던 헤겔 철학에 대립해 자연에 기초한 인간존재를 주축으로 하여 신학과 대립되는 철학을 확립시켜 나가는데 전력해갔다. 즉 그는 자연을 기초로 하는 인간의 견지에 선 학문, 인간학 을 확립시켜보려고 노력했던 것이다. 그는 그러한 신학과 철학과의 완전한 분리 작업을 통해 당시의 공적 세계에 대립해서 독자적인 인간주의적 유물론을 확립시켰다. 인간이란 그자체가 자연물이고, 자연물 이외에는 어떠한 것도 존재하지 않는다고 적나라하게 주장해갔고, 종교나 신은 인간이 자기 원망(願望)의 대상을 이상화시킨 것으로서 환상에 지나지 않다는 입장을 취해갔다. 그는 환희를 통한 존재 실현이라고 하는 현세적 행복 론을 주창해 갔다. 그의 그러한 입장은 형이상학적 유물론의 일종이라 할 수 있고, 유기적 생명계내지 인간의 의식세계를 물리적 자연계와 동질적으로 취급하려는 입장이었던 것이다. 그의 그러한 철학적 입장은 그의 저서『크리스트교의 본질』등을 통해 마르크스와 엥겔 등에게 다대한 영향을 끼쳤던 것으로 알려져 있다.

그의 그러한 철학적 입장은 니체(Friedrich Nietzsche, 1844~1900)에 의해 계승되었다. 이 분야의 전문가들은「쇼페하우어의 참된 제자는 니체일 것」이라고 말하고 있을 정도로 니체의 철학은 쇼펜하우어로부터의 절대적 영향 하에서 출발하였다고 말할 수 있다.3) 그의 철학은「평범한 경험주의, 비인간적인 경험주의, 소위

---

3) 김병옥(1971),「쇼펜하우어의 생애와 사상-해설」『세계사상대전집17』, 대양서적, p.55

진보라 불리는 정치의 지배, 정신생활의 타락을 낳는 '시대' 등에 대해 엄숙한 염세주의의 입장에서 날카로운 비판을 행해 갔다」는 점에서 쇼펜하우어의 철학 계열이었다고 하는 것이다.4)

그의 부친은 프로이센 지방의 루터교 목사였고 모친은 루터교목사의 딸이었다. 그가 5세일 때 그의 부친이 정신이상으로 사망했다. 1865년 20세에 라이프치히대학에 입학해 신학과 고전문헌학을 전공하였으며, 그 다음해 지도 교수를 따라 라이프치히 대학으로 전학하였다. 그 해에 쇼펜하우어의 「의지와 표상으로서의 세계」를 읽고 크게 감동하였다고 한다. 24세에 군복무를 끝내고 대학으로 돌아와 R. 바그너의 오페라 「트리스탄과 이졸데」 등에 매료되어 지도교수 부인의 소개로 바그너와의 친교가 이루어진다. 그 후 니체는 바그너의 부인과도 친교를 맺어갔었지만, 바그너가 기독신자가 되자 그와 절교한다. 25세에 지도교수의 추천으로 바젤대학 교수가 되고 그해 무시험으로 라이프치히 대학에서 학위를 받는다. 그 다음해 바젤대학 정교수가 된다.27세에 병 치료차 휴가를 얻어 『비극의 탄생』을 써서 그 다음해 출간하였다. 그러나 32세에 건강이 약화되어 강의를 중단하고 이탈리아로 여행을 떠난다. 34-36세에 『인간적인 너무나 인간적인』(1878~1880)을 저술해 출판하였으며, 그러던 중 35세에 병세가 악화하여 대학교수직을 사임하였다. 그 후 37세에 『즐거운 지식』을 저술하였고, 38세에 파울 레의 초청으로 로마에서 루 살로메(1861~1937)를 만난다. 니체와 레는 살로메에게 구혼을 청하나 거절당한다. 그 해 그는 『즐거운 지식』을 창출해낸 사상에 입각해 『자라투스트라는 이렇게 말했다』를 쓰기 시작해 41세에 완성한다. 45세에 무리한 집필로 절도하였으며, 그 후 그는 글을 쓰지 못하고 음울 속에서 어머니의 간호를 받아가다가, 어머니가 사망한 53세부터는 여동생의 간호를 받아가며 바이마르에서 56세에 사망하였다.

그는 퇴폐와 싸워 그것을 극복하고자 노력했다.5) 그의 글쓰기 태도는 어떤 체계 속에 들어가 체계를 의식하는 것이 아니라 그 체계로부터 나와서 체계의 전체를 의식하는 것이었다. 그의 그러한 태도는 체계란 물음의 여지를 거부하는 전제를

---

4) 상동서, 상동면.
5) 정경석(1992), 「해제-니체의 생애와 사상」 『시간과 자유의지-자라투스트라는 이렇게 말했다』,
   삼성출판사, p.182

가지고 있는 것이라고 믿었다. 그의 주장은 철학자는 모름지기 체계를 생각하는 사람이 되어서는 안 되고, 문제를 생각하는 사람이 되어야 한다는 것이었다. 그에 게서의 학문이란 완성된 체계도 아니고 비인간적인 체계도 아니었다. 그것은 오히 려 지식에 대한 정열적인 탐구이며 용기 있는 실험의 부단한 연속이었다. 그는 학문과 삶이 서로 분리된 것이 아니라면 학문이란 삶의 한 방법이었던 것이다. 그는 특히 자신이 집필한 것들 중에서『즐거운 지식』을 아꼈다.

니체 사상의 절정은 바로 이『즐거운 지식』에서부터 출현되는 '초인(Übermensch)' 과 '영겁회귀(die ewige Wiederkunft des Gleichen)'이라 할 수 있다. 이 두 개념을 일관하는 것은 '힘에 대한 의지'(Wille zur Macht)이다. 그가 말하는 힘이란 세상을 살아가는 힘, 보다 구체적으로 말하자면 권력에 대한 힘이다. 그의 그 '힘'에 대한 의지는 쇼펜하우어의 '의지', 즉 '나의 의지'가 변모되어 발전된 것으로 이야기되고 있다.[6] '초인'이라는 말은 이미 독일에서 H.뮐러 J. G. 헤르, 괴테 등이 사용한 말이다. 니체에게서의 삶의 문제는 한 개인이 어떻게 자신의 삶에 의미를 부여할 수 있겠는가의 것이다. 그의 대답은 개인이 참다운 자신을 실현시키는 것이었다. 그렇다면 참다운 자아란 어떠한 자아인가? 니체에 의하면 그것은 개인 속에 묻혀 있는 것이 아니라, 개인을 초월해 존재하는 인간인 것이다. 인간이란 극복되어야 할 어떤 존재인데, 자신의 문제를 극복해 가는 인간이 바로 '초인'이라는 것이다. 인간은 자신의 욕망을 조정해가고, 동물적 본성을 극복해가고, 자신의 여러 충동들을 승화시켜 자기 자신을 전체로 끌어올려 자유를 쟁취해가는 인간을 가리켰던 것이다.

그에 의하면, 역사는 기독교에서 말하는 것처럼 종말이나 또는 목적을 갖고 있는 것이 아니다. 「긴 시간에 걸쳐볼 때 세계는 동일한 과정이 반복되고 있다. 존재의 모래시계는 되풀이 하여 회전한다.」고 하는 것이다.[7] 그의 그러한 역사관은 플라톤 의 이데아론에 기초한 서구의 형이상학의 세계관에 대립되는 물리적 세계에 기초 한 것이라 할 수 있다.『즐거운 지식』의 「343」항의 명칭은 「우리의 쾌활함」이다. 이 항은 다음과 같이 시작된다.

근대의 최대의 사건--'신은 죽었다'는 것, 즉 기독교의 신에 대한 믿음이 힘을

---

6) 상동서, p.188
7) 상동서, p.198

잃어간다는 것---은 이미 유럽에 최초의 그림자를 던지기 시작했다고 하는 것이다.[8]

기독교의 신이 죽게 됨으로 인해 그 동안 그 신에 묶여 있던 유럽인들이 그 신으로부터 풀려나오게 됨으로써 우리 유럽인들이 쾌활(Heiterkeit)해 지게 되었다는 것이다.

「물리학이여 영원하라！」의 명칭을 한 「343」항에는 다음과 같은 말들이 있다. 얼마나 많은 사람들이 관찰하는 법을 알고 있는가? 관찰법을 알고 있는 소수의 사람들 중 몇 사람이나 자기 자신을 관찰하는가? '각자는 자기 자신으로부터 가장 멀리 있는 존재이다. 그러므로 '네 자신을 알라'는 격언은 시의 입으로부터 나와 인간의 언어로 된 것으로서 대부분 악의 그 자체이다. 행위의 본질은 도덕적인 것이다. 도덕적 판단의 기준은 양심이다. 그렇다면 양심의 배후에 있는 양심에 대해서는 어떻게 생각하는가? 너는 그것이 어떻게 생겨났는지를 질문해야한다. 다시 말해 대저 어떻게 하여 도덕적 판단이 성립하였던가 하는 통찰이 너에게 '죄', '영혼의 구제', '구원' 등과 같은 장중한 언어들을 역겹지 않은 것들로 할 것이다. 우리는 있는 그대로의 사람이 되고자 원한다. 새로운 인간, 일회적인 인간, 비교할 수 없는 인간, 자율적인 인간, 자기창조적인 인간, 이를 위해 우리는 이 세상의 모든 법칙적인 것, 필연적인 것에 대한 최상을 가르치고 발견해 가야하는 자가 되어야하며, 바로 그러한 의미에서 창조자가 될 수 있기 위하여 물리학자가 되어야만 한다. 그러나 종래의 모든 평가나 이상은 물리학의 무지 위에, 혹은 물리학자의 모순 위에서 구축되어 있다. 그러므로 물리학이여 영원하라.

이와 같이 그는 신학이나 철학을 가지고 자신의 삶의 기반을 구축하려 했던 것이 아니라, 그러한 것들과는 대립적 관계에 있었던 물리학을 기반으로 해서 자신의 도덕적 판단의 기준을 확립시키려했던 것이다.

『즐거운 지식』의 지적 사상을 기반으로 해서 성립된『자라투스트라는 이렇게 말했다.』는 이렇게 시작된다.

자라투스트라는 나이가 서른이 되자, 고향과 호수를 등지고 산으로 들어갔다. 거기서 그는 자신의 정신과 고독을 즐겼으며, 10년 동안 권태를 모르고 지냈다.

---

8) F.니체 저·권영숙 역,『즐거운 지식』, 청하, p.289

그러나 드디어 그의 마음에 변화가 일어나, 어느 날 아침 동이 밝아올 때 일어나, 태양을 향해 이렇게 말했다.

"너 위대한 천체(天體)여! 만일 네가 햇살을 비추지 않았던들, 너의 행복이란 무엇이었겠는가? 너는 10 년 동안이나 나의 동굴을 비추어 주었다. 너와 나의 독수리와 나의 뱀이 없었더라면 너는 너의 햇살과 운행(運行)에 권태를 느꼈을 것이다. 그러나 우리는 아침마다 너를 기다렸도다. 그리하여 너로부터 너의 충만함을 빼앗아오고 그 보답으로 너를 축복하였도다. 보라 ! 마치 지나치게 꿀을 거두어들인 벌과도 같이, 나는 너의 지혜에 지쳐버렸다. 이제 나는 내미는 손을 필요로 한다. 사람들 사이에 있는 현자(賢者)들이 다시 한 번 그들의 우둔함을 깨닫고, 가난한 자들이 다시금 그들의 풍요함을 기뻐하게 될 때까지, 나는 그들을 도와주며 나누어 주고 싶도다. 그러기 위하여 나는 심연에 잠기지 않으면 안 된다. 마치 네가 저녁이면 마디 속에 가라앉았다가 지상에 다시 빛을 가져다주는 것과도 같이. 너 위대한 천체여! 나는 이제 너처럼 내가 내려가려는 고장의 사람들이 일컫는 것처럼, 몰락하지 않으면 안 된다. 그러니 나를 축복해다오. 아무런 질투 없이 무한한 행복을 바라볼 수 있는 너, 잔잔한 눈매여! 흘러넘치려하는 이 잔을 축복해다오! 이 잔에서 황금빛으로 물이 흘러넘쳐서 너의 환희의 반광(返光)을 온 사방으로 전하려는 것을. 보라! 이 잔은 다시 비려고 하며, 자라투스트라도 다시금 인간이 되려고 한다." 이리하여 자라투스트라의 몰락이 시작되었다.

'자라투스트라'는 그리스어 Zoroaster를 어원으로 한 말이다. 자라투스트란 페르시아 종교인 조로아스터교의 교주를 일컫는 말이다. 자라투스트라의 말 속에 나오는 "독수리"는 '용맹'을 "뱀"은 '지혜'를 가리킨다. 윗글에 의하면 조로아스터의 신봉대상, 즉 조로이스터에게서의 자신의 삶의 실현모델은 태양이라고 하는 천체이다. 조로아스터는 태양이 세상에 햇살을 비추어줌으로써 행복을 느껴가며 살아간다고 생각한 나머지 자신도 태양처럼 세상 사람들에게 자신의 몸을 희생시켜 무언가를 해 주어야겠다는 입장을 취한다. 즉, 그는 자신도 자신을 필요로 하는 것들에게 도움을 주기 위해, 자신의 지루한 삶을 청산하고 밤마다 바다에 침잠하는 태양처럼, 이제 심연에 침몰해 몰락하지 않으면 안 된다고 말하고 있는 것이다. 그에게서의 태양의 저녁 밤바다로의 침몰은 멸망이나 죽음으로 인식되지 않고 내일 또다시 행해질 아침바다로의 부상을 위한 희망찬 자기희생의 행위로 인식되었던 것이다. 또 그는 자신의 모든 지혜는 태양이 세상에 비추는 햇살로부터 취해진다고 생각하고 있다. 이와 같이 니체는『자라투스트라는 이렇게 말했다.』의 집필을 통해 사람들로 하여금 태양으로부터 삶의 지혜를 터득해 자신의 삶을 살아갔던 조로아스터의 교주의 말에 귀를 기울게 함으로써 서구인의 형이상학의 세계관으로부터 서구인을 구출해 내려 했던 것이다. 그는 학문의 궁극적 목표가 "인간에게 되도록 많은 쾌와 되도록 적은 불쾌를 주는 데 있다"고 하는 생각이란 잘못된 것이라 말하고 있다. 왜냐하면 쾌는 반드시 그 만큼의 불쾌를 동반하기 때문이라는 것이다.(12항)

이상과 같이 니체는 서구의 형이상학적 사고체계를 벗어 던져버리고 현재 인간 자신이 처해 있는 물리적 세계의 현상들을 가지고 인간의 존재방식과 존재의미를 창출해 보려는 입장을 취했던 것으로 고찰된다. 그러한 점에서 그는 근대적 차원에서의 인간중심적 존재방식을 완성시켰던 것이다.

4. 현대철학의 성립기반-유심론과 유물론

20세기 이후의 철학은 유심론(spiritualism)과 이것에 대립되는 입장이라 할 수 있는, 정신이나 마음을 물질로 환원시켜 생각하려는 유물론(materialism)을 기반으로 해서 성립 전개되어 나왔다고 할 수 있다. 이과 같은 계열인 19세기의 관념론은 의식에 나타나는 관념으로부터 출발하여 존재 쪽으로 나가는 길을 더듬는 인식론상의 입장으로 존재론 상의 입장인 실재론과 대립하는 입장이다. 20세기의 유심론은 바로 19세기의 그러한 관념론을 기반으로 해서 성립되어 나왔다. 19세기의 관념론은 의식과 정신을 같은 것으로 파악하는 입장이었고, 또 그것은 기계론적 입장과 목적론적 입장을 취한 것이었다. 그러나 20세기의 유심론은 정신으로부터 분리되어 나온 의식으로부터 출발했다. 서구에서 20세기의 그러한 유심론의 기반을 확립시킨 자는 베르그송(Henri Bergdon, 1859~1941)이었다.

그는 당시 지배적 위치에 있었던 칸트의 관념론에 대한 프랑스 중심의 유심론에 입각해 새로운 실재론을 전개시켰던 자로 평가되고 있다. 그는 첫 번째 저서『의식의 직접적 성립 조건에 관한 시론』(1889)에서 한 의식상태가 다른 의식상태로 옮아가는 과정에 대한 고찰을 통해 우리의 외적 자아에 존재하는 물리적 시간과는 다른, 우리의 내적 자아에 존재하는 진정한 지속을 규명해냄으로써 서구의 현대철학의 개척자가 되었다.9) 우리의 내면적 현실은 시간상 과거와 현재와 미래가 서로 융합하여 현재는 과거를 등에 지고 또 미래를 품고 있어 유동과 침투가 얽혀 있다. 그는 이것을 '순수지속'이라고 말하고 있다. 그런데 그에 의하면 내적 자아는 '안에서 본다' 즉 '스스로 그 대상이 되어본다'고 하는 의미인 '직관'(intuition)을 통해 감지되고, 또 그것은 외적 자아의 세계 체험의 과정에서 이루어지며, 그 본질은 '자유'라고 하는 것이다. 이와 같이 그의 순수지속은 자아를 이성, 즉 고정된 인식 기능으로 보는 칸트의 관념론과 그것에 의거한 결정론을 극복한 형태의 것이라 할 수 있다. 또 그것은 스스로에게 이질적이고 끊임없이 창조적인 질적 연속이다.

이와 같이 그는 자아를 외적 자아와 내적 자아로 구분해 내서 내적 자아의 지속성에 주목해 그것을 통해 근대적 결정론적이고 목적론적 삶의 폐쇄성을 극복하려는 입장을 취해 현대철학의 기초를 구축했던 것이다. 그는 제2 저작『기억과 물질』(1896)에 와서 '순수지속'의 본질을 보다 철저하게 규명해 냈다. 그는 '살아 있는 지속'이란 '기억' 작용을 통해 이루어진다는 입장을 제시한다. 정신의 본질은 '기억'이다. 유심론에서는 인간의 두뇌도 다른 것과 똑같은 하나의 표상으로서 인식내용의 한 부분에 불과 한 반면, 유물론에서는 그것이 물질의 한 부분이어서 물질적 실재로 파악된다. 그러나 베르그송은 정신작용을 일으켜가는 두뇌를 운동과 지속의 조건으로 파악하고, 순수한 인식내용과 시간이라고 하는 관점에서 의식을 통해 일어나는 기억을 고찰해갔다. 그 결과 그는 의식적 지각은 기억 활동에 의해 가능하다는 입장을 취했다. 그의 그러한 철학은 후속되는 제3의 저서『창조적 진화』(1907)과 제4 저서『도덕과 종교의 두 원천』(1932) 등을 우주론적 입장에서 인간의 생명의 문제에 접근해 갔고, 또 서구의 형이상학의 원천을 표출시켜 나갔던 것이다.

---

9) 정석해(1992), 「해제-베르그송의 사상과 주요저작」『시간과 자유의지-자라투스트라는 이렇게 말했다.』, 삼성출판사, p.17

　　서구의 현대철학을 성립시킨 또 하나의 축은 유물론이다. 유물론이란 인간의 관념내지 정신의 근저에 존재한다고 생각되는 소재적인 것을 중요시하는 입장을 말한다. 다시 말해 정신적인 것보다도 소재적인 것을 보다 근원적인 것을 보는 세계관 내지 인식론적 입장을 말한다. 유물론이 현대철학의 한 축으로 성립되어 나온 것은 근대이후의 자연과학의 확립과 그것에 의거한 19세기의 마르크스주의 성립에 의한 것이라 할 수 있다. 19세기로 접어들어 그 동안 철학계를 지배해왔던 헤겔의 관념론에 대한 반발이 제기되었다. 그 반발에 앞장섰던 자는 L. A. 호우엘바하였다. 그의 기본적 입장은 유물론적 입장이었다. 즉 이념보다는 현실, 종교보다는 과학을 신봉하는 입장이다. 그의 그러한 입장을 한층 더 현실변혁의 관점으로까지 끌어올린 자들이 있었는데, 그들이 다름 아닌 마르크스(karl Marx, 1818~1883)와 엥겔스(F.riedrich Engels, 1820~1895)였다.

　　마르크스는 독일의 유태인 출신이고 부친은 변호사였다. 그는 본 대학과 베를린 대학에서 법학을 연구하다가, 체제 자체에 비판적이었던 헤겔 좌파철학에 흥미를 갖기 시작해 저널리스트의 길을 걷게 되었다. 생전 간행된 그의 저서는 『성가족』(聖家族, 엥겔스와의 공저, 1845), 『철학의 빈곤』(1847), 『프랑스에서의 계급투쟁』(1850), 『프랑스의 내란』(1871) 등이 있고, 초고상태의 것들은 『경제학·철학논고』(1844: 1932년 처음으로 출판), 『독일·이데올로기』(엥겔스와의 공저, 1845~46), 생전에 완성하지 못했던 것은 『자본론』(제1권, 1867;제2권, 1885;제3권1894, 제2, 3권은 엥겔스에 의한 편집)이다. 마르크스의 가장 중요한 단일 저작으로 알려져 있는 『경제학·철학논고』로 알려져 있는데 그것에 담긴 「그의 기본적 논제는 인간은 본질상 공동적이며 협동적이기 때문에 자본주의 사회에서의 인간관계는 진정한 인간본성에 반대된다는 것이고, 사유재산에 근거를 두는 자본주의 의 경제구조는 인간의 본질적 성향을 거스른다」는 것이었다.[10] 또 그는 「정치경제를 움직이는 유일한 바퀴는 탐욕과 탐욕스런 자들 사이의 전쟁, 즉 경쟁이라는」 것이다.

　　마르크스는 본 대학에서 일 년 간 머물고 부친의 권유로 베를린 대학으로 옮겼다. 그는 본대학 재학 중에 자기보다 4살 연상의 아주 어릴 때부터 친구였던 여자

---

10) 데이비드 맥렐런 저·강우란 역(1988), 『마르크스의 세계』, 책세상, p.40

를 만나 그 다음해 정식으로 약혼하게 된다. 그는 베를린대학에서 5년간 머물게 되는데 채무 때문에 고소를 당해 열 번 이상이나 이사를 다녀야했다. 그 1941년 고대그리스의 원자철학에 대한연구로 박사학위를 취득한다. 그는 대학에 남아 학문하기를 원했지만 정부는 점점 더 반동적 입장을 취해갔다. 그래서 그는 저널리스트의 길로 뛰어들었고, 그 노상에서 사회주의자가 되었다. 마르크스는 1842년 라인지방의 수도 쾰른으로 가서 그곳의 자유주의 신문 「라이니쉬 자이퉁」의 편집인을 맡았다. 그가 정부의 노동자탄압을 폭로했다는 이유로 신문이 폐간당하자 그는 1943년에 파리로 이주했다. 그는 그곳에서 시인 하이네, 무정부주의자 바쿠닌 등과 많은 시간을 보냈다. 1844년 8월 말에는 영국에서 독일로 돌아가는 엥겔스를 만나 10일간을 그와 함께 보낸다. 그는 파리로 나와 급진적 헤겔주의자들과 프랑스사회주의자들에 의해 써진 논설들이 실어질 잡지를 창간했다. 그가 엥겔스를 만날 수 있었던 것은 엥겔스가 영국으로부터 그 잡지에 투고를 했었기 때문이었다. 엥겔스도 마르크스의 경우처럼 급진적 헤겔주의지로 출발해 베를린에서의 군복무중 사회주의자로 전향했다. 제대를 하고 그는 부친의 출자회사의 영국 멘체스처 지점에서 근무하게 되는데 자본가 계급에 속했던 그는 그곳에서 제조업지역의 수많은 산업노동자들과 그들 가족들의 비참한 생활양상에 주목했다. 그는 그 관찰의 결과를 책으로 써냈고, 「정치경제 비판개요」라는 제목의 논설을 써서 마르크스의 잡지에 보냈던 것이다. 그는 그 논설을 통해 자본주의의 멸망이 곧 도래할 것이라는 것을 예견했는데 그것이 마르크스를 크게 감동시켰다. 당시 그들의 만남에 대해 엥겔스는 "우리는 모든 분야에서 완전히 의견을 같이하고 있음이 분명해졌다. 그리고 우리의 공동 작업은 그 때부터 시작되었다."[11] 또 그는 훗날 마르크스에 대해, 우리들 중 누구보다도 더 높은 곳에 서 있었고 더 멀리 보았으며 넓고 빠른 시야를 가지고 있었다. 마르크스는 천재였다"

그러한 급진적 잡지를 내가던 마르크스는 프랑스 정부로부터 추방령이 내려졌다. 그래서 그는 벨기에의 수도 브뤼셀로 떠났다. 그는 그곳에서 3년간을 머물게 되는데, 그때 엥겔스도 마르크스가족의 옆집으로 이사해 공동체 생활을 엮게 된

---

11) 상동서, pp.41-42

다. 파리 이주 이래 1843년 이래 헤겔철학, 특히 법철학을 호우엘바하의 유물론적 입장에서 비판해가면서 프랑스의 사회주의 · 공산주의사상을 연구해가는 한편, 자본주의사회의 모순의 메커니즘과 그 사회에서의 노동자의 소외구조를 명확히 파악하여 그것을 자료로 해서 자연주의에 기초한 인간주의의 철학적 경지를 개척했다. 그는 특히『경제학 · 철학논고』의 저술을 통해 자본주의사회의 모순에 대한 유일한 대안은 '공산주의' 밖에 없다는 입장을 확립시켜, 그 후 공산주의 운동에 깊은 관심을 갖게 되었다. 브뤼셀에 머물던 때에는『독일 · 이데올로기』(엥겔스와의 공저, 1845~46)를 저술했다. 이 책은 마르크스 전 생애에 걸쳐 사적(史的)변증법에 관한 가장 길고 자세한 서술이었다. 그들은 그 책을 통해 인간과 인간의 역사를 이해하는 열쇠는 인간의 생산 활동에 주목하는 것이라는 그들의 역사관을 확립시켰다. 그들이 그 책을 통해 제시했던 사적변증법이란 생산양식이 인간의 생활양식을 규정하고 사회적 존재, 현실적 생활과정이 인간의 의식을 규정한다는 관념이었다. 그 후 이러한 사적 변증법은 은 마르크스의『경제학비판』(1859)의 서문을 통해 정식화(定式化)되었다. 즉 물질적 생활의 생산양식이 사회적 · 정치적 · 정신적 생활 과정의 존재방식 전체를 제약한다는 식으로 정리되어 나왔던 것이다.

그들은 1848년 혁명이후 독일로 돌아가「신라인신문」을 창간해 활동해가다가, 1849년 런던으로 망명했다. 그곳에서 마르크스는 서제와 대영박물관에 틀어박혀『경제학비판』,『자본론』등과 같은 것들을 저술한다. 그가 '사적유물론'과 같은 이론을 정립시킬 수 있었던 것은 저널리스트로서의 삶과 철학자로서의 삶, 혁명가로서의 삶과 서재 인간으로서의 삶이라고 하는 이중적 삶이 그에게 던져주는 삶의 모순을 끊임없이 극복해보고자 했던 의지가 있었기 때문이었던 것이다. 영국에서의 엥겔스는 마르크스에 대한 자금조달과 마르크스이론의 보급자역할을 행해갔다. 엥겔스 자신은『자연변증법』(1873~83)『호우엘바하론』(1888)등을 집필해 유물사관을 보급시켜나갔다. 엥겔스 이후의 유물사관은 1883년부터 35년간 독일사회민주당 이론기관지「디 · 노이에 · 짜이트」의 편집장이었던 칼 카쯔라 (Karl Kautsky, 1854~1938), 러시아 마르크스주의 아버지로 불리는 플레하노브 (Georgii V. Plekhanov, 1856~1918), 루카치(Lukács György, 1885~1971) 등을 통해 전개되었다.

5. 현대철학의 전개-프로이드의 무의식과 훗설의 의식현상

프로이드(Sigmund Freud, 1856~1939)의 무의식세계의 연구와 훗설(Edmund Husserl, 1859~1938)의 의식현상에 대한 연구 등은 유심론에 기반을 둔 베르그송(Henri Bergson, 1859~1941)의 의식연구를 기초로 해서 이루어 졌다고 할 수 있다. 베르그송의 제1저작 『의식의 직접적 관여에 관한 시론』이 발표된 것은 1889년의 일이었고, 프로이드가 자유연상법을 이용해 정신분석요법을 확립시킨 것은 1892-95년이다. 또 그는 1896년 그의 부친의 죽음을 계기로 무의식에 침잠해 있는 오이디푸스 콤플렉스와 유아성욕을 자각해 '정신분석'(Psychoanalysis)이라고 하는 학문을 단생시켰다. 베르그송의 의식 연구는 철학으로부터 출발했고 프로이트의 의식 연구는 의학 분야의 생리학으로부터 출발하였다. 베르그송의 '의식'에 대한 연구가 인간의 '의식'의 형성과정에 집중되어졌었다면, 프로이트의 그것은 '의식'의 심층에 존재하는 '무의식'에 집중되어 있었다.

프로이트는 오스트리아 출신의 유대인이다. 그는 빈 대학의 의학부에 입학해 에른스트 브뤼케 교수의 의 생리학 교실에 들어가 생리학을 연구해가게 된다. 생리학으로부터 출발한 프로이트의 학문은 '정신분석'이라고 하는 학문을 확립시켜 현대철학의 발전에 막대한 연향을 끼쳤다. '정신분석'이란 억압된 것을 대화 속에 끌어내 무의식을 인식토록 하는 방법이라 정의 될 수 있는데, 프로이트 자신은 그것을 다음의 세 가지 측면에서 정의해 냈다. 첫째, 여타의 방법으로는 거의 접근 불가능한 심적 여러 과정을 탐구해내는 방법, 둘째, 그 탐구에 기초한 신경증성 장애의 치료방법, 셋째, 그 과정에서 획득되어 점차 하나의 학문적 이론을 형성하는 일련의 심리학적 통찰이다. 그가 '정신분석'이란 용어를 처음 쓰기 시작한 것은 1896년이었다. 그 후 그는 『꿈의 해석』(1900), 「성욕에 관한 세 논문」(1905),『기지와 무의식과의 관계』(동년), 『정신분석입문』(1917) 등을 통해 연구대상으로서의 '무의식'과 연구방법으로서의 '정신분석'을 전개시켜나갔다. 다시 말해 그는 전통적으로 연구되어 나오던 의식의 심리학에 대항해 무의식의 심리학을 새로이 확립시켰다. 특히 자유연상이라고 하는 특유한 방법으로 정신이상환자를 상대로 하여 무의식의 세계를 탐구하여 새로운 성격이론과 심리치료를 만들어내서 철학계에까지 절대적 영향을 끼쳤던 것이다. 「그는 인간의 정신적 활동을 에너지의 역동체계의 움직임이라 파악하고 여기에 작용하는 에너지를 '생의 본능'과 '죽음의 본능'이라고 하는 두 가지로 나누어 파악하였다. 생의 본능은 에로스(Eros)라고 하여 생명을 유지·발전시키고, 사랑을 하게 하는 본능으로서, 이것이 있기 때문에 사람은 자기를 사랑하며, 생명을 유지·발전시키고, 종족을 유지·번창시키는 것이다. 또 하나는 죽음의 본능으로서, 생명체가 무생물로 환원하려는 본능이다. 이 때문에 생명은 결국 사멸되고 살아 있는 동안에도 자기를 파괴하고 처벌하며 타인이나 환경을 파괴시키고자 서로 싸우고 공격하는 행동이 있기 마련이라고 본다.」[12]

프로이트보다 3년 늦게 역시 오스트리아의 유대인 가문에서 태어난 에드먼드 훗설은 이 영호의 지적처럼 「79세의 평생 동안 한 순간도 한눈 한번 팔지 않고 오직 학문의 길에만 정진한」삶을 살았던 학자였다. 그는 라이프니츠 대학에서 3학기, 베를린 대학에서 6학기를 수학하고, 빈대학으로 옮긴다. 그는 앞의 두 대학에서는 수학을 연구 했다. 빈대학에 와서는 브렌타노(F. Brentano) 교수 밑에서 수학의 학적 기초성립에 대한 체계적 이해를 위해 수의 개념분석에 착수하는데, 그때 그는 브렌티노의 기술심리학적 분석방법을 받아들인다. 그러나 그의 철학에 대한 본격적 관심은 그로부터 3년 후의 시점으로, 「수의 개념에 관하여」라는 교수자격논문을 완성시킨 1887년(28세)부터였다 할 수 있다. 그의 학문은 삶과 학문에 대한 다음과 같은 입장을 통해 전개되어 났다.[13]

수학자로 시작하여 철학자로서 끝막음을 한 그의 평생은 외적인 측면에서 보면 화려하지도 않고 굴곡도 없는 평범한 평교수(平敎授)의 단순한 생애였으나 사상발전의 내적인 측면에서 보면 끝없는 모색의 과정이고 이 과정 속에 일어나는 자기투쟁의 일생이었다. 그는 그의 사상발전의 어느 한 단계에서도 머물러 안주하려

---

12) 김성태(1982), 「프로이트의 업적과 『정신분석입문』」, 프로이드 『정신분석입문』, 삼성출판사, p.20
13) 이인호(1992), 「후설의 생애와 사상」『현상학의 이념-예술의 비인간화 외』, 삼성출판사, pp.16-17

하지 않고 반설ㅇ과 재검토를 토하여 자기모순이 발견될 때마다 주저함이 없이 새로운 영역에 대한 탐구를 게을리 하지 않았다 그의 철학적 주된 관심은 냉철한 분석 방법에 의하여 형성된다. 그러나 그의 삶에 대한 태도는 어떠한 면에서 실존적 성실성의 표본과 같은 느낌을 준다. 실로 그의 근 80평생에 걸친 일평생은 프로메테우스적인 자기극복과 자기비판의 연속이었다.

그러한 끊임없는 모색 과정을 거쳐 그가 창시해낸 것은 20세기 철학의 초석이 된 현상학(現象學, Phänomenologie)이라 하는 것이다. 그의 현상학 정립은, 제1기 전(前)현상학기, 제2기 인식론적 기획으로 한정된 시기, 제3기 순수 현상학기로 나누어 질 수 있다. 그런데 그것은 「그가 사상을 상향적으로 건립하려는 것이기보다는 정확한 통찰을 형성하기 위한 확고한 기초를 얻기 위해 계속하여 하향식으로 깊이 파고 들어가는 방식을 취했다」. 「현상학」이란 말은 란베를트(J. H. Lambert, 1728~1777)에 의해 쓰이기 시작되어 칸트에 의해서도 쓰였으며, 헤겔에 와서는 『성신현상학』이 말해수고 있늣이, 정신으로 하여금 감각적 확신을 갖게 하여 절대지에 이르게 하는 기초를 제공하는 것으로 고찰되었다. 그러다가 훗설이래 그것은 철학 성립의 기본적 개념으로 받아들여지고 있다.

20세기이후 '의식'에 대한 연구는 지향성(志向性)과 관련시켜 연구 되어, '의식'이란 '…에 대한 의식'(Bewußseint von Etwas)으로 취급되었다. 지향성에 관한 이런 파악을 본질적으로 현대철학에 도입한 것은 훗설의 스승 프란츠 브렌타노였다. 그러나 그는 이 의식과 대상과의 관계를 순전히 심리학적 관계로만 이해하였다. 그러나 훗설은 인간의 의식작용은 심리주의만으로는 완전히 설명 될 수 없다는 입장을 취해 그의 그러한 입장을 그대로 받아들이지 않았다. 그는 의식의 지향성과 의식대상과의 관계를 파악함에 있어 '선험적 의식', '선험적 주관성', '선험적 자아' 등과 같은 개념들을 끌어들였다. 그래서 그는 『현상학의 이념』(1907)을 통해 '선험적 현상학'(transzendendentale Phänomenologie)을 정립시켰다. 훗설에 있어서 현상학의 목적은 체험의 탐구라 말할 수 있고, 현상에 대한 기본적 입장은 체험되지 않은 현상이란 있을 수 없다 는 것이다. 선험적 현상학이란 환원을 통해 취해진 현상들에 대한 연구를 말한다. 환원(Reduktion) 이란 예를 들어 말하면 눈앞의 어떤 붉은 꽃으로부터 붉은 색 자체를 보려는 입장을 말한다.

6. 현대철학의 귀결 형태-하이데거와 사르트르의 실존 철학

훗설의 그러한 현상학은 하이데거(M. Heidegger, 1889~1976)와 사르트르(J. P. Sartre, 1905~1980) 등에 의해 실존주의(existentialism) 철학으로 전환해 나온다. 하이데거는 독일에서 태어나 1909년 후라이브르크 대학에 입학해 신학을 연구해 가다가 2년 후 철학부로 옮겨 릿카트(H. Rickert, 1863~1936)로부터 신칸트주의를 배운다. 그는 입학당초부터 훗사르의 현상학에 관심을 가졌으며, 1919년부터는 훗설의 조수가 된다. 그러나 그는 객관화되고 논리화된 의식을 문제시하는 현상학에 대한 관심으로부터 벗어나서, 개념구성과 체계구성이전의 생에 대한 체험, 즉 현재 존재하고 있음에 대한 체험으로부터의 출발을 선언한다. 존재에 대한 현상학적 접근 방법이기는 하지만 그러나 그 것은 철두철미하게 자신에게 구체적으로 부여된 새의 세계에 대한 해석학적 직관을 핵심으로 한다. 그는 세계 체험에서 직관적으로 언제나 새롭게 나타나는 생을 문제시했던 것이다. 그는 1923년에 『존재와 시간』을 집필하기 시작해 1927년에 그것을 출판해낸다. 그는 그것을 통해 인간 즉 현존재는 자기 자신의 존재의 극한인 죽음의 가능성을 예견함으로써 비로써 자신의 일상적 세계에서 내면적 세계로 들어선다는 입장을 취했다. 자기(sum)의 존재의미는 나 자신에게 나 자신 이외의 사람에게 사람이외의 존재에 대한 마음씀(Sorge) 이라고 그는 설명했다. 이 조르게야말로 현존재(Dasein)를 현존재케 하는 존재라고 말하고 있다. 그는 그 조르게에 의해 만들어지는 현존재를 실존(Existenz)라 부른다. 또 그는 무(無, Nichts) 속에 존재하는 존재를 실존이라고 했다. 그런데 그는 우리인간이 본래의 존재를 이해 할 수 있는 기반은 바로 우리의 실존 구조를 규명해내는 것이라고 보았다. 또 그는 「인간의 가장 근원적인 실존구조란 시간」이라는 입장을 취했다[14]. 그는 그러한 입장을 취했기 때문에 시간을

---

14) 최동희 (1992), 「하이데거의 실존사상」 『철학이란 무엇인가/철학적 신앙 외』, 삼성출판사, p.17

밝힘으로써 '모든 존재 일반에 대한 이해를 가능케 하려는 입장을 취했던 것이다.

그는 『존재와 시간』을 출판해낸 그 이듬해인 1928년 그는 후설의 후임으로 모교인 프라이부르크 대학을 가게 되었다. 그 이듬해 7월 그 대학 강당에서 '형이상학이란 무엇인가'라는 제목으로 취임강연을 했다. 그 강연의 핵심내용은 '무'의 본질을 규명해내는 것이었다. 그는 「불안이 무를 드러낸다」「불안이야 말로 우리 인간의 본래의 존재양식일 것」이라는 입장을 취했다. 그는 그의 학문의 절정기였다 할 수 있는 1955년에 행해진 강연을 토대로 그 이듬해 『철학이란 무엇인가』를 출간한다. 그는 그 속에서 철학을 존재케 하는 것이 무엇인지를 규명해내려 했고, '존재'를 문제 삼는 것이 철학을 존재케 하는 것이라는 입장을 취했다. 그 뿐만 아니라 그는 어떤 것에 대한 「놀라움이 만든 어떤 기분 상태에 처해 있는 인간 존재가 자신에게 건네는 말에 말로 대응하는 것이 철학」이라는 입장을 취했다.15)

이렇게 하이데거를 통해 형성되어 나온 실존주의 철학은 그 보다 16세 연하의 사르트르(Jean-Paul Sartre, 1905~1980)에 의해 완성되었다. 그는 해군장교였던 아버지와 독일어 교수 샤를 슈바이처의 딸이었던 어머니 사이로부터 파리에서 태어났다. 그러나 그의 부친은 그가 2살에 객사했고 모친은 11살에 재혼했다. 그 관계로 그는 그의 외조부, 의부등과 함께 생활해 갔다. 1924년에는 파리고등사범학교에 입학했고, 1931년(26세)에는 르아브르 중고등학교에 철학교수로 피임되었다. 1933년에는 베를린의 프랑스학회 연구생으로 독일에 유학해 후설과 하이데거 사상을 일 년 간 연구했다. 1935년에는 보부아르와 함께 이탈리아 스위스 등을 여행하고, 1938년에는 그의 대표작 『구토』(*La Nausée*)를, 1943년(38세)에는 그의 주저 『존재와 무』(*L'être et le néant*) 간행한다.

그가 상기의 저서들을 통해 확립시킨 실존주의 철학은 인간의 의식에 의해 드러난 세계 현상계만을 가지고 인간의 존재 의미를 규명해 내려는 인간중심적 사고체계의 절정을 이루는 철학이라 할 수 있다. 20세기 전반의 실존주의는 19세기 후반의 실증주의적 객관적 인간 파악을 타파하고 인간을 주체적 자각 상태로 몰아가려는 입장을 성립시켜나갔다. 현재 우리에게 알려진 실존주의는 제 2차 세계대전

---

15) 상동서, p.27

(1941-1945) 직후 수년간 사르트르의 사상과 문학을 통해서 나온 작은 의미의 실존주의를 가리킨다. 그에 의하면 인간이 구제가 없는 무(無) 위에 내던져 있다고 하는 것은 완전 스스로의 책임 하에서 완전히 자유로워질 수 있다고 하는 인식에 의해 미래를 창조하기 위한 선택이 강요되는 상태로서 그 상태야말로 절망적 상태가 아니고 희망적 상태라고 하는 것이다. 그는 그러한 사상을 통해서 신이 없는 허무 바로 그것으로부터 인간의 자유를 창조해내서 인간 연대를 통해 그것을 사회적으로 실현시켜 보려 했었다. 그의 그러한 사상은 그의 장편소설『자유의 길』(제1-2부 1945, 제3부 1949), 「실존주의는 휴머니즘이다」(1946) 등을 통해 일반화되어 나왔다. 특히 그는 그 강연을 통해 실존주의란 스스로의 선택에 의해 자신의 한계를 극복해 보려는 입장이고, 또 그 극복의 핵심으로서 자기 자신이 항상 존재해 있다고 하는 주체적 자각이 강조된다고 하는 점에 있어서 다시 말해서 자기 기반을 타파하고 주체성으로부터 출발해야 한다는 것이 강조된다고 하는 의미에서 휴머니즘이라고 말하고 있다.

그러면 주체적 자각을 통한 「절망으로부터의 희망」을 강조하는 실존주의를 대중화시켰던 장 폴 사르트르란 과연 어떠한 인물이었던가? 보다 구체적으로 말해, 그는 학문에 대해 어떠한 입장을 취했던 인물이었던가? 우리가 사르트르의 삶을 통해 느낄 수 있는 가장 큰 특징은 「저술활동을 통한 참여의지」라 할 수 있다. 사르트르를 가장 잘 알고 있던 사람이라 할 수 있는 시몬 드 보부아르는 그의 15살 이후의 시절에 대해 「사르트르는 글을 쓰기 위해 살았다. 그는 필연성에 바탕하여 일들을 사유해 그것들을 새롭게 창작해 갈 수 있는 천부의 재능을 갖고 있었다」라고 말하고 있다.[16] 그는 그러한 저술활동을 통해 학자란 철학자이거나 과학자라고 하는 일반적 통념을 「학자란 지식인이다」라고 하는 사상으로 전환시켰던 인물이었다.

현재 문학계에서 「사르트르 이후」라는 말이 통용되고 있다. 그 말의 의미는 그의 평론지『시튜아시옹 Ⅰ-Ⅶ』(상황, 1947, 48, 49, 64, 65)을 통해 성립되어 나왔다. 특히, 그는 Ⅱ의 전체를 이루는 「문학이란 무엇인가」에서 문학의 의의를 「앙

---

16) 발터 비멜 저·구연상 역(1999), 『사르트르』, 한길사, pp.9-10

가주망」(engagement, 정치 참여)으로 파악해,「작가란 시대적 상황에 직면해 있는 존재로서 그의 발언들은 어떠한 것도 반향(反響)을 불러일으킨다. 그의 침묵도 마찬가지다.」사르트르의 그러한 발언은 당시의 작가 전체들의「구속」시켜버렸고, 그러한 구속을 통해 작가라고 하는 개념을 확대시켰다. 그는『자유의 길』이후 수년간 자신의 그러한 신념과 행동의 일관성을 보여 감으로써 당시 청년층의 지적 지도자로서 부상하게 된다.

그렇다면 그가 그러한 문학관을 갖게 되었던 경위는 어떠했는가? 그는 지적 중산층 계급이라고 하는 프랑스적 의미에서의 부르주아 출신이었다. 1905년 파리에서 태어났고, 생후 8개월 만에 해군사관의 아버지를 잃었다. 어린 시절 그와 함께 생활했던 조부의 장서는 풍부했지만, 밖에 나가 놀 때에는 자신이 누구의 흥미도 끌지 못한다는 의식이 항상 그를 절망감속으로 몰아가곤 했다. 그가 11살 때 모친이 재혼하였다. 1924년에는 입학만 하면 모든 학생들이 전학기 장학금을 받는 고등사범학교에 한 번의 실패를 거쳐 수석으로 합격하였다. 1926년, 21세에는 그 학교에서 자기보다 3살 연하인 생애의 반려자 시몬 드 보부아르를 만난다. 그는 대학교수 자격시험에 실패하지만, 시몬 드 보부아르가 그 시험에 응시해 합격했던 1929년, 결국에는 수석으로 합격해 고등학교에서 철학을 강의하게 된다.

사르트르와 보부아르는 전쟁 전 고등학교 철학교사였었다. 그들의 근무지는 지방 고등학교로 서로 멀리 떨어져 있었다. 그들은 결혼을 하려 했으나 둘 다 아이를 원치 않았고, 상대방으로부터 구속되기가 싫어 결국 계약결혼으로 머물렀다. 그들의 계약결혼은 사르트르가 1929년 루브르 박물관의 돌 벤치에 앉아 보부아르에게「2년간의 계약결혼」을 맺자고 제안함으로써 이루어졌다. 사르트르는 1933-1934년 동안 베를린에 유학한다. 그의 사상은 그곳에서 하이데거의 실존철학과 후설의 현상학으로부터 많은 영향을 받는다. 그의 첫 철학저서『상상력』(1936)은 후설의 영향 하에서 쓰여진 것이고, 그의 가장 중요한 철학서『존재와 무』(1943)는 하이데거의 영향 하에 쓰여졌다고 말할 수 있다. 그의 최초의 문학작품『구토』(1938)는 『상상력』의 실천서인 동시에『존재와 무』가 말하는 실존철학의 기초자료라 할 수 있다. 그의 글쓰기는 그러한 철학서의 저술과 문학작품의 창작을 시발로 해서 무(無) 위에 던져진 것이 인간이라면 그 인간의 행동 하나하나는 바로 새로운 창조가 된다. 따라서 '인간이란 창조적인 존재인 것이다'라고 하는 사상이라든가, 인간이란 과거에 대해서는 책임질 수 없지만 미래에 대해서는 책임져야 한다는 사상 등을 구축해 나갔던 것이다.[17] 그는 전쟁 중 총을 들고 싸우지도 않았고 레지스탕스 운동에도 전적으로 참가하지 않았다. 그 대신 그는 그의 앙가주망 사상을 글쓰기를 통해 실현시켰다. 글 쓰는 행위를 통해 자신에게 주어진 상황을 초월하려 했던 것이다.

그는 작품이 잘 팔리게 되자, 1944년 이래 교수직을 떠나 그의 전 시간을 저술활동에 바친다. 그가 「주장해 갔던 앙가주망 문학의 목표는 전체적, 종합적 인간의 구축」이었다.[18] 전후 그는 1945년 10월에 잡지 「현대」를 창간한다. 그는 그것을 계기로 「실존주의는 휴머니즘이다」라는 가치를 내걸고, 「무엇보다도 유럽문화가 황폐되고 동맥경화증을 일으키고 있는 것에 대해 수술을 하고 거기에 새로운 혈액을 퍼부어야 한다」고 주장해 갔다.[19] 그는 1960년 부정(不正)의 전쟁에서의 병사의 탈출은 정당하다고 하는 「121인의 선언」에 서명했다는 이유로 일체의 국가기관으로부터 제외된다. 1964년 노벨문학상이 수여되지만 그는 거부한다. 스웨덴 문학아카데미가 그에게 상을 주는 이유는 「상상력이 넘치는 그의 작품은 자유의 정신과 진리의 탐구에 의해서 우리 시대에 끝없는 영향을 준다」는 것이었다.[20] 그러나 그는 진리를 탐구하는 사람은 상을 받기를 원치 않는다는 이유로 그것을 거부했던 것이다. 보다 구체적으로 말해, 그의 「개인적 이유」는 「작가가 받는 모든 명예는 나로서는 바람직하지 않는 압력을 독자에게 주게 된다. 사르트르라고 서명하는 것과 노벨상 수상자 사르트르라고 서명하는 것은 다른 것이다」라는 것이었고, 그가 말한 「객관적 이유」란 「문학가는 문학 활동을 통해서만 상호 이해나 문화교류에 이바지 할 수 있다」고 하는 사상 때문이었던 것으로 이야기되고 있다.[21]

그는 1966년 일본을 방문하였으며, 3차례에 걸쳐 「지식인」에 관해 강연하였다.

---

17) 사르트르 저 · 민희식 역(1984), 『지식인이여 무엇을 할 것인가』, 도서출판 거암, p.172
18) 상동서, p.176
19) 상동서, p.151
20) 상동서, p.179
21) 상동서, p.181

그는 「지식인이란 무엇인가」에서 「지식인」을 다음과 같이 규정하고 있다. 「만일 핵전쟁의 군사무기를 완성시키기 위해 핵분열을 연구하는 학자가 있다면, 사람들은 그를 지식인이라고 부르지 않는다. 그들은 과학자일 뿐이다. 그러나 바로 그 과학자들이 무기의 무서운 파괴력에 놀라서 서로 화합하여 핵무기 사용을 반대하는 여론 조성을 위해 선언문을 만들고 그것에 서명했을 때에 그들은 지식인이 되는 것이다」라고.[22] 그는 결론적으로 「근본적으로 지식인이란 자신의 지적 영역과 관계되는 일에서 명성을 얻어 그것을 이용하며, 자신의 영역을 벗어나 인간에 대한 보편적이고도 독선적인 개념의 이름으로 세워진 기존권력과 사회를 비판하는 변절적인 사람을 뜻하는 것이다」라고 말하고 있다. 또, 그는 「지식인은 죄가 많은 존재임에 틀림없」고, 「본질적으로 나약한 존재」이지만, 「자기와는 상관도 없는 일에 관여를 하기도 하며, 사람들이 수긍하며 받아들이는 기존의 진리와 그 진리에서 나온 개념, 즉 인간이나 사회문제에 적용할 보편적인 개념에 도전하는 사람들」이라는 말도 하고 있다.[23] 그는 한걸음 너 나아가 「예컨대 식민지 시대에 정신분석학자들은 아프리카인의 열등감을 증명하기 위해서 그들의 뇌 해부와 생리학에 관해 스스로 과학적이라고 칭하는 연구를 했」지만, 아무도 그들을 지식인들로 부르지 않을 것이라고 말하면서 「지식인이란 자신의 내부와 사회 안에서, 또한 실천적인 진리 탐구와 지배자의 이데올로기 사이의 대립을 자각하는 사람」이고, 「사회가 안고 있는 근본적 모순을 폭로하는 자」로서, 「바로 그 모순된 사회의 증인」이자, 「역사적 산물」로 규정하고 있다. 그는 지식인에 대한 자신의 그러한 정의에 입각해 자신의 휴머니즘으로서의 실존주의 사상을 글과 행동으로 실현시켜 나갔던 자로서, 인간 중심주의 시대를 완성시킨 최대의 지식인이라 할 수 있는 존재였던 것이다.

이상과 같이 「사르트르 이후」 학자의 개념은 철학자나 과학자라고 하는 개념에서 자신들의 전공영역에 대한 전문적 지식을 기초로 해서 자신이 처해 있는 집단 사회와 인류의 미래에 대한 책임의식을 자각하는 인간으로 전환해 나왔던 것이다.

이와 같이 인간중심주의적 세계관은 17세기 전반 르네 데카르트(René Decartes,

---

22) 상동서, p.13
23) 상동서, p.12

1596~1650)의 「코기토 에르고 숨」(cogito, ergo sum : 나는 생각한다. 고로 나는 존재한다), 18세기 후반 임마누엘 칸트(Immanuel Kant, 1724~1804)의 「딩 안 지히」(Ding an sich : 物自體)를 통해서 구축되어 나와서, 19세기 전반의 리얼리즘(realism)과 19세기 후반의 실증주의(positivism)로 전환해 나와 20세기 전반의 실존주의(existentialism) 철학 에 이르러 완성되었던 것이다.

20세기 후반으로 넘어와서는 레비스트로스(Lévi-Strauss, 1908~1991)의 『야생의 사고』(1962), 데리다(Jacque Derrida, 1930~2004)의 『그래머톨로지에 대하여』(1967) 등에 의해 구조주의 내지 후기 구조주의가 성립 발전되어 나갔다. 구조주의 철학은 인간과 인간에 의해 만들어진 문화적 환경을 일관하는 어떤 법칙을 규명해 내서 그것을 통해 인간의 본질을 이해해 간다는 입장의 철학으로서 인간중심적 사고체계가 우주중심적 사고체계로 전환해 나가는 과정에서 형성되어 나온 철학이라 할 수 있다.

7. 인식론과 철학의 역할

앞에서 고찰한 바와 같이, 철학은 인간이 무엇인가에 대해 알아보고 싶어 하는 욕망을 충족시켜보려는 행위를 기원으로 출발한 한 문화 장르이다. 고대의 경우 인간이 가장 알고 싶어 했던 대상은 존재하고 있다고는 생각되지만 그것이 어떻게 존재하고 있는지에 대해서는 알 수 없는 것들이었다. 예컨대, 우주나 신과 같은 존재들이 바로 그러한 것들이었다. 그런데 고대이후 인간들에게 있어서 우주는 자연의 일부로 인식되기 시작했고 중세로 들어와서는 자연을 만든 자가 바로 신이라고 하는 관념이 형성되었다. 그래서 고대인들은 자연이 어떻게 형성되어 나왔으며, 또 그것은 무엇으로 이루어졌는가에 대해 알아보려는 작업을 행했다. 그 작업이 인간사회 속에서 존재론 중심의 철학을 성립시켰던 것이다.

한편 인간이 우주, 자연, 신 등과 같은 존재들이 어떠한 존재인가를 추구해나가는 과정에서 그들의 문제의식은 인간들에게서의 그러한 존재들은 어떠한 존재인가로 전환되어 나왔다. 그래서 인간들의 관심은 그것들의 존재를 인식함으로써 그들의 존재를 인정하는 인간이란 과연 어떠한 존재인가에 대한 방향으로도 전개되어 나왔다. 그 과정에서 인식론 중심의 철학이 성립되어 나왔다. 그런데 필자가 여기에서 역설하고자하는 것은 고대·중세의 신중심시대의 철학이 형이상학, 신각 등과 같은 존재론 중심의 철학이었음에 반해 근세·근대·현대이후의 인간중심의 철학은 인식론 중심의 철학이었던 것이다. 그렇다고 해서 인간중심시대에 존재론 중심의 철학 연구가 없었다는 것은 결코 아니다. 그것은 '형이상학'(metaphysics), '현존재' 등과 같은 형태의 연구 등으로 존재했었다[24].

앞에서 고찰한 바와 같이 인간중심 시대이후 존재론 중심의 철학이 인식론중심의 철학으로 전환해 나온 것은 과학이 철학의 역할을 대신 행해가게 됨으로써였다. 칸트는 인간이 인식할 수 없는 것은 설혹 그것이 존재한다고는 말할 수 있지만 인간과 세계를 해명해 나가는 데는 확실한 자료가 될 수 없다는 입장을 취해 그 형이상학적 존재를 제거해 버림으로써 근대철학을 성립시켰다. 그의 그러한 입장은 근대과학이 성립시긴 실증주의적 입장에 의한 것이라 할 수 있다. 철학에서의 인식론이란 인식의 주체인 인간과 자연과 같은 인간의 인식 대상과의 관계를 문제시하는 입장을 말한다. 이렇게 봤을 때 과학이 철학을 대신해 인간 사회 속에서 학문의 역할을 수행해 가게 된 인간중심시대 이후의 철학은 기본적으로 과학적 정신에 입각해 인간과 세계, 즉 인간과 인간 자신을 둘러싸고 있는 세계와의 관계를 정립하는 일을 행해왔다고 말할 수 있다. 또 인간중심시대의 철학은 과학이 야기해 온 문화장르들의 지나친 분화뿐만 아니라 인간과 자연과의 극단적 분리 현상들이 몰고 온 병폐들을 비판해왔다. 그 경우에서도 인식론 중심의 철학은 합

---

24) 현재 한국에서 사용되는 형이상학(形而上學)이란 말은 'metaphysics' 등과 같은 서양어의 일본어 번역어로부터 취해진 것이다. 'metaphysics'란 말은 'ta meta ta physika'로부터 유래된 것인데, 그것은 기원전 1 세기경 안드로니코스(Andronĩkos)가 아리스토텔레스의 유고(遺稿)를 편찬 할 때 자연학(ta physika)의 뒤편(meta)에 어떤 강의 노트를 붙여놓았었던 것으로부터 기인되었던 것이다. 그런데 그 강의 노트의 내용이 '자연학'의 내용과는 달리 '존재로서의 존재', 즉 '존재의 근거'를 취급한 것으로서 그것이 'ta meta ta physika', 즉 '형이상학'으로 불리워지게 되었다고 것이다. 일본에서의 '形而上學'은 이노우에 데쓰지로(井上哲次郎), 1855-1944)가 『역경』(易經)으로부터 취해온 것으로 이야기되고 있다. '형이상학'에서의 '형이상'(形而上)은 '形而下'와 대비된 말인데, 후자가 형태를 가지고 있고 보고 들을 수 있는 것, 즉 경험 가능한 것을 가리키는 것인데 반해 전자는 경험 불가능한 것에 관한 학문을 가리킨다.[『事典 哲学の木』、講談社、2002、「形而上学」]

리주의나 실증주의 등과 같은 과학정신 그 자체에 대한 비판은 결코 아니었다고 말할 수 있다.

오늘날은의 실정은 앞에서 논한 바와 같이 인간중심시대의 도래이후 과학이 철학의 역할을 대신해가게 되었기 때문인지, 철학의 학문적 의의와 사회적 존재 이유에 대한 의문이 날로 제기되고 있다.

제 **4** 부

우주중심시대의 학문과 예술

제 1 장

우주중심 시대에서의 문화사의 시대구분

서 론

글로벌시대의 인간들에게 있어서 최대의 관심대상은 문화임에 틀림없다.[1] 본 연구는 그러한 문화에 대한 체계적 연구방법 정립의 일환으로, 글로벌시대의 시대적 이념의 입장에서 문화의 개념을 파악하여, 그 개념으로 파악한 문화사의 시대구분의 기준을 설정한 다음, 그것에 입각한 문화사의 시대구분을 목적으로 한다.

현재 우리가 처한 시대는 개개인들 혹은 특정한 인간집단들 내지 특정 지역의 인간들에 의해 행해지는 문화적 행위들이 전 지구적 차원에서 고찰되기에 이르렀다. 그 결과 문화에 대한 개념도 이전의 국민국가 시대와는 달리 전 지구적 차원이라고 하는 훨씬 더 포괄적 차원에서 파악되고 있으며, 또 그것에 대한 연구도 이전과는 달리 전 지구적 차원의 시각에서 접근되어 나가게 되었다. 따라서 문화연구의 한 방법으로서의 문화사의 시대구분도 그러한 시각에서 행해지지 않을 수 없는 상황에 처하게 된 것이다.

지금까지의 문화사의 시대구분은 한마디로 역사 연구자들의 시대구분에 기초해 행해져 왔다고 말할 수 있다. 문화인류학이 성립되어 나온 19세기후반 이전까지해도 역사가 문화사까지를 포괄하는 광의의 학문으로 취급되었다. 그 뿐만 아니라, 그때까지만 해도 그것은 통시적 차원에서 인간사를 연구해가는 가장 전문적

---

1) *Key Words*(1976)의 저자 R. 윌리엄즈는 "영어단어들 중에서 문화를 가장 난해한 몇 개의 단어 중 하나로 라고"하였다. [존 스토리저 · 박모 역(1994, 원서1990), 『문화연구와 문화이론』, 현실문화연구, p.13] 실재로 *Key Words* 속에서 "culture"항목이 제일 길게 적혀져 있다.[필자보주]

학문으로 인정되어졌었다. 그러한 이유로 인해 인간 연구에서의 문화사적 접근도 역사연구의 일종으로 취급되어 왔었던 것이다.

역사란 인간사회 속에서의 주로 정치적 사건을 중심으로 한 인간사의 기록이라 할 수 있다. 설혹 19세기 후반에 인간사회 속에서의 비정치적 사건들, 예컨대 어떤 한 민족의 일상생활들을 구성하는 관습들을 학문적 차원에서 접근해갔던 인류학과 같은 문화연구의 학문들이 성립해 나온 후에도, 문화사 연구는 20세기 후반까지 역사연구의 틀을 결코 벗어나지 못했었다. 현재 문화연구 분야에서 쓰이고 있는 문화사의 시대구분 기준과 시대구분은 역사학으로부터 차용된 것들이다. 이러한 사실은 아직까지도 문화연구가 역사학으로부터 완전히 벗어나지 못했다는 사실을 단도직입적으로 명확히 잘 말해주고 있는 것이라 할 수 있다. 현재 역사학계에서 일반적으로 사용되는 시대구분 기준과 시대구분은 서구에서의 17세기 인문주의시대에 성립된 고대·중세·근대라고 하는 3분법이나 그것에 의거한 것이라 할 수 있는데, 문화사의 시대구분기준과 시대구분도 바로 그 3분법에 의거해 행해진 것이라 할 수 있다.

그러나 1990년대로 들어와 문학, 역사학, 철학, 자연과학, 인문과학 등과 같은 기존의 학문영역의 경계가 해체되어 나왔고, 또 그 과정에서 문학, 역사, 철학, 과학적 현상들이 문화적 현상들로 인식되어 나옴에 따라, 역사연구가 문화연구의 하나로 인식되어 나오게 되었다. 이렇게 봤을 때, 이제 우리는 이전보다 훨씬 더 포괄적 의미를 지니게 된 문화를 연구의 대상으로 취해 가야할 입장에 처하게 되었다고 말할 수 있다. 따라서 그러한 문화를 연구할 경우 우리가 우선적으로 해야 할 것은 종래 문화가 역사에 종속되었던 시기에 역사학에서 설정한 시대구분의 기준과 그것에 의거한 시대구분을 폐기하고 글로벌시대 이후의 문화가 획득한 전 지구적 차원의 포괄적 시야를 재단할 수 있는 새로운 차원의 시대구분의 지표 설정과 그것에 의거한 새로운 시대구분 작업이라고 하는 것이다. 금후 우리는 바로 그러한 작업을 통해 취해진 시대구분법을 손에 넣게 됨으로써만이 이 글로벌시대에 걸 맞는 문화연구가 가능해질 것이라 생각된다.

이러한 의미에서 본 연구의 독창성은 바로 인간 개개인들의 일상생활을 구성하는 사적 사건들뿐만 아니라 사회적 정치적 사건들까지를 포괄하는 글로벌시대의 문화 개념에 입각해 문화사의 시대구분 기준과 그것에 입각한 시대구분 작업에 있다고 볼 수 있다.

본 연구는 우선 일차적으로 문화연구의 역사와 문화의 개념을 파악하고, 다음으로 글로벌시대란 어떤 시대이며 이 시대에서의 문화는 어떻게 개념화되어 있는가를 고찰한 다음, 그러한 고찰을 통해 이 시대의 문화적 현상의 본질을 이해해 가는 쪽으로 행해질 것이다. 또, 문화가 이 시대의 시대적 이념인 글로벌리즘의 관점에서 개념화 될 경우, 과연 그것은 어떤 장르들을 주축으로 하여 전개되어 나갈 것인가를 검토한다. 끝으로, 그러한 문화 장르들을 초석들로 해서 문화의 전개양상을 고찰해 볼 경우, 문화사에서의 시대구분의 지표는 무엇으로 설정될 수 있으며, 그것에 입각해 그 시대구분이 어떻게 행해질 수 있는지에 대한 고찰이 요구된다.

1. 글로벌시대에서의 문화의 연구와 문화의 개념

문화사의 시대구분 작업은 문화 현상에 대한 체계적 연구를 위한 일차적 작업이라 할 수 있다. 인간에게서의 문화는 구석기시대 이래 존재해왔다. 그런데, 그러한 문화에 대한 연구는 고대 그리스의 헤로도투스(Herodotus, 484~420, BC) 등에 의해서 시작되었다고 말하고 있다. 예컨대, 그는 『페르시아 전쟁사』의 기술을 위한 자료 수집을 위해 흑해 북쪽의 유라시아 초원지대에 있는 "인류 중에서 가장 야만적인 민족이라는 안드로파고인의 거주지" 등을 여행한다.[2] 그는 그러한 답습을 통해 당시 야만인으로 인식되었던 비그리스인의 기이(奇異)한 풍습들을 관찰해 민주정치를 행해가고 자유를 추구해 가던 당시 그리스인들의 인간상을 확립시켰다. 그런데, 그의 그러한 작업은 역사학이라고 하는 학문의 성립을 가능케 했던 정치적 사건들이나 그것들을 일으켜 갔던 인물들에 대한 고찰 작업에 종속되어, 하나의 독자적 학문으로 성립되어 나오기란 사실상 불가능했다.

---

2) 헤로도토스 저·우위펀 편·강은영 역(2008), 『페르시아 전쟁사』, 시그마북스, p.234.

문화에 대한 그러한 연구가 역사학으로부터 독립되어 나와 하나의 학문으로 성립된 19세기 후반에 이르러서이다. 당시 서구의 기독교 문화권의 인간들은 아프리카 지역을 비롯한 타문화권 지역으로 자신들의 국력을 확장시켜 나가는 과정에서 많은 이민족들과의 접촉을 계기로 보다 포괄적인 새로운 인간상의 구축이 요구되었다. 그러한 상황에서 비로소 문화에 대한 연구가 역사학으로부터 독립되어 나와, 민족학 내지 인류학 등과 같은 학문의 형태로 성립되어 나오게 되었던 것이다.[3] 당시의 그러한 학문이 추구해 나갔던 것은 결국은 인간이란 어떠한 존재이며, 또 그가 일으켜가는 문화들이 의미하는 것이 과연 무엇인가에 관한 것이었다. 그 결과 그러한 학문들이 행해갔던 문화에 대한 연구 성과는 문화를 한 민족의 생활양식으로 규정지어 놓았다.

서구의 근대 기독교 문화권의 인간들이 20세기로 들어와 양차세계대전을 통해 비서구의 비기독교 국가들로 진출해나가, 그들의 근대 산업문명이 전파되지 않은 지역들의 여러 민족들과 부족들의 생태와 그들 사회의 문화들 등과의 접촉을 통해 인간문화들에 대한 다양한 정보들을 획득해갔다. 그 결과 그들은 이문화권의 사회, 문화에 대한 다양한 정보들을 자료삼아 이전보다 훨씬 더 포괄적 차원에서 문화현상들의 원리를 규명해가게 되었다. 그러한 과정에서 20세기 중반에 레비스트로스(Claude Lévi-Strauss, 1908~)의 『슬픈 열대』(1955), 『구조인류학』(1958), 『야생의 사고』(1962) 등을 통해 구조주의가 성립되어 나왔고, 문화가 상징체계, 기호체계, 의미체계 등과 같은 것으로 개념화되어 나왔던 것이다.[4] 특히 미국인들과 프랑스인들에 의해 비기독교 문화권의 "원시 미개사회"의 문화들이 분석되며 인간의 문화 현상의 본질이 연구되어 나갔던 것이다.

한편, 영국인들에 의해서는 19세기 후반에 그들에 의해 성립되어 나왔던 인류학이

---

3) 민족학(Ethnology)은 주로 독일에서 쓰이기 시작했던 용어이다. 이에 대해 인류학(Anthropology)은 영국과 프랑스에서는 사회인류학으로, 미국에서는 문화인류학으로 각각 쓰이기 시작되었다. 또 그것은 인간의 신체적·생물학적 형태의 특징을 자료로 해서 인류를 연구해가는 자연인류학과 인간의 인식형태를 자료로 해서 인간을 연구해가는 문화인류학으로 양분되어 나왔다. 현재는 고고학이 인류학으로부터 독립해 나감에 따라, 민족학 혹은 인류학은 문화인류학으로 통용되었다. [『岩波 哲學·思想事典』、岩波書店、1998、「人類學」參考]
4) 크리스 젠크스 저·김윤동 역(1996, 원서1993), 『문화란 무엇인가』, 현대미학사, p.208.

20세기로 들어와 사회학과 결합되어 사회인류학으로 전환해 나오게 됐는데, 20세기 후반으로 들어와서는 사회학자들에 의해 현대 대중사회의 문화 현상에 대한 체계적 고찰이 행해지게 됨으로써 또 다른 차원에서 문화 현상의 본질이 규명되어 나갔다. 그 과정에서 현대사회 연구자인「문화, 미디어, 이데올로기적 영향」(1977)의 필자, 스튜어트 홀(Stuart Hall) 등에 의해 버밍엄대학의 "현대문화연구소"를 중심으로 '문화연구'(Cultural Studies)라고 하는 학문이 성립되어 나오게 되었다.5)

이와 같이, '문화연구'를 독자적 학문영역으로 확립시킨 자들의 문화에 대한 기본적 입장은 그동안 영국인 학자들에 의해 정리되어 나온 '한 민족의 생활양식'이라고 하는 개념에 의거해, 문화를 이 현대사회에서의 대중적 삶을 실현시켜 나가는 인간들의 '생활양식'으로 개념화시켜 나갔던 것이다.

그런데, 문화의 개념이 역사의 개념을 포괄하게 된 것은 20세기 후반에 와서 레비스토로스(1908~)를 비롯한 구조주의자들과 스튜어트 홀 등과 같은 현대대중사회 연구자들에 의해 문화에 대한 연구가 새로운 차원에서 행해지기 시작됨에 따라서였다고 할 수 있다.

현재 지적 담론에서 흔히 사용되는 문화에 대한 일반적 개념은 20세기 후반의 구조주의자들과 '문화연구'의 현대대중사회 연구자들을 통해 정립되어 나온 것이라 할 수 있다. 본 연구에서 필자의 문화에 대한 기본적 입장 또한 20세기 후반 이후 그들에 의해 개념화된 것에 기초해 성립해 나온 것이라 할 수 있다. 구조주의자들에게서의 문화의 개념은 역사는 물론, 정치, 경제, 사회, 종교, 예술 등의 활동들을 포괄한 인간의 정신적 활동의 총체로 규정되었다. 그들에게서의 그것은 사회과학, 고고학, 인류학 등에서 말하는 "사회의 물질적 생산" 활동은 물론이고, 역사, 문학, 문화연구 등에서 말하는 개개인의 "의미 생산"의 활동 등을 일으켜가는 인간의 정신적 활동의 총체를 의미했던 것이다.6)

이와 같이 문화의 개념이 넓혀짐에 따라, 구조주의자들에 의해 개념화된 문화의

---

5) 마이클 그린 저·존 스토리 편·백선기 역(2000, 원서1996), 『문화연구란 무엇인가』, 커뮤니케이션북스, pp.114-115.
6) ジョゼフ・チルダーズナゲーリー・ヘンツィ編・杉野健太郎他訳(1998), 『現代文学・文化批評用語辞典』、松栢社、"Culture".

의미는 가치, 의미, 이미지, 상징 등의 체계 등과 같은 관념체계로 확립되었다. 그런데, 요는 이러한 개념 하에서의 인간 문화의 시대구분은 아직 행해지지 않았다는 것이다. 그렇다면 구조주의 시대 이후의 문화 연구자들은 어떤 식으로 문화사의 시대구분을 행해가고 있는 것인가? 필자가 조사해 본 바에 의하면 그들은 17세기 초에 서구의 인문주의 역사가들에 의해 행해진 시대구분을 빌려다가 그대로 그것을 사용해 가거나, 또는 그것을 변형시켜 사용하고 있는 것으로 고찰된다. 그렇다면, 이상과 같이 서구에서 20세기 후반 원시 미개 사회에 대한 체계적 연구를 통해 인류 문화의 특성을 파악하려는 레비스트로스 등과 같은 구조주의자들이라든가, 혹은 현대 대중사회에 대한 체계적 연구를 통해 현대 문화의 본질을 파악하려는 영국의 스튜어트 홀 등과 같은 현대사회 문화의 연구자들이 출현하게 된 당시의 지적 상황은 어떠했는가? 그것은 20세기 후반에 접어들어 인간의 우주로의 진출과도 결코 무관치 않았던 것으로 고찰된다. 인간이 인공위성을 타고 지구 밖의 우주로 나가 우주의 한 지점으로부터 지구를 바라보게 됨으로써 지구 속에 존재하는 자기 자신들의 삶을 우주적 차원에서 인식하게 되었던 것이다. 20세기 후반에 들어 마샬 막루한(Marshall McLuhan)과 퀴틴 피오레(Quentin Fiore)의 『지구촌에서의 전쟁과 평화』 *War and Peace in The Global Village*(1968)를 통해 "지구촌"이란 말이 출현하기도 했다. 그 결과 인간 자신들의 정신적 활동과 그 소산도 인간들에게 이전과는 다른 차원에서 인식되어 나오게 되었다. 그런데 문제는 인간의 문화적 활동과 그 소산이 우주적 차원에서 인식되어 나온 이래 그것이 이 지구상에서 진행되어 나온 양상에 대한 시대구분은 아직 시도되지 않았다고 하는 것이다.

그렇다면, 20세기 후반 이래 문화사에서의 시대구분은 어떻게 행해져 왔는가? 그동안의 문화사 연구자들은 역사가 문화를 포괄했던 시기에 역사가들에 의해 행해진 시대구분법을 그대로 이용해 왔다고 말할 수 있다. 역사가 학문의 한 영역으로 성립된 것은 고대 그리스의 헤로도투스(Herodotus, 484~420, BC), 투키디데스(Thucydides, 460~400경, BC), 고대 중국의 사마천(司馬遷, 145~86, BC), 반고(班固, 32~92) 등을 통해서였고, 문화연구가 학문영역의 하나로 성립되어 나온 것은 그보다 근 20세기나 늦은 19세기 후반의 『원시문화』(1871), 『인류학』(1881) 등을 저술한 영국의 민족학자 테일러(E. B. Taylor, 1832~1917) 등을 통해서였던 것이다.

역사에서 어떤 기준에 입각해 시대구분이 행해지기 시작된 것은 헤로도토스 이후 부터였다고 할 수 있는데, 그동안 가장 널리 이용되어온 것은 17세기 중반 인문주의 시대에 네덜란드 출신의 독일 고전학자 크리스토프 셀라리우스(Christoph Cellarius, 1638~1707)에 의해 시도되었던 3분법, 즉 고대(Ancient)·중세(Medieval)·근대 (New Period)라고 하는 구분법 이었다고 할 수 있다.[7] 인문주의자들에 의해 확립된 이 삼분법은 인간에게서의 이성(理性)의 진보를 시대구분의 지표로 삼아 행해진 구분법이었다. 그들은 "이성의 재생기를 근대(the modern age)라 하였고, 인간의 이성이 말살된 암흑기를 중세로 보았으며, 이성이 지배해갔던 시기로, 근대가 마땅 히 본받아야 할 시기를 고대로 파악"했었던 것이다.[8]

이렇게 해서, 이러한 삼분법이 성립되어 나온 17세기 이후의 역사가 "근대"로 불려지게 되었는데, 그렇게 불려지게 된 역사는 인간의 이성적 사고의 변천과정을 기준으로 해서, 17세기의 합리주의, 18세기 전반의 계몽주의, 18세기 후반과 19세 기의 초반의 낭만주의, 19세기 중반의 사실주의, 19세기 후반의 상징주의, 20세기 초의 초현실주의, 20세기 중반의 실존주의 20세기 후반의 구조주의 등의 시대로 구분되어 나왔던 것이다.

2. 글로벌시대에서의 문화 개념

"the earth"란 인간의 지상체험을 통해 잡아낸 거대한 땅덩어리로서의 지구를 의미한다. 이에 반해, "the globe"는 우주적 시각에서 잡아낸 지구 내지 그 모습을 의미한다. 즉, 그것은 행성(planet)으로서의 지구를 가리킨다.

행성으로서의 지구는 가) 우주를 존재기반으로 하고 있고, 나) 공의 형태를 취한 하나의 통일체이고, 다) 우주의 공간을 이동해가는 존재 등과 같은 의미로 특징

---

7) 그의 삼분법(a tripartite division of history)은 그의 저작 *Universal History Divided into an Ancient, Medieval, and New Period*를 통해 시도되기 시작되었다.[필자역주]
8) 김채수(1994), 『21세기의 문화론 : 영향과 내발』, 태진출판사, p.24.

지워진다. 글로벌시대란 인간이 바로 그러한 행성 위에 처해 있는 존재라는 의식에 사로잡혀 존재해가게 된 시대를 가리킨다. 글로벌시대는 전 지구적 차원의 통일된 질서와 보편적 가치 내지 윤리의식을 확립시켜 나가는 시대라 할 수 있다. 또 그것은 인간 개개인들이 자신들의 개인적 특성, 개개인이 처해 있는 집단적 내지 지역적 특성 등을 주축으로 해서 전 지구적 인간들을 상대로 해서 자신들의 삶을 실현시켜 나가는 시대로도 규정된다. 문화란 인간이 이 우주 속에서의 자신들의 생명체계를 창출해가면서 자신들의 존재 의미를 향유해가는 방식으로 개념 지워진다.

인류의 문화를 체계적으로 연구하기 시작했던 19세기 후반의 문화인류학자들에게의 문화에 대한 개념은 특정 지역의 인간집단이나 민족 등과 같은 인간집단들의 생활방식으로 개념화되었다. 이 경우 문화는 특정한 인간집단이 특정 지역의 자연환경에 적응해가는 과정에서 창출해낸 삶의 방식으로 개념화된 것이라 할 수 있는데, 특히 지역적 특성과 밀착되어 의식주 차원에서 무의식적으로 행해지는 반복되는 생활태도 내지 생활양식으로 규정되었던 것이다.

그러나 20세기 후반 구조주의자들과 현대사회를 연구했던 현대대중문화 연구자들에게서의 문화는 앞에서 언급한 바와 같이 가치, 의미, 이미지 등과 같은 차원의 관념적 체계들로 규정됨으로써 19세기 후반의 문화인류학자들이 규정했던 관습적 차원의 것보다 훨씬 더 정신적 현상의 소산으로 규정되어 나왔다. 그러나 글로벌시대로 접어들어서 그것은 이전의 그러한 것들보다 훨씬 더 개별적이고 주체적이고 의식적 차원에서 개념화되어 나왔다고 말할 수 있다.

구조주의 내지 후기구조주의적 입장이나 혹은 문화연구 등의 입장에서 인간에게서의 문화적 현상이나 현대 후기산업사회에서 대중적 문화 현상 등의 원리가 고찰된 것은 1980년대까지로 고찰된다. 1990년대의 글로벌시대로 접어들어서의 문화에 대한 접근은 글로벌리즘 내지 글로벌라이제이션과의 관계 속에서 행해져 나갔다. 그들의 그러한 입장은 특히 구조주의 내지 후기구조주의적 입장의 경우, 문화를 '정태적인 것이거나 폐쇄된 체계'로 파악하지 않고, 항상 생산적이고 역동적이고 끊임없이 새로운 것으로 간주했으며, 일련의 인공물이나 고정된 상징들이 아니라 '과정'으로 파악하였다.[9] 문화연구 계열의 학자들의 경우는 "문화의 장(場)"을 "헤게모니를 둘러싼" "이데올로기적 투쟁의 장"으로 파악해, 문화현상을 가치체계들 간의 끊임없는 "저항"과 "불일치" 현상으로 파악했고,[10] 또 그들은 그러한 장을 이와 같은 상치되는 가치체계들 간의 접합을 통해 행해지는 의미 생산의 장으로 파악했던 것이다. 존 스토리는 안토니오 그람시(Antonio Gramsci) 등과 같은 학자에 의해 제시된 문화의 헤게모니 개념론에 의거해 "문화연구를 일정의 정치적 프로젝트"로 파악하였다.[11]

그러한 접근은 그때까지의 한 민족이나 국가를 단위로 해서 내셔널리즘이라고 하는 입장에서라든가, 혹은 특정 국가들을 지지 기반으로 해서 형성된 자본주의 진영 내지 그것에 대립적 입장을 취해갔던 공산주의 진영이라고 하는 입장에서 구축되어 나왔던 문화가 글로벌리즘이라고 하는 전 지구적 입장에서 재구성되어 니기는 과정에서 야기되는 여러 차원의 문화적 갈등이라든가 혹은 그것을 통해 보다 포괄적인 새로운 문화의 탄생 등에 관한 문제로 전개되어 나갔다. 이 경우에서 존 톰린슨은 『세계화와 문화』(1999)를 통해, "문화는 지역적 위치와 필연적으로 묶여 있는 개념으로 생각될 수 없다"면서, "문화를 고정적이라기보다는 본질적으로 이동적(mobile)인 것으로 간주"하고 있다. 그는 그러한 입장을 취해, 문화가 "탈장소화의 실천"을 통해 글로벌화를 실현시켜 나갈 것이라고 말하고 있다.[12] "문화의 이동성"을 강조하고 있는 것이다.

문화에 대한 개념이 이렇게 전개되어 나가는 과정에서 2000년대로 들어와 그것은 한 단계 더 새로운 차원에서 보편화되어 나왔다. 그 일례가 프랑스의 이브 미쇼의 경우라 할 수 있다. 그는 『문화란 무엇인가 I 』(2000)의 '서문'에서, 문화의 개념을 이전보다 한 단계 더 확대시켜 이 글로벌시대의 시대적 이념에 걸맞게 사용하고 있다. 그는 '서문'의 "문화의 범위"란에서 다음과 같이 말하고 있다.

---

9) 크리스 젠크스 저·김윤동 역(1996, 원서1993), 『문화란 무엇인가』, 현대미학사』, p.176.
10) 존 스토리 저·백선기 역(2000, 원서1996), 「문화연구란 무엇인가」『문화연구란 무엇인가』, 커뮤니케이션북스, p.29.
11) 위의 논문, p.30.
12) 존 톰린슨 저·김승현 외 역(2004), 『세계화와 문화』, 나남출판, p.49.

우리의 몸과 물리적 세계, 자극과 이를 다루는 우리의 지적 능력, 동물적인 충돌
과 이러한 충돌을 감정이나 열정으로 승화시키는 방법 등의 사이에는 언제나 문화
가 개입되게 마련이다.

그는 1990년대로 들어와 전 지구의 각 지역에서 이슈가 되어온 정치적, 사회적,
문화적, 종교적 사건들에 대해 논한 글들을 엮어 그 책의 제목을 『문화란 무엇인가』
라 붙였다. 또 그 책의 제1장 제목을 "지구촌 문화로 본 우리시대"로 붙였다. 그의
그러한 의도들은 그가 그 책을 통해 이 지구상에서의 인간들이 일으켜가는 모든
현상들을 문화 현상으로 본다고 하는 입장을 취해 이 글로벌시대의 시대이념에
걸맞는 문화개념을 정립시켜 보기 위함이었다고 할 수 있다. 이러한 점들을 고려해
볼 때, 그에 의해 정립될 수 있는 문화의 개념은 랄스 콘너스만의 그것과도 같은
것으로 파악할 수 있다.

독일철학자의 랄프 콘너스만은 『문화철학이란 무엇인가』(2003)에서 인간에 의
해 행해지는 문화적 현상의 본질을 인간의 인식작용을 지배해가는 것으로 보려는
입장을 취하고 있다. 그에 의해 개념화된 문화의 의미는 그의 다음과 같은 말들을
통해서 파악해낼 수 있다. 그는 '문화개념'의 장에서 우선 "세계질서의 틀 속에서
볼 때 문화의 문제가 오늘날처럼 이렇게 큰 관심을 유발한 적이 없었다고 해도
과언이 아니다."라는 입장을 취했다. 그는 그러한 입장에서 '사실(facts)'을 '문화적
사실(cultural facts)'로 파악했다. '문화적 사실'은 의미를 지니는 반면에 '사실'은
그 자체로서는 의미를 지니지 않는다."는 관점을 취했다.13)

그는 '사실'과 '문화적 사실'의 차이를 음의 세계와 관련시켜, '음'이 '사실'에 대응
된다면 '문화적 사실'은 '멜로디'에 대응된다는 입장을 취했다. 다시 말해 '사실'이
인간과 관련됨에 따라 그 '사실'에 '의미'가 부여됨으로써 '문화적 사실'로 전환된다
고 하는 것이다. 이렇게 봤을 때, 인간사회에서의 문화적 현상은 인간의 인식작용
에 의해 일어난다는 것으로서 인간에서의 문화야말로 다름 아닌 바로 인간의 인식
작용 그 자체이라고 하는 입장이 취해지게 되는 것이다.

이상과 같이 고찰해 볼 때, 문화에 대한 연구는 19세기 이전까지는 역사 연구의

---

13) 랄프 콘너스만 저·이상엽 역(2006), 『문화철학이란 무엇인가』, 북코리아, p.17.

일부로 행해져 오다가 19세기 후반으로 들어와서는 인류학을 통해, 20세기 전반에는 문화인류학과 사회학을 통해 행해져 나왔다. 20세기 후반으로 들어 와서는 문화인류학자들에 의해 만들어진 문화이론인 구조주의가 인문사회의 모든 학문 분야에서 방법론으로 받아들여짐에 따라, 현대사회를 연구했던 학자들에 의해 문화 그 자체가 하나의 연구대상으로 성립되어 나왔으며, 그 결과 "문화연구"라는 학문 분야가 형성되어 나오게 되었던 것이다.

그런데, 우리가 여기에서 논하고자 하는 것은 비정치적 사건이라 할 수 있는 역사적 사건이라든가 사회적 사건 등은 말할 것도 없고, 정치가들이 일으켜가는 정치적 사건들을 포함한, 이 지구상의 인간들이 일으켜가는 사건들을 통해 일어나는 모든 현상들의 총체를 문화적 현상, 즉 문화로 파악하여, 바로 그것을 연구대상으로 하는 학문이 20세기 후반에 성립되어 나왔던 것이다. 보다 더 구체적으로 말하자면, 그것은 20세기 후반 영국에서 현대 대중사회의 문화적 현상에 대한 연구의 형태를 취해 출발하였고, 그러한 연구형태가 일반화되어 나가는 과정에서 영국에서 '문화연구'라는 학문이 형성되어 나왔던 것이다.

그런데, 이 '문화연구'에서의 '문화'는 '문화연구'가 하나의 학문으로 성립해 나올 당시에는 산업자본주의 국가들의 '현대 대중사회 문화'를 지칭했었다. 그러한 지칭은 그 이전 한 민족의 전통문화나 외래문화와의 대립적 관련 속에서 처해진 것이라 할 수 있다. 그러나 그 후 그것이 하나의 학문으로 점점 더 확고해져감에 따라 '문화연구'에서의 '문화'에 대한 개념도 민족이나 국가적 단위보다는 그것의 다수로 구성된 더 큰 인간집단이나 더 넓은 지역의 문화, 예컨대 '유럽문화', '동아시아문화' 등과 같은 소위 동일문화권 지역의 문화라든가, 앞에서 언급한 바와 같이 전 지구적 차원의 '지구촌문화, '글로벌문화' 등과 같은 것들로 확대되어 나왔다. 그렇다면, 금후 문화의 개념은 어떤 식으로 변형되어 나타날 것인가?

현재, '유럽문화'나 '지구촌 문화'에서의 '문화'는 그 스케일이 동일문화권지역 차원이나 전 지구적 차원의 것이기는 하지만, 어디까지나 그것은 '현대'라고 하는 공시적 차원의 것이라는 점에서 그 한계성이 내포되어 있다고 말할 수 있다. 따라서 금후 이러한 한계성은 시간적 확장을 통해 극복될 것으로 전망된다. 이러한 측면에서 고찰해 볼 때, 지금까지의 '문화연구'는 그동안의 현대 대중문화, 동일문화권문화, 글로벌문화 등의 연구를 통해 행해왔던, 지역간·계층간·장르간 등의 유기적 관계들의 고찰을 통해 문화의 역동성 내지 생명력 규명에 치중해왔다. 그러나 이제부터는 시공간적 확장을 통해 문화의 역동성과 생명력이 추구되어 나갈 것으로 전망된다.

'문화연구'를 주도해온 학자들에게서의 인간이 처해 있는 '지구'(the globe)상의 공간은 사실은 그것이 시간이 개입된 4차원상의 움직이는 공간임에도 불구하고, 정지해 있는 3차원상의 공간으로 인식되어 왔다. 그들의 그러한 인식은 그들이 지구를 지구 내에서 인식해 왔었기 때문이었다. 그들이 자신들이 처해있는 자상공간을 움직이는 4차원 공간으로 인식하려면 그들이 지구로부터 지구 밖의 우주공간으로 나와서 우주공간으로부터 지구의 이동을 바라다 보아야한다. 다시 말해 그들은 지구를 우주공간을 이동해가는 행성의 하나로 인식해가야 한다는 것이다. 금후의 문화연구자들은 인간이 처해 있는 지상공간을 시간이 내재된 움직이는 공간으로 인식하여 지상공간에서 일어난 문화적 현상들의 질서를 파악해갈 것이라 생각된다.[14] 그러한 의미에서, 글로벌시대의 문화개념에 의거해 문화사의 시대구분이 새롭게 연구될 필요성이 요구되는 것이다.

3. 인간에게서의 문화적 행위의 원동력

글로벌시대로 들어와 인간의 문화적 활동이 우주적 시각에서 고찰됨에 따라 문화의 의미가 이 우주 속에서의 인간의 존재방식으로 파악되어 나왔다. 그렇다면, 인간에게 있어서 그러한 존재방식을 창출해 나가는 에너지란 과연 어디로부터 나오는 것인가? 이 우주 속의 모든 생명체는 자기 자신의 존재형태를 보다 안전하게 유지시켜 가려는 속성을 지닌다. 사실은 무생물들까지도 그러한 속성을 지니고 있다.

---

14) 김채수(1997), 『21세기 문화이론 : 과정학』, 교보문고, pp.150-154.

생명체들의 그러한 속성은 이 우주 속에서의 모든 물질들에게 적용되는 물리적 법칙, 구체적으로 말해 열적 평등과 중력의 법칙을 기초로 해서 형성되어 나왔다고 볼 수 있다. 그러한 물리적 법칙을 기초로 해서 존재해가는 우주 속의 모든 존재들은 자기 자신들의 존재형태를 보다 안전하게 유지시켜 나가기 위해 노력해가는 존재들이라는 것이다. 그러한 노력은 인간의 경우 다음과 같은 3가지 차원에 이루어진다. 우선 하나는 몸과 생각으로 어떤 것들을 느껴가려는 의지를 통해 이루어진다. 다른 하나는 무언가를 알아가려는 의지를 통해 이루어진다. 나머지 하나는 무언가를 만들어가려는 의지를 통해 이루어진다. 논지가 여기에서 강조하고자 하는 것은 인간에게서의 바로 그러한 의지들이 문화적 현상을 일으켜가는 원동력이라고 하는 것이다.

인간이란 이상과 같은 3가지 차원의 욕구, 즉 무엇인가를 가) 느껴보려는 욕구, 나) 알아보려는 욕구, 다) 실행(實行)해 보려는 욕구에 사로잡혀져 있는 존재이다. 바로 그러한 욕구들이 "갈등의 소지를 안고" 있는 "문화의 장"(the field of culture)을 구성해서 의미를 생성해 낸다는 것이다. 특히15), 3번째의 무언가를 실행해 보려는 욕구는 무언가를 한층 더 느껴본다든가 알아보려는 욕구의 결과로서 취해진 것이라 할 수 있다. 이렇게 봤을 때, 인간의 문화적 행위란 결국은 무언가를 알아보려는 지적 욕구와 무언가를 느껴보려는 향유욕구(享有欲求)를 에너지원으로 하고 있다고 말할 수 있다.

인간에게 있어서 지식이란 인간이 어떤 것들을 인식해가는 과정에서 형성되어 나온다. 인간이 어떤 것들을 인식한다는 것은 자신이 이전에 어떤 것을 인식해 그것에 대한 인식 경험의 결과로 취하게 된 지식을 가지고 어떤 대상을 인식한다는 것을 의미한다. 따라서 인간에 있어서 인식 작용이란 이전의 인식 작용을 통해 취한 정보들을 가지고 어떤 인식 대상들에 대해 새로운 지식들을 창출해 감으로써 타자들과의 관계 속에서 자신의 존재를 유지시켜나가려는 기본적 생명작용이라고 말할 수 있다.

이와 같이 인간의 어떤 것에 대한 지식이란 그것에 대한 반복적 인식 활동을

---

15) 존 스토리 저·박만준 역(2002, 원서1996), 『문화연구의 이론과 방법들』, 경문사, p.7.

통해 형성되어 나온 것들이다. 인간에서의 학문이란 어떤 관심대상에 대한 체계적 지식을 만들어가는 행위를 말한다. 인간들은 자신들의 그러한 행위를 서구에서의 경우 르네상스 운동 이전까지는 철학, 르네상스 이후부터는 과학, 20세기 후반부터는 연구 등으로 불러왔다.

그렇다면 인간들이 자신들의 관심 대상들에 대해 체계적 지식을 추구해 나가는 목적이란 과연 무엇인가? 그것은 인간들이 그러한 지식을 가지고 어떤 도구나 제도를 만들어 이 우주 속에서의 자신들의 삶을 한층 더 의미 있게 실현시켜 나가기 위해서라 할 수 있다. 이렇게 볼 때 다양한 문화 장르들 속에서의 학문이라고 하는 장르는 인간의 문화적 활동을 일으켜가는 초석이라 할 수 있다.

인간의 지적 활동은 삶의 향유활동과는 어떻게 관련되어 있는 것인가? 인간은 어떤 것을 알게 됐을 때 희열을 느낄 때가 있다. 이 경우, 우리가 어떤 것을 알기를 원했던 그 일차적 목적은 희열을 맛보기 위해서가 아니었다고 하는 것이다. 우리가 어떤 것에 대해 알려고 하는 그 일차적 목적은 그것에 대한 지식을 취해서 그것을 사용해 무언가를 해가기 위해서라 할 수 있다. 이렇게 봤을 때, 인간에게서의 지식의 탐구나 학문적 탐구 행위는 사실상 수단적 행위의 일종임에 틀림없다. 다시 말해 그러한 행위들은 어떤 물건을 생산해내고 어떤 사회적 규율을 만들어내기 위한 방법상의 행위이지, 향유를 일차적 목적으로 하는 어떤 소비 행위가 결코 아니라는 것이다. 이렇게 봤을 때 지적 활동 과정에서 나타나는 어떤 희열은 지적 활동의 결과로 나타나는 부수적 현상이라 할 수 있다.

인간의 생활 속에서 사용되는 도구들은 또 다른 도구들이나 수단들을 생산해내기 위한 목적으로 존재한다. 그러나 예술작품들의 경우는 어떤 느낌이나 감정을 불러일으키기 위한 수단으로 존재하는 것이다. 이렇게 봤을 때, 인간에게서의 예술적 행위는 어떤 느낌을 향유하기 위한 목적으로 행해지는 행위라 할 수 있다. 작가의 창작 행위는 창작품을 통해 자기 자신과 감상자로부터 미적 의식을 불러일으키기 위한 목적으로 행하는 행위이고, 감상자의 작품 감상행위는 작품이 불러일으키는 미적 의식을 향유하는 행위이다.

예술작품은 감상자들에게 인간의 삶이나 사회에 대한 어떤 정보들을 제공해서 그들로 하여금 어떤 사실을 알게 해서 희열을 느끼게 한다. 이 경우, 예술가의 예술작품의 창작 행위는 자신과 감상자로 하여금 미적 의식을 향유케 하는 것에 그 목적이 있는 것이지 자신과 감상자로 하여금 그들의 삶이나 사회에 대한 지식을 제공해서 그것을 이용해 보다 나은 삶을 설계해가고 또 보다 나은 사회를 건설해가는 것에 그 목적이 주어져 있는 것이 아닌 것이다.

이와 같이 인간에게 있어서 예술적 행위는 자신의 존재 의미를 향유케 하는데 그 목적이 있는 것이다. 이렇게 봤을 때, 이 우주 속에서의 인간의 존재 의미의 실현방식이라 할 수 있는 문화를 구성하는 예술장르는 이 우주 속에서의 자신들의 존재 의미를 향유해가는 수단으로서의 역할을 행해가는 것이라고 말할 수 있는 것이다.

4. 문화사의 시대구분 기준과 시대구분

앞에서 논한 바와 같이, 글로벌시대에서의 문화의 의미는 이 우주 속에서의 인간의 존재의미의 실현방식으로 파악된다. 이것은 인간들의 삶과 그들의 세계가 우주적 시각에서 인식된 결과로서 취해진 것이라 할 수 있다.

인간이 우주적 시각에서 지구상에 처해 있는 자신들의 존재와 세계를 인식하게 된 것은 자신들의 존재의 기초를 이루고 또 자신들의 세계를 이루는 지구라고 하는 행성이 우주 속에 존재해 있음으로 인해 우주로부터 지배를 받아가는 존재이고, 또 인간도 사실상 그러한 지구의 일부를 이루는 존재들이라고 인식되어가기 때문이라 할 수 있다.

이 우주 속에서의 인간의 존재의미의 실현방식은 우주적 시각에서 파악한, 인간의 존재와 세계에 대한 체계적 지식과 또 그러한 시각으로부터 인식한 인간 자신의 존재에 대한 의미의 향유의식을 기초로 해서 형성되어 나가고 있다고 말할 수 있다. 이렇게 봤을 때, 문화사의 시대구분은 인간을 지배하는 존재들에 대한 인식의 변천과정을 기준으로 해서 문화의 전개과정을 고찰해야 한다는 입장이 취해진다. 이 경우, 문화의 전개과정은 인간의 존재와 인간이 처해 있는 세계를 지배하는 존재로 인식된 우주와 관련하여 어떤 식으로 연구되어 나왔으며, 또 인간의 존재 의미가 그러한 우주와 관련하여 어떤 식으로 향유되어 나왔는지에 대한 고찰을 주축으로 해서 파악되어야 한다는 입장이 취해진다.

인간과 인간의 세계를 지배해가는 존재에 대한 인식의 변천과정을 지표로 해서 문화사의 시대를 구분해 보려면, 우선 무엇보다도 인간들이 그러한 존재를 무엇으로 인식해왔는지를 파악하고, 또 그러한 존재에 대한 인식의 변천과정이 파악되어져야 한다. 인간이 인공위성을 통해 우주로 진출한 21세기 후반 이후에 형성되어 나온 글로벌시대에서의 절대적 주체는 우주로 인식되어 나왔다. 그 결과 글로벌시대로 들어와서는 그러한 세계관에 입각해 인간과 인간세계가 인식되어 나왔다. 그렇다면 인간이 우주로 진출하기 이전까지는 어떠했는가?

서구에서의 르네상스 운동기(14~15세기)와 동아시아에서의 원대(元代, 13세기 후반~14세기 전반) 이후의 인간은, 그 동안 신(God)이나 천제(天帝)의 입장에서 자신들과 자신들의 세계를 인식해오던 시각을 버리고, 인간 자신들의 시각에서 자신들과 자신들의 세계를 인식해가게 되었다. 그 이유는 실제로 인간과 인간의 세계를 지배할 수 있는 절대적 주체가 인간 자신밖에 없다고 생각하게 되었기 때문이었다. 그 결과 르네상스기 이후 인간들은 자신들이야말로 지구상에서의 만물의 영장이고, 자신들이 처해 있는 세계가 둥근 공과도 같이 생긴 지구라는 사실들을 알게 됨으로써 자신들을 지구적 존재로 인식하게 됐던 것이다.

르네상스 운동기 이전까지는 어떠했는가? 동서의 인간들은 인간이란 신이나 천제에 의해 지배당하는 존재라고 생각했고, 또 그들은 자신들이 신봉하는 신의 권력이 미치는 지역을 자신들의 세계(the world)라 생각했었다. 이렇게 파악해 봤을 때, 인간과 인간세계를 지배해가는 존재에 대한 인간들의 생각은 신, 인간, 우주로 변천되어 나왔다고 볼 수 있다. 따라서 문화의 전개과정은 신 중심시대 · 인간중심시대 · 우주중심시대로 삼등분될 수 있다는 입장이 취해진다. 그렇다면, 이상과 같은 기준에 의해 행해진 각 시대의 특징은 어떠한가?

신 중심시대는 주체로서의 신과 객체로서의 인간으로 양분되어 있던 시대라 할 수 있다. 이 경우에서의 인간의 세계는 자신들의 신이 행사하는 정치적 권력이 미치는 지역으로서의 세계(the world)로 정의되는 세계이다. 통신수단은 말과 범선이었다. 이 주된 학문은 철학이었으며, 또 주된 예술은 음악이었다. 지식은 신에 대한 지식이었고, 예술적 소재는 신과 관련된 것들로부터 취해졌다.

인간중심시대는 인간이 이전 시대의 주체였던 신에 대해 주체적 입장을 취했던 시대였다. 이 시대에서의 시대적 이념은 휴머니즘이다. 이 시대의 교통수단은 말, 범선, 봉화 불빛 등과 같은 것이었다. 인간들은 자신들이 처해 있는 지구가 둥글다고 하는 자기 자신들의 신념에 의지해 자신들이 믿는 신의 영역(the world)을 벗어나 인간자신 등의 새로운 세계를 찾아, 대서양·인도양 등과 같은 대양으로 나갔던 것이다. 이 시대에서의 인간의 세계는 신의 세계인 하늘에 대해 지구상의 전 지역이었고, 인간은 지구상의 존재로 인식되었다. 통신수단은 기차, 자동차, 기선, 비행기, 전화 등이었다. 주된 학문은 과학이고, 주된 예술은 문학과 미술이었다. 지식은 인간, 인간사회, 인간이 처해 있는 자연계인 지구 등에 대한 지식이고, 예술적 소재는 인간과 인간사회, 자연계 등으로부터 취해졌다.

우주중심시대는 인간이 우주를 통해 지구에 생존해 가는 자기 자신들의 삶을 인식해가게 된 시대를 말한다. 따라서 이 시대는 인간이란 존재는 객체에 지나지 않고, 우주가 주체로 등장하게 된 시대라 할 수 있다. 인간의 세계는 지구의 전 지상세계와 그것을 둘러싸고 있는 전 우주 공간으로 받아 들여 진다. 주된 통신수단은 로켓, 인터넷 등과 같은 것이다. 주된 학문은 문화연구이고, 주된 예술은 영화이다. 지식은 우주와 관계된 지식이고, 예술적 소재는 우주와 관련된 것들로부터 취해진다고 하는 시대라고 하는 것이다.

결 론

문화의 개념이 학문적 차원에서 이루어진 것은 19세기 후반 인류학의 성립을 계기로 해서였다고 할 수 있다. 당시 성립되어 나왔던 문화의 개념은 정치적, 사회적, 역사적 사건들에 대립되는 것들로서의 인간 개개인들의 일상생활 의 관습들을 의미하는 것이었다.

그런데, 인간 개개인의 생활관습이 학문적 차원에서 접근된 것은 역사가 학문으로 성립해 나왔던 고대 그리스의 헤로도토스 시대부터였다. 그때 이래 그것은 18세기 중반까지 역사연구의 일부로 취급되어 나왔었다. 18세기 후반으로 들어와 인류학이 성립되어 나옴에 따라 문화가 역사로부터 분리해 나오게 되었다. 그 후 그것은 20세기로 들어와 인류학이 사회학과 접목해 문화인류학으로 전환해 나옴에 따라 그것을 통해 연구되어 나갔다. 19세기 후반에 와서는 문화를 연구대상으로 하는 학문이 문화연구라고 하는 독자적 학문으로 성립해 나왔는데. 그러한 상황 속에서 문화가 역사는 물론 문학, 철학, 예술 등과 같은 의미를 포괄할 수 있게 되었다. 그런데, 사실상 이 경우에서의 문화의 포괄성은 이 시대의 시대적 이념인 글로벌리즘과의 관련 속에서 형성된 것이라 할 수 있다.

그러나 문화의 의미가 역사, 사회, 정치 등과 같은 의미들을 함유하게 되었음에도 불구하고 문화사 기술 시에는 문화가 역사의 일부로 파악되었던 시대에 이루어진 시대구분의 지표와 시대구분이 그대로 이용되어 지고 있다는 것이다. 다시 말해서, 현재 문화사나 문화연구에서 쓰이고 있는 시대구분은 17세기 초에 역사가들에 의해 만들어진 것으로서, 인간의 이성적 발달과정을 시대구분의 지표로 하여 행한 고대·중세·근대라고 하는 소위 3분법이었던 것이다. 그러나 문화의 의미가 역사의 그것을 포괄하게 된 시대에서의 문화사 기술시의 시대구분의 지표와 그것에 입각한 시대구분은 역사가 문화를 포괄했던 때의 것들과는 당연 달라야하는 것이다.

글로벌시대로 들어와 인간의 삶은 우주적 시각을 취해 행해지고 있다. 따라서 글로벌시대의 문화연구는 우주론적 차원에서 접근되지 않을 수 없고, 문화연구의 체계적 접근을 위한 작업의 일환으로서의 문화사의 시대구분도 우주론적 차원의 글로벌리즘에 입각해 행해져야 한다.

글로벌시대로 들어와 문화의 개념도 우주론적 시각에서 파악되어 전지구의 모든 인간들의 활동양식의 총체 등의 의미로 확대되었다. 따라서 필자는 이 지구상에서의 인간의 삶이 우주적, 지구적 환경, 인간의 육체적 활동과 정신적 활동 등과의 관련 속에서 행해져 왔다는 사실을 감안하여, 문화의 그러한 포괄적 개념을 다 소화해 낼 수 있는 관점을 취해 문화사의 시대구분의 지표를 설정하였다. 인간을 지배하는 존재에 대한 인식의 변천과정이 바로 그것이다. 그것에 의거해 행해진 시대구분은 신 중심시대·인간중심시대·우주중심시대라고 하는 새로운 3분법으로 성립될 수 있다. 이 경우, 신 중심시대는 신이 인간과 세상을 지배해가던 시대로 생각되었던 시대였고, 인간중심시대는 인간자신이 자신과 세상을 지배해간다고 생각되었던 시대였다. 끝으로 우주중심시대는 우주라고 하는 존재가 인간과 인간의 세계를 지배해간다고 생각되었던 시대였다. 시기적으로는 신 중심시대와 인간중심시대의 경계는 르네상스운동기(13~15세기, 동아시아에서는 13~14세기의 몽골제국 형성기)이고, 인간중심시대와 우주중심시대의 경계는 인간의 인공위성 발사를 통한 우주진출시기(1950년대 말~1960년대 말)에서 인터넷 혁명기(1980년대 말~1990년대 초)까지의 시기로 고찰된다.

제 2 장

우주 중심 시대의 학문_문화 연구

서 론

인간이 인공위성을 타고 대기권 밖으로 나가 우주에서 지구를 바라다보게 된 것은 어언 반세기전의 일이 되었다. 그때 이래 지구상의 인간은 알게 모르게 지구 위에 생존해 있는 자신들의 입장에서 세계를 바라다보던 시각을 폐기해 가면서 우주 속의 인공위성이나 그 속의 어느 한 천체의 시각에서 세계를 바라다보던 시각을 수용해갔다. 그 결과 어느덧 인간에게는 우주로부터 지구상의 인간들을 바라다보게 되는 우주 중심적 사고가 확립되어 나오게 된 것이다.

우리는 인간들이 우주 중심적 사고로 인간자신들의 문제를 이해하고 해결해 나가려는 입장들이 일반화 되어가는 시대를 우주중심시대라 말해볼 수 있다. 이전의 인간 중심적 시각에서 파악한 사물들에 대한 특징과 그것에 대한 느낌은 그것들이 우주적 시각에서 파악됨으로써 이전과는 달리 인식되어 나오지 않을 수 없다. 인간들은 사물들에 대한 특징이나 느낌들이 달리 인식되어 나옴에 따라, 그것들을 새로운 차원에서 접근할 새로운 학문을 성립시키지 않을 수 없는 상황에 처하게 됐다.

필자는 바로 그러한 상황 속에서 성립되어 나온 것이 근자에 와서 각 분야의 연구자들의 입에 자주 오르내리는 문화연구라는 것이 아닌가 한다. 연구대상으로서의 문화란 예컨대 역사학에서의 역사나 지리학에서의 지리에 대응될 수 있는 것이다. 그러나 그것은 그러한 것들 보다 훨씬 더 포괄적인 의미를 지닌 것이어서 20세기 후반 사실상 가장 복잡한 용어들 중의 하나로 다루어져 나왔다.

우주중심시대로 들어와 이상과 같이 연구자들의 관심 대상으로 급부상하게 된 "문화연구"(cultural studies)란 말은 "문화학"이란 말로도 쓰여 질 수 있다. 이 경우의 "문화학"이란 독일의 철학자 H. 리케르트(1863~1936)의 용어, "문화과학"(Kulturwissenschaft)에서의 "과"(科)자가 생략된 형태이다. 근대화 과정에서 일본인들은 "Literaturwissenschaft"(리떼라뚜르 비젠샤프트)를 "문예학"(文藝學)으로 번역했는데, 이 경우에서와 마찬가지로 "Wissenschaft"는 "과학" 내지 "학"의 의미로 번역되어 왔던 것이다.

현재 "과학"(science, Wissenschaft)은 사물의 구조적 특성이라든가, 그것들의 법칙을 탐구하는 인간의 이성적 인식 활동내지 그 소산으로서의 이론적 체계적 지식을 의미한다. 그러나 서구에서 15세기경에 영어 등에서 처음으로 사용될 당시 그것은 자연(the nature)을 연구하는 학문, 즉 자연과학 (the natural science)의 의미로 쓰였다. 그래서 "과학" 하면 자연과학의 의미였었다. 그러나 그 후 19세기 중반으로 들어와 인간의 생명현상이나 사회적 현상도 자연현상의 일부로 인식되어짐으로써 "과학"이란 말속에는 "자연과학"의 법칙성을 주축으로 한 "인문과학"과 "사회과학"의 의미까지가 내포되어 지게 되었던 것이다.

이렇게 봤을 때 우주중심시대 이전의 인간중심시대에서의 "과학"이 어떤 대상에 대한 "체계적 연구"의 의미로 쓰이게 되었던 것이라 말할 수 있는데, 그것이야 말로 인간중심시대에서의 인간의 학문적 태도와 방법을 가장 훌륭히 대변하고 있는 것이라 말이라 할 수 있다. 그런데 필자가 여기에서 논하고자 하는 것은 다름이 아니라 우주중심시대에 들어와서 새롭게 성립된 바로 그 "문화연구"라고 하는 것이 이전의 인간중심시대 초기단계에 형성되어 나왔던 "자연과학"이라고 하는 학문에 대응될 수 있는 것이라고 하는 것이다. 신중심시대에 우주와 자연과 인간과의 관계를 연구하던 철학이나, 인간중심시대에 그것들을 연구해가던 과학에 해당될 수 있는 것이란 다름 아닌 바로 문화연구가 아닌가라고 하는 것이다. 이렇게 봤을 때, 우주중심시대에 인간의 관심사로 부상한 "문화"가 인간중심시대의 주된 학문적 대상으로 부상해 나왔던 자연과학의 자연에 해당될 수 있는 것으로 파악된다.

인간이 우주중심시대로 들어와 문화가 학문적 대상으로 부상하게 되어 나오게 된 연유는 무엇인가?

본고에서 필자는 20세기 후반 이후 인간들의 우주 중심적 사고의 형성에 따른 과학적 사고의 감퇴와 과학의 종식문제 등에 관한 검토, 인간의 우주적 존재와 문화적 존재로서의 자각의식의 형성, 그에 따른 문화연구의 부상과 그의 방법론 확립, 문화정책의 수립과 문화정책 연구의 방법론 등에 대한 고찰을 통해 이 문제에 대한 입장을 정립해 보고자 한다.

1. 우주 중심적 사고와 과학의 종식

앞에서 논한 바와 같이, 필자는 신 중심 시대를 대표하는 학문은 철학이었고, 그 다음 인간 중심 시대의 학문은 과학이라 규정했다. 신 중심시대에서의 학문으로서의 철학은 신과 인간과의 관계를 규명해보려 하였고, 신을 통해 인간의 본질을 이해해 보려는 작업을 행해 갔다. 그 다음 인간 중심시대의 학문으로서의 과학은 인간의 지적 능력에 의해서 파악된 인간, 인간 사회, 그것들의 기초를 이루는 자연계 등의 특성들에 대한 파악을 통해 인간의 본질을 이해해서 그것을 통해 인간의 존재 의미를 확대시켜 보려는 역할을 담당해 왔다.

신 중심시대의 학문으로서의 철학은 인간 중심시대에 접어들며 이전 시대의 직관적 사고를 버리고 합리적인 사고로 무장해 왔다. 그리하여 철학은 그 동안 인간과 신과의 관계 규명이라는 연구목적을 인간 존재와 자연과의 관계에 대한 규명으로 전환시켰다. 이러한 과정에서 학문으로서의 철학은 인간 중심시대를 거치면서 받아들인 합리적 사고로 신의 존재를 부정해 가게 되었으며, 끝내는 자신의 존재 토대를 상실하게 되었고, 학문의 왕도로서의 역할이 끝난 것이다. 필자가 여기서 역설하고자 하는 바는 인간중심시대의 과학도 그 이전의 철학과 같은 바로 그러한 길을 걷게 되었다는 것이다.

인간 중심시대에 학문의 왕도를 걸었던 분야는 앞에서도 밝힌 바와 같이 과학이었다. 그러나 그것을 가능케 했던 것은 다름 아닌 바로 인간을 문제시해 갔었던 문학이었다. 문학은 인간의 존재가 자연을 기반으로 해서 성립되었다는 사상을 일반화시켜 나갔으며, 그러한 과정에서 자연을 문제시해 온 과학이 인간 중심시대의 대표적 학문으로 정착되어 나오게 됐던 것이다. 문학은 철학자들의 직관적 사고가 합리적 사고로 전환해 나오는 과정에서 파생된 감성을 기초로 해서 확립되어 나왔다고 볼 수 있다. 문학의 존재를 지탱시켜갔던 인간의 그러한 감성은 자연의 세계와 인간의 세계를 구분해서 생각하려는 사고가 일반화되고, 또 인간들이 자연보다는 사회를 통해서 자신들의 존재를 실현시켜 보려는 경향이 뚜렷해짐에 따라 한층 더 계발되어 나갔다. 문학이 과학으로 하여금 학문으로서의 왕도를 걷게 하고 예술의 한 장르로 전환해 나왔던 것은 바로 이러한 상황에서였던 것이다.

예술로서의 문학적 역할은 인간이 사회를 구성하는 존재들이나 그 배후의 자연계를 이루는 존재들과의 구체적 접촉 과정을 통해서 취하게 되는 사적 감정들을 정화시켜 주는 일이라 할 수 있다. 그 사적 감정의 정화 방법이란 아리스토텔레스가 그의 『시학』에서 말하고 있듯이, 어떤 비극적인 인간에게 그 보다 더 비극적인 인간의 삶을 보여 줌으로써 자기 자신의 비극이 별 것이 아니기 때문에 자기에게도 어떤 희망이 있다고 하는 사실을 깨닫게 해 주거나, 혹은 현재보다 더 나은 상태를 상상케 해 주는 것이다. 한 마디로 말해 그것은 있을 수 있는 여러 가능성을 상상케 해 주는 것이라 할 수 있다.

이와 같은 예술로서의 문학적 역할은 문학이 과학으로 하여금 학문적 왕도를 걸을 수 있는 지적 환경을 조성해 갔던 시대에 그것이 행했던 역할, 즉 독자들에게 지식들을 제공하고 그들로 하여금 그것들을 가지고 그때까지 미처 깨닫지 못했던 사실을 알아가게 하거나 깨달아가게 해 주던 역할을 기초로 해서 이루어진 것이라 할 수 있다.

그러나 그러한 예술로서의 문학의 역할은 문학작품이 독자에게 전달하려는 정보의 의미가 독자 자신들의 지적 능력에 의해 창출된다고 하는 사실이 알려짐으로써 더 이상 행해질 수 없게 되었던 것이다. 그 이유는 다음과 같이 세 가지 측면에서 논해질 수 있다. 우선 하나는 예술로서의 문학의 주된 존재 기반이라 할 수 있는 사회가 어떤 질서를 유지해 가게 됨에 따라, 그것이 인간과의 접촉 과정에서 더 이상 인간에게 어떤 인간적 감정을 불러일으킬 수 있는 존재가 될 수 없게 된 것이다.

다른 하나는 인간이 사회와 그것이 처해 있는 자연 환경을 분리시켜 인식하려는 입장을 버리고 그것들을 하나로 인식하려는 입장이 성립되어 나와, 사회만을 통해서 인간을 이해하려는 입장이 폐기되고 사회와 그것이 처한 자연 환경을 통해서 인간을 이해하려는 입장이 성립되어 나왔기 때문이라는 것이다. 따라서 그러한 입장은 인간을 사회적 존재로만 인식하려는 것이 아니라 지구적 존재로도 인식하려는 것이었기 때문에 예술로서의 문학의 존재 기반이 붕괴됨으로써 예술로서의 문학의 역할이 상실되기에 이르렀다는 것이다.

셋째 인간은 인간 자신을 이해함에 있어서 자신이 처해 있는 사회나 그것이 처해 있는 자연 환경뿐만 아니라 그 자연환경이 처해 있는 우주적 환경까지를 고려하게 되었다고 하는 것이다. 다시 말해서 인간은 인간 자신을 우주적 존재로까지 인식하게 되었다는 것이다. 그런데, 인간에 있어서의 우주란 결코 그 실체 파악이 불가능한 존재로서 그것이 얼마나 거대한 것인지 그 끝이 어떻게 되어 있으며, 그것이 무엇과 연결되어 있는지 등에 관해서는 결코 알 수 없는 존재라고 하는 것이다. 따라서 인간은 그 실체 파악이 결코 불가능한 우주에 감싸여 있는 존재로서 결국 인간의 존재란 무(無)나 무지(無知)에 떠있는 허구적 존재에 지나지 않다는 생각이 들지 않을 수 없는 것이다. 인간이란 인간의 상상력에 의해서 만들어진 허구적 존재에 불과하고, 또 인간이 처해 있는 세계 또한 바로 그러한 허구세계에 불과하다는 생각을 하지 않을 수 없는 것이다. 인간에게 자신과 자신이 처해 있는 세계가 그렇게 인식되는 한, 그 인간에게는 어떤 상상력에 의해 만들어진 작품이란 아무런 의미가 없는 것으로 생각될 수 있는 것이다. 이와 같이 예술로서의 문학은 자신들의 우주적 존재를 인식하는 인간들에 의해 생명력을 잃고 있는 것이다.

과학의 종식도 문학의 종식과 같은 맥락에서 생각해 볼 수 있다. 현재 과학은 세 가지 의미로 압축되어 사용되고 있다. 첫째는 관찰과 실험이라는 방법을 통해 연구될 수 있는 어떤 대상을 가리킨다. 즉, 연구대상의 특징의 측면에서 파악되는 의미이다. 그러한 대상이란 인간의 시각이나 청각 등으로 잡아낼 수 있는 어떤 감각적 대상을 가리킨다. 우리는 그러한 감각적 대상을 자연물이라 한다. 과학이란 그러한 자연물들을 연구해 가는 학문으로 받아들여져 왔다. 이 경우에서의 과학의 의미는 「자연과학」과 같은 의미로 이해될 수 있다. 둘째는 연구방법의 특징이라는 측면에서 파악되는 의미이다. 우리는 관찰과 실험을 통한 연구를 과학적 연구라 말해 오고 있다. 우리는 관찰과 실험을 통한 방법을 귀납적 추리(inductive inference)를 통한 진리 추구의 방법이라 규정하고 있다. 귀납적 추리란 우선 가설을 제시해 그것을 면밀히 관찰한 다음 그 관찰된 개개의 사례들에 대한 총관(總觀)을 통해 그것을 가설과 연결시켜 결론을 추리해 내는 방법이다. 셋째는 우리가 이성적이고 논리적이고 체계적 사고들을 접하게 됐을 때 그것을 "과학적이다" 혹은 "과학적 사고"라 고 말하고 있듯이, 과학이란 인간들의 이성적, 논리적, 체계적 인식활동을 의미하고 있다고 하는 것이다.

그러면 과학의 종식 문제와 관련해서 「과학」의 의미에 관해 보다 구체적으로 논해보기로 하자. 첫 번째, 「자연과학」의 「자연」에 대립되는 용어로서 「사회」, 「인문」 등과 같은 말이 있다. 이 경우, 「사회」란 인간의 행위레벨의 질서체계를 말하는 것으로서 결국 그러한 질서체계는 결국은 인간의 의식 내지 정신적 현상에 의해 만들어진 것이라는 사실을 인정해 볼 경우, 「사회」라고 하는 용어는 「인문」 (human)이라는 용어 속에 내포되어 질 수 있다. 즉, 「사회」연구는 인간의 행위레벨의 것들을 연구하는 것이고 「인문」은 인간의 의식 내지 정신 레벨의 것들을 주축으로 한 인간 연구로서, 결국 「사회」연구나 「인문」연구란 「인간」연구라 말할 수 있다는 것이다.

이렇게 봤을 때, 「인간」에 대한 연구는 인간의 의식작용 내지 정신작용을 중심으로 한 인간연구라 할 수 있는데, 그것들을 연구해가는 궁극적 목적은 인간의 의식세계 내지 정신세계를 지배해 가는 어떤 질서를 파악하기 위해서라 할 수 있다. 그렇다면 여기에서 말하는 질서란 무엇인가라는 물음이 제기된다. 그것은 우리에게 알려진 자연 속에 존재하는 어떤 질서나 혹은 아직까지 인간들에게 발견되지 않은 어떤 질서, 철학적으로 말하자면, 어떤 진리 중의 하나를 의미하는 것이다. 이러한 생각을 받아들여 본다고 할 때, 우리는 인간을 자연의 일부로 생각하고 관찰과 실험에 의한 과학적 방법으로 인간을 연구해 갈 수도 있다는 입장이 취해진다. 「사회과학」과 「인문과학」이란 그런 입장을 취하고 있는 인간들로부터 나온 것들이라 할 수 있다.

이렇게 볼 때, 연구의 대상이 무엇이냐의 문제에 따라 그것이 과학이냐 과학이 아니냐의 문제는 없어져 버리고만 셈이 된 것이다. 이제 모든 연구의 대상은 과학적 연구 대상이 된 것이다. 그러한 의미에서 「과학」이란 말은 「연구」라고 하는 말로 대체되어지게 되었다. 예컨대, 「자연과학」은 「자연연구」로, 「사회과학」은 「사회연구」로, 「인문과학」은 「인문연구」로도 칭해지게 된 것이다.

두 번째의 방법론적 차원에서의 과학의 의미는 사실은 첫 번째의 문제와 깊게 관련되어 있다. 과학적 방법으로 특징지어지는 「관찰과 실험」이란 연구자가 자신의 시각이나 청각에 잡힌 어떤 것들을 대상으로 해서 행해지는 행위이다. 이 경우, 기본적으로 관찰자는 자신의 감각에 잡힌 어떤 대상들을 관찰하고 또 그것들에 대한 실험을 통해 그 관찰 대상이나 실험 대상들의 특성을 파악하는 것이지, 관찰자의 감각에 잡힌 그 관찰이나 실험의 대상들의 특성들을 통해 관찰자 자신의 의식이나 정신현상의 특성을 파악하는 것은 결코 아닌 것이다. 그런데 문제는 관찰자에 있어서의 관찰대상은 관찰자 자신의 감각에 잡혀진 것일 수밖에 없고, 또 관찰자에 의해 관찰된 관찰대상의 특성도 관찰자의 감각에 의해 드러낼 수밖에 없다는 것이다. 한 걸음 더 나아가서 말해본다면, 현재 인간에게 인지되는 자연은 인간의 감각에 의해 드러내려진 존재임에 틀림없다. 이 경우 우리 인간은 자연, 즉 관찰대상을 드러낸 인간의 감각의 특성을 문제시 하지 않고, 그것을 연구해 가는 인간의 과학적 태도란 이제 더 이상은 진리 추구의 유일한 방법으로서 받아들여지기 힘들어졌다고 하는 것이다.

지금까지 인간이 연구해온 자연의 세계는 인간의 감각을 통해 드러난 세계에 불과하다. 사실상 현재 인간은 바로 그러한 세계에 둘러싸여있는 존재인 것이다. 인간이 자기 자신의 감각으로 드러낸 세계를 인간의 세계나 자연계 내지 우주로 받아들이면서, 인간의 감각에 잡히지 않았던 세계를 문제시하지 않았던 이유는 최근까지 우리가 인간 중심의 시대에서 살아왔었기 때문인 것이다.

이렇게 봤을 때 사실상 인간의 존재나 인간의 존재기반을 이루고 있는, 인간에게 드러나 있는 자연계나 우주는 인간의 감각에 의해 드러나지 않은 세계를 기반으로 존재하고 있음이 틀림없다고 말할 수 있는 것이다. 이러한 점들을 고려해 볼 때, 인간의 감각을 통해 감각적 대상을 관찰하고 실험해 그것의 특성을 고찰해 가는 행위가 얼마나 인간중심적이고 주관적인 것인가라는 사실을 깨닫게 되는 것이다. 적어도 이러한 사실을 깨닫고 있는 인간들에게 있어서는 과학이라고 하는 존재가 무의미한 것에 지나지 않은 것으로 받아들여지는 것이다. 세 번째로 논해졌던 이성적, 논리적, 합리적, 체계적 인식활동으로서의 과학의 의미도 이상과 같은 점들을 고려해 볼 때 그 논리적 기반을 상실한 것으로 생각된다. 인간의 이성적, 논리적, 합리적, 체계적 인식활동이란 인간의 감각에 잡힌 대상들에 대한 경험들을 인식단위로 해서 행해가는 인식활동이라고 하는 면에서 그 논리적 기반은 여지없이 상실되고 말았다고 하는 것이다.

그렇다면, 인간에 있어서의 어떠한 인식활동이 금후 새로운 시대의 인식활동으로서 그 논리적 기반을 확보해 갈 수 있다고 생각할 수 있는 것인가?

2. 우주적 존재와 문화적 존재

앞서 논한 바와 같이 현대인은 우주 중심시대의 인간이라는 면에서 우선 우주적 존재로 규정될 수 있다. 현대인이 그러한 시대를 살게 된 것은 인간이 1950년대 후반 지구로부터 우주로 진출해 나가 우주 탐사를 시작하게 된 이후부터라 할 수 있다. 1957년 소련이 최초로 스푸트니크(sputnik) 1호로 명명된 인공위성을 우주로 쏘아 올림으로써 그 우주로부터 지구를 바라보게 된 시각이 실재로 인간들에게 형성되어 나오게 되었다. 지구 위에서 우주를 바라보던 인공위성 스푸트니크가 우주로 나가서 우주에서 지구를 바라보게 되었다고 하는 그 스푸트니크적 시각전환을 계기로 인간은 인간중심시대에서 우주중심시대로 전환해 나오게 되었던 것이다.[1]

---

1) 「소련이 인공위성 제1호 발사를 성공시킴으로써 그동안 지상과 지상의 대기권 속에서만 살아오던 인간들이 처음으로 대기권 밖의 세계로 나가게 된 것이다. 소련을 필두로 한 인간들의 대기

스푸트니크적 시각전환 이후 지구상의 인간들에게는 인간이 지구 밖의 우주 어느 한 지점에서 인간 자신들이 존재해 있는 지구를 바라보는 시각이 형성되었으며, 인간은 그 우주적 시각에서 지구에 처해 있는 자신들을 생각해 가게 되었다. 그런데, 인간 존재의 생존 기반이라 할 수 있는 지구는 우주 속에서 하나의 독립된 존재로 존재해 있는 것이 아니라 우주 속의 태양계를 이루는 한 요소로서 존재해 있을 뿐만 아니라 그 태양계가 은하계를 구성하는 한 요소라고 하는 의미에서 은하계를 이루는 한 요소로서도 존재해 가고 있다고 하는 사실이 인간들에게 인식되어 나오게 되었다. 그러한 과정에서 인간들의 인간 중심적 사고체계가 우주 중심적 사고체계로 전환해 나오게 되었던 것이다.

지구상에 존재하는 인간들의 삶은 지구가 태양계뿐만 아니라 그 밖의 은하계 등과 맞물려 중력과 온도가 다른 우주 공간을 이동해 감에 따라 변화해 간다. 인간들은 이러한 사실을 받아들이게 됨으로써 인간의 삶이 인간 개개인들의 어떤 의지에 의해 지배되는 것이 아니라 지구를 움직이고 변화시키는 지구 밖의 존재들에 의해 지배되어 간다는 사고를 형성시켜나가게 되었던 것이다. 다시 말해 인간의 삶은 자기 자신의 개인적 의지나 자신이 처해 있는 인간 사회에 의해 지배되어 가는 것이 아니라 지구 밖의 우주에 의해 지배되어 간다고 하는 사고가 인간들에게 형성되면서 인간들에게 우주 중심의 시대가 도래됐다는 것이다.

그렇다면 우주란 무엇인가? 현대 우주 과학자들에 의하면 우주란 지구 밖에 펼쳐져 있는 무한한 공간과 그 공간 속을 구성하는 것들을 가리키는 것이 아니라, 지구에 적용되는 물리적 법칙 바로 그것이 적용되는 지구 밖의 공간과 그 공간을 구성하는 것들을 가리키는 것으로 되어 있다. 이렇게 볼 때, 현대 우주 과학자들이 말하는 우주란 한마디로 「우리 우주」, 즉 우리가 속해 있는 우주를 가리키는 것이다. 이와 같이 현대 우주 물리학자들이 말하고 있는 「우주」란 우리가 감지할 수 있는 물리적 법칙이 적용되는 공간과 그 속의 존재들을 가리키고 있는데, 원래

권 밖 공간으로의 진출은 대기권 밖의 세계를 개발해서 인간의 생활문대를 넓혀보겠다는 의지의 표현이었다. 그래서 전지구상의 인간들은, 당시의 냉전 상태의 한 극을 이루었던 미국조차 소련의 우주개발 시도에 찬사를 보냈다.」[김채수(1996),『21세기문화이론 : 과정학』, 교보문고, p.81]

우리에게 감지되는 물리적 법칙이 적용되는 공간과 그 속의 존재들은 양성자보다는 더 작은 초고온 초고밀의 입자가 폭발하여 생긴 것으로 알려져 있다. 따라서 그 우리 우주 밖의 공간, 즉 절대 공간이라 불릴 수 있는 공간은 그 어떠한 물리적 법칙이 존재하고 있는지 인간으로서는 결코 알 수 없다는 입장이 취해진다. 그러나 우리는 「우리 우주」의 그러한 탄생은 그것이 처해 있는 절대적 공간이나 혹은 그 공간 속의 어떤 다른 우주와의 관계 속에서 이루어졌을 것임에 틀림없다는 생각을 하지 않을 수 없다.

이렇게 생각 해 볼 때, 우주 중심 시대에서의 「우주」는 현대 물리학자들이 말하는 「우리 우주」가 아니라, 그것과 「다른 우주들」을 합한 「모든 우주들」을 말한다고 할 수 있다. 현재 여기에서 우리가 논하는 우주란 결국 우리 인간이 인식할 수 없는 것들에 의해 지배되어 가는 우주를 말하는 것으로서, 한 마디로 무한과 연결된 우주, 무한 속에 싸인 우주, 무한을 존재 기반으로 하는 우주, 바꾸어 말해 인간의 한정된 의식작용을 통해 잡아낸 우주를 가리킨다, 그러한 우주가 인간의 존재 기반인 지구를 지배해 가고 지구상의 인간의 삶을 속속들이 지배해 간다는 것이다. 여기에서 우리가 말하는 우주 중심적 사고는 바로 이러한 우주관에 기초해 형성되어 나왔다고 할 수 있다.

그렇다면, 이러한 우주를 자신의 존재 기반으로 하고 있다고 생각하는 인간이란 과연 어떠한 존재인가? 다시 말해서, 국가와 같은 인간사회나 자신들의 감각에 잡힌 자연계를 자신의 절대적 존재 기반으로 생각했던 인간들과는 어떻게 다른가? 인간과 사회를 자신들의 절대적 존재 기반으로 생각했던 인간들은 자신의 불행의 원인을 사회적 불평등, 사회적 모순으로부터 찾아보려고 했다. 그래서 그들은 그들 자신들의 불행의 극복 방안으로 사회를 개혁하려 했고 그러한 개혁을 위해 사회를 연구해 갔었던 것이다. 또, 자연의 법칙이나 혹은 그것으로 일관된 자연계를 자신들의 절대적 존재기반으로 생각했던 인간들은 자연을 연구해서 인간의 불행을 모면해 보려 했었고 그것을 통해서 인간이 어떠한 존재인가를 이해해 보려 했었던 것이다. 그러나 인간이 지구로부터 우주로 나가서 우주의 한 지점에서 인간이 존재해 있는 지구를 바라다보게 된 이후부터 인간들은 자신들이 처해 있는 지구가 우주의 일부에 지나지 않은 것이라는 사실을 실감하게 됨에 따라 자신들을 우주적 존재로 인식하게 되었던 것이다.

그렇다면, 우주의 무한과 그것에 대한 인간의 무지를 기반으로 해서 존재해 있는 인간의 존재의미는 무엇인가? 인간은 이러한 우주 속에서 어떻게 살아가야 하는가? 어떻게 사는 것이 가장 의미 있는 삶인가? 우리는 이러한 물음을 제기하지 않을 수 없다. 예컨대 가족이나 국가 혹은 인류사회 등과 같은 인간사회를 자신의 절대적 기반으로 생각하며 살아왔던 인간들은 그러한 사회들의 발전을 통해서 자신들의 삶을 실현시켜 보려고 했었다. 그러나 그러한 인간들은 자신들의 인간사회가 자연계를 존재 기반으로 하고 있다는 것을 자각하고 나서, 사회와 자연계를 통해 자신들의 삶을 실현시켜 보려는 입장을 취해 가게 되었던 것이다. 따라서 그 때 이후 인간들에게 있어서의 자신의 존재 기반으로서의 사회와 자연과의 유기적 관계 확립이 사회와 자연 속에서의 그들의 삶의 실현에 있어서의 일차적 과제가 아닐 수 없었다. 그래서 그들은 그것들과의 유기적 관계의 확립을 통해 자신들의 생명체계를 확립시켜 가려 했었고, 그것을 통해 존재의 의미를 향유하려 했던 것이다.

인간들의 그러한 노력은 그들이 우주 중심시대로 접어 들어와서도 지속되어 갔는데, 그 과정에서 인간들에게 새롭게 제기된 문제는 인간이 무한한 우주를 존재 기반으로 해서 어떻게 인간의 생명체계를 확립시킬 수 있겠는가, 라는 것이었다. 이제 사회학, 생물학, 물리학 등과 같은 독립된 학문영역이라고 하는 차원을 통한 인간의 생명체계의 확립은 그 의미를 상실하게 되었던 것이다. 그래서 인간은 우주 중심시대로 들어와서 그러한 차원에서의 생명체계의 확립 작업을 통한 인간의 존재 의미는 그 논리적 기반의 약화로 더 이상 향유될 수 없게 되었던 것이다. 그 결과, 우주의 무한성에 기초한 또 다른 차원에서의 인간의 생명체계의 확립 노력이 시작되었던 것이다.

이 경우에 있어서의 생명체계 확립의 궁극적 목적은 생명체계의 확립을 통한 인간존재의 무한성에 대한 확보에 있는 것이 아니라, 지속적 생명 작용을 통한 존재 의미의 향유에 두어져 있다고 하는 것이다. 다시 말해서, 인간의 생명작용의 일차적 목적은 생명체계의 확립을 통한 영생 확보에 있는 것이 아니라, 지속적인 생명 작용을 통한 인간의 존재 의미의 향유에 두어져 있다는 것이다. 필자가 여기서 강조하고자 하는 것은 인간의 관심이 이 우주 속에서의 인간의 생명체계의 확립이라고 하는 것으로부터 그러한 생명체계의 확립을 통한 인간의 존재의미의 향유로 전환해 나옴으로써 인간들에게 있어서의 문화에 대한 관심이 높아지게 되었다고 하는 것이다.

그 이유는 무엇인가? 「문화」란 인간에 의해 만들어지지 않은 것들로 되어 있는 자연을 구성하는 사물들이나 자연의 질서 등을 가리키는 「자연」과 대립되는 말로 사용되어왔다. 간단히 말해, 문화란 인간에 의해 만들어진 것들이나 그것들의 질서를 의미한다. 그렇다면, 인간들은 우주중심 시대로 들어와서 어째서 인간에 의해 만들어진 것들이나 그것들의 질서에 대해 한층 더 관심이 높아지게 된 것일까? 그것은 우주의 무한성과 그것에 대한 인간의 무지가 인간들에게 가해 오는 폐해를 극복해 나가기 위한 한 방안들을 모색해 보려는 노력이 강화되지 않을 수 없다는 관념의 확대로 인한 것이 아닐까 한다. 인간의 존재 기반이 자연의 절대성에 있다기 보다는 그것의 무한성과 그것에 대한 인간의 무지에 기초해 있다고 하는 인간들의 우주 중심적 사고는 사실상 어떤 초월적 존재에 의해 만들어진 「자연」 보다는 인간에 의해 만들어진 「문화」에 대한 중요성에 더 역점을 둘 수 밖에 없다. 또, 그러한 사고는 「자연」을 존재 기반으로 하는 생명체계 그 자체보다는 그 생명체계의 의미에 더 관심을 갖게 되지 않을 수 없는 것이다.

인간의 존재 기반이 우주를 포괄한 자연의 무한성이나 그것에 대한 인간의 무지에 있다고 생각해 볼 때, 인간의 문제에 대해 인간 스스로가 보다 적극적 입장을 취해 대처해 가지 않을 수 없다는 입장이 처해진다. 인간의 문제가 인간의 무지로부터 야기된 것이라 생각해 볼 때 우리 인간은 인간의 문제에 대해 백 퍼센트 책임을 져야 하고, 또 그 해결은 백 퍼센트 인간에 의해 행해져야 된다는 입장이 취해지는 것이다. 그래서 인간들은 자연을 통해 인간의 문제를 해결해 보려는 입장들을 지양하고 문화를 통해서 인간의 문제들을 해결해 가야 한다는 입장을 확립시켜 나가게 되었던 것이다. 그러한 면에 있어서 우주 중심시대의 인간들은 문화적 존재라고 말할 수 있는 것이다.

3. 문화연구와 문화연구의 방법

1) 문화연구와 레비스트로스의 구조주의

문화란 한마디로 「가치 있는 상태」 내지 「가치 체계」를 의미한다고 풀이한 학자가 있다. 이것은 우리가 앞에서 「문화」를 「자연」과 대치되는 개념으로 파악한 입장과 동일하다. 「자연」이란 인간의 어떠한 노력도 가해지지 않은 「자연 그대로의 상태」를 의미하는 것으로서 구체적으로 말하면, 예컨대 돌, 물, 바람, 산 등의 자연물, 「경작」되지 않은 땅, 「재배」하지 않은 동·식물, 「교양」이 없는 인간 등을 가리킨다. 이렇게 봤을 때, 문화란 인간이 자연 상태에 처해 있는 어떤 땅이나 그 위에 생존해 있는 식물·동물이나 혹은 그것들과 얽혀 생존해 가는 야인들을 인간들이 원하는 어떤 상태로 변화시켜 보려는 노력이나 혹은 그러한 노력을 통해서 변화된 어떤 상태를 가리킨다고 볼 수 있다. 다시 말해서, 인간에 있어서의 문화란 있는 그대로의 자연 상태의 것을 인간이 바라는 상태 쪽으로 변화시켜 가는 과정, 그런 쪽으로 변화된 상태, 인간의 그러한 노력 등의 일체를 가리킨다고 볼 수 있다.

예컨대 어떤 인간이 24˚C의 상태에 처해 있다가 온도가 갑자기 내려가 5˚C에 처해 있게 됐다고 생각해 보자. 그는 자신의 36˚C의 체온을 유지해 가기위한 방안으로 옷장에서 옷을 꺼내 입는다든가 창문을 닫는다든가, 혹은 온도가 높은 공간으로 이동해 가게 된다. 만일 옷장에 겨울옷이 없으면 시장에 가서 그것을 사야 한다. 옷을 살 돈이 없으면 자기를 필요로 하는 곳에 찾아가서 일을 해야 한다. 인간이 일을 하려면 우선 먹어야 한다. 또 수면도 취해야 한다. 이와 같이 인간은 보다 나은 어떤 상태를 확보해 가기 위해 여러 차원의 행위들을 행해간다. 우리는 그러한 행위들과 그러한 행위들의 결과들을 문화적 행위 내지 문화라 말할 수 있다는 것이다.

인간이 인간들의 그러한 문화적 행위 내지 그러한 문화적 행위들의 결과들을 학문의 대상으로 받아들여 그것들을 본격적 차원에서 체계적으로 연구해 가기 시작한 것은 1960년 이후부터로 고찰된다.

당시의 인간들이 그러한 문화를 의미체계 등으로 파악하여 그것을 연구하게 된 목적은 궁극적으로는 그것들 속에 내재된 어떤 인간 정신의 본질을 규명해 내는 것이었지만, 그들의 일차적 목적은 인간의 정신적 노력을 지배해가는 어떤 법칙이나 그러한 정신적 노력의 산물들 속에 내재된 어떤 법칙들이나 혹은 가치체계, 또는 그것들의 구조적 특징들을 파악해 내고, 또 무엇이 그러한 것들을 창출해 내는지를 규명해 내는 것이었다. 그 대표적 인간이 바로 구조주의의 창시자로 알려져 있는 레비스트로스(Claude Lévi-Strauss, 1908~1991)였다.

레비스트로스는 벨기에의 브뤼셀에서 출생, 부친은 유태계 프랑스인, 파리 대학에서 철학을 공부하고, 브라질 상파울루 대학 사회학과 교수로 있다가 41년에 미국으로 망명했나. 뉴욕의 신 사회소사언구원(New School for Social Research)에 8년간 근무, 그는 그 곳에서 저명한 인류학자들과 친교를 맺어가면서 러시아 태생의 구조주의 언어학자였던 야콥슨(Roman O. Yacobson, 1896~1982)과 학문적 대화를 통해 구조 언어학의 방법론을 습득, 1948년 귀국 후 망명 시 집필한『친족의 기본구조』로 박사 학위를 취득한다. 그것이 1949년에 간행된 후, 그는 1954년 야콥슨과의 공동으로「언어학과 인류학에 있어서의 구조적 분석」이란 논문을 집필한다. 그 다음 해에는 브라질에 체류하던 중 아마존 강 유역의 원주민 사회를 답사해 얻은 자료들을 가지고,『슬픈 열대』(*Tristes Tropiques*, 1955),『구조 인류학』(*Anthropologie Structurale*, 1958) 등을 집필한다.

그는 그러한 방법론을 가지고 신화학(神話學) 연구로 뛰어 들어 1962년『야생의 사고』(*La Pensée Sauvage*)를 출판한다. 이 저서는 그의 다음의 방대한 저서『신화학』(*Mythologiques*, 전 4 권, 1964~1971)의 사상적 기초에 해당되는 것으로서, 그는 그것을 통해 구조주의의 창시자로서의 확고한 위치를 점유하게 되었다. 그 책은 그가 그 책의 최종 장에서 사르트르의 실존주의를 비판했다는 의미에서 당시의 독자들에 의해 구조주의의 선언서로서 받아들여졌기도 했는데, 책의 주제는 근대

서구의 「과학적 사고」와 대비되는, 지적 실천으로서의 「야생의 사고」의 논리성 규명에 있었다. 「야생의 사고」란 「신화적 사고」라고도 불리는데, 레비스트로스에 의하면 그것은 「문명인」과 구별되는 「미개인」 특유의 사고를 의미하는 것이 아니고, 현대사회를 포함한 인류에 존재하는 보편적 지적 조작(普遍的 知的操作)의 존재방식의 하나를 가리키는 것으로서, 전문가에 의한 과학적 사고방식 바로 그것이 어떤 야생의 사고를 길러냈다고 하는 것이다. 그것이 출판되어 나오자, 프랑스의 잡지 「에스프리」라든가 「현대」 등은 구조주의의 특집을 기획해 실존주의를 대신할 수 있는 새로운 사상으로 논의를 불러일으켰다. 그렇다면 레비스트로스에 있어서의 「구조」(structure)에 대한 관심은 어떻게 형성되어 나왔던 것인가?

레비스트로스는 파리에서 고등학교를 다니면서 벨기에인 사회주의자를 알게 되어 마르크스의 저작들을 탐독했고, 화석 채집 취미를 가져갔다. 그는 1927년 고등학교 졸업 후 장차 철학을 전공하려고, 파리대학 법학부에 입학하였다. 1930년 동 대학에서 법학사와 철학사 학위를 받았고, 최연소자(23세)로 철학교수 자격시험에 한 번 만에 합격하였다. 그러나 그는 당시의 철학적 연구풍토에 대해 회의를 느꼈다. 그 이유는 당시의 대다수의 철학 전공자들이 「의식으로써 의식에 대한 일종의 심미적 명상에 몰두」만 하고 있었기 때문이었다.[2] 그는 파리대학 법학부에서 법학을 전공하면서 소르본느 대학을 드나들며 철학을 배웠는데 당시 그가 그 곳에서 배웠던 철학이란 「지능만 훈련시켜 정신을 건조한 상태로 방치시켜 사유의 가능한 많은 형식과 변수를 간과토록 하였으며, 오직 어떤 특정한 불변적인 것의 탐구를 위한 기본적 적응의 정신 훈련만을 강요하는 것」이었다.[3] 그는 법학의 경우에 있어서도 「어떤 뚜렷한 학문적인 객관적 근거를 발견하지 못해」, 앞으로 자신이 택할 직업에 대해 고민하게 된다. 그는 자신의 직업을 택함에 있어서 다음과 같은 인간들의 속성을 고려하였다. 즉, 그는 「인간이란 한편으로는 직업이라는 안정을 추구해가고 다른 한편으로는 모험이라는 속박으로부터의 해방을 추구」해 간다는 인간의 이율배반적 속성을 고려했던 것이다. 그는 고등학교 졸업 후 브라질 행을 결심하기 까지 「학문과 자신의 직업에 대한 내면적 갈등과 변모 과정」을

---

2) 레비스트로스 저·박옥줄 역(1990), 『슬픈 열대』, 삼성출판사, p.27
3) 상동서, 상동면

가져갔었는데, 그 과정에서「지적 차원에서의 새로운 영감과 계시를 받게」된다.[4]

그가 그의 저서 『슬픈 열대』,『야생의 사고』 등을 통해서 세상에 일반화시켜 나갔던 그의 구조주의는 다음과 같은 세 종류의 학문들, 마르크스의 사회학, 프로이드의 정신분석학, 지질학(地質學) 등을 기초로 해서 성립되어 나왔다. 그는 고등학교 시절에 처음 접했던 마르크스주의를 통해서 물리학이 감각기관에 기반을 두고 있지 않듯이,『자본론』을 통해서 확립된 마르크스의 사회과학도 사건들에 기반을 두고 있지 않다는 점을 깨달았다. 둘째로 그는 대학 시절에 접했던 프로이드의 정신분석학을 통해서「우리의 현실에서 직면하는 이율배반이란 진정한 이율배반이 아니라는 점을 명확히 깨닫」는다. 셋째로 그는 지질학에 관심을 갖으면서「겉으로 보기에는 무질서하게 보이는 풍경 가운데서도 그 풍경이의 발달역사와 그 풍경을 구성하는 암석들로 이루어진 구조가 존재한다」는 것을 알게 된다.

결국 레비스트로스는 이 세 학문들을 통해서「우리들에 있어서의 이해라고 하는 것은 하나의 형(型)으로 나타난 현실이란 가장 명확하게 나타난 표면적 현실 속에 있는 것이 아니라, 우리의 탐색을 회피하는 '표면의 심층'에 존재한다」는 입장을 취했다.[5] 특히 그는「과학적 방법은 환유적(métonymique) 질서 위에서 어떤 것을 다른 것으로, 즉 결과를 원인으로 바꾸는 데 반해 예술의 방법은 은유적(métaphorique)이다」라는 입장을 취했다[6]. 그는「경험이 현실을 포괄하여 현실을 설명한다는 점은 기꺼이 동의해도, 우리가 현실에 접근하기 위해서는 먼저 경험을 포기해야 한다」고 생각했다. 그는 그러한 입장에서「실존주의가 주체성이라는 환상에 빠져들어 사적(私的)인 선입관들을 철학적 문제의 영역으로 확대하려는 위험성을 지니고 있다고 비판하게」된다.

원래「구조주의」란 레비스트로스가 민족학자로서 남북아프리카 원주민들의 사회조직이나 행위를 연구함에 있어서 사용했던 방법론을 가리켰다. 그러나 그것은 민족학적 분석방법으로부터 그가 결코 의도하지 않았던 분야에까지 확대되어 나갔던 것이다. 레비스트로스는「구조주의란 우리가 생각하지 못하는 조화에 대한

---

4) 상동서, p.28
5) 상동서, 상동면
6) 레비스트로스 저·안정남 역(1999, 원서 1961), 『야생의 사고』, 한길사, p.81

탐구이며, 어떤 대상들 가운데 내재하고 있는 관계의 체계를 발견해 내는 것」이라 생각했다.7) 그는 그러한 방법론은 우선 마르크스로부터 연구에 있어서의 어떤 모델 설정이라고 하는 아이디어를 받아들이고, 프로이드로부터 「인간이란 의식뿐만 아니라 무의식을 갖는 존재」이기도 하다는 이론을 받아들여, 인간에 있어서의 무의식적인 이드(id)는 자연적인 것이며, 의식적인 에고(ego)는 문화적인 것이라 가정하여, 무의식의 구조적 측면을 통해 인간정신의 특성을 파악하려 했는데, 그의 그러한 구체적 접근방법은 R. 야콥슨의 구조언어학을 통해서였던 것이다.8) 그는 언어란 사회적 현상인 동시에 무의식적 현상이라는 입장을 취해 인간정신의 구조와 사회관계의 복합적 전체를 구조언어학의 방법론을 통해 파악해 보려 했었고, 그 모든 문화현상을 하나의 언어, 즉 하나의 의사전달의 부호로 간주했던 것이다.

특히 그는 철학교수 자격증을 취득한 후 「고등학교 교사생활을 하면서 그의 인생의 나머지 세월을 똑 같은 강의를 하면서 보내야 될지 모를 미래가 끔찍하」게 느껴졌다. 그러던 중 1933년 로버트 로이의 『미개사회』를 유연히 읽고 강한 감명을 받아 인류학(anthropology) 내지 민족학(ethnology)에 관심을 갖게 됐다. 그로부터 2년 후 그는 브라질의 상파울루 대학의 사회학과 교수로 부임하게 됐던 것이다. 그는 그곳에 머물면서 대학의 휴가를 이용하여, 원주민 사회를 방문조사하게 된다.

그의 이러한 입장을 통해 형성되어 나와 일반화되어 나갔던 「구조주의」(Structuralism)에서의 「구조」(structure)란 요소 및 요소 간의 차이들로 이루어진 어떤 전체로서 그것들의 변환 내지 변형을 통해 불변하는 어떤 전체를 가리킨다. 한마디로 「구조주의」란 어떤 현상이나 자료를 실증 과학적 논리로 설명해 보려는 입장이 아니고, 인간생활 속에 내재된 무의식적 사회 시스템을 파악해 내려는 입장을 의미한다. 그의 그러한 입장은 합리적 사고를 통한 근대 과학문명을 주도해왔던 서구인들의 전통적 미개인관에 대한 근본적 비판으로부터 출발했었고, 그의 그러한 서구인 중심의 과학적 사고에 대한 비판이 『야생의 사고』로 출판되어 나오자, 프랑스에서는 그 동안의 「서구 문화의 자기중심적이고 우월적인 사고에 대한

---

7) 상동서, p.15
8) 상동서, p.19

비판과 반성이 일기 시작」해,「절대불변이라고 생각해 왔던 서구적 사고의 기반이 조금씩 흔들리기 시작했」던 것이다.9) 레비스트로스의 그러한 서구인 중심의 사고에 대한 비판적 입장의 성립은 그의 「인간」에 대한 의식이 지구상에 생존해 있는 전 인류에 대한 의식을 기반으로 해서 어떤 한 특정지역에서 생존해 가는 특정한 민족을 의식하게 됨으로써였다 할 수 있다. 바로 그러한 입장이 1960년대로 들어와서 문화인류학자 레비스트로스에 의해 학계에 구조주의 이론으로 제시되었던 것이다.

그 후 구조주의 이론은 60년대 후반으로 넘어와서 『자본론을 읽다』(1965)의 저자 루이스 알튀세르(Louis Althusser, 1918~1990)의 마르크스주의 철학, 『말과 사물』(1966)의 저자 미셸 푸코(Michel Foucault, 1926~1984)의 지(知)의 계보학, 『에크리』(1966) 등에 의한 라캉(Jacques Lacan, 1901~1981)의 정신분석학, 『양식의 체계』(1967) 등에 의한 롤랑 바르트(Roland Barthes, 1915~1980)의 문화기호학 등을 통해 일반화되어 나왔던 것이다.

2) BCCCS와 현대문화 연구

이러한 상황에서 영국의 버밍햄 대학에 1964년 「버밍햄 대학 현대문화 연구센터」(Birmingham Center for Contemporary Cultural Studies, 약칭 BCCCS)가 세워졌다. 그 센터를 설립한 자로서 초대 소장을 역임했던 자는 『독서 능력의 활용』(*The Uses of Literacy*, 1957)의 저자인, 리차드 호가트(Richard Hoggart)였다. 그는 『긴 혁명』(*The Long Revolution*, 1961)를 쓴 레이몬드 윌리엄즈(Raymond Williams)와 함께 영국의 좌익계 비평가로서 1950년대부터 1960년대 초에 걸쳐 계간지 「스크루티니」(Scrutiny, 1932~1952)출신의 비평가들과 그 대표 편집자 F.R. 리비스(Frank Raymond Leavis, 1895~1978)의 사고들이 영국의 중류 계급에 경도되어 있는 것을 지적해 내 그것을 비판했던 자였다.

초기의 연구센터의 문화에 대한 접근은 역사, 철학, 사회학, 문학 비평으로 균일하게 나뉘어져 행해졌었다. 그러나 센터장이 호가트에서 스튜어트 홀(Stuart Hall)

---

9) 레비스트로스 저·안정남 역, 전게서, p.22

로 바뀌자, 연구의 초점이 서서히 사회과학 쪽으로 이동해 갔다. 그 결과 그 곳에서의 문화연구는 두 측면, 문화의 대중성에 대한 연구와 의례(儀禮)와 같은 하부문화(Subculture)에 대한 연구였다. 당시 연구소의 멤버들은 프랑크푸르트학파의 비평이론이라든가 이탈리아의 안토니오 그람시(Antonio Gramsci, 1891~1937), 루이스 알튀세르(Louis Althusser, 1918~1990) 등의 공산주의 사상가 이론을 받아들여 문화 연구를 행해갔다. 현재 미국의 문화연구는 바로 이 버밍햄의 모델을 기초로 해서 발전해 나와, 젠더, 인종, 계급 등의 문제를 주된 연구 대상으로 해 가고 있다.

그러면, S. 홀 등의 문화 연구의 접근 방법에 영향을 끼친 프랑크푸르트학파의 비판이론이란 어떠한 것인가? 비판이론이란 엄격히 말해 프랑크푸르트학파의 사상을 가리킨다. 그런데 프랑크푸르트학파라고 하는 명칭은 그 대학에 1923년에 설립된 사회연구소(Institute for Social Research)의 멤버들을 가리키는 말이었다. 그 연구소의 멤버들은 나치즘의 발흥으로 1933년 독일을 탈출해 미국으로 왔던 자들로서『계몽의 변증법』(1947)의 공저자들인 막스 호르크하이머(Max Horkheimer, 1895~1973)와 T. W. 아도르노(T. W. Adorno, 1903~1969), H. 마르쿠제(Herbert Marcuse, 1898~1979), 에리히 프롬(Erich Fromm, 1900~1980) 등을 들 수 있다. 비판이론의 제 2 세대로는 J. 하버마스(J. Habermas, 1929~) 등이 거론된다.

이들 학파들의 비판이론은 마르크스의 자본주의 비판과 세기말 예술의 시민문화 비판을 결합시켜 부르주아 문화에 대한 비판으로부터 출발해 모든 사회 현상의 분석과 논의를 위한 비판적 시점을 만들어 내는 것으로 발전해 나갔다. 특히, 파시즘의 대두와 함께 미국에서의 망명 생활을 하게 됐던 유태계 연구자들은 미국의 사회학, 특히 대중문화라든가 매스미디어 연구 등에 지대한 영향을 끼쳤다. M. 호르크하이머와 T. W. 아도르노는 망명지 미국에서『계몽의 변증법』을 저술했는데, 그것은 그리스 이래의 이성과 계몽의 역사와 전통을 계승해 온 유럽에 어째서 파시즘이라고 하는 폭력, 그 끔찍한 야만이 태어났는가에 대한 물음에 대한 대답을 제시해보기 위해 쓰였던 것이다. 나치즘에 대한 그들의 그러한 비판적 태도는 그것에 끝나지 않고 당시 미국사회를 뒤덮고 있는 재즈 음악, 라디오, 영화 등의 상품화된 대중문화의 획일성을 근간으로 하고 있는 미국의 문명을 비판해 갔다.

스튜어트 홀이 프랑크푸르트의 비판이론으로부터 영향을 받은 것은 바로 그들의 그러한 대중문화론이었다. S. 홀은 1969년 센터장으로 취임한 후 10년 간 그 연구센터를 중심으로 문화연구의 이론을 발전시켜 나갔다. 그는 물질이 인간의 정신을 지배해 간다고 하는 마르크스주의 이론에 입각해 대중문화가 일반대중들의 정신세계를 만들어 간다는 입장에 서서 연구대상으로 대중문화를 취급해 갔다. 그는 1932년 자마이카에서 유복한 흑인 가정에서 태어났다. 영문학을 하고 옥스퍼드 대학에 유학을 했는데, 그 때 그는 처음으로 이민생활을 경험하게 된다. 그는 재학 시절 마르크스주의에 접하게 되어 정치적 활동에 경도되어 뉴 레프트 운동에 뛰어든다. 그의 사회과학적 지식은 「뉴 레프트 레뷰」를 통해 취해졌다. 그는 그 연구소의 센터장으로 취임하자, 미디어 이데올로기, 젊은이의 문화, 하부문화 등에 대한 분석에 착수한다. 그는 그 정도에서 끝나지 않고, 연구대상을 계급, 인종, 성(性) 등으로 전개시켜 나갔던 것이다.

서구에서의 문화연구는 이렇게 시작되었다. 서구에서 이상과 같이 문화연구가 성립되어 나온 것은 노동자층들이 절대빈곤의 상태로부터 벗어나게 된 1960년대를 기점으로 해서 이루어졌다. 노동자들이 절대빈곤 상태로부터 벗어나서 중류층 의식을 갖게 되자 이제부터는 노동자들을 포함한 모든 사회 구성원들이 문화에 대한 관심을 갖게 되었던 것이다. 대중문화는 바로 이 절대빈곤 상태로부터 벗어난 모든 일반시민들의 문화의식에 의해 형성된 문화를 가리킨다.

그런데 그들에 있어서의 문화에 대한 연구란 그 동안 인간들의 의식을 마비시켜 인간을 지배해 가는 것에 대한 연구이다. 인간은 자신에 의해 만들어지는 문화를 통해 자신을 문화적 인간으로 변환시켜 나간다. 이 경우, 인간은 문화를 창출해 낸 자로서 문화에 대해 주체적 존재임에 틀림없다. 그럼에도 불구하고 어떤 인간들은 정치적 선전이나 상업적 광고에 마비되어 문화에 대해 수동적 존재로 전락된다. 인간이 인간에 필요한 문화를 창출해 가는 것이 아니라 문화가 인간의 의식과 정신을 만들어 내는 경우가 생기게 되는 것이다. 문화 연구는 그러한 문화적 횡포로부터 손상된 인간성을 회복시키기 위한 목적으로 행해지게 된 것이다. 대륙에서

1960년대에 확립된 문화연구의 한 방법론으로서의 구조주의가 인간의 언어현상과 사회적 현상들에 대한 분석을 행해졌다고 한다면 영국에서의 문화연구는 라디오, TV, 재즈음악, 영화, 대중 잡지, 신문 등과 같은 미디어 문화가 현대인의 의식에 어느 정도 악영향을 끼쳐가고 있는지에 대해 분석해 갔던 것이었다.

우주 중심시대에 있어서의 인간은 문화적 존재이다. 그것은 문화에 의해 지배되어 가는 존재라는 뜻에서이기도 하고, 또 문화에 의해 구제될 수밖에 없는 존재라는 뜻에서이기도 하다. 우주 중심시대에 있어서의 문화는 바로 인간에 있어서의 그러한 존재이기 때문에 인간에 있어서의 최대 연구대상으로 부각되었다고 말하지 않을 수 없다.

3) 데리다의 후기구조주의

후기구조주의는 1960년대말 자크 데리다(Jackques Derrida, 1930~2004)에 의해 구축되었다. 그것은 1960년대에 절정에 달했던 구조주의를 기반으로 해서 성립되어 나왔는데, 사실상 그것은 그것의 기반이 된 구조주의의 결점을 보완해 간다는 방향으로 전개되어갔다. 앞에서도 언급한 바와 같이, 구조주의는 1940년대에 절정에 달했던 서구의 인간중심주의 사상, 보다 구체적으로 말하자면, 예컨대 1930-40년대의 실존주의사상에 반대해 1950년대 후반에 성립되어 나온 방법론이자 사상이다. 서구의 전통적 인간중심주의 사상과 그것의 기반을 이루는 서구의 형이상학은 구조주의의 출현을 계기로 상대화되어 나왔다고 지적되고 있다.

데리다는 프랑스의 식민지였던 알제리에서 태어났다. 그는 그곳에서 고등학교까지를 졸업하고 1949년(19세)에서야 프랑스에 입국했다. 그는 파리 고등사범학교의 철학과에 들어가 E. 훗설의 현상학을 연구했다. 그는 1965년부터 자신의 모교 고등사범학교에서 철학을 가르치게 된다. 그는 구조주의의 방법론을 철학에 도입해 새로운 차원에서 유럽중심의 세계관의 주축을 이루는 서구의 전통적 형이상학을 재검토해 탈 유럽 중심주의의 논리적 구축을 시도해 나갔다. 그의 그러한 작업의 결과가 1967년에 동시에 출판된 『그라마톨로지에 대해서』등 세권의 책들이었다. 그 저술들은 그 이듬해 '지식혁명'이라 일컬어지는 5월 혁명의 사상적 기초를 제공하였고, 구조주의와는 입장이 다른 후기구조주의를 창출해냈다. 당시의 지식인들은 드골 대통령이 제시했던 유럽중심주의적 사고로는 유럽이 미국이나 소련에 대항해 갈 수 없다는 생각들을 하게 되었다. 유럽이 18, 19세기의 경우처럼 전 세계를 주도해 나가려면 우선 무엇보다도 유럽인들이 유럽중심주의적 사고를 해체시켜야 한다는 생각들이 지식인들 사이에 일반화되어 있었던 것이다.

그렇다면 유럽인들은 그들의 유럽중심주의적 사고를 어떻게 해체시킬 수 있을 것인가? 당시 그것에 대한 해답을 제시한 자가 바로 데리다였다. 그는 구조주의의 방법론을 받아들여 그들에게서의 유럽중심주의 사고의 틀은 유럽인들의 언어관에 의해 구축되었다는 입장을 취했다. 그래서 그는 우선 유럽인들의 언어관을 고찰했다. 그 결과 그는 유럽인들의 언어관이 말 중심의 언어관, 다시 말해 청각중심의 언어관이라는 사실을 알게 되었고, 또 그는 서구의 전통적 형이상학이 바로 그 말 중심의 언어관에 입각해 구축되었다는 사실을 파악하게 된다. 기독교에서는 로고스가 말이고 또 그것이 신이라는 입장을 취한다. 따라서 「로고스중심주의란 음성중심주의이기도하다. 그것은 목소리(말)가 의식으로서는 직접적 현전성(現前性)이기 때문이다. 음성언어를 '로고스의 아버지'의 적남(嫡男)으로 보는 플라톤이라든가, '말에 의해 만들어진 음은 혼 상태의 상징이고 글로 쓰인 말은 목소리로 행해진 말의 상징'이라고 봤던 아리스토텔레스부터 E. 훗설에 이르기까지 유럽인들은 말 내지 음성언어는 생생한 현재의 자기현전(自己現前)으로서 순수한 초월성을 띠고 있는 것으로 인식하였지만, 글이란 음성언어로부터 파생된 이차원적인 믿음직스럽지 않은 것으로서 취급되어왔다.」[10] 또한 루소, 라이프니치, 헤겔 등과 같은 철학자들도 「문자를 음성보다 낮게 취급하거나 음성에 종속시켰」고, 특히 헤겔의 경우는 「문자는 기억을 돕는 기술인 동시에 망각의 힘이기도 하다」는 입장을 취했다는 것이다.[11] 그렇다면, 우리는 청각중심의 언어관을 갖은 서구인들이 글을 쓸 때에는, 글을 쓰는 자신이 그가 쓰고자하는 글의 내용을 누구인가에게 말로 이야기하고 있는 어떤 구체적 상황을 상정해서 그 상황 속에서의 자신의 이야기를 듣고 있는 어떤 구체적인 인간이나 혹은 청중을 향해 이야기를 행해가는

---

10) 由良君美編(1976), 『ポスト構造主義のキーワード』, 学灯社, p.58
11) 자크 데리다 저·김성도 역(1996), 『그라마톨로지』, 민음사, p.53

형식을 취해 글을 써간다는 말이 생각될 수 있다. 또 그들이 어떤 글을 읽어갈 때도, 그들은 그 글을 쓴 자가 원래는 그 글의 내용을 자기에게 말로 행했던 것을 글로 적어두었다고 생각한 나머질 자신들을 청자로 환원시켜 그 글속의 화자가 자신들에게 행하는 말을 들어간다는 형태를 취해 글의 의미를 파악해간다고 생각될 수 있다. 이러한 현상은 서구인들의 언어관이 청각중심의 언어관이기 때문에 일어나는 현상이라 할 수 있다.

그는 이러한 사실들을 근거로 해서 서구인들의 언어관을 청각중심의 언어관으로 규정하고 서구인의 사고 체계, 그것을 통해 형성 된 그들의 형이상학, 그들의 문화는 그들의 그러한 청각중심의 언어를 통해 형성되었다는 입장을 취했다. 그러나 그는 그와 동시에 소리를 내는 주체가 시각적 대상이라는 점을 근거로 하여 인간에게서의 청각이란 시각을 기초로 해서 형성된다고 이해한 나머지, 원래 인간들에게서의 언어란 청각을 통해 이루어지는 것이 아니고 시각이나 혹은 청각 속에 내재되 시각적 요소를 통해서 이루어진다고 하는 입장을 취했다. 그는 구조주의가 청각중심의 언어관을 취하고 있었던 소쉬르의 기호학에 입각해 출현했다는 점을 상기시키면서 현대 서구인들의 문제와 그것을 야기시킨 구조주의 한계성은 유럽인들이 청각중심의 언어관을 버리고 그 보다 더 보편적인 시각중심의 언어관을 받아들일 때만이 극복될 수 있다고 주장했다. 구조주의이론의 방법론적 기초를 이루는 소쉬르의 기호학에서의 기호로서의 언어는 시니피에(signifié, 개념; 기호내용)와 시니피앙(signifiant, 청각영상; 기호표현)으로 이루어져 있는 것으로 파악되었다. 이 경우 청각기호로서의 언어의 내용은 청자와 화자 사이의 합의에 의해 결정된다. 그러나 시각기호로서의 언어의 내용은 시각주체의 시니피앙에 대한 경험의 깊이와 너비에 의해 결정된다. 이렇게 봤을 때, 현대서구인들의 문제와 그것을 야기한 구조주의의 한계는 시각주체의 시니피앙(시각영상기호; 기호표현)에 대한 경험의 깊이와 너비에 의해 극복될 수 있다는 입장이 취해지지 않을 수 없고, 또 그는 자신의 지적 관심을 청각 기호에서 시각기호로 돌리고, 또 시각기호에서 시각주체 쪽으로 돌려 시각주체의 측면에서 기호현상을 파악한다는 입장을 취하지 않을 수 없는 것이다. 시각주체의 측면에서 기호현상을 파악한다는 것은 독서

공간의 차원에서 말할 것 같으면 독자의 측면에서 책의 내용, 작자, 그들과의 관계를 파악한다고 하는 것이다. 이렇게 봤을 때, 구조주의에서 후기구조주의로의 전환은 독서공간에서 말할 것 같으면 작품중심에서 독자중심으로의 전환을 의미한다. 또 독서공간에서의 그러한 전환은 결국은 경제적 측면에서는 생산자 중심에서 소비자중심으로, 문화권간의 주도권 쟁탈전의 측면에서는 유럽중심에서 비유럽중심으로, 정치적 측면에서는 제국주의국가 중심에서 식민지국가 중심으로 등으로의 전환을 가져오게 되었던 것이다. 이러한 전환은 결국은 다양성, 다의성, 부분성, 주변성, 비대칭성 등에 대한 가치를 창출해가게 되었던 것이다.

4. 문화정책과 문화정책연구의 방법

문화연구의 목적은 인간에게서의 문화란 무엇인가를 규명해내기 위함이다. 그러한 규명은 인간으로 하여금 문화를 자신들의 삶의 실현수단으로 활용해 갈 수 있는 할 방안을 제시한다. 일단 인간에게서의 문화의 활용 방안이 확립되면, 국가적 차원에서나 혹은 국제연합의 차원에서 그것을 일반화시켜 나갈 구체적인 방책이 수립된다. 그렇게 해서 나온 것이 다름 아닌 바로 문화정책이라고 하는 것이다.

그러면 여기에서 우주시대로 들어와 각국들이 어떤 식으로 어떤 문화정책들을 취해 나갔는지를 파악해 봄으로써 그것을 자료삼아 인간이 우주시대로 들어와 문화가 인간들에게 어떤 식으로 인식되어졌고, 또 그것이 어떻게 이용되어 갔는지를 고찰해 보기로 한다.

우선 서구에서 문화정책이 수립되고, 또 그것이 연구대상으로 성립되어 나온 경위와 그 전개 양상을 파악해 본다. 연구사적 측면 에서 고찰해 볼 때, 그것은 다음과 같이 5단계를 통해 전개되어 나온 것으로 고찰된다.

제 1단계: 근대 이전에 귀족층들이 자신들 중심의 사회를 형성시켜 나가는 과정에서 자신들 중심의 문화정책을 수립해 그것을 연구해 간 단계이다.
제 2단계: 근대 시민혁명 이후 시민혁명 세력들이 자신들 중심의 국민국가를

확립시켜 나가는 과정에서 적극적으로 국민문화 정책들을 수립해 그
것들을 적극적으로 연구해갔던 시기이다.

제 3단계: 제 2차 세계대전 종결 이후 민주진영과 공산진영과의 대결 상황 속에
서 국가 주도의 복지국가 건설의 일환으로서, 각국의 정치적 이념의
계발과 실천을 위한 문화정책과 그 연구가 적극적으로 행해졌던 단계
이다.

제 4단계: 1980년대 이후 생산 중심의 사회에서 소비 중심의 사회로 전환되어
나오면서, 서구의 선진국들이 정치적으로는 신보수주의 정책, 경제적
으로는 시장경제원리 중심의 신자유주의 정책을 취해가는 과정에서
행했던 문화정책과 그 연구 단계이다. 이 단계에 와서 각국은 자국의
문화를 상품화시켜 나가게 되었는데, 그러한 상황에서 문화산업이라
는 것이 형성되어 나왔다.

제 5단계: 1990년대로 들어와서 걸프전, 소련 소멸, 컴퓨터, 인터넷 등의 보급을
통해 글로벌시대가 열림에 따라, 각 국가들이 자국문화의 글로벌화와
글로벌문화의 로컬화 정책과 그 연구가 행해졌던 단계이다.

이상과 같이 인간들의 정책적 차원에서의 문화에 대한 관심은 근대 이전에서부
터 있어왔다. 그러나 문화연구가 적극적으로 행해지기 시작한 것은 제 4단계에
이르러서부터였으며, 우리는 그 단계의 이론적 기초가 1968년 프랑스에서 일어났
던 지식혁명을 통해 이루어졌었다고 볼 수 있다. 산업혁명 이후 형성되어 나왔던
기존의 생산중심의 사회가 소비중심사회로 전환해 나온 것은 쟈크 데리다 등의
후기구조주의이론을 기초로 해서 이루어졌다는 점을 감안하면 1968년의 지식혁명
이야 말로 문화혁명이었다 해도 과언이 아니다. 필자가 여기에서 거듭 말하고자하
는 것은 문화혁명이라 불리어질 수 있는 1968년 5월 혁명의 이념이 실현된 것은
제 4단계에 와서부터라는 것이다. 1980년대 이후 1990년대 초의 걸프전과 소련소
멸을 계기로 영국, 미국, 프랑스 등의 서구의 자본주의 선진국들은 그들의 국력신
장의 일환으로 1990년대 초부터 정부차원에서 「문화」의 경제적 · 교육적 · 예술적

가치를 정책적으로 개발해갔으며, 동아시아의 일본의 경우는 1990년대 후반에서 부터, 한국·중국의 경우는 2000년대로 들어와 그러한 입장을 취하게 되었다. 그 결과 그간의 전통문화와 문화 복지차원에서 행해져오던 문화정책의 영역이 대중 문화와 문화산업으로 확대되어 나오게 됨에 따라 문화산업정책, 문화교육정책, 예술창작교육정책 등이 적극적으로 추진되어 나가게 되었다.

이상과 같은 문화정책들의 수립은 그것에 대한 연구를 기반으로 하여 이루어져 왔다. 그러면, 다음으로 학문적 차원에서 문화정책이 어떻게 연구되어 왔는지를 보다 구체적으로 고찰해 보기로 한다.

문화가 서민층을 포함한 모든 인간들의 관심대상이 되기 시작한 것은 인류가 우주시대로 들어 온지 20년이 지난 1980년대 이후부터였다. 서구 자본주의 선진 국가들과 일본의 대다수 국민들은 1970년대로 들어와서 절대빈곤 상태를 벗어나게 되었나. 그것을 게기로 1980년대로 들어와서부터 그들 사회는 생산 중심의 사회에서 소비 중심의 사회로 전환해 나왔다.

그동안 비생산적 활동으로 인식되었던 인간들의 문화적 활동이 사회 각 층의 인간들에 의해 가치 있는 활동으로 인식되어 나옴으로써 문화가 사회 각 층의 인간들의 관심대상으로 부상하게 되고 그것이 대중화되어 나오게 되었던 것이다. 이와 같이 문화가 대중화됨에 따라 그것에 대한 본질적이고 체계적인 이해가 요구되게 되었다. 바로 그러한 요구가 「문화정책」에 대한 학문적 접근을 촉발시켰다고 하는 것이다.

그러한 학문적 접근의 출발은 정부 산하 기관인 문화정책 개발기관 등에서 근무하는 연구원들에 의해 시작되었고, 그 후 그것은 차츰 대학의 연구자들에 의해 행해지게 되었다. 1990년대로 들어와서 「문화정책」에 대한 그러한 학문적 접근은 문화가 산업적 측면에서 접근됨에 따라 각국들은 국력 신장의 일환으로 문화 산업을 육성해가게 되었고, 그 과정에서 「문화정책연구」혹은 「문화정책론」내지 「문화정책학」 등과 같은 학문들이 확립되어 나왔다.

각국에서의 문화정책 연구의 동향은 다음은 다음과 같이 이루어져 나온 것으로 파악된다. 영국, 미국, 프랑스, 독일 등에서의 문화정책에 대한 본격적 연구는 문화의 대중화가 성립된 1980년대부터였고, 일본을 비롯한 동아시아 각국에서는 1990년대로 들어서였다. 이들 국가에서의 문화정책에 대한 본격적 연구는 초기에는 정부 산하의 문화정책 개발자들에 의해 행해지다가 차츰 문화 현상을 연구하는 대학의 학자들에 의해 행해져 갔다.

일본의 경우는 1990년대로 들어와서부터 그것이 학문적 측면에서 접근되기 시작해 1990년대 후반으로 들어와서『문화정책개론』(根木昭 外, 1996)을 통해 본격화되어 나왔다. 21세기로 들어와서는『일본의 문화정책-「문화정책학」의 구축을 향해』(根木昭, 2001) 등에 의해「문화정책연구」가「문화정책학」으로 확립되어 나오고 있다. 특히 최근 많은 대학에서 문화정책과 관련된 수업과목이 개설되어 나오게 되었고, 몇몇 대학에서는 독립된 문화정책관계 학부도 설치되어 나왔다.[12) 최근의 문화정책은 국가 주도와 민간 주도라고 하는 두 레벨에서 행해지고 있다. 한국의 경우는 1990년대 후반『미래를 사는 문화정책』(김문환, 1996) 등을 통해 시작되어 2000년을 전후해『문화정책과 예술진흥』(구광모, 1999),『'문화의 세기' 한국의 문화정책』(김복수 외, 2003),『창의적 문화 사회와 문화정책』(임학순, 2003) 등을 통해 본격화되어 나왔다.

중국의 경우는 장기간 공산주의·사회주의 국가체제를 취해 왔거나 취해 오고 있는 국가이기 때문에 중국서의 문화정책 연구는 정부 산하 문화정책 기관의 연구원들에 의해 문화 정책들이 개발되는 과정에서 행해지고 있는 실정이다. 1990년대에 접어들어서부터 중국은 '세계를 향하여(走向世界)'라는 정부의 정책방향에 발맞추어 글로벌 문화의 징후들이 도처에서 나타나게 되었는데, 그러한 현상에 대해 비판적 입장을 취하고 있는 일군의 소장 학자들에 의한『은형서사(隱形書寫)-1990년대 중국문화연구』(戴錦華, 1999),『21세기 중국의 문화지도 Ⅰ·Ⅱ』(朱大可, 2003·2004) 등과 같은 중국문화 연구서들이 출판되어 나옴으로써 기존의 권위주의적이고 하향적인 중국 공산당의 문화 정책에 대해 조심스런 문제제기가 행해지고 있는 실정이다.

러시아의 경우는 1985년에 고르바쵸프에 의해 개혁-개방정책이 선포된 뻬레스

---

12) 根木昭著(2001)『日本の文化政策』、勁草書房、p.410.

뜨로이까 이후로 새로운 시장경제체제와 급격한 시대적 변화를 안고 문화정책이 학문적 측면에서 연구되기 시작했으며, 1980년대 말에서 1990년대 초에 이르러서 두긴(А. Дугин), 빠나린(А. С. Панарин) 등과 같은 소위 신(新)유라시아주의자들에 의해 이론적 토대와 발전을 이루기 시작했다. 특히 이들의 이론은 초기의 반서구주의적, 반자유주의 입장을 넘어 새로운 세계질서에 대한 과학적 인식에 기반을 둔 범세계화주의적 입장을 견지하였다. 특히 빠나린은 현대의 포스트모더니즘 시대를 경제(물질)가 아닌 문화(정신)가 지배하는 시대로 파악했는가 하면, 로스끼(Н. Лосский)는 「역사의 근본 주체를 집단, 민족, 인종, 공동체 등의 유기적 조직체」로 보고, 「역동적이며 개방적인 문화의 다양성」으로 부터 문화적 상호작용의 원칙을 도출해서 그것을 문화정책이론으로 이용해 갔다.[13] 그러한 의미에서 신유라시아주의는 「한마디로 문화중심적 세계관이다」[14] 또 그것은 「기술주의, 신슬라브주의, 동양중심주의 등을 단호히 배격하고」, 문화중심주의의 입장을 취한다. 금세기로 들어와 말로(К. Мало)나 이스하꼬프(Д.М. Исхаков), 찜바예프(Н. И. Цимбаев) 등의 문화비평가들에 의해 기존의 그러한 생산중심적, 민족중심적, 종교중심적이며, 또 권위주의적이고 통제적인 러시아 공산당의 문화정책을 비판하고 또 그와 관련된 새로운 문제들을 제기하며 논쟁을 벌여가고 있는 실정이다.

그러면 끝으로 각국에서의 문화정책연구의 현황에 대해서 고찰해 보기로 한다. 글로벌시대 이후 영국·미국·프랑스·일본 등에서의 문화정책연구는 문화교육정책과 문화산업 정책에 대한 연구가 주류를 이루어갔다. 특히 영국의 경우는 「문화산업 전문인력 양성, 재원조달, 창작산업의 수출 진흥, 지적재산권 보호 등에 대한 정책들」에 대한 연구가, 프랑스의 경우는 「문화에 대한 접근성 증진, 예술교육강화, 창작 활동, 정보기술」등에 대한 정책연구가, 일본의 경우는 「전통 문화의 계승과 발전, 지역문화와 생활문화의 진흥」등에 대한 정책들의 연구가 강조되었다.[15]

글로벌시대 이후 영국·프랑스·일본·중국 등에서는 그러한 정책들에 연구가

---

13) 오원교(2005), 「신(新)유라시아주의－세계화시대의 러시아적 대안문화론」『슬라브학보』, 제20권 1호, p.181.
14) 위의 논문, 상동면.
15) 임학순(2003), 『창의적 문화사회와 문화정책』, 진한도서, p.400, p.407, p.433.

체계화되어 「문화정책연구」, 「문화정책론」, 「문화정책학」 학과목 내지 학문이 형
성되어 나왔고, 또 그러한 정책연구들이 조직화되어 대학에 「문화정책연구소」,
「문화정책학과」, 「문화정책학부」 등의 기관이 생겼고, 「문화정책학과」도 결성되
어 나왔다. 한국에서도 1990년도 후반으로 들어와 문화산업에 대한 연구가 본격화
됨에 따라, 한국문화경제학회, 문화정책학회, 문화산업학회, 문화콘텐츠학회 등이
결성되어 나왔다.

한국에서의 문화정책 연구는 다음과 같은 방향에서 이루어져 온 것으로 파악된
다. 글로벌시대 이후 한국에서의 문화정책들에 대한 연구는 개별국가들의 문화정
책, 연구 이론적 측면에서의 문화정책연구, 남북한 문화정책연구, 특정지역 국가
들이 문화정책 비교연구 등의 측면에서 행해왔고, 개별국가들의 문화정책 연구의
경우 「문화정책과 그 방향」, 「국제문화정책과 지역문화정책」, 「특정문화장르의
문화정책」, 「문화정책방안 제시」, 「문화산업·문화교육·문화활동」, 「문화정책이
념」 등의 측면에서 행해져온 것으로 고찰된다.

이상과 같이, 인간중심시대에의 각국의 인간들에게는 자신들이 추구해왔던 종
교중심주의, 과학기술중심주의, 민족중심주의, 지역중심주의 등의 한계성이 자각
되어 나옴에 따라, 그것들의 대안으로 문화중심주의가 성립되어, 문화연구, 문화
정책의 수립, 그것들의 연구 등이 적극적으로 행해져 나오게 되었다. 이렇게 봤을
때, 우주중심시대에서의 문화에 대한 연구가 어째서 인간중심시대에서의 자연 연
구에 대응될 수 있는 것인지에 대한 이해가 가능해지고, 또 우주중심시대에서의
문화가 어떠한 존재인가에 대한 입장이 정립되어 나온다.

앞에서도 언급한 바와 같이 자연 연구란 한마디로 자연과학을 의미했고, 또 그
것은 과학의 의미로 전환되어 나왔다. 산업혁명(the revolution of the industry),
즉 과학혁명 이후의 과학화는 공업화(industrialization), 다시 말해 산업화를 통해
실현되어 나왔다. 그런데 필자가 여기에서 강조하고자 하는 것은 그러한 산업화의
과정에서 각국에서의 다양한 산업화정책들이 취해졌다고 하는 것이다. 이러한 점
들을 고려해 봤을 때, 위에서 거론한 각국의 문화정책이라고 하는 것이 인간중심
시대의 산업화정책에 해당되는 것들이라고 하는 것이다.

5. 글로벌시대의 문화연구와 과정학

다양성을 인정하고, 또 그것의 가치를 창출해나갔던 후기구조주의적 입장들은 1990년대 초의 걸프전의 발발(1991.1-2)과 소련의 해체(1991.11)를 계기로 글로벌리즘적 입장으로 전환해 나왔다. 글로벌리즘이란 '글로브'(the glove) 라고 하는 단어의 의미를 기초로 해서 성립된 개념으로서, 이 경우의 '지구'란 지상(地上)으로부터 바라본 '어쓰'(the earth)의 의미가 아니고, 우주의 어떤 한 지점으로부터 바라본 지구의 의미이다. 따라서 이 경우의 지구는 내가 처해 있는 지상의 반대 쪽 지상을 상상시키는 지구가 아니다. 그것은 우주공간에 덩실 떠 있는 하나의 공을 상상케 하는 지구를 의미한다. 이렇게 봤을 때, 글로벌리즘의 기본적 개념은 인간이 우주의 한 지점으로부터 바라본 지구의 이미지를 주축으로 해서 형성되어 나온 것이라 할 수 있다. 그런데 그 이미지는 크게 두 가지로 특징 지워진다. 우선 하나는 '어쓰'와 같이 대립을 조장하는 이미지가 아니고 '공'과도 같이, '통일체', '전체' 등과 같은 이미지를 가진 것이다. 다른 하나는 지상에 존재해 있는 어떤 공과도 같이 항상 우주공간을 이동해가는 이미지를 지닌 것이다. 다시 말해 '글로브'는 통일체로서의 이미지와 이동체로서의 이미지를 지닌 것이라고 하는 것이다.

지구상의 인간들은 걸프전과 소련 해체를 계기로 해서 19세기부터 시작된 국제화 시대에서 글로벌 시대로 전환해 나왔다. 이 글로벌 시대의 시대적 이념으로서의 글로벌리즘은 우선 첫째 번째로 '글로벌'이라는 단어의 의미가 말해주고 있듯이, 한 인간이나 인간집단이 전지구적 차원에서 자신들의 삶을 실현시켜 보려는 방식이나 그 의의를 추구해나간다는 입장을 가리킨다. 다시 말해서 글로벌리즘이란 인간들이 전 지구상에 펼쳐진 모든 공간을 자신들의 삶의 실현공간으로 생각하고 그 전 공간을 통해 자신들의 존재를 실현시켜 나가려는 사상을 의미한다는 것이다.

그렇다면 그런 차원에서 우리들의 삶은 어떻게 실현될 수 있을 것인가? 이것이 문제인 것이다. 우리의 삶이 진지구적 차원에서 실현되려면, 우선 무엇보다도 전 지구상의 모든 국가들 간이나 문화권들 간의 원활한 교통과 의사소통들이 행해져야 한다. 또 각국들이나 각문화권들은 그러한 것들을 통해 서로간의 삶의 형태와 문화적 가치를 이해해 가야한다. 그러한 작업들을 기초로 해서 그들은 전지구적 차원의 삶의 체계를 구축해가야 한다. 글로벌시대 이후 인간들의 그러한 작업이 다름 아닌 바로 자기네 것들의 글로벌라이제이션이라고 하는 것이다. 예컨대, 김치와 같은 우리의 토속 음식의 전세계화 작업 바로 그러한 것이 글로벌라이제이션이다. 이 작업이 원활히 이루어지려면, 우선 무엇보다도 전지구적 차원에서의 하나의 정치적, 경제적, 사회적 체제가 형성되어야한다. 그것이 원활히 이루어지려면, 우선 무엇보다도 국가 간, 지역 간, 인종 간, 집단 간의 경계와 벽이 허물어져야 한다. 그러기 위해서는 전지구적 차원의 기준들이 설정되어져야 하고, 그러한 것들이 설정되려면 많은 인간들의 글로벌리더쉽이 발휘되어져야 한다. 그것뿐만이 아니다. 우리가 글로벌라이제이션을 원활히 실현시켜가려면 글로벌리즘의 성립 배경에 대한 충분한 이해가 있어야한다는 것이다.

그렇다면 글로벌리즘의 성립기반은 무엇인가? 이것은 '글로브'의 두 번째 이미지, '이동체'와 관련된 것이다. 글로벌시대로 들어와 한국에서는 지구상에서의 글로벌적 현상이 어떻게 일어나는 것인가 등과 같은 물음들에 대한 체계적 이해를 위한 연구방법이 성립되어 나왔다. 그것이 다름 아닌 바로 '과정학'(processology)이라 불리는 것이다.

몇 세기 간의 서구의 인간중심주의가 몰고 온 가장 큰 병폐는 인간과 자연과의 분리이다. 사실상 인간의 존재기반은 지상의 생물학적 세계, 지구와 우주의 물리적 세계 등으로 이루어진 자연이다. 그럼에도 불구하고 인간중심시대의 인간들은 인간과 자연과의 관계를 대립적으로 파악하여 왔던 것이다. 그러나 우주적 측면에서 지구상에 존재해 있는 인간을 파악해볼 때 그것은 분명히 지구의 일부이고, 또 인간이 처해 있는 지구 또한 우주를 구성하는 요소들 중의 하나라는 입장을 취하지 않을 수 없다. 그렇다면 인간, 즉 인간의 의식세계 및 지구나 우주 등과의 체계적 관계는 어떻게 설명될 수 있는가?

지구는 우주공간을 이동해가는 존재이다. 이동을 가능케 하는 것은 우주공간 속에서 작용하는 중력과 우주공간의 열적 차이이다. 우주공간은 동일한 공간이 아니다. 모든 우주공간은 서로 다른 중력과 열을 지닌 공간이다. 그런데 우주공간

속에서의 중력을 지닌 모든 물체는 자신의 무게만큼은 상대를 자기 쪽으로 끌어당긴다. 또 우주 속에서의 열은 온도가 높은 공간에서 낮은 공간으로 이동한다. 이러한 물리적 법칙에 의해 지구는 우주공간을 이동하고 있는 것이다. 이와 같이 우주 속의 모든 공간이 중력과 온도가 다른 공간이기 때문에 지구가 그러한 공간을 지나가게 되면 지구의 표면이 변화를 일으켜간다. 예컨대 인간이 지구상에서 태어나고 또 죽는 것도 지구가 그것들의 차이로 인해 생겨난 다른 공간들을 이동해가고 있기 때문이다. 따라서 지구상에서 일어나는 모든 현상들, 예컨대 인간의 의식현상, 사회적 현상, 생물학적 현상, 물리적 현상 등의 관계는 지구의 우주공간 이동을 주축으로 하여 파악해야 한다는 갓이다. 그 뿐만이 아니다. 지구와 같은 우주속의 모든 존재들의 이동은 빅뱅으로 인한 우주의 팽창과정과의 관련 속에서 일어난다고 하는 것이다. 따라서 우주속의 모든 존재들의 이동과 그것들의 변화는 우주의 팽창과정을 주축으로 해서 파악해야 한다는 것이다. 그렇다면 우주의 팽창과정이란 과연 무엇인가? 대폭파로 인해 생긴 빛이 절대 공간을 직진해나가는 과정이라 할 수 있다. 빛이란 에너지 덩이의 일종이다. 아인슈타인의 $E=mc^2$에 의하면 질량을 갖은 모든 존재는 빛으로 분해될 수 있다. 그런데 빛은 에너지의 크기를 나타내는 파장을 지닌 존재이다. 빛의 파장이 점점 짧아지면 빛이 질량을 갖게 되고 그것이 점점 길어지면 그것의 에너지가 제로 상태가 된다.

과정학은 이와 같이 지구의 우주이동과정, 우주의 팽창과정, 빛의 직진과정 이라고 하는 차원이 다른 세 종류의 과정들을 주축으로 하여 지구 위에서 뿐만 아니라 우주 속에서 일어나는 모든 현상들을 파악한다는 입장이다. 그것은 글로벌시대의 문화이론이자 글로벌시대의 문화연구의 방법론이다. 특히 그것은 글로벌시대의 문화연구의 방법 분화되어 독자적으로 움직여가는 각 문화 장르들의 유기적 관계를 고찰하고 인간과 사물간의 관계를 복원해 나가는 것을 목표로 하는 학문이라 할 수 있다.

결 론

　인간중심시대의 학문이 인간과 자연에 대한 연구로 시작되어 과학이라고 하는 형태로 정착되어 나왔다면, 우주중심시대의 학문은 문화에 대한 연구로 정착되어 나왔다. 우리가 자연과학, 사회과학, 인문과학 등의 용어들에서의 경우처럼 과학을 인간중심시대의 기초학문이라고 말해볼 수 있다면, 문화연구도 우주중심시대의 기초학문으로 생각해 볼 수 있는 여지가 충분히 있는 것이다.

　문화연구가 우주중심시대의 그러한 학문으로 부상하게 된 것은 시대적 이념과 깊게 관련되어 있다. 우주중심시대란 유니버설리즘의 입장에 인간의 문제를 해결하려는 시대를 말한다. 그런데 이 유니버설리즘이란 휴머니즘의 한계성을 극복하기 위해 취해진 입장의 논리적 근거라 할 수 있다. 인간중심주의로 번역될 수 있는 휴머니즘이란 공간적 토대라고 하는 측면에서 말할 것 같으면 지구라고 하는 공간에 근거한 입장이다. 이에 반해 우주중심주의란 전 우주적 시각에서 지구위의 인간의 문제를 해결하려는 입장이다.

　이 경우, 인간이 처해 있는 지구는 물리적, 생물학적 질서들로 이루어 진 물체이다. 따라서 이 지구상에서의 인간의 문제는 그러한 질서들을 이용해 해결해가야 한다는 생각이 관념화되어 나왔다. 그러한 관념들이 다름 아닌 바로 인간의 물리적, 생물학적 자연에 대한 체험에 근거해 형성되어 나온 합리주의 사상이다. 합리주의의 본질은 인간의 인식 대상에 내재되어 있다고 생각된 어떤 원리나 질서를 파악하여 그것들을 통해 문제를 해결하려는 입장이다. 그러나 인간들은 20세기 초에 성립된 양자역학의 불확정성 원리가 말해주고 있듯이 인식대상의 세계에 대한 논리적 접근의 한계성이 인식되어 나오면서, 인식대상에 내재된 질서를 파악하려는 입장을 포기하고 인식대상이 인간에게 미치는 영향을 파악하려는 입장을 취해 갔던 것이다. 예컨대, 이제는 소립자가 얼마나 작고, 우주가 얼마나 큰 것인지는 문제가 되지 않는다. 문제는 그것들이 인간에게 어떤 영향을 얼마만큼이나 끼치고 있느냐의 것이다. 한 마디로 말해, 과학적 사고에 대한 한계성의 자각내지 주관에 함몰된 의식이 문화에 대한 관심과 탐미적 태도를 취하게 했다는 것이다.

　인간중심시대에 성립된 과학이 그것들의 크기를 문제시 했다면, 우주중심시대에 성립되어 나온 문화연구는 그것들이 인간들에게 끼치는 영향을 문제시하게 된 것이다. 이렇게 봤을 때, 우주중심시대의 학문은 문화연구를 기초로 해서 이루어지며, 또 그것은 문화를 구성하는 한 장르연구로서 행해진다고 볼 수 있다. 우주중심시대의 모든 연구 대상들은 문화를 구성하는 것들이라 할 수 있다. 다시 말해, 우주중심시대의 모든 연구는 문화연구의 차원에서 행해지지 않을 수 없는 것이다. 문화연구란 인간의 감각들을 통한 인간자신들의 인식대상들의 존재의미에 대한 풍요로운 향유 원리의 탐구를 목적으로 한다.

지금까지의 문화연구는 구조주의이론에 의한 문화의 보편성 연구, 문화의 대중성 연구, 문화정책 연구라고 하는 세 형태를 취해 전개되어 나왔다. 구조주의적 차원에서의 문화연구는 문화의 보편성에 대한 연구였고, 그 다음의 현대 문화 연구는 문화의 대중성에 대한 연구이다. 끝으로 문화정책에 대한 연구는 문화적 본질과 대중성에 대한 이해를 바탕으로 집단적 차원에서의 문화의 향유방법에 대한 연구이다.

인간중심시대의 산업화, 공업화란 말은 한마디로 인간의 현실세계의 과학화를 의미한다. 그것들의 구체적인 실현방책으로서 산업화 정책, 공업화 정책 등과 같은 말들이 있다. 우주중심시대로 들어와 그러한 것들에 대응되는 것들로서 문화정책이라는 말이 성립되어 나왔다. 이 경우 문화정책이란 사실은 어떤 대상이나 세계를 문화화시키는 정책, 한마디로 "문화화 정책"을 의미한다. 인간중심시대에 산업화정책연구, 과학화정책연구 등과 같은 용어들이 있었듯이, 우주중심시대에 들어와서도 문화정책연구 등과 같은 말이 생겨났던 것이다.

이상과 같은 점들을 고려해볼 때, 우주중심시대로 들어와 인간이 취해낸 학문적 대상은 인간존재의 기초를 이루는 자연이 아니라, 인간이 자연 속에서 자신의 존재의미를 향유해가기 위한 수단들로서 창출해낸 문화장르들이고, 또 그러한 것들에 대한 학문적 접근 그 자체는 과학적 탐구행위의 형태로서가 아니라 연구라고 하는 형태로 구체화되어 나왔다고 말해 볼 수 있다.

제 3 장

우주중심시대 예술_영화

서 론

본 연구는 우주 중심 시대의 대표적 예술장르라 할 수 있는 영화의 예술적 특성과 그 전환 양상에 대한 고찰을 통해 예술의 본질을 규명해 내는 것을 목적으로 한다.

1960년대로 접어들자 인간 중심 시대의 대표적 예술장르였던 소설문학 장르의 죽음이 논해지기 시작했다.[1] 그로부터 30년 후 1990년대로 들어와서는 「예술의 위기」에 대한 논쟁이 일어나기 시작하였다.[2] 그러한 「예술의 위기」는 인간 중심 시대가 막바지에 접어든 1960년대에 이르러 그간 최고의 예술장르로 군림해 왔던 소설문학의 종언논쟁으로부터 시작하여 인간 중심 시대로부터 벗어나 우주중심시대가 진입하게 된 1990년대 이후의 글로벌 시대로 넘어와서는 그 전모가 서서히 드러나게 되었던 것이다. 1960년대란 1950년 후반부터 인간들이 우주로 인공위성을 발사하여 소위 우주 중심 시대라고 하는 새로운 시대를 열게 된 시기였었다. 1990년대란 인공위성의 이용을 통해 인터넷 시대가 개막됨으로써 우주시대가 한 단계 더 구체화되어 나왔던 시기였었다.

문학에서의 소설은 17세기 이후 문학을 대표해 온 장르였고, 또 예술의 한 장르로서의 문학은 인간 중심 시대를 대표해온 예술장르였다. 이러한 점을 감안해봤을

---

1) 레슬리 피들러 저·김성곤 편역(1992), 「소설의 죽음이란 무엇이었는가?」『소설의 죽음 과 포스트모더니즘』, 글, pp.109-119.
2) 이브 미쇼 저·하태환 역(1999, 원서1997), 『예술의 위기』, 동문선, pp.218~220.

때 1960년대 이후 소설문학 장르의 쇠퇴현상이나 1990년대 이후의 「예술의 위기」 현상은 르네상스 이후의 인간 중심 시대가 창출해 낸 「예술」에 대한 개념에 입각해 성립된 예술장르 등의 해체현상으로 이해될 수 있다.

우리는 1990년대 이후를 글로벌시대라고 말하고 있다. 「글로벌」 "global"의 어원 「글로브」 "globe"란 인간이 지구로부터 우주로 나가서 우주에서 바라다 본 「지구」를 가리키는 말이다. 따라서 글로벌 시대란 우주로부터 지구의 것들을 인식하며 살아가게 된 시대라 할 수 있다. 이렇게 봤을 때 글로벌 시대란 우주를 중심으로 해서 지구의 인간들을 인식해가는 시대, 즉 우주 중심 시대를 의미하는 말이기도 하다.

그렇다면, 인간들이 인간 자신들을 중심으로 지구상의 것들을 고찰하며 삶을 실현하던 시대에 직면했던 최대의 문제는 무엇이었는가. 그 문제를 해결해나가는데 있어서 예술은 어떤 역할을 행했었는가? 인간 중심 시대에 인간이 직면한 최대의 분제가 우주 중심 시대에는 어떤 형태로 전환해 나갈 것인가? 우주 중심 시대에는 인간 중심 시대의 예술 장르를 대신해 어떤 예술장르, 또는 어떤 문화 장르가 창출되어 나올 것인가?

우리는 우주 시대의 기점을 인공위성의 발사 시점으로 상정해 볼 수 있고, 우주 시대를 거쳐 형성된 우주 중심 시대의 기점을 인터넷이 일반화 되어 나온 1990년대로 파악해 볼 수 있다. 그런데, 필자가 말하고자 하는 것은 우주시대 이후 최고의 예술장르는 영화예술이라는 것이다. 이렇게 봤을 때 영화예술과 우주시대와는 어떠한 형태로든지 간에 깊게 관련 되어 있다고 말 할 수 있고, 또 우주 중심 시대를 대표할 새로운 예술장르도 우주시대의 최고의 예술장르였던 영화예술을 기초로 해서 형성되어 나올 것으로 예상된다. 따라서 우리는 영화 예술의 일반적 특징에 대한 고찰을 통해 우주 시대의 인간에게서의 예술이란 무엇이며, 금후 우주 중심 시대로 접어들어 그것은 어떠한 형태로 전개되어 나갈 것인가에 대한 체계적 고찰의 필요성이 요청된다.

1990년대 이후의 글로벌 시대로 접어들어 모든 예술 장르들이 지닌 예술적 가치는 문화론적 측면에서 평가 되고 있는 추세이다. 그것은 모든 예술 장르들이 지닌 예술적 가치가 문화적 가치로 환산되어 평가되어 나가는 현상에서 비롯된 것으로서 문화적 가치가 없는 예술적 가치란 인정할 수 없다고 하는 새로운 시대가 도래되었기 때문이라고 말할 수 있다. 우리는 그러한 시대적 이념에 입각해 우리 시대의 최고의 예술 장르가 지닌 예술성에 대한 고찰을 통해 문화시대에 걸맞은 예술성을 규명해 낼 필요성이 요구되고 있는 것이다.

르네상스 말기인 17세기 후반 이후부터 20세기 전반까지의 약 3세기동안 문학, 특히 소설 문학 장르는 모든 예술 장르의 제왕으로 군림해 왔었다. 그러나 인간이 우주로 인공위성을 발사해 우주적 시각에서 인간의 문제를 인식하게 된 1960년대 이후부터는 소설문학이라고 하는 예술 장르가 영화라 하는 예술 장르로 그 제왕의 자리를 넘겨주지 않으면 안 되었다. 최고의 예술장르로 영화라고 하는 예술장르가 부상해 나옴에 따라 그것에 대한 체계적 연구도 본격화되어 나오게 되었다.

영화의 탄생은 미국의 에디슨(Thomas A. Edison, 1847~1931)의 키네토스코프(Kinetoscope, 활동사진, 자동 영상판매기, 1894)의 발명과, 그것으로부터 힌트를 얻어 행해진 프랑스의 루미에르(Louis Lumiere, 1864~1948)의 시네마토그라프(Cinematographe, 촬영기 겸 영사기, 1895)의 개발 등을 통해 이루어졌다. 『영화의 고고학』(1965)의 저자 독일의 쩨람(C. W. Ceram, 1915~72)은 그의 저서 제1장에서 「영화는 시네마토그라프와 함께 출발했다」라고 말하고 있는데, 루미에르의 시네마토그라프란 어떤 대상의 현실 그대로의 「움직임」을 잡아내 스크린 상에 재현하는 장치였다.

그런데, 당시 에디슨과 루미에르는 어떻게 하면 활동사진을 예술화 시킬 수 있을까에 대해서는 전혀 생각하지 않고 단지 기술력 측면에서의 사진기와 영사기의 제작과 개량에만 관심을 가져갔었다고 이야기 되고 있다.

영화가 기업화되어 나온 이후에 저술된 독일의 란게(Konrad Von Lange, 1855~1921)의 『영화—그 현재와 미래, 1920』 제1장에도, 「자연의 기계적 재연에 지나지 않은 사진에는 그림과는 달리 인간의 정신작용이 관여할 여지가 없고, 또 운동을 기계적으로 재연만을 행하는 영화에는 움직임의 환상을 가져다 줄 것이 없어 예술성이 없다」고 단정되어 있다. 이와 같이 영화란 기계라든가 과학기술의 산물이었기 때문에 예술이 아니라는 생각이 강고하게 존재했었다.

그러한 입장들과는 반대로 20세기 초 전위예술운동이 행해지는 과정에서 영화도 예술장르의 하나로 취급되어 독일의 연극학자 뒤보르트(Bernhard Diebold, 1886~1945)와 같은 사람에 의해 그의 저서『드라마에서의 무질서』(1921)에서「영화는 기계로 예술을 만든다」고 하는 지적이 행해졌고, 세계최초의 영화 평론가로 불리고 있는 이탈리아의 R. 카뉴드(1879~1923)에 의해서는 그의 유고논집『이미지의 공장』(1927)에서 영화란 시간의 예술(음악, 시, 무용)과 공간의 예술(건축, 조각, 그림)을 연결시키는 새로운 예술, 즉「제7예술」로 정의되기도 했다.

영화가 예술이냐 아니냐의 논쟁이 진행되어 나가는 과정에서 1920년대 중반 광학녹음의 발명과 함께 필름에 음과 영상이 동시에 밀착됨으로써 1920년대 후반에 와서 무성 영화 시대에서 유성 영화로 전환해 나왔다. 미국의 아란 크로스란드 감독의『조르슨 이야기』(1927)의 히트를 계기로 무성 영화가 일거에 옛것이 되어 버렸다. 그 시기에서 조차 영화가 예술이냐 아니냐의 논쟁은 계속되었다. 무성영화가 유성으로 전환해 나오던 혼란기가 끝난 시기에 영국의 R. 스포튀스우드는 그의 저서『영화의 문법』(1933~34)에서「완전한 영화란 시각적 요소와 음향 요소로 구성되어 있다」고 정의한 다음「영화 예술은 아직 확립되어 있지 않았으며, 연출된 영화는 연극의 연장에 지나지 않고 예술로서는 열등한 것」이라고 말하고 있다. 그러나 프랑스의 A. 말로는 역으로 그의 저서『영화 심리학의 소묘』(1941)에서 영상과 음을 조합시킨 표현의 가능성으로부터 새로운 예술이 태어났다고 말하고 있다.

이상과 같이 20세기전반까지 영화에 대한 학술적 차원의 접근은 영화의 예술성에 대한 것이었다. 그러나 20세기 후반으로 들어와 영화에 대한 학술적 차원의 접근은 프랑스의 비평가 바쟁(André Bazin) 등에 의한「누벨 바그」(Nouvelle Vague, 새로운 파도) 운동을 통해「영화의 예술성」으로부터「영화 그 자체의 탐구」로 전환되어 나왔다. 「영화의 예술성」에 대한 연구가 예술의 한 장르로서의 영화가 지니는 예술성에 대한 연구라고 한다면, 「영화 그 자체의 탐구」란, 영화의 개별적 작품들이 지닌 예술 가치의 탐구를 가리킨다고 볼 수 있다.

1980년대 이후로 들어와서의 「영화」에 대한 연구는 기호학, 언어학, 사회학, 역사학, 정치학, 이데올로기, 이미지 이론 등과 같은 영화학 내지 문화론적 측면에서 접근되고 있다. 데이비드 노먼 로도윅(David Norman Rodowick)은 그의 저서『현대 영화이론의 궤적- 정치적 모더니즘의 위기』(제 2판 1994, 초판 1988)의 「제2판 머리말」에서 1990년대 미국의 영화연구의 현황을 이렇게 말하고 있다. 「영화연구는 오늘날 문화연구와 포스트모더니즘 논쟁과의 관련속에 계속 자리 잡고 있」는데, 「그렇다면 정치적 모더니즘의 시대는 이제 포스트모더니즘과 포스트구조주의 문화연구에 의해 추월당하고 만 구조주의와 모더니즘의 마지막 국면이었던 것일까? 한걸음 더 나간 질문은 대학의 분과 학술로서의 영화연구가 미디어 연구와 문화연구 속으로 소멸되어 가는 것은 아닐까? 라고 하는 것이다」[3]

그가 지적한 바와 같이 1990년대 이후의 영화연구는 문화연구의 하나로 행해져 나왔다고 하는 것이다. 이와 같은 현상은 영화가 예술의 한 장르로서 취급되지 않고 문화의 한 장르로서 취급되어 가고 있기 때문이라 할 수 있다.

이상에서와 같이 영화는 예술론의 측면과 문화론의 측면에서 연구되었다. 다시 말해서 1960년대 까지는 영화가 예술론의 측면에서 그 이후는 문화론의 측면에서 연구되어왔다고 할 수 있다. 그러나 본 연구는 영화 예술 장르를 우주 중심 시대의 대표적 예술장르의 하나로 규정하여, 영화예술장르의 본질을 문화론적 입장에서 규명해내고 그것을 토대로 하여 우주 중심 시대에 인간에서의 예술이 어떠한 역할을 행해 갈 것이며, 또 인간에게서의 예술이란 어떠한 것인지를 고찰한다는 입장에서 행해진다.

본 연구에서의 고찰 대상과 그 고찰 수순은 다음과 같다. 우선, 일차적으로 우주 중심 시대의 도래 경위와 그 사상적 배경을 검토한다. 우주 중심 시대의 도래 경위를 검토하고, 그러한 시대가 도래 하게 된 사상적 배경을 검토한 다음으로 우주 중심 시대의 시대적 특성과 관련시켜 이 시대의 최고의 예술 장르로 평가되고 있는 영화 예술 장르의 특징에 대한 고찰을 통해 우주 중심 시대의 예술적 특질을 규명해 낸다. 그 다음으로 우주 중심 시대의 예술과 문화와의 관련성에 대한 고찰

---

3) 데이비드 노먼 로도윅 저·김수진 역(1999, 원서1994),『현대 영화이론의 궤적』, 한나래, pp.13-14.

을 통해 예술이 어떠한 형태로 변환되어 나가게 된 것인지에 대해 논한다. 끝으로 그것을 논거로 해서 인간에게의 예술이란 어떤 것인가에 대한 입장을 정리한다.

1. 우주 중심 시대의 도래 경위와 우주 중심적 사상

1) 우주 중심 시대의 도래 경위

1957년 7월 소련이 인공위성 스푸트니크(Sputnik) 1호를 우주로 쏘아 올린 후 1961년에 가서는 세계 최초의 유인 인공위성 보스토크(Vostok) 1호를 우주 공간에 진입시키고, 그 다음 해에는 최초의 상업용 통신 위성을 쏘아 올려 TV로 중계하는 등 우주 개발이 실생활과 밀착되어 행해지게 됨으로써 그때 이래 인간은 명실상부한 우주 시대를 맞이하게 되었다.

인간이 우주공간으로 인공위성을 쏘아올린 것은 지구상의 자원, 인간, 구름 등과 같은 것들을 관측하기 위해서였다. 이처럼 인간은 1960년대 이후 우주 공간으로 진출하여, 우주공간의 한 지점에 위치한 인공위성으로부터 지구와 지구상의 인간들을 바라보게 되었다. 이렇게 하여 우주적 시각이 성립되어 나온 것이다. 인간의 그러한 우주적 시각에 잡힌 지구의 모습이란 우주공간에 떠 있는 하나의 공과 같은 물체, 즉 글로브(the globe, 球體)였다. 인간은 1960년대로 들어와서 그러한 시각으로 잡아낸 지구의 모습을 중핵으로 하여 지구상의 모든 인간들이 우주 속에 떠 있는 하나의 공과 같은 물체 위에 공존해 있다는 의식을 형성시켜 감으로써 마샬 맥루한(Marshall McLuhan)과 켄틴 피로르(Quentine Fiore)에 의한 『지구촌』(Global Village, 1968)로 이름 붙여진 책까지 출판되었던 것이다. 「지구촌」이란 말은 세계 각지의 사람들이 처해 있는 지구상의 공간이란 인공위성을 통해 빛의 속도로 동시에 서로 통신을 하게 됨으로써 한 마을 사람들처럼 모두가 서로 알게 된 공간이라는 뜻에서 쓰이게 된 것이다.

1990년대로 들어와서는 인공위성을 통해 구축된 세계 최대의 컴퓨터 통신망인 인터넷이 학술 분야에서 뿐만 아니라, 기업, 광고, 정치, 예술, 교육, 오락 등의 모든 분야에서 이용됨에 따라 인터넷 시대가 도래되어 새로운 차원에서의 글로벌 시대가 열리게 됐던 것이다.

글로벌 시대란 「글로벌」이란 어원이 말해주고 있듯이, 지구를 감싸고 있는 우주의 관점에서 지구상에서 일어나는 모든 현상들을 파악하려는 인간들이 주도해가는 시대를 가리킨다. 우리는 인간을 중심으로 지구상에서 일어나는 모든 현상들을 고찰해왔던 인간 중심 시대에 대해서 우주를 중심으로 지구상에서 일어나는 모든 현상들을 고찰해 가려는 인간들이 주도해가는 시대를 우주 중심 시대라고 말해 볼 수 있다. 그런데 이러한 우주 중심 시대는 인간이 1950년대 후반 우주로 인공위성을 발사한 시점에서 1990년대 전반 인터넷 사용이 일반화 되어 나온 시점까지를 성립기로 하고 그 이후를 확립기로 파악해 볼 수 있다.

이 경우 우주 중심 시대의 성립은 인공위성의 발사라고 하는 하나의 사건을 통해서 이루어지지는 않았다. 그것은 인간이 우주로 인공위성을 발사해 우주를 이용할 수 있다는 생각을 하게 된 시점에서부터 서서히 시작되었던 것이다. 그런데 그러한 생각은 미국의 라이트 형제의 비행기가 인류 최초의 동력비행에 성공한 1903년을 기해 보편화되었을 것으로 추측된다. 인간이 우주를 이용해 갈 수 있다는 생각은 인간의 공중 이용 체험을 기초로 해서 행해 질 수 있기 때문이다.

그런데, 지구를 감싸고 있는 공중이라고 하는 공간은 공기로 채워진 공간을 일컫는다. 라이트형제가 동력 비행에 성공한 시점은 아인슈타인 등과 같은 물리학자들에 의해 공중의 공기, 공기가 존재하지 않는 우주공간, 그것들을 통과하는 빛 등에 대한 관심이 고조되었던 때였다. 이렇게 봤을 때, 인간의 우주에 대한 체계적 관심은 이미 20세기 초에서부터 일기 시작했던 것으로 고찰된다.

2) 우주 중심 시대의 사상적 기저와 상대성 이론

앞에서 언급한 바와 같이 인간이 우주에 인공위성을 발사하기 50여 년 전부터 지구를 감싸고 있는 우주 공간과 그 공간을 이동 중인 지구와 같은 항성들과 빛과 같은 존재들 간의 물리적 관계들을 규명해내려는 입장을 취했던 자가 있었다. 그가 다름 아닌 바로 아인슈타인(Albert Einstein, 1879~1955)이었다. 그는 그러한 입장을 취해 우주속의 물리적 법칙을 관측해 1905년 특수 상대성 이론을, 1915년에는 일반 상대성 이론을 발표했다. 그의 그러한 상대성 이론은 물체들의 운동에 대한 상대성을 기초로 해서 성립되었다. 물체들의 운동에 대한 상대성이란 예컨대 시속 700km로 달리는 비행기 A가 구름 한 점 없고 아무것도 보이지 않는 하늘에서 시속 500km로 달리는 비행기 B를 추월해 갈 때 비행기 A의 속도가 사실상 시속 700km인데도 불구하고 비행기속의 인간들에게는 시속 200km로 인식된다는 것을 중핵으로 한 이론이다. 비행기 A의 속도는 상대 비행기 B의 속도와의 관련 속에서 결정된다는 이론이다.

이 경우 우리는 시속 700km를 비행기A의 절대 속도라 하고 시속 200km를 비행기 B에 대한 비행기A의 상대 속도라고 말해 볼 수 있다. 이 경우 비행기A의 절대 속도는 비행기의 물리적 속도이고 그것의 상대속도는 비행기 속에서 상대방의 비행기를 보고는 비행기A의 속도를 측정한 인식상의 속도이다. 그런데, 아인슈타인이 여기에서 강조하고자 하는 것은 비행기 A의 진짜 속도가 시속 700km인데도 불구하고 인간들이 그것을 시속 200km로 생각해왔다고 하는 것이었다. 측정자로 하여금 자신의 비행기의 속도 700km를 시속 200km로 인식케 한 것은 일정한 속도로 달리는 빛이었다고 하는 것이다. 그는 비행기 B에 대한 비행기A의 인식상의 속도는 비행기B로부터 반사되어 나온 빛이 비행기A의 측정자의 눈에 도달하기까지 걸린 시간과의 관계 속에서 결정된 것이라고 생각하게 되었던 것이다. 만일 비행기A가 비행기B의 앞에서 빛의 속도 보다 더 빨리 달려버린다고 한다면 비행기B는 비행기A의 존재를 인식하지 못하게 된다는 것은 뻔한 이치이다. 이와 같이 아인슈타인에의 상대성이론은 이 우주공간 속에서의 빛의 속도는 일정하다는 생각을 기초로 해서 성립되어 나왔던 것이다. 필자가 우주 시대의 사상적 기저를 논함에 있어서 그의 상대성이론을 끌어들인 것은 이 우주공간 속에서 일정한 속도로 인식대상과 관계되어 직진반사조절 등을 통해 이동해 다니는 빛이 인간의 인식을 지배해 왔지 인식대상 그 자체가 그것을 지배해 오지 않았다고 하는 것이다.

여기에서 필자가 예술적 표현과 관련시켜 주장하고자 하는 것은 빛의 흐름을 통해 감지된 인간들의 인식상의 속도, 즉 상대적 속도가 비행기의 실제 속도보다 관측자의 심적 상태를 파악하는 데에는 더 확실한 자료가 될 수 있다고 당시 예술가들이 생각하게 되었다고 하는 것이다.

아인슈타인은 특수 상대성 이론을 발표하기 5년 전인 1900년 독일의 이론물리학자 막스 플랑크(Max Planck, 1858~1947)가 발표한 양자가설(量子假說)을 도입해 특수상대성이론을 발표한 같은 해 「광양자가설」(光量子假說, 1905)을 발표했는데, 그는 그것을 통해 빛이 파동으로서의 성질 외에 입자(粒子)로서의 성질을 갖는다는 사실을 밝혀냈다. 그는 그 이론에 입각해 빛을 입자들의 흐름으로 파악했던 것이다.

그는 빛을 에너지 덩이들의 흐름으로 파악하고, 또 그 속도의 한계성을 자각함으로써 결국은 인간들로 하여금 물체를 감싸고 있는 빛과 그것에 감싸여 있을 물체의 실체와를 분리시켜 생각해 볼 수 있도록 계기를 만들었던 것이다. 그는 여기에서 끝낸 것이 아니라, 그동안 빛에 갇혀 있던 인간을 빛으로부터 해방시켜 놓았던 것이다. 인간이 어떤 물체의 존재를 인식하게 되는 것은 그 물체로부터 튀어나온 반사광들이 인간의 눈에 들어왔기 때문이다. 이렇게 봤을 때, 우리에게 있어서 어떤 물체의 존재 여부는 빛이 결정하는 것이지, 물체 자체가 결정하는 것이 아니라는 것이다. 다시 말해, 설혹 어떤 물체가 존재한다 하더라도 그 물체와 인간의 눈의 망막을 연결시켜주는 빛이 존재하지 않는다면, 인간에서의 그 물체는 인식될 수 없기 때문인 것이다.

이 경우, 빛은 인간에게 그 앞에 존재하는 어떤 물체의 영상(映像)을 만들어 그의 망막에 비추어 줌으로써 그 인간으로 하여금 그 물체의 존재를 확인 시켜주는 것이다. 이렇게 봤을 때, 우리 인간은 어떤 하나의 인식 대상에 대해 자신의 현실세계에 존재하는 어떤 실체와 그것으로부터 튀어나온 반사광이 인간의 망막에 만든 그것의 영상이라고 하는 두개의 존재를 갖게 된다고 말할 수 있다는 것이다.

아인슈타인의 상대성 이론에 의하면 진공상태에서는 빛의 속도가 일정하며, 중력 질량이 관성 질량에 완전 비례한다. 지구와 같이 우주를 이동해가는 물체들이 처해 있는 공간은 시간이 개입된 4차원의 공간이라는 인식이 일반화되어 당시의 예술가들이 사실보다는 사실에 대한 인간들의 인식이 인간의 특성을 파악해내는

데 더 유용한 자료가 될 수 있다는 생각을 하게 된 것이다. 이와 같이 아인슈타인의 상대성 이론은 결국은 인간들로 하여금 빛을 매개로 하여 지구상에서 일어나는 물리적 법칙을 지구를 둘러싸고 있는 우주공간과 관련시켜 이해케 함으로써 예술가들의 표현 대상을 「현실세계」에서 「의식세계」로 전환시켜 놓았던 것이다.[4]

3) H. 베르그송의 의식론

인간은 자기 눈의 망막이 빛의 반사 작용을 통해 물체로부터 취해낸 그 영상을 통해 그 실체가 어떤 것인지를 알아가게 된다. 이러한 사실들을 감안해서 프랑스의 철학자 베르그송(Henri Bergson, 1859~1941)은 아인슈타인의 「광양자가설」과 「특수상대성이론」이 발표되기 10여 년 전에 제 1주요저작 『의식의 직접적 성립 조건에 관한 시론』(1889)의 출판을 위시하여, 그 후 제2주요저작 『물질과 기억』(1896), 제3주요저작 『창조적 진화』(1907) 등과 같은 지술들을 통해 인간의 「의식」의 문제를 연구했다. 그는 그 연구를 통해 「이성 그 자체는 생명의 기관」이 될 수 없으며, 또 그것은 「실재를 견고한 상상력의 허구로부터 분리시킨 최고의 판단자」가 아님을 드러냈다. 또 그는 그 동안 「우리가 존재의 부동성이 운동처럼 실재한다고 믿어왔는데, 그러나 그것은 우리의 정신이 실재로 취급하는 하나의 단어에 대한 사진적상(寫眞的像)일 뿐이다」라는 입장을 취했다.[5] 그는 그렇게 함으로써 20세기 초에 성립된 전위 예술의 철학적 기초를 구축했던 것이다.

그는 인간의 눈의 망막이 공간 속에 박혀있는 물체들로부터 영상들을 잡아내는 과정을 통해 인간이 그것들의 실체를 자각한다면, 「의식」이라는 것은 시간 속에 박혀있는 사물들의 영상을 끌어내 인간들로 하여금 자신들이 과거에 경험한 것들을 지각케 한다는 이론을 제시했다. 그 경우 그는 「의식」을 논함에 있어 그것의 「유동성」을 강조했다. 그것은 베르그송에게서의 「의식」이란 분별 작용, 즉 의식 작용 보다는 경험 내용, 다시 말해 의식 내용을 가리켰다는 입장을 의미한다. 그는 인간의 망막에 비친 사물들의 영상들이란 구체적 공간들 속에 구속되어 있는 존재

---

4) 로이드 모츠 · 제퍼슨 하인 위버 저 · 차동우 외 역(1992), 『물리 이야기』, 전파과학사, pp.346-347.
5) L. 콜라코프스키 저 · 고승규 역(1994, 원서1985), 『베르그송』, 지성의 샘, pp.26-33.

들인데 반해, 의식에 떠오른 영상들은 시간으로부터 자유로운 존재라고 말하고 있다.

이처럼 베르그송은 인간이 현실에 대한 경험을 통해 취한 의식 내용의 유동성이라든가 그것의 내적 지속성까지는 인정했지만, 그것의 불변성은 인정하지 않았다. 다시 말해서, 그는 체험을 통해 취한 의식 내용은 시간으로부터 풀려나 끊임없이 유성하는 자유로운 존재들이고, 또 그것은 의식 내에서 과거·현재·미래를 통해 지속적으로 존재해가는 존재라는 입장을 취했다. 그와 같이 그는 체험이 행해지는 시점에서 취해진 의식 내용의 실체가 존재한다는 것은 인정했었지만, 그것이 의식 작용에 의해 의식세계로 표상(表象)될 경우, 그 의식 내용이 실체의 형태로는 나타나지 않는다는 입장을 취했던 것이다. 그는 그것이 현실에 의해 재구성되어 표상된다는 입장을 취했던 것이다.

베르그송의 그러한 철학은 인간의 「의식」에 대한 고찰로 끝나지 않았다. 그는 『창조적 진화』에 와서는 그러한 「의식」을 소유하고 있는 모든 인간들의 생명 현상이라든가 만물의 근원 등을 「우주적 생」이라고 하는 관점에서 논해갔다. 그와 같이 그는 「우주의 생명은 지속적인 창조과정이며 이 과정을 통해 새롭고 예측할 수 없는 어떤 것이 매순간 나타난다」라는 입장을 취했다.[6] 이와 같은 베르그송의 의식론은 아인슈타인의 상대이론 못지않게 20세기 초의 전위예술과 영화예술의 성립에 지대한 영향을 끼쳤다.

2. 전위예술과 영화

1) 전위예술과 전위예술 이론

「전위 예술」이란 말은 불어 「아방·가르드 예술」"l'art d'avant-garde"의 역어이다. 「아방·가르드」란 프랑스의 군대용어로 「전위」(前衛)를 의미하는 말이었다. 「전위예술」이란 20세기 전반의 양대전을 전후해서 일어났던 예술운동을 통해 형

---

6) 상동서, p.20.

성된 말이다. 예술계에서는 20세기 전반의 양대전을 전후해 새로운 창작 방법에 대한 혁신 운동이 전개 되었다. 그것은 18~19세기의 예술 사상을 지배해 왔던 기존의 의고전주의(擬古典主義), 사실주의, 자연주의 등과 같은 예술 형식에 대한 반항 운동이었다. 그러한 기존의 예술 형식에 대한 반항운동이 전위예술운동으로 불렸던 것이다.

대표적 전위 예술 운동들은 다음과 같다. 직관적 감수성에 기초해 다각적이고 중층적 인식을 통해 사물을 표현해내야 한다는 입장의 「입체파」"Cubism", 현실세계를 표현대상으로 삼아왔던 기존의 리얼리즘 중심의 표현 수법에 대하여 파괴를 주창한 「다다이즘」"Dadaism", 종래의 대상 묘사 중심의 예술을 거부하고 작가의 상상력으로부터 태어나는 이미지 표현 중심 예술을 주창한 「추상예술」"Abstract Art", 특히 문학 예술분야에서의 인간의 내면세계를 표현해내야 한다는 입장의 「의식의 흐름」이나 「쉬르레알리즘」"Surrealism" 등과 같은 것들이었다.

「의식의 흐름」 창작 수법은 『잃어버린 시간을 찾아서』(1913~27)의 저자 프루스트(Marcel Proust, 1871~1922) 등에 의해 시도되었는데, 그의 그러한 창작 수법은 베르그송의 『의식의 직접적 성립 조건에 관한 시론』(1889), 윌리엄 제임스(William James, 1842~1910)의 『심리학원리』(1890) 등의 영향 하에서 성립되었고, 「쉬르레알리즘」의 표현수법은 「의식의 흐름」의 수법은 물론 지그문트 프로이트(Sigmund Freud, 1856~1939)의 『꿈의 해석』(1900) 등의 영향 하에서 성립되어 나왔다. 「쉬르레알리즘」의 수법이란 작가 자신의 무의식 세계에 잠재되어 있는 것들이 의식의 표층으로 떠오를 때, 작가가 그것들을 그대로 기술해가는 수법이다.

다다이즘, 입체파, 미래파, 추상예술, 의식의 흐름, 쉬르레알리즘 등과 같은 전위 예술의 창작 수법이 윌리엄 제임스와 베르그송의 「의식의 유동성」, 프로이트의 「자동연상」"free association" 등의 영향 하에서 성립되어 나왔다고 하는 것이다. 이와 같이 전위 예술의 표현 수법은 어떤 실체에 대한 인간의 「의식」이라는 존재와 「의식」의 존재 양태로서의 「유동성」을 기초로 해서 성립되어 나왔던 것이다. 당시의 전위 예술가들은 모든 존재가 「실체」로서의 존재와 그것에 대한 인간들의 「의식」으로서의 존재로 양존한다고 파악한 나머지, 기존의 예술은 실체를 표현해냈지만 전위예술은 그 「실체」에 대한 예술가들의 「의식」을 표현해내야 된다고 생각했던 것이다. 이 경우 예술가들의 표현 대상으로서의 「실체」들에 대한 예술가들의 「의식」은 아인슈타인의 물리학으로 말하자면 실체의 「이미지」, 즉 「영상」에 해당되는 존재라 할 수 있다.

저 대지 위에 나무 한 그루가 서 있다고 가정해 본다. 우리가 그것을 감지할 수 있는 것은 그것으로부터 튀어나온 반사광들이 우리의 망막으로 날아와 부딪히게 되면, 망막에 부딪힌 그 실체로부터의 반사광들을 매개로 해서 대지 위의 실체인 나무를 감지할 수 있게 되는 것이다. 다시 말해, 우리는 나무로부터 튀어나온 반사광들에 의해 우리의 망막에 만들어진 실체의 영상을 통해 실체 나무를 감지하게 된다는 것이다.

이와 같이 우리는 우리의 망막에서 만들어지는 어떤 물체들의 영상을 통해 그것들의 실체들을 감지하게 된다. 이 경우와 마찬가지로 인간에게는 자신이 과거에 경험했던 일들이 있다. 인간은 그것들을 통해 그것들의 영상을 만들어 자신의 의식세계 내부에 저장해둔다. 인간들은 어떠한 계기로 그것들이 인간의 의식세계의 표층으로 떠오르게 되면 그것들을 통해 그것들의 실체를 기억해 내게 되는 것이다.

그런데 필자가 여기에서 강조하고자 하는 것은 19세기의 리얼리즘 시대의 작가들은 어떤 물체들의 영상들이나 과거 자신들이 체험했던 어떤 사건들에 대한 자신들의 의식 등과 같은 존재를 인정하지 않았었다는 것이다. 다시 말해, 그들은 실체와 그것의 영상을 구분해내지 않았고, 또 어떤 사물에 대한 체험과 그것을 통한 사물에 대한 의식을 구분해서 의식하지 않았다는 것이다. 그러나 19세기에서 20세기로 들어오는 과정에서 아인슈타인 등에 의한 빛과 세계와 인간과의 관계에 대한 새로운 차원의 연구가 행해지고, 또 제임스, 베르그송, 프로이트 등에 의해 인간의 의식에 대한 연구가 새로운 차원으로 진행됨에 따라 사물의 실체와 그것의 영상, 실체와 그것에 대한 인간의 의식 등이 분리되어 나옴으로써 20세기 전반의 전위작가들은 자신들의 경험 대상을 버리고 그것에 관한 자신들의 의식을 표현 대상으로 받아들이게 된 것이다. 즉 전위예술이란 과거에 경험한 것 그 자체나 혹은 눈앞의 실체를 표현해 낸다는 리얼리즘(realism)의 입장이 아니고, 그 실물들에 대한 인간의 의식을 표현해내는 쉬르레알리즘(surrealism)의 입장이었던 것이다. 이 경우 쉬르레알리즘이란 우리들이 「우리들의 내부에서 보이는 것들을 충실하게 기술해내기만 하면 된다」는 창작 수법으로서 인간의 내면세계를 구성하고 있는 것들을 파악하여 그 인간의 특성을 규명해 낼 수 있다는 철학 사상을 배경으로 출현했던 것이다.[7]

2) 전위예술과 영화

예컨대, 전위예술의 일파 중의 「미래파」의 경우를 통해 전위예술과 기계문명의 대두의 관계를 생각해 보자. 「미래파」의 운동은 1909년 이탈리아의 시인 마리넷티(Filippo Tommaso Marinetti, 1876~1944)의 「미래파 선언」을 계기로 일어난 예술 운동이었다. 마리넷티를 비롯한 「미래파」운동을 주도해갔던 자들은 「미래파 선언」을 통해 조화와 질서를 이상으로 한 고전예술을 부정하고, 운동과 다이나미즘을 예술에 도입해야 한다는 것을 주장해갔다. 그들의 그러한 주장은 20세기 초두에 대두된 기계문명과 도시환경 등과의 관계 속에서 행해진 것이었는데, 그들이 그러한 주장을 하는 목적은 「미래파 화가 선언」(1910)에서도 확인되듯이, 「강철과 열광과 자존심과 맹렬한 스피드의 생활, 근대생활의 소용돌이를 표현해내는 것」이었다.

20세기로 들어와서 빛의 속성, 인간의 의식의 특성 등에 대한 발견, 사물들의 실체와 그것들에 대한 인간의 의식과의 분리 등과 같은 현상들은 20세기 초두에 대두한 기계문명 및 도시환경과의 관련성을 빼놓고 이야기할 수 없다. 이러한 점을 염두에 두고 상기의 「미래파」의 주장 등을 고려해 보면 분명해 지듯이 에디슨과 루미에르에 의한 영화의 발명도 당시의 기계문명의 발달과 결코 무관치 않았다. 기계 문명을 적극적으로 받아들여 그것을 적극적으로 활용해가는 과정에서 영화라고 하는 예술 장르가 형성되어 나왔던 것이다. 이렇게 봤을 때, 전위예술이란 바로 그러한 기계 문명과 도시환경의 대두를 배경으로 해서 형성되어 나왔고, 영화예술도 그러한 사회적 환경을 배경으로 형성되어 나온 전위예술의 대표적 장르들 중의 하나로 출발했다고 하는 것이다. 벨라 발라르는 그의 저서 『영화의 이

---

7) イヴ・デュプレシス 著・稲田三吉訳(1978, 原著1950), 『シュールレアリム』、白水社、p.88

론』에서「영화야말로 자본주의 시대에 탄생한 유일한 예술」이라고 말하면서, 그러한 이유로 인해 자본주의가 제일 발달한 미국이 영화를 주도해 갈 수밖에 없었다는 입장을 취하고 있다.[8]

이탈리아의 A. 브라가리아는 그의 저서『미래파의 포토다이나믹스』(1911)에서「영화미학의 최초의 이론은 원래 전위영화에 필요한 많은 기술적 수단을 고려했었다. 다시 말해 전위영화는 기계적 수단에 미학적 내용과 표현 형식을 부여하려 했던 최초의 실험이었다」고 말하고 있다. 독일의 연극학자 B. 뒤보르트는「영화는 기계로 예술을 만든다」라고, 새로운 예술장르로서의 영화의 특성을 지적하고 있다. 이처럼 영화예술은 기계와 과학기술의 산물이었기 때문에 전위영화의 단계에서는 영화를 예술로 보지 않으려는 입장들도 많았다.

그러면, 여기에서 전위예술의 하나로 부상해 나왔던 영화예술이 문학, 미술, 음악, 조각 등과 같은 분야로부터 나온 전위예술과 어떻게 다른지의 문제를 짚어보기로 한다. 베르그송은 제 2주요저작『물질과 기억』(1896)을 펴내고 나서 일찍이 1902~03년에 의식의 메커니즘과 영화의 메커니즘과의 유사성을 지적한 다음「인간은 내면의 시네마토그라프(촬영기 겸 영사기)를 회전시키는 일 외에는 아무것도 하지 않는다」고 말하고 있다.

의식의 메커니즘과 영화의 메커니즘과의 유사성에 대한 베르그송의 그러한 지적은 영화의 메커니즘을 통해 그가 말하려는 의식의 메커니즘을 보다 선명히 논해보려는데 그 목적이 있었다. 프랑스의 L. 루미에르가 T. 에디슨의 키네토스코프(활동사진)로부터 힌트를 얻어 시네마토그라프를 개발한 것은 1895년이었다. 베르그송은 그것이 개발된 그 다음해인 1896년『물질과 기억』을 출판한 다음 인간의 의식 현상이 시네마토그라프와 유사하다는 입장을 취했던 것이다. 시네마토그라프는 촬영기의 카메라 앞에 펼쳐져 있는 공간들 속 존재들의 모습들을 필름에 잡아내 두었다가, 필름에 잡힌 그것들의 영상들에 빛을 비추어 그것들을 스크린 위에 방영시켜 관객들이 그것을 관람하게 하는 기계였다.

인간의 의식작용은 자신이 그때까지 접해온 사물들의 모습들을 자신의 의식 속

---

8) 벨라 발라르 저·이형식 역(2003, 원서1952),『영화의 이론』, 동문선), p.53.

에 잡아두었다가 필요할 때마다 그것들을 끌어내서 관람한다. 이와 같이 시네마토
그래프와 인간의 의식은 인간의 현실 세계와 내면세계를 구성하는 존재들의 상
(像)들을 재현시켜 인간들이 그 재현된 상들을 통해 자신들의 현실세계와 내면세
계를 들여다 볼 수 있게 한다는 점에서 유사성이 있다고 말 할 수 있다.

전위 예술가들은 인간들의 현실세계를 구성하는 존재들의 상들과 인간들의 내
면세계를 구성하는 존재들의 상들이 인간이 자신들의 현실세계와 자신들의 존재
를 이해해 가는데 더없이 좋은 자료들이라 생각했던 것이다.

3) 모더니즘과 영화예술

서구에서의 모더니즘(Modernism)이란 예부터 「고대적·고전적(antique)」의 대
립 개념으로 쓰인 말로서 「새로운」의 의미로 쓰였다. 그것은 17세기 신구(新舊)논
쟁 시대를 기쳐 19세기 후반부티는 문학·예술의 새로운 운동으로 쓰여 오디기,
20세기로 들어와서는 회화에서의 추상회화의 탄생, 음악에서의 조화성의 방기(放
棄), 문학에서의 리얼리즘이라든가 물리적 시간개념 등의 해체 등과 같은 현상들
을 일컫게 되었다.

이러한 현상들은 예술가들이 사물들의 실체 바로 그것을 리얼하게 표현해내려
는 소위 리얼리즘적 표현 수법을 버리고 자신들의 의식에 잡히는 사물들의 이미지
를 리얼하게 표현해간다는 태도를 취하게 됨으로써 일어난 것들이라 할 수 있다.
이렇게 봤을 때, 모더니즘이란 20세기 초의 전위 예술가들의 예술 사상으로 규정
될 수 있다. 그렇다면 모더니즘이라고 하는 그러한 예술 사상은 어떻게 형성되어
나왔던 것인가?

앞에서도 지적한 바와 같이 20세기로 접어들어 인간들은 기계화와 도시화로 특
징지어진 근대 사회에서 자신들의 삶을 실현시켜 나가게 되었다. 모더니즘에 입각
한 예술가들의 표현 수법은 자신들의 의식에 비친 사물들의 이미지를 표현해 내는
것이었다. 다시 말해 그들이 자신들의 의식에 비친 사물들의 이미지를 표현해 냄
으로써 인간의 특성을 파악해내려는 입장을 취했던 것이다. 그들은 리얼리즘 시대
의 예술가들의 경우처럼 인간들과 사물들과의 물리적, 생물학적 차원의 관계 규명

을 통해 인간의 특성을 파악한다는 태도를 포기하고 인간들과 사물들과의 의식적 차원의 관계 규명을 통해 그것을 파악한다는 입장을 취하게 됐던 것이다.

그들이 그러한 입장을 취하게 된 이유는 다음과 같다. 우선 예술이란 다양한 인간의 모습들을 표현해내서 그것들을 통해 인간의 본질이 무엇인가에 대한 이해를 통해 미적 쾌감을 향유하려는 수단이라 할 수 있다. 예술가가 인간의 다양한 모습을 표현해 낼 수 있는 방법은 삶에 대한 서로 다른 개개의 욕망에 사로잡힌 인간들의 의식이 잡아낸 사물들의 이미지를 표현해내는 것이다. 이 경우 어떤 예술가들은 자신들의 현실 세계에 대한 경험을 통해 잡아 낸 자신들의 내면세계에 축척해 둔 사물들의 이미지들을 끌어내서 그것들을 가지고 자신과 자신이 처했던 세계를 기술해 간다. 그런가 하면, 또 어떤 작가들은 자신들의 현실세계를 구성하는 존재들이나 사건들의 이미지를 잡아내 그것들을 표현해가는 경우가 있다. 전자는 예술가의 의식에 비친 상들을 통해 예술가 자신의 삶과 그것을 통한 인간의 본질을 표현해내려고 했고, 후자는 예술가의 의식에 비치는 자신의 현실세계의 것들에 대한 표현을 통해 예술가의 현실세계가 어떠한 것인가를 이해하고, 그것을 통해 예술가 자신의 존재를 이해한다고 하는 것이었다. 이 경우 전자는 자기 자신의 폭넓은 경험에 입각한 삶을 통해 자신의 현실 세계를 이해하려는 태도인데 반해 후자는 자신의 현실 세계에 대한 다양한 지식들을 통해 자신의 삶을 이해해보려는 태도라 할 수 있다. 그런데 필자가 여기에서 강조하고자 하는 것은 문학, 미술, 음악, 조각 등과 같은 기존의 예술장르들이 전자에 해당된다고 한다면 영화 예술 장르가 바로 후자에 해당된다는 것이다. 영화를 구성하는 장면 하나하나는 제작자에게는 몽타쥬 사진들과도 같은 것이라 할 수 있다. 현재 우리에게 「몽따쥬」란 말은 범죄수사에 사용되는 「몽따쥬 사진」이란 말을 통해 알려져 있는데, 사실상 영화예술이 확립되어 나왔던 1930년에는 영화예술이론으로 나타난 「몽따쥬론」이 「문학, 연극, 미술 등 모든 예술에 적용되어 때로는 인생철학의 영역에까지 파고들기 조차 했다」[9] 「몽따쥬 사진」은 범인을 목격한자가 그 범인으로부터 받은 인상의 특징을 토대로 해서 만들어 낸 사진을 말한다. 다시 말해 어떤 특정인의 의식에 잡힌 의식 대상의 특징을

---

9) 상동서, p.125

토대로 해서 만들어진 그림 사진이라는 뜻이다. 이와 같이 몽따쥬 이론은 어떤 특징의 의식에 잡힌 의식대상의 특징의 학대를 통해 성립된 이론이다. 바로 이 예술이론이 20세기 전반의 예술이론의 기초가 되었다는 것이다.

영화 예술은 어떤 특정 인간이 처해 있는 세계가 어떤 곳인가를 사진들을 통해 리얼하게 드러내준다는 점에서 다른 예술과 다르다. 관객들은 영화가 그들에게 제시하는 하나하나의 장면들을 통해 그 특정 어떤 인간이 처해 있는 세계에 대한 어떤 객관적 지식을 얻게 된다. 관객들은 그 지식을 바탕으로 자신들이 처해있는 세계가 어떠한 세계인가를 깨닫게 되는 것이다. 이 경우 그 특정 인간의 세계란 반드시 물리적 생물학적 세계만은 아니다. 그것은 인간들로 구성된 사회이기도 하다. 영화의 각 장면들은 그 특정인간이 처해 있는 세계가 어떤 인간들로 이루어진 세계인가에 대한 정보를 관객들에게 제공한다는 것이다. 따라서 영화는 인간들의 삶의 실현 수단이 급격히 기계화되고 그것의 실현 장소가 가일층 도시화되어 가는 모습을 보여주는 것을 비롯하여 사람들이 좀처럼 가 볼 수 없는 공간적으로 멀리 떨어져 있는 지역의 모습들을 리얼하게 보여줌으로써 그러한 세계들을 통해 자신이 처한 세계가 어떤 곳인가를 깨닫게 해주는 것이다. 이와 같이 영화는 다른 예술 장르들과는 달리 인간의 공간적 이동에 대한 한계를 극복시켜줌으로써 기계화되어 가는 시대에 걸맞은 20세기 최고의 예술 장르로 부상하게 되었던 것이다.

3. 우주중심시대와 영화 예술

1) 영화보급의 역사와 영화의 원리

앞에서 언급한 바와 같이 영화는 에디슨의 키네토스코프의 발명(1894년)과 루미에르 형제의 시네마그라프의 제작(1895년)을 계기로 성립되어 나왔다 1900년을 전후해 영화관이 설립되고. 영화가 기업화되기 시작되어 나가는 상황에서 미국의 여류 시인이며 소설가 거트르드 스타인(Gertrude Stein, 1874~1946)은 자신들의 시대는 영화의 시대라고 정의하기도 했다. 20세기는 미국이 세계를 주도해 가던 시대이기도 했지만, 또 20세기 초부터 미국은 세계영화를 제패해 나갔던 나라이기도 했다. 1920년대 후반에 와서 무성 영화가 유성영화로 전환해 나옴에 따라 1930년대로 들어와서는 유성영화 시대가 도래되어 영화기업이 성행하게 되고, 영화를 통한 선전이 일반화되어 나왔다. 1950년대 초에 와서 TV가 방영되기 시작되고 그것을 통해 TV 드라마가 방영되어 영화가 한층 더 조직적으로 방영되어 나갔다. 1960년대로 들어와서는 TV가 칼라화 되어 나가기에 이르렀고, 1980년대 후반에 와서는 CD, CD-I, CD-R 등을 통해, 1990년대 후반으로 들어와서는 DVD(영상기록매체)의 보급을 통해, 영화는 일반대중들의 생활 속으로 파고 들어가 이제는 가장 보편화 된 예술 장르가 되어 있는 것이다.

영화란 몇 몇 특정 인간들이나 특정한 인간집단의 현실 세계와 그들의 내면세계를 영상화시켜 그것들을 관객들에게 재현시켜 줌으로써 그들로 하여금 미적 쾌감을 갖도록 하는 예술장르이다. 보다 구체적으로 말하자면, 우선 제작자는 어떤 특정 인간들이나 특정 인간 집단을 선정하여 그들과 그들이 처해 있는 현실 세계와 그들의 내면세계를 영상으로 기록해낸다. 그 경우 촬영자는 찍고자 하는 대상에 카메라의 렌즈를 맞추어 놓고 지속적으로 그것을 찍어냄으로써 그 대상의 움직임까지 영상화 시킨다. 또, 그는 카메라의 렌즈를 전후좌우로 움직여 대상의 거리와 각도를 조절해 그것을 확대 내지는 축소시켜 찍어낸다. 그뿐만이 아니다. 그는 우선 한 특정인이 생각하는 모습을 찍고 그다음 그가 처해 있는 공간과는 유리된 어떤 공간 속의 대상을 촬영해 보임으로써, 또는 해설자의 말이나 자막을 통해, 그의 내면세계나 어떤 특정인 집단의 과거를 드러내기도 한다.

제작자는 이런 방법을 통해 한 특정인의 현실세계와 내면세계를 드러내가고, 현재와 과거 혹은 현지와 타지 등과 같은 시간과 공간의 움직임을 드러낸다. 그러한 수법을 통해 영상으로 기록된 것이 스크린을 통해 관객들에게 재현되면 그들은 촬영자의 시선을 통해 영화의 세계에 참입하게 된다. 그 경우 관객들이 참입한 세계는 특정인 혹은 특정 집단의 세계이다. 그러나 관객들은 스스로 그 세계를 자신의 존재상황으로 전환시켜 의식해보려는 입장을 취한다. 그들은 스크린의 세계 속으로 잠입해 들어감에 따라 주체적으로 사고해 갈 것이 요구되며, 특정인의 개인적 용기에 대한 찬사, 그의 사회적 정의에 대한 찬동, 좌절에 대한 동정, 사회적 부패에 대한 공격 등이 그들의 심리적 기조(基調)가 될 수 있는 상황을 겪기도 한다. 또 관객들의 눈은 특정인의 눈을 통해 그의 세계를 바라다보고 그들의 의식도 특정인의 의식과 동일시되어 그들의 시각은 완전 없어져 버리게 되는 경우도 생기게 된다.

영화는 관객들로 하여금 그것을 이루는 각 장면들을 매개로 해서 사실상 자신들이 그 속의 특정인이나 특정 집단과 같은 세계 속에 처해있다는 사실을 깨닫게 해 줌으로써 그들의 삶과 세계로부터 자신들에게 필요한 정보들을 얻게도 해준다. 영화는 관객들에게 바로 그러한 역할을 행하게 함으로써 그들의 심적 상태를 미적 상태로 몰아가는 것이다. 영화는 이렇게 특정 집단의 삶을 표현해냄에 있어 그가 처해 있는 현실세계가 어떠한 세계이고 그러한 세계에 대해 그가 어떻게 대응해 나가는지를 무수한 사진들의 제시를 통해 관객들에게 직접적으로 리얼하게 보여준다. 영화는 그런 방법을 통해 스크린 속의 인물들과 같은 세계, 즉 같은 상황에 처해 있는 관객들의 관심을 허구의 세계로 끌어들여서 그들로 하여금 그들 자신들을 스크린 속의 인물들과 동일화시켜 보게 함으로써 그들의 삶을 통해 자신들의 새로운 일면들을 발견해가고 새로운 삶의 지혜를 터득해가게 함으로써 그들로부터 미적 의식을 불러 일으켜가는 예술 장르인 것이다.

2) 영화의 예술적 기능

「영화예술」이라 말할 때, 영화가 지닌 예술적 성격이란 어떤 것인가? 이 문제는 예술이란 무엇인가에 대한 일반적 지식을 필요로 한다.

일본의 영화평론가이며 영화제작자인 이와사키 아키라(岩崎永日)는 그의 저서 『영화의 이론』에서 「영화예술의 성질」을 논하면서 「원래 예술이라고 하는 것의 본질은 일루전(illusion)에 있다. 다시 말하면 의식적으로 자기를 속이는 일에 있다」라고 말하면서, 고대 그리스의 미론 작 「원반을 던지는 청년」을 끌어들여 예술의 본질이 무엇인지를 논하고 있다.[10] 즉, 조각가가 원반을 던지기 직전의 동작을

---

10) 岩崎永日(1982, 初版1956), 『映画の理論』、岩波書店, pp.11-12.

포착해 그 동작을 조각했는데도 불구하고, 우리는 그 동작을 접하고서 공중으로 날아가는 원반의 환상(幻想)까지를 보게 된다는 것이다. 미론이 그 동작을 조각한 목적은 그 조각을 보는 인간들로 하여금 정(靜) 속에서 원반이 공중으로 날아가는 동(動)이라고 하는 환상을 불러일으키게 하기 위해서였다고 하는 것이다. 필자가 여기서 말하고자 하는 것은 그 조각이 감상자들로 하여금 그러한 환상을 불러일으키게 함으로써 예술작품으로서의 기능을 행해가게 된다고 하는 것이다.

이와사키 아키라의 그러한 예술론은 독일의 예술 철학자 바움가르텐 (A. G. Baumgarten 1714~62)의 『미학』(Aesthetica, 2권, 1750), 칸트(I. Kant, 1724~1804) 의 『판단력 비판』(1790) 등을 통해 확립된 근대 미학을 기초로 해서 성립된 것이라 할 수 있다. 이 경우, 「미학」 내지는 「근대미학」이란 결국은 그 이전의 「예술철학」을 기초로 형성된 학문이라 말할 수 있는데, 바움가르텐은 그 저서에서 인간의 인식을 상급 인식(오성적 인식)과 하급 인식(감성적 지각)으로 나누어, 전자를 논리학 후자를 감성학 즉, 미학이라 했다. 이 경우의 미학은 예술작품이 불러일으키는 예술미와 자연물들이 불러일으키는 자연미에 대한 연구를 일컫는다. 자연물이란 인간의 손이 가미되지 않은 상태의 존재를 가리키는 반면 예술작품이란 인간에 의해 만들어진 물건을 가리킨다.

칸트도 바움가르텐의 그러한 미학의 영향 하에서 『판단력 비판』 등의 저술을 통해 「미」(美)와 「예술」을 논하고 있다. 칸트의 「미」에 대한 기본적 입장은 다음과 같다. 인간에게 있어서의 미적 판단이란 우선 일차적으로 「취미」상의 문제이며, 「주관적」이고 「경험적」이라는 것이다[11]. 그는 인간에게 어떤 만족감을 주는 대상이 「아름답」게 보인다고 하는 입장을 취했던 자였다.[12]

또 그는 「예술」에 대해 「기술이 쾌(快)의 감정을 직접적인 의도로 삼고 있는 경우, 그 기술을 미감적 기술이라 일컫는데 그 미감적 기술이 바로 쾌적한 기술이거나 미적 예술」이라고 말하고 있다.[13] 이처럼 그는 「예술」을 미적 의식을 불러일으키는데 쓰이는 기술로 정의했던 것이다. 그런데 필자가 여기에서 강조해 말하고

---

11) I. 칸트 저 · 이석윤 편(1998, 초판1974), 『판단력 비판』, 박영사, p.58, p.67.
12) 상동서, p.185.
13) 상동서, p.183.

자 하는 것은 근대 이후 인간 중심 시대의 예술은 바움가르텐의 미학과 칸트의 그러한 예술론을 기초로 해서 성립되어 나왔다는 것이다.

이렇게 봤을 때, 예술작품이란 인간이 미적 의식을 불러일으키기 위해 만든 창작품이라고 말 할 수 있다는 것이다. 예컨대, 문학예술 작품으로서의 소설은 작가가 독자로부터 미적 의식을 불러일으키기 위해 만들어 낸 것이다. 소설이란 작가가 독자로부터 미적 의식을 불러일으키기 위한 목적으로 만들어낸 이야기라고 하는 점에서 우리는 그것을 「픽션」, 「허구」, 「꾸며낸 이야기」 등으로 일컫는다.

인간에 의해 만들어지는 것은 두 가지가 있다. 하나는 인간이 자신의 육체적 편리를 위해서 만든 것이고, 다른 하나는 자신으로부터 미적 의식을 불러일으키기 위해서 만든 것이다. 그렇다면 후자의 예술작품은 어떤 식으로 감상자로부터 미적 의식을 불러일으키는 것인가? 조각가는 원반을 던지기 직전의 동작을 조각해내서 감상자로 하여금 공중으로 날아가는 원반을 상상케 해서 감상자가 그러한 상상을 통해 어떤 미적 감흥을 느끼게 할 수 있도록 했다. 그 조각이 감상자로 하여금 그러한 환상을 불러 일으켜 미적 감흥을 유발시키게 했다면, 그것은 분명 예술적 가치를 지닌 것으로서 예술작품이라 불리지 않을 수 없다는 것이다.

영화의 예술적 기능도 그러한 측면에서 논해질 수 있다. 영화의 감상자는 영화를 관람하면서 어떤 환상들을 만들어 그것들을 통해 어떤 미적 감흥을 불러일으켜 간다. 인간들의 상상 작용을 통해 만들어지는 환상(幻想)이란 그들의 억압된 욕망에 의해 만들어진다. 인간들은 자신들의 억압된 욕망에 의해 무의식적으로 만들어진 환상들을 가지고 자신들의 억압된 욕망들을 간접적으로 해소시켜간다. 칸트의 미학이 말해주고 있듯이, 인간들은 자신들의 억압된 욕망이 해소되는 과정에서 비로소 미적 감흥을 느끼게 되는 것이다.

이렇게 봤을 때, 영화의 예술적 기능이란 제작자가 사물들의 다양한 영상들을 조합해 그것을 스크린을 통해 관객들에게 보여줌으로써 관객들이 그것을 통해 어떤 환상들을 만들어 그 환상을 통해 어떤 미적 의식을 느끼게 하는 것을 의미한다. 그런데 영화의 그러한 예술적 기능의 특징은 스크린에 비치는 사물들의 영상들 자체가 관객들에 의해서 만들어지는 환상들의 역할까지를 행해간다고 하는 것이다. 다시 말해서, 영화의 관객들은 스크린 위의 사물들의 영상들을 보고 어떤 환영을 만들어 그것들을 통해 어떤 미적 의식을 느껴가는 것이 아니라, 제작자에 의해 만들어진 스크린 위의 영상들을 통해서 자신들의 억압된 욕망을 해소시켜감으로써 미적 감흥을 느껴간다고 하는 것이다.[14] 그것은 관객들이 자신들의 시각들을 가지고 영화 속의 세계에 참여하는 것이 아니고 일단 제작자의 시각을 통해 영화의 세계 속에 들어가서 그의 시각을 통해 캐릭터의 세계를 바라보기도 하고, 때로는 캐릭터의 시각을 통해 그의 세계를 바라 볼 때 취해지는 감흥이다. 이브 · 뒤프레시스는 그의 저서 『쉬르레알리즘』에서 다음과 같은 말을 하고 있다. 「영화라고 하는 표현 수단으로 쉬르레알리스트들은 자신들의 사상을 최대한 실현시킬 수 있겠다는 생각을 했었다. 왜냐하면, 우선 첫째로 영화는 시간의 추이와 함께 전개되기 때문에 의식의 흐름을 재현할 수가 있고, 또 그것은 무수한 객관적 사진으로 만들어진 것일 뿐만 아니라 그 사진은 콜라쥬(Collage)의 덕택으로 경이로울 정도로 현실에 합류해 들어가 그 본래의 역할을 다 해갈 수 있기 때문이다. 그런데 유감스럽게도 쉬르레알리즘의 영화는 거의 제작되지 않았다」[15]라고. 필자는 여기에서 말하고자 하는 것은 왜 쉬르레알리즘의 영화가 제작되지 않았었는지의 문제이다. 그것은 다름이 아니라 영화의 표현 수법 그 자체가 쉬르레알리즘의 예술적 표현 수법이었기 때문이었던 것이다.

3) 우주중심시대의 예술

독일의 미학자 란게(Konrad Von Lange, 1855~1921)의 『현재 및 미래에서의 영화』(1920)가 출판되어 나온 시점까지만 해도 지식인들 사이에서는 영화가 예술이 아니라는 입장이 지배적이었다. 그러나 그 후 영화는 결국 그들에 의해서도 예술로 받아들여졌는데, 그때 이후 성립되어 나온 「영화예술」이라는 용어에서의 「예술」의 의미는 인간중심시대의 예술을 의미하는 것이었다.

인간중심시대에 형성된 예술의 의미는 무엇인가? 앞에서 우리는 칸트의 예술론

---

14) 岩崎永日, 前揭書, p.12.
15) イヴ · デュプレシス著 · 稲田三吉訳, 前揭書, p.92.

을 기초로 해서 예술이란 감상자로 하여금 어떤 환상을 불러 일으켜 그것을 통해 미적 감흥에 젖을 수 있는 어떤 것을 만들어내는 수단으로 정리해 보았다. 이 경우의 예술에 대한 정의가 바로 인간중심시대의 예술에 대한 정의를 가리킨다. 그렇다면 무엇이 감상자로 하여금 환상을 불러일으키게 하는가? 그것은 한마디로 감상자가 예술작품을 접했을 때 감상자의 억압된 욕망이 그것에 자극되어 그가 어떤 환상을 불러일으키게 된다는 사실에 대한 분석을 통해 논해질 수 있다.

그렇다면 여기에서 문제가 되는 것은 감상자의 억압된 욕망이란 무엇인가, 작가는 작품을 어떻게 만들어내야 감상자로 하여금 백분 미적 감흥에 젖을 수 있는 환상을 불러일으키게 할 수 있을까 등과 같은 문제라 할 수 있다. 우선 전자부터 좀 더 상세히 논하기로 한다. 인간 중심 시대에서의 인간의 최대 문제는 「죽음」이었다. 인간이라고 하는 존재는 「죽음」으로 한계 지어진 존재이다. 신 중심 시대에서도 인간에 대한 정익는 신은 죽지 않는 존재이지만, 인간은 죽어야 할 존재로 되어 있었다. 하물며 인간은 만물의 영장이라든가, 신도 인간의 필요에 의해 만늘어진 것이라고 하는 입장이 일반화된 인간중심시대야말로 인간에게서의 「죽음」이라고 하는 것이 어느 정도 인간의 욕망을 억압시켜 왔다고 말 할 수 있겠는가? 어떠한 인간도 「죽음」으로부터는 자유롭지 못하다. 따라서 인간이 「죽음」으로부터 받는 스트레스란 이루 말 할 수 없다. 카뮤는 그의 저서 『시지프스의 신화』에서 인간의 욕망은 영생하는 것이지만 죽어서 무로 돌아가야 하는 존재이기 때문에 인간의 삶은 「부조리」(不條理)한 것이라 말하고 있다. 그는 「죽음이 불가피한 유일한 것이라고 하는 사실을 제외하면 희열이든 고통이든 일체가 자유이다. 지금 여기에 있는 세계는 인간이 유일한 지배자로서 존재해 있는 세계」이다.[16] 그래서 인간중심시대의 위대한 예술가들은 감상자들로부터 환상을 불러일으키기 위한 방안으로 인간의 「죽음」 또는 그것에 대립되는 「생」 등을 소재로 한 작품들을 창작해냈다. 예컨대, 셰익스피어의 모든 비극은 「죽음」으로 끝나고, 그의 모든 희극은 「생」의 출발을 의미하는 「결혼」으로 끝난다. 자연주의의 소설 작품들 역시 주인공의 「죽음」으로 끝나고, 실존주의의 소설 작품들의 대부분은 「죽음」으로 시작된

---

16) カミュ著・清水徹訳(1982), 『シーシュポスの神話』、新潮社, p.166.

다. 인간에게서의 환상이란 인간이 느끼는 어떤 절대적 모순을 가까스로 초극해 보려는 과정에서 창출된다. 인간은 더 살기를 원하지만 그러나 그는 죽어야 한다. 이것이야말로 얼마나 모순된 것인가?

필자가 여기에서 강조하고자 하는 것은 인간에게서의 「생」과 「사」라고 하는 절대적 모순이 인간중심시대에서 가장 보편적으로 예술적 소재로 이용되었다고 하는 것이다. 사실주의, 자연주의 작가들은 인간에게 「죽음」이 존재하기 때문에 「생」이란 완전히 허무한 것이라고 하는 입장을 취했고, 그다음의 실존주의 작가들은 인간에게 「죽음」이 있기 때문에 「생」은 더욱 소중하고 빛나는 존재라는 입장을 취했다. 이와 같은 「생」과 「사」의 대립은 인간을 통해서 인간의 모든 것을 해결해 보려는 입장을 취했던 인간중심시대의 대표적 산물인 것이다.

다음으로 작가는 작품을 어떻게 만들어야 하는가에 대한 문제를 논해 본다. 인간중심시대의 작가들은 자신들의 작품들을 통해 주로 「생」이나 혹은 「사」의 문제를 표현해냈다. 「생」이나 「사」를 표현한 작품이 아니면 예술작품이 아니라는 말이 나올 정도로 인간중심시대의 대부분의 작가들은 「생」이나 「사」의 문제를 다루어 갔던 것이다. 그들은 감상자들이 여러 환상들을 불러일으켜서 「생」이나 「사」로부터 억압받은 욕망을 해소시킬 수 있도록 「생」이나 「사」를 암시적으로 상징적으로 표현해가지 않을 수 없었던 것이다. 그러나 인간들은 대기권 밖으로의 인공위성 발사 이후의 우주시대로 접어들어 인간중심시대에 느꼈던 「생」이나 「사」에 대한 그러한 절대적 모순의식을 더 이상 느끼지 않게 되었다. 그 이유는 인간이 자신의 삶속에서 자신의 삶을 보거나 자기를 중심으로 세계를 보는 것이 아니고, 인간이 자신의 삶이나 자기로부터 나와서 지구나 우주를 통해서 혹은 그것을 중심으로 해서 인간을 보려는 입장을 취하게 됨에 따라 「생」과 「사」의 대립이라고 하는 그러한 모순 의식이 해소됐기 때문이었다.

예컨대, 우주의 한 곳에서 지구를 보고 그 위의 인간을 의식해 본다는 입장을 취할 때 인간에게 있어서의 「사」란 그리 대단한 것이 아닌지도 모른다는 생각이 들 수 있다. 왜냐하면 인간은 살아있어도 지구 위나 우주 속에 존재해 있고, 죽어도 지구 위나 우주 속에 존재해 있다고 하는 생각이 들 수 있다. 인간 중심 시대에서의 예술가들의 예술적 충동은 죽음이라고 하는 절대적 단절로 인해 인간의 생이란 하나의 허무한 것, 혹은 허구에 지나지 않은 것이라고 하는 의식이 촉발되었을 때 일어났다. 그러나 우주 중심 시대의 예술가들에게서의 예술적 충동은 죽음으로 인해 생이란 허무한 것이라든가 혹은 허구에 지나지 않는다는 의식으로부터는 더 이상 촉발되어 나오지 않는다고 하는 것이다.

인간중심시대의 인간들은 인간이 죽으면 완전 무로 돌아가기 때문에 원래 인간의 삶이란 허무한 것이고, 또 언젠가 기필코 행해질 지구의 폭파로 인해 인류라고 하는 종족도 인류의 모든 유산도 결국 없어져버리고 말 것이라는 입장을 취해왔다. 인간의 개인적 삶이나 인류의 문화적 유산이란 원래 이처럼 허무한 것이기 때문에 죽음이나 종말이 오기 전에 인간들이 자신들에게 주어진 삶을 최대한 즐겨야 한다. 그것만이 신의 존재를 인정하지 않는 인간중심시대에서 취할 수 있는 가장 합리적인 삶의 실현 방법일 수밖에 없다는 생각이 일반화되어 있었다. 삶에 대한 이와 같은 탐미적 태도가 신이나 사후의 세계가 존재하지 않는 세상에서 가장 합리적인 삶의 태도로 받아들여졌던 것이다.

인간중심시대에서의 인간의 예술적 창조 행위란 예술작품을 만들어 그것을 매개로 하여 자신들로부터 미적 의식을 불러일으켜 그것을 향유해가는 행위이다. 이러한 의미에서 니체는 예술이란 신이 없는 시대에서는 「신학」과도 같은 것이라는 말을 한 바 있다. 인간중심시대의 인간들은 자신들의 의지로 가장 미학적으로 자신들의 삶을 실현시켜 나가는 삶이 가장 진실 되고 위대한 삶이라 생각하고 그러한 삶을 암시적으로 상징적으로 표현해내서 그것으로부터 자신들의 삶이 어떤 것인가를 이해해 보려는 입장을 취해갔던 것이다.

그러나 우주중심시대의 인간들은 인간중심시대의 인간들이 취해갔던 그러한 삶의 자세를 취하려들지 않는다. 그들은 자신이 처해 있는 지구가 광활한 우주에 떠 있고, 또 그 우주의 끝이 어떻게 되었는지를 결코 알 길이 없다는 생각에 젖어 있는 자들이다. 따라서 그들은 그들의 그러한 삶이 허무한 것이 아니라 그야말로 신비롭고 경이로운 것이라는 입장을 취해 가게 되었다. 이 경우 나의 모든 것과 우주의 모든 것이 어떻게 보면 진실 되지 않은 것이 없는가 하면 거짓되지 않은 것이 없다는 생각이 드는 것들로 인식되기에 이른 것이다.

인간들은 자신들에게 자신들의 삶과 세계가 그렇게 인식되어짐에 따라 그것들 속에서 예술작품과 같은 어떤 허구의 세계를 만들어 그것을 통해 어떤 미적 감흥을 느껴간다고 하는 입장을 더 이상 취해가지 않게 된 것이다. 인간중심시대의 대표적 예술 장르인 문학은 20세기 전반의 실존주의 문학을 절정으로 그 영광된 자리를 영화 장르에 양보하지 않을 수 없었다. 그 이유는 한마디로 예술로서의 문학이 더 이상 자신의 역할을 제대로 할 수 없게 되었던 것이다. 왜냐하면 20세기 중 후반으로 들어와 인간들의 주된 관심이 자신들이 처해 있는 국가라고 하는 특정한 인간 집단을 통해 실현되는 국민적 차원의 삶으로부터 우주 속에 존재해 있는 지구라고 하는 존재를 통해 실현되는 지구적 차원이나 우주적 차원의 삶으로 전환해 나왔기 때문이었다. 사실상 국가 내지 민족을 통해 실현되는 인간들의 삶이란 정치적 내지 경제적 중심의 삶으로 집약해 표현될 수 있는 삶이다. 그러나 인간의 삶은 정치나 경제만을 주축으로 해서 이루어진 것이 아니다. 인간의 삶을 사회적 차원으로만 한정시켜 볼 경우 정치나 경제가 그것의 주축이 될 수 있다. 그러나 인간의 삶은 사회적 차원 이외의 여러 차원의 것들로 이루어져 있다. 그러한 차원들 중에서 가장 근본적인 것이란 아마도 인간의 신체를 지탱시켜가는 물리적 내지 생물학적 차원이나, 인간의 의식 작용을 가능케 하는 의식적 차원의 것들이라 할 수 있다. 그런데, 필자가 여기에서 말하고자 하는 것은 인간의 삶을 구성하는 것들 중에서 의식적 차원의 것들이나 물리적 내지 생물학적 차원의 것들이 사회적 차원의 것들보다 더 근원적이라고 하는 것이고, 바로 그러한 차원의 것들의 기초는 국가나 민족보다는 지구나 우주적 차원의 것으로 이루어져 있다고 하는 것이다. 그렇다고 해서 현대인들에게서의 정치나 경제 등과 같은 사회적 차원의 것들이 중요하지 않다는 것은 결코 아니다. 필자의 말은 인간들이 20세기 중 후반으로 들어와서 인간의 사회적 차원의 것들도 그것 못지않게 주된 관심의 대상으로 부상되었다는 것이다. 이렇게 봤을 때, 20세기 중 후반 이후 인간의 주된 관심은 정치, 경제, 국가 등의 차원에서 머물러 있지 않고, 의식세계, 생태계, 우주세계 등으로까지 확장되어 나왔던 것이다. 그 결과 정치, 경제, 국가 등에 대한 관심을 주축으로 한 인간들의 삶을 다루어 왔던 문학은 의식세계, 생태계, 우주세계 등과 같은 것들에 대한 인간의 관심까지를 문제시해 갈 수 있는 영화예술장르에 제왕의 권좌를 내놓게 되었던 것이다. 20세기 중 후반 이후 영화는 우주시대로 접어들어 우주론적 차원에서의 인간의 삶의 문제를 다루어 가게 됨에 따라 20세기 말 이후의 우주중심시대가 창출해 낼 새로운 예술 장르의 기초를 제시해 줄 수 있는 자리를 확보하게 되었던 것이다.

우주중심시대로 진입하게 된 1990년 이후 예술은 죽었다고 하는 말이 여기저기에서 많이 나오고 있다. 이것은 인간이 인간중심시대로 접어들게 되면서 인간중심시대의 예술은 죽었다는 말이다. 그러면 인간중심시대의 미술이나 소설문학 등과 같은 예술은 우주중심시대로 들어와 어떤 식으로 전환해 나갈 수 있을 것인가? 앞에서도 논한 바와 같이 인간 중심 시대의 예술은 국가, 정치, 경제, 성애(性愛), 죽음 등으로 구성된 인간의 삶이나 세계를 상징적으로 암시적으로 표현해 그것을 통해 자신들의 삶을 이해해 가게 됨으로써 미적 의식을 느껴보려는 기술적 행위였다. 그러나 우주 중심 시대로 들어와서는 인간의 삶이나 세계 그 자체가 인간이 결코 이해할 수 없는 어떤 신비로운 존재라는 인식이 팽배함에 따라 더 이상은 소설과 같은 허구를 만들어 미적 의식을 불러일으킬 필요가 없어지게 되었다고 말할 수 있다. 그래서 이제는 그러한 것들로 형성된 인간의 삶과 세계를 상징적으로 표현해 낼 그러한 예술적 창조 행위는 의미를 상실하고 말았다고 하는 것이다. 그렇다면 우주중심시대의 예술은 어떤 형태를 나타낼 것인가?

현재 우리는 우주중심시대의 초입에 있다. 바로 이 시기의 최고의 예술장르는 영화이다. 영화의 성립은 과학기술을 기초로 이루어졌고 그것의 발달도 과학기술을 통하여 전개되고 있다. 새로운 과학기술만이 인간의 새로운 삶을 창출해 갈 수 있고, 새로운 세계를 열어 갈 수 있다. 금후 인간은 인간 존재의 신비를 규명해 내기 위해 더 적극적으로 우주로 나갈 것이다. 우주를 우리의 삶이 실현될 수 있는 생활공간으로 개발해 나갈 것이다. 그러한 과정에서 금후의 영화는 무수한 객관적 사진들을 통해 인간의 현실세계로서의 우주를 리얼하게 표현해 내서 그것을 통해 인간의 생명의식을 한층 더 자각시켜감으로써 인간의 미적 감흥을 불러일으켜 가게 될 것이다.

결 론

 S. K. 란가(Susanne K. Langer, 1895~1985)는 그의 저서『예술이란 무엇인가』
(1957)에서「나는 예술적 인식을 예술 작품 속에 내재해 있는 표현성에 대한 인식이
라고 하는 의미로 이해한다」고 말하고 있다.[17] 간단히 말해 예술의 특성이란 표현
성이라고 하는 말이다. 그는「예술작품은 하나의 심볼이다」라고 정의하고 있으며,
「인간의 감정에는 환상이 구체화되어 있다」는 말도 하고 있다.[18] 그의 이러한 말들
을 종합해 봤을 때, 예술이란 인간의 감정을 상징적으로 표현해내는 기술이라고
말할 수 있다. 예술에 대한 이러한 정의는 인간중심시대의 예술에 대한 정의라
할 수 있는데, 우주중심시대의 예술도 그것의 특성을 표현성에서 찾을 수는 있겠지
만, 그것이 인간의 감정을 상징적으로 표현해 내려는 기술로는 정의되지 않을 것이
다. 현재 이 시기의 최고의 예술장르로 일컬어지는 영화의 경우, 인간의 감정을
상징적으로 표현해내려는 쪽으로 전진하고 있지는 않다. 그것은 지구상의 어떤
구체적 인간세계보다는 아직 우리의 생각이 미치지 못하는 우주세계를 표현하고,
그것도 가능한 한 직설적으로 리얼하게 표현해 나가는 방향으로 나가고 있다.
 우주 중심 시대의 인간의 세계란 헤어져있는 인간에 대한 어떤 그리움이나 자기
를 망가트리는 어떤 인간이나 체제 등에 대한 어떤 분노 같은 것이 도사려 있는
세계가 아니다. 그것은 우주 세계의 경이로움이나 인간 존재의 신비로움에 대한
감정에 젖어 있는 인간들의 세계라 할 수 있다. 금후 영화의 예술적 표현은 과학적
수법으로 경이로운 우주의 세계를 드러내서 인간으로 하여금 자신들의 신비감을
향유케 하는데 그 목표가 주어질 것이다. 금후 영화의 예술적 표현의 특징은 과학
기술을 동원한 표현, 사물의 동태(動態) 표현, 시공을 넘나들며 포착해 낸 사물들
의 표현, 4차원의 시각을 통해 잡아낸 세계에 대한 표현, 현실세계와의 접촉을

---

17) S. K. ランガー著・池上保太他訳(1967, 原書1957),『芸術とは何か』、岩波新書、p.71.
18) 상동서, p.72

통해 만들어낸 인간들의 환상들의 표현 등으로 특징지어진다.

앞으로의 우주중심시대를 대표할 수 있는 어떤 새로운 예술 장르가 출현한다고 한다면, 그것은 분명 우주중심시대에서의자연과 인간과의 새로운 조화관계를 추구해가는 일본의 애니메이션 등과 같은 형태를 취한 영화예술장르를 기초로 해서 성립되어 나오지 않을까 한다. 그것은 우리의 지구가 처한 우주세계를 인간의 생활무대로 하여 그 위에서 활동하는 인간들의 삶의 모습을 리얼하게 표현해냄으로써 허구로 인식되는 우리의 현실세계가 우주 속에 존재해 있다는 의식을 불러일으켜 갈 것이고, 그러한 의식을 기초로 해서 인간 존재와 우주세계를 연결시킬 인간들의 다양한 환상들을 표현해냄으로써 감상자들로 하여금 인간존재의 신비감을 불러일으켜 갈 것이다. 영화를 기초로 해서 출현한 새로운 예술장르는 그러한 표현들을 통해 허구(虛構)로 인식된 인간 존재를 경이(驚異)로운 존재로 인식해 갈 수 있도록 인간의 세계판을 진환시켜 나갈 것이다. 금후 예술이라 하는 문화 장르가 존속해간다고 한다면, 그것은 도쿄예술대학 야마모토 마사오(山本正男)가 말하고 있듯이 「생의 희열을 나누어 갖는 영위라기보다는 오히려 생의 고독이라고 하는 심연으로 침잠해 들어가는 인간 존재의 자각 수단」으로[19], 또는 「인간 의식을 발전시켜 나가는 데 있어서의 본질적 수단」으로 전환해 나가게 될지도 모른다는 입장이 취해진다.[20]

이 경우 「인간 존재의 심연」이란 무한한 우주공간에 연동되어 있는 인간의 생명에 대한 경이를 불러일으킬 수 있는 요소임이 틀림없다. 이렇게 봤을 때, 금후의 영화 예술 장르는 우주 속에 떠 있는 인간의 존재에 대한 허구적 의식을 생명의식으로 전환시켜 갈 수 있는 문화장르의 하나로 발전해 나갈 것으로 예상된다. 베르그송에 따르면 「인간의 행위는 목표를 갖지만, 생명은 어떠한 목표도 갖지 않는다. 바꾸어 말하면, 아무도 생명의 미래과정을 예측할 수 없으며 그것은 기계의 작용보다 더 예술적 창작에 가깝다」고 하는 것이다.[21] 베르그송의 이러한 사고는 인간이 우리가 처해있는 경이로운 우주 세계를 끊임없이 들추어가는 작업 그 자체야말

---

19) 山本正男(1977, 初版1962), 『芸術史の哲学』、美術出版社、p.270.
20) 상동서, p.273
21) L. 콜라코프스키 저·고승규 역(1994, 원서1985), 『베르그송』, 지성의 샘, p.95

로 또 다른 차원의 예술작품을 창작해가는 행위로 생각하지 않을 수 없는 논거를 우리들에게 제시해주고 있는 것이다. 이렇게 봤을 때, 인간에게서의 예술의 본질적 역할은 인간으로부터 생명의식을 불러일으켜가는 영원한 수단으로 규정해 볼 수 있는 것이다.

제 **5** 부

학문과 예술의 본성

제 1 장

학문의 본성

1. 연구자와 연구의 대상

신이 인간의 운명을 지배한다고 생각했던 시대가 있었다. 그 시대의 초창기는 씨족·부족 장 중심의 시대라 할 수 있는데, 그 시대의 학문적 주체는 무속인 과 같은 존재들로 부터 출현해 나왔다. 그 시대의 중기에 해당되는 고대국가의 성립 이후부터는 인간세계의 통치권을 신으로부터 위임받은 존재로 인식되었던 왕이나 혹은 그의 수하에 있던 신관 (神官) 등과 같은 존재들에 의해 주도되었다. 그 다음 단계에서의 그것은 문자의 출현을 계기로 해서 예컨대 고대그리스에서와 같이 소 피스트들로 불리워졌던 궤변가들이나 혹은 고대 중국에서의 제자백가 등과 같은 자들에의해 주도 되어 결국 철학의 형태를 취해 구체화되어 나왔다. 철학을 행하 는 자들의 최대 관심사는 인간과 신과의 관계 정립이었다. 이 경우 철학은 인간을 통해 파악되는 신의 속성에 대한 연구이었음과 동시에 신의 속성 파악을 통한 인 간의 본질에 대한 연구이기도 했다. 신중심시대의 후반기로 넘어 와서는 그것이 수도원의 수도사 나 사원의 승려들에 의해 주도되었다.

인간 자신이 인간의 운명을 지배해 간다고 생각하게 된 인간중심주의 시대로 넘어와서 그 전반기에는 그것이 대학이나 서원 출신의 인문주의자들에 의해 후반 기에 와서는 과학자들에 의해 주도 되었다. 신중심시대에 학문의 대표적 장르라고 하는 성격을 지녔던 기존의 철학은 인간의 운명을 지배해간다고 생각된 인간자신· 신·자연 등과 같은 존재들의 본질들을 규명해 보려는 학문의 한 영역으로 전환해 나왔다. 그와 동시에 기존의 그러한 철학으로부터 새로운 학문장르들이 탄생해 나왔는데, 인간과 신과의 관계를 규명해보려는 신학, 인간과 자연과의 관계를 추구해가는 과학 등과 같은 것들이 바로 그러한 것들이었다.

보다 구체적으로 말해, 인간 중심의 시대란 인간이 인간의 운명을 지배해 간다는 사상이 일반화되어 갔던 시대이다. 고대 그리스의 비극은 신이 인간에게 가져다주는 비극을 문제시했다. 이에 반해 르네상스 시대 말기의 셰익스피어의 비극은 인간의 성격이 인간에게 가져다주는 비극을 문제시했던 것이다. 인간의 성격이 인간자신의 운명을 지배해간다는 시대에 처해 있던 인간들이 생각했던 자기 자신들의 존재 기반은 인간의 정신적 기반인 신이 아니고 인간의 신체였었고, 또 그 신체의 기반을 이루는 자연이었다. 그래서 당시의 인간들은 인간 자신들의 성격, 그들 자신들의 신체, 그들의 신체적 기반을 이루는 자연 등에 의해 지배당하는 존재로 생각했었다. 그 결과 인간들은 인간중심시대로 들어와 인간 자신들과 그들의 존재기반을 이루는 자연을 연구대상으로 삼게 됨으로써 인문학과 자연과학이라고 하는 학문들이 성립되어 나왔던 것이다.

그 과정에서 인간은 인간들로 구성된 사회가 바로 인간 개인의 운명을 지배해 간다는 생각도 하게 되어, 결국 인간은 사회까지도 연구해 가게 되어 20세기로 들어와 사회학이 성립되어 나왔다. 그러다 20세기 후반으로 들어와서는 미디어가 인간의 삶을 지배해 간다는 생각이 일반화되어 나옴에 따라, 바로 그러한 생각들이 대중문화 내지 문화에 대한 연구를 성립시켰던 것이다.

이와 같이, 인간에게서의 연구의 주된 대상들은 인간의 운명을 지배해 가고 있다고 생각되는 것들이었다. 인간의 운명을 지배해 가는 대상이란 언제라도 인간을 행복하게도 만들 수 있고 불행하게도 만들 수 있는 대상을 의미한다. 예컨대, 『시지프스 신화』속의 신은 인간 중에서 가장 교활한 시지프스로 하여금 지옥의 급경사진 언덕에서 평생 바위를 굴려 올리는 일을 하도록 함으로써 그를 불행하게 만들었다. 『파우스트』의 신은 인간 파우스트 박사가 결국 자기 자신의 힘으로 정욕의 쇠사슬을 끊을 수 없어 결국 메피스토펠레스와 걸었던 내기에 지게 됨으로써 마귀들에 끌려 지옥으로 떠나는 것을 보고 천사들로 하여금 그에게 장미꽃을 던져 마귀들을 태워 죽이게 하고 그를 천국으로 인도케 했다. 이렇게 인간들은 자신의 행·불행을 주관해 가는 존재로 인식되는 신이라고 하는 존재에 대해 관심을 갖지 않을 수 없어 그것을 연구해 가게 되었던 것이다.

르네상스 시대에 이탈리아의 학자 G. 브루노는 지동설의 주장을 굽히지 않았기 때문에 로마교황청에 끌려가 7년간 감옥 생활을 하다가 결국 처형되었다. 단테는 자신의 베아트리체와의 비극적 사랑에 대한 경험을 바탕으로 『신곡』(1307경-1320경)을 창작해 인간들로 하여금 사랑이 어느 정도 인간의 영혼을 구제해 갈 수 있는 것인가를 상상케 해 줌으로써 많은 사람들에게 새로운 삶의 길을 제시해 주었다. 이와 같이 인간들은 G. 브루노 시대의 교황청의 인간들처럼 인간들을 불행으로 몰아갔는가 하면, 단테의 경우처럼 희망이 없는 인간들에게 삶의 희망을 제시해 주는 존재들이기도 했다. 이렇게 인간은 르네상스 시대로 들어와서 인간 자신들이 그들 자신들의 행·불행을 좌우해 가는 존재로 인식하게 됨으로써, 결국 인간 자신들을 자신들의 연구의 대상으로 삼게 되었던 것이다.

인간들이 자연, 사회, 문화 등을 연구해 가게 된 것도 같은 맥락에서였다. 예컨대, 자연은 인간들에게 꽃을 피워주고 먹을 것을 가져다주기도 하지만, 반면 홍수나 가뭄 등과 같은 것들을 가져다주기도 한다. 사회적 제도들은 인간들간의 협동을 주문해 자연의 재해로부터 인간을 보호해 주는가 하면 서로간의 투쟁을 강요하기도 한다. 인간의 문화적 행위는 인간들로 하여금 삶의 의미를 향유케 하기도 하지만 인간들의 이성적 행위를 무시해버리는 경우가 있어 때로는 전쟁들을 야기시키기도 한다.

이렇게 인간들에게서의 학문적 연구의 대상은 인간들 모두에게 해를 끼칠 수 있는 것들이거나, 혹은 그들에게 이로움을 줄 수 있는 것들이다. 자기의 가족이나 국가에는 이로움을 줄 수 있지만, 다른 가족들이나 다른 국가들의 국민들에게는 해가 될 수 있는 것들은 결코 학문적 대상으로 인식되어질 수 없다. 인간에게서의 어떤 관심의 대상이 될 수 있는 것들은 대개 그 대상이 그 인간에게 어떤 해를 끼쳤다든가 어떤 손해를 안겨다 주었다든가, 혹은 그럴 가능성들이 있다고 생각되는 것들이다. 그와 반대로 그 대상이 그 인간에게 어떤 이익이나 기쁨을 가져다주었다든가, 어떤 행복을 가져다주었다든가, 혹은 그럴 가능성이 있다고 생각되는 것들일때도 학문적 대상이 될 수 있다. 인간의 어떤 대상에 대한 관심은 그 관심이 반복적으로 지속되어가는 과정에서 그 대상이 연구의 대상으로 전환되어 나오게 되는 것이다.

보다 구체적으로 말해, 인간은 자기에게 손해를 끼치는 자나 이익을 가져다주는 자에게 관심을 갖게 된다. 손해를 끼치는 자는 그를 멀리하기 위해서, 이익을 가져다주는 자는 그를 가깝게 대해가기 위해서 그들에게 관심을 가져가는 것이다. 인간의 관심의 대상들이 인간들이 아닐 경우에도 마찬가지이다. 어떤 동식물이나 무생물, 어떤 물리적 현상이나 생물학적 현상, 사회적 현상이나 의식적 현상 등, 이 세상에 존재하는 모든 것들의 경우에서도 마찬가지이다. 인간은 자신들에게 기쁨을 주거나 불쾌감을 주는 대상들에 대해서 좋든 나쁘든 관심을 갖게 되어 있는 것이다.

어떤 존재가 연구자들에 의해 연구의 대상으로 받아들여지는 것은 그것들이 그들에게 그러한 감정들을 자극시키기 때문이다. 따라서 연구자들의 그러한 연구의 대상에 대한 지속적 관찰들과 그것들에 대한 분석 작업이란 결국은 개인적 차원에서는 그들의 관심의 대상들에 대한 불쾌한 감정들을 퇴치시켜 나가는 작업이고 유쾌한 감정들을 계발해 나가는 작업이라 말할 수 있다. 또, 그러한 작업들은 공적 차원에서 말할 것 같으면 그 퇴치와 계발방법을 이론화시켜 그 연구대상에 대해서 연구자와 동일한 경험을 한 자들과 그것들을 공유해 가려는 작업이기도 한 것이다.

이렇게 봤을 때, 한 연구자에게서의 어떤 대상에 대한 지속적 연구는 그 연구자의 연구대상에 대한 남다른 체험과 그것들을 경험한 자들에 대한 인간애를 바탕으로 해서 이루어지는 것이라 할 수 있다. 연구자들에서의 그들의 연구대상에 대한 원체험은 천재지변으로 인한 물리적 세계나 생물학적 세계의 급격한 변화나 혹은 시대적 변화 등으로 인한 사회적 변동 등으로 인해 야기되는 크고 작은 사건들이 계기가 되어 행해져 나온다. 또, 연구자들의 그러한 체험 대상들에 대한 지속적인 관심이나 또 그들의 연구대상들에 대한 지속적 연구는 그러한 지속적 변화들로 인한 지속적 관심의 증폭에 기인되는 것이라 할 수 있다.

연구자와 연구대상과의 관계는 연구자가 자신의 연구대상에 대한 남다른 체험을 기초로 해서 취해낸 연구대상에 대한 연구자 자신의 어떤 「본능적 확신」혹은 「본능적 신념」에 의해 형성되어 나온다. 보다 구체적으로 말해, 연구자는 어떤 것을 자신의 연구대상으로 선정할 때까지의 그 대상에 대한 남다른 어떤 직·간접적인 경험을 통해서 구축해 낸 자신의 어떤 확신이나 신념을 발판으로 해서 그 대상을 연구대상으로 받아들인다는 것이다. 연구자의 그러한 확신이나 신념에는 자신의 그러한 가설이 옳다고 증명되었을 때의 사회적 파장에 대한 확신까지가 당연 포함된다. 이와 같이 연구자에게서의 연구대상은 그의 연구대상에 대한 어떤 구체적 신뢰, 학술적 용어로 말하자면, 어떤 가설을 기반으로 해서 받아들여진다고 말할 수 있는 것이다.

2. 연구자로서의 전제조건

연구자는 자기 자신보다는 자기 자신이 속해 있는 사회 전체를 우선적으로 생각해 가는 인간이다. 그는 자기 자신이 속해 있는 사회 전체에 대한 어떤 파토스에 빠져있는 인간이다. 그에게서의 연구란 그 파토스를 합리적 사고로 정제시켜 가는 작업이라 할 수 있다. 보다 구체적으로 말해서, 예컨대 그는 자기의 개인적 이익보다는 전체의 이익을 생각하는 인간이다. 그는 전체의 이익을 통해 개인의 이익을 생각하는 인간이라는 것이다. 자신의 개인적 이익을 염두에 두지 않고 전체의 이익만을 생각하며 정진(精進)해가는 자이다. 그러한 연구자가 있어 그가 오직 자신의 연구에만 몰두해 간다면 그의 생활은 결국 어떻게 될까? 두말할 나위 없이 결국에 가서는 그가 원하는 모든 것이 그에게 다 해결될 것임에 틀림없다. 연구자 개인의 차원에서 말할 것 같으면 그의 연구가 진행되는 과정에서 혹은 끝나는 시점에서 그에게서의 사랑도 결혼도 경제도 명예도 건강도 자연히 다 해결된다는 것이다. 그렇게 된다면 그가 속해있는 집단, 예컨대 국가나 인류라고 하는 차원에서 말할 것 같으면, 그를 비롯한 전체의 구성원 하나하나가 다 자신들이 소속해 있는 집단들에 대해 애착들을 갖게 될 것이다.

사실상 어떤 전체란 인간들을 사랑할 줄 아는 사람들에게나 지각되어 나오는 존재이다. 어떤 전체를 구성하는 일부분들에 대한 지각도 마찬가지이다. 그것들도 인간을 사랑하는 사람들에게나 의식되는 것들이다.

어떤 전체란 그것의 구성원들로 이루어진 전체를 의미한다. 따라서 연구자로서의 기본적인 자세는 어떤 인간 개인, 예컨대 자기 자신, 자기가족, 자기가문, 자기나라 등에 대한 애착심이 아니라 인간 전체에 대한 애착심, 즉 인간 전체에 대한 사랑 바로 그것이다. 인간 전체에 대한 사랑의 실천행위는 사회적 정의감으로 표출된다. 시민운동과 같은 것이 바로 그러한 것이다. 인간에게서의 정의감은 자신이 소속해있는 인간집단 전체에 대한 사랑의 표현이다. 이렇게 봤을때 개인의 연구주체로서의 전제 조건은 그가 사회적 정의에 대한 실천의지로 무장되어 있어야 한다는 것이다. 그러한 의미에서 인간의 연구행위는 다름 아닌 바로 인간에 대한 사랑의 실천 행위라 할 수 있는 것이다. 따라서 연구의 결과는 사람들에 기쁨과 희망을 가져다준다. 연구자는 인간들에게 기쁨과 희망을 가져다주기 위해 연구를 행해가는 것이다. 이러한 의미에서 연구의 본질은 인간에 대한 사랑의 실천행위 그 자체라 할 수 있다.

연구란 그 방법론적 차원에서도 그 본질적 파악이 가능하다. 연구는 우선 전체를 파악하고 그 전체를 통해 그것을 구성하는 일부분들을 고찰해 가는 행위이다. 그 고찰의 결과로서 우리는 전체를 구성하는 부분들로부터 공통점을 끌어내서 그것을 기반으로 해서 전체를 구성하는 부분들이 지닌 특성들을 비평해간다. 이러한 사고를 우리는 귀납적 방법, 혹은 과학적 방법이라 말하고 있다. 이 방법은 고대 그리스 시대에 성립되어 나온 것이지만, 르네상스 시대의 인문주의 운동이 전개되는 과정에서 일반화되어 나와, 그 후 진리탐구의 방법으로 정착되어 나왔다.

이 귀납적 사고는 르네상스 이후 베이컨 등과 같은 경험론자들에 의해 정착화된 것으로서 신 중심적 사고를 인간 중심적 사고로 전환시켜 그것을 체계화시켜 나가는 데 절대적 역할을 행했던 사고이다. 경험론자들은 신중심의 관념적 사고의 허위성을 배척하고 그들이 일상생활에서 접하는 구체적 자연물들에 대한 경험을 통해서 얻어낸 지식들만이 참된 지식이라 생각했던 것이다. F. 베이컨은 그의 논리학 서적 『노붐 오르가눔』(*Novum Organum*, 1620)에서 인간의 신에 대한 사랑이나 혹은

신의 인간에 대한 사랑을 통해서가 아니라 인간들의 인간에 대한 사랑을 통해「인간
왕국」을 건설하자는 말을 하고 있다. 또 그는「인간정신과 자연과의 결혼」을 축하하
고「정신의 농경시(農耕詩)」와 같은 학문을 흥행시켜야 한다는 말을 하고 있다.

귀납적 방법은 바로 이러한 인간들의 신에 대한 사랑에 대립해 인간들의 인간에
대한 사랑의 실현수단으로서 성립되어 나온 방법론이다. 개개인들이 자연의 세계
속에서 자연물들과의 접촉을 통해 취해낸 느낌이나 생각들을 모아서 그것들로부
터 어떤 공통된 것들을 찾아내 그것들을 가지고 개개인들의 구체적 자연물들에
대한 경험들의 결과들로부터 취해진 것들의 특성을 논해간다고 하는 것은 자연들
을 존재기반으로 하고 있는 인간 전체에 대한 고려임과 동시에 인간 개개인들에
대한 고려이기도 한 것이다.

이 방법에는 어떠한 개인적 감정이나 편견이 개입될 여지가 없다. 귀납적 논증
법의 기초를 확립시킨 아리스토텔레스에게서의 진리란 이데아의 세계에나 존재하
는 그런 것이 아니고 우리 인간세계에 손재하는 어떤 보편적 지식을 의미하는 것
이었다. 특히 그는 우리가 흔히 말하는「어떤 보편적 지식」만을「지식」(epistēmē)
이라 했다. 그런데, 그는「엄격한 의미에서의 지식이란 논증(apodeixis)을 통하여
획득한 논증지(epistēmē apodeiktikē)만을 뜻」했다.[1] 이 경우,「논증」이란 귀납적
논증을 의미했다. 이와 같이 아리스토텔레스가 지식이란 귀납적 논증을 통해 획득
한 논증지이어야 한다는 확실한 입장을 취했던 것은「지식」이란 어떤 한 개인이나
특권층만의 삶의 실현 수단이 아니고 모든 인간들의 삶의 실현 수단으로 활용되어
져야 한다는 사상에서였던 것이다.

이렇게 볼 때 귀납법이란 모든 인간들이 유용해 갈 수 있는 지식의 탐구 방법이
라 할 수 있다. 이렇게 인간이 그러한 방법을 취해 모든 인간에게 유용한 어떤
지식을 추구해가는 행위란 바로 인간 사회 건설의 기초를 구축하는 행위임에 틀림
없는 것이다.

이처럼 개개인들의 연구자로서의 전제조건은 전체에 대하여 관심을 갖은 자라야
한다는 것이다. 다시 말해서, 한 인간이 사회 속에서 학자로서 존재하려면 우선 무엇보다

---

1) 권창은(2004), 『희랍철학의 이론과 실천』, 고려대학교출판부, p.3

도 그가 그 자신이 처해 있는 사회 전체에 대해 관심을 갖게 될 때만이 가능하다고 하는 것이다. 다시 말해, 한 인간이 학자가 되려면 우선 무엇보다도 그가 처해 있는 사회 전체에 대한 남다른 관심이 있어야 한다는 것이다. 이것은 바로 어떤 학자가 자신이 처해 있는 사회 전체에 대해 관심을 가져가면 가져갈수록 그의 학문이 그만큼 더 번성해 갈 수 있는 에너지원을 확보해 갈 수 있다는 말이기도 하다.

우리가 여기에서 학자로서의 전제조건이 그가 처해 있는 사회 전체에 대한 관심이라고 역설하고 있는 것은 현재 우리 주위에는 자신들이 처해 있는 사회 전체에 대해서 그렇다 할 관심을 가지고 있지도 않는 사람들까지도 학문을 해가고 있기 때문이다. 그러한 사람들이 도출해낸 이론들이란 과연 어디에 쓰일 수 있는 것들일까? 그것들이 적용될 수 있는 범위나 대상이란 연구자 자신의 세계나 연구자 자신의 것 이외에는 별로 없을 것이지 않겠는가? 우리 사회에는 자신들이 행해가는 연구나 학문을 사유물(私有物)로 생각하려는 경향이 있는 것 같다. 그들의 그러한 생각은 두 가지 측면에서 지적될 수 있다. 하나는 그들의 그러한 생각이 그들의 연구를, 연구를 위한 연구나 혹은 사회적 기여도가 결여된 연구로 몰아가고 있다고 하는 것이다. 다른 하나는 그들이 처해 있는 연구기관이나 그들이 소유하고 있는 연구 인력을 자신들의 출세나 개인적 사회활동을 위한 수단들로 이용해가고 있다고 하는 것이다.

3. 연구자로서의 기본적 자세

연구자란 어떤 특정 대상에 대한 체계적 지식을 추구해 가는 자이다. 인간이 어떤 것에 대해 알아 가면 알아갈수록 그것에 대해 알 수 없는 영역들이 더 많이 발견된다. 예컨대 '그것'을 연구해 보려는 어떤 인간이 있다고 가정해 보자. 그가 처음에 알고 있던 '그것'에 대한 논문들은 두 세편 정도였다. 그는 그것들을 읽고서 그 속에 수록된 참고문헌들을 발견하고 '그것'에 대한 논문들이 무수히 많다는 것을 알게 된다. 그는 그러한 논문들을 읽어가면서 두 가지 차원에서 자신의 무지함을 깨닫게 된다. 하나는 그 동안 '그것'을 연구해 온 학자들이 대단히 많았다는 사실을 자신이 미처 모르고 있었다는 것이고, 다른 하나는 그것에 관한 논문들을 읽어가는 과정에서 '그것'에 관해서 그동안 무지했었다고 하는 것이다. 이 경우를 통해서 알 수 있듯이, 우리는 인간이란 어떤 것에 대해 알고 있는 그 정도만큼 '그것'에 대해 모르고 있다는 말을 해 볼 수 있다.

인간의 무지와 관련시켜 논해 보면 그 뿐만이 아니다. 인간의 의식 앞에 펼쳐져 있는 세상은 무한하다. 그러나 인간에게서의 그것에 대한 지식은 한정되어 있다. 그 이유는 인간이 그 세상에 대한 지식을 취해 낼 수 있는 능력의 한계 때문이다. 보다 구체적으로 말해, 예컨대 인간은 「우리 우주」의 끝에 관한 지식들은 물론이고 그 너머의 또 다른 우주에 관한 지식들에 대해서도 탐구해 내기를 원하고 있다. 그러나 인간의 능력으로는 「우리 우주」의 끝이나 그 너머의 세계에 관한 지식들까지 를 끌어 낼 수 있는 망원경 같은 것은 현재로서는 만들어 낼 수가 없다. 인간이 지닌 능력의 한계 때문에 인간은 인간자신을 둘러싸고 있는 세계를 다 알 수 없는 것이다. 설혹 인간을 둘러싸고 있는 세계가 무언가에 의해 창조되었다 하더라도 우리는 그것이 어떤 존재인지를 결코 알 길이 없다. 왜냐하면 우리는 그를 인식해 낼 수 있는 능력을 가지고 있지 못하고 있기 때문이다. 우리는 그 경험의 형태가 직접적이던 간접적이던 간에 우리가 경험한 것 밖에는 알지 못하는 존재이다. 그러 나 우리는 우리가 경험한 것들보다는 경험하지 못한 것들을 훨씬 더 많이 가지고 있고, 또 경험할 수 있는 것들 보다 경험할 수 없는 것들을 훨씬 더 많이 가지고 있다. 예컨대, 옆집을 지나가려는 우리는 옆집 중학생 아이 보다도, 그 옆집의 내부구 조에 대해서 잘 모르고 있고, 인천항을 가보려는 우리는 그 근방의 중학교를 다니는 학생들보다도 그 부두에 대해 잘 알고 있지 못하고 있는 존재이다. 동물들은 말할 것도 없고 식물들까지도 정신세계를 가지고 있다는 연구 결과가 나와 있다. 난초는 난초대로, 은행나무는 은행나무대로 그것들 차원의 생각들을 행해가면서 서로 대화 를 나누어 간다. 그러나 인간은 그것들의 대화내용이 어떠한 것인지까지는 알지 못한다. 연구자는 자신이 연구해가는 대상들에 대해서는 체계적 지식을 많이 가지고 있다. 반면, 자신이 연구해가고 있지 않는 것들에 대해서 그것들에 대해 관심을 갖고 있는 자들보다 결코 많은 지식들을 갖고 있지 않다고 하는 것이다.

이러한 점들을 고려해 볼 때, 우리는 우리가 공경해야 할 대상은 인간들뿐만이 아니다. 동물이나 식물까지가 포함된다. 그 이유는 그것들도 우리가 모르고 있는 것들을 지니고 있고, 또 그들도 우리가 결코 침범할 수 없는 그들 자신들만의 세계를 지니고 있기 때문이다. 상대방이 이웃집 아이든 한 번도 만나 본 적이 없는 어떤 타인이든 간에, 우리가 상대방에 대해 공경하는 자세를 취하게 되고, 또 우리의 인식대상이 동물이든 식물이든 또 큰 바위덩이와 같은 무생물이든 간에 우리가 그것들에 대해 경건한 마음을 갖게 되는 것은 그들이나 그것들이 우리들의 세계와 결코 비교될 수 없는 그들 차원의 절대적 세계를 지니고 있기 때문이고, 또 그들이나 그것들이 우리가 알 수 없는 무수한 비밀들을 보유하고 있기 때문인지도 모르겠다. 따라서 연구자들이 인간과 세계에 대한 어떤 지식들을 추구해 가는 작업을 행해감에 있어서 인간과 세계에 대해 취해야 할 기본적 자세란 우선 무엇보다도 겸허하고 경건한 자세이어야 하는 것이다. 그러한 열려있는 자세는 앞에서도 언급한바와 같이 우리가 자기 자신보다는 가족을, 가족보다는 국가를, 국가보다는 인류를 더 사랑할 때만이 비로소 취해지는 것이다. 또 우리는 그러한 자세를 취할 때만이 사물의 전체를 파악할 수 있는 보다 큰 시각을 획득할 수가 있다. 소견(小見)은 무지(無知)를 창출한다. 현대인에게서의 무지야말로 열등감과 함께 악(惡)의 최대의 온상지라 할 수 있다. 그렇다면 우리는 어떻게 무지를 퇴치시켜갈 수 있을 것인가? 그것은 우리들의 인식대상들, 예컨대 우리들이 완전히 이해하고 있지 못하고 있는 상대방, 연구대상, 대적자, 하느님(하늘에 대한 존칭)등에 대해 겸허한 자세를 취하는 것이다. 인간에게서의 겸허한 자세란 다름이 아니고 상대방과 같은 우리들의 인식대상들에 대해 마음을 활짝 열어놓는 자세를 말한다.

인간에게 일어나는 모든 문제는 인간 자신이 처해 있는 세계와 자기 자신에 대한 인간자신들의 무지로부터 비롯된다. 연구자들이란 자신들이 처해 있는 세계와 자기 자신들에 대한 지식들의 추구를 통해서 인간자신들에게 일어나는 문제들을 해결해 가려는 자들이다. 인간들이 지식들을 추구해 문제들을 해결하려는 입장을 취하는 한 그들은 그들 자신들을 둘러싸고 있는 세계와 인간들에 대해 자신들의 마음을 항상 열어 두어야 하고, 또 그것들에 대한 자신들의 자세를 낮추고 그들을 올려다보아야 한다. 그래야 자신들의 마음속으로 자신의 세계와 자신들을 둘러싸고 있는 인간들이 들어오게 된다. 한 마디로 말해, 지식을 통해 문제를 해결하려는 인간들은 우선 무엇보다도 자신을 둘러싸고 있는 세계와 인간들에 대해 겸손하고 경건한 마음을 가져야 한다는 것이다. 그러한 마음을 가질 때만이 자신을 둘러싸고 있는 세계와 인간에 대한 이해가 깊어짐으로써 문제해결에 필요한 지식들이 취해지는 것이다.

4. 연구 행위의 본질

독일의 사회과학자 막스 웨버(Max Weber, 1864~1920)는 그가 사망하기 1년 전, 그러니까 제1차 세계대전이 끝난 그 다음해였던 1919년 1월 뮌헨 대학에서 「직업으로서의 학문」이란 타이틀로 상언을 한 적이 있다. 그 강언에서 그는 다음과 같은 질문을 던졌던 것으로 기록되어 있다. 「학문의 의의에 관한 제 견해, 즉 참된 실재로 가는 길, 참된 예술로 가는 길, 참된 자연으로 가는 길, 참된 신 쪽으로 가는 길, 또 참된 행복으로 가는 길 등이 모두 이미 환상으로 사멸해 버린 오늘날, 학문의 직분은 이제 무엇을 의미할 것인가?」[2] 그는 그것에 대한 가장 간단한 대답이 이미 톨스토이에 의해 제시되었다고 말하면서, 톨스토이가 「학문이란 무의미한 존재이다. 왜냐하면 그것은 우리들에게 가장 중요한 문제, 즉, 우리들은 무엇을 해야 하는가, 또 우리들은 어떻게 살아야 하는가에 대한 대답을 해 주지 않기 때문이다」라고 했던 말을 상기시켰다. 막스 웨버는 당시의 「학문」에 대한 그러한 절망적 입장을 취했기는 했지만, 그래도 그는 그 강연을 통해 학문의 길을 걸은 사람으로서 「앎의 가치」를 「학문」의 속성으로 받아들여 보겠다는 입장을 제시했다. 그렇다면 우리는 우리의 이러한 정치적 사회적 상황에서 「학문」의 속성을 무엇으로 파악해 볼 수 있을 것인가?

우리가 어떤 것을 연구한다는 것은 우리가 그것에 대해 알고 있는 지식을 가지

---

2) マックス・ウェバー著・尾高邦雄訳(1936, 原著1919), 『職業としての学問』、岩波書店、pp.42-43

고, 그것에 대해 아직 밝혀지지 않은 것들을 밝혀 가는 행위이다. 만일 우리가 그것에 대해 알고 있는 지식이 별로 없다면, 그것에 대해 연구된 결과물들을 수집해서 그것에 대해 얻어낸 정보를 가지고, 그것에 관해 아직 세상에 밝혀지지 않은 어떤 진리를 찾아내야 한다. 이렇게 봤을 때, 우리에게서의 연구라고 하는 작업은 다음과 같이 두 단계로 나뉘어 질 수 있다. 첫 단계는 연구하고자 하는 대상에 대해 지금까지 연구되어 알려진 지식들을 수집해 정리해 내는 단계이다. 그 다음 단계는 그 연구대상에 대한 지식들을 가지고 그 대상에 대해 아직까지 이 세상에 밝혀지지 않은 어떤 진리들을 도출해내는 단계이다.

그렇다면 우리가 어떤 관심대상에 대해 정보들을 수집해서 그것을 가지고 우리가 그것들에 대해 알고자하는 어떤 것을 규명해낸다고 하는 행위는 과연 어떠한 의미를 갖는 것일까? 우리가 어떤 것에 대해 관심을 갖게 될 경우 우리는 그것에 대해 우리가 알고 있는 지식들을 종합하게 되고, 그 종합된 지식을 가지고 그 대상에 대해 우리가 알고자 하는 것을 알아보려한다. 그렇게 해서, 일단 우리가 그 대상에 대해 알고자 했던 것을 알았다고 하는 판단이 서게 되면, 우리는 그 관심대상에 대해 어떤 정보를 보유하게 된다. 그 후 우리는 그 정보로 그 대상을 이용해 가게 되는 것이다. 인간들은 끊임없이 바로 이러한 인식적 차원의 작업들을 통해서 취해진 생각들이나 지식들을 다른 사람들과 교환하며 생활해 간다.

우리들의 일상생활은 타자들과의 만남, 새로운 사물들과의 접촉, 새로운 지역으로의 이동 등으로 이루어진다. 자신들의 앞날을 결정지어 줄 수 있는 어떤 인간을 만나게 될 경우 우리는 그를 대면하기 전 그에 관한 많은 정보를 입수해 그를 충분히 연구한 후 그를 만나게 되는 경우가 많다. 어떤 낯선 곳으로 여행을 떠날 때도 그 곳의 지리, 교통, 숙박시설, 기후 등에 대한 충분한 정보를 수집해 그 곳에 대한 충분한 종합적 지식을 가지고 그 곳으로 떠나, 그 곳에서 자신이 하고자 하는 것을 행하게 된다. 우리들의 일상생활은 사실상 바로 이러한 크고 작은 연구 활동들로 이루어진다.

글로벌 시대라고 하는 새로운 시대를 맞이한 21세기 우리 현대인들의 생활은 한층 더 다양한 새로운 것들에 대한 연구 활동들로 엮어지고 있다. 따라서 이제

현대인들에게서는 생활 그 자체가 연구 생활로 규정되어질 수 있다는 생각마저 드는 것이다.

현대인들에게서는 생활로서의 연구와 직업으로서의 연구가 분간이 가지 않는 상태에 처하게 됐다는 생각마저 든다. 그렇다고 해서 학문과 연구가 위기에 처하게 됐다는 것은 결코 아니다. 연구란 어떤 구체적인 대상에 대한 연구이고, 또 그것이 그 연구대상이 처해 있는 세계를 구성하는 것들에 대한 지식들의 종합적 형태를 통해서 행해진다는 것을 감안해 볼 때 그 위기가 현실화될 가능성이란 정작 희박한 것이다.

학자란 말에는 자신이 추구해 낸 지식들과 그것들을 추구해 가는 과정에서 닦은 인품을 가지고 자신의 삶을 실현시켜가려는 자라는 의미가 내포되어 있다. 반면 직업인이란 어떤 영역에 대한 전문적 지식이나 기술을 사회에 제공해 가면서 자신의 삶을 유지해 가는 인간을 가리킨다. 이처럼 학자들에게는 자신들이 지식을 추구해 가는 과정에서 닦은 어떤 학자적 인품이 있지만 직업인에게서는 그러한 것을 찾아보기가 그리 쉽지가 않다. 그런데 공교롭게도 이제 현대사회에서의 학문은 연구행위 그 자체로 대치되어 가고 있다. 그러한 상황인 만큼 이제 학자는 더 이상 현대사회에 존재하지 않게 되었다는 말이 나올 수 있다. 현대사회에서는 연구자만이 존재해 가게 될 뿐이라는 것이다. 연구자란 인품을 지닌 학자라기보다는 직업인 내지 전문가에 가까운 인간이라 할 수 있다. 게다가 현재 직업인으로서의 연구는 정보화 시대에 접어들어 많은 사람들에 의해 생활의 일부로서의 크고 작은 연구들이 행해짐에 따라 자신들의 전공 영역에 대한 전문적인 지식을 독점해 가기가 대단히 어렵게 되었다. 앞에서 언급한 바와 같이, 그러한 탓으로 현대인들에게는 연구 그 자체가 소멸될 위기에 처해 있는 것처럼 느껴질 때가 많은 것이다. 그래서 연구자들은 직업으로서의 연구에 대한 위기의식에 직면할 때도 많다는 이야기가 나오고 있다.

그러한 의미에서 우리는 다시 한 번 여기에서 연구자에게서의 연구란 무엇인가에 대해 문제를 제기하지 않을 수 없다. 앞에서 논해 온 바와 같이, 학문은 애지(愛智)를 의미하는 철학으로 출발하였다. 「지혜」를 「사랑한다」는 것은 무엇을 의미하는 것인가? 우리가 지금까지 고찰해 온 바와 같이 인간에게서의 「지혜」나 「지」(知)라고 하는 것이 신, 자연, 인간, 사회, 정보, 문화, 우주 등과 같은 인간들의 운명을 지배해 가는 존재들에 대한 지(知)를 근간으로 하고 있다는 사실을 감안해 본다면, 인간의 지(知)적 행위는 결코 「사적」(私的)인 것일 수 없다. 그것은 엄연히 「공적」(公的) 행위인 것이다. 그것이 「개인」적인 것이 아니라 「사회」적인 것이라는 사실을 감안해 볼 때, 연구의 본질은 공적 사회를 구성하는 인간들에 대한 가장 경건한 사랑의 실천 행위 바로 그것이다. 따라서 현대사회에서의 연구자는 인간에 대한 지속적인 사랑의 실천 행위로 자신의 인품을 만들어 갈 수 있는 것이다. 공자도 「군자가 도(道)를 배우면 사람을 사랑하게 되고, 소인이 도를 배우면 부리기가 쉬워진다」라고 말했다.[3] 공자의 이러한 말은 인간이 사람을 사랑하려면 우선 도를 배워야 하고 그 사랑을 깊여 가려면 도를 추구해가야 한다는 말이기도 하다.

인간들이 행해 온 연구는 그들의 이상 사회 건설과 그 기초를 이루는 우주와의 일체상태의 추구에 그 목표가 주어져있다고 볼 수 있다. 인간들의 그러한 목표달성은 우선 일차적으로 삶의 실현기술(技術)이라 할 수 있는 합리적 사고와 그러한 사고를 가능케 하는 이성(理性)등의 계발, 그러한 합리적 사고를 통해 형성되는 이론들과 그것들의 구체화된 형식·도구·제도 등의 창출과 계발 등으로 이루어질 수 있다.

우리가 어떤 것을 연구해 간다는 것은 그것에 대한 체계적 지식을 구축해 가는 행위임에 틀림이 없다. 그러한 의미에서 인간의 연구행위는 엄연 사회성과 역사성을 지닌 행위이다. 학문과 연구는 개인으로 하여금 인간에 대한 사랑을 지속적으로 일깨운다. 학자들이나 연구자들이 행해가는 학문과 연구는 이 지구상에서의 인간 사회의 존재 기반을 구축해가고, 이 우주 속에서의 인간의 생명체계를 탐구해가고, 그것들이 건설될 수 있는 이론적 기반을 구축해 가는 바로 그러한 행위이다. 그러한 의미에서 학문과 연구는 우주 속에서의 인간의 존재기반을 확립시켜 나가고, 또 그 존재의미를 계발해 나가는 행위로서 삶의 허무 속에 갇혀 있는 인류에게 어떤 희망을 가져다 줄 수 있는, 인간에게서의 가장 고귀한 행위라고 할 수 있는 것이다.

---

3)「曰君子學道則愛人小人學道則易使也」『論語』陽貨篇4

제 2 장

예술의 본질적 특성

1. 인간 자신의 삶의 거울

이제 우리는 예술에 대한 본질적 특성을 이야기해야 할 차례이다. 앞에서 우리는 인간의 예술적 행위가 인간자신의 삶의 상징적 표현행위이자 삶 그 자체의 재현행위라 규정하였고, 또 그러한 행위의 결과로 나타난 예술작품이 미적 의식의 환기수단이라는 입장을 취했다. 그렇다면, 인간이 자신의 삶을 상징적으로 표현해 왔고 자신의 삶 자체를 재현해 온 이유는 무엇인가? 또 인간이 예술작품을 창작해 미적 의식을 환기시켜 그것을 향유해 간다고 하는 것은 결국 무엇을 의미하는 것인가?

예술은 삶의 포괄적 이해를 위한 수단이다. 인간이 자신의 삶을 표현해 내는 것은 결국 자신의 삶이 어떠한 것인가를 이해해 내기 위해서라 할 수 있다. 그렇다면 인간은 어째서 자신의 삶이 어떠한 것인가를 이해하려 하는 것인가? 인간이 슬기롭고 의미 있게 자신의 삶을 영위해 가기 위해서는 우선 무엇보다도 그것이 어떠한 것인가를 명확히 이해해야 한다. 그래야만이 자신의 삶의 방향을 제대로 잡아갈 수가 있고, 또 인간이 자신의 삶에 잡혀 먹히지 않고 그것을 지배해갈 수 있기 때문이다. 우리가 우리자신의 삶이 어떠한 것인가를 제대로 이해해가기 위해서는 우선 무엇보다도 우리가 우리자신의 삶으로부터 나와야한다. 우리가 우리자신의 삶으로부터 나오기 위한 일차적 절차란 다름 아닌 바로 우리가 우리자신을 표현해 내는 행위이다. 우리는 그러한 표현을 통해 자신의 삶이 어떠한 것인가를 이해하게 되는 것이다. 인간이 자신의 삶을 보다 정확히 이해하기 위한 또 하나의 방법은 자신의 삶의 모습뿐만이 아니라 제삼자들의 삶의 모습, 예컨대 전세대의 인간들의 삶이나 다른 문화권의 인간들의 삶의 양태들까지를 파악하는 것이라 할 수 있다. 인간들에게서의 바로 그러한 파악행위가 다름 아닌 인간들의 예술작품의 감상행위이다. 인간들은 자신들의 삶이 표현된 작품들을 통해 자신들의 삶의 진면목을 파악하게 됨으로써 자신들의 삶으로부터 어떤 희망을 찾아내 기쁨을 느끼게 된다. 이렇게 인간들은 자신들을 표현하고 또 표현된 자신들을 바라다보는 행위를 통해 자기 자신들이 어떠한 존재인가를 포괄적으로 이해하게 됨으로써 자신들의 삶의 의미를 향유해가게 된다. 이처럼 인간에게서의 예술이란 첫째로 인간자신의 포괄적 이해수단임과 동시에 그러한 이해를 바탕으로 한 인간자신의 삶의 의미의 향유수단이라 할 수 있다.

모든 예술은 리얼리즘을 기반으로 성립된다. 작가가 어떤 한 인간의 일생이나 삶의 단면을 그려냈다 하더라도, 우리는 작가가 작품을 통해 그려낸 주인공의 삶을 통해 자신의 삶이나 자신이 체험한 삶의 한 단면을 표현해냈다는 것을 알 수 있다. 한 화가가 자신이 살고 있는 집을 그렸을 경우 화폭에 그려진 그 집은 어디까지나 그 화가가 생각한 혹은 화가의 의식에 비친 어떤 집의 모습이다. 우리는 그 그림을 통해 그 화가의 자기 집에 대한 생각이나 그것에 대한 의식을 파악해낼 수 가 있다. 또 작가 자신도 자신의 작품을 통해 자신의 생각이 어떠한 것인가를 이해할 수 있게 되는 것이다. 그러한 의미에서 작품이란 작가 자신의 내면을 비추는 거울이라 할 수 있다. 우리는 거울에 비친 자기 자신의 모습을 보고 자기 자신이 어떠한 인간인가를 비로소 이해하게 된다. 인간의 예술적 행위의 결과로 나타난 예술작품들이란 인간들에게 인간자신들을 비추어주는 거울과 같은 존재들이라 할 수 있는 것이다.

2. 세계와 삶의 수용 수단

예술은 인간이 자신의 불만족스러운 현실세계와 자신의 불완전한 삶을 수용해가는 수단이다. 모든 인간들에게서의 자신의 현실세계와 그 속에서 행해지는 자신의 삶이란 항상 불만족스러운 것들로 느껴진다. 그럼에도 불구하고 인간들은 자신들의 그러한 현실세계와 삶을 어떠한 형태로든 지간에 받아들여가지 않으면 안된다. 예술이란 인간이 자신의 그러한 불만족스러운 현실세계와 삶을 받아들여 그것을 실현시켜나가는 과정에서 소용되는 도구이다. 예컨대, 단적으로 말해 독자는 소설을 통해 자기보다 더 불행한 삶을 자기보다 더 진실하게 살아가는 한 인간을 접하게 됨으로써 그동안 받아들이지 못했던 자신의 현실세계와 자신의 삶을 받아들이게 된다. 독자는 작품이 그에게 제시하는 여러 형상들을 통해 아직껏 생각해보지 못한 것들을 생각해보게 된다. 그렇게 함으로써 그는 전보다 더 폭넓게 자신의 세계와 삶을 이해해가게 된다. 창작자의 경우도 아직껏 이 세상에 존재하지 않은 것을 새롭게 만들어 가는 과정에서 새로운 것들을 발견하게 되고 또 깨닫게 됨으로써 그때까지 받아들이기 거북했던 자신의 현실세계와 자신의 삶을 받아들이게 된다. 예술은 인간으로 하여금 상상력을 발동케 해서 그동안 보이지 않았던 자신의 세상과 삶의 전모를 파악케 함으로써 그것들을 자신의 차원에서 소화해 받아들여 가게 하는 역할을 행해가는 도구라고 하는 것이다.

어머니는 몇 번이고 자기를 실망시키는 아들을 받아들여가면서 모자간의 인간관계를 지속시켜나간다. 어머니가 그러한 아들과의 인간관계를 끊지 못하고 그를 계속 받아들여가는 것은 어머니의 상상력이 창출해낸 아들의 다양한 모습 때문이라 할 수 있다. 어머니는 만일 자기가 아들을 외면해버리게 되면 밖에 나가서 더 큰 사고라도 치지나 않을까 라는 생각을 해보기도 하기 때문이다. 어머니는 현재는 불만족스럽지만 앞으로는 더 나질 수 있다는 생각을 해보게 됨으로써 불만족스러운 자신의 현실을 수용해가게 되는 것이다. 그렇다면, 인간에게서의 생각이란 과연 무엇인가? 보다 구체적으로 말해 인간들의 생각은 어떻게 형성되어 나오는 것인가? 우리가 어떤 구체적 생각들을 정밀 분석해보면 그것들이 몇 개의 크고 작은 형상들로 구성되어 있음을 알게 된다. 이렇게 봤을 때, 우리가 어떤 것을 생각한다는 것은 우리가 그간의 직간접적 체험들을 통해 취해온 형상들을 의식세계로부터 끌어내서 우리가 현재 직면하고 있는 불안정한 상태를 보다 안정된 상태로 전환시켜 나갈 수 있는 어떤 형상 군(形象群)을 창조해 내는 작업이라 할 수 있다. 이와 같이 인간에게서의 어떤 것을 생각하는 행위란 자신의 의식세계로부터 형상들을 끌어내서 그것들로 현재의 불안정한 상태를 대처해나갈 수 있는 어떤 이미지 군을 만들어내는 작업이라 할 수 있다는 것이다. 예술작품이란 바로 그러한 이미지군의 제작 작업을 기초로 해서 이루어진 것이라 할 수 있다.

3. 상상력의 계발 수단

예술은 상상력의 계발 수단이다. 예술작품이란 작가가 인간의 삶에 대한 생각을 통해 창출해 낸 여러 형상들을 조합해 만들어 낸 것이다. 예술가는 작품을 만들어가는 과정에서 다양한 측면을 통해 인간의 삶에 대한 생각들을 해보게 된다. 그는 그러한 상상력을 통해 자신의 현실세계와 삶을 다각도로 바라다보게 됨으로써 그것들이 어떠한 것들인가를 폭넓게 이해하게 되는 것이다. 이처럼 인간은 예술작품의 창작을 통해 자신의 세계와 삶에 대한 폭넓은 이해를 가능케 하는 상상력을 계발해 나왔다. 그뿐만 아니라, 인간은 독서와 같은 예술작품의 감상행위를 통해 그것을 다각도로 이해해 갈 수 있는 상상력을 계발해 왔던 것이다. 우리가 예술작품을 창작해가고 그것들을 감상해가는 행위들 속에는 상상력의 계발을 통해 불만족스러운 자신들의 현실세계와 자신의 불완전한 삶을 극복해보려는 의지가 내재되어 있는 것이다.

우리가 초등학교 때 읽은 동화들은 그것들을 읽을 때는 말할 것도 없고 그것을 읽은 후의 현재까지도 다양한 차원의 상상력을 자극시키고 있다. 우리가 중고등학교 때 읽었던 세계명작소설들도 마찬가지이다. 우리는 한 권의 소설 작품을 읽어가면서 그 작품의 주인공의 행동과 생각들을 통해 많은 것들을 상상해보고 생각해본다. 우리는 그것을 읽은 후에도 작품속의 인상적인 부분은 두고두고 우리의 상상력을 자극시켜 나간다. 이와 같이 우리가 청소년기에 많은 예술작품들을 감상하고 창작해야 하는 이유는 바로 이러한 이유 때문이라 할 수 있다. 우리는 암기해두고 싶은 한 수의 시를 발견한 이후부터 시속에 내재된 형상들에 관에 얼마나 많은 것들을 생각해 왔는가? 우리는 한편의 시를 짓는 과정에서 얼마나 많은 생각들을 하게 되는가? 사실상 인간은 예술작품을 창작하고 또 그것들을 감상해가는 과정에서 새로운 것들을 발명해 왔고 새로운 것들을 발견해 왔다. 인간들은 그러한 예술적 행위들에 촉발되어 새로운 세계를 개척해 나왔고 새로운 문화를 창조해 나왔던 것이다. 이렇게 봤을 때, 예술이야말로 인간의 상상력 계발을 위한 최고의 도구라 할 수 있는 것이다.

4. 인간의 존재의미의 창출수단

예술은 인간의 존재의미의 창출수단이다. 인간에게서의 예술적 표현 행위란 인간이 이 세계에서 존재해 있음에 대한 감흥을 표현하는 행위이다. 예컨대 니체에게는 세계 그 자체가 하나의 예술작품이었다. 그에게는 예술만이 삶을 가능케 했던 것이었으며, 또 그것만이 삶을 자극했고 유혹했던 위대한 여신이었다. 그의 경우처럼 인간에게 세계 그자체가 예술작품으로 인식될 수 있었던 것은 그가 자신의 세계로부터 이탈해 나와 우주의 어떤 한 지점에서 인간이 처해 있는 세계를 내려다 볼 수 있었기 때문이었던 것이다. 우리가 우주의 한 지점으로부터 인간이 처해 있는 지구를 바라다볼 경우, 그것은 우주 속에 떠 있는 하나의 자그마한 공이나 티끌과도 같은 존재에 불과하다. 우리는 그것이 언제부터 어떻게 이 우주 속에서 존재하게 되었는지 정확히는 알지 못한다. 사실상 우리는 그것이 처해 있는 우주자체가 어떻게 존재하게 되었는지도 확실히는 알지 못하고 있다. 이렇게 생각해볼 때, 인간이 처해 있는 세계 그 자체도 인간의 상상에 의해 만들어진 예술작품의 세계와 결코 다를 바가 없다. 그렇다면 인간의 상상에 의해 창출된 예술작품의 세계와 결코 다를 바가 없는 바로 이 세계에 인간이 존재해 있다고 하는 의미는 과연 무엇인가? 인간은 끊임없이 바로 이러한 물음들을 통해 인간의 새로운 존재의미를 창출해 나왔다. 또 인간에게서의 예술적 충돌은 인간이 처해 있는 세계 그 자체가 허구의 세계이고, 그 세계에 처해 있는 인간의 삶 또한 바로 그러한 존재라고 하는 의식을 통해 일어나게 된다. 따라서 인간이 작품을 창작하고 또 그것을 감상해가는 예술적 행위의 본질은 이 허구의 세계 속에서의 인간의 존재의미를 창출해내는 것이라는 입장을 취하지 않을 수 없다. 글로벌시대로 들어와 인간의 삶은 허구로 인식되는 우주를 통해 인식되어 나가고 있기 때문인 탓인지 한층 더 허구적 존재로 인식되어 나가고 있다. 이러한 점을 감안해볼 때 우주중심시대의 초입기로 파악되는 글로벌시대에서의 예술의 역할은 이 허구의 세계 속에서의 인간의 존재의미의 창출로 수렴되어 나올 것으로 예상된다.

제 3 장

방안제시-우리의 학문과 예술 바로 세우기

현재까지의 한국의 교육과 연구는 정치적 현실에 종속되어왔다. 그것은 그 본연의 사회적 역할을 착실히 수임해 왔다기보다는 개개인의 출세 수단으로서의 역할을 자임해 나왔다고 말해 볼 수 있다. 특히 한국의 학문은 수입된 학문이라는 인상을 완전히 떨쳐버리지 못하고 있다. 아직까지도 그것은 외국으로부터 전래된 학설이나 이론들을 학생들에게 교육하는 것을 목적으로 하고 있으며, 어떤 이론노출을 위한 연구를 주된 목적으로 하고 있지 않다는 인상을 주고 있다. 따라서 특히 그것에는 우리에게 요구되는 사회성, 역사성, 전체성이 결여되어 있다. 그 뿐만 아니라 그것은 개개인이 자신들의 현실생활을 영위해가기 위한 지식들을 습득해 가는 행위로 행해져 왔을 뿐, 사회나 세계, 혹은 우주 등과 같은 어떤 전체와 개인과의 관계 정립을 위한 이론 도출 행위로는 행해져 오지 않았다. 한국의 근대화과정에서 우리학문에 그 기초를 제공했던 일본의 학문도 2000년대로 접어들어 「위기에 직면해 있다」는 말들이 나오고 있다.[1] 그 이유는 무엇일까? 『학문과 「세간」』의 저자 아베 긴야(阿部謹也)는 일본의 학문은 자연과학, 인문사회과학 할 것 없이 전부 다 위기상황에 처해 있다면서 「그것은 우리나라의 인간관계에서 유래되는 문제이고 연구주체로서의 개인의 미성숙에서 기인되는 문제이다」라고 말하고 있다. 그의 그러한 말은 우리의 학문에도 그대로 적용될 수 있는 말이다. 사실상 한국사회에서는 「인간관계」가 모든 것을 다 결정한다. 이러한 현상은 일본사회에서 행해지는 것보다 훨씬 더 심각하다. 예컨대 학계에서 행해지는 프로젝트의 당

---

1) 阿部謹也(2001), 『学問と「世間」』 岩波書店、p.「前書き」

락, 우수논문·우수도서의 선정 등 그러한 모든 것들이 다「인간관계」에 의해 결정되는 것이다.

그렇다면 한국 사회에서 그러한「인간관계」는 무엇에 의해 결정되어 왔던 것인가? 그것은 학연과 지연, 정치적 이데올로기 등에 의해 결정된다. 근대이후 한국에서는 특정대학·특정지역 출신이 정권을 잡아왔다. 따라서 한국의 학계도 그 출신들에 의해 주도되어 나왔다는 것은 두말 할 필요가 없다. 그런데 21세기로 접어들어 전 지구적 차원에서 기존의 내셔널리즘에 대립해 글로벌리즘이라고 하는 것이 새로운 시대적 이념으로 부상하게 되었다. 그러자 한국에서의 정치적 상황은 기존의 내셔널리즘에 편승해 있었던 보수와 글로벌리즘에 편승하는 진보와의 대립적 양상을 취해가게 되었다. 그래서 현재 한국의 정치적 상황은 근대이후 한국의 정치적 권력을 장악해온 특정대학·특정지역 출신들이 표방해가는 과거의 내셔널리즘을 정치적 이념으로 하는 보수와 그러한 특정대학·특정지역 출신들의 보수적 사고에 대항해가는 인사들이 표방해가는 글로벌리즘을 정치적 이념으로 하는 진보로 양분되어 있는 것이다. 필자가 여기에서 말하고자하는 것은 현재 한국에서의 교육과 학문이 바로 이러한 정치적 이념에 짓눌려 그 본연의 사회적 역할을 수임해가지 못하고 있다고 하는 것이다. 한국의 어떠한 연구자도 특정대학·특정지역을 주축으로 형성된 한국의 정치적 상황으로부터 결코 자유로울 수 없는 것이다.

그렇다면 우리가 우리의 학문을 바로 세울 수 있는 방도는 무엇인가? 첫째 우선 무엇보다도 우리학문은 근대화과정에서 형성된 서구중심의 학문내지 일본제국주의 시대의 학문적 잔재로부터 완전히 탈피해 나와야 한다. 우리는 지난 2세기 동안 국민국가주의 시대를 살아왔다. 우리가 서구에 뿌리를 두고 있는 근대학문을 받아들인 것은 근대 국민국가 시대이후의 일이다. 국민국가 시대에서의 학문의 주된 목적은 국민 개개인과 국가 간의 관계정립을 위한 이론 도출에 주어져 있었다. 국민국가 시대에서의 학문은 예컨대, 메이지 정부가 국가목표로 내건 부국강병이나 식산흥업 등을 위한 수단이었다. 근대국민국가 시대의 학문은 국가에 의해 주도되어 나왔던 것이다. 따라서 근대국민국가시대에서의 학문의 존재이유란 강력한 국민국가 건설에 있었던 것이다.

그런데, 한국인들이 근대학문을 서구나 일본 등으로부터 받아들여가게 되었을 당시의 한국인들은 일제로부터 국권을 상실한 상태였었다. 따라서 당시 한국인들에게서의 국가란 한국인들로부터 나라를 빼앗은 바로 일본국이었었다. 근대국민 국가에서의 학문의 존재이유가 강력한 국민국가 건설에 있었기 때문에 당시 한국인들이 행해갔던 학문은 일본국을 강력한 나라로 만들어가는 것에 그 목적이 주어져 있었던 것이다.

일제치하 한국인들에게서의 학문이란 바로 그러한 것이었었기 때문에 한국인들에게서의 학문이란 시초부터 개인적 차원의 것일 수밖에 없었다. 보다 구체적으로 말해 한국인들에게서의 학문은 개인의 출세수단일 수밖에 없었던 것이다. 일제하에서 한국인이 학문을 한다고 하는 것은 강력한 일본을 건설해 가는 행위 그자체였었다. 그래서 그 시대 정상적인 한국인들에게서의 학문은 사실은 절대로 해서는 안 되는 것으로 생각될 수도 있었던 것이다. 해방 후 한국 사회는 친미세력으로 전환한 과거의 친일세력들에 의해 장악되어나갔다. 그랬기 때문에 해방이후에도 한국인들에게서의 학문은 강력한 국가건설의 수단이 되지 못하고 일제와 마찬가지로 개인의 출세수단이 되어왔던 것이다.

해방을 계기로 한국은 일제로부터 국권을 회복하기는 했지만, 그 회복된 국권이 한국인에 의해 장악되어졌던 것이 아니라 미국을 비롯한 인접의 강대국의 손아귀에 넘겨졌었다. 그 결과 그 회복된 한국의 국권은 강대국들에 의해 유린될 대로 유린되었다. 따라서 해방 후 지금까지 한국인들이 국가를 위해서 무언가를 한다는 것은 한국사회를 주도해 가는 과거의 친일세력들과의 대결과도 같은 것이었을 뿐만 아니라 미국·일본·중국·러시아 등과 같은 강대국들과의 대결 바로 그러한 것이기도 했었다. 바꾸어 말해, 국민국가 시대에서의 한국인이 한국사회에서 제대로 학문을 해간다는 것은 대내적으로 친일세력들에 대항해간다는 것이고, 대외적으로는 미·일·중·러 등의 강대국들과 투쟁해 가는 것이라고 할 수 있다는 것이다. 그러나 한국의 대부분의 학자들은 그들과의 대결을 피해가기 위한 한 방안으로 학문을 개인의 출세수단정도로 인식해버리고 말아온 것이다.

둘째 우리 연구자가 우리의 이러한 학문적 상황으로부터 탈피해나갈 수 있는 왕도(王道)는 우선 무엇보다도 과거 제국주의시대에 확립된 기존의 내셔널리즘적 사고를 과감히 폐기하고 글로벌리즘적 입장을 확립시켜나가야 한다고 하는 것이다. 현재 우리가 처해있는 시대는 더 이상 국민국가주의 시대가 아니다. 현재 한국인들은 글로벌 시대에 돌입해 있는 것이다. 앞에서도 언급한 바와 같이 국민주의 국가 시대에서의 학문은 국민 개개인들의 최대의 생존수단이라 할 수 있는 국민국가의 건설수단이었다. 그러나 글로벌 시대에서의 학문은 더 이상 국민국가 건설의 수단이 될 수 없다. 그 주된 이유는 글로벌 시대의 인간들은 자신들이 설혹 어떤 특정국가의 국민이라 하더라도 그 국가를 자신의 최대의 생존수단으로 인식하고 있지 않고 있다고 하는 것이다. 글로벌 시대의 인간들은 지구상의 인간사회 전체나 혹은 지신들이 처해 있는 문화권 전체를 자신들의 최대의 생존수단으로 인식하려 하고 있는 것이다. 예컨대, 한국의 경우, 그들은 더 이상 한국을 자신들의 최대의 생존수단으로 인식하고 있지 않다. 그들은 그들 자신들이 처해있는 유교문화권인 동아시아나 혹은 이 지구상의 인간사회 전체를 그들의 생존수단으로 받아들이려 하고 있다는 것이다.

글로벌 시대의 인간들이란 인간들이 이 지구상의 인간사회 전체를 자신들의 최대의 생존수단으로 받아들여가는 자들이다. 이 글로벌 시대에 처해있는 한국인들이 행해가는 학문의 목적이란 명확하다. 그것은 두말 할 나위 없이 이상적인 지구사회를 건설하기 위함이다. 따라서 이 글로벌 시대에서의 우리 한국의 대학인들은 이상적 한국의 사회건설을 위해 지구상의 인간사회 전체를 연구해갈 것이 아니라, 이 지구상에서의 이상적 인간사회 건설을 위해 한국의 사회를 연구해가야 한다는 것이다.

셋째 글로벌 시대로 들어와서 우리 한국의 대학인들이 행해가는 학문의 목적과 목표는 「지구사회건설」에 두어져야 한다는 것이다. 이제 우리는 그 목표를 달성시켜나가는 데 있어서 어떠한 모순도 발견할 수 없다. 지금까지 한국의 대학인들에게서의 학문의 목표는 이상적인 한국사회 건설에 주어져 있었다. 그러나 그 목표는 그 건설 사업이 한국인들의 당파적 사고, 그 사고에 입각한 정치가들의 비정치적 행태, 인접 강대국들의 자국 중심적 외교 등에 주도되어 대학인들의 학문만으로는 결코 달성될 수 없었던 것이었다. 현재 한국의 대다수의 국민들이 한국이라고 하는 국가를 이 지구상에서의 자신들의 최대의 생존수단으로 더 이상 받아들이고 있지 않듯이, 국민들의 일부인 대학인들도 자국(自國)인「한국」을 자신의 삶을 송두리째 내걸만한 존재로 신뢰해가지 못하고 있다는 것이다. 그 결과 한국의 대학인들은「한국」이라고 하는 국가를 통째로 받아들이지 못해왔었고, 또 그것을 통째로 사랑해오지 못했던 것이다. 그러한 나머지, 한국인들은「국민전체」를 위해 학문을 해온 것이 아니라, 기껏해야 자기자신이나 자기 가족을 위해 학문을 행해왔던 것이다. 그러나 이제는 시대가 바뀌었다. 그 결과 이제 우리 대학인들은 학문의 확실한 목표를 설정하게 됐다. 우리 대학인은 학문적 목표달성을 위해 자신을 송두리째 던져 볼 가치가 있다는 확신이 서게 된 것이다.

이제 우리 대학인들은 우선 무엇보다도「지구사회 건설」이라고 하는 하나의 명확한 입장을 취해야 한다. 우리가 학문의 목표를「국가 발전」에 두는 것이 아니라「지구사회의 발전」에 두고 있는 한, 학문의 궁극적 목적이란 이 지구상에 존재해 있는 모든 인간의 행복과 전 인류의 평화를 위한 것이 될 수밖에 없는 것이다. 즉, 그것은「지구사회」를 연구하고 또 그것의 생물학적 물리학적 기반임에 틀림없는「지구」와「우주」를 연구해간다고 하는 것이다. 우리 대학인들은 학문의 목표가「지구사회의 건설」이라고 하는 확고한 입장이 취해질 때까지 그것에 대해 다양한 지식을 가져가야 하고 다양한 많은 사람들과 많은 토론을 행해가야 한다. 또 우리 대학인들은 우리 한국인들이「지구사회」를 통해 이 지구상에서 생존해 간다고 하는 확고한 입장을 취할 때만이 우리 자신들의 학문을 제대로 세워갈 수 있는 것이다. 이 경우 우리 개인들이「지구사회」를 자신들의 최대 생존단위로 해서 살아가야 한다는 말은 결코 아니다. 한국이라고 하는 국가를 구성하는 국민의 한사람으로서「지구사회」를 자신들의 생존단위로 받아들여 살아가야 한다는 말이다. 각 대학에서는 그동안의 국민교양 교육이나 시민교양 교육을 지양하고 예컨대 유엔기구 등에 들어가 활약해 갈 수 있는 글로벌 인재들의 양성을 위한「유엔학부」등과 같은 교육기구를 설치한다든가, 혹은 글로벌시민사회 건설을 위한 글로벌교양 교육 등과 같은 프로그램을 적극 개발해가야 한다.

넷째는, 우리 대학인들이 합리적 사고를 자신들의 최고의 생활수단으로 해서 「지구사회」의 건설에 참여해 갈 때만이 한국의 학문이 제대로 세워질 수 있는 것이다. 따라서 우리는 초·중·고등학교의 교육목표를 합리적 사고의 계발에 두어야 한다. 그래야 가장 단시간 내에 자연물들과 자연의 법칙들로 구성된 지구가 우리의 일상생활의 탄탄한 초석으로 자리잡혀가게 될 것이고, 또 지구상에 존재해 있는 모든 것들과의 합리적 관계가 취해지게 될 것이다. 우리 대학인들이 합리적 사고를 통해 당면과제들을 처리해 나가게 될 때만이 우리 한국의 학문이 정치로부터 벗어날 수 있고, 친·반일, 지역, 반공 등과 같은 이데올로기들로부터 벗어날 수 있고, 우리민족의 뿌리 깊은 사대주의적 근성 등으로부터도 벗어날 수 있을 것이다. 우리의 학문은 그러한 것들로부터 벗어날 때만이 제대로 설 수가 있는 것이다.

우리 대학인들의 최고의 합리적 사고의 계발 방법은 우선 일차적으로 수업 안팎에서의 예컨대 「지구사회의 건설」 등과 같은 문제들에 대한 활발한 토론활동이라 할 수 있다. 대학생들은 친구들과의 활발한 토론들을 통해서 새로운 자기를 발견해 갈 수 있고, 교수들과의 진지한 대화를 통해서 자신들의 생각들의 한계성을 발견해 갈 수 있다. 대학원생들은 다른 대학원생들과 교수들과의 장시간의 학문적 토론들을 통해 자기의 세계관을 확립시켜갈 수 있고, 자신의 전공분야의 지식을 넓혀갈 수 있고, 또 연구대상에 대한 관심을 넓히고 깊여 갈 수 있다. 그 경우만이 교수들은 학생들과의 그러한 토론들을 통해 이 시대에 걸 맞는 새로운 연구테마를 설정해 갈 수가 있는 것이다. 우리는 그러한 토론 등을 통해서 어떠한 것이 이 글로벌시대의 학문이고 어떤 것이 그렇지 않은 것인지를 깨달을 수 있을 것이다.

학문의 일차적 목표는 이 지구상의 모든 인간들이 자신들의 존재를 실현시켜 가는데 있어서 보다 적합한 사상·이론·제도·방법·수단·도구 등과 같은 것들을 만들어 내는 것이라 할 수 있다. 그러나 그것의 궁극적 목적은 그러한 것들을 통해 행해 가고 인간의 문화적 삶의 의미를 백분 창출해 내는 것임에 틀림없다. 또 학문의 그러한 목표달성은 현대 국내외의 각 대학에서 떠들고 있는 우수교수의 유치, 우수학생의 선발, 연구비 확보 등과 같은 것들만으로는 결코 이루어지지 않는다. 그것은 인간에 대한 애착심의 고취 등을 통한 인식전환의 이론적 기초의 구축과 같은 작업들을 통해서 이루어질 수 있는 것이다.

다섯째 정부는 우선 무엇보다도 대학의 개혁 을 적극적으로 수립해 나가야 한다는 것이다. 대학개혁은 다음과 같은 방향으로 추진될 수 있다. 우선 하나, 정부는 대학을 규제해 가려하지 말고 대학에 자율권을 부여해주어야 한다. 대학은 정부로부터 자율권을 부여받아 현재의 총장선출제도를 폐기하고 대학의 중·장기의 목표를 세워 그것을 실행해갈 수 있는 적합한 인물을 총장직에 앉혀야 한다.

둘, 자본주의 국가에서의 대학 중의 대학은 영미의 경우처럼 결국은 「사립대학」일 수밖에 없다. 정부는 일본의 경우처럼 필요한 단계들을 밟고 또 필요한 절차들을 취해 국립대학을 국가기관으로부터 독립시켜 그것을 법인화해가야 한다. 국립대학이란 사실상 과거 제국주의시대의 산물이다.

셋, 정부는 선문기술교육 중심의 전문대학·글로벌 교양교육중심의 학부·연구중심의 대학원이라고 하는 3단계 대학체제를 확립시켜야한다. 영어교육·일본어교육·중국어교육 등과 같은 외국어 전문교육은 전문대학에서 담당해야 한다. 부동산학과·미용학과·체육학과 같은 것도 기술교육 중심의 전문대학에서 설치되어져야 할 학과들이다. 일제시대의 초·중·고 교육의 목표는 국민 양성교육이었고, 전문대학은 전문인 양성기관이었고, 종합대학은 국제인 양성 기관이었다. 당시 국제인의 양성이라고 하는 것은 국제사회의 연구, 서구 학문의 연구라고 하는 의미가 내포되어 있었다. 따라서 그 시대에서의 종합대학이란 국제사회의 교육기관이라기보다는 국제 사회의 연구기관의 의미로 통용되었던 것이다. 그러나 이제는 여러 차원의 사회적 상황이 바뀌었기 때문에 금후의 종합대학은 학부가 글로벌 인재양성에 필요한 글로벌 교양 교육 중심의 기관이 되어야 하고 대학원이 연구중심의 기관이 되어야 하는 것이다. 정부가 이러한 대학체제를 취해 간다면 모든 종합대학에 연구중심의 대학원이 설치되어져야할 이유는 없는 것이다. 우리가 어떤 것을 제대로 연구를 하려면 연구 환경이 제대로 조성되어있는 대학에 가서 행해야 한다.

넷, 이 경우 각 지역의 종합대학들은 자신들이 처해있는 지역적 특성에 맞는 테마를 개발해 그것을 연구해가야 하고 또 대학은 중·장기 대학개혁의 정책 수립을 통해 과감한 학과 간·대학 간의 통·폐합 정책을 추진시켜 지신들의 종합대학들을 특성화시켜나가야 할 것이다. 그렇게 해 간다면, 예컨대 그 대학의 대학원은 그 분야에서 국내 최고의 연구기관이 될 것이고 잘만하면 세계 최고의 연구기관도 될 수 있는 것이다.

이러한 점들을 고려해 봤을 때, 자유 민주 자본주의 정치체제가 창출해낸 글로벌시대의 대학은 구미의 경우가 그러하듯이 결국은 「사립대학」들이 주도해 갈수밖에 없다는 결론이 나오게 된다. 이러한 각도에서 생각해 봤을 때, 금후 한국의 명문사립대학은 하루빨리 대학원 중심의 대학체제로 전환해 나가야하고, 또 국내외적 정치적 상황으로부터 독립해 나와, 자본주의사회의 문제점, 글로벌사회의 건설, 글로벌리즘에 입각한 인간과 자연과의 새로운 관계 정립 등에 대한 체계적 연구를 통해 인류문화 발전에 기여해 간다는 입장을 취해가야 한다는 것이다.

다섯, 대학원에서의 연구 활동과 그것의 새로운 연구 성과는 기존의 학문적 경계들을 뛰어넘는 폭넓은 지식들의 습득을 전제로 하는 학제적 차원의 연구가 절실히 요구된다. 그러한 의미에서 글로벌 인재양성을 목표로 하는 종합대학은 학과제를 학부제로 전환시켜 나가지 않을 수 없는 것이다. 현재 세분화된 학문은 한마디로 근대 실증주의 시대의 산물이라 할 수 있다. 중세나 근세 혹은 다른 어느 시대에도 현재와 같은 세분화된 학문은 존재한 적이 없었다.

이 글로벌 시대에 우리 예술은 어떻게 세워야 되는가? 첫째 우선 무엇보다도 시대적 문제를 극복해 나가야된다. 우리가 이 지구촌에 우리의 예술을 세워가려면 우선 무엇보다도 전 국민적 차원에서의 글로벌예술의 사상적 기반이라 할 수 있는 글로벌리즘에 대한 관심이 고양되어 나와야 한다. 그러한 관심의 고양은 전 국민을 상대로 한 글로벌 교양교육을 통해서 형성되어 나온다는 것은 두말할 나위가 없다. 내셔널리즘은 지난 1세기 간 우리 예술의 사상적 기초가 되어왔다. 현재의 이러한 분단 상태 속에서 우리가 내셔널리즘을 놓아버리고 만다면 어떻게 될까? 우리의 염원인 통일은 더 멀어질 수밖에 없다는 생각을 하지 않을 수 없다. 현재 세계 체제가 정치력과 경제력이라고 하는 힘의 역학적 관계 속에서 움직여 가고 있다는 사실을 감안해볼 때, 우리의 통일에 대한 염원 그 자체가 세계평화에 대한

염원 그 자체라는 공식이 성립된다. 분단된 남북이 하루빨리 통일 되어야 한다
는 생각은 이 지구상의 모든 인간들이 취할 수 있는 지극히 역사적이고 상식적
차원의 생각이다. 분단된 상황에 처해있는 한국인들에게서는 통일에 대한 염원
바로 이것이 글로벌리즘 정신이다. 우리는 우리의 민족적 통일에 대해 좀 더 진지
한 태도를 취해야 한다. 우리시대의 예술가들은 우리의 분단된 상태에 처해 있는
우리의 현실에 대해 한 층 더 진실한 태도를 취해야 한다는 것이다. 전 세계의
양심적 지식인·종교인·정치가들 등이 희망하는 한국의 남북통일에 대한 입장
또한 금세기의 시대적 정신인 글로벌리즘에 의거해 취해진 것임에 틀림없다. 우리
도 남북통일을 바라는 우리자신들의 양심에 훨씬 더 착실해야하고 진지해야 한다.
우리는 그러한 의식만이 글로벌시대가 요구하는 전 지구사회의 주인의식의 기초
를 이루게 될 것이다. 전 지구사회의 주인의식 바로 이것이 글로벌시대의 인간들
의 존재의식일 것이고, 또 금후의 인간들은 바로 그러한 의식을 통해 자신들의
존재 의미를 향유해나갈 것이다.

둘째 글로벌리즘은 탈 내셔널리즘의 입장이기도 하지만 탈 휴머니즘의 입장이
기도 하다. 우리가 인간의 입장에서 이 지구상의 모든 생명체들의 입장들을 다
이해 할 수는 없다. 우리가 지구의 진정한 주인이 되려면 우선 무엇보다도 지구상
의 모든 식물들과 동물들의 입장에서 그들의 삶을 이해해 갈 줄 아는 입장을 취해
야 하는 것이다. 한국인들에게는 동·식물의 입장에서 그것들의 삶을 이해해보려
는 심적 여유가 아직 형성되어 있지 않다. 그러한 생명체들의 입장에서 그들의
삶을 이해해보려는 자세는 남의 입장을 고려해 가면서 자신의 삶을 실현시켜간다
는 삶의 자세들이 인간들에게 형성되어 나오게 될 것이다.

셋째 한국인들의 글로벌리즘은 글로컬리즘(glocalism)의 형태를 취해 행해져야
할 필요가 있다. 그 이유는 일본인들이 서양화라고 하는 근대화 과정에서 자신들
의 전통적 지역적 가치를 상실했다고 하여 글로벌시대로 들어와 지역성을 강조해
가고 있듯이, 우리도 일제에 의해 주도 된 근대화과정에서 지역적 특성에 기반을
둔 전통문화의 가치를 과소 평가해왔었다. 그렇기 때문에 우리에게는 우선 무엇보
다도 전통문화에 대한 대대적 계발이 요구된다. 글로컬리즘이란 글로벌리즘과 로

컬리즘이라고 하는 두 개념이 융합된 말로 지역적 특성과 전 지구적 특성을 융합시켜 새로운 예술 장르와 예술적 주제를 창출해낸다고 하는 입장이다. 이러한 융합은 당연 어떤 일정한 과정이 요구된다. 또 그 과정은 어떤 단계들을 통해 이루어진다. 따라서 우선 무엇보다도 전 국민적 차원에서의 글로컬리즘적 태도 정립이 요구된다. 뿐만 아니라 정부의 예술정책수립기관에서는 우리의 국민주의적 차원의 예술을 전 지구적 차원의 것으로 전환시켜나 갈 수 있는 중·장기적 차원에서의 구체적 패러다임을 수립해야한다.

글로벌시대의 예술문화정책의 일환으로서의 그러한 패러다임은 글로벌시대로 들어와 일기 시작한 한류 붐에 대한 연구에서부터 시작해야한다. 근래 동아시아세계에서 일기 시작해 아프리카지역으로까지 전파되어 나가고 있는 이 한류의 붐 속에는 금후 우리의 문화예술의 모든 것들이 다 내포 되어 있다고 봐야 할 것이다. 우리는 한류 붐을 일으킨 예술작품들로부터 우리의 문화예술의 글로벌적 가치를 찾을 수 있다. 또 우리는 그 한류 붐의 현상에 대한 연구를 통해 글로벌시대의 시대적 이념에 부합되는 우리의 문화예술정책을 수립해 갈 수가 있다. 우리가 그러한 패러다임을 수립할 때 그것의 초석으로 취해져야 할 것은 우리의 전통예술이다. 우리는 우리의 잘못된 근대화과정에서, 우리말까지도 말살시키려 했던 일제의 식민지정책을 통해 우리가 반만년 동안 키워온 우리의 전통예술을 단절시켜버렸다. 우리는 그것에 대한 복원이 우선 무엇보다도 시급히 이루어져야 한다. 금후 우리의 글로컬리즘의 현실은 그러한 지역문화의 체계적 복원부터 시작되어야 한다는 것이다. 대다수 단절되고 철저히 왜곡된 우리의 전통예술문화에 대한 그러한 복원작업이야말로 바로 이 시점에서 우리가 인류문화의 번영에 동참해 가는 일이 될 것이다.

넷째 한국의 학문이 현실정치로부터 벗어나야 하듯이 한국의 예술 또한 현실정치로부터 과감히 벗어나야 한다. 정치가들이 정권을 잡게 되면 정부의 예술분야 관련기관에 자신들과 정치적 성향이 같은 인간들을 심어놓는다. 정치가들은 그들을 통해 자기들의 정치적 의견에 동참해갈 수 있는 예술가들과 여러 차원의 인간적 관계를 맺어나간다. 정치가들은 표를 의식해 순수한 예술 감상자들인 국민들에게 잘 알려진 예술가들을 자기편으로 끌어 들이기 위한 방법으로 자기들과 친분관계에 있는 경제인들로 하여금 그들의 작품들을 사주도록 한다. 이 경우 쇼비니즘에 빠져 예술의 보편적 가치 기준의식을 상실한 예술가들은 그쪽으로 한 단계 더 나가서 그러한 정치적 관계를 이용해 자신의 예술적 활동을 행해가려한다. 예술계는 정치와의 이러한 결탁과 악순환을 과감히 청산해야한다는 것이다. 그래야 예술품들의 질이 향상될 수 있으며 감상자들의 미적 의식을 자극할 수 있는 작품들이 창작되어야 침체일로의 예술시장이 활성화 될 수 있는 것이다.

다섯째 한국의 예술가들은 강자들에 대한 관심 보다는 사회적 약자들에 대해 더 많은 관심을 가져가야 할 것이다. 또 그들은 자신들의 관심을 자신들의 가족이나 민족에만 둘 것이 아니라 타인들이나 타민족들에게까지 대폭 확장시켜나가야 할 것이다. 그 뿐만 아니라 우리예술가들은 인간들의 세계뿐만 아니라 비인간들의 세계, 예컨대 동물이나 식물의 세계, 한발 더 나가서 그것들의 의식세계에까지도 우리들의 관심을 확대시켜 나가야 한다.

한국의 예술가들은 사실상 그 동안 제삼자들의 세계에까지 관심을 가져 볼 심적 여유가 없었다. 우리 예술가들은 오직 우리 자신들에게만 관심을 가져왔다. 그 결과 우리 예술가들은 우리자신들 속에 깊숙이 빠져 살아왔다는 점이 없지 않다. 그래서 타인들의 사정이나 입장을 좀처럼 고려하려 들지 않는다. 그 결과 그들의 의식 속에는 휴머니즘의 기초가 형성되어 있지 않은 것이다. 나 이외의 다른 사람, 우리가족이외의 다른 가족, 우리민족이외의 다른 민족, 인간이외의 다른 생명체들을 제대로 고려해볼 시간적 경제적 심적 여유가 없어왔던 것이다. 우리 예술가들의 이러한 태도는 우리의 예술이 자멸로 가는 길을 택한 것이나 결코 다를 바 없는 태도라 할 수 있다.

여섯째 예술계에서의 포상 및 심사제도와 심사규정에 대한 과감한 개선이 있어야 한다. 한국의 예술계에서의 수상은 예술작품의 우수성에 의해 결정되는 것이 아니고 인간관계에 의해 결정되는 경우가 허다하다. 그 결과 어떤 예술가가 어떠한 상을 받아도 그의 수상을 작품의 우수성과 연결시키려 들지 않는다. 그러면 우리는 어떠한 식으로 그것들에 대한 과감한 개선이 행해질 수 있을 것인가? 그것은 다음과 같은 두 가지 방향에서 이루어져야한다. 우선 하나는 금후의 예술계가 추구해나가는 새로운 가치기준을 제시 해주는 작품이 수상작품이 되어야 한다는 것이다. 그런 작품들이 수상작이 되려면 우선 무엇보다도 작품의 심사자들이 그러한 입장을 취하고 있는 자들이어야 한다. 그러나 작금의 심사자들은 자신들과 정치적 성향이 같거나 혹은 학연 지연 혈연 등으로 자신들과 관련성이 있는 자들의 작품을 수상작으로 선정한다. 그래서 수상의 뜻을 품은 자들은 작품창작에 대해 최선을 다 하는 것이 아니라, 작품창작 작업은 적당히 하고 수상기관의 인간들과 심사자들과의 인간관계에 시간과 정력을 다 쏟아간다는 경향이 만연해 있는 현실이다. 이렇게 봤을 때 문제는 심사자의 윤리의식, 사회의식, 역사의식 등과 관련된 문제이다. 다른 하나는 전 인류가 추구해나가고 있는 이상의 실현을 목표로 하는 작품들이 수상작이 되어야한다는 것이다. 이것은 창작자·감상자·심사자가 글로벌리즘이라고 하는 우리 시대의 새로운 시대적 이념에 대해 어떤 입장을 취하는 것인가의 문제와 깊게 관련된 문제라 할 수 있다. 이것도 우리 예술가들의 글로벌시민의식이 어떤 주준의 것인가의 문제와 관련된 문제라 할 수 있다. 우리는 우리 예술계의 포상 심사제도와 심사규정의 과감한 개선을 통해 한국인들의 예술적 교양을 세계적 수준으로 끌어 올릴 수 있고, 한국인들로 하여금 글로벌리즘이라고 하는 새로운 시대적 이념에 부합된 삶을 실현케 해 나갈 수 있을 것이다.

··· **참 고 문 헌** ···

제1부

1부 1장_

諸橋轍次(1984), 『大漢和辞典-巻三』 大修館書店、「学問」項

Williard Van Orman Quine(1969), *Ontological Relativity and Other Essays*, New York : Columbia Univ. Press

1부 4장_

이브 미쇼 저·하태환 옮김(1999), 『예술의 위기』, 동문선

우도 쿨터만 저·김문환 옮김(1977), 『예술이론의 역사』, 문예출판사

1부 5장_

N.K. 샌다즈 저·이현주 역(2002), 『길가메시 서사시』, 범우사

마거릿 보든 저·서창렬 역(1999), 『피아제』, 시공사

E. G. Boring, ed.(1952), *A History of Psychology in Autobiography Vol. 4*, New York : Russell & Russell (p.69 주-4)

잠바티스타 비코 저·이원두 역(1997), 『새로운 학문』, 동문선

김채수(1996), 『21세기 문화이론 : 과정학』, 교보문고

김채수(1994), 『21세기의 문화론 : 영향과 내발』, 태진출판사

민석홍(1989), 『서양사개론』, 삼영사

이상신(1979), 「서양사의 시대구분」 『역사란 무엇인가』, 고려대학교출판부

김성근 외 책임감수(1964), 『세계문화사Ⅲ : 유럽중세와 아시아의 발전』, 학원사

日本オリエント学会編(2004), 『古代オリエント事典』、岩波書店

제2부

2부 1장_

호메로스 저·김원익 편역(2007), 『일리아스』, 서해문집

관자(管子) 저·김필수 외 역(2007), 『관자』, 소나무

김경식(2006), 『중국교육전개사』, 문음사

존 스트로마이어 외 저·류영훈 역(2005, 원서 1999), 『인류 최초의 지식인간 피타고라스를
　　　　말한다』, 퉁크

알프레드 포르케 저·양재혁 역(2004), 『중국고대 철학사』, 소명출판

김채수(2001), 『동아시아의 文化와 文学』, 보고사

아쓰지 데쓰지(阿辻哲次) 저·김언종 외 역(2001), 『漢字의 역사』, 학민사

양인리우 저·이창숙 역(1999), 『중국고대음악사』, 솔출판사

요쇼 라즈니쉬 저·손민규 역(1997), 『파타고라스 강론(1)』, 계몽사

김춘미(1995), 『원전연구를 통해서 본 음악학의 시원』, 음악춘추사

민석홍(1989), 『서양사개론』, 삼영사

이춘식(1987), 『中国古代史의 展開』, 문예출판사

ルイ・ジャン・カルヴェ著・矢島文夫監訳(1998), 『文字の世界史』、河出書房新社

何芳川萬明(1993), 『古代中西文化交流』, 臺北: 商務印書館

服部英次郎(1990), 『西洋古代中世哲学史』、ミネルヴァ書店

樺島忠夫他編(1984), 『明治大正新語俗語辞典』、東京堂出版

高津春繁(1979), 『ギリシャ・ローマ神話辞典』、岩波書店

金敬琢他編(1972), 『中国思想大系5 列子・管子』、大洋書籍

胡秋原(1969), 『古代中國文化與中國知識份子』, 臺北市亞: 洲出版社

Terrien de Lacouperie, *Western Origin of the Eary Chinese Civilisation*, Osnabruck: Otto
　　　　Zeller, 1966

2부 2장_

유승국(2008), 『한국유학사』, 유교문화연구소

장기근 역저(2003), 『퇴계집』, 명문당

신귀현(2001), 『퇴계 이황』, 예문서원

이황 저·조남국 역(1999), 『聖學十圖』, 교육과학사

윤사순(1998), 『한국의 성리학과 실학』, 삼인
토마스 아퀴나스 저·정의채 역(1995), 『有와 本質에 대하여』, 서광사
토마스 아퀴나스 저·김진 외 역(1995), 『존재자와 본질에 대하여』, 서광사
플라톤 저·조우현 역(1992), 『국가·소크라테스의 변명』, 삼성출판사
이황 저·윤사순 외 역(1990), 『자성록』, 삼성출판사
이황 외 저·윤사순 외역(1990), 『한국의 유교사상』, 삼성출판사
민석홍(1989), 『서양사개론』, 삼영사
李春植(1986), 『中国古代史의 展開』, 藝文出版社
李家源 감수(1986), 『四書五経-詩経』, 교육출판사
諸橋轍次(1985), 『大漢和辞典-巻 8』, 大修館書店
에드윈 O. 라이샤워 외 저·전해종 외 역(1984), 『東洋文化史 上』, 을유문화사
H.G. 크릴 저·李成珪 역(1983), 『孔子 : 인간과 신화』, 지식산업
김성준 외 감수(1979), 『세계문화사 대계 2 : 문명의 발생』, 대학사
钱穆(2009), 『中国学术思想史论从 1』, 北京: 生活·读书·新知三联书店
ロマーノ·グアルデイーニ著·山村直資訳(1981), 『ソクラテスの死』, 法政大学出版局
市川安司(1964), 『程伊川哲学の研究』, 東京出版会

2부 3장_

민은기(2007), 『서양음악사-피타고라스부터 재즈까지』, 음악세계
이용식(2006), 『민속, 문화, 그리고 음악』, 집문당
김미옥(2005), 『중세음악역사·이론』, 심설당
오비디우스 저·천병희 역(2005), 『원전으로 읽는 변신이야기』, 숲
미카엘 하우스켈러 저·이영경 역(2004), 『예술이란 무엇인가?』, 철학과 실천사
임우영 외 편역(2004), 『미학연습』, 동문선
이상섭(2002), 『아리스토텔레스의 『시학』연구』, 문학과 지성사
디터 켄르너 저·박혜일 역(2001), 『위대한 음악가들의 삶과 죽음』, 폴리포니
D. J. 그라우트 외 저·세광음악출판사편집국 역(1998), 『서양음악사』, 세광음악출판사
백대웅(1995), 『인간과 음악』, 어울림
플라톤 저·최민홍 역(1992), 『티마이오스』(『플라톤 전집-소크라테스의 대화-5』), 성서각
플라톤 저·조우현 역(1992), 『국가』(『국가·소크라테스의 변명』), 삼성출판사
宋芳松(1989), 『東洋音楽根兄論』, 世光音楽 出版社
줄리어스 포트노이 저·서우석 책임편집·신혜승 역(1985), 「철학가와 음악-르네상스에서

계몽주의 시대까지」,『음악과 이론 I』, 심설당

박찬기(1984),『독일문학사』, 일지사

エドワード・ヨ・ロウィンスキー著, 井上和雄 訳(1990),「音楽の天才」『西洋思想大事典 3』、平凡
　　　社

諸橋轍次(1985),『大漢和辞典-巻九』, 大修館書店

ハイデッガー著・菊池栄一訳(1990),『ハイデッガー選集12 ： 芸術作品のはじまり』、理想社

Raymond Williams(1976), *Keywords-a Vacabulary of Culture and Society*, Great Britain,
　　　William Collians and Co Ltd Glasgow, "Art"

2부 4장_

도날드 J. 그라우트 외 저・민은기 외 역(2007),『그라우트의 서양음악사』, 이엔비플러스

민은기(2007),『서양음악사-피타고라스부터 재즈까지』음악세계

관자(2006)・김필수 외 역,『관자』, 소나무

김연(2006),『음악이론의 역사』, 심설당

존 스트로마이어 외 저・류영훈 역(2005, 원서 1999),『인류 최초의 지식인간 피타고라스를
　　　말한다』, 퉁크

기시베 시게오(岸邊成雄) 외 저・이선주 역(2003),『일본음악의 역사와 이론』, 민속원

스트렁크 편 저・서울대학교 서양음악연구소 역(2002),『서양음악사 원전』, 음악연구소

혜강 저・한흥섭 역(2002),『성무애락론』, 책세상

여불위(呂不韋) 편저・정영호 편역(2001),『여씨춘추』, 자유문고

조남권 외 공역(2001),『樂記』, 민속원

플라톤 저・박종현 외 역(2000),『티마이오스』, 서광사,

양인리우 저・이창숙 역(1999),『중국 고대 음악사』, 솔출판사

김부식 저・이강래 역(1998),『삼국사기Ⅱ』, 한길사

한흥섭(1997),『중국 도가(道家)음악사상』, 서광사

김춘미(1995),『음악학의 시원』, 음악춘추사

H.M 밀러 저・음악춘추사 편(1994),『서양음악사』, 음악춘추사

Terrien de Lacouperie(1966), *Western Origin of the Early Chinese Civilisation*, Osnabrück
　　　: Otto Zeller

2부 5장_

김채수(2009), 「漢詩의 사상적 기저-피타고라스와 관자(管子)」『동북아문화연구』19, 동북아
　　　시아문화학회
도날드 J. 그라우트 외 저·민은기 외 역(2007),『그라우트의 서양음악사 (상)』, 이앤비플러스
이재숙(2007),『인도의 경전들』, 살림
관자(2006)·김필수 외 역,『관자』, 소나무
김연(2006),『음악이론의 역사』, 심설당
이광연(2006),『피타고라스가 보여주는 조화로운 세계』, 프로네시스
왕력(王力) 저·송용준 역(2005),『중국시율학(中國詩律學) Ⅰ』, 소명출판
존 스트로마이어 외 저·류영훈 역(2005),『피타고라스를 말하다』, 퉁크
정재승(2003),『바이칼, 한민족의 시원을 찾아서』, 정신세계사
N. K. 샌다즈 저·이현주 역(2002),『길가메시 서사시』, 범우사
　　　　　　　　　　　　　　　　, 「『길가메시 서사시』의 영웅서사시적 가치」『길가메시
　　　서사시』, 범우사
한국찬송가공회 편, 해설 김성영(2002),『큰 성경』, 성서원
양인리우 저·이창숙 역(1999),『중국 고대 음악사』, 솔출판사
앨버틴 가우어 저·강동일 역(1995),『문자의 역사』, 새날출판사
송성대(1994),『문화지리학강의』, 법문사
정영효(1992),『呂氏春秋: 12紀』, 자유문고
김영덕 외,『중국문학사 (상)』, 청년사
김학주(1992),『중국문학개론』, 신아사
나가자와 가쓰토시(長沢和俊)저·민병훈 역(1990),『동서문화의 교류』민족문화사
민석홍(1989),『서양사개론』, 삼영사
송방송(1989),『동양음악개론』, 세광음악출판사
정판용 외(1989),『세계문학사 (상)』, 세계
에드윈 O. 라이샤워 외 저·전해종 외 역(1984),『東洋文化史 上』, 을유문화사
日本オリエント学会編(2004),『古代オリエント事典』、岩波書店
亀井孝他編(2003),『言語大辞典 第一巻 世界言語学編 （上)』、三省堂
市河三喜 他(1981),『世界言語概説 上巻』、研究社
杉勇他訳(1978),『古代オリエント集』、筑摩書房

제 3 부

3부 1장_

프란시스 베이컨 저·이종흡 역(2002), 『학문의 진보』, 아카넷

A. N. 화이트헤드저·오영환 역(1989), 『과학과 근대세계』, 서광사

樺島忠夫他編(1984), 『明治・大正 新語俗語辞典』、東京堂出版

ジョルダーノ・ブルーノ著・清水純一訳(1967), 『無限、宇宙と諸世界について』、現代思想社

ニコラウス・クサヌス著・岩崎・大出訳(1966), 『知ある無知』、創文社

3부 2장_

야콥 부르크하르트 저·이상신 역(2001), 『세계사적 성찰』, 도서출판 신서원

이상신(1994), 『역사학 개론』, 신서원

토마스 모어 저·원창엽 역(1994), 『유토피아』, 홍신문화사

이상신(1993), 『서양사학사』, 신서원

3부 3장_

아사이 료이(浅井了意) 저·황소연 역(2008), 『오토기보코』(伽婢子), 강원대학교 출판

후쿠자와 유키치 저·양송문 역(2004), 『학문을 권함』(学問のすすめ), 일송미디어

후쿠자와 유키치 저·남상영 외 역(2003), 『학문의 권장』(学問のすすめ), 소화

장승구(2001), 『정약용과 실천의 철학』, 서광사

윤동환(2000), 『다산 정약용』, 강진군 다산기념사업회

윤사순(1998), 『한국의 성리학과 실학』, 삼인

김채수(1994), 『21세기의 문화론 영향과 내발』, 태진출판사

이기백(1988), 『한국사신론(개정판)』, 일조각

최동희(1988), 『서학에 대한 한국실학의 반응』, 고려대민족문화연구소

에드윈 O. 라이샤워 외 저·전해종 외 역(1984), 『東洋文化史 上』, 을유문화사

에드윈 O. 라이샤워 외 저·전해중 외 역(1984), 『東洋文化社 下』, 을유문화사

高田衛(1997), 「近世文学総説」 『時代別日本文学史事典 近世編』、東京堂出版

3부 4장_

레비스트로스 저·안정남 역(1999, 원서 1961),『야생의 사고』, 한길사

이브 미쇼 저·하태환 역(1999, 원서 1997),『예술의 위기』, 동문선

폴 헤르나디 편저·최상규 역(1998, 원서 1978),『문학이란 무엇인가』, 예림기획

L .N. 톨스토이 저·이철 역(1998, 원서 1898),『예술이란 무엇인가』, 범우사

J. P. 사르트르 저·정명환 역(1998, 원서 1947),『문학이란 무엇인가』, 민음사

우도 쿨터만 저·김문환 역(1997, 원서 1987),『예술이론의 역사』, 문예출판사

김채수(1996),『21세기 문화이론 과정학』교보문고

김성곤 편역(1992, 원서1967~1983),『소설의 죽음과 포스트모더니즘』, 글

르네 웰렉·오스틴 워렌 저·이경수 역(1992, 원서 1962),『문학의 이론』, 문예출판사

A. 하우저 저·박낙청, 반성완 역(1990, 원서 1953),『문학과 예술의 사회사-근세편 상』,
        창작과 비평사

A. N. 화이트헤드 저·정연홍 역(1988, 원서 1929),『이성의 기능』, 이문출판사

얀코 라브린 저·동완 억(1975, 원시 1961),『톨스토이』, 산성문하재단

김성근 외 책임감수(1964),『세계문화사IV : 유럽근세와 아시아 전제국가』, 학원사

鈴木貞美著(1998),『日本の「文学」概念』、作品社

3부 5장_

김치규(2006),「엘리어트의 음성」『T.S엘리어트 연구총서1 : T.S엘리어트 詩』, 동인

이창배(2001),『T.S엘리어트 : 인간과 문학』, 동국대출판부

최창호(1999),『T.S. 엘리어트의 종교시』, 중앙대학교인문학연구소

T. S. 매듀우즈 저·이성대 역(1981),『평전 T.S. 엘리어트』, 탐구당

이재호 편역(1977),『장미와 나이팅게일』, 범한서적

川端康成著(1970),「父母への手紙」『川端康成全集 第二巻』、新潮社

Russell, Bertrand.(1968), *The Autobiography of Bertrand Russell Vol. II*, New York : Bantam

3부 6장_

니콜 튀 펠리 저·김동윤 외 역(2005),『라루스 서양미술사V 19세기 미술』, 생각의 나무

에디나 베르나르 저·김소라 역(2004),『라루스 서양미술사 VI 근대미술』, 생각나무

캐롤 스트릭랜드 저·김호경 역(2000, 원서 1992),『클릭, 서양미술사 - 동굴벽화에서 비디오
        아트까지』, 예경

양신 외 저·정형민 역(1999), 『중국회화사 삼천년』, 학고재

칸트 저·이석윤 역(1998), 『판단력 비판』, 박영사

제라트 르그랑 저·박혜정 역(1997), 『라루스 서양미술사Ⅳ 낭만주의』, 생각의 나무

민석홍(1989), 『서양사개론』, 삼영사

에드윈 O. 라이샤워 외 저·전해종 외 역(1984), 『東洋文化史 下』, 을유문화사

김성근 외 책임감수(1964), 『세계문화사Ⅳ : 유럽근세와 아시아 전제국가』, 학원사

山本正男著(1997), 『芸術史の哲学』、美術出版社

ドイ·ユイスマン·久保伊平治訳(1997), 『美』、白水社

青木茂他(1989), 『日本近代思想大系17 美術』、岩波書店

3부 7장_

헤겔 저·김종호 역(1992), 『역사철학강의』, 삼성출판사

정경석(1992), 「해제-니체의 생애와 사상」『시간과 자유의지-자라투스트라는 이렇게 말했
        다』, 삼성출판사

정석해(1992), 「해제-베르그송의 사상과 주요저작」『시간과 자유의지-자라투스트라는 이
        렇게 말했다.』, 삼성출판사

F.니체 저·권영숙 역, 『즐거운 지식』, 청하

데이비드 맥렐런 저·강우란 역(1988), 『마르크스의 세계』, 책세상

김성태(1982), 「프로이트의 업적과『정신분석입문』」, 프로이드『정신분석입문』, 삼성출판사

이인호(1992), 「후설의 생애와 사상」『현상학의 이념-예술의 비인간화 외』, 삼성출판사

최동희(1992), 「하이데거의 실존사상」『철학이란 무엇인가/철학적 신앙 외』, 삼성출판사

발터 비멜 저·구연상 역(1999), 『사르트르』, 한길사

사르트르 저·민희식 역(1984), 『지식인이여 무엇을 할 것인가』, 도서출판 거암

쇼펜하우어 저·김병옥 역(1971), 「의지와 표상으로서의 세계」『세계사상대전집17』, 대양서적

김병옥(1971), 「쇼펜하우어의 생애와 사상-해설」『세계사상대전집17』, 대양서적

『事典 哲学の木』、講談社、2002

제 4 부

4부 1장_

헤로도토스 저·우위펀 편·강은영 역(2008), 『페르시아 전쟁사』, 시그마북스

랄프 콘너스만 저·이상엽 역(2006), 『문화철학이란 무엇인가』, 북코리아

존 톰린슨 저·김승현 외 역(2004), 『세계화와 문화』, 나남출판

존 스토리 저·박만준 역(2002, 원서1996), 『문화연구의 이론과 방법들』, 경문사

마이클 그린 저·존 스토리 편·백선기 역(2000, 원서1996), 『문화연구란 무엇인가』, 커뮤니
　　　케이션북스

크리스 젠크스 저·김윤동 역(1996, 원서1993), 『문화란 무엇인가』, 현대미학사

김채수(1997), 『21세기 문화이론 : 과정학』, 교보문고

김채수(1994), 『21세기의 문화론 : 영향과 내발』, 태진출판사

존 스토리 지·박고 역(1994, 원서1990), 『문화연구와 문화이론』, 현실문화연구

『岩波 哲学·思想事典』, 岩波書店、1998

ジョゼフ·チルダーズナゲーリー·ヘンツィ編·杉野健太郎他訳(1998), 『現代文学·文化批評用
　　　語辞典』、松栢社

4부 2장_

오원교(2005), 「신(新)유라시아주의―세계화시대의 러시아적 대안문화론」, 『슬라브학보』, 제
　　　20권 1호

임학순(2003), 『창의적 문화사회와 문화정책』, 진한도서

레비스트로스 저·안정남 역(1999, 원서1961), 『야생의 사고』, 한길사

김채수(1996), 『21세기문화이론 : 과정학』, 교보문고

자크 데리다 저·김성도 역(1996), 『그라마톨로지』, 민음사

레비스트로스 저·박옥줄 역(1990), 『슬픈 열대』, 삼성출판사

由良君美編(1976), 『ポスト構造主義のキーワード』、学灯社

根木昭著(2001), 『日本の文化政策』、勁草書房

4부 3장_

레슬리 피들러 저·김성곤 편역(1992), 「소설의 죽음이란 무엇이었는가?」, 『소설의 죽음 과

포스트모더니즘』, 글

이브 미쇼 저·하태환 역(1999, 원서1997), 『예술의 위기』, 동문선
데이비드 노먼 로도윅 저·김수진 역(1999, 원서1994), 『현대 영화이론의 궤적』, 한나래
로이드 모츠·제퍼슨 하인 위버 저·차동우 외 역(1992), 『물리 이야기』, 전파과학사
L. 콜라코프스키 저·고승규 역(1994, 원서1985), 『베르그송』, 지성의 샘
벨라 발라르 저·이형식 역(2003, 원서1952), 『영화의 이론』, 동문선
I. 칸트 저·이석윤 편(1998, 초판1974), 『판단력 비판』, 박영사
L. 콜라코프스키 저·고승규 역(1994, 원서1985), 『베르그송』, 지성의 샘
カミュ著·清水徹訳(1982), 『シーシュポスの神話』、新潮社
イヴ·デュプレシス著·稲田三吉訳(1978, 原著1950), 『シュールレアリム』、白水社
S. K. ランガー著·池上保太他訳(1967, 原書1957), 『芸術とは何か』、岩波新書
山本正男(1977, 初版1962), 『芸術史の哲学』、美術出版社
岩崎永日(1982, 初版1956), 『映画の理論』、岩波書店

제5부

권창은(2004), 『희랍철학의 이론과 실천』, 고려대학교출판부
マックス·ウェバー著·尾高邦雄訳(1936, 原著1919), 『職業としての学問』、岩波書店

나는 여기에서 다시 한번 학달성천(學達性天)의 의미를 생각해본다. 내가 이 말의 진의를 체득하게 되는 것은 아마도 이 책의 집필 작업을 통해서 일 것이다.

2010 남아공월드컵이 7월11일 스페인의 우승으로 막을 내렸다. 나는 월드컵 경기가 개막되기 직전 본서의 원고를 출판사에 넘겼다. 그래서였는지, 나는 그로부터 한 달간의 월드컵이 몰고 온 그야 말로 전 국민적, 전 세계적 차원의 화기애애한 분위기를 만끽할 수 있었다.

나는 월드컵 경기들을 접해 가면서 우선 무엇보다도 그동안 내가 본서를 통해서 추구해왔던 것들의 어떤 실체와도 같은 것들을 여러 차원에서 확인할 수 있어 또 다른 차원의 기쁨을 느낄 수 있었다. 서울광장을 비롯한 전국 각 곳에서 질서 정연히 대-한민국을 외치는 그 검붉은 무리들의 그 힘찬 소리 속에서, 남아공화국을 비롯한 아프리카 국가들의 국민들의 언행 하나하나 속에서, 프랑스·독일·네덜란드와 같은 우승후보국 국민들의 언행들 속에서, 그리고 16강 진출에 대한 한국과 일본의 양 국민들의 이전과는 확연히 다른 어떤 우호적 태도들 속에서, 나는 온 인류가 추구해 가는 그 어떤 것들을 발견할 수 있어서 기뻤던 것이다.

2002년 한일월드컵 이전까지만 해도 유월이 오면, 나는 출근길에서나 일요일 산책길 등에서 잡다한 것들을 생각해보면서 담장을 휘 감고 피어오르는 줄 장미 송이들을 바라다 보곤 했었다. 그러나 2002 한일 월드컵 당시의 국민적 열기가 광란에 가까울 정도로 지나쳤었기 때문이었던지, 어쨌든 일본근대문학 강좌를 담당해가는 나의 학문적 현실은 그러한 열기가 몰고 온 '역풍'에 휘감겨 그야말로 산산조각이 나고 말았다. 지금 생각해보면 그 주된 이유는 나와 내 주의의 사람들 간의 학문과 예술에 대한 이해의 격차 때문이었던 것으로 생각된다.

그때 이래 나에게는 담장의 줄장미가 보이지 않았다. 그러나 이 지구상의 모든 인간들에게는 언제 어디서나 그들 자신들이 딛고 일어설 수 있는 땅이라고 하는 것이 존재한다. 그 때서야 비로소 나는 그러한 역풍과 역류속에서 내가 딛고 있는 땅을 처음 발견해 냈다. 그때 나는 이 땅 위에서 이 시대의 한 교육자로서 또 한 연구자로서 내가 할 수 있는 일이 무엇이며, 또 내가 한 인간으로서 마땅히 해야 할 일이 무엇인가를 확실히 깨닫게 되었다. 나는 그 시점에서 본서를 집필하는 것 이외에는 아무것도 할 수 있는 것이 없다는 것을 알게 되었다. 이것이 내가 이 책을 집필하게 된 직접적 동기였음을 여기에서 고백한다.

나는 2002년 월드컵의 전 국민적 열기와 그 직후의 사회적 분위기 속에서 한국의 학자들과 예술가들의 기본적 태도를 확인하였고, 또 그것들을 통해 내가 그동안 이해해 왔던 학문과 예술이 내 주위 사람들의 것들과 얼마나 달랐었는지를 절감하지 않을 수 없었다. 나의 이 집필 작업은 그 전 국민적이고, 또 전 세계적 차원의 것이었던 월드컵 열기를 지극히 개인적 차원의 것으로 인식해갔었던 이시대의 적잖은 학자들과 예술가들에게서의 학문이나 예술이 과연 어떠한 것들이었는가에 대한 고찰로부터 시작되었다. 물론 이 작업에서 내 자신의 그것들에 대한 인식이 우선적으로 철저히 재검토되었다. 이렇게 해서 나의 이 책의 집필 작업은 햇수로 10년이란 세월이 걸렸다.

나는 이번 월드컵을 보면서 이 지구상의 모든 인간들이 지역, 이념, 민족, 인종, 빈부, 종교 등을 넘어서서 서로 조화롭고 평화롭게 공론 해 갈수 있다는 희망을 발견했다. 또 나는 그것을 실천해 갈 수 있는 토대가 무엇이며 그 구체적 실천방법이 무엇인지를 한층 더 명확히 파악했다. 글로벌 시대에서의 스포츠라고 하는 문화장르는 인간중심시대에서의 예술장르에 대응될 수 있는 문화장르임에 틀림없다. 감히 나는 말해본다. 본 졸저가 바로 그러한 월드컵이 추구해가는 것들과 같은 방향의 것임을. 나는 이것을 통해 이 글로벌시대의 독자들이 한층 더 폭넓게 학문과 예술을 이해해 볼 수 있고, 또 그러한 이해를 바탕으로 해서 인류의 새로운 희망을 발견하고 또 인간의 새로운 존재의미를 한층 더 적극적으로 향유해 갈 수 있는 논거를 구축해갈 수 있기를 기원한다.

지금까지 나에게서의 학문은 진실로 '우리'를 문제 삼아 새로운 '나'를 발견해가는 작업이었다면, 예술이란 객관적으로 '나'를 문제시해서 새로운 '우리'를 발견해 가려는 작업이었다고 말해볼 수 있다.

학문과 예술의
이론적 탐구

초판 인쇄 2010년 10월 11일
초판 발행 2010년 10월 19일

지 은 이 김채수
펴 낸 이 박찬익
책임편집 김민영

펴 낸 곳 도서출판 박이정
주　　소 서울시 동대문구 용두동 129-162
전　　화 02) 922-1192~3
전　　송 02) 928-4683
홈페이지 www.pjbook.com
이 메 일 pijbook@naver.com
온 라 인 국민 729-21-0137-159
등　　록 1991년 3월 12일 제1-1182호

ISBN 978－89－6292－135－9 (93800)

* 책값은 뒤표지에 있습니다.